Que comience el juego

Kiss me like you love me

Que comience el juego

Kira Shell

Traducción de
Elsa Masini Galiana

Rocaeditorial

Advertencia

Esta serie es un *dark romance*, por lo que contiene el tratamiento de temas delicados y la descripción de escenas explícitas. Se aconseja la lectura por parte de un público maduro y consciente.

Título original: *Kiss me like you love me. Let the game begin*

Primera edición: febrero de 2023

Av. Marquès de l'Argentera 17, pral.
08003 Barcelona
actualidad@rocaeditorial.com
www.rocalibros.com

Impreso por LIBERDÚPLEX, S. L. U.
Printed in Spain – Impreso en España

ISBN: 978-84-19283-68-9
Depósito legal: B. 20601-2022

RE83689

A menudo me preguntan si amo, respondo que amo
a mi manera, porque el amor no es un concepto unívoco,
engloba varias formas y una de ellas, la más poderosa,
es silenciosa.

Kira Shell

A todos mis lectores

Prólogo

Cada hombre es un niño que busca su país de Nunca Jamás.

KIRA SHELL

Aquel noviembre era especialmente severo.

Solía detestar el frío, pero aquella noche descubrí su utilidad: el aire helado congelaba mis pensamientos.

—Mírame, pequeño.

Un desconocido de uniforme me cogió la cara para asegurarse de que no había perdido el conocimiento. Yo estaba sentado sobre los peldaños del porche, desnudo, cubierto por una manta que alguien me había echado por encima. Temblaba y sudaba al mismo tiempo. A pesar de que entendía todo lo que él y sus compañeros decían, no podía hablar.

El hombre, alto y con barba, tenía los ojos brillantes y no dejaba de acariciarme las mejillas. Detestaba el contacto humano, pero le permití hacerlo porque estaba confundido.

—Se ha llevado una fuerte impresión, pero está bien —añadió a continuación.

Mientras los agentes me hablaban, yo miraba fijamente las luces azules y rojas de las sirenas. Su parpadeo y su intensidad me deslumbraban y me obligaban a entornar los ojos.

Aunque solo tenía diez años, había sido yo quien había llamado a la policía. Al principio creyeron que se trataba de una broma, hasta que vieron con sus propios ojos la horrible situación en la que me encontraba.

—¿Qué te han hecho?

El policía me sujetó la barbilla con delicadeza para obligarme a mirarlo, pero mi cara volvió a su posición inicial. Miraba con fijeza los coches patrulla sin pronunciar palabra. Eran tres.

Al lado de uno de ellos vi a otros dos agentes alrededor de una cabellera negra y un cuerpo menudo. Era una niña, la misma que estaba conmigo poco antes. Bebía agua, estaba descalza y tenía los pies manchados de tierra; una manta cubría sus formas aún tiernas.

—Hemos llamado a tus padres, llegarán de un momento a otro —me advirtió el agente, pero ninguna emoción se translució en mi cara impasible. No lograba oír los latidos de mi corazón, quizá ya ni siquiera lo tenía. Mi cuerpo estaba vacío, sin alma.

El hombre trataba de captar mi atención, pero yo estaba ausente. ¿Habían llamado a mis padres? Tampoco sentía nada por ellos. No tenía ganas de arrojarme a los brazos de mi madre ni de dar explicaciones a mi padre.

A ellos, precisamente a ellos, que nunca se habían dado cuenta de nada.

Mi madre creía que yo necesitaba un psicólogo. A menudo escuchaba a escondidas sus conversaciones telefónicas con un hombre que no era mi padre.

La última, aquella misma tarde, acuclillado en las escaleras que conducían al piso de arriba.

Recordaba cada detalle.

Mi madre caminaba nerviosamente arriba y abajo con sus tacones. Era una mujer distinguida, con mucha clase, incluso en casa: el cabello rubio platino recogido en un moño tirante y los pendientes de perlas adornando sus lóbulos simétricos a cualquier hora del día y de la noche.

Tenía las pruebas delante de los ojos, era yo quien se las ponía; sin embargo, me consideraba un perturbado, un niño problemático, diferente, así de sencillo.

—¿Cómo puede saberse si un niño necesita un psicólogo infantil? Tú eres psiquiatra, ¿no? ¿Qué me aconsejas que haga? —le preguntó a su interlocutor, el mismo al que recurría cuando mi extraño comportamiento le causaba problemas, sobre todo cuando las maestras se quejaban de mi conducta. No eran problemas de aprendizaje, de hecho, me consideraban muy inteligente e intuitivo, pero sostenían que algo no iba bien en el desarrollo de mi personalidad.

—¿Cómo es posible que dentro del mismo núcleo familiar

un hermano se comporte de manera tan diferente del otro? —preguntaba continuamente la maestra de turno.

—No es como los demás niños —respondía lacónica mi madre.

—Hay algo preocupante en él —atajaba la maestra.

Lo peor de todo es que tenían la respuesta ante sus narices.

—No sé qué hacer —dijo mi madre más tarde, distrayéndome de golpe de los recuerdos de lo que ocurría en el colegio. En ese momento se echó a llorar. En aquella época lloraba a menudo. Después se acarició la barriga. Estaba embarazada de mi hermana Chloe y yo sabía que el estrés no era bueno para su salud. Por eso me sentía culpable. Suspiré, me rodeé las rodillas con los brazos y apoyé la barbilla sobre ellas.

Mi familia ya no era feliz por mi culpa. Mi padre, director de una gran empresa, volvía a casa ya de noche y estaba siempre enfadado. Sabía que nos había convertido en una de las familias más ricas de Nueva York, pero era frío, sobre todo conmigo. Sus ojos, claros como el hielo, me infligían heridas dolorosas en la piel cada vez que me miraba con desprecio. Me odiaba. Me odiaba porque mi madre había estado a punto de perder a Chloe por mi culpa.

Fue él quien me dijo que dejara de crear problemas, de lo contrario me haría mucho daño.

Me dedicaba toda clase de insultos.

Me llamaba malvado, loco, pequeño pervertido.

Decía que le había destrozado la vida, que detestaba el color de mis ojos y que no me quería en medio.

Que era peligroso y que, tarde o temprano, mi madre también se daría cuenta.

Miré de nuevo los coches patrulla, fascinado.

Sin saberlo, la policía me había creado otro problema; mis padres, en efecto, me reñirían por haber destapado un escándalo, el secreto que guardaba desde hacía tiempo.

Un secreto que me estaba matando lentamente.

Todo era culpa mía.

«Dos niños, de unos diez años. Estaban encerrados en un sótano. Desnudos y aterrorizados —le dijo a alguien el agente mientras yo me perdía en mis pensamientos y miraba fijamente al vacío—. No hay señales de violencia.» El hombre seguía observándome, pero yo no le hacía caso.

Tenía las piernas y los dedos de las manos entumecidos del frío. Sin embargo, de mis labios sellados no salió una sola palabra. No tenía fuerzas para hablar. En parte porque me avergonzaba y en parte porque no podía creer que todo hubiera acabado, o que quizá acabara de empezar.

Quería olvidar todo lo malo y refugiarme en el país de Nunca Jamás.

Quería viajar a lugares lejanos y salvarme.

Pero aquel día me fue imposible escapar porque tuve que vivir y enfrentarme a la realidad.

No hallé refugio en ninguna dimensión paralela.

En ningún país de Nunca Jamás.

Me encontré ante una encrucijada: vivir o morir.

Elegí la vida, pero desde entonces no volví a ser el mismo.

1

Selene

Aún antes de que el uno supiera de la otra, nos pertenecíamos.

FRIEDRICH HÖLDERLIN

Se dice que en la vida hay que tomar las decisiones correctas, pero que no siempre se saben reconocer. ¿Quién establece lo que es justo o equivocado? ¿Lo justo nos hace realmente felices?

Tumbada cómodamente en la cama, navegaba por la red con mi portátil. Aquella mañana debía partir para Nueva York, a pesar de que la idea no me entusiasmara.

Mi madre y yo vivíamos en un piso del Indian Village, un barrio residencial al este de Detroit, pero ella había tenido la feliz idea de poner patas arriba nuestras vidas de la noche a la mañana.

Crucé los tobillos y seguí navegando por las páginas de crónica rosa que contenían noticias acerca de uno de los cirujanos más famosos de Nueva York, Matt Anderson, y, sobre todo, de su compañera, Mia Lindhom, célebre directora de una importante empresa del sector de la moda.

Observé con atención las fotos que la retrataban, en toda su sofisticada belleza, a lo largo del día: alta, distinguida, esbelta, cabello rubio como el oro y un par de ojos luminosos como la genciana azul.

«Has elegido a conciencia», comenté a un interlocutor invisible mientras me mordisqueaba las uñas. Sí, después de engañar a mi madre una y otra vez, Matt Anderson, mi padre, por fin había decidido dejarla por otra mujer más joven, guapa y famosa.

Me pregunté si ella también tendría hijos, pero no había ninguna noticia al respecto.

—¡Selene! ¡No hagas ver que no me oyes!

Mi madre entró en la habitación resollando tras haberme llamado a gritos durante un buen rato, pero no levanté la vista de las fotos que retrataban a Matt y Mia felices y despreocupados.

—¿Desde cuándo le gustan las rubias? —pregunté frunciendo el ceño mientras mi madre daba vueltas por la habitación recogiendo mi ropa esparcida por todas partes; a diferencia de ella, yo no era una maniática del orden.

—¿Desde que conoce a Mia, quizá? En cualquier caso, abajo tienes lista tu maleta —me recordó, aunque no era necesario. Sabía que mi vuelo salía a las diez en punto. A regañadientes, ya me había aseado y vestido.

No quería recomponer ninguna relación con Matt, y mucho menos formar parte de su vida, visto que él se había desinteresado de la mía desde hacía mucho tiempo. Así que seguí abriendo páginas web al azar para distraerme y mantener a raya la angustia que crecía en mi interior.

Los padres no suelen comprender lo mucho que sus acciones influyen en el estado de ánimo de sus hijos. Mi adolescencia, marcada por las peleas y las continuas aventuras de mi padre, era un recuerdo imborrable contra el que trataba de luchar infructuosamente todos los días.

Irme a vivir con él era para mí un castigo terrible que casi con seguridad abriría de nuevo las heridas que no habían cicatrizado del todo, que seguían ahí, grabadas en mi corazón.

—Selene… —suspiró mi madre sentándose sobre la cama, a mi lado. Cerró la pantalla del portátil con delicadeza y me sonrió, captando por fin mi atención—. Solo quiero que lo intentes —murmuró con indulgencia.

Por supuesto, quería que tratara de aceptar a un hombre que hacía tiempo que había dejado de ser mi padre.

Ya habían transcurrido cuatro años desde que se había marchado a vivir con su compañera actual, cuatro años a lo largo de los cuales había tratado de llamarme y hablarme sin obtener ningún resultado, cuatro años durante los cuales yo me encerraba con llave en mi habitación, esperando a que se fuera, cada vez que venía a verme.

Aquellos pensamientos aburridos me hicieron suspirar y bajé la barbilla para ocultar mi sufrimiento a la única persona a quien realmente quería.

—No puedo...

El recuerdo de los llantos y sollozos de mi madre, provocados por la falta de respeto del hombre con quien se había casado, estaban grabados en mi mente. Matt había empezado a serle infiel acostándose con una enfermera diez años más joven que él; luego las amantes se multiplicaron, hasta que perdimos la cuenta. O mejor dicho, hasta que llegó Mia y se lo llevó para siempre.

—Claro que puedes. Eres una chica inteligente. —Me acarició el dorso de la mano y me miró con amor.

Creía en mí y yo no quería decepcionarla por nada del mundo. Por nada.

—No quiero tener nada que ver con Matt —refunfuñé como una niña caprichosa. Debía comportarme como una mujer, ponerme la máscara de la indulgencia, hacer gala de una cierta madurez, pero cuando la rabia se apoderaba de mí me resultaba imposible comportarme con racionalidad.

—Selene, sé que no será fácil, y no pretendo que os entendáis el primer día, pero quiero que al menos lo intentes... Hace mucho que no habláis. —Me observó con aquella mirada triste que dominaba mi orgullo; ella sabía que sus ojos, azules como los míos, tenían el poder de ablandarme. Pero no cedí y traté de hacer valer mis razones.

—Ese hombre no se merece mi consideración, mamá. Y lo sabes —protesté malhumorada. Era la verdad.

Después de todo lo que habíamos pasado las dos solas, mi madre sabía perfectamente lo mucho que me costaba secundar su petición de que me fuera a vivir con mi padre, un hombre que tenía bien poco de tal cosa.

—Te entiendo, cariño, pero yo he perdonado lo que me hizo. Y tú también deberías hacerlo.

La miré fijamente, en silencio. Mi madre había tenido la valentía de perdonar los errores de aquel hombre, pero yo no era como ella, carecía de su fuerza.

La hora de salir hacia el aeropuerto llegó demasiado deprisa. Mi madre se quedó conmigo hasta el último momento, sin dejar de tranquilizarme, pero yo tenía veinte años y sus palabras me oprimían, eran difíciles de digerir.

Había leído en alguna parte que a pesar de que mi edad era la puerta de acceso al mundo adulto no conllevaba una madurez definida, motivo por el cual alternaba comportamientos infantiles con momentos de sensatez.

El vuelo duró unas dos horas.

Se me antojó el más largo que había hecho en toda mi vida, a pesar de que llevaba conmigo un par de libros que aliviaron mi nerviosismo.

Cuando llegué a Nueva York, el aire fresco y la atmósfera caótica me embistieron de inmediato y me transportaron a una realidad completamente nueva. Observé los grandes rascacielos que se levantaban a lo lejos y los coches que pasaban como balas por las calles de la Gran Manzana, y en ese momento comprendí por qué Edward S. Martin le puso ese sobrenombre en el libro *The Wayfarer in New York*.

Después traté de buscar a Matt en el atestado aparcamiento de llegadas del aeropuerto.

¿Cómo iba a encontrarlo en aquel espacio tan enorme?

Quizá debería haber mostrado un cartel que rezara: se busca a Matt Anderson, padre cabrón. O bien: Selene busca al cabrón de su padre, Matt Anderson, y a su nueva familia. En cualquier caso, no habría renunciado al apelativo «cabrón».

Suspiré y llamé a mi madre para avisarla de que había llegado. Me había pedido que se lo dijera inmediatamente, en cuanto el avión aterrizara, y sabiendo lo aprensiva que era quise tranquilizarla.

Apenas colgué, recordé el modelo de coche de Matt.

Un Range Rover negro.

Sin duda habría venido a buscarme con él, pero ¿cuántos todoterrenos como el suyo habría en el aparcamiento?

Miré a mi alrededor: estaba rodeada de tanta gente que me daba vueltas la cabeza.

No obstante, la suerte me sonrió porque en medio de aquel caos de coches y personas me percaté de un Range Rover negro y brillante parado a unos metros de distancia. No estaba segura de que fuera el coche que buscaba, pero tenía el presentimiento de que lo era. Todavía no había visto a mi padre, pero advertía su presencia.

Me metí el móvil en el bolsillo de los vaqueros, sujeté la maleta y la arrastré hacia el lujoso automóvil; entretanto, agucé la vista para tratar de captar algún detalle, una figura en el habitáculo que pudiera asociar con él.

Cada paso que me conducía lentamente a aquel coche se volvía más vacilante, como si me dirigiera al patíbulo y estuviera a punto de exhalar el último suspiro.

La portezuela se abrió de golpe y mis dudas se esfumaron: apareció mi padre, un hombre de una elegancia sofisticada, apuesto, enfundado en un traje impecable, sin duda de alguna marca famosa. A pesar de su edad, era guapo y atractivo como pocos; parecía que hubiera hecho un pacto con el diablo, y en eso consistía su problema. Siempre había sido un imán para las mujeres y no era capaz de dominar sus instintos; no era una casualidad que la fidelidad fuera un compromiso moral que le costara respetar.

Lo miré, pero sus gafas de sol ocultaban sus ojos, de un cálido color avellana, lo cual me proporcionó la oportunidad de volver a apoderarme de mi indiferencia.

No quería que notara el efecto que aún surtía en mí.

—Hola, Selene. —Sonrió empachado, y se apresuró a cogerme la maleta mostrándose amable y solícito. Su voz…, me había olvidado de su timbre.

—Hola, Matt. —Ya no lo llamaba papá, él sabía cómo estaban las cosas entre nosotros.

—¿Cómo estás? ¿Cómo ha ido el viaje? Me alegro de que hayas aceptado quedarte con nosotros.

Lo interrumpí en el acto con la intención de ahorrarme un montón de inútiles frases de circunstancias. Él tenía labia, era elocuente, sabía decir palabras efectistas, pero yo no era la clase de hija fácil de embaucar.

—Lo he hecho únicamente por mi madre. ¿Vamos?

Abrí la puerta del coche y me senté en el asiento del copiloto. Ninguno de los dos abrió la boca. Era una situación muy incómoda, no habría podido ser de otra manera.

Aquel hombre nos había abandonado para construir una

nueva vida y durante su matrimonio no se había comportado como un marido ni, sobre todo, como un padre. No podía olvidar los cumpleaños a los que no se había presentado, las representaciones escolares a las que había prometido acudir sin cumplirlo, las llamadas que desatendía porque estaba demasiado ocupado acostándose con alguna joven compañera; su desconsideración, su ausencia... No, no había olvidado nada, sobre todo las lágrimas de mi madre.

Suspiré y miré por la ventanilla, tratando de pensar en otra cosa, por ejemplo, en que iba a cursar el segundo año en la Universidad de Nueva York, donde tendría que estudiar a conciencia y tratar de integrarme y hacer amigos, una hazaña para una persona introvertida como yo.

—Me alegro de presentarte finalmente a Mia —afirmó Matt, incómodo, rompiendo el silencio espeso que reinaba entre nosotros.

No era lo primero que esperaba oír.

—¿Desde cuándo te gustan las rubias? —repliqué áspera. Solo la había visto en foto, pero en mi fuero interno ya sabía que iba a ser imposible llevarme bien con ella.

Matt me lanzó una ojeada vacía y volvió a concentrarse en el tráfico.

—Podrías hacer amistad con sus hijos —dijo esquivando con agilidad mi capciosa pregunta, y se aclaró la garganta. Sujetaba el volante con firmeza.

—¿Sus hijos? ¿En serio? —Sacudí la cabeza, burlona—. Y pensar que soy hija única porque no quisiste más hijos. ¡Y ahora compartes tu casa con la prole de tu compañera! Ironía del destino... —comenté entre sarcástica e indignada.

Sí, creía en el destino, en aquella fuerza impersonal que dominaba los asuntos humanos de manera indescifrable; estaba convencida de que, para bien o para mal, cada uno tenía el suyo.

—Entiendo tu punto de vista, Selene, pero quiero tratar de...

—¡No empieces con tus gilipolleces! ¡Estoy aquí solo porque mi madre me ha convencido para que lo intente, pero sé que entre tú y yo no cambiará nada! —repliqué con firmeza mientras sacaba el móvil del bolsillo de los vaqueros.

No quería hablar con él.

Sabía que mi actitud no era madura, pero también que se trataba de una de las consecuencias con las que mi padre tendría que lidiar.

Vi de inmediato el mensaje que parpadeaba con insistencia en la pantalla.

Era de Jared, mi novio.

Has llegado, nena? Espero tu llamada.

Le respondí enseguida, pasando olímpicamente de quedar como una maleducada.

Ahora estoy con Matt. Te llamo después. Besos.

—¿Me estás escuchando? —estalló de golpe Matt.

Había dicho algo que yo no había pescado, así que respondí con sinceridad.

—No, estaba contestando a un mensaje.

Sonreí con la misma indiferencia que él me había mostrado durante años. Me pregunté qué sentiría en aquel momento, si deseaba que le diera uno de aquellos abrazos que hacía tiempo que no le daba. Para mí era una situación complicada, porque a pesar de que lo disimulaba, siempre me había faltado la figura paterna.

Durante los primeros años no fue fácil aceptar que era la hija de un hombre poderoso que solo pensaba en sí mismo y en su carrera. Un hombre que buscaba continuamente el placer fuera del matrimonio porque el amor puro que le daba su mujer no lo satisfacía. Un hombre que solo había sido capaz de recortar para mí un pequeño espacio de su vida, tan plena que ni siquiera le sobraba tiempo para hacer de padre. Con el tiempo me acostumbré.

Cuando Matt detuvo el coche delante de una enorme verja de hierro comprendí que habíamos llegado. Sacó del bolsillo un mando a distancia, pulsó un botón y las puertas se abrieron automáticamente.

Recorrió un sendero de gravilla y aparcó al lado de un Audi blanco y un Maserati negro.

Me contuve de hacer comentarios inapropiados y me limité

a abrir la puerta y a bajar del coche; luego saqué la maleta del portaequipajes.

Dirigí la mirada al palacio imperial que tenía delante y me quedé de piedra: era una casa lujosa, de tres plantas, rodeada por un jardín impecable con piscina iluminada, casi completamente acristalada para permitir la vista del fastuoso interior.

Era una propiedad de prestigio situada en uno de los mejores barrios residenciales de Nueva York, pero todo aquel lujo no hacía más que recordar la personalidad vacía y superficial de Matt, que ostentaba dinero y riquezas sin comprender que ninguna mansión ni ningún coche habrían colmado nunca la falta de amor paternal.

Se aclaró la garganta, incómodo, y rompió el silencio con una frase banal.

—Hemos llegado.

—Ya lo veo, gracias —repliqué con sarcasmo haciendo una mueca impertinente.

Arrastré la maleta y evité su mano, que trataba continuamente de arrebatármela. El corazón me latía deprisa. Me sentía como Alicia en el país de las maravillas, con la diferencia de que aquella situación no tenía nada de maravilloso.

Acababa de llegar y no veía la hora de huir de allí.

Al poco, una mujer de pelo dorado, ojos de color aciano y sucinto vestidito rosa empolvado bajo un abrigo de pieles, esperé que ecológico, apareció ante mi vista como en una sobrecogedora escena de horror.

—¡Os estaba esperando! ¡Por fin habéis llegado! —exclamó eufórica batiendo palmas como una niña feliz; después me observó con una sonrisa alegre dibujada en la cara mientras yo la escudriñaba.

Me había hecho una idea completamente diferente de Mia Lindhom según lo que había visto en la prensa. La había imaginado como una persona pedante y soberbia, y en cambio se mostraba cordial y deseosa de conocerme.

—¡Por fin, Selene! ¡Qué guapa eres, querida! ¡Guau, estoy muy emocionada! Yo… so-soy Mia. —Volvió a sonreír mientras se alisaba el vestido; parecía realmente emocionada y nerviosa, quizá porque quería causarme buena impresión.

—Sí, soy Selene y espero que mi estancia aquí sea breve

—solté a bocajarro. La sonrisa le murió lentamente en la cara mientras se atusaba el pelo con frenesí. Yo, en cambio, permanecí inmóvil en la entrada de la suntuosa villa de diseño sofisticado y moderno sintiéndome absolutamente inadecuada, como un pez fuera del agua, tratando de sobrevivir a aquel momento.

—¿Los chicos están en casa? —intervino mi padre, turbado por mi sinceridad apabullante.

—Oh, sí, querido. Están dentro. Vamos, entrad. —Mia trató de apoderarse de mi maleta, pero me aparté para impedírselo.

—Puedo llevarla yo, gracias. —Esbocé una sonrisa de circunstancias, tiré de mi equipaje y seguí a la mujer y a mi padre dentro de la casa.

El interior de la villa era exactamente como lo había imaginado.

Una escalinata de mármol, finamente labrada y decorada con detalles dorados que la hacían única y espléndida, conducía al piso superior; las lámparas, rigurosamente de cristal, adornaban el techo, y los tonos dorados y plateados conferían al ambiente un aspecto impactante. Cada detalle de aquel lugar era una afirmación de estilo, elegancia y sofisticación; hasta las paredes eran de mármol noble, con vetas que viraban al dorado.

—¡Venid, chicos! —gritó Mia mientras yo admiraba las gradaciones de color que me rodeaban, a la espera de conocer a sus hijos.

—¿Qué quieres, mamá? —refunfuñó con acritud una chavala rubia que masticaba chicle y escribía rápidamente en la pantalla de su móvil. A juzgar por su constitución aún sin desarrollar y su cara delicada e infantil, no debía de tener más de dieciséis años.

—Quiero presentarte a Selene, cariño —dijo Mia con entusiasmo. Su euforia me incomodaba muchísimo.

La chica levantó la mirada de la pantalla del iPhone y, curiosa, arqueó una ceja. Llevaba los ojos, de color gris, demasiado maquillados; un jersey corto le ceñía el pecho delgado y unos vaqueros ajustados le cubrían las esbeltas piernas.

—Chloe —dijo con soberbia.

—Ya sabes mi nombre —puntualicé poco cordial, quizá demasiado a la defensiva. A decir verdad, estaba muy nerviosa y la agitación me volvía arisca.

—¿Qué, mamá? —dijo una voz masculina.

Al poco, un chico bajó del piso de arriba y alivió la palpable tensión del ambiente.

Me miró directamente a los ojos y noté su tonalidad marrón, cálida como la tierra; el cabello, castaño y peinado, enmarcaba un rostro limpio, y los pantalones oscuros y la camisa clara resaltaban su físico atlético.

Se acercó lentamente y me observó con suma atención.

—Mucho gusto, soy Logan. Tú debes de ser la hija de Matt. —Me tendió la mano; su hermana no dejaba de mirarme con desconfianza.

—Sí, soy Selene. —Se la estreché y sonreí.

—Bonito nombre —comentó. Levantó la comisura de los labios de manera sensual y lució una expresión que, estaba segura, habría hecho derretir a más de una chica.

—Gracias —respondí, evidentemente abochornada, sin apartar la vista de la espléndida forma almendrada de sus ojos. Era guapísimo, había que admitirlo.

—Muy bien, chicos. Creo que ahora Selene querrá instalarse en su habitación. ¿Quién se ofrece voluntario para acompañarla? —intervino Mia con coquetería.

Contuve un bufido. Aunque el timbre de su voz era especialmente estridente, pronto debería acostumbrarme a él, a mi pesar.

—Me ocupo yo. Sígueme, Selene. —Logan hizo un gesto con la barbilla para que lo siguiera y por un momento me quedé quieta, absorta en mis pensamientos. Todo era tan surrealista y paradójico…

La nueva familia de Matt y yo, Matt y nuestra relación hecha trizas…

¿Qué diablos hacía allí?

—¿Vamos? —Logan reclamó mi atención y yo asentí; no iba a confesar mis tormentos interiores a un perfecto desconocido.

Cuando fui a coger la maleta, él se me adelantó con amabilidad, así que fui tras él escaleras arriba mirando fijamente sus hombros anchos y tratando de mantener a raya el nerviosismo.

—¿Qué me dices, Selene? ¿Te gusta esto? —Lanzó una mirada furtiva a mi cuerpo y me crispé al instante, como si me estuviera analizando, o mejor dicho, como si analizara mi estilo informal.

—¿Quieres saber si me gusta el lujo, los coches caros, la piscina y toda la pesca? —No pude evitar ser sincera, pero Logan sonrió divertido; mis palabras no lo ofendieron en absoluto.

Era esa clase de chico que emana un encanto personal; tenía un porte elegante y una sonrisa radiante y abierta.

—Sí..., ¿te gusta toda esta... movida?

De repente, al final de un largo pasillo luminoso, abrió una puerta y dejó mi maleta en el suelo. En aquella casa había al menos veinte habitaciones y quién sabe cuántos baños; estaba convencida de que en ella cabían varias familias.

—Diría que no. Estoy aquí para hacerle un favor a mi madre, que ha insistido en que debería recuperar la relación con Matt, aunque creo que será difícil que eso pase —dije; acto seguido, observé la que sería mi nueva habitación.

Aprobé los colores claros y la sobriedad de la decoración, lujosa pero no ostentosa.

Una cama con dosel y cabecera acolchada, adornada con una cascada de cojines de todas las formas y tamaños, dominaba el centro de la habitación; sobre el tocador, rebosante de frascos de perfume, productos de maquillaje y toda clase de cremas, había un espejo con el marco acabado en pan de oro; otra pared estaba enteramente ocupada por una librería de cuyas repisas colgaban hileras de luces decorativas que daban un toque sofisticado al ambiente.

—Hay que darle tiempo al tiempo, Selene. Todo se arreglará —dijo Logan. Me giré hacia él. Observé sus ojos y leí en ellos una cierta comprensión, a pesar de que no nos conocíamos en absoluto.

—Tu habitación es una de las más bonitas —añadió, después se aclaró la garganta y apartó la mirada—. Por dos razones —prosiguió lanzándome una ojeada astuta.

—¿Cuáles? —Ojeé el escritorio, las butacas de terciopelo blanco sobre las que probablemente dejaría la ropa o los bolsos. Aquella habitación era el sueño de cualquier chica.

—Número uno —levantó el índice y se dirigió a la puerta acristalada que daba a un balcón enorme—: tiene vistas a la piscina.

La abrí y me acerqué lentamente a él mientras observaba el espléndido panorama exterior. La piscina, rectangular, colocada en el lado izquierdo de la villa, estaba rodeada por un jardín mediterráneo con una amplia variedad de plantas diferentes de todos los colores.

—¿Y la número dos? —Arqueé una ceja esbozando una tímida sonrisa.

—Tu habitación está enfrente de la mía. —Me guiñó un ojo con malicia y sonrió.

Aunque el instinto me decía que no tenía nada que temer, decidí poner en claro las cosas. Crucé los brazos y afilé la mirada.

—No te hagas una idea equivocada de mí, no soy esa clase de chica —repliqué cortante, aunque acompañé la advertencia con un semblante alegre para no mostrarme excesivamente severa.

—Mmm..., entonces esta habitación podría crearte algún problema.

Sonrió irónico, y una chispa extraña le brilló en los ojos.

—¿Por qué? —pregunté con curiosidad.

—Porque aquí al lado está la habitación de Neil —respondió divertido. Yo seguía sin entenderlo.

—¿Quién es Neil?

—Mi hermano mayor —dijo rápidamente. Fue entonces cuando recordé que Matt había mencionado tres hijos, así que faltaba uno.

—¿Y por qué debería preocuparme? —insistí impertérrita mientras él sacudía la cabeza y se burlaba de mí.

—Búscate unos tapones para los oídos —respondió, misterioso, Logan. Después hizo un guiño y se fue dejándome completamente confundida.

Cuando estuve sola, traté de ambientarme concediéndome una ducha caliente y poniéndome ropa limpia, pero en mi fuero interno sentía crecer una fastidiosa sensación de angustia que, estaba segura, tardaría en desaparecer.

Una hora más tarde, me presenté puntual a la comida familiar. Todos habían ocupado sus puestos y me senté apresuradamente al lado de Chloe, que seguía mandando mensajes con su móvil sin dignarse a prestar atención a nadie.

—Bien, Selene, sé que mañana empiezas en la NYU. Ya has cursado el primer año, ¿verdad? —Mia trató de entablar conversación en vano, porque yo no estaba de humor para charlar con la compañera de mi padre.

—Sí —respondí con indiferencia para zanjar la conversación.

Logan, sentado enfrente de mí, me lanzaba continuas miradas y sonreía de una forma que yo no lograba descifrar. ¿Le hacía gracia que fuera tan sincera?

—¿Dónde está Neil? —preguntó mi padre atrayendo las miradas de todos.

—Estará fuera con sus amigos —dijo Logan encogiéndose de hombros. Anna, el ama de llaves que había tenido el placer de conocer mientras vagaba perdida por aquellos espacios enormes en busca del salón, daba vueltas alrededor de la mesa para asegurarse de que todo estaba tal y como le gustaba al dueño de la casa.

—O acostándose con alguna —añadió Chloe con una sonrisa insolente.

—¡Chloe! —la riñó su madre mientras mi padre sacudía la cabeza incómodo. Dejé de fijarme en Anna, dirigí mi atención a Matt y volví a hundirme en un torbellino de pensamientos; no podía quitarme de la cabeza lo ridícula que era aquella situación. Él sentado a la cabecera de la mesa con su familia y conmigo, una perfecta desconocida que se había plantado allí para contentar a su madre y tratar de restablecer una relación que a aquellas alturas era irrecuperable. No podía haberme encontrado más incómoda. No obstante, la comida siguió adelante, con Mia que trataba una y otra vez de entablar conversación conmigo y Matt cada vez más tenso.

—Tengo que salir con Carter —dijo Chloe de repente poniéndose en pie de un brinco.

—Ni siquiera has acabado de comer. —El tono autoritario de Matt me sorprendió. Conmigo no lo había usado nunca.

—Lo sé, Matt, pero está aquí fuera. Vamos al centro comercial y después al cine. Se lo había prometido —se justificó Chloe con dulzura, como si él fuera su verdadero padre y le debiera un respeto especial.

Aire.

De repente sentí que me faltaba el aire porque aquella sensación de angustia se estaba transformando en una cuerda invisible que me estrangulaba.

—¿Sigues con ese capullo? —refunfuñó Logan, dejando claro que Carter no le gustaba, que probablemente no era la clase de chico que quería ver en compañía de su hermana.

—Métete en tus asuntos, Logan —se defendió la pequeña de la casa, indiferente a la opinión de su hermano.

—¡Chicos! —los riñó Mia.

—Cuando te plante, como hace con todas, no me vengas con lloriqueos —insistió Logan, y dio un puñetazo en la mesa.

—¡Chicos! —dijo de nuevo Mia, pero era como si nadie la oyera.

—No me dejará plantada. ¡Yo le importo!

—Haz lo que quieras. —Logan se rindió, pero era evidente que seguía enfadado. Su hermana era una adolescente y luchar contra las chicas de esa edad es agotador.

Hormonas y chicos. Chicos y hormonas. Eso era lo que dirigía su comportamiento.

Chloe se marchó a toda prisa dejándonos sumidos en un silencio bochornoso.

La comida continuó, pero era difícil disimular la incomodidad.

—¿Hay alguna buena librería por aquí cerca? —Mi voz cortó el aire tenso y atrajo las miradas de todos. Llevaba pocas horas en esa casa y ya no veía la hora de estar sola. Me sentía inadecuada como una mancha de tinta en una hoja blanca o un borrón en una pared inmaculada; necesitaba hacer algo que me tranquilizara.

—La librería más cercana es la Magic Books, está a unos cuatro kilómetros, en otro barrio, ¿por qué? —respondió Matt, que acto seguido me miró como si tuviera monos en la cara. Solo había preguntado por una librería, ¿qué tenía de extraño?

—Si quieres, puedo acompañarte —intervino Logan sonriente, quizá dando por hecho que aceptaría su invitación. Era amable por su parte ofrecerse, pero necesitaba celebrar mi rito a solas: cada vez que iba de viaje me compraba un libro que me acompañaba hasta el final. Era mi pequeño secreto, una especie de talismán.

—No. Grabaré las coordenadas de la casa en el GPS. Quedaos tranquilos.

Me levanté de la mesa y saqué el móvil del bolsillo de los vaqueros para demostrárselo y subrayar el concepto. Los presentes se miraron extrañados, pero no les hice ni caso. Me despedí y me dirigí hacia la puerta.

No tenía mucho sentido de la orientación, era propensa a perderme, incluso en lugares que conocía muy bien. Nueva York era grande y dinámica, así que me desorientaría fácilmente, pero no me daba miedo. Al fin y al cabo, podía pedir indicaciones a la gente y tenía un móvil para consultar internet y Google Maps.

En definitiva, todo estaba bajo control.

Introduje en el navegador la dirección de la librería que me había aconsejado Logan y me encaminé a pie por la ruta que me indicaba.

Miraba a mi alrededor como una turista de vacaciones. Vi, a lo lejos, el *skyline* más famoso del mundo, dominado por el Empire State. La idea de que iba a cursar los estudios universitarios en la Universidad de Nueva York me hizo sentir eufórica.

Caminé extasiada una media hora, pero faltaba mucho para alcanzar la meta.

De vez en cuando, me detenía a observar los escaparates de las tiendas, los imponentes rascacielos, los artistas callejeros, y cuando el hambre llamó a la puerta de mi estómago me compré un perrito caliente en un puesto.

Me sentía ligera, deseosa de descubrir aquella nueva realidad. El aire era terso, y pasear por las calles de mi nuevo barrio se reveló mucho más agradable de lo que esperaba.

Había perdido la noción del tiempo y no me detuve hasta que vi un escaparate con toda clase de libros. Me acerqué con la mirada soñadora y apoyé las manos sobre el cristal, entonces me di cuenta de que era justo la librería que buscaba.

Entré por las puertas automáticas y me recibió una atmósfera mágica.

Tres pisos llenos de libros eran un verdadero paraíso para los amantes de la lectura. El aroma que desprendía el interior —a madera, sueños y vidas imaginarias— me transportó a una dimensión única. Habría podido pasar un día entero allí dentro y olvidarme de todo lo demás.

Me adentré, tratando de contener mi exceso de entusiasmo, y me dirigí a una dependienta para preguntarle dónde estaba la sección de los clásicos. Los grandes clásicos eran mis preferidos y sentía la necesidad de empezar esa etapa de mi vida con uno de ellos. La chica me indicó la tercera planta. Subí las escaleras sin dejar de admirar la inmensidad de aquel lugar magnífico.

«¿Me permite?» Dejé atrás a una pareja concentrada en hojear dos libros, justo en la sección de los grandes clásicos. Sonreí. Por lo que parecía, no era la única apasionada del género. Acaricié con los dedos las cubiertas alineadas, absorbí el olor de las páginas y cerré los ojos. Me invadió una sensación de sopor y paz, como solía ocurrirme cuando me refugiaba en lugares parecidos. El estruendo de algo que se estrelló contra el suelo me trajo de vuelta a la realidad. Un libro abierto yacía a poca distancia de la punta de mis zapatos. Miré a mi alrededor en busca de quien lo había hecho caer, pero la pareja había desaparecido y pensé que había sido yo. Me incliné, lo cogí y leí el título: *Peter y Wendy*. Algo captó mi atención y me convenció de que lo comprara.

Ese era el libro que marcaría el principio de mi nuevo viaje. Lo pagué, lo metí en el bolso y me despedí de la cajera con cordialidad. El sol se estaba poniendo y me esperaban cuatro kilómetros de vuelta.

Suspiré y volví a activar el navegador. Introduje las coordenadas de la villa y me puse en camino tratando de no dejarme atemorizar por los callejones oscuros que estaba obligada a cruzar para seguir la ruta que me conduciría a mi destino.

La pantalla del móvil me advirtió de que la batería se estaba descargando y maldije en voz baja, esperando que no se agotara antes de tiempo.

«No, mierda, no, resiste.» Disminuí la luminosidad y recé para que la suerte me acompañara al menos otros tres kilómetros. Avancé siguiendo la ruta indicada hasta que la pantalla se apagó declarando oficialmente muerto mi móvil.

«Genial», refunfuñé, y me llevé las manos a la cara. Agité el teléfono para reanimarlo a sacudidas, pero lo que necesitaba era un cargador y de nada servirían mis súplicas y mis maldiciones. Ni siquiera sabía de memoria el número de Matt. «Mierda. Mierda. Mierda», exploté. Me dieron ganas de golpear lo primero que encontrara. Tiré el móvil dentro del bolso y reanudé la marcha siguiendo el instinto. Encogí los hombros cuando el sol empezó a ponerse y la luz de las farolas iluminó las calles; era esa hora en que el brillo de los colores empieza a desvanecerse para adoptar la consistencia de las sombras. Quién sabe si mi padre se preocuparía al no verme de vuelta para la cena; quizá me darían por desaparecida, o por muerta en el peor de los casos.

—¿Cuántas veces tengo que decirte que el mantenimiento del coche es importante? ¡Eres un capullo!

Me detuve al borde de la acera, debajo de una farola, y noté un viejo Cadillac negro parado en la calle con una rueda deshinchada o pinchada, no sabría decirlo. Un chico, cuya silueta me pareció deforme porque estaba demasiado lejos, gritaba enfurecido y agitaba los brazos. Fruncí el ceño y lo miré con curiosidad.

—Tranquilízate, Luke. Lo resolveremos —respondió otro, un tipo alto y esbelto de pelo negro. No lograba distinguir sus rasgos, pero me pareció ver brillar un *piercing* en el labio inferior.

—¿Que me tranquilice? ¿Cómo vamos a volver a casa si ni siquiera llevas rueda de recambio?

Una chica con una estrambótica cabellera azul se llevó las manos a las caderas, estrechas y enfundadas en unos pantalones cortos de color negro, que lucía sobre unas medias de rejilla del mismo color. Miró a su amigo resoplando y cruzó los brazos, poniendo en evidencia un pecho pequeño. A pesar de que no sabía quiénes eran, aquellos tipos no me inspiraban confianza.

Miré a mi alrededor con la intención de cambiar de calle, pero me di cuenta de que solo conseguiría empeorar la situación porque perdería los pocos puntos de referencia que me quedaban.

Suspiré y traté de pasar por su lado sin que repararan en mí. Mantuve la cabeza baja y la postura rígida mientras los dejaba atrás. Lo conseguiré, me repetía, pero cuando sus voces se acallaron y se hizo el silencio, comprendí que no había pasado inadvertida.

Apreté el paso.

—Eh, muñeca, ¿tienes prisa? —gritó alguien detrás de mí.

No sabía cuál de los dos chicos había hablado, pero me detuve. El tono, tajante y amenazador, me hizo temblar de miedo de pies a cabeza. Dudé entre escapar o enfrentarme a la situación. En cualquier caso, todavía lo estaba sopesando cuando la voz volvió a interpelarme. Me giré y miré al chico, que en ese momento pude distinguir más nítidamente. Tenía los ojos negros, almendrados, típicamente orientales, la nariz pequeña y los labios finos. Sus rasgos eran delicados, pero su mirada era, echándolo por lo bajo, inquietante.

—¿Estamos jodidos y tú piensas en ligar? —El otro, el rubito, bufó ruidosamente mientras se pasaba la mano por el pelo corto. Me sobresalté y me aclaré la garganta, incómoda.

Tenía que salir de aquella situación, inventarme algo, cualquier cosa.

—Necesitaría una indicación —arriesgué. El moreno arqueó una ceja y la chica del pelo azul se puso a su lado y me escudriñó por encima del hombro, como si fuera una prostituta. Llevaba un maquillaje recargado y los ojos, de color avellana, estaban enmarcados por unas pestañas larguísimas; parecía una pálida imitación de Harley Quinn, de *Escuadrón suicida.*

—¿Y qué estás dispuesta a darme a cambio? —El chico se acercó lentamente y me escrutó con insistencia; retrocedí asustada.

¿Realmente me proponía un trato tan mezquino? Pero ¿qué clase de gente era aquella?

—¡Xavier! —lo reprendió el rubito, contrariado. Creo que era el único normal de los dos, pero el que se llamaba Xavier no se rindió y siguió mirándome como un animal en celo.

—Cállate, capullo. ¿La has visto bien?

—Sí, la he visto, pero tenemos un problema. —El rubio señaló el coche y, justo en ese instante, otro chico salió de él seguido por una Barbie rubia con muchas curvas. Cerró la puerta delantera con tanta fuerza que todos se giraron en su dirección. Se apoyó en el capó con chulería y miró fijamente a los otros dos con cara de pocos amigos. Por un momento me olvidé de la situación en la que me encontraba y me distraje admirando la virilidad que emanaba de aquel cuerpo musculoso.

Era alto, muy alto.

Una cazadora de piel ceñía sus brazos cruzados tensándose en los bíceps, poderosos y rebosantes de fuerza masculina. Los vaqueros, ajustados sin exagerar, dejaban adivinar unas piernas firmes y atléticas y unas pantorrillas definidas, típicas de los deportistas; un jersey blanco, en absoluto vistoso y muy sobrio, resaltaba su pecho, cuyos músculos fuertes eran bien evidentes. Pero lo que me impresionó más que su magnífico y explosivo cuerpo fue su cara. Sobre la mandíbula perfecta había un indicio de barba cuidada; la nariz, recta, tenía la punta ligeramente hacia arriba; los labios, carnosos, de forma insuperable, parecían cincelados; los ojos eran de un extraño color dorado que recordaba al de la miel iluminada por el sol, y el cabello, castaño, era una masa espesa de mechones rebeldes y desgreñados.

Miró a sus amigos y sonrió divertido por la extraña circunstancia en que nos encontrábamos.

—A ver que me entere…, ¿tenéis la intención de seguir haciendo el imbécil o queréis poner en marcha el cerebro para encontrar una solución? —dijo con voz grave, de barítono, de hombre adulto con mucho mundo. No parecía tener más de veintiséis años, un poco mayor que yo, pero la experiencia que transmitía su comportamiento parecía muy superior a la de los otros chicos de su edad.

—Me excitas cuando te pones así…

La rubia le puso una mano sobre el pecho y se restregó contra aquel cuerpo de adonis mientras le besaba la barbilla. Él, por su parte, permaneció impasible. Estático e imponente como una divinidad, miraba fijamente a los dos tipos que todavía no habían replicado.

—Esta chica quiere que le indiquemos no sé qué —respondió Xavier, señalándome y desplazando la atención del guapo tenebroso hacia mí. Me ruboricé de manera inesperada al sentir sus gemas doradas posarse sobre mi cuerpo. Lo miré y él me sostuvo la mirada durante unos segundos que me parecieron eternos.

Tenía unos ojos realmente especiales, en mi vida había visto nada parecido.

—¿Qué indicación necesitas? —preguntó. Tuve la impresión de que su voz encendía zonas de mi cuerpo aún inexploradas. Era intensa y penetrante.

Además, aquel chico infundía respeto, su presencia me cohibía a pesar de que no hacía nada para atemorizarme.

—Creo que me he perdido. El móvil está descargado y debería volver a casa —expliqué, y suspiré resignada. Nunca se me habría ocurrido acercarme a ellos para pedirles ayuda, pero traté de invertir la situación a mi favor.

—Tenemos nuestros malditos problemas, solo faltaba ella —se quejó, exasperado, el rubio.

—La muñeca se ha perdido, cabrón, sé amable —dijo Xavier guiñándole un ojo con malicia—. ¿Te acuerdas al menos de dónde vives, princesa? —añadió acto seguido, y trató de alargar un brazo hacia mí. Retrocedí aterrorizada. Las chicas se echaron a reír, divertidas por mi reacción; Xavier, en cambio, se llevó la mano a la bragueta e hizo un gesto explícito y obsceno. Estaba excitado. Quería tocarme y quién sabe qué más, por lo que no podía mostrarme dócil o asustada. Si lo volvía a intentar, reaccionaría.

—De acuerdo, ya basta. —El adonis, cuyo nombre aún no conocía, se levantó del capó y ese gesto fue suficiente para que sus amigos palidecieran. Era un gigante, seguramente alcanzaba el metro noventa, y sus hombros anchos revelaban una fuerza que habría intimidado a cualquiera—. ¿Dónde vives? —Se dirigía de nuevo a mí. Tragué saliva. No sabría decir con exactitud cuánto me superaba en estatura, pero tuve que inclinar la cabeza hacia atrás para mirarlo a los ojos. Fue entonces cuando pude distinguir unas finas vetas ambarinas en sus iris claros como la arena; me quedé mirándolo embobada.

Había perdido la palabra, me sentía desorientada y confundida. Sus ojos se deslizaron sobre mí mientras los míos se posaban en la rubia, que me miraba fijamente, como si fuera un insecto fastidioso que quisiera aplastar. ¿Estaba celosa? Yo solo quería saber cómo volver a casa, no quitarle el novio.

—Vivo cerca de aquí —respondí. Después me acordé de la dirección.

El chico arrugó la frente y la rubia lo miró como si hubiera tenido una intuición. Esperé unos segundos; entretanto, miraba fijamente los carnosos labios del chico, cerrados en una expresión seria y reflexiva. Él debió de darse cuenta porque me dedicó una leve sonrisa que me hizo ruborizar.

—Te acompaño —propuso. Por un momento creí que lo había entendido mal.

—¿Cómo? ¿Te largas y nos plantas aquí? —dijo Xavier, que estaba tan sorprendido como yo. Me quedé quieta, reflexionando. No le había pedido que me acompañara, solo quería…

—¿Lo dices en serio? —La rubia lo miró indignada, presa de los celos, y golpeó un tacón contra el suelo. Me fijé en la falda de piel que le ceñía las piernas, largas y firmes. El cabello rubio le rozaba las nalgas y lucía unas curvas generosas, exuberantes. Objetivamente, era guapísima, pero dudaba que tuviera otras cualidades más allá de las meramente físicas.

—Sí, Jennifer. Vuelve a casa por tu cuenta. —Tras pronunciar aquellas palabras duras, le acarició la mejilla y le habló como si estuviera a punto de desnudarla allí mismo, en medio de la calle. Clavó la mirada en su pecho firme como si apenas pudiera contener el deseo y ella se mordió el labio—. Esta noche nos quedaremos en mi casa —le susurró con tal erotismo que un escalofrío me recorrió la espina dorsal. Cuando le tocó la cadera, tuve la impresión de que me tocaba a mí. Fue una sensación inexplicable. Se apartó de ella y se encaminó por la acera, sin dignarse a prestar más atención a ninguno de sus amigos; yo, en cambio, me quedé quieta sopesando qué decisión debía tomar.

—¿Y ahora qué pasa? —Se giró hacia mí y me sobresalté. Quería que lo siguiera, pero aquel chico era un perfecto desconocido, ni siquiera sabía cómo se llamaba, ¿por qué iba a irme con él?

—No te conozco —argumenté como una niña asustada a la que han advertido de que no se habla con extraños. El chico ladeó la cabeza y observó mi atuendo, de los vaqueros oscuros al abrigo claro, que dejaba entrever la figura de Campanilla estampada sobre el jersey. Le tenía un cariño especial porque era un regalo de Navidad de mi abuela Marie, que ya no estaba con nosotros, y aunque había cumplido los veintiún años seguía poniéndome todo lo que me recodaba a ella.

—Presta atención, Campanilla, mi fuerte no es la paciencia. Así que decide: o te quedas aquí con Xavier y Luke, y conociéndolos créeme que no te conviene, o vienes conmigo y te llevo a casa. Yo también vivo en esa zona —replicó exasperado.

Me ruboricé y enderecé la espalda ostentando desenvoltura.

—¿Por qué debería ir contigo? Podrías ser un maníaco, un psicópata, un asesino en serie… —dije con tozudez al tiempo que cruzaba los brazos. Oí a sus amigos discutir a mi espalda por algo referido al coche, pero no me di la vuelta. El chico clavó los ojos en mí y su rostro perfecto se ensombreció. Me esforcé en encontrarle defectos estéticos, pero no tenía, ni siquiera cuando sus ojos de color miel reflejaban una oscuridad inexplicable.

—O quizá alguien que te mostrará el recto camino…

Me guiñó un ojo con astucia y reanudó la marcha, pero yo permanecí inmóvil sopesando su respuesta.

«Sí, seguro, ¡como si fuera a creerme que un tipo de esa clase pudiera mostrarme el recto camino!»

Aquel chico emanaba un encanto misterioso y prohibido, era la viva imagen de un diablo tentador, pero no tenía aspecto de maníaco o de asesino en serie. Sin embargo, las apariencias engañan y en cualquier caso debía desconfiar de él.

—¿Quieres moverte de una vez, joder? Te estoy haciendo un favor, ¡entérate, niñata! —Se giró impulsivamente y di un respingo. Qué modales, ¿por qué era tan brusco y desabrido? Ni siquiera nos conocíamos. Pero no tenía muchas opciones. Descartaba de plano quedarme con sus amigos, y si me iba sola me perdería, así que solo tenía una salida: seguirlo.

—Iré contigo solo porque has dicho que vives en la misma zona, siempre y cuando sea verdad… —le dije. Obtuve a cambio una mirada torva—. Y trata de ser menos insolente —repliqué.

Lo estaba contrariando y me lo hizo saber con otra mirada amenazadora; después se dio la vuelta y echó a andar con desenvoltura.

Me concedió el tiempo suficiente para que pudiera observarlo tranquilamente. Todo en él emanaba una fuerza especialmente viril, sobre todo los glúteos, firmes y definidos, que examiné con admiración.

Su porte era altivo y seguro, parecía un alma que paseaba dichosa por su infierno, indiferente a todo.

—Además, si trataras de hacerme algo contra mi voluntad, sabría defenderme. Me vuelvo muy peligrosa con los hombres que no me respetan —afirmé. Mentía, ni tan solo sabía dar patadas, pero tenía que fingir y tratar de infundir un cierto temor al tipo que caminaba a mi lado.

Me miró y arqueó una ceja.

—Nada de lo que les he hecho a las mujeres ha sido contra su voluntad, créeme.

Me lanzó una ojeada lánguida y por un instante creí que me estaba mirando el pecho, pero no estaba segura, así que no podía atribuirle ninguna falta. Decidí no prestar atención a su comentario. Por otra parte, los hombres eran proclives a vanagloriarse de sus artes amatorias, así que podía haber dicho una gilipollez; quizá la tenía pequeña o ni siquiera era tan bueno en la cama como quería dar a entender.

—¿Cómo te llamas? —me preguntó de sopetón devolviéndome a nuestro penoso diálogo. Sacó un paquete de cigarrillos del bolsillo de atrás de los vaqueros y cogió uno, que me ofreció con amabilidad, pero lo rechacé negando con la cabeza.

—No fumo, gracias. —Me coloqué a su lado y traté de seguir el compás de sus zancadas. Su corpulencia me hizo sentir más baja de lo que era—. Me llamo Selene —añadí tratando de no mirarlo demasiado, aunque era difícil luchar contra la atracción que ejercía sobre mí. Ningún otro chico me había hecho ese efecto. Estaba tan cortada que no atiné a preguntarle el suyo.

—¿De dónde eres? —quiso saber. Al encender el cigarrillo contrajo los bíceps definidos y curvó los labios para exhalar una nube grisácea. Carraspeé y di unos pasos atrás para evitar que el humo me embistiera; detestaba el olor a tabaco.

—De Detroit. Digamos que estoy de vacaciones en casa de mi padre.

Hice una mueca de duda. No estaba segura de querer definir aquel periodo como «vacaciones», pero no me apetecía contarle a un desconocido la verdadera razón por la que me encontraba en Nueva York. Lo miré, observé su perfil, definido y lineal. La frente, la nariz y los labios parecían cincelados por un artista.

Permanecimos un rato en silencio durante el cual no me

atreví a abrir la boca, ni siquiera para preguntarle su nombre. El chico terminó el cigarrillo y tiró la colilla, que aplastó con la suela de su calzado deportivo. A pesar de que había fumado, emanaba un aroma agradable a musgo fresco.

—¿Te das cuenta de que ha sido una imprudencia aventurarte sola por las calles de una ciudad que aún no conoces, Campanilla? —Me crispé e instintivamente me abroché el abrigo para tapar el jersey.

—Deja de llamarme Campanilla —solté molesta, sin comentar su reproche. El chico sonrió sin mirarme; constaté lo atractivo que era, a pesar de su insolencia.

—Te llamo como quiero —hizo una pausa teatral—, Campanilla —repitió divertido para hacerme enfadar. Suspiré y le lancé una mirada asesina.

—¿Y yo cómo debo llamarte? —refunfuñé cuando finalmente tuve el valor de preguntárselo. Me miró con sus espléndidos ojos y los míos se posaron en sus labios, que finalmente pronunciaron su nombre.

—Neil —dijo. Después caminamos largo rato en silencio, hasta que nos detuvimos ante la verja enorme que unas horas antes había cruzado con Matt. Me fijé en la placa dorada en la que se leía: VILLA ANDERSON LINDHOM. Volví a mirar a Neil y estaba a punto de darle las gracias cuando metió una mano en el bolsillo de los vaqueros y sacó un manojo de llaves con un mando a distancia.

—Hemos llegado, Campanilla. —Abrió la verja y me cedió el paso con fingida galantería. Lo miré incrédula y esbozó una sonrisita. Caí en la cuenta de que había sabido quién era yo desde el primer momento; sencillamente, se había divertido tomándome el pelo.

Aquel adonis fascinante de sonrisa misteriosa era el Neil que me había mencionado Logan, el primogénito de Mia.

El chico que tenía delante era… Neil Miller.

Mia y Matt se alegraron al vernos cruzar juntos la puerta de entrada.

Mi padre dio a Neil una palmada en el hombro, como si fuera el héroe que había salvado a la princesa de la torre de marfil; yo, en cambio, trataba de evitar las continuas miradas divertidas que dirigía a mi jersey con mi adorada Campanilla.

Cuando Matt me preguntó si me había perdido, lo tranquilicé y le respondí que no, aunque no era del todo verdad. Me entretuve poco conversando porque sentía la necesidad de encerrarme en mi habitación, tomar un baño caliente y dormir. Me despedí apresuradamente, sin prestar atención a Neil que, en cambio, decidió salir, probablemente con aquellos amigos cuyos nombres yo ya había olvidado.

Horas más tarde, en plena noche, me desvelé; mi cerebro seguía proyectando las imágenes de todo lo que había ocurrido a lo largo del día. Traté de ponerme de lado y dormir. Daba vueltas y más vueltas, abría y cerraba los ojos, suspiraba, resoplaba, cualquier cosa menos abandonarme a un sueño reparador.

—¡Mierda! —maldije incorporándome. Miré a mi alrededor, nerviosa, salí de la cama y decidí bajar a la cocina a beber agua. Quizá caminar me calmaría y me ayudaría a dormir profundamente. Eché un vistazo al móvil y vi que eran las tres de la mañana. Bajé las escaleras con sigilo para no despertar a nadie. El silencio y la oscuridad reinaban soberanos en la villa y eran muy relajantes. Cuando llegué a la cocina, no sin alguna dificultad, abrí la nevera, saqué una botella de agua y bebí un trago largo.

—Ah, por fin —exclamé satisfecha. Sentí el agua fresca deslizarse por la garganta seca y llegar directa al estómago, que estaba vacío porque no había cenado. De repente, oí abrirse la puerta de entrada y unos ruidos extraños en el salón. Mis sentidos se agudizaron y las piernas empezaron a temblarme.

—Chis…, trata de controlarte, putita —susurró la voz, ronca y profunda, de Neil. La habría reconocido entre mil. Pero… ¿cómo había llamado a su acompañante?

—Me excita que me llames así… Te deseo, ahora —murmuró entre jadeos la chica a la que él había calificado tan vulgarmente.

Oí la puerta cerrarse con un golpe seco y la sonoridad de unos besos apasionados y ávidos.

Abrí mucho los ojos cuando comprendí lo que estaba sucediendo a pocos metros de distancia; la respiración se me aceleró y me mordí el labio con nerviosismo. No sabía qué hacer y el pánico se apoderó de mí mientras distinguía con claridad los gemidos ahogados procedentes de la habitación contigua. Recordé las palabras de Neil —«Esta noche nos quedaremos en mi casa»— y caí en la cuenta.

La chica era Jennifer, la Barbie rubia que yo había conocido aquella misma tarde.

—Pues te follaré aquí, ahora —afirmó él, decidido, y a pesar de que no los veía me sentí como si estuviera en el plató de una película porno.

—Sí... —farfulló ella mientras yo estaba a punto de morirme de vergüenza. Traté de salir inmediatamente de la cocina, de puntillas. La tenue luz de la luna que se filtraba por las paredes acristaladas me permitía ver lo suficiente para encontrar el camino de vuelta a mi habitación a pesar de la oscuridad. Pero, sin querer, tropecé con algo, provocando un ruido fuerte que llamó la atención de los dos.

—Mierda —murmuré consciente del papelón que iba a hacer cuando me descubrieran. El corazón me latía tan fuerte que temía que ellos también pudieran oírlo.

—¿Qué ha sido eso? —preguntó ella intranquila.

—¿A qué te refieres? —respondió él, que estaba demasiado excitado para notar algo que no fuera la tempestad de lujuria que se desataba en su cuerpo.

—Hay alguien, Neil —susurró ella, y por cómo le temblaba la voz deduje que quizá estaba más preocupada y asustada que yo.

—Espera... —dijo él, tajante; después oí unos pasos apresurados que seguramente se dirigían al interruptor de la luz. Apreté los labios y, apurada y acobardada, conté mentalmente los segundos que me separaban del momento en que me pillarían *in fraganti*.

La luz se encendió de golpe y Neil y Jennifer dieron un respingo al verme.

—¿Qué diablos haces aquí? —tronó Neil.

2

Selene

> A menudo se encuentra el propio destino en el camino
> que se había tomado para evitarlo.
>
> Jean de La Fontaine

Tragué saliva con dificultad, incómoda, mientras Neil me miraba fijamente.

Sus ojos se deslizaban por mis rasgos con lentitud; tenía los labios enrojecidos, probablemente a causa del asalto que habían sufrido un momento antes. Su cuerpo imponente se cernía sobre mí.

—Responde —me conminó, y por primera vez en la vida me sentí incapaz de hablar y de reaccionar, por lo que opté por quedarme callada mientras observaba sus pectorales enfundados en un jersey de cuello alto claro y pensaba en lo bien definidos que estaban.

—He bajado a beber agua —fue todo lo que logré decir al cabo de unos instantes; luego me aclaré la garganta y traté de recuperar el control de mí misma.

¿Cuánto tiempo llevaba en Nueva York? Ni siquiera un día. Sin embargo, ya había empezado a coleccionar papelones.

Entretanto, Neil frunció el ceño y me escrutó de pies a cabeza. Yo llevaba puesto un pijama holgado con tigres estampados, nada sensual.

Jennifer, de cuya presencia me había momentáneamente olvidado, cruzó los brazos, a todas luces molesta por la interrupción.

—¿Y esta sería la famosa Selene, la chica de la que me has

hablado hoy? —preguntó. El tono burlón con el que pronunció esas palabras no me pasó inadvertido.

—Sí, es ella —confirmó Neil. Traté de no fijarme en su amplio pecho, de lo contrario me sería imposible aparentar indiferencia ante aquel metro noventa de músculos—. ¿Qué hacías aquí a oscuras, Selene? ¿Acaso querías unirte a nosotros? —añadió, lanzando una mirada alusiva a mi pijama infantil; Jennifer se echó a reír, como si no viera la hora de burlarse de mí. Pero yo tenía la intención de demostrarle que había dado un paso en falso.

Me crispé en el acto y fulminé con la mirada a la chica, que dejó de reír; acto seguido, miré a Neil.

—Ni regalado —sonreí con aire de suficiencia aparentando orgullo y superioridad—. Si tu pene tiene el mismo tamaño que tu cerebro, no creo que pueda satisfacer a dos mujeres a la vez —repliqué.

Neil arqueó las cejas, sorprendido por la ofensa, y noté con satisfacción que su sonrisa se desvanecía: la Barbie tampoco rechistó. Yo sabía muy bien el daño que le hacía a un hombre que hirieran su orgullo masculino, pero aquel instante victorioso duró poco, porque Neil sacudió la cabeza y mostró la típica sonrisa de hombre de mundo al que le resbalaba la tontería que yo acababa de pronunciar.

—Ten cuidado con lo que dices, Campanilla. —Se acercó tanto que pude sentir su respiración en la cara, y, curiosamente, me estremecí—. Te lo desmentiría ahora mismo si tuvieras el valor de aceptar.

Clavó sus ojos en los míos, a la espera de una respuesta, y el destello de malicia que brilló en ellos me puso tensa. Me quedé mirándolo fijamente a los ojos, que resplandecían como dos estrellas tras las que se ocultaba un diablo peligroso, y tuve la absoluta certeza de que nunca había visto un color tan singular.

—Olvídate —me recompuse—. Te ahorro el papelón —dije con sorna, fingiendo una seguridad que no tenía. Estábamos tan cerca que podía sentir la guerra que se libraba entre nuestros cuerpos.

—No eres más que una niñata —me susurró al oído olfateándome—. Y, para que lo sepas, tendrás que cambiar de estilo si algún día quieres provocarle una erección a un hombre. —Tanteó mi expresión perpleja y sonrió victorioso.

Después cogió a Jennifer de la mano y tiró de ella escaleras arriba. Me cubrí de vergüenza cuando comprendí que no solo acababa de burlarse de mi pijama, sino que además me había negado el derecho de réplica.

Sin embargo, me equivocaba de medio a medio al creer que todo se había terminado.

Aquel chico descarado, maleducado y terriblemente sexi me hizo pasar la noche en blanco. Por los gemidos de Jennifer me pareció que a la chica le gustaba mucho aquella manera alternativa de utilizar el colchón. Contaban, además, con el hecho de que Mia y Matt no los oían porque dormían en la otra punta de aquella mansión suntuosa.

Pero yo sí que los oí. Lo oí todo.

Absolutamente todo.

Fue una verdadera pesadilla.

Al final, a las cinco de la mañana, tras pasar la noche dando vueltas en la cama cubriéndome la cabeza con la almohada, concilié el sueño por un tiempo tan breve que no pude descansar.

A las siete me vi obligada a bajar corriendo; tenía el aspecto de un panda y estaba de mal humor.

Me dolía mucho la cabeza y la idea de tener que enfrentarme en aquellas condiciones al primer día en la NYU aumentaba el malestar. Por suerte, mi padre ya se había ocupado de la matrícula y del papeleo necesario para la admisión gracias a sus amistades y, naturalmente, al dinero, con el cual habría podido dirigir al rector en persona.

Cuando entré en la cocina, Matt levantó la vista del periódico y observó mi figura cansada acercándose a la mesa.

—Buenos días, Selene. —Sonrió y me miró con recelo; no estaba fresca como una rosa, yo lo sabía muy bien.

—Buenos días —refunfuñé inexpresiva.

A su lado estaba Logan, que me sonrió con amabilidad; se había peinado, y el contraste entre el aspecto aseado y los ojos soñolientos le daba un aire gracioso y atractivo a la vez. Chloe, en cambio, tenía el mismo semblante indiferente, vivía en su burbuja. Me senté, suspiré y me sujeté la cabeza con las manos.

—¿Has dormido bien? —me preguntó Logan, a quien ya había concedido el título de mejor hermanastro.

—En absoluto. —Era inútil que lo negara, y el tono en que lo dije atrajo incluso una mirada curiosa de Chloe.

—Neil, ¿verdad? —rio por lo bajo, divertido.

—Creo que necesitaré unos tapones. —Suspiré frustrada mientras me apoyaba en el respaldo de la silla. Entretanto, Matt nos observaba confundido, ignorante del verdadero significado de nuestra conversación.

La llegada de Mia empeoró las cosas: emitió un «buenos días» tan agudo que me hizo sobresaltar. Me froté las sienes y maldije en silencio la ocurrencia de mi madre de hacerme mudar a aquella casa del terror.

Le di las gracias al ama de llaves, Anna, cuando me ofreció una taza de leche humeante y me esforcé por ofrecerle una sonrisa de circunstancias. Al fin y al cabo, parecía ser la única persona normal allí dentro.

—Qué día tan bonito, ¿verdad? —parloteó Mia, que a pesar de la hora temprana estaba alegre y radiante; por añadidura, se había maquillado a la perfección, llevaba el pelo recogido en una larga cola y vestía un traje de chaqueta negro que dejaba a la vista, quizá excesivamente, un pecho firme y generoso. Dejé de observarla y organicé mentalmente las tareas de las próximas horas.

Estaba muy concentrada en mis pensamientos cuando alguien bostezó de repente mientras se frotaba los ojos. Mi atención fue inmediatamente captada por el gigante que entraba por la puerta de la cocina y que mi cuerpo había aprendido a reconocer.

Todos mis sensores se pusieron en guardia.

Neil entró sin camiseta, con unos pantalones deportivos de color gris; aquella imagen habría puesto a dura prueba las hormonas de cualquier mujer, y yo no era una excepción. También noté el extravagante tatuaje maorí que le adornaba el bíceps derecho hasta el hombro, y otro más extraño, que consistía en un enredo de líneas, en el costado izquierdo. Tenía el pelo enmarañado y los labios de un rosa subido e hinchados. Detestaba admitirlo, pero su belleza era indescriptible: viril y gallardo como pocos. Se percató de mi presencia y sonrió con malicia al tiempo que se giraba hacia la despensa para coger una barrita energética de pistacho y cacao, de esas indispensables en las dietas de los deportistas. Cada músculo de su espalda se tensó, invitándome a observar la perfección de su físico. Por el cuerpo que lucía, Neil podía ser un jugador de baloncesto, de fútbol americano o de hockey, es decir, un atleta profesional. Se giró de nuevo, esta vez hacia mí, abrió la barrita, se la acercó a los labios y la mordió lentamente mientras se apoyaba con desenvoltura en la encimera que tenía detrás.

Observé, embobada, cada uno de sus gestos.

Era atractivo, seguro de sí mismo y sensual; rezumaba sexo por cada centímetro de su piel, en cada suspiro, en cada mirada famélica y en cada movimiento de sus labios.

Era salvaje, carnal y ávido, y los gemidos de la chica aquella noche confirmaban mis impresiones.

Hechos, no palabras.

Eso era Neil.

—Buenos días —susurró con lascivia deliberada mirándome fijamente.

El tono irónico de su saludo no me pasó inadvertido. Sabía que no había pegado ojo por su culpa y se enorgullecía de ello.

—¿Podrías ponerte una camiseta, Neil? —bufó Chloe; no entendí si tenía celos de su hermano o si simplemente le molestaba su descaro.

Él no le respondió y siguió mirándome por un lapso que se me antojó infinito.

Los ojos se me fueron tras su vientre enjuto, y de ahí a la goma de los pantalones, de tiro tan bajo que dejaban al descubierto el incipiente triángulo de la pelvis. El bulto contenido en los calzoncillos, aunque en posición de reposo, era más bien visible.

Mejor dicho..., muy visible.

Probablemente la noche anterior había calculado mal su tamaño, pero estaba satisfecha de haberme burlado de él.

Neil interceptó mis miradas indecentes y siguió observándome complacido.

—Cállate, Chloe. Las mujeres lo aprecian.

Volví a sorber frenéticamente la leche. Sabía que me había pillado *in fraganti* mientras lo miraba justo ahí.

Es inútil que niegue que aquellos surcos naturales y las venas en relieve sobre la piel, de color ámbar, reclamaban con prepotencia que los admiraran, pero recuperé el dominio de mí misma y traté de no caer en la trampa. Al menos en aquel momento.

—¿Listos para ir a clase? —preguntó Mia de repente salvándome de aquel momento de total incomodidad.

—Sí, mamá. Carter ha venido a buscarme, me acompaña él. —Chloe se marchó eufórica y noté la mirada asesina de sus hermanos al oír ese nombre.

—Yo tengo que ir a la clínica. Hoy tengo la agenda llena —intervino mi padre, el famoso cirujano; se levantó de la silla con su acostumbrada elegancia y se despidió de todos antes de dirigirse a mí—. Selene, ¿te apetece… mmm… que más tarde pasemos un rato juntos? —tartamudeó, temeroso de que lo rechazara.

—No, Matt, tengo cosas que hacer —respondí con brusquedad. No se sorprendió, pero le dolió. No era cierto: llevaba tan poco tiempo allí que era imposible que tuviera compromisos ineludibles. Simplemente le había respondido de la misma manera que hacía él cuando en el pasado le pedía que hiciéramos algo juntos.

Matt se marchó sin añadir nada más, seguido por Logan, quien corrió al piso superior a prepararse para asistir a la primera clase, que empezaría al cabo de unos cuarenta y cinco minutos. Cuando Mia y Anna también desaparecieron, me quedé a solas con Neil.

Lo busqué con la mirada, cautelosa.

Sabía que debía dominarme, pero aquel cuerpo armonioso había sido creado para ser admirado, así que lo miré fijamente, como si fuera una estatua expuesta en un museo y yo fuera una turista con intención de aprender de memoria cada detalle de la sensual escultura.

Sin embargo, me consoló constatar que él tampoco había dejado de mirarme un solo instante, señal de que nos estábamos escrutando el uno al otro.

—¿Por qué me miras así? —pregunté en tono malhumorado; inexplicablemente, las paredes de la habitación parecieron cernirse sobre nosotros.

—¿Acaso no es lo mismo que has estado haciendo tú hasta ahora, Campanilla? —De nuevo ese mote.

Su voz ronca y profunda, su absoluta seguridad y su descaro hicieron que la intención de enfrentarme a él se desvaneciera. De repente, se acercó, y yo me levanté de golpe para retroceder.

Estaba visiblemente apurada, pero no debía permitirle que me dominara.

—No respondas a mis preguntas con otra pregunta. Nos hemos examinado recíprocamente —repliqué; me golpeé el trasero con la isla circular de la cocina y me detuve.

¿Qué intenciones tenía?

No lo sabía, pero había intuido que aquel chico era peligroso y que cuando lo miraba experimentaba sensaciones que me desestabilizaban.

Era la pura verdad.

Neil continuó avanzando y, con un gesto rápido, apoyó las palmas de las manos en la encimera, a ambos lados de mi cuerpo, cerniéndose sobre mí; era demasiado alto, demasiado poderoso, demasiado intimidatorio.

—¿Qué haces? —balbucí con una voz tan débil que me costó reconocerla. Siempre había sido inmune a los tipos como él; además, nunca había dedicado mucha atención a los hombres, ni siquiera a Jared. Mis prioridades habían sido otras, y azorarme de aquella manera era una novedad para mí.

—Adivino tus deseos. —Sus ojos resbalaron por mi cuerpo deteniéndose en el pecho, precisamente en el surco de los senos, sin ningún pudor—. Y me agrada saber que tú también adivinas los míos —susurró, suave pero seguro.

—Eres un pervertido.

Traté de no mostrarme vencida por el fuerte aroma de gel de baño que desprendía y por los labios que, a aquella corta distancia, me parecieron aún más carnosos que la noche anterior.

—No lo sabes bien, niña.

Naufragué en sus ojos por un tiempo indefinido, me estaba drogando con su mirada venenosa, una mirada que me penetraba con vehemencia, quebraba todas mis defensas y me tocaba sin rozar la piel. Increíble. Me pareció el espectáculo que ofrece un arcoíris o un amanecer de colores pintorescos.

—¡Apártate de mí! —Reuní todas mis fuerzas y aumenté la distancia entre nosotros—. Soy la hija de tu padrastro. No deberías hablarme así.

—Tranquilízate, solo estamos jugando —dijo clavando la vista en mis curvas, cubiertas por una camiseta larga y unos vaqueros. Quería que supiera que me deseaba y que estaba resuelto a obtener lo que codiciaba, pero yo no iba a ceder tan fácilmente. Ni siquiera nos conocíamos, y dar por hecho que yo era como la rubia de la noche anterior era un insulto a mi dignidad.

—¿Estamos jugando? ¿Y en qué consiste el juego? Veamos…

Crucé los brazos y lo desafié sin temor. Era pequeña, algo ingenua quizá, pero lo suficientemente combativa para defenderme de los chicos malos como él.

—Si te lo dijera, dejaría de tener gracia —replicó. Luego me miró con deseo una última vez, dio media vuelta y se fue soltando una carcajada sardónica que solo prometía problemas.

Aquella mañana decidí borrar a Neil y sus músculos de mi cabeza y fui a la universidad con Logan, que se mostró cordial y sociable, tal y como esperaba.

Durante el trayecto hablamos de su costoso Audi R8 recién estrenado y de la espléndida relación que tenía con sus hermanos, pero a pesar de mis intentos por mantener ocupada la mente en conversaciones animadas, me angustiaba pensar en el nuevo itinerario académico que me esperaba.

Nueva ciudad, nueva casa, nueva familia y nueva universidad. Todo me asustaba. No estaba acostumbrada a los cambios y me daban miedo.

Logan, con su actitud comprensiva y su apacibilidad, trató de hacerme sentir a gusto, y en parte lo logró. Además, aquel día la suerte estuvo de mi lado porque descubrimos que teníamos algunas asignaturas en común y que pasaríamos mucho tiempo juntos, lo cual, extrañamente, me tranquilizaba.

Me presentó a su grupo de amigos y conocí a Alyssa, una chica enérgica y llena de vida; a Cory, un moreno esbelto con la sonrisa estampada en los labios que tenía la extraña costumbre de llamar «muñeca» a todos los seres de sexo femenino; a Jake, un chico rubio, lleno de tatuajes, con un encanto rebelde; a Adam, de rizos tupidos y piel aceitunada, y a Julie, la empollona del grupo.

Estreché la mano de todos y cuando llegó el turno de Cory quise dejar claras algunas reglas.

—Mi nombre es Selene, mucho gusto. No me llames «muñeca» y mantén a tu amigo dentro de los calzoncillos, gracias —dije arrancándole una carcajada.

—Es un hueso duro de roer —comentó Logan entre risas.

—Ya lo veo —replicó Cory, irónico.

Mientras paseábamos por el interior del patio principal de nuestra universidad, traté de conocerlos y de memorizar sus nombres. Las chicas fueron acogedoras y amables, y descubrí que tenía muchas afinidades con ellas, sobre todo con Alyssa. También aprecié la paciencia que tuvieron al mostrarme las áreas principales del campus.

La universidad era enorme.

Visité el teatro, la biblioteca, los pabellones principales, y traté de memorizar la ubicación de los pasillos y las aulas donde se impartían mis asignaturas. No era fácil situarse, pero estaba rodeada de personas disponibles y dispuestas a ayudarme si lo necesitaba.

Unas horas más tarde, mientras paseaba con Alyssa y los demás por el amplio césped de la universidad, el rugido poderoso de un coche interrumpió nuestra conversación y atrajo la atención de todos, incluida yo.

Un espléndido Maserati negro se detuvo delante del campus y un chico muy atractivo, con cazadora de piel negra y cigarrillo entre los labios, se bajó de él mirando al frente, casi absorto. Creo que esa actitud cínica y misteriosa acentuaba el aspecto pecaminoso y duro de su belleza. Lo miré con atención y lo reconocí al instante.

Era Neil, no podía ser otro.

Los reflejos luminosos de su cabello desgreñado resplandecían al sol y una sonrisa descarada se dibujaba en sus labios.

—Tu hermano está buenísimo —dijo Alyssa dirigiéndose a Logan. Acto seguido, hizo toda clase de comentarios sobre Neil; su opinión era compartida por la mayoría de las chicas presentes, excepto por mí, la única a la que saber que se lo encontraría en la universidad le parecía un descubrimiento terrible. En efecto, la atracción por aquel cuerpo inalcanzable dejó paso de inmediato a la agobiante sensación de tener que enfrentarme a aquel chico peligroso incluso allí.

—¿Qué diablos hace aquí? —casi grité, presa de los nervios. No aguantaría tener que soportarlo en un ambiente cerrado como el campus. Nunca había sido débil, pero intuía que ese chico tenía el inexplicable poder de anularme.

—Neil está en el último curso y se graduará en los próximos meses —me dijo Logan, sorprendido por mi reacción.

Me importaba un pimiento que estuviera en el último año, no lo quería por allí. Punto.

Todos seguimos mirándolo fijamente. Yo estaba furiosa, aunque en realidad mi rabia se dirigía contra mí misma; temía el efecto que Neil surtía en mí.

—Te lo suplico, haz que no me lo encuentre muy a menudo —le pedí a un Dios invisible con la esperanza de que atendiera mis súplicas.

—Bueno, vives con él, así que la universidad es el último de tus problemas —dijo Logan, riendo por lo bajo. Pero eso era precisamente lo peor.

Habría querido evitar su presencia insidiosa al menos cuando me movía despreocupada por los pasillos de la universidad.

Todavía seguía sumida en la desesperación cuando, al cabo de unos instantes, apareció Jennifer con una minifalda negra que ceñía sus curvas explosivas, botas altas que estilizaban su figura y la cabellera de hebras doradas al aire. Se colgó del cuello de Neil y lo besó con pasión, sin preocuparse por los estudiantes que los rodeaban.

—Dios mío…, están en un lugar público —comentó la púdica y discreta Julie.

—Estás hablando de Neil Miller, conoces su fama —agregó Adam.

¿Así que todos lo consideraban un donjuán? Mira por dónde ya lo sabía.

—Jennifer está como un queso… —intervino Cory, escudriñándole el trasero. No sabía por qué, pero la situación me pareció insostenible. Me despedí de ellos y me dirigí a la entrada con la intención de asistir a clase. No me apetecía seguir oyendo hablar de aquel chulo; nuestra relación había empezado con mal pie y sabía que no iba a enderezarse.

Más valía alejarse de allí. Y a toda prisa.

Las horas de clase transcurrieron deprisa. En la clase de Literatura conocí al extraño profesor Smith, que tenía debilidad por Shakespeare. En un lapso de media hora lo citó al menos un millón de veces.

También conocí a la profesora de Arte, Amanda Cooper, menos fanática pero igual de discutible. Era joven y fascinante, hasta tal punto que cundieron los comentarios de Logan, Adam, Jake y Cory a propósito de su falda ceñida y de su edad.

—Tendrá unos cuarenta años, ya te digo yo —insistió Adam cuando nos dirigíamos fuera del campus. Yo no veía la hora de volver a casa. Un martillo neumático me perforaba la cabeza y solo quería tirarme en la cama y dormir.

—Y yo te digo que no —replicó Jake.

—Chicos, esa es una *milf*. Se dice que son las mejores —afirmó Cory.

Sus comentarios me hicieron sonreír. Era cierto que algunos chicos jóvenes consideraban más apetecibles a las mujeres maduras.

—¿Queréis parar? —se quejó Julie, molesta, pero nadie la escuchó.

—En cualquier caso, es una mujer decididamente atractiva —prosiguió Adam; a aquellas alturas el trasero de la profesora había alterado definitivamente sus hormonas.

—Es innegable —añadió Logan. Lo miré incrédula.

—¿En serio? —No me esperaba que dijera algo así—. Así que tú también posees el famoso gen de la perversión, como todos los hombres. —Arqueé una ceja con sarcasmo y contuve una sonrisita divertida.

—Bueno, hago observaciones típicamente masculinas —se justificó encogiéndose de hombros.

Sacudí la cabeza y justo en ese instante unas manos grandes me sujetaron por las caderas y me asusté.

—Pero quién co… —Me di la vuelta y para mi sorpresa me topé con un par de ojos verde esmeralda.

—¡Jared! —grité, eufórica, colgándome de su cuello.

—Hola, nena —me susurró mi novio al oído. No podía creérmelo. ¿Había hecho aquel largo viaje para verme?

—¿Qué haces aquí? —Lo miré de pies a cabeza, de las piernas atléticas enfundadas en unos pantalones oscuros al abrigo elegante, y lo encontré especialmente guapo y sensual.

Me colocó un mechón de pelo detrás de la oreja y le sonreí. Siempre había sido dulce y atento.

—Quería darte una sorpresa, pero cuando he visto lo grande que es el campus he tenido miedo de no encontrarte —confesó. Me distrajeron las miradas indiscretas que se posaban sobre nosotros.

Me giré y vi a Logan y a los demás intrigados por la situación.

—Mmm... Él es Jared. Mi... —Me aclaré la garganta, incómoda, porque siempre me causaba un profundo malestar desvelar detalles personales. Jared me puso un brazo alrededor de los hombros y traté de tranquilizarme.

—Su novio —dijo acudiendo en mi ayuda, y exhibió una sonrisa luminosa.

El primero en tenderle la mano fue Logan, los demás imitaron su gesto.

Pero mi novio no había venido para visitar el campus o conocer a mis nuevos amigos, sino para estar conmigo, así que me propuso acompañarme a casa. Cogimos un taxi y cuando llegamos a la villa nos pusimos a charlar.

Jared me contó que había venido a Nueva York por motivos relativos a la empresa de su padre y que tenía que volver a Detroit aquel mismo día. Era increíblemente activo y dinámico, tenía muchos compromisos; sus jornadas se repartían entre estudio y trabajo, porque estaba determinado a construirse un futuro sólido. Era un chico de oro y yo lo admiraba por su madurez. Jared nunca cometía errores y siempre sabía qué era lo correcto, era uno de mis puntos de referencia. Nos habíamos conocido unos meses antes, en un momento en que me sentía sola y necesitaba a alguien que me entendiera y con quien compartir mi cotidianidad.

Al principio solo éramos amigos, después me confesó sus sentimientos y hacía tres meses que salíamos juntos.

Aunque Jared sostenía que íbamos en serio, no sabía qué repercusiones tendría en nuestra relación aquella separación pasajera.

Seguramente sería la prueba decisiva para comprender lo que realmente nos unía.

—Quiero volver a casa —murmuré afligida, tras hablarle de Mia y de sus hijos, sin extenderme mucho sobre Neil. A Jared no le hacían gracia los tipos como él.

—Lo sé, nena, pero debes pasar algo de tiempo con tu padre. Ya sabes, para arreglar las cosas entre vosotros. —Me acarició la mejilla y aprecié su gesto de ternura, un aspecto de su personalidad que me deslumbró cuando nos conocimos.

—No hay nada que arreglar —me quejé—. ¿Cuándo volverás a verme? —Lo miré fijamente esperando oír lo que deseaba.

—Pronto, nena. Tendré que organizarme con los estudios y con mi padre, que me toca las narices con el tema del trabajo.

Miró a su alrededor y suspiró con frustración. Yo sabía que su padre era un hombre déspota y arrogante que lo trataba mal. Lo había visto una sola vez, pero fue suficiente para saber que nunca sentiría aprecio por él.

—Lo sé —repliqué con tristeza; no era la respuesta que me esperaba, pero preferí no insistir. Noté que me observaba los labios con insistencia y comprendí al vuelo lo que quería. Le sonreí con malicia y decidí darle las gracias por su espléndida sorpresa.

Entonces lo besé.

Lo besé como una colegiala besa al chico que le gusta detrás de la tapia de la escuela, como una chiquilla besa al más mono del grupo jugando a verdad o atrevimiento en una fiesta de instituto, como se besa al protagonista de un diario secreto, cuyo recuerdo le hace sonreír a una cuando, ya adulta, el tiempo destiñe aquellas páginas adolescentes.

Sentí su mano sujetarme la nuca para aumentar el enredo de nuestras lenguas, luego se apoyó lentamente en la tapia de la verja y nuestros cuerpos febriles se pegaron el uno al otro. Un gemido sensual e incontrolado salió del fondo de la garganta de Jared mientras yo saboreaba su frescor. Pero, como siempre, algo me turbaba.

No quería admitirlo, pero con Jared echaba de menos aquel furor del que tanto había oído hablar y que nunca había experimentado en mi propia piel.

Faltaba la pasión abrasadora, el deseo irrefrenable, el corazón desbocado.

Faltaba la magia que lo hacía todo perfecto.

Faltaba el incendio, el huracán, la explosión de un sentimiento incontenible.

Faltaba el sabor del amor.

Me transmitía afecto y protección, pero con él nunca había sentido las famosas mariposas en el estómago, hasta tal punto que había dejado de creer en ellas; cuando me besaba o me rozaba me daba cuenta de que no lo amaba.

Le puse una mano en el abdomen para contener la impaciencia con la que me reclamaba, pero él no aflojó. Con la otra mano me acarició una nalga y el corazón me dio un brinco. El momento de aparente bienestar dejó paso a la tensión que puntualmente empezó a fluirme por las venas hasta paralizarme. Mi cuerpo parecía reaccionar a las caricias, que probablemente las demás mujeres apreciaban, de manera diferente. Su beso empezó a resultarme molesto y me puse nerviosa.

El rugido de un coche interrumpió bruscamente el contacto entre nosotros, una parejita aparentemente feliz.

Separé mis labios de los de Jared y me giré hacia donde procedía el ruido. Vi a Neil, mi pesadilla.

Bajó la ventanilla de su coche, se subió las gafas de sol y nos observó a los dos. Exhaló una nube de humo. Sujetaba un cigarrillo entre los dedos de la mano que asía el volante. Me pregunté tontamente qué pensaría de mí y traté de comprender de dónde procedía aquella insólita curiosidad; a pesar de que no estaba haciendo nada malo, me sentía sucia delante de él.

—Un poco de decoro, Selene. Papaíto podría verte —me riñó con una sonrisa descarada que habría querido borrarle de la cara a bofetones.

No lo soportaba, nadie me había suscitado una antipatía tan instintiva.

Me miró por encima del hombro, como si fuera un cero a la izquierda, y me observó los labios. Me llevé un dedo a la boca: estaban mojados, hinchados. Me sentí incómoda, a pesar de que no tenía motivos para ello.

—Gracias por tus consejos, pero sé lo que me hago —le respondí con impertinencia.

Pero no lo sabía en absoluto.

Neil sacudió la cabeza y revolucionó el motor, provocando un ruido ensordecedor.

Abrió la verja automática para entrar en la villa, no sin dedicarnos antes una última sonrisita.

—¿Quién es? —preguntó Jared frunciendo el ceño, visiblemente confundido y preocupado, sin apartar la vista del bólido que cruzaba el suntuoso umbral del jardín.

¿Qué podía decirle? Nada lo tranquilizaría.

—Neil —respondí en un susurro, abatida porque para mi desgracia iba a pasar mucho tiempo con él, lo cual, estaba segura, me traería un sinfín de problemas.

—¿El hermano de Logan? —insistió.

—Exacto.

—¿Y vive contigo? —Noté que estaba celoso, lo cual era absolutamente justificable.

Neil provocaba rivalidad entre los hombres y deseo en las mujeres. A mí, además, me causaba otro efecto: me cohibía y me atraía a la vez.

—Sí, Jared —respondí afligida.

Pues sí, Neil y yo vivíamos bajo el mismo techo y entre nuestros cuerpos circulaba un fuerte campo magnético, pero ese era un secreto que guardaba para mí y contra el cual lucharía con todas mis fuerzas.

3

Selene

Nada le gusta tanto al deseo como lo que no es lícito.

Publilio Siro

A menudo me sentía sola entre la gente, aislada en mi mundo. Un mundo en el que me sentía protegida y realmente yo misma, donde no tenía que demostrar nada a nadie. Estaba firmemente convencida de que la soledad servía para conocerse a uno mismo y para encontrarse.

—«Siempre estamos trágicamente solos, como la espuma de las olas que se engaña a sí misma de ser la novia del mar y, en cambio, es solo su concubina» —leí en voz alta. Era una frase de *Las flores del mal*, de Charles Baudelaire, uno de los libros que por aquel entonces acompañaba mis días y me permitía aferrarme a una realidad paralela a la mía. Me gustaba leer, habría devorado un montón de libros si hubiera dispuesto de tiempo.

—¿Qué? —Logan levantó una ceja y me observó con perplejidad.

—Mmm..., nada, leía en voz alta. —Le enseñé el libro que absorbía mi atención hasta tal punto que cuando lo leía me olvidaba de dónde estaba y con quién.

—Selene, no has escuchado nada en todo el rato, ¿verdad? —preguntó Alyssa suspicaz.

—No. —Me encogí de hombros y reanudé la lectura, apoyando el libro sobre las rodillas. Estábamos fuera del campus durante un descanso entre clase y clase, y, en mi caso, también del mundo.

—¿Vienes a la fiesta de Bryan Nelson? —preguntó Adam.

—No, Adam, no me apetece —respondí sin mirarlo.

No tenía ganas de pasar el tiempo entre cuerpos sudados, música ensordecedora y ríos de alcohol.

—Será divertido. Las fiestas que organiza Adam son una pasada —añadió Cory persuasivo. Lo miré, entorné un ojo porque el sol me cegaba y negué con la cabeza. Él bufó y yo sonreí.

—¡No puedes faltar! —Julie pestañeó y me miró con ojos dulces suplicándome con cara angelical, pero yo levanté la vista al cielo y no le respondí.

—Mira, hermanita, vendrás con nosotros te guste o no —rio Logan.

—Iré si dejas de llamarme así —le reñí.

—Trato hecho, hermanita —me retó él; le devolví una mirada torva.

—A partir de ahora —puntualicé. Él se limitó a sonreír sin añadir nada más.

Hacía una semana que vivía en Nueva York y Logan empezaba a conocerme.

Con Neil, en cambio, la situación era muy diferente: aún no habíamos tenido una conversación normal; me reservaba algún que otro comentario irónico y sonrisas maliciosas cuando me lo encontraba medio desnudo por la casa.

De noche dormía con tapones en los oídos, pues no paraba de traer chicas a su habitación. Por lo que parecía, Jennifer no tenía la exclusiva.

No debía pensar en él ni meterme en sus asuntos.

Tras charlar un rato con nuestros amigos, Logan y yo nos subimos al coche en dirección a la villa.

—Así que Jared estudia en Detroit, ¿no? —me preguntó durante el trayecto.

—Sí —respondí. Miraba por la ventanilla los rascacielos que desfilaban deprisa ante mí.

—¿Cuánto tiempo hace que estáis juntos? —quiso saber.

—¿Es un interrogatorio de tercer grado, papá? —me burlé; en realidad, no me suponía un problema responder a sus preguntas.

—Simple curiosidad. —Se encogió de hombros sin levantar las manos del volante.

—Desde hace unos tres meses —le dije. Curiosamente con Logan no me molestaba hablar de mí o de mi vida en Detroit—. ¿Y tú? ¿Tienes novia? —pregunté, esperando no ser indiscreta.

—¿Te refieres a una chica fija o…? —Logan me lanzó una ojeada astuta y sonrió.

—No creo que seas como tu hermano —solté sin pensarlo.

—¿Qué quieres decir? Yo también tengo una vida sexual bastante activa —se burló; le di un codazo suave.

—Tonto… —Sacudí la cabeza y pensé lo bonito y espontáneo que era bromear con Logan, como si nos conociéramos desde hacía años.

—Por ahora estoy felizmente soltero. He tenido una sola relación importante, hace mucho tiempo. —Se puso serio—. Se llamaba Amber. La conocí durante los entrenamientos de baloncesto, ella jugaba en el equipo femenino —me contó en tono melancólico.

—¿Y por qué lo dejasteis? —pregunté sin pensarlo. Después me di cuenta de que estaba siendo entrometida, no hacía más que meter la pata.

—Me puso los cuernos con un tío, en una fiesta —respondió con desenvoltura, y se encogió de hombros.

Me mordí los labios y traté de arreglarlo.

—Entonces no te merecía. Eres un buen chico, Logan, encontrarás algo mejor —dije convencida.

—Yo también lo creo —afirmó con una seguridad admirable.

Logan era realmente un buen chico, alguien consciente de su valor, que a pesar del sufrimiento que probablemente su ex le había causado, lo había superado y había salido fortalecido.

—¿Aún juegas al baloncesto? —le pregunté para cambiar de tema. En efecto, por su altura tenía todas las papeletas para ser jugador profesional.

—Lo dejé, ahora me dedico exclusivamente a estudiar. —Sonrió y siguió conduciendo. De vez en cuando se atusaba el flequillo, un gesto idéntico al de Neil que me irritaba. Traté de no prestar atención.

Continuamos charlando, pero evité hacerle más preguntas sobre Amber. Comentamos sus partidos, cómo nació su pasión por el baloncesto y los años que jugó. Descubrí que

Logan tenía otras aficiones además del deporte: tocaba la guitarra y coleccionaba monedas antiguas. Me prometió que un día me las enseñaría.

Al llegar a la villa, entré en casa, fui a la cocina y cogí una botella de agua de la nevera. Cuando estaba a punto de beber, alguien me la arrancó de las manos de mala manera. Fruncí el ceño y con el brazo aún suspendido en el aire vi a Neil, con chándal y sudado, bebiendo a morro de la que un instante antes era mi botella.

Observé cómo se contraían los músculos de sus brazos, su pecho musculoso ceñido por la camiseta, las largas piernas tonificadas enfundadas en los pantalones negros y el pelo enmarañado, como de costumbre. A él le quedaba estupendamente así.

Empecé a pensar que Neil era realmente el único chico al que todo le sentaba bien, incluso el sudor.

—¡Eh! —protesté mientras él seguía bebiendo y me miraba por debajo de sus largas pestañas.

—Tenía sed —dijo. Se encogió de hombros y se pasó el dorso de la mano por los labios; no pude evitar mirar embobada su aspecto carnoso.

—Esa botella era mía —repliqué fastidiada sin prestar atención a que sus ojos se clavaran en los míos como cuchillas cortantes. No era fácil enfrentarse a él, su seguridad era un arma que no tenía rival.

—Sí, pero yo quería... la tuya —susurró con malicia.

Nuestros cuerpos estaban muy cerca, sentí que la respiración se me aceleraba y que el corazón me latía con fuerza; no entendía por qué me causaba ese efecto, su presencia me confundía.

—¿Por qué no has venido a la facultad? —traté de cambiar de tema y reconducir la conversación a la normalidad. Aumenté la distancia entre nosotros y me coloqué un mechón detrás de la oreja.

—No tenía ganas de ir. —Su tono cambió de repente, ya no era ni malicioso ni divertido, sino simplemente ausente y hastiado. Di un paso atrás para protegerme de su frialdad y lo miré molesta.

—¿Por qué? —Me di cuenta de que quizá esa era la primera conversación normal que teníamos desde mi llegada. Neil era muy reservado y empecé a sospechar que su chulería solo era una máscara tras la que se ocultaba del mundo.

—No es asunto tuyo —replicó crispado. Suspiró, se pasó una mano primero por la cara y después por el pelo, como si tratara de ahuyentar una sensación que lo atormentaba, que lo consumía en lo más profundo.

Como no sabía qué replicar y parecía que él no quería añadir nada más, hice ademán de marcharme, pero las palabras que pronunció me detuvieron.

—Martin Luther King sostenía que la oscuridad no puede disipar la oscuridad, solo la luz puede hacer eso; que el odio no puede vencer al odio, solo el amor puede hacer eso, porque el odio multiplica el odio y provoca un bucle de destrucción.

Me di la vuelta y lo sorprendí mirando fijamente al vacío; era como si sus ojos hubieran sido engullidos por pensamientos oscuros y arañas venenosas le caminaran por la piel. Me quedé allí, parada, tratando de comprender qué quería decirme, pero la voz de Logan nos interrumpió.

—Eh, chicos, ¿qué hacéis?

Logan entró en la cocina y nos miró con extrañeza: su hermano y yo inmóviles como figuras de cera.

—Nada —respondí expeditiva; Neil, en cambio, se quedó pasmado, serio, con la mandíbula apretada, después dirigió lentamente la vista hacia Logan que, a diferencia de mí, pareció intuir la naturaleza de sus pensamientos. Tras un largo instante de tensión, Logan se aclaró la garganta y desvió la atención hacia la fiesta de aquella noche, de la que me había olvidado, para informarme de que estuviera preparada a las nueve de la noche.

Eché un último y desconcertado vistazo a Neil y, tras aceptar a regañadientes acudir a la fiesta, me despedí de los hermanos y me refugié en mi habitación.

Pasé el tiempo estudiando y dándole vueltas a la extraña actitud de Neil, por la que quizá ni siquiera debería haberme preocupado. Mi estancia en Nueva York sería pasajera y pronto me despediría de todos para volver a Detroit, con mi madre. Neil solo sería un breve capítulo de mi vida y sus cambios de humor no me concernían.

Mientras miraba a mi alrededor pensativa me percaté del

reloj. Salté de la cama cuando me di cuenta de que si no me daba prisa, llegaría tarde. Me duché rápidamente y me puse un vestido blanco, largo hasta la rodilla, que ceñía mis delicadas formas. El escote con forma de corazón era sensual, pero sin exagerar, adecuado a mi estilo. No me gustaba la ropa llamativa, era una esteta que buscaba la belleza sofisticada y huía de la ostentación.

Me sequé el pelo y lo dejé suelto sobre los hombros. Me maquillé con una línea de *eyeliner* y un pintalabios rojo cereza; luego me puse un abrigo largo y unos zapatos de salón negros, de tacón, conjuntados con un bolso de mano del mismo color.

Fui con Logan a la villa del famoso Bryan Nelson, un tipo al que no conocía y que volvía locas a todas las chicas de la universidad.

—¿Quién es el dichoso Bryan? —le pregunté a Logan mientras bajábamos del coche.

—Pronto lo descubrirás. Espera a que te vea. —Sin darme más explicaciones, me invitó a seguirlo hasta su grupo de amigos, que nos esperaban en el jardín. El primero en saludarnos fue Cory, seguido de Adam, Jake, Alyssa y Julie.

Al poco, entramos en la fiesta; el olor a alcohol y a tabaco me embistió inmediatamente y me hizo toser. Miré a mi alrededor y vi grupos de chicos bebiendo o sentados en los sofás; otros, en cambio, bailaban ya medio borrachos o drogados.

—¿Estás bien? —Logan se dio cuenta de que estaba algo descolocada y lo tranquilicé con una sonrisa. No era exactamente la clase de ambiente que me gustaba, pero por una noche haría una excepción.

Nos acercamos a una mesa en la que servían toda clase de bebidas alcohólicas, y un chico alto y cachas, de ojos azules y profundos, se acercó a nosotros.

—Eh, Miller —dijo, dirigiéndose a Logan al tiempo que le estrechaba la mano; me mantuve apartada observándolo.

—Hola, Bryan —respondió Logan, y comprendí al instante que acababa de saludar al dueño de la inmensa villa de tres plantas; por la manera en que empezó a mirarme fijamente también comprendí que era un idiota del que guardarse. Lo escruté con desconfianza. Llevaba una camiseta con el logo de un equipo de baloncesto que yo no conocía y unos vaqueros estrechos que ponían en evidencia sus piernas, membrudas, fruto de un entrenamiento obsesivo que había reducido su cuerpo a un montón de músculos y hormonas.

—Guau, ¿quién es este ángel? —Me miró a los ojos y me dedicó una sonrisa seductora, como si bastara tan poco para que cayera rendida a sus pies.

—Te presento a Selene Anderson, la hija de Matt, el compañero de mi madre —dijo Logan, que no se había dado cuenta de que su amigo me estaba devorando con los ojos, literalmente, mientras yo solo pensaba en encontrar una escapatoria para desaparecer de su vista.

—Mmm..., encantado. Soy Bryan Nelson, el anfitrión. —Me miró con malicia y me guiñó un ojo; luego me cogió la mano y me la besó con galantería—. Si quieres, más tarde damos una vuelta, ángel. ¿Qué te parece? —me propuso, demasiado seguro de sí mismo, dando por hecho que había encontrado una gallina más para su corral. Los tipos como él no me impresionaban, intuía al instante lo que se les pasaba por la cabeza y normalmente lograba darles esquinazo.

—Lo siento, pero no me interesa —repliqué con determinación, y me alejé de aquel baboso; luego fui a buscar algo de beber para aliviar la tensión que empezaba a dominarme.

Vacié el vaso de un trago y lo dejé sobre una mesa; luego me dediqué a caminar por la casa en busca de una salida para tomar el aire. Sin embargo, una multitud de chicos y chicas desenfrenados me zarandeaba, y tropezaba a menudo por culpa de los tacones.

—Estaría dispuesto a indicarte una salida si me concedes un breve baile.

Tuve la impresión de haber oído la voz de Neil, baja, profunda y abaritonada, la única que me ponía la carne de gallina. Me giré para buscarlo, pero no vi más que cuerpos desconocidos y cabelleras ondulantes.

¿Ahora también sufría de alucinaciones?

Sacudí la cabeza y seguí vagando, aturdida por la música demasiado alta, pero alguien me sujetó de la muñeca y antes de que pudiera reaccionar me encontré con los ojos de Neil, dorados y luminosos como faros. La sensación de excitación que sentí en el pecho fue tan fuerte que me sobresalté, a pesar de que no habría sabido explicar por qué me sentía tan atraída por un chico al que prácticamente acababa de conocer. Neil estaba magnífico: llevaba una cazadora azul, una sudadera negra y unos vaqueros del mismo color; iba despeinado, como siempre, y su presencia se imponía en aquel espacio amplio. A pesar de que estábamos rodeados por otros estudiantes, no podía apartar los ojos de él porque Neil tenía el don de brillar y de hacer desaparecer todo lo que le rodeaba.

—Ah, aquí está el amante de Martin Luther King —dije para burlarme de él, pero no opuse resistencia cuando me ciñó la cintura con un brazo para acercar nuestros cuerpos.

Emanaba un fuerte aroma a musgo y tabaco, una esencia que me quemaba las neuronas y me nublaba la razón.

—Yo que tú no me pasearía sola por una fiesta como esta, podría ser peligroso. —Esbozó una leve sonrisa que me pareció sincera y su preocupación me dejó de piedra. Neil no era de esos chicos que tienen esa clase de atenciones.

De repente dio un paso adelante y me di cuenta de lo cerca que estábamos. Tuve miedo de perderme en sus ojos y los escalofríos que me recorrían la piel pasaron al corazón.

—¿No crees que exageras? ¿Hay algo más que consideres peligroso para tus estándares, señor Luther King? —Me mordí los labios para no reírme en su cara y él debió de darse cuenta porque arqueó una ceja.

—El amor —dijo con una seguridad que me borró la sonrisa de la cara.

¿El amor podía ser peligroso?

—¿Tienes miedo del amor? —le pregunté incrédula, y me di cuenta de que estábamos aislados en una especie de burbuja dominada por las leyes de la atracción y que a ninguno de los dos nos importaba lo que sucedía a nuestro alrededor.

—No, tengo miedo de la dependencia que crea el amor.

Me miró los labios y me ruboricé. Me intimidaba la intensidad con que me miraba, pero al mismo tiempo quería conocerlo profundamente y llegar a su alma para comprender por qué consideraba el amor algo negativo.

—¿Y cómo logras protegerte de una dependencia como esa? —le pregunté con curiosidad. En vez de responderme enseguida, Neil me giró bruscamente, de manera que mi espalda chocó contra su pecho. Se me cortó la respiración; tenía el corazón en un puño. Eran sensaciones completamente nuevas para mí y estaba aterrorizada.

Mi cuerpo parecía concebido para adaptarse al suyo. Mi mente borró mi vida anterior, a Jared y el sentimiento de culpa que trataba de salir a flote desde el fondo de la conciencia.

Volví un poco la cara y me crucé con su mirada ardiente.

—Elemental: no amo —respondió con convicción.

Después me posó los labios en el cuello y lo marcó con un beso efímero. Me recorrió las caderas con las manos hasta llegar a los muslos, los sujetó y los empujó contra él. Me mareé y se me cortó la respiración.

—Aprende a protegerte, tigresa —me murmuró al oído. Cerré los ojos y noté que se me doblaban las rodillas; creí que iba a caerme de un momento a otro. Hice ademán de abandonarme contra Neil, pero de repente sentí el vacío detrás de mí y frío en la espalda.

Me giré. Neil había desaparecido, como una alucinación.

Me toqué la curva del cuello, casi segura de haberlo soñado, pero después me recompuse y empecé a buscarlo. Era tonto por mi parte ir detrás de él: tenía novio y ni siquiera debería haberme acercado a un chico que no fuera Jared, pero el instinto trataba a toda costa de vencer a la razón.

Empujé a todo el que se cruzaba en mi camino y lo busqué con desesperación.

Pero me paré de golpe cuando vi su cabellera despeinada y sus manos sobre el cuerpo de otra.

La reconocí enseguida: Jennifer. Bailaban pegados, ella le susurraba algo al oído y él sonreía mientras le tocaba lentamente la espalda; luego descendió a las caderas y al trasero.

Me quedé inmóvil, con la vista clavada en ellos. A pesar de que debería habérmelo esperado, fui presa de una angustia sobrecogedora. Era inmotivada e irracional, sobre todo porque apenas conocía a Neil.

Era imposible.

Cuando nuestras miradas se cruzaron, la sonrisa se le borró de la cara, pero ni dejó de acariciar a Jennifer ni la apartó.

¿Por qué debería haberlo hecho?

¿Por qué yo pretendía que lo hiciera?

No era razonable.

Me pasé una mano por el pelo, tratando de recuperar el control de mí misma, y fue entonces cuando frunció el ceño confundido, como si se preguntara por qué me sorprendía tanto su comportamiento.

Lo miré por un instante que se me antojó eterno y después me marché.

«No amo», había dicho.

Si no se ama, no se cae en la tentación.

Si no se ama, se evita equivocarse.

Si no se ama, no se depende de nadie.

Me lo repetiría a mí misma todas las veces que Neil estuviera cerca.

4

Neil

En el amor los dos tienen que perder la cabeza,
de lo contrario es una ejecución.

CHARLES BUKOWSKI

No sabía qué hora era.

Estaba sentado en el borde de la cama mirando fijamente el vacío, pensando que la vida me había consumido la energía esencial. Trataba de sobrevivir, de aferrarme al mundo, pero pronto renunciaría. Parpadeé, los rayos del sol se filtraban por la ventana e iluminaban las paredes oscuras de mi habitación, pero las ganas de levantarme y enfrentarme a un nuevo día eran inexistentes. De un tiempo a esta parte me pasaba cada vez más a menudo.

¿Por qué precisamente a mí?

Esa era la pregunta que me hacía todas las mañanas.

Me masajeé las sienes, palpitaban porque había bebido demasiado la noche anterior. Miré la cama y sobre las sábanas arrugadas vi la impronta que había dejado el cuerpo de la chica, cuyo nombre no recordaba, con la que había pasado la noche. Por suerte, ya se había marchado.

Muchos habrían alardeado de coleccionar mujeres como si fueran cromos, yo, en cambio, me daba asco, pero no encontraba otra manera de liberar la frustración que sentía. La mía no era una justificación, sino la consecuencia de lo que me habían enseñado.

Sobrevivía doblegando a los demás para que la maldad no se me tragara; solo así lograba mantenerme cuerdo.

Me levanté de la cama y recogí del suelo el envoltorio del preservativo. Entré en el baño, todavía desnudo, y me demoré delante de mi imagen en el espejo. Los recuerdos afloraron y encendieron el fuego de la rabia que ardía dentro de mí y me reducía a un montón de cenizas y dolor. ¿Por qué precisamente a mí?

Me toqué los labios con el índice y paladeé su sabor amargo. Después me observé el cuello marcado por los besos ávidos y el pecho lleno de arañazos.

No era difícil entender cómo me los había hecho. El sexo era importante para mí: no solo me gustaba, sino que lo necesitaba de forma compulsiva y enfermiza. No obstante, odiaba la sensación de suciedad que sentía después.

Odiaba sentir las huellas de otras manos y otros labios sobre mi cuerpo, y, sobre todo, odiaba mi cuerpo y mi cara, que las mujeres, en cambio, encontraban tan deseables.

¿Había sido elegido por mi aspecto?

No estaba seguro, pero estaba decidido a aprovecharme de él a mi antojo.

Lo usaría como arma contra quienquiera que tratara de volver a hacerme daño.

Nadie volvería a aplastarme.

Me lavé los dientes, frotándolos con fuerza hasta que me sangraron las encías. Después me metí en la ducha y acabé una botella entera de gel de baño para borrar los recuerdos de mi piel. El agua hirviendo quemaba y aliviaba el sufrimiento, me tranquilizaba.

El dolor me mantenía con vida.

Salí de la ducha, me enrollé una toalla alrededor de la cintura y de repente un pensamiento se abrió paso entre mis tormentos.

Pensé en ella. En Selene.

Recordé el aroma de su sedoso pelo; olía a mujer, pero también a niña, a pureza.

Quizá era fruto de mi imaginación, pero no recordaba un olor como el suyo.

Ninguna mujer me había atraído como ella. Tenía ganas de abrirme, de provocarla, de jugar con ella, de hablarle… y de llevármela a la cama.

Selene se había convertido en otro de los trofeos que ambicionaba, pero curiosamente no quería solo follármela. Deseaba lamer despacio aquel cuerpo esbelto y delicado, tocarle el cabello, chuparle los pechos, abrirle los muslos y darle placer, no solo recibirlo. No solo fingirlo.

Mis absurdos pensamientos me arrancaron una sonrisa. Me recompuse al instante y decidí que me limitaría a jugar. La consideraría una más, a pesar de que era la hija de Matt.

Me divertiría con ella sin experimentar sentimientos en los que no creía.

En los que no podía creer.

Había vivido una clase de amor diferente que no quería proyectar en nadie más. Sin embargo, no sabía controlar mis impulsos y lo prohibido me atraía como la luz atrae a las polillas.

Puse fin a mis elucubraciones y volví a la habitación. Unas voces procedentes del jardín llamaron mi atención.

Chloe y Logan charlaban y bromeaban entre ellos. Los observé desde el balcón y experimenté una sensación de calidez en el pecho; sin ellos habría dejado el mundo mucho antes.

Mis hermanos eran mi razón de vivir.

Decidí unirme a ellos, así que me puse unos bóxer limpios y un par de pantalones oscuros.

Antes de salir al jardín, pasé por la cocina y vi a mi madre leyendo una revista de moda. Vacilé unos instantes en el umbral: no me apetecía hablarle, pero sabía que no podría evitarla siempre. Suspiré y entré, suplicándole a alguien ahí arriba que mi madre no me tocara los cojones con sus típicas preguntas.

—Buenos días, cariño. —Me sonrió y le devolví la sonrisa. Llevaba un traje de chaqueta rosa claro y el pelo elegantemente recogido.

—Buenos días —respondí con frialdad. Me serví café con la esperanza de que me aliviara el dolor de cabeza y esperé que ella no notara que la noche anterior me había emborrachado.

—¿Has dormido bien? —preguntó desconfiada; su tono de sospecha me puso inmediatamente alerta.

—Más o menos —repliqué. Di unos sorbos al café y fingí una indiferencia calculada. Sabía que la guerra estaba a punto de estallar.

—Esta mañana he visto una cosa extraña… —Ahí estaba el enemigo, listo para el ataque, dispuesto a aniquilarme a golpes de metralleta.

—¿Como qué? —Fingí no entender, pero solo llevaba puestos los pantalones, por lo que sus ojos avizores pudieron inspeccionar las marcas inconfundibles que me surcaban el pecho.

—¡Como que he visto a una chica saliendo de tu habitación, Neil! —me reprochó. Su voz me retumbó en las sienes hasta tal punto que tuve que entornar los ojos—. Cuántas veces tengo que decirte… —prosiguió, pero se interrumpió cuando Matt entró en la cocina y acudió en mi auxilio sin saberlo.

—Dios mío, me duele mucho la espalda y hoy tengo que ir a trabajar sí o sí —se quejó. Mi madre se giró hacia él para consolarlo. Aproveché su distracción para escabullirme y ahorrarme su aburrida reprimenda. Hacía tiempo que ella sospechaba lo que ocurría en mi habitación, pero yo nunca lo admitía abiertamente.

A pesar de que vivir en una villa como la nuestra me permitía dedicarme libremente a mi vida sexual, no disfrutaba de toda la privacidad que habría querido. Es cierto que podía hacer salir a las chicas por la escalera de servicio o por los accesos secundarios, pero no era suficiente para ocultar la asiduidad con que, como el peor de los depredadores, me alimentaba de mis presas. Sin embargo, me dejaban constantemente hambriento y paradójicamente siempre insatisfecho.

Una condición psicológicamente destructiva que poco a poco me conduciría a consumirme como persona y como hombre.

La búsqueda del placer, a veces extrema, que había nacido como una solución en apariencia sensata a mis problemas, se había transformado en una dependencia venenosa.

Para mí el sexo significaba mucho más que para cualquier otro ser humano.

Era mi venganza personal contra la vida.

Borré esos pensamientos sombríos de mi mente y me encaminé hacia la mesa de la glorieta donde estaban mis hermanos mientras los cálidos rayos del sol me acariciaban la espalda desnuda.

—Oh, ¡qué honor! —se burló mi hermana con una mueca impertinente.

—Yo también te quiero —repliqué.

Le guiñé un ojo y miré alrededor en busca de Selene. No sabría decir por qué, pero aquella mañana esperaba encontrármela o verla por la casa mientras se contoneaba en sus vaqueros ceñidos o invadía mi espacio con su insolencia.

—Es casi hora de comer, te has acostado a las tantas, ¿eh? —preguntó Logan lanzándome una mirada alusiva. Mi hermano estaba al corriente de mi estilo de vida y yo nunca lo había negado.

—Bueno, el puto romántico eres tú, yo me divierto a mi manera —le respondí, conciso, porque estaba demasiado concentrado en descubrir adónde había ido a parar la hermosa tigresa que había invadido nuestra casa unos días antes. Aunque no quería preguntar por ella directamente para que Logan no se mosqueara, no pude morderme la lengua—. ¿Selene ha salido? —Me rasqué una ceja con el pulgar y fingí desinterés, a pesar de que tenía verdadera curiosidad por saber dónde se había metido. Pero mi hermano no era tonto.

—Está en la piscina cubierta —respondió.

El hecho de que tuviéramos dos piscinas, una exterior y otra interior, nunca me pareció tan útil como aquel día. ¿Selene estaba sola?

La idea me excitó y me provocó una extraña descarga de adrenalina que me recorrió la columna vertebral.

A pesar de que no era oportuno, mi mente enferma tenía ganas de verla.

Contra todo sentido común, fingí que me había olvidado el paquete de Winston en la habitación y me despedí rápidamente de mis hermanos. Dejé atrás la cocina y me dirigí al primer piso en busca del ascensor, impulsado por una prisa insólita por reunirme con Selene, aunque no entendía por qué. Cuando las puertas se abrieron automáticamente en la tercera planta, caminé con sigilo por el pasillo que conducía a la piscina. Conté mentalmente los segundos que me separaban de ella y… la vi.

Mis ojos se encadenaron a su visión divina. Me detuve y la observé por unos instantes interminables. Estaba tendida en una tumbona y lucía un biquini negro que le sentaba divinamente.

La piel, muy clara, le brillaba y su cabello mojado resplandecía como el ámbar. De vez en cuando se humedecía los labios; su boca turgente y entreabierta me sugería toda clase de pensamientos indecentes. Ni siquiera parpadeé, temeroso de que desapareciera de un momento a otro, de que fuera un sueño o una alucinación, como en mis peores pesadillas.

Me acerqué como el más letal de los predadores y me senté en la tumbona contigua a la suya.

—Buenos días, Campanilla —dije con cordialidad al tiempo que le asestaba unos golpecitos en el costado. Selene dio un respingo y se quitó los auriculares con los que escuchaba música.

—¡Me has asustado! —exclamó irritada, y se volvió hacia mí. El océano de sus ojos me deslumbró y me pareció aún más guapa que la noche anterior.

—¿Me tienes miedo? —le pregunté; luego cogí un bote de crema de la mesita que había a su lado y me lo acerqué a la nariz—. Mmm…, es de coco —murmuré olfateando su agradable fragancia. Pero, por lo que parecía, la tigresa detestaba que tocaran sus cosas y me lo arrancó de las manos, acalorada. Entonces decidí invadir su espacio y pasarme de la raya para ponerla a prueba.

—No te tengo miedo —respondió, y se tumbó de nuevo fingiendo indiferencia. Pero yo advertía su nerviosismo, olfateaba sus deseos como un animal olfatea sus presas.

—Pues deberías tenérmelo —repliqué. Me tumbé de lado, me apoyé en un codo y me sujeté la barbilla con la palma de la mano. Me fulminaba con la mirada.

—El miedo puede convertirse en aliado si sabes cómo dominarlo —replicó, tajante, y me dirigió una mirada astuta. No había nada más excitante que una mujer con un cuerpo de infarto y una mente atractiva, era un concentrado explosivo y peligroso.

—¿Y tú sabes cómo dominarlo, Selene? —Me senté y apoyé los codos sobre las rodillas dobladas. La observé de pies a cabeza, de los labios, que brillaban, a las piernas, largas y esbeltas, que deseaba sentir alrededor de mi espalda.

Era tan grácil que habría podido dominarla sin esfuerzo, y la idea… me excitaba.

Ella pareció intuir mis intenciones porque se ruborizó.

—¡Deja de mirarme así! —me amonestó.

Por poco no tuve un orgasmo cuando oí su tono bajo y temeroso y su respiración jadeante, como si se hubiera echado una carrera dentro de un laberinto. Se incorporó y encogió los hombros, casi en busca de protección. ¿Protegerse de mí? ¿No acababa de decirme que sabía dominar sus miedos?

—Debes…, debes alejarte de mí, Neil.

Se levantó de un brinco para huir de mí y se lanzó a la piscina. Pero ¿dónde creía que iba? Aquel era mi territorio, era la boca del lobo y el lobo no la dejaría escapar.

Me puse en pie y me desnudé mientras sonreía con descaro. Me quité los pantalones y me quedé solo con el bóxer negro, de Calvin Klein. Me habría gustado quitármelo y acercarme a ella desnudo, pero no quería exagerar. Por ahora Selene solo intuía que era un pervertido.

Fui tras ella y me sumergí lentamente en el agua, cristalina y caliente. Sus gemas azules seguían mis movimientos felinos; era como un pececito temeroso de que se lo comiera un tiburón malo. Esbocé una sonrisa que presagiaba mis malas intenciones y me acerqué nadando con elegancia. Me detuve a poca distancia de ella, acorralándola contra el borde de la piscina, y me tomé el tiempo de admirarla; si me acercaba más, no sería capaz de dar marcha atrás.

—Enfréntate a tus miedos, Selene.

Clavé la vista en sus ojos y en sus labios. Al ver que no se retraía, acorté la distancia que nos separaba. Le toqué un costado y se sobresaltó. Su reacción me hizo sonreír, pero no me detuve. Rocé sus braguitas y traté de acariciarla entre las piernas, pero Selene las cerró con fuerza para impedir que fuera más allá.

—No deberías…

La voz se le quebró y lágrimas de resignación afloraron a sus ojos; habría podido parar y pedirle disculpas por mi comportamiento, pero la deseaba.

La ansiaba. La reclamaba.

Era profundamente egoísta, siempre lo había sido y tenía que salirme con la mía.

—Recházame —la desafié; ella levantó sus pequeñas manos, me las puso sobre el pecho y empujó suavemente, pero advertí que aquel leve contacto le dilató las pupilas—. ¿Eso es todo? —me burlé.

La tigresa empezó a temblar, quizá de excitación, o de miedo a ceder o a reconocer que el deseo también cobraba forma dentro de ella. Le sonreí, complacido, porque caí en la cuenta de que, como yo, tampoco iba a ser capaz de seguir la razón.

Sabía que tenía novio en Detroit, pero no me importaba. La deseaba y punto.

Sin motivo. Sin freno.

Por otra parte, era así como sobrevivía.

Agredía la mente femenina, olfateaba sus deseos, me alimentaba de sus cuerpos..., era así como permanecía atado al hilo sutil que me unía a la vida.

Me acerqué un poco más y ladeé la cabeza para que nuestros labios se rozaran; los suyos se entreabrieron, demostrándome que ella también tenía ganas de saborearme.

Le acaricié el labio inferior, liso y suave, con el mío. Selene apretó los ojos, como si librara una batalla interior entre lo que consideraba correcto y lo que consideraba equivocado. Yo tendía a lo equivocado, como siempre, y estaba seguro de que ella vacilaba.

La sujeté por las caderas y jugué con las cintas del biquini sin importarme su turbación. Quería más, el cuerpo me ardía de deseo y encajé las caderas con las suyas para gozar del contacto.

Apreté la nariz en su cuello y me pareció percibir los latidos de su corazón y el olor de su excitación mezclado con el del cloro. Me puso las manos en los hombros y unió su pecho al mío. Noté la turgencia de los pezones y tuve que contenerme para no inclinarme a morderlos.

Nos miramos fijamente.

Era mi momento preferido: el instante antes del beso. Ese en el que el corazón entra en fibrilación, la mente se desconecta y la espera se hace trepidante.

Rocé su suave mejilla con la punta de la nariz y llegué a la boca, la puerta del paraíso.

¿Dejaría entrar a un diablo pecador como yo?

Le lamí las comisuras de la boca y traté de besarla. Al principio encontré los dientes apretados, haciendo de barrera, y me costó obtener una respuesta inmediata, pero la busqué con fuerza, moviendo la lengua despacio para que se abandonara a aquel instante de perdición.

Al cabo de unos segundos, entreabrió los labios, como si fueran los pétalos de una flor, y me permitió el acceso. Me devolvió el beso, y por la manera vacilante en que empezó a secundar mis movimientos comprendí lo inexperta que era.

¿Hasta dónde había llegado con los demás hombres?

Estaba acostumbrado a mujeres capaces de provocar, seducir y complacer, mujeres seguras de sí mismas, cautivadoras y buenas en la cama, expertas en besar, en follar y en satisfacer cualquier fantasía masculina, incluso la más indecente.

Me gustaba nuestro contraste.

Adoraba la manera tímida y delicada en que Selene movía la lengua, el modo púdico en que contenía los gemidos o la discreción con la que trataba de separar nuestros cuerpos en el punto de unión más pecaminoso, y a la vez más natural, entre un hombre y una mujer.

No sentí vergüenza ni tuve miedo de hacerle sentir lo excitado que estaba ni de qué modo mi cuerpo reaccionaba a su boca. Le apreté la erección entre los muslos y la oí jadear; trató, infructuosamente, de apartarse de mí.

La sujeté con firmeza por las caderas y seguí besándola como si me la estuviera follando.

Quería hacerlo justo allí, en medio de la piscina, en pleno día, y eso no era lo correcto, en absoluto.

O paraba o la liaba. Me aparté para dejarla respirar y apoyé la frente en la suya.

—Ahora podrás decir que te has enfrentado a tus miedos —susurré.

Selene respiraba con dificultad y parecía conmocionada, incrédula quizá. Me miró profundamente mortificada por cómo había reaccionado a mi asalto. Se llevó el índice a los labios y tragó aire, como si tratara de comprender qué había ocurrido. Fue en ese momento cuando me di cuenta de que solo un cabrón egoísta de la peor calaña como yo se habría permitido robarle una parte de sí misma. Deseé que me insultara o que me diera un bofetón. Deseé que hiciera cualquier cosa, todo menos echarse la culpa por haber seguido el instinto en vez de la razón.

—Ahora podré decir que soy una fresca y que le he faltado al respeto a Jared —dijo en tono severo, a pesar de que los ojos le brillaron con una luz nueva. Selene sabía perfectamente que la atracción que nos unía hacía tambalear sus convicciones.

Salió rápidamente de la piscina y se pasó la mano por el pelo, confundida.

—¡Tengo novio! ¡Estoy comprometida! —gritó, furiosa; después, llorando a lágrima viva, cogió una toalla y se cubrió para protegerse de mis ojos, que se deslizaban hambrientos por sus curvas.

Ese era el efecto que yo causaba: confusión, desorientación, sentimiento de culpa, deseo, rabia y desilusión.

Siempre había representado el mal para cualquiera, y Selene era otra víctima más.

—Pues no permitiremos que se entere —repliqué con cinismo. Pero solo empeoré la situación.

Selene comprendió que su noviete me daba completamente igual, que lo único que contaba para mí era haberme salido con la mía, aunque solo fuera por unos instantes. Me miró asqueada y se fue corriendo.

Entendía su reacción. Yo besaba a todas las mujeres solo para enviarlas al infierno; quería que conocieran a mis diablos y que ardieran en las llamas.

Un beso era, para mí, la antesala de los pecados carnales. Era el creador del deseo, era fuego y vicio.

Salí de la piscina, me sequé apresuradamente con una de las toallas, me quité el bóxer mojado y me vestí. Bajé las escaleras y fui a mi habitación a por una sudadera y el paquete de cigarrillos que me había servido de excusa con Logan.

Después me dirigí a la planta baja y supe que mi madre había ordenado a Anna que pusiera la mesa bajo la glorieta del jardín para aprovechar el día de sol otoñal y comer al aire libre.

Me uní a mi familia y disfruté del viento terso que me agitaba el pelo húmedo. Me senté al lado de Selene, en el único sitio libre.

Ironía del destino.

La miré y me dediqué a observarla con atención. Se había recogido el pelo en una cola floja y se había puesto los vaqueros de siempre con una camisa clara que le ceñía el pecho, poco abundante.

De repente, y a pesar de que tenía el estómago vacío, solo tenía hambre de ella.

Suspiré y traté de contenerme; si tenía una erección, no sería fácil ocultarla porque no llevaba puesto el bóxer.

Selene, por su parte, trató de no hacerme caso. Cuando se pasó las manos por los muslos con nerviosismo, yo le cogí una instintivamente y se la apreté por debajo de la mesa.

—¿Qué quieres? —murmuró con rabia mientras trataba de soltarse.

—No te tortures —respondí inexpresivo. Al fin y al cabo, no había matado a nadie, solo había constatado que nadie puede vencer la atracción física.

—Para ti es fácil hablar. —Se soltó de mi mano y se pasó el resto de la comida prestando atención a mi madre y a mis hermanos.

Debería haberme arrepentido de lo que acababa de hacer, pero no fue así. Estaba sencillamente cegado por el deseo que sentía por ella. Para mí se había convertido en un juego, en una partida de ajedrez que quería ganar a toda costa. Era un desafío entre mi vida y yo. Selene no sabía lo lejos que estaba yo de la normalidad y nunca comprendería lo que a ella le resultaba ilógico o inaceptable. De repente, la voz de mi hermana Chloe, que pronunciaba el nombre de aquel idiota de Carter, me sacó de mis retorcidos pensamientos.

—¿Ya te he dicho que detesto a ese tipo? —dijo Logan entre dientes.

Estaba de acuerdo con él. Carter Nelson, el hermano menor de Bryan, no era ni de fiar ni respetuoso como Chloe creía. Lo conocía, tenía mala fama. Trataba a las mujeres como si fueran juguetes y no entendía que ella lo viera como un príncipe azul salido de un puto cuento de hadas.

—Nuestra hermanita está tan cegada por la ilusión del amor que no se da cuenta de que ese tipo es un imbécil —solté sin ninguna consideración para con ella. Estaba acostumbrado a decir lo que pensaba y no tenía la intención de callarme tampoco entonces.

—¿Acaso crees que es como tú? —dijo ella en tono desafiante. Sí, lo creía. Carter era como yo. Precisamente por eso, aunque no me permitía juzgar su comportamiento con las demás mujeres, tenía derecho a proteger a mi hermana de tipos como él y como yo.

—Somos tus hermanos y solo queremos que tengas cuidado —intervino Logan, pero Chloe también había heredado mi tozudez y obstinación, por eso discutíamos siempre.

—No eres más que una ilusa que no sabe una mierda de la vida —añadí con saña. Perder fácilmente el control era uno de mis peores defectos. Era instintivo, a menudo insensible, y me di cuenta demasiado tarde del daño que mis palabras podían hacerle a una chiquilla todavía incapaz de ver los peligros que la rodeaban.

Chloe arrojó el cubierto contra el plato, furiosa.

—¿Por qué? ¿Tú sí sabes de qué va la vida? Deberías hacer un poco de autocrítica. No sabes lo que significa querer a alguien. ¿Crees que lo correcto es acostarse con muchas mujeres e ilusionarlas como hiciste con Scarlett? —gritó fuera de sí.

Mi reacción fue instantánea: sentí que me ahogaba. Scarlett era un capítulo peliagudo de mi pasado. Detestaba hablar de ella, recordarla e incluso oírla nombrar.

Me puse de pie con tanta rabia que la silla se cayó al suelo. Mi madre me dirigió una mirada suplicante tratando de evitar que montara uno de los números a los que mi familia estaba acostumbrada.

Sí, mi familia, pero no Selene.

Me crucé con su mirada cristalina y leí en ella miedo y desconcierto, que era exactamente lo que yo suscitaba en quienquiera que entrara en contacto con mi sucio mundo.

En efecto, los que se acercaban a mí tenían que ajustar cuentas con lo que yo era, con lo que había vivido y que me había transformado en alguien que nunca habría querido ser.

Por un instante fugaz, me arrepentí de haberla besado.

No debería haberla implicado en mis marrones, aunque me había gustado sentir su dulce sabor en la lengua. Dentro de mí empezó una lucha sin tregua que me turbó todavía más.

Me puse nervioso. Me dieron ganas de liarme a patadas, de romper algo, como siempre cuando la razón me abandonaba y cedía el paso a mí otro yo: el Neil irascible e incontrolable.

Me aparté de la mesa e hice lo que mejor se me daba.

Esconderme del mundo.

Hablé con los monstruos que vivían en mi cabeza; a veces pensaba que eran los únicos que me entendían.

Reviví el pasado y encontré al niño que fui y al que tanto había buscado.

Luchaba contra él, lo detestaba, me oponía, pero siempre fracasaba.

Aquel niño seguía existiendo y convivía conmigo, ocupaba el salón de mi alma y no tenía la intención de marcharse.

5

Selene

La razón es una isla pequeñísima en el océano de la irracionalidad.

IMMANUEL KANT

Continuaba mirando fijamente mi imagen reflejada en el espejo mientras me recogía el pelo en un moño desordenado. No había hecho nada más que pensar en el beso del día anterior, los labios de Neil en los míos, nuestros cuerpos fundidos en la piscina. Nunca había sentido nada igual; sensaciones que lo abarcaban todo, devastadoras, dominantes, únicas…

Había traicionado a Jared y me había traicionado a mí misma, la Selene que nunca habría pensado en un chico mientras estaba con otro, que nunca habría defraudado a su novio, que nunca habría cedido a la tentación.

La conciencia de lo que había hecho se abrió paso en mi interior de manera dolorosa y oprimente.

¿Qué me estaba sucediendo?

Sabía que Neil tenía un poder ilimitado sobre mí, pero seguía sin entender por qué no era capaz de resistirme a él.

Suspiré, me puse unos vaqueros claros y una sudadera gris; cuando cogí el bolso, el móvil empezó a vibrar de repente.

Miré la pantalla: era Jared.

El corazón me brincó en el pecho y se me cortó la respiración.

¿Qué iba a decirle?

Traté de dominar el pánico y respiré profundamente.

—Hola —respondí al cabo de varios toques.

—¿Cómo estás, nena?

«Fatal», pero no podía decírselo. Oír su voz aumentaba el sentimiento de culpa.

—Bien, estoy a punto de ir a la universidad con Logan, ¿tú qué haces? —le pregunté mientras me ponía los zapatos dando saltitos por la habitación.

—Acabo de salir de la primera clase del día y he aprovechado para llamarte. Te echo de menos —me dijo en tono cariñoso. En aquel instante, decidí que debía aclararme las ideas. No era propio de mí faltarle al respeto, no vivía tranquila, me sentía sucia, contaminada por algo negativo.

—Me alegro de hablar contigo, pero tengo que irme o llegaré tarde —dije de corrido; quería interrumpir la conversación porque tenía ganas de llorar. No podía asustar a Jared, debía hablarle en persona.

—De acuerdo, nena, te llamaré más tarde. Te quiero.

Me imaginé su sonrisa y sus ojos dulces mientras pronunciaba aquellas dos palabras, tan sencillas y a la vez tan difíciles para mí. Nunca había dicho «te quiero», estaba firmemente convencida de que el amor era un sentimiento único, algo tan valioso que solo podía darse al hombre correcto, al que sería capaz de robarme el corazón.

—Hasta luego. —Colgué y me puse a buscar a Logan por toda la casa. Eché un vistazo en la cocina y vi a Mia desayunando con Chloe y con mi padre.

—Buenos días, Selene —dijo levantando una mano para saludarme.

—Buenos días a todos —respondí con una sonrisa tensa mientras me colocaba la bandolera en el hombro.

—¿No desayunas con nosotros? —preguntó mi padre. Pero yo no tenía apetito. El estómago, atormentado por lo sucedido el día anterior, se me había cerrado.

—Llego tarde. Estoy buscando a Logan para ir a la universidad —repliqué tensa; rezaba para no encontrarme con su hermano mientras lo esperaba.

De Neil, por ahora, no había rastro, pero vivíamos bajo el mismo techo y las probabilidades de que me topara con él eran altas. Puesto que me sentía irracional y vulnerable cuando me hablaba o simplemente me miraba con aquellos ojos de color miel, había decidido mantenerme alejada de él para evitar nuevos problemas, al menos mientras planeaba cómo contarle a Jared lo ocurrido.

Por suerte, Logan apareció al cabo de unos instantes, listo para salir. Sin ni siquiera decirle buenos días, lo cogí de la muñeca y lo arrastré conmigo para evitar eventuales encuentros indeseados.

—¿Buen día, no? —me preguntó Logan, ya en el coche, al verme pensativa y con la mirada torva.

—Mis días son siempre malos —admití.

—Mira, Selene, creo que deberías ver las cosas desde otro punto de vista —dijo, y pisó el acelerador para adelantar a un vehículo que le estorbaba.

—¿Qué quieres decir? —Me volví hacia él; Logan miraba la carretera concentrado y reflexivo.

—Pues que esta es tu ocasión para cambiar las cosas, para que salgan como quieras. No lo veas todo negro, considera la vida como un lienzo blanco que puedes pintar de colores —murmuró serio.

—¿De dónde lo has sacado? —Sonreí y le di las gracias mentalmente por haber disipado mi mal humor.

—De alguna parte, pero no deja de ser verdad —añadió divertido. Se hizo el silencio entre nosotros durante el resto del trayecto; estaba tan absorta que no caí en la cuenta de que había aparcado al lado de un inconfundible Maserati negro. Empecé a ponerme nerviosa.

Neil estaba allí.

«Tranquila», me dije. Lo evitaría. Punto.

Convencida de mi decisión, pero con una punta de temor, me encaminé por los inmensos pasillos de la universidad. Trascurrieron seis extenuantes horas de clase sin rastro de Neil, lo cual me tranquilizó hasta tal punto que logré prestar atención a los comentarios de los chicos sobre el enésimo evento al que tenían la intención de asistir.

—¡Vamos! ¡Tocaremos Jake y yo! ¡No podéis perdéroslo! —dijo Adam, que puso morros como si fuera un niño porque Julie había decidido no ir.

—Mañana tenemos clase —replicó ella; en su mente solo tenían cabida los estudios, al menos entre semana.

—Marchaos pronto si queréis, pero venid —intervino Jake

apoyando a su amigo; trataba de convencer a Julie y a Alyssa de que fueran a escucharlos tocar en un local cercano.

—De acuerdo, iremos, pero deja de lloriquear —dijo Logan. Yo no tenía ningunas ganas de unirme a ellos y traté de ocultarme detrás de mi hermanastro para evitar que empezaran a marearme con sus súplicas.

—No te escondas, Selene. Ven tú también —me presionó Jake sujetándome del brazo. Todos se echaron a reír divertidos.

—Por supuesto que la muñeca vendrá con nosotros —dijo Cory rodeándome los hombros; cuando le dediqué una mirada amenazadora, restableció la debida distancia. Suspiré y acepté la invitación. Al menos evitaría una velada solitaria o, lo que es peor, en compañía de Neil. Después de lo que había pasado debía andarme con cuidado. Sus ojos siempre lograban hechizarme; si el precio para evitar meterme en más líos era ir a una estúpida fiesta, lo pagaría.

Me despedí de todos, y Logan y yo volvimos a casa y comimos juntos, solos. Mia tenía trabajo, Chloe se había quedado a estudiar en casa de una amiga y mi padre volvería tarde de la clínica.

—Es raro que Neil no haya venido a comer —murmuró Logan.

Mientras que yo me sentía profundamente aliviada por la ausencia de Neil, Logan parecía intranquilo. ¿Por qué se preocupaba tanto? Su hermano era lo suficientemente mayor para cuidar de sí mismo, ¿no?

—Se habrá entretenido hablando con alguna de sus amigas —repliqué. Habría utilizado la palabra «amante», pero no quería ser ofensiva.

Di las gracias a Anna cuando retiró los platos sucios y volví a mirar a Logan, que cada vez estaba más nervioso.

—Ven, vamos al salón —dije, tratando de entretenerlo con los cursos, los profesores e incluso el tanga de la profesora Cooper, pero nada parecía distraerlo de sus pensamientos sombríos. Nos pusimos cómodos en el sofá, donde Logan empezó a agitarse como si se hubiera sentado sobre un montón de alfileres, señal inequívoca de su nerviosismo.

—Para un momento, Selene, ¡estoy preocupado! —me cortó por primera vez desde que lo conocía; luego empezó a recorrer el salón de arriba abajo. Me callé al instante, abochornada por mi falta de delicadeza, pero él se sentó a mi lado de nuevo y me cogió la mano para pedirme perdón por sus modales.

No tenía motivos. Quizá no entendía que estuviera tan preocupado porque no conocía bien a su hermano.

¿Era proclive a meterse en líos?

O peor aún, ¿tenía alguna adicción?

No tenía bastante confianza con él para preguntárselo, así que me limité a tranquilizarlo.

Fue en ese momento cuando entendí lo mucho que le importaba Neil, la indisolubilidad del vínculo que los unía, y casi lo envidié porque yo no tenía la suerte de contar con hermanos o hermanas.

—Dentro de un momento entrará por esa puerta con sus aires de chulo, ya lo verás —traté de desdramatizar para aliviar la tensión que flotaba en el ambiente. De repente, la cerradura de la puerta se abrió.

—¡Neil! ¡Gracias a Dios! —exclamó Logan con un suspiro de alivio, y corrió hacia él—. ¿Dónde has estado?

Comprendí mejor la preocupación de Logan cuando vi que Neil tenía un morado en el pómulo. Parecía la señal inequívoca de un puñetazo en plena cara.

—¿Qué te ha pasado en el ojo? —volvió a preguntarle Logan impresionado. Me levanté del sofá y me acerqué a ellos.

—No es nada. —Neil lanzó las llaves del coche sobre el mueble de la entrada y se quitó la cazadora de piel con total indiferencia.

—¡Dime qué coño ha pasado! —gritó Logan haciéndome dar un respingo. Pero a Neil su rabia no pareció importarle en absoluto. Se limitó a mirarlo con el ceño fruncido, casi molesto.

—Un capullo me ha hecho cabrear..., nada más —admitió sin entrar en detalles; estaba claro que no quería hablar del tema.

—¿Ya está? —Logan puso los brazos en jarras y le cortó el paso para impedir que eludiera sus preguntas.

—Sí. Me ha provocado y lo he dejado retorciéndose en el suelo, como se merece un gilipollas como él.

Ah, genial. Encima se enorgullecía. Y pensar que por un momento hasta me había aliviado que no tuviera nada roto.

—¿Q-qué? —balbució Logan—. ¡Coño, Neil! ¿Es que quieres ganarte otra denuncia?

Lo apuntó con el dedo, y él lo miró fijamente, inexpresivo. Su frialdad era inhumana, parecía un chico decepcionado y vencido por la vida, incapaz de sentir dolor, o cuyo dolor quizá era tan profundo que había construido un muro de acero a su alrededor para defenderse de todos.

Para mí, Neil seguía siendo un misterio. No sabía prácticamente nada de él ni de su pasado, solo me había mostrado su lado superficial, descarado y en parte perverso.

Permanecía de pie, frente a su hermano, con su ropa oscura, que parecía una extensión de la oscuridad de la que era prisionero, y no daba ninguna pista para resolver el enigma que era su persona.

—Saldrá de esta —dijo Neil, cínico e impasible. Después pasó por nuestro lado y subió al piso de arriba dejándonos a merced de un torbellino de preguntas y de dudas.

—Nunca cambiará —dijo Logan, evidentemente disgustado. Sacudió la cabeza y suspiró mirando al suelo. Yo no sabía qué decir y le puse una mano en el hombro para animarlo—. Creía que había cambiado, pero me equivocaba —añadió. Agotado, se encaminó hacia el piso de arriba y desapareció.

Entonces yo también me fui a mi habitación y estudié hasta las ocho de la tarde.

Debía prepararme para la noche, pero las dudas me atenazaban.

Me preguntaba por qué Neil se comportaba de aquella manera, por qué se buscaba a sí mismo en la rebelión y por qué parecía tenerla tomada con el mundo entero.

Nunca obtendría una respuesta si no lo conocía mejor, pero eso era algo que también temía porque la atracción que sentía por él era demasiado peligrosa.

Era palpable…, y aquel beso me lo había confirmado.

Además, cuando había aparecido por la puerta, guapo y tenebroso a pesar del morado que marcaba su rostro viril, el corazón me había dado un vuelco casi doloroso.

Era increíble la manera en que mi cuerpo reaccionaba a su cercanía, y no solo porque deseaba ser besada por aquellos labios.

En realidad, deseaba mucho más que eso, y la vergüenza que me daba admitirlo me hizo apretar los ojos y maldecirme por ello.

Cuando me desperté del ensimismamiento, me di cuenta de que llegaba tarde y me preparé rápidamente para el concierto. Me puse un top negro, unos vaqueros ceñidos y un abrigo largo.

Llegué al local con Logan y me guardé de hacerle preguntas durante el trayecto, que fue silencioso; ninguno de los dos habló de lo que le había ocurrido aquella tarde con Neil.

—¡Por fin habéis llegado! ¡Os esperábamos! —dijo Alyssa en la entrada del Runway, el local donde habíamos quedado.

Llevaba un espléndido vestido con estampado floral sobre fondo blanco y no me pasó inadvertida la ojeada lánguida que Logan echó a sus piernas. Intuía que se gustaban, pero quizá ninguno de los dos tenía valor para confesárselo al otro.

—¡Vamos! Dentro de poco empiezan a tocar —dijo Cory.

Cogí a Julie, que miraba a su alrededor algo perdida, y entramos en el local en el que nuestros amigos estaban a punto de actuar.

Nos dirigimos al bar y mientras los demás tomaban cócteles, yo, aburrida como siempre, miré alrededor en busca de algo más interesante que hacer que beber alcohol; inesperadamente, reconocí entre la multitud que aclamaba a la banda del escenario una cabellera castaña y rebelde. El cuerpo vigoroso e imponente de Neil abrazaba el de una morena menuda que bailaba sensualmente frotando las nalgas contra su bragueta.

Todas mis células se sintieron atraídas por él con una fuerza incontrastable y oscura; la manera en que captaban su presencia era aterradora.

Posé lentamente los ojos sobre los labios que lamían el cuello desnudo de la chica; luego, cuando desplacé la vista y encontré la mirada lujuriosa de Neil, sentí un puñetazo en el estómago. Me sobresalté como si un policía me hubiera pillado robando en un supermercado. No dejé de mirarlo mientras él llenaba de atenciones a la desconocida.

La besaba, la acariciaba y la apretaba contra su cuerpo; yo leía en sus ojos la malicia oculta en cada gesto.

Bailaba con ella pero me miraba a mí, lo cual aumentaba la extraña sensación que me atenazaba la boca del estómago. Volví a pensar en lo irracionales e incontrolables que eran mis reacciones.

La chica giró la cabeza y buscó los labios de Neil. Él no la rechazó, al contrario, la besó con ardor para que me imaginara lo que iba a pasar dentro de poco, quizá en los baños del local.

De repente caí en la cuenta: era exactamente igual que mi padre.

Volví al pasado, a cuando con quince años sorprendí a Matt detrás de una mujer inclinada sobre el escritorio de su despacho. El tiempo había transcurrido, pero aquella imagen seguía grabada con nitidez en mi cabeza. Había pasado la tarde con Sadie, mi mejor amiga del instituto, pero una fuerte tormenta me obligó a volver a casa antes de lo previsto. Subí al piso de arriba y me dirigí al despacho de mi padre para pedirle que viéramos juntos una película, pero me detuve al oír los gemidos de una mujer. No era tan ingenua como para no entender lo que estaba ocurriendo y deseé con todas mis fuerzas que la mujer que estaba con él fuera mi madre en vez de una desconocida. Con la respiración entrecortada, me acerqué a la puerta entornada y vi a mi padre con una compañera de trabajo, Leslie Hellen.

La conocía muy bien, incluso había comido en nuestra casa recientemente, un domingo. Recuerdo el asco que sentí, sobre todo por la manera obscena en que ella le imploraba que empujara más fuerte mientras Matt le sujetaba las caderas con vehemencia para contentarla.

La fuerza de aquel recuerdo me hizo tambalear y retrocedí hasta chocar contra una de las mesas, a la que me sujeté para no caer.

—¿Estás bien, Selene? —creí oír la voz de Julie a mi lado. Me tocó el hombro y me miró con preocupación. Yo estaba conmocionada, aturdida, confusa.

—Vamos a tomar algo, Julie —le propuse sin pensarlo, y bebí más de lo que puede aguantar una abstemia como yo.

No sabría explicar cómo me sentía en aquel momento, solo buscaba una escapatoria de la realidad. Pensé en mi traslado, en el beso arrebatador de Neil, en Jared, en mi cambio repentino, en lo destructiva que era la situación actual y en el deseo de emprender un camino absolutamente equivocado, como si mi cuerpo hubiera adquirido vida propia y hubiera arrinconado a mi razón.

Me emborraché como una tonta, a sabiendas de que solo me hacía daño a mí misma.

Tras perder la cuenta de las copas que me había echado entre pecho y espalda, me di cuenta de que me costaba pronunciar las palabras y que casi no recordaba mi nombre.

—Se- será mejor que lo dejemos... —dijo Julie, que mascullaba palabras sin sentido mientras yo reía como una histérica, quizá para liberarme de la angustia que sentía.

—Pude... pode...pu-puede que tengas razón. —Me apoyé en la barra del bar y parpadeé repetidamente; se me nublaba la vista, por no mencionar la mente.

—Chicas... —dijo alguien. Debía de ser la voz de Logan. Me giré para asegurarme. Sí, era él. Pero, un momento, ¿cuántos Logan había?

—Hola a todos. —Agité la mano para saludar a todos los Logan que tenía delante, a pesar de que su mirada de reproche no anunciaba nada bueno.

—¿Estás borracha, Selene? —Su voz me llegaba como un eco lejano, me sentía ajena a la realidad, así que me limité a asentir y a rodearle los hombros con el brazo. No me aguantaba de pie y no podía dar un paso sin tropezar.

Menos de una hora después me encontré en casa con Logan, que primero había acompañado a Alyssa y a Julie.

—¿Sabes por qué las mariquitas son rojas, Logan? —Hablaba por los codos; me había parado en el porche de la villa a observar la pared.

—No, Selene —suspiró él mientras abría la puerta de entrada.

—Porque el rojo, en la antigüedad, era señal de buena suerte —expliqué como si fuera una experta en la materia. Pero Logan se había cansado de mi verborrea.

—Eso no explica que sean rojas —refunfuñó agotado sin dejar de sostenerme.

Después entramos en casa y me arrastró hasta las escaleras como pudo. Por suerte, todos estaban acostados y Logan se movió con habilidad en la oscuridad para que nadie notara nuestra presencia.

—Pero sí que explica por qué traen suerte —añadí al cabo de unos instantes para defender mis importantes razonamientos deductivos.

—Sí, sí, por supuesto. Pero ya has hablado demasiado y es hora de irse a la cama —bufó, ayudándome a subir despacio las escaleras; de vez en cuando se me doblaban las rodillas y me caía como un saco de patatas, pero Logan enseguida me sujetaba. Mascullé gracias en voz baja y lo vi desaparecer por la puerta de la habitación.

Me latían las sienes y tenía el estómago encogido.

Ya había vomitado de regreso a casa, pero las náuseas persistían.

Traté de cerrar los ojos; dormir me haría sentir mejor, pero unos ruidos procedentes de la habitación de al lado turbaron mi sueño. Estaba segura de que era Neil, divirtiéndose con alguna chica, y decidí que aquella noche no le permitiría fastidiarme.

Me levanté y fui hacia la puerta; eché una ojeada furtiva al pasillo y caminé hasta su habitación apoyándome en la pared. Todo daba vueltas y el suelo parecía un mar de mármol surcado por olas invisibles. Parpadeé y me concentré en llegar hasta su puerta.

Llamé con insistencia hasta que Neil, en carne y hueso, apareció en el umbral con el pantalón del chándal y sin camiseta. Miré sus músculos, bien definidos y firmes, incluidos los pectorales, que habría acariciado de buena gana, y seguí hasta los ojos, resplandecientes como el oro. Me observó confundido, y yo traté de no dejarme distraer por su cuerpo perfecto.

Me aclaré la garganta.

—¿Qué estás haciendo? ¿Quieres parar de armar jaleo? ¡Y no me digas que hay una chica en tu habitación porque esta noche quiero dormir! —le espeté antes de empujarlo y entrar. Miré la cama extragrande y noté con sorpresa que no había nadie.

Solo un saco de boxeo oscilante que colgaba del techo y su aroma a tabaco y musgo flotando en el aire.

—¿Te has vuelto loca? ¿Qué quieres? No estoy follando con nadie. Solo me entrenaba.

Pasó por mi lado, molesto, y observé que estaba sudado; le miré la primera línea marcada de la espalda y los músculos poderosos de los brazos, luego noté las vendas blancas que le envolvían las palmas de las manos.

Todo en él desprendía una fuerza pecaminosa.

Me quedé en silencio, consciente de que había metido la pata, y Neil se agachó para coger una botella de algo que parecía alcohol.

No era una experta, pero por el olor fuerte y acre era whisky.

Ladeé la cabeza y lo miré atentamente. Tenía los ojos brillantes y las mejillas enrojecidas. Caímos en la cuenta a la vez.

—¿Estás borracho?

—¿Estás borracha?

Preguntamos al unísono. De repente, percibí una sensación de peligro: si ninguno de los dos estaba sobrio, iba a ser difícil controlar la situación.

—Es…, es mejor que vuelva a mi habitación. —Alcancé la puerta con dificultad y antes de salir me di la vuelta—. Perdona, creía que tú…, es decir, he venido porque…

No sabía qué decir, me había equivocado y lo mejor que podía hacer era disculparme y alejarme de allí. Sin embargo, mi cuerpo permaneció quieto, esperando algo que ni yo misma sabía.

Neil dejó la botella vacía en el suelo y se acercó. Todo él, su piel, ambarina y brillante, y sus líneas armoniosas, estaba empapado en sudor. Por un momento me fijé en el tatuaje maorí del bíceps derecho y me pregunté por qué habría elegido un símbolo como ese.

Antes de que pudiera salir de aquel estado de ensoñación, sentí su mano cálida acariciarme la mejilla. Habría querido rechazarlo, sentir asco, no desearlo, sin embargo aquel gesto despertó las sensaciones que había aprendido a reconocer: lujuria, temor y confusión.

—Eres muy guapa, ¿sabes?

Parecía como si se lo dijera a sí mismo en vez de a mí. Le miré los labios y me pregunté qué sentiría si los saboreaba de nuevo. No había olvidado su suavidad ni la manera experta en que habían secundado los míos. Aquellos labios eran capaces de nublar el juicio a una mujer y de darle el placer que prometían.

—Tú también —respondí. De repente, estar allí, con él, expresando lo que pensábamos, me pareció lo más normal del mundo.

¿Por qué me sentía atraída por una persona tan diferente a mí?

En aquel momento no me importó. Neil y yo solo éramos dos jóvenes que aprendían a descubrirse, a despecho de las reglas y de lo que aconsejaba la razón.

—¿Por qué has bebido? —Me acarició el labio inferior con el pulgar, lo entreabrí y absorbí la aspereza de su yema; respiraba entrecortadamente.

—¿Y tú? —le pregunté. Sonrió casi con… dulzura.

—¿Sabes lo que decía Bukowski? —dijo de repente sin dejar de acariciarme. Negué con la cabeza—: «Cuando pasa algo malo, se bebe para olvidar; cuando pasa algo bueno, se bebe para celebrarlo; si no pasa nada, se bebe para que pase algo».

Me pasó un brazo por la espalda y unió nuestros cuerpos. Apurada, bajé la vista y le miré el pecho desnudo, lo cual no fue de gran ayuda para ahuyentar la extraña excitación que sentía. Me pasó los nudillos por la mejilla y levanté la mirada lentamente para entrelazarla con la suya; entonces leí en sus ojos todo el deseo que sentía.

Me pregunté qué leería él en los míos, pero el mundo desapareció de mi vista cuando sus labios rozaron los míos por segunda vez.

Dejé de pensar, el cerebro se me apagó. Sentí todo el calor de su cuerpo contra el mío, mi piel expuesta a sus besos, el corazón galopar enloquecido, nuestras lenguas perseguirse con fervor.

Neil olía a alcohol, a tabaco, a pecado y a error, pero también a sueños, seguridad, experiencia y conocimiento. Sus ojos se perdieron en los míos. Nos quitamos la ropa. Una mezcla de dolor y placer se apoderó de mi cuerpo y me transportó a otra dimensión. Los ojos me escocían y tenía las mejillas mojadas… ¿Acaso lloraba? No me di cuenta del todo; clavé las uñas en su espalda mientras escalofríos y sensaciones que nunca había experimentado me recorrían el cuerpo.

Me sentí una sola cosa con él, completa, atada a un chico problemático del que todavía no sabía casi nada.

Solo éramos ojos en los ojos, cuerpos ardientes enlazados, mentes nubladas, apagadas, irracionalidad e instinto.

Pasión y error.

Sueño y realidad.

6

Selene

La verdad está en alguna parte entre nuestros errores.

Billy

Extraña.

Así me sentía.

Estaba en una cama mullida, al calorcito debajo de las mantas. Despierta, aunque los ojos no daban señales de querer abrirse.

Ni siquiera sabía qué hora era y seguramente me había saltado las clases.

Abrí los párpados lentamente y estiré los músculos entumecidos, que extrañamente me dolían. Miré alrededor y lo primero que vi frente a mí fue una pared oscura con un póster de un equipo de… ¿baloncesto?

¿Desde cuándo mi habitación era tan… masculina? Los muebles jugaban con una gama de colores que iba del negro al azul cobalto. Quizá todavía estaba medio dormida o sufría alguna extraña alucinación.

Me incorporé, la cabeza me daba vueltas y estaba completamente desnuda.

Me quedé mirándome el pecho por un tiempo que no podría definir, tratando de reconstruir lo sucedido. Busqué una explicación sensata, un motivo que justificara mi desnudez, pero no encontraba nada.

Empecé a sentirme confusa y perdida.

Cuando noté que un cuerpo se movía a mi lado, creí que iba a morirme.

Me giré rápidamente y vi los anchos hombros de un chico que hundía la cara en la almohada.

Me temblaron las manos y el estómago se me cerró con un apretón doloroso. Salté de la cama y arrastré conmigo las sábanas tibias, descubriendo la desnudez de él, que dormía como un bendito.

Piernas firmes, glúteos marmóreos, músculos completamente relajados y expuestos..., en circunstancias normales habría podido apreciar a semejante adonis, pero no mientras estaba desnuda en su habitación.

—¡Oh, Dios mío! —grité desconcertada apretando la larga sábana blanca contra el cuerpo. Contuve una arcada provocada por el asco que sentía de mí misma. Era una tragedia, ¡había causado un daño irreparable! ¿Quién era ese tipo? ¿Me había acostado con un desconocido que había conocido en el local?

—Mmm... —murmuró el chico hundiendo aún más la cabeza en la almohada, sin darse cuenta de nada.

Miré de reojo a mi alrededor. Sobre una estantería vi una foto de Logan y Neil en la playa, de niños. Me atusé el pelo y dirigí la mirada al brazo doblado del chico: el tatuaje maorí..., aquel maorí...

Cuando por fin caí en la cuenta, tuve que apoyarme en el escritorio para no caerme al suelo. Me hundí en la desesperación.

Empecé a atar cabos y la realidad se abrió paso en mi mente.

—Ne-Neil... —balbucí conmocionada.

Fue entonces cuando el chico, que había dejado de ser un desconocido, levantó un poco la cara y me saludó con hastío, sin mirarme.

—Escúchame, seas quien seas..., ha sido genial, pero ahora vete.

Por supuesto, aún no entendía la gravedad de la situación. Pero..., un momento. ¿De esa manera se deshacía de sus presas al día siguiente?

—Bukowski tenía razón... —Me arrebujé en la sábana y noté que se le tensaba el cuello al oír mi voz. Se incorporó apoyándose en los codos y giró la cabeza en mi dirección. Sus ojos, aún empañados por el sueño, no pudieron ocultar el estupor que probablemente también se transparentaba en los míos.

—¿Selene? —preguntó turbado; una chispa de asombro se encendió en sus ojos, que me miraban fijamente. Tenía los labios hinchados y el pelo revuelto. ¿Había sido yo quien lo había dejado en esas condiciones? ¿Y yo? ¿Qué aspecto tenía?

Empecé a caminar arriba y abajo por la habitación como una loca, no daba crédito a la evidencia. Me sentía sucia y desleal, y habría querido tener poderes mágicos para retroceder en el tiempo y transformar la realidad en un mal sueño.

—¡¿Qué haces en mi habitación?! —Trató de levantarse, pero lo detuve al instante.

¿Acaso se había vuelto loco? Lo último que quería era ver sus intimidades.

—¡No te levantes! —le ordené tajante. Neil vio la sábana que envolvía mi cuerpo y luego cayó en la cuenta de que estaba completamente desnudo, tumbado boca abajo sobre la cama. Suspiró.

—Tranquilízate, Selene.

Se quedó quieto sobre los codos y me dirigió una mirada de diablo culpable. Era guapo, descarado, terriblemente atractivo, no debería haber cometido semejante error.

—¿Que me tranquilice? —grité furiosa, a pesar de que la culpa era mía y no suya. Debía enfadarme conmigo misma, lo sabía muy bien.

—Pásame un bóxer limpio. No puedo quedarme así todo el rato. —Suspiró de nuevo y se apartó un mechón rebelde del ojo izquierdo. Todos sus gestos eran provocadores. Sacudí la cabeza, no era el momento de dejarme seducir por su carga erótica, aunque bien pensado no habría podido ser más víctima de ella de lo que ya era.

—¿De verdad piensas en tu bóxer después de lo que ha ocurrido entre nosotros? —Su impasibilidad me dejaba de piedra.

—¿Quieres que analice el asunto desnudo, tumbado boca abajo en la cama? Busca en la cómoda.

Tenía razón. Me puse a buscarlos y cuando los encontré se los lancé y me di la vuelta mientras esperaba que se los pusiera. Entretanto, miraba la pared sin cuadros y el escritorio, donde había un ordenador portátil y dos fotos de él y Logan. Neil debía tener unos ocho o nueve años en las dos; noté que no había rastro de instantáneas más recientes.

—Puedes darte la vuelta —dijo al cabo de unos instantes. Obedecí y me encontré ante una imagen espectacular: Neil estaba sentado sobre la cama únicamente con el bóxer. Tenía el aspecto cansado pero satisfecho de quien se lo ha pasado muy bien la noche anterior—. Es un marrón muy chungo —comentó, y se mordió el labio con nerviosismo mirando nuestra ropa esparcida por el suelo.

—Pero ¿cómo se te pudo ocurrir? Estaba borracha, Neil. —Empecé a pasear por la habitación, presa del pánico; no había nada que pudiera hacer para reparar el daño causado, solo podía aceptarlo y aprender a convivir con él—. Nunca me lo perdonaré.

Pisé algo sin darme cuenta y me paralicé cuando vi que era el envoltorio abierto de un preservativo. Neil también lo vio, pero no dijo nada. Las pruebas irrefutables de lo que había ocurrido entre nosotros saltaban a la vista.

—Ha sido un error, Selene. No estábamos sobrios —trató de tranquilizarme, pero de mis labios salió una risa amarga. Sí, había sido un error que habría podido evitar si hubiera sido menos tonta y más madura.

—Para ti es fácil decirlo, Neil. ¿Con cuántas te acuestas en una semana? ¿A cuántas seduces que ni siquiera recuerdas cómo se llaman? ¡Pues entérate de que para mí nunca ha sido así!

El sentimiento de culpa me dominó y sentí un profundo desasosiego. No me reconocía. La chica que yo era nunca se habría acostado con uno cualquiera, ni siquiera borracha.

Me entraron ganas de llorar, pero no quería mostrar mi debilidad delante de Neil.

Además, no solo estaba mareada, sino que sentía una incómoda quemazón entre las piernas cada vez que daba un paso.

Me dolía el vientre, así como los costados y otros músculos que ni siquiera sabía que tenía.

Pero lo peor fue ver sobre la cama la señal de mi pureza, que tan celosamente había guardado para desperdiciarla después sin el más mínimo reparo.

Fue un golpe directo al corazón que me cortó la respiración hasta tal punto que me encontré mal.

Permanecí inmóvil, con la mirada perdida, y Neil no tuvo el valor de decir nada.

—Me he defraudado a mí misma, no quería que ocurriera así.

Seguí con los ojos clavados en la mancha roja y Neil se ensombreció porque no entendía a qué me refería. Una vez más, siguió la dirección de mi mirada y por su expresión de sorpresa comprendí que no se había percatado del *secreto* que no le había confesado ni a él ni a nadie. Sentí la miel ardiente de sus ojos posarse en mí, pero estaba demasiado abochornada para devolverle la mirada. Bajé la cabeza para no ver su piedad, el peor sentimiento que podía suscitar en él.

—Nunca creí que fueras... —Dejó suspendida en el aire su frase cargada de mortificación y se levantó de la cama al tiempo que se pasaba las manos por la cara con semblante incrédulo.

—Ya... —Nos entendimos, no fue necesario añadir nada más. Él era el primer hombre con quien me acostaba. Creí morir al pensar que se burlaría de mí, que se jactaría delante de sus amigos de haberse acostado con la pobre mojigata de Selene, llegada de Detroit para recuperar la relación con su papaíto.

—No diré nada. Será nuestro secreto. Te doy mi palabra.

Se puso frente a mí y su olor casi me aturdió. Levanté la cabeza y su expresión totalmente sincera me sorprendió. Sin embargo, lo que más me preocupaba no era que mi secreto ya no fuera tal, sino...

—Jared. —Me mareé y Neil me sujetó.

Apoyé la frente sobre su pecho y cerré los ojos. Él me puso las manos en las caderas y me apretó contra su cuerpo con un gesto espontáneo, un abrazo de consuelo que no hizo más que empeorar la situación. Yo era un cúmulo de sensaciones indescifrables que gritaban y luchaban por aflorar, pero lo único que quería era acallarlas, olvidarlas y dejar de pensar en Neil de una manera completamente inútil y dañina.

—Escucha, Selene... —No me moví, me quedé quieta, con los ojos cerrados y la mente obnubilada por el sentimiento de culpa. Neil me cogió por los hombros y me sacudió—. Mírame —me ordenó, y levanté la barbilla, abatida—. Lo siento mucho, de verdad. No quería que perdieras la virginidad de esta manera, pero no podemos dar marcha atrás. Si uno de los dos hubiera estado sobrio, habría controlado la situación, pero... —Tanteó mi cara, en busca de una reacción, pero aparté la mirada para no ver su expresión de piedad.

Para él sería fácil seguir con su vida, sería una de las tantas que olvidar.

Para mí, en cambio, él sería siempre...

Me aparté y sujeté la sábana, girándome de espaldas.

—Necesito ducharme —dije por toda respuesta—. Lavaré tus sábanas y te las devolveré limpias —proseguí como una autómata—. Tú encárgate de hacer desaparecer esa mancha.

Abrí la puerta y salí al pasillo después de asegurarme de que no había nadie.

Me dirigí a mi habitación a paso rápido, me precipité dentro y cerré la puerta con llave. Me senté en el suelo con las rodillas contra el pecho y empecé a sollozar. En aquel momento de total soledad, di rienda suelta a la frustración.

Las lágrimas me resbalaban por la barbilla y los hombros me temblaban a causa de los hipidos.

Había cometido un error irreparable, debía resignarme, pero no lograba perdonármelo. No sé cuánto tiempo pasé acurrucada en el suelo, compadeciéndome de mí misma, hundida en la más profunda desesperación. Pero no era la actitud correcta. Debía encontrar la manera de reaccionar.

Me sequé las mejillas húmedas con el dorso de la mano y me puse de pie. Estaba agotada, como si hubiera corrido muchos kilómetros. El corazón me latía fuerte y también me latían las sienes.

Una parte de mí esperaba que fuera solo un sueño, o mejor dicho una pesadilla.

Pero sabía que no era así.

Me dirigí al baño como pude y dejé caer la sábana. Me sentía débil, me dolían las piernas. Mi piel olía diferente, no era mi olor.

Me observé con atención. Dicen que la primera vez te convierte en mujer y algo cambia.

Yo veía a la misma chica, pero con un sentimiento de culpa que antes no tenía.

Escruté cada centímetro de mi piel y me ensombrecí al descubrir unas marcas moradas en el pecho derecho y en la base del cuello, al lado de la clavícula.

Prescindiendo del hecho de que Neil estaba borracho la noche anterior, me pregunté si había sido delicado, dominante o pasional.

Por las marcas que me había dejado, estaba claro que no había controlado su ímpetu, pero no recordaba nada y no podía sostenerlo con seguridad.

Me toqué lentamente, siguiendo la trayectoria de las señales, y me detuve en el pubis.

Instintivamente, con el corazón que latía enfurecido, me acaricié y noté unas manchas rojas como la púrpura en las yemas de los dedos.

Solté un débil quejido de dolor cuando contraje los músculos pélvicos; probablemente sentiría su presencia dentro de mí por algunos días.

Entré en la ducha y me enjaboné a conciencia el cuerpo y el pelo, esperando que el chorro de agua también borrara mi sentimiento de culpa.

Me vestí rápidamente y me puse ropa interior limpia, unos vaqueros y una camiseta oscura. Me sequé el pelo y lo recogí en una larga trenza. Luego, con el corrector, cubrí las señales visibles del cuello para no despertar sospechas y evitar preguntas incómodas.

Metí la sábana sucia en la lavadora y luego me acordé de que había dejado en la habitación de Neil la ropa que llevaba puesta la noche anterior.

No tenía la intención de volver allí.

Ya había armado bastantes líos por ahora.

Cuando salí del baño, alguien llamó a mi puerta. Esperé que no fueran Mia o Matt, no me sentía capaz de enfrentarme a una conversación con ellos en esas condiciones.

Saqué fuerzas de flaqueza y la abrí.

Era Neil. Llevaba un chándal, tenía el pelo húmedo y emanaba un fuerte aroma a gel de baño, como siempre. Sospechaba que consumía botellas enteras, porque me había dado cuenta de que se duchaba varias veces al día, como si estuviera obsesionado con la limpieza y la higiene personal.

—Tu ropa —me dijo. Parecía que me había leído el pensamiento.

—Sí, gracias. —La cogí y traté de evitar su mirada, ante la

que me sentía desnuda, sobre todo psicológicamente. Me desnudaba y me tocaba el alma, no había nada más íntimo.

—Selene… —susurró mortificado; sin duda quería hablarme, pero yo no estaba de humor para eso. Me sentía como una flor marchita. Su aroma a musgo no hacía más que aumentar mi malestar. Era el mismo que había notado en la piel antes de ducharme, y que todavía persistía.

—No pasa nada, Neil. Ahora bajo a desayunar.

Estaba abochornada, pero logré esbozar una sonrisa tensa. Por suerte, Neil advirtió mi incomodidad y no insistió. Se marchó dejándome todo el tiempo de prepararme mentalmente para la jornada que tenía por delante.

Bajé a la cocina y desayuné en silencio. Mi padre me echaba continuamente miradas inquisitivas, pero no hacía preguntas. Se lo agradecí.

—¿Cómo te encuentras? —mascculló Logan, que interrumpió mi aparente tranquilidad mientras masticaba cereales.

—¿Mmm? —Fingí no entender.

—Ayer noche… —susurró. Por un momento me imaginé a Logan espiándonos en la habitación de su hermano durante la fechoría.

Tragué saliva y lo miré preocupada.

¿Logan estaba al corriente de lo sucedido aquella noche? Fingí no entender para descubrirlo.

—¿De qué hablas? —le pregunté, tratando de que mi padre y Mia, que acababa de entrar en la cocina, no me oyeran.

—De la curda que cogiste ayer —se rio. Yo respiré de nuevo. ¡Qué tonta!

—Ah, sí…, estoy mejor. —Me recompuse y dejé escapar un suspiro de alivio. Estaba segura de que me había puesto pálida en aquel momento de pánico.

Cómo no había caído antes. Logan me había acompañado a mi habitación y me había acostado, era normal que me preguntara cómo estaba. No podía referirse a otra cosa. Le sonreí y en aquel instante el corazón me dio un vuelco: Neil entró en la cocina con cara de preocupación.

Se sirvió café y mantuvo una actitud fría e indiferente, a pesar de lo que había pasado la noche antes.

—¿Cuánto hace que estás despierto? —le preguntó su madre, que hojeaba una revista de moda que había sobre la mesa.

—Un buen rato, estaba fuera fumando un cigarrillo. —Neil evitó que nuestras miradas se cruzaran. Al parecer, quería mostrar indiferencia y lo estaba logrando.

Al fin y al cabo, ¿no era acaso lo que yo quería?

Entonces ¿por qué me molestaba su indiferencia? Bufé. Era la contradicción personificada. Desde que había llegado a Nueva York, ni yo misma me soportaba.

—Ah, ha pasado Jennifer —le dijo Logan a su hermano, y mi atención se posó en Neil y en la expresión de su cara, que no reaccionó al oírla mencionar.

—¿Qué quería?

Sacó el iPhone del bolsillo del chándal y deslizó el pulgar sobre la pantalla. No entendía por qué observaba sus gestos con atención. ¿Qué trataba de saber? ¿Si Jennifer le gustaba de verdad?

Era probable que estuviera a punto de enviarle un mensaje o incluso de llamarla. ¿Qué podía hacer yo?, ¿impedírselo?

Neil no era mi novio, yo ya tenía uno, o mejor dicho ya no lo tendría si descubría lo que había pasado. Me reí de mí misma, sentía pena por la persona en la que me había convertido en unas pocas semanas.

—No lo sé..., le he dicho que estabas durmiendo. Quería subir a tu habitación. —Logan hizo una mueca de disgusto, evidentemente la rubia de las minifaldas ceñidas no le caía muy bien.

—Vale, ya me ocupo yo. —Se metió el móvil en el bolsillo y se encogió de hombros.

¿De qué manera se ocuparía? Sacudí la cabeza, no entendía por qué me sentía tan posesiva con un chico para el que yo no tenía ningún valor; al fin y al cabo, entre nosotros solo había habido una noche de sexo, como muchas otras para él.

Decidí alejarme de Neil y de las emociones que me suscitaba, así que me levanté de la mesa y me dirigí al salón, pero una mano me sujetó con fuerza de la muñeca y me condujo a un rincón apartado. Cuando su aroma a musgo me envolvió, me eché a temblar.

—¿Qué haces? —susurré furiosa.

—Chist. Me gustaría que aclaráramos una última cosa.

El calor de su respiración me golpeó la cara y tuve que cerrar los ojos para no pensar en lo que había sentido mientras él…

—¿De qué se trata? —Me aclaré la garganta y traté de disimular el efecto que surtía en mí, pero era difícil.

—No quiero que te sientas incómoda en mi presencia. Tendremos que vivir bajo el mismo techo durante un buen tiempo, lo que ha pasado entre nosotros ha sido un error. Comprendo que no te encuentres bien y…

Negué con la cabeza para detener aquel flujo de palabras.

—No creo que puedas entender cómo me siento.

Para él era fácil entregarse a un montón de extrañas que conocía por casualidad. Consideraba el sexo un pasatiempo, un juego. Yo no. Siempre lo había asociado con el amor y no tenía la intención de poner en discusión los valores en los que creía firmemente.

—No sospechaba que fueras virgen. —Solo sabía decir eso. Quizá trataba de justificarse o de disculparse, pero no lo estaba consiguiendo.

—Esto no es fácil para mí, necesito tiempo para digerir lo ocurrido.

Bajé la mirada y vi su mano cerrada alrededor de mi muñeca; la piel me quemaba justo en ese punto. Experimentaba sensaciones contradictorias y trataba de luchar contra ellas, pero me aplastaban como si fuera una pequeña mariposa insignificante.

Me di cuenta de que pronto debería hablar con Jared.

—No volverá a pasar, ha sido una tremenda equivocación —dije; luego Neil posó la mirada en mis labios y tuve la certeza de que nadie creería aquellas palabras, y menos aún nosotros.

7

Selene

El deseo es aún más fuerte cuando pende de un hilo.

Miguel Ángel Arcas

Hacía una tarde muy soleada cuando decidí dar un paseo por el parque con Matt.

En realidad, había aceptado ir con él solo para evitar a Neil, el tsunami que había arrasado mi vida.

Me encontré caminando en silencio en compañía de mi padre, hasta que él se sentó en un banco y me invitó a hacer lo mismo. Me coloqué a su lado, apoyé las manos en las rodillas y froté las palmas en los vaqueros.

—Mira, Selene —dijo mirando a unos niños que se columpiaban—, todos los días me arrepiento de no haber sido mejor padre contigo. —Yo también lo añoraba, pero no se lo dije. Decidí callar y escuchar—. Sé que tu madre y tú habéis sufrido, pero creo que merezco… —se interrumpió, titubeante.

—¿Otra posibilidad? —acabé la frase en su lugar y sonreí amargamente. Si creía que era tan tonta para dársela, se equivocaba de medio a medio—. Todavía me acuerdo de lo mucho que te divertías con tu compañera de trabajo, ¿sabes? —añadí, asqueada.

Matt se turbó. Pero su turbación no era nada comparada con mi decepción.

—Lo siento mucho… —murmuró sin mirarme.

—Deberías haberlo pensado antes.

Nuestra guerra no se libraba con las mismas armas: Matt

estaba en un gran error y sabía que el hecho de que una hija sorprenda a su padre con una mujer es despreciable.

Se quedó callado y la rabia, durante tanto tiempo reprimida, aumentó para luego explotar.

—No tienes ni idea de las veces que vi llorar a mamá cuando olía el perfume de otra en tus camisas o cuando te valías de pretextos para llegar tarde. —Me tembló la voz y no logré disimular la pena. Todavía era demasiado doloroso para mí hablar del tema y consideraba su comportamiento imperdonable.

—Selene, yo…

—No tienes ni idea de las veces que te esperamos en vano para cenar, para celebrar un cumpleaños o para que participases en una función del colegio.

Matt bajó la mirada y yo me di la vuelta para no ver su semblante afligido. Ironía del destino, vi a una pareja que llevaba a una niña de la mano.

—Hubo un tiempo en que te quise —murmuré observando a la familia feliz que pasaba por nuestro lado.

—Lo lamento —susurró más para sí mismo que para mí; me puse de pie y lo miré desde arriba.

—Es mejor que volvamos —dije con seguridad. Matt también se levantó y me siguió.

Cuando llegamos a la villa, mi padre fue a buscar a Mia al piso de arriba. Yo me quedé en el salón, cansada y desilusionada de la conversación con Matt, y vi a Logan coger las llaves del Audi.

—¿Adónde vas? —le pregunté con curiosidad. Iba de punta en blanco, como si acudiera a una cita, pero no se lo pregunté directamente para no parecer entrometida.

—Voy a ver el partido a casa de Adam, con los chicos —respondió expeditivo, pero no le creí. No iba vestido para una noche de chicos.

Sin embargo, le sonreí y me encogí de hombros.

La vida sentimental de Logan no me incumbía, aunque me habría gustado que se hubiera decidido por fin a salir con Alyssa.

—Que te diviertas —me despedí. Él me devolvió el saludo y salió deprisa.

Al cabo de un momento, apareció Chloe.

Llevaba un espléndido vestido rojo y el pelo suelto; vestida así era una fotocopia de su madre.

Se dirigió a la puerta sin dignarse a saludarme y yo tampoco le dije nada.

De nuevo sola, encendí el televisor y empecé a zapear.

—¡Selene!

Pegué un brinco cuando la melindrosa voz de Mia retumbó en el salón.

—Tu padre y yo vamos a una reunión y Anna se marchará dentro de poco. —Se puso un elegante abrigo largo y me dedicó una sonrisa que no le devolví.

—De acuerdo.

—¿Estás segura de que quieres quedarte sola? Llámame si necesitas cualquier cosa —añadió mi padre, preocupado, entrando en el salón; me irritaba que se preocupara por mí.

—Sí.

Ni siquiera lo miré y no aparté la vista del televisor hasta que oí la puerta cerrarse y se hizo el silencio.

Por fin me había librado de ellos.

Entonces me levanté del sofá y fui a la cocina en busca de un cuenco de palomitas de las que preparaba Anna. El ama de llaves tenía el don de ser una gran cocinera y sus platos me hacían la boca agua.

—Estoy a punto de irme, señorita. Mis hijos me esperan —dijo Anna, que apareció a mis espaldas cogiéndome por sorpresa. Le sonreí con el cuenco en la mano y la miré recoger su bolso.

—¿Cuántos hijos tiene? —me permití preguntarle, esperando no ser indiscreta.

—Dos, querida. Dos chicos. —Me habló de sus hijos mientras la acompañaba a la puerta. El mayor, Ethan, tenía dieciocho años y soñaba con llegar a ser un gran jugador de béisbol. El menor, Jace, tenía quince y tocaba el piano. No le pregunté nada acerca del padre, pero creí entender que no había asumido sus responsabilidades. Anna trabajaba para Mia desde hacía muchos años y su sueldo le permitía mantener a su familia.

Cuidó a Neil, Logan y Chloe cuando eran pequeños.

Neil tenía diez años cuando la contrataron. Anna me contó que era un niño muy inteligente y curioso, pero receloso y algo huraño.

La miré pensativa y en aquel instante comprendí que ella podía serme de ayuda.

Conocía a Neil desde niño y quizá podría arrojar algo de luz sobre su lado oscuro y sus cambios de humor. Sin embargo, Anna tenía prisa y aquel no era el momento de hacer preguntas. Me despedí de ella con cordialidad y la vi salir corriendo hacia el taxi que la esperaba en la entrada.

Volví al salón y me senté en el sofá.

Aprovecharía la soledad para ver una película mientras comía palomitas, que me encantaban. Necesitaba un descanso de todo lo que estaba ocurriendo, y sobre todo de Neil. Todavía estaba eligiendo qué ver cuando oí pasos en la escalera.

Al cabo de unos instantes, su figura imponente apareció en el salón. Me había olvidado de que Neil estaba en casa, en realidad creía que estaba con Jennifer o con sus amigos.

—¿Qué haces aquí? —le pregunté; me atraganté con una palomita y tosí.

—Te recuerdo que esta es mi casa. —Sonrió y me miró de una manera tan sensual que me dieron escalofríos.

—Creía que tú también habías salido.

Me aclaré la garganta y seguí cambiando de canal con el mando a distancia. Mi cerebro ya estaba en apagón; cuanto más se acercaba, más insegura me sentía.

—No, Jennifer se fue hace media hora y yo necesito relajarme.

Tenía el pelo húmedo y olía a gel de baño, señal de que acababa de salir de la enésima ducha del día. Deduje que él y Jennifer no se habían visto solo para charlar un rato. Sin duda se habían acostado.

Indiferente a mi nerviosismo, Neil se sentó a poca distancia de mí y alargó las piernas, cruzándolas con desenvoltura. Me puse tensa y me aparté instintivamente para aumentar la distancia entre nosotros.

—Deja eso —dijo cuando vio un canal que transmitía un combate de boxeo. ¿Le gustaba ese deporte? De repente, recordé vagamente el saco de boxeo en su habitación, así que deduje que así era. Pero a mí no me gustaba nada ver a dos tíos dándose puñetazos.

—Estoy contra la violencia y no me gusta ver ciertos programas —dije, oponiéndome; él sonrió sin apartar la vista del televisor.

Lo fulminé con la mirada y seguí comiendo palomitas. A pesar de que su intrusión y su prepotencia me fastidiaban, no pude evitar observar su perfil, que parecía cincelado, y sus labios, que lograban suscitar fantasías de todas clases en la mente femenina, incluida la mía.

Suspiré y, obligada a renunciar a mi velada de tranquilidad, me concentré en las palomitas. De repente la mano de Neil invadió mi campo visual y se hundió en el cuenco.

—¡Eh! —exclamé con fastidio, como si fuera una niña caprichosa, mientras él cogía un puñado.

—¿Sí? —preguntó, masticando como si nada.

—Son mías. Si quieres, hay más en la cocina.

Aparté el cuenco de sus garras, aunque estaba segura de que si le apetecían, las cogería. Al fin y al cabo, siempre obtenía lo que quería.

—No seas egoísta, Selene. Sé generosa como ayer por la noche.

Me miró con malicia y sus ojos me parecieron más brillantes que de costumbre. La insinuación me turbó en lo más hondo y me hundió en la desesperación contra la cual llevaba luchando todo el día.

—Déjalo ya —le ordené, y traté de mirar la pantalla del televisor, sin verla.

—Los detalles… —murmuró absorto, como si tuviera la cabeza en otro sitio.

—¿Qué? —le pregunté, girándome hacia él confundida.

—La verdad se oculta en los detalles. —El tono de su voz me cortó la respiración. ¿Cómo era posible que ejerciera un poder tan fuerte sobre mí? Me sentía subyugada por sus ojos, hechizada por sus palabras.

—¿De qué hablas? —susurré, y a pesar de que no estábamos tan cerca, el espacio que nos separaba pareció reducirse.

—La inteligencia consiste precisamente en saber percibirlos, Selene, y cuando eso ocurre nada tiene sentido.

Me quitó el cuenco de las manos y lo puso en la mesa auxiliar que había delante de nosotros, luego se acercó y me acarició la mejilla. Tenía los dedos fríos, pero no me aparté.

Cerré los ojos porque ceder era tan doloroso como tener un puñal clavado en el pecho.

—Todo tiene sentido, en cambio, y nosotros no podemos cambiar nuestra situación —respondí con poca convicción. Habría querido tener la fuerza de rechazarlo, pero por más que me esforzara en luchar contra él, me sentía abrumada por las emociones que me suscitaba.

—Mi cama olía a coco esta mañana —susurró seductor.

Noté su respiración cerca de los labios; olía a tabaco y a palomitas. Tuve que admitir que sabía lo que se hacía, era un experto en manipular la mente de las mujeres, pero eso no justificaba mi debilidad. Abrí los ojos, puse una mano sobre la suya y me mordí el labio inferior.

—Para —le rogué, y traté de no ceder a la locura que tan cara me había costado la noche anterior.

Lo que sentía era bonito, pero inexplicable, perjudicial y equivocado. Estaba corriendo un riesgo fatal.

Probablemente para Neil era solo una más y no sentía las mismas emociones que yo. Por si fuera poco, hacía caso omiso a mis súplicas, cegado por su objetivo de dominarme.

—Quiero besarte… —Me trazó la línea del labio inferior con el pulgar, hipnotizado por su mismo gesto.

Noté la chispa de deseo que le brilló en los ojos y me ruboricé.

—No —dije con una seguridad que en realidad no sentía. Traté de levantar un muro para protegerme de alguna manera, pero nuestras respiraciones, que se azuzaban la una a la otra, lo abatieron.

—No te he pedido permiso. —Con un arrebato impetuoso unió nuestros labios.

Me puse tensa y le puse las manos en el pecho con la intención de rechazarlo, pero mi deseo no pasaba inadvertido a un hombre como Neil, capaz de hacerme sentir desnuda sin desnudarme y de leerme el pensamiento.

Mis labios se movieron lentamente con los suyos en una danza silenciosa y provocadora. Me quedé sin respiración, el corazón me latía como loco y me sentía viva.

En el instante en que nuestras lenguas se entrelazaron, el beso se convirtió en algo mágico, poderoso, divino.

Neil tenía el sabor del misterio, de lo prohibido, de un sentimiento incomprendido y quizá inexistente.

Se me subió encima, me empujó contra el sofá y se colocó entre mis piernas. Entretanto, su boca caliente y hambrienta seguía atormentándome con prepotencia.

Sentí la reacción de su cuerpo al mío. Jadeé cuando me restregó su erección entre los muslos y sentí un placer inimaginable, secretamente satisfecha de haberlo excitado.

Gemí de placer y él sonrió con orgullo.

Le metí una mano entre el cabello y lo besé con pasión, luego me ruboricé cuando un gemido salió de sus labios.

Sabía que estaba cometiendo otro error, pero en mi fuero interno ya había decidido: dejaría a Jared y volvería a ser libre. A esas alturas había entendido que a nuestra relación siempre le había faltado lo más importante: el amor.

Entrelacé las piernas alrededor de la espalda de Neil y ambos gemimos; luego él empezó a ondear despacio su vientre contra el mío y me puse a jadear. Pese a estar a merced de las sensaciones, no pude evitar sorprenderme de lo natural que todo resultaba con él.

Hundí todas las uñas en su espalda y lo sujeté con vehemencia.

Mis músculos se tensaron y me temblaron las rodillas. El placer se fundió con el sentimiento de culpa. A pesar de que quería dejar a Jared, en realidad lo estaba engañando, así que traté de hacer acopio de fuerzas para detener aquello.

—Para, te lo suplico —dije con la respiración entrecortada poniendo fin a nuestro beso.

Neil mantuvo su cara a poca distancia de la mía, la mirada excitada y turbada al mismo tiempo. Por un momento, me miró como un niño al que acababan de negarle un helado, luego adoptó la expresión del hábil seductor capaz de hacer caer en la tentación al ángel más celestial. Se lamió lentamente los labios, hinchados y enrojecidos, y saboreó mi saliva.

—¿Por qué te emperras en rechazarme? —Se puso de pie y por fin recuperé el juicio. Me sentía acalorada y desorientada, pero sobre todo… insatisfecha.

Lo quería dentro de mí, pero esta vez deseaba recordar cada instante de mi pecado.

Cuando tomé conciencia de mi pensamiento, me abochorné y me avergoncé de mí misma.

—¡Por Jared! —grité con la voz cargada de frustración.

Neil sacudió la cabeza y se pasó una mano por la cara.

—¡Joder! —Se giró de espaldas, furibundo. ¿Estaba enfadado porque lo había rechazado o porque había mencionado a Jared?

—No soy como las chicas con las que estás acostumbrado a salir —dije, aunque en realidad me comportaba exactamente igual.

¿En qué clase de persona me había convertido? Antes tenía principios. Ahora, en cambio, no me reconocía.

—No te atrevas a juzgarme. ¡No sabes una mierda de mí! —soltó amenazador, girándose de golpe y acercándose. Retrocedí. Su mirada se volvió peligrosa, su rabia parecía proceder de muy lejos. Vi que algo habitaba la profundidad de su alma: un monstruo atado con una cadena al que más valía no molestar.

Permanecí en silencio para no empeorar la situación.

Lo miré de arriba abajo: el pelo revuelto, la nariz recta, los labios carnosos, la mandíbula bien definida… y ellos. Sus ojos. Algunas veces dorados como la miel y otras oscuros como el ámbar. Era todo culpa suya. ¿Qué encantamiento me habían hecho?

—¡Neil! —gritó alguien desde el pasillo. Al cabo de unos instantes apareció Jennifer contoneándose, toda ella piernas largas, curvas sinuosas y cabellera rubia ondulante.

¿Qué hacía allí? ¿Por qué siempre estaba en medio?

—Me he olvidado el móvil en tu habitación, cariño —dijo sin dignarse a mirarme. Luego rodeó el cuello de Neil con los brazos; él permaneció inmóvil, sin abandonar su actitud chulesca de diablo pecador.

—¿Cómo has entrado? —le preguntó sin separarse de ella.

—La puerta de atrás estaba abierta. Lamento haber entrado a hurtadillas, pero como el móvil estaba en tu casa, no podía avisarte —dijo con coquetería—. ¿Me acompañas a buscarlo? —susurró provocadora. Se movió con sensualidad contra él, ronroneando como una gata en busca de atención.

La sonrisa taimada de Neil me hizo entender que él estaba

dispuesto a concedérsela. Sin duda tendrían el sexo fenomenal al que yo, con mi cabezonería, acababa de renunciar.

—Vamos... —le dijo conduciéndola al piso de arriba. Todavía no habían llegado al descansillo cuando mi móvil sonó y el nombre de Jared parpadeó en la pantalla. Sentí una angustia imprevista.

Debía responder, pero me limité a mirar al vacío.

Me sentía como un barco a la deriva en el océano.

Avistaba la tormenta en la lejanía, pero no lograba cambiar de rumbo.

¿Qué iba a ser de mí?

¿Sobreviviría o me hundiría para siempre?

8

Neil

La vida es más divertida si se juega.

Roald Dahl

Me estaba equivocando.

Me estaba equivocando de medio a medio por culpa de una chica de ojos profundos como el océano y cara angelical que había invadido mi casa, mis deseos y mi mente.

Debía quitármela de la cabeza.

Selene no sabía quién era yo ni el peso con el que cargaba.

No sabía nada de mi vida, de mis problemas, de mi pasado.

Era inocente y debería haberla considerado una hermana menor, en cambio, solo lograba imaginármela debajo de mí mientras gritaba mi nombre.

No me la merecía. Era un depravado, la perversión era un demonio que habitaba el salón de mi alma, se sentaba en la butaca de mi corazón y me ahogaba con la intención de matarme lentamente.

Por eso destruía todo lo que tocaba.

Me apoyé en la puerta de mi habitación con los brazos cruzados y observé a Jennifer, con la minifalda que le ceñía las caderas y el pelo rubio y suelto, la parte que más me excitaba de ella. Sabía que había usado la excusa del móvil para pasar más tiempo conmigo, pero le seguí el juego porque, como siempre, aún tenía ganas de follar.

—Ven a buscar lo que quieres —le ordené, y le hice ademán de que se acercara, como si fuera el amo que le ofrece una golosina a su perrito. Experimentaba una satisfacción malsana usándola, humillándola, considerándola un objeto con el que desahogar mis instintos más oscuros, y no solo en la cama.

A cambio, le concedía mi cuerpo porque no tenía otra cosa que ofrecerle. Hacía mucho tiempo que me habían arrancado el alma. Era un ángel caído, rodeado de golondrinas de papel. Trataba de sacudirme el polvo de encima, de abrir las alas rotas y de cerrarme las heridas que tenía dentro. Trataba de sobrevivir, de domar las llamas del infierno, pero solo lograba caminar sobre los escombros.

Comportarme de esa manera me hacía sentir incómodo, me daba asco, pero al mismo tiempo no tenía otro medio para comunicarme con la gente; en el fondo, esperaba que alguien pudiera entenderme, pero por ahora nadie lo había logrado.

Menos aún Jennifer, que me dedicó una sonrisa seductora y obedeció.

La sujeté del brazo y la empujé de cara contra la puerta. La delicadeza no era mi fuerte, pero a ella le gustaba ese aspecto de mí.

Le encantaba que me comportara como un animal.

La sociedad me había rechazado, me había aplastado como un gusano. ¿Por qué debería tratar con respeto a los seres humanos?

Sacudí la cabeza y dejé de pensar, decidido a aliviar mis tormentos interiores. Olfateé su excitación y me complació constatar que Jennifer me deseaba.

Le besé el cuello y le subí la falda hasta las caderas. No era la clase de tío que se pierde en zalamerías o preliminares —el sexo oral era una concesión que hacía raramente—; por otra parte, eran suficientes unos pocos besos y unas cuantas caricias para poner a mis presas a punto de caramelo.

La toqué por todas partes: el pecho turgente, los muslos esbeltos y el culo firme.

Las mujeres me volvían loco, las veneraba a mi manera.

Le metí una mano entre las piernas, aparté el tanga y le metí dos dedos.

Ya estaba caliente y mojada, a punto para recibir mi miembro, que las mujeres solían definir con la palabra «impresionante».

Jennifer jadeó y se giró para lamerme el cuello, la zona erógena que más estimulaba mi espíritu animalesco.

Entorné los ojos.

Sentí mi cuerpo tensarse y los músculos contraerse; necesitaba explotar y hundirme en el olvido de un orgasmo arrasador, que esperaba alcanzar lo antes posible, lo cual, en cambio, sucedía cada vez más raramente.

Me bajé los pantalones y me saqué un preservativo del bolsillo; me lo puse y la penetré entre las nalgas. Su culo estrecho fue una buena diversión.

Le sujeté la melena con el puño y empecé a moverme mientras le chupaba y le mordía el cuello inclinado. Con la otra mano, le estimulé el sexo empapado, que me bramaba.

El rumor del cuerpo de Jennifer golpeando contra la puerta retumbaba en la habitación. Apoyé la frente en su nuca sin dejar de empujar. Hundí el miembro en ella sin cesar, sin remilgos, sin delicadeza, sin respeto. Las caderas se movían desesperadas, asestando golpes fuertes y secos. Jennifer daba sacudidas y un par de veces me pidió que fuera más despacio, pero no le hice caso. Respondí a sus súplicas con manotazos y acometiendo más a fondo.

A pesar de que trataba de concentrarme en ella y en el coito, mi mente se negaba a abandonarse al placer. No era la clase de hombre que se corre enseguida, siempre duraba demasiado, pero en aquel momento sentía una confusión desconocida.

Mis acometidas eran demasiado controladas, mecánicas; algo fallaba.

Me detuve y me alejé de Jennifer. Vi sus nalgas enrojecidas por los manotazos que le había dado sin miramientos. Estaba a punto de penetrarla de nuevo cuando de repente sentí rabia.

No entendía lo que me pasaba.

Parpadeé y me quedé quieto. Jennifer se puso de rodillas delante de mí y me quitó el preservativo; luego me miró a los ojos y se la metió en la boca.

Mi rubia me conocía muy bien. Sabía que cuando estaba nervioso prefería recibir placer en vez de darlo, pero aquella vez era algo más que un simple capricho masculino.

Cerré los ojos y se me apareció Selene. No recordaba exactamente qué había pasado entre nosotros la noche anterior, pero me imaginé que penetraba lentamente su cuerpo suave, que me perdía en sus ojos cargados de deseo, que oía sus jadeos sensuales pero tímidos, que sentía sus uñas hundirse en la carne de mi espalda a cada acometida, que sus rodillas envolvían mi cuerpo… Fantaseé con sus mejillas tiñéndose de rubor al oír mis obscenidades, con la manera en que se mordía la carne abultada de los labios, con la seda de su pelo resbalando entre mis dedos, su embriagador olor a coco…

Abrí los ojos y vi la cabellera rubia de Jen entre mis piernas. Me pregunté si Selene lo había hecho alguna vez, si era capaz de usar la lengua de manera pecaminosa; me pregunté qué sentiría yo dentro de su boca inexperta. Un estremecimiento me recorrió el vientre.

La excitación desapareció de golpe. Aparté a Jennifer con una sacudida y me subí el bóxer y los pantalones.

Se acabó la fiesta.

—Vete. —Me acerqué al escritorio y cogí el paquete de Winston. Necesitaba un cigarrillo y ordenar mis pensamientos.

—Pero ¿qué mosca te ha picado? ¿Acaso te has vuelto loco? —preguntó de rodillas, con el maquillaje corrido y los labios húmedos mientras me observaba con decepción y rabia a la vez. Tenía la mejilla enrojecida en el punto donde le había hecho golpear la cara contra la puerta. Su vista me asqueó y al mismo tiempo hizo que me sintiera como un animal descontrolado. Sentí repugnancia de mí mismo, por mi locura, y no entendía por qué las mujeres la toleraban.

—Esta tarde no me apetece —repliqué, y encendí el cigarrillo. Me temblaban las manos, sobre todo la derecha. Necesitaba quedarme solo y recuperar el control de mí mismo, como hacía siempre.

—Eres un puto cabrón —gritó Jennifer. Me arrancó una sonrisa porque tenía toda la razón.

—Nunca he dicho lo contrario.

Di una calada y clavé la vista en la extremidad incandescente del cigarrillo que se consumía poco a poco. Algunas veces me sentía como una llama ardiente, otras como un miserable montón de ceniza.

Jennifer se marchó dando un portazo; sabía que no volvería a recibir mis atenciones.

Cuando se hizo el silencio en la habitación, traté de poner orden en mi cabeza.

Debo admitir que estaba turbado: era la primera vez que pensaba en una mujer mientras estaba con otra. Ni siquiera recordaba con precisión qué había pasado con Selene y eso me atormentaba. Sabía que había sido el primero, que le había quitado la virginidad, pero no recordaba los detalles. Sentía la necesidad irrefrenable de volver a vivir, sobrio, aquel momento único entre nosotros para grabarlo en la memoria. Para marcar su cuerpo delicado y hacerlo realmente mío.

¿Por amor? No.

Por puro egoísmo.

Al día siguiente me desperté al amanecer. Desde que era pequeño creía que levantándome temprano podría anticiparme al destino y cambiarlo.

Obviamente, no era más que una ilusión, pero me ayudaba a mantener a raya el mal humor y la rabia, que se había vuelto incontrolable desde que había suspendido el tratamiento, tres años antes.

Tomé una ducha, la primera de una larga serie, y bajé a la cocina a por un café. Luego salí al jardín y encendí un cigarrillo.

—Buenos días, Neil —dijo Anna, que apareció ante mí con las manos en el regazo y cara de cansancio. No debía de ser fácil ocuparse de una villa como la nuestra sin la ayuda de nadie. A pesar de ello, nuestra ama de llaves siempre era cordial; quizá por eso nos llevábamos bien.

—Buenos días, señora Anna.

Aplasté la colilla en el cenicero y me levanté de la tumbona. Ella inclinó la cabeza para mirarme a la cara y me sonrió.

—Te he preparado el desayuno —dijo con dulzura, manteniendo la actitud maternal que me había dedicado desde niño—. Hace mucho frío aquí fuera —añadió solícita al ver que solo llevaba puestos unos vaqueros y una sudadera. En efecto, hacía frío, pero me daba igual.

—No tengo hambre, no se preocupe.

Le puse una mano en el hombro y entramos juntos a la cocina, donde encontramos a mi madre y a Matt charlando.

Mascullé un «buenos días» fugaz y fui a mi habitación a coger las llaves del coche para marcharme a la universidad.

Había reanudado los estudios hacía un tiempo y soñaba con ser arquitecto, aunque temía que sacarse una carrera era una meta imposible para alguien que, como yo, estaba desengañado de la vida.

No obstante, y a pesar de funcionar de manera intermitente, la esperanza era una pequeña llama que iluminaba los recovecos de mi alma. Cuando se apagaba, la inestabilidad aumentaba y las pesadillas regresaban, pesadillas cuya existencia trataba de negar y de las que no hablaba con nadie.

Me dirigía a mi habitación absorto en estas reflexiones cuando la puerta entornada de Selene captó mi atención.

Me acerqué y la vi sentada en el borde de la cama tratando de ponerse un zapato mientras hablaba por el móvil.

—Nunca se lo perdonaré, mamá —dijo tajante. Un mechón cobrizo le resbaló sobre la cara y lo puso detrás de la oreja—. Sí, lo sé. Estoy intentando enderezar la relación con Matt.

Qué mentirosa.

No intentaba enderezar nada, sino que pasaba de él cuando compartían el espacio; yo sabía que a Matt le hacía sufrir mucho su actitud.

Selene se levantó de la cama y cuando se agachó a recoger el bolso del suelo aproveché para mirarle el trasero. Los vaqueros ceñidos lo acentuaban divinamente. Era alto, firme, pequeño, perfecto para mis manos y para todas las fantasías que habría querido hacer realidad.

A pesar de haber estado con muchas mujeres a lo largo de mi vida, en aquel momento parecía un chiquillo que babeaba, literalmente, ante su culo, como si fuera el primero que veía.

Sonreí, me traté mentalmente de idiota y me apoyé en el hueco de la puerta, que abrí lentamente con un pie.

Selene colgó, se dio la vuelta y se sobresaltó.

—¿Desde cuándo estás ahí? —preguntó con fastidio, escudriñándome.

La manera en que se ruborizó me hizo entender que mi presencia no la dejaba indiferente. En absoluto.

—Desde hace un buen rato, el suficiente para enterarme de que le mientes a mamaíta —dije, tomándole el pelo al tiempo que le guiñaba un ojo con mi acostumbrada chulería.

—¿Escuchabas a escondidas?

Me miró como si fuera un asesino en serie. Era realmente adorable.

—Para ser sincero, admiraba tu estupendo culito, Campanilla —admití con displicencia. Abrió mucho los ojos y se ruborizó de nuevo. Todavía no se había acostumbrado a mi sinceridad. Me quedé quieto, con los brazos cruzados, en una pose insolente.

—Te falta un tornillo —afirmó con impertinencia. Luego se acercó a mí y trató de pasar por mi lado ninguneándome, pero extendí un brazo y le obstruí el paso.

—¿Adónde crees que vas, tigresa? —la provoqué en voz baja. Selene se puso tensa e interceptó mi mirada sobre su pecho, que se asomaba por el escote de la blusa. Me dieron ganas de arrancarle todo lo que llevaba encima y de dejarle señales en el cuerpo.

Sí, tenía ganas de follármela otra vez.

—Pero ¿se puede saber qué puto problema tienes? —me espetó. Fingía estar enfadada, pero sabía muy bien que mis atenciones no le molestaban en absoluto.

A ninguna le molestaban.

—Tengo uno en especial… —la sujeté de la muñeca y la empujé de espaldas contra la puerta—… entre las piernas.

Me pegué sobre ella como si fuera mantequilla de cacahuete y la oí emitir un suspiro de sorpresa cuando uní mi vientre al suyo.

Adoraba su inocencia, era una niña ignorante de los peligros del mundo.

—¿No hay ninguna dispuesta a resolver tu… problema? —me retó sin moverse. Nos quedamos así, el uno contra el otro, separados únicamente por las capas de ropa que aislaban nuestra piel.

—Conozco a muchas que estarían dispuestas a hacerlo, pero la costumbre me aburre. Los retos, en cambio, me excitan —subrayé la última palabra y, para dejar bien claro el concepto, empujé las caderas contra ella y le hice sentir cuánto la deseaba.

Por su cara al rojo vivo, comprendí que había sido muy exhaustivo.

—Déjalo ya, podrían vernos. —Me empujó de mala manera y su reacción tardía me hizo reír. El contacto entre nosotros le provocaba las mismas sensaciones que a mí.

Estaba seguro.

Me aparté y Selene salió huyendo llevándose con ella todo su apuro y su inocencia. Esperé que nunca dejara de ser como era: espontánea en todos sus gestos.

Era eso lo que la distinguía de las demás.

Cuando la tigresa desapareció escaleras abajo, eché una ojeada al reloj y me di cuenta de lo tarde que era.

Me precipité a mi habitación, cogí las llaves del coche y bajé al piso de abajo. Antes de llegar a la puerta de entrada, vi a Selene preguntándole a Anna dónde estaba Logan. Probablemente necesitaba que alguien la llevara a la universidad, pero mi hermano había pasado la noche fuera y aún no había regresado.

La suerte me sonreía.

—Genial, me he de ir a pie. Tendré que coger el autobús —se quejó antes de despedirse de Anna. Se giró, me vio e hizo todo lo posible para evitarme, pero mi sonrisita atrajo como un imán el océano de sus ojos.

—¿De qué te ríes? —me dijo enfadada, y la encontré muy graciosa.

—¿Quieres que te lleve? —le ofrecí amablemente. Selene me miró con recelo. Puede que ya hubiera comprendido que la amabilidad no era mi fuerte y que todo lo que hacía era con segundas intenciones.

—No, gracias. —Su rechazo fue acompañado por una mueca insolente. Pero la rendición no estaba contemplada entre mis características.

—No muerdo, Campanilla. Vamos —murmuré, malicioso, y salí por la puerta en dirección al coche. Selene no respondió, pero oí sus pasos detrás de mí. El cielo, plomizo, amenazaba lluvia, así que a la tigresa le convenía aceptar mi ofrecimiento en vez de empaparse.

Me puse al volante y la observé mientras se sentaba a mi lado sin pronunciar palabra. El aroma a coco inundó inmediatamente el habitáculo. Traté de concentrarme en conducir, pero los ojos se me iban tras ella. La miré de reojo por enésima vez y la pillé bostezando.

—¿Has dormido poco? —Repiqueteé sobre el volante, parado en un semáforo.

—He dormido en el salón, así que he dormido mal —se quejó con fastidio mientras miraba los escaparates por la ventanilla.

—¿Por qué? —le pregunté fingiendo curiosidad. Ya sabía por qué, pero me gustaba pincharla.

—Porque Jennifer estaba en tu habitación y no tenía ganas de oír sus maullidos —respondió con una punta de irritación en la voz; me eché a reír.

Era una niña realmente adorable.

—¿De qué te ríes? —Arqueó una ceja y me miró mal.

—De nada, es que eres muy graciosa. —El semáforo se puso verde. Aceleré y me concentré en el tráfico.

—Y tú eres un cabrón. No te importa en absoluto que nuestras habitaciones sean contiguas y que yo lo oiga todo.

Tenía razón, el pasotismo era otro de mis defectos. Si tenía ganas de follar, follaba.

Si había que hacer ruido, lo hacía.

Así de sencillo.

No me importaba que los demás se quejaran, y menos que lo hiciera ella.

—El sexo relaja, tú también deberías probarlo, mejor estando sobria —la provoqué. Era una lástima no poder ver cómo se ruborizaba.

—Yo me relajo dedicándome a otras actividades, como la lectura o los paseos por el parque. Tú también deberías probarlas, ¿sabes? —replicó, y de nuevo me di cuenta de lo diferente que era de las chicas con las que salía. Éramos realmente incompatibles, y por eso debería haberse mantenido alejada de mí.

—Eres una cría —comenté solo para hacerla enfadar. Le eché una ojeada rápida para ver su reacción.

—¿Perdona? —dijo entre sorprendida y molesta.

—Que eres una cría —repetí mientras aparcaba el coche fuera del campus; habíamos llegado.

—El hecho de que no me haya acostado con nadie antes de ti…

Se interrumpió y miró pensativa, más allá del parabrisas, a los primeros estudiantes que entraban en la universidad.

—No me malinterpretes. Es un honor haber sido el primero —admití en voz queda; Selene bajó la cabeza y se retorció las manos evitando mi mirada. Quizá seguía sintiéndose culpable por haberse entregado a alguien que, de hecho, era un perfecto desconocido. Yo estaba acostumbrado a irme a la cama con chicas cuyo nombre a veces ni siquiera recordaba y que no me importaban nada. Mi cuerpo no tenía ningún valor, el suyo *sí*—. No quería ser grosero.

Me aclaré la garganta y traté de remediar la incomodidad que había creado.

—No importa —susurró, pero yo sabía que sí importaba. Había entendido perfectamente que Selene no era una chica fácil—. Jennifer y tú estáis... —dijo de repente, quizá para cambiar de tema.

—¿Juntos? —dije acabando su frase—. No. —Sonreí y negué con la cabeza—. No soy un tío de relaciones.

—Ya me lo esperaba. Al fin y al cabo, el sexo para ti es solo un pasatiempo, ¿no? —se burló.

—Y el amor una tortura —añadí, inflexible. Leí en sus ojos que no estaba de acuerdo conmigo, pero eso no era una novedad.

—Tengo la impresión de que has sufrido mucho en el pasado... —añadió con una seguridad que me dejó sin palabras. Me rasqué una ceja con el pulgar y suspiré. No había hablado con nadie de mi pasado. Era una parte de mí que solo podía compartir conmigo mismo. No podía mostrarle el monstruo que era en realidad.

—Yo, en cambio, tengo la impresión de que todavía no te has perdonado lo que pasó entre nosotros —repliqué para desviar la atención hacia ella. Mientras hablábamos, algunas chicas que pasaban por al lado del coche me saludaban y yo les devolvía el saludo con un gesto de la barbilla, sin apartar la vista de Selene.

Se humedeció el labio inferior y se lo mordió, negando con la cabeza.

—No deberías haberlo mencionado. —Hizo ademán de salir del coche, pero la sujeté al vuelo.

—Espera —susurré mirándola a los ojos—. Creo que deberíamos revivir aquel momento... —le dije. Sabía que me tomaría por un loco, pero no me importaba.

Lo necesitaba. Si me la tiraba de nuevo, quizá dejaría de imaginar sus expresiones de placer mientras disfrutaba debajo de mí.

—¿Qué? —preguntó, incrédula; no se esperaba que le hiciera semejante propuesta.

—Te deseo, Selene. Te parecerá una locura, pero yo soy así. Digo siempre lo que pienso, sobre todo a las mujeres, y, lo repito, te deseo —le dije sin apartar los ojos de los suyos.

En aquel instante me pareció más pequeña, asustada y confundida que nunca, y tuve la impresión de que éramos dos universos separados por una distancia de años luz. No obstante, no retiré mi proposición.

—Por Dios, Neil —suspiró pasándose una mano por el pelo; se abandonó en el asiento y la solté para no hacerle daño—. Debo aclarar la situación con mi novio, y por si fuera poco soy la hija de tu padrastro… Yo…, yo… —balbució desorientada, en vilo entre el sentimiento de culpa y el deseo. La imaginé balanceándose en la cuerda floja, manteniendo un equilibrio precario entre el mundo de la perdición, el mío, y el de la perfección ilusoria, el suyo.

—Has perdido la virginidad conmigo y ni siquiera lo recuerdas. Solo quiero darte la oportunidad de rectificar, porque he entendido que para ti la primera vez era importante —murmuré, tratando de ser convincente; ella continuaba negando con la cabeza.

—¿Quieres hacerme un favor? —Emitió una risita histérica, como si para ella la situación fuese totalmente surrealista.

—No, solo quiero darte una segunda oportunidad —admití mirándola a los ojos.

Quería dejar de pensar en ella de aquella manera enferma, de fantasear con ella incluso cuando estaba con Jennifer, y estaba seguro de que volver a tener sexo con Selene pondría fin a mis tormentos y a su sentimiento de culpa.

Nos acostaríamos otra vez y lo arreglaríamos todo. Viviríamos nuestras vidas sin volver a pensar en lo que había ocurrido entre nosotros.

—¡Estás loco! ¡Como una cabra! Me voy.

Selene abrió la puerta, pero me incliné hacia adelante y extendí un brazo para cerrarla porque aún no había acabado. Yo, y solo yo, podía decidir cuándo empezaban y cuándo terminaban mis jueguecitos.

—Ya nos hemos besado, ya has estado en la cama conmigo. ¿Qué sentido tiene rebelarse contra algo que tú también deseas? —Mi cara estaba cerquísima de la suya. Su aroma a coco me embriagó y me aturdió.

Tenía ganas de besarla como no me había pasado nunca.

Solía besar a las mujeres para ablandarlas y tirármelas, no porque tuviera realmente ganas de hacerlo.

—No te estoy prometiendo una historia de película romántica ni un cuento de hadas, solo te estoy dando la oportunidad de usarme para recordar.

Selene me miró como si me hubiera vuelto loco, no estaba acostumbrada a mis maneras y yo era consciente de ello.

—¿Usarte? —repitió horrorizada—. Yo no uso a las personas, Neil.

No me entendía. Nadie me entendía, ni siquiera ella.

Suspiré, exasperado, pero no perdí la paciencia, lo cual era insólito para mí.

—Piénsatelo al menos. —Me aparté y busqué el paquete de Winston en los bolsillos de los vaqueros.

—¿Que te deje follarme? —Sonrió con sarcasmo y farfulló algo incomprensible en voz baja.

—Haremos el amor, si es lo que quieres... —le propuse entonces.

Selene soltó una risotada; no daba crédito a sus oídos.

—¿Cómo puedes hacer el amor con una persona sin amarla? —replicó con semblante reflexivo. Su actitud me estaba provocando un fuerte dolor de cabeza, estaba cansado de inventarme estratagemas para persuadirla. Selene no se dejaba embaucar fácilmente como las demás, lograba intuir mis maniobras y se olía mis manipulaciones.

—Eres inteligente —le dije. Me llevé el cigarrillo a los labios y lo encendí para ganar tiempo.

—Me estás tomando el pelo, ¿no? —preguntó indignada. Se pellizcó la base de la nariz con dos dedos, como si estuviera al borde de un ataque de nervios. Y era solo el principio.

—Además eres perspicaz. —Le eché el humo a la cara, ella entornó los ojos y tosió.

—Me voy, no quiero perder tiempo con cabrones como tú —me espetó, harta de mí.

Salió del coche furiosa y dio un portazo.

—Que tengas un buen día, Campanilla —le dije por la ventanilla entreabierta.

No me respondió, pero me enseñó el dedo. Miré su bonito culo firme y concluí que era un hada.

Era sencillamente adorable.

Pero me había hecho perder mucho tiempo.

Me di cuenta al recibir el enésimo mensaje en el móvil. Lo saqué del bolsillo de los vaqueros y vi que era de Xavier. Los Krew llevaban media hora esperándome. Bajé del coche y me dirigí hacia ellos; los había visto en el sitio donde solíamos encontrarnos.

Xavier, Luke, Alexia, Jennifer y yo éramos el grupo más temido del campus. Mis amigos ya se hacían llamar los Krew antes de que yo entrara a formar parte de la explosiva pandilla, a cuyos miembros les bastaba una chispa para explotar como una bomba. Los había conocido el primer año de universidad y desde entonces no habíamos hecho más que armar follones. Solo teníamos en común el hecho de ser unos capullos, por eso nos llevábamos tan bien. Éramos la consecuencia de las raíces podridas de una sociedad tóxica de la que absorbíamos el veneno que corría por nuestras venas.

Éramos una máquina de guerra, éramos como la pólvora, la tempestad y la destrucción. Éramos hojas cortantes, palabras soeces, intimidación y peleas; libres de cadenas, pero esclavos de nuestra propia locura.

Me atusé el pelo con la mano mientras me encaminaba hacia ellos haciendo como que no me percataba de las miradas furtivas de las chicas. Algunas se sentían atraídas por mí, otras me temían porque me consideraban un tío del que debían mantenerse alejadas.

Todos conocían mi fama.

—Mira quién está aquí —dijo Jennifer en tono molesto, con mirada glacial. Me había dado cuenta de que me observaba desde hacía rato, desde que había llegado en coche con Selene.

—Hola, rubia.

Me aproximé a ella bajo las miradas curiosas de nuestros

amigos. Me incliné y le acaricié la mejilla, luciendo una de mis mejores sonrisas. Sabía cómo seducir a una mujer y cómo ablandarla para que me perdonara sin más. Aunque no me arrepentía de haberla tratado mal en mi habitación y no iba a pedirle perdón, debía fingir que lo lamentaba para mantener el equilibrio en nuestro grupo. Además, detestaba discutir con Jennifer o con Alexia, porque, como todas las mujeres, eran proclives al rencor y a alargar las discusiones, algo que no soportaba.

—Por fin te dignas a hacerme caso —respondió muy tiesa. No sabía a ciencia cierta si todavía estaba enfadada, pero estaba seguro de que a Jennifer le gustaba que le prestara atención; estaba pendiente de mis labios y me deseaba a cada instante.

—¿Qué te ha hecho? —se entrometió Xavier, que, indiferente a los manoseos de Alexia, dio una calada al cigarrillo.

—Jen, el mundo no gira en torno a ti. Mételo en la cabeza —me defendió Luke; no sabía qué había ocurrido, pero era lo suficientemente inteligente para intuirlo. Había notado la actitud agobiante de Jennifer, sus celos y sus numerosas intromisiones. Quería saber con quién salía, con quién me relacionaba o charlaba. A menudo su comportamiento me recordaba al de Scarlett y me preguntaba si era yo el que suscitaba en las mujeres aquel nivel de locura.

Scarlett...

Cuando pensaba en ella, la angustia me invadía como un veneno.

—¿Ahora acompañas a tu hermanastra a la universidad? Qué mono. —El tono burlón de Jennifer me trajo de vuelta a la realidad. Me di cuenta entonces de que los demás se habían encaminado hacia la entrada; faltaban menos de diez minutos para que empezara la primera clase.

—Deja de agobiarme —le solté, fastidiado—. Hago lo que me da la gana.

La dejé atrás y me toqué los bolsillos de la cazadora en busca del paquete de Winston. Nunca le hablaría de Selene a Jennifer porque la convertiría en su blanco, como todas las demás con quienes me acostaba. Ya le había dicho demasiado cuando le conté que era la hija de Matt.

—Es la primera vez que me rechazas —replicó Jennifer, que me seguía con la intención de discutir. Tenía razón. Nunca la había rechazado, y sobre todo nunca había rehusado sus grandes habilidades orales.

La rubia era una experta con la lengua.

—Siempre hay una primera vez.

Encendí un cigarrillo y seguí caminando deprisa; oía sus pasos apresurados detrás de mí. Sonreí satisfecho al pensar que la obligaba a perseguirme. Me complacía constatar que sabía cómo manejarla.

—No digas gilipolleces. Tú…

No le permití añadir nada más. Me giré con brusquedad y la agarré por una de las trenzas cuidadosamente peinadas. Atraje su cara a unos centímetros de la mía y la miré a los ojos.

Jennifer contuvo la respiración y tragó saliva, asustada por mi arrebato.

—No me hagas cabrear, Jen —le espeté furioso.

Noté las miradas de los demás, pero a nadie pareció sorprenderle aquel numerito patético, y aún menos se les ocurrió intervenir. Me conocían. Había hecho cosas peores y sabían que era mejor no desafiarme.

Jennifer hizo una mueca de dolor, pero no dijo nada, consciente del peligro que corría.

—Deja de tocarme los huevos y cósete la boca. —La solté y se tambaleó, luego me alejé.

Conmigo había límites que no debían superarse.

Límites peligrosos, más allá de los cuales se desataba el animal que había en mí.

9

Selene

Cada hombre tiene sus infiernos, pero yo llevaba
una ventaja de tres largos a todos los demás.

CHARLES BUKOWSKI

Neil estaba completamente loco.

¿Realmente creía que repetir nuestro error era la solución?

No, en absoluto.

Sin embargo, una parte de mí deseaba aceptar su proposición y se recreaba atormentándose por lo sucedido, como si así le faltara menos al respeto a Jared.

Rodé sobre la cama y cerré la novela que estaba leyendo. Trataba de distraerme con cualquier cosa y de no pensar, pero nada lograba borrar de mi mente la tentación de aceptar aquella malvada proposición.

Neil se estaba convirtiendo en una obsesión. Seguía preguntándome infructuosamente por qué tenía el poder de reducirme el cerebro a una papilla de neuronas en mal funcionamiento.

La atracción que sentía por él era tan potente como terrible.

No era más que un chico como tantos, pero yo no lograba resistirme a él. Quizá porque sus maneras eran fascinantes, porque era guapo a rabiar y sabía manejar a las mujeres.

Cuando se trataba de Neil era como si la razón perdiera contra el deseo de descubrirlo, de comprender su carácter problemático y su actitud descarada, que era solo una de las muchas máscaras de las que hacía ostentación.

No lograba explicarme el motivo, pero quería conocer todas sus facetas.

Cogí el móvil con la intención de llamar a Jared.

Le había pedido varias veces que viniera a Nueva York para hablar, pero por desgracia sus compromisos no le permitían desplazarse.

«¡Maldita sea!», solté cuando leí su mensaje diciéndome que tampoco vendría el próximo fin de semana.

Estaba cansada de convivir con el peso de lo que había hecho.

Lo correcto era contarle la verdad y dejarlo libre, pero no podía hacerlo con un simple mensaje o una llamada banal.

A las ocho en punto de la noche, bajé a cenar y me senté a la mesa con Matt, Mia y Logan —Chloe había salido de nuevo con Carter y quién sabe dónde estaba Neil—, y me prometí llevarme algo al estómago. En aquel periodo comía poco, estaba nerviosa y me sentía cada vez más confusa.

Por si fuera poco, no tenía amigos en quienes confiar, así que también me sentía terriblemente sola. Había pensado en confesárselo todo a mi madre, pero me aterrorizaba la idea de que se enfadara conmigo. No era la persona más adecuada para pedirle consejo. Me veía obligada a enfrentarme a todo sola, como siempre.

Jugué con la comida que tenía en el plato y le sonreí a Anna cuando me preguntó si me gustaba; en realidad, había probado con poco apetito los manjares que había preparado.

Estaba angustiada, preocupada y melancólica.

—Eh, ¿estás bien? —me preguntó Logan, sentado a mi lado. Me limité a asentir esperando resultar convincente.

—Bueno, chicos. —Matt se limpió los labios con la servilleta y nos miró a Logan y a mí—. ¿Cómo va la universidad? Contadme. —Apoyó la barbilla en el puño a la espera de nuestras respuestas.

—Bien, yo estoy preparando un examen para finales de mes —dijo Logan dándome tiempo a que pensara en una respuesta que tuviera sentido.

—Me alegro, nunca nos decepcionas, Logan —comentó mi padre con orgullo.

—Qué bien se porta mi cachorro —lo alabó, satisfecha, Mia, y se llevó una mano al pecho.

—¡Mamá! —la riñó Logan con severidad ruborizándose de vergüenza. Me costó contener una carcajada.

—¿Y tú qué cuentas, Selene? —apremió Matt.

—Me estoy adaptando —respondí en tono brusco mientras mordisqueaba un trozo de pan para disimular.

Matt no insistió, bajó la vista y miró el plato, decepcionado por mi actitud.

Mia le acarició el hombro para darle ánimos, pero no me apiadé de ellos.

Después de eso, la cena trascurrió en un silencio monacal. De vez en cuando respondía a los mensajes de Jared, pero en realidad era Neil quien ocupaba mis pensamientos. Me sobresaltaba cada vez que oía un ruido procedente del exterior y esperaba oír de un momento a otro el fragor del motor de su coche. ¿Podría comportarme como si nada cuando su sonrisa pecaminosa y su cuerpo despampanante aparecieran por la puerta? O mejor dicho, ¿sería capaz?

A pesar de la tensión, permanecí educadamente sentada a la mesa hasta que todos terminaron de cenar. Cuando creía que ya me había librado de él, oí la cerradura y la puerta de la entrada se abrió.

Me alarmé y me serví agua para disimular la evidente agitación.

—Neil, cariño, ¿eres tú? Ven aquí un momento. Ha quedado un poco de pastel.

Mia se giró hacia la puerta de la cocina, pero su hijo no se dignó a responderle. Subió las escaleras a paso rápido y se encerró en su habitación.

Logan y su madre se miraron con complicidad.

Al cabo de un instante, Mia hizo a Logan un leve gesto con la cabeza y él se puso de pie y se aclaró la garganta.

—Ejem…, si me permitís, voy un momento arriba —dijo antes de rodear la mesa y salir disparado hacia el primer piso.

¿Qué estaba pasando? ¿Por qué de repente estaban tan tensos y sombríos? Traté de mostrarme indiferente, pero estaba claro que algo ocurría e, incapaz de seguir aguantando la tensión que se había apoderado de la mesa, me levanté con un pretexto y subí a mi habitación; me apetecía darme un baño caliente, meterme en la cama y ver una película.

Casi había llegado cuando me detuve en el pasillo al oír los gritos procedentes de la habitación de Neil.

—¡No es asunto tuyo! —gritó la voz de Neil, profunda y abaritonada.

—Solo quiero ayudarte, ¿lo entiendes? —replicó Logan asustado.

Me mordí el interior de la mejilla con nerviosismo; quería enterarme, pero aquel era un asunto entre hermanos y no tenía derecho a escuchar a escondidas.

Habría sido irrespetuoso.

A pesar de la curiosidad, abrí la puerta de mi habitación con la intención de no inmiscuirme. Pero de repente oí un fuerte golpe seco y me dirigí instintivamente en busca de Logan por temor a que hubiera sido víctima de la ira de Neil.

Abrí de par en par la puerta de la habitación contigua a la mía y vi a Neil de pie delante de su hermano; el espacio circundante parecía haber sido arrasado por un tornado: la lámpara tirada contra la pared y trozos de objetos hechos añicos esparcidos por el suelo junto a algunos libros. Neil había liberado su alma oscura de la prisión y la había arrojado contra todo lo que estaba a su alcance.

—No pasa nada, Selene. Sal de aquí —dijo Logan en tono tranquilo. Sabía que debía hacer lo que me decía, pero mis piernas se negaban a colaborar.

—¡Lárgate tú también y no me hagas cabrear! —tronó Neil contra su hermano.

Los reflejos dorados de sus ojos se habían apagado, tenía la mirada ausente. El negro de las pupilas había cubierto aquella miel resplandeciente que tanto me gustaba. Neil estaba empapado en sudor, con los puños cerrados y temblorosos, y respiraba entrecortadamente, como si se hubiera echado una larga carrera.

—Vete, Selene, por favor —me suplicó Logan mirándome con preocupación. No debería haberme entrometido, pero…

—Cre-creía que te había pasado algo, he oído un ruido muy fuerte y… —La voz se me apagó.

—No ha pasado nada, será mejor que vuelvas a tu habitación —me apremió de nuevo Logan. Decidí hacerle caso. Estaba a punto de irme cuando Neil soltó una carcajada malvada que me paralizó y me dio escalofríos.

—Sí, Selene, vete. Vuelve más tarde a mi habitación, a

ser posible borracha. —Me guiñó un ojo con malicia y me sonrojé de vergüenza.

¿Se había vuelto loco? ¿Acaso quería que Logan se enterara de lo que había ocurrido?

Enmudecí y me puse pálida.

—¿Qué coño dices, Neil? —preguntó Logan, consciente de la insinuación—. No le hagas caso, Selene, está fuera de sí —lo justificó. Traté de marcharme, estaba nerviosa y asustada, pero Neil se me acercó.

Su aroma me embistió y lo miré.

Vestido de negro, con la expresión cruel y los puños apretados, parecía la encarnación del diablo. La señal morada en su cuello y el pelo revuelto me hicieron sospechar que había estado con una chica y sentí una punzada dolorosa en el pecho.

—Tigresa… —susurró, mirándome fijamente la boca.

Tragué aire y lo esperé como una víctima de un sacrificio que se ofrece a su verdugo.

—¿Quieres que te cuente lo que pasó hace unos días con Jennifer? —preguntó respirándome en la cara.

Traté de mostrarme fría, pero las piernas se pusieron a temblar descontroladas.

Desplacé la vista lentamente hacia Logan, que miraba a su hermano, y exhalé despacio, consciente de que cualquier movimiento que diera podía ser un paso en falso.

—Pensé en ti mientras ella me hacía una mamada.

Giró a mi alrededor y se detuvo a mi espalda. Logan entornó los ojos con circunspección, mientras que yo permanecí inmóvil para no contradecir a aquel loco.

Neil me olfateó el pelo y me acarició el brazo, que se tensó bajo su tacto seductor.

—¿Sabes lo que es el infierno? —Me apartó un mechón de la cara y me sopló en el oído. Me entraron escalofríos y traté de respirar con regularidad para mantener la calma—. ¿Mmm? —gimió mientras empujaba lentamente el vientre contra mis nalgas; traté de apartarme, pero Neil me sujetó por la cintura para mantenerme pegada a él.

—Creo que no —balbucí atemorizada.

Me sentía atrapada contra el mármol que era su cuerpo; si hubiera querido, habría podido hacerme añicos.

—El infierno es un mundo aparte, un mundo en el que la esperanza, el amor, la confianza y la razón no tienen cabida. Es un espacio vacío en el que se sobrevive y se lucha contra la maldad de los semejantes.

De repente me cogió del pelo y me inclinó la cabeza hacia atrás con fuerza. Solté un grito de sorpresa y Logan dio un paso adelante, pero se detuvo cuando Neil le lanzó una mirada de advertencia.

Apreté los ojos a causa del dolor que me provocaba. No entendía nada. ¿Por qué se comportaba así? ¿Quién era realmente Neil?

Me di cuenta de que no lo conocía en absoluto. Era demasiado imprevisible.

Cuando traté de darme la vuelta me topé con sus ojos lejanos y ajenos a la realidad.

—Si mi hermano no estuviera aquí… —me susurró al oído—, ya te habría tumbado en la cama —concluyó dándome un beso fugaz en el cuello.

Acto seguido, me soltó de mala manera y si no me caí fue porque Logan me sujetó a tiempo.

Me dejé abrazar y apoyé la cabeza en su pecho mientras trataba de recomponerme.

—Salid —nos ordenó Neil, tajante, y señaló la puerta. Logan y yo obedecimos.

Antes de salir de la habitación me di la vuelta por última vez y vi a Neil sentado en el suelo, en un rincón oscuro, las rodillas contra el pecho y la mirada perdida.

Empezó a balancearse con las manos en las sienes, golpeando lentamente la espalda contra la pared. Fue desconcertante verlo tan frágil y vulnerable.

No quedaba ni rastro del joven amenazador y seguro de sí de hacía unos instantes.

Parecía un niño solo, aislado, marginado y afligido.

Logan cerró la puerta y me impidió que siguiera mirándolo. Me recompuse.

—Vamos a dormir —suspiró, frustrado. Parecía acostumbrado a esa clase de situaciones.

Yo, en cambio, estaba tan impresionada que era incapaz de moverme.

—Pero…

No quería dejar a Neil en aquellas condiciones. Debíamos llamar a alguien, un médico quizá, o una ambulancia. Podía cometer una locura. Estaba aterrorizada, pero Logan se mostró mucho más tranquilo que yo. Me miró a los ojos y me puso las manos sobre los hombros, que no dejaban de temblar.

—Se pondrá bien. Tiene un mal día.

Me tranquilizó con un tono de voz sosegado, aunque era evidente que él también sufría por su hermano.

¿Qué le había pasado?

Estaba claro que el infierno existía. Lo había visto en los ojos de Neil, ahora apagados y nefastos.

Para él el infierno era un dilema interior.

Era un lugar habitado por almas condenadas.

Era la oscuridad de los recuerdos.

Era el frío y la ausencia de calor.

Era ilimitado, nunca circunscrito.

Era el castigo eterno que se grababa en la mente de los impotentes mortales.

Se mostraba al exterior de manera sutil, a menudo indescifrable para los más distraídos.

¿Podría llegar a domar algún día aquellas llamas ardientes?

10

Selene

El amor es prosa, el sexo es poesía.

ARNALDO JABOR

Aquella noche fue una de las peores. Estaba inquieta, daba vueltas y más vueltas en la cama.

El mínimo ruido aumentaba mi nerviosismo y el repiqueteo de la lluvia sobre los cristales de la ventana acentuaba mi ansiedad.

Los truenos me hacían sobresaltar, la luz de los rayos iluminaba las paredes a intervalos mientras me cubría la cara con las sábanas y trataba de calmarme.

Suspiré. No había dejado de pensar ni un solo instante en Neil y en lo que había ocurrido en su habitación unas horas antes.

Lo que debería haber sido unas simples «vacaciones» de reconciliación entre mi padre y yo se estaba convirtiendo en algo completamente diferente.

Todos mis planes se habían torcido. Neil había destruido, como si fuera un huracán, el césped florido por el que había caminado hasta entonces.

No me reconocía ni sabía cuáles eran las decisiones correctas que debía tomar, ni siquiera qué iba a ser de mí si seguía viviendo inmersa en aquel desbarajuste.

La adrenalina que circulaba dentro de mí era como un subidón. Siempre había vivido una cotidianidad plana, caracterizada por gestos metódicos y elecciones premeditadas, y ahora, en cambio, navegaba a merced de las olas, sin saber adónde me conducían.

Ni siquiera sabía qué me esperaba al día siguiente, pero, extrañamente, me sentía viva.

Todavía nerviosa, alargué el brazo hacia el interruptor de la lámpara y encendí la luz. Me incorporé y miré a mi alrededor pensativa.

Si no dejaba de tronar, no pegaría ojo.

Cuando estaba a punto de tumbarme de nuevo, dos golpes en la puerta me hicieron sobresaltar.

Aparté las sábanas y salí de la cama. Abrí lentamente y me topé con los ojos de Neil clavados en mí. En ese momento caí en la cuenta de que solo llevaba puestos unos pantalones cortos y una camiseta blanca sin nada debajo, y me ruboricé.

Neil tenía una mano apoyada en el marco de la puerta, a poca distancia de mí.

—¿Puedo entrar? —preguntó en voz baja; el timbre de su voz me pareció más masculino y profundo que de costumbre. Titubeé. Después de lo que había pasado no estaba segura de poder fiarme de él. Parecía tranquilo, pero a aquellas alturas sabía que era un lunático de modales bruscos—. No tengas miedo, solo quiero hablar contigo —murmuró, como si me hubiera leído el pensamiento.

Al cabo de unos instantes de duda, me aparté para dejarlo entrar. Su metro noventa pasó por mi lado y cerré la puerta a sus espaldas.

¿Quería hablar? Pues bien, lo escucharía.

Me di la vuelta y lo miré: su espalda transmitía fuerza y vigor, la anchura de los hombros estaba acentuada por la camiseta deportiva negra, el tatuaje maorí adornaba el bíceps moldeado y unos pantalones grises le cubrían las piernas, largas y definidas.

Su cuerpo había sido creado para encantar a cualquier mujer, para rendirla a sus pies.

Me avergoncé una vez más de mi debilidad.

—Tú dirás —lo animé. Se giró hacia mí. La débil luz de la lámpara le iluminaba la mitad de la cara, pero fue suficiente para poder admirar sus rasgos, únicos y delicados, que parecían cincelados a la perfección.

Neil era una combinación extraordinaria de belleza y potencia, un hombre único.

—¿No llevas sujetador? —soltó, pensativo, mirándome el pecho. Sus ojos ya no eran amenazadores, sino luminosos e intensos. Seguí la dirección de su mirada y me cubrí el pecho con los brazos para protegerme.

—¿Te parece bonito hacérmelo notar? —La voz me tembló y me ruboricé.

Solo él me había visto desnuda.

—No, perdóname. No pretendía avergonzarte.

Se tocó la nuca y suspiró, luego se sentó en el borde de la cama. Juntó las manos y apoyó los codos sobre las rodillas para ganar tiempo. Yo me quedé quieta donde estaba.

«Será mejor que guarde las distancias», pensé.

—A veces… —empezó— paso por situaciones que me resulta difícil manejar. —Estaba haciendo un esfuerzo enorme para hablar conmigo: tenía la mirada fija en el suelo y los músculos contraídos y en tensión—. No pretendo justificarme, pero quisiera que supieras que nunca te haría daño. —Hizo una pausa—. No voluntariamente —añadió mortificado. Parecía diferente del chico al que me había enfrentado unas horas antes.

Era reflexivo y presente.

—No sé quién eres, Neil —susurré, atrayendo sus espléndidos ojos hacia mí.

—Me llamo Neil Miller, tengo veinticinco años, nací el 3 de mayo en Nueva York. Tengo un hermano y una… —replicó irónico, pero negué con la cabeza y se detuvo.

—Me refiero a que no sé quién eres realmente. No permites que te descubra.

Permanecí distante, los brazos cruzados, pero me estremecí cuando sentí que su mirada se deslizaba por mis piernas desnudas y alcanzaba mis pies descalzos.

¿Por qué me miraba con ese deseo?

—No quiero que descubras nada. Prefiero dejarte la libertad de imaginarme como quieras. —Se levantó de la cama y avanzó hacia mí.

No, no, no.

Estaba superando el límite que tácitamente le había impuesto para proteger mi salud mental.

Retrocedí hasta chocar contra la pared y él debió de darse cuenta porque se detuvo y me miró con tristeza.

—No quieres que me acerque a ti. —No era una pregunta, había comprendido lo atemorizada que estaba.

Tragué saliva y me encogí de hombros.

—Preferiría que no lo hicieras —admití; él dio un respingo, como si lo hubiera abofeteado. Retrocedió y se sentó en la cama de nuevo. Yo no entendía cómo podía pasar de ser brusco y vulgar a ser dócil y sumiso.

Su volubilidad me asustaba.

—A veces la diversidad no es aceptada porque no se comprende. El mundo en que vivimos es así.

Levantó la vista y su mirada volvió a cambiar: en sus ojos vi llamas indomables y vislumbré una vez más la rabia encerrada en una jaula y la parte de sí que trataba de mantener a raya.

No quería que me malentendiera y creyese que era como todo el mundo. A menudo la gente ni siquiera trataba de sondear su misterioso universo.

Yo nunca había sido tan superficial.

Di unos pasos adelante. Inseguros, débiles, ligeros, pero pasos al fin y al cabo. Él se quedó quieto, observándome atentamente. Me acerqué a pocos centímetros de su cuerpo, con el estómago a la altura de su cara. Percibí su aroma a musgo y tabaco, le acaricié el pelo instintivamente y él se dejó hacer.

Era suave y enmarañado al tacto, limpio y perfumado como siempre.

—A veces para entender la diversidad necesitamos una pequeña ayuda. Las personas especiales son más complejas que nosotros, los simples mortales —le dije, y esbocé una sonrisa. Neil me miró con un ardor intenso. Alargó una mano hacia mi rodilla derecha sin dejar de mirarme. Me pedía sin palabras permiso para tocarme. Por mi parte, en ese momento no tenía fuerzas para rechazarlo, así que asentí.

Obtenida mi aprobación, me puso las dos manos, calientes y fuertes, sobre las rodillas y las subió a lo largo de los muslos hasta rozar el borde de los *shorts.*

Su caricia sensual, gélida y ardiente a la vez, me hizo estremecer.

Acarició la tela y siguió subiendo, esta vez hasta la cintura. El cuello me palpitaba y sentía escalofríos en la espalda, pero no lo detuve cuando deslizó los dedos por la goma del pantalón y me lo bajó. Me quedé en camiseta y braguitas.

Nos miramos a los ojos, conscientes de lo que iba a pasar. Si hasta un minuto antes temía su presencia, en ese momento solo deseaba que sus dedos siguieran trazando senderos desconocidos en el mapa de mi cuerpo.

—Despacio… —fue lo único que dije. No había hecho nada para que se lo tuviera que pedir, pero entendió que quería que me tratara con delicadeza y me sonrió. Luego me levantó suavemente el borde de la camiseta y se acercó a besarme el vientre. Me estremecí al contacto con la barba hirsuta de su mandíbula y Neil me miró divertido.

Sonrió de nuevo y siguió besándome el abdomen, apartando la camiseta a medida que avanzaba. Cuando llegó al pecho, levanté los brazos para ayudarlo a quitármela.

La tiró al suelo y al ver sus ojos clavados en mi pecho desnudo me di cuenta de que estaba totalmente expuesta a él.

Me sonrojé y él negó con la cabeza, dándome a entender que no debía avergonzarme de mi cuerpo.

Me puso las manos en las caderas y siguió la línea de las formas como habría hecho un artista con una escultura. Me contemplaba y me adoraba con todos mis defectos.

Me rodeó los pechos con las palmas de las manos y se acercó a un pezón, que atrapó entre los labios con suavidad, respetando lo que le había pedido. Sentí su lengua húmeda moverse en círculo y cerré los ojos. Fluctué sobre las notas silenciosas de nuestros deseos y deslicé una mano entre su pelo para atraerlo contra mi pecho.

Nunca había vivido nada parecido y enseguida comprendí por qué a las mujeres les gustaba tanto recibir esa clase de atenciones.

Perdida en las sensaciones, sentí que la respiración se aceleraba y que las mejillas ardían. Un extraño calor se propagó del punto en que se posaban sus labios al centro de los muslos.

Todavía estaba a tiempo de detenerme, de detenerlo, pero lo deseaba.

Era, sin duda, contradictorio temer y desear a alguien al mismo tiempo, pero no podía remediarlo.

De golpe, Neil dejó de lamerme el pecho y se puso de pie.

Me encontré contra su cuerpo, todavía vestido, y me estremecí de frío.

Él me miró profundamente a los ojos; creo que dudaba entre parar o seguir.

Me habría gustado decirle muchas cosas, pero las emociones eran tan fuertes que me impedían hablar.

Me acarició una mejilla con los nudillos y observó los rasgos de mi cara: la frente, los ojos, la nariz y los labios.

Tuve miedo de no gustarle y la inseguridad me hizo bajar la cabeza para huir de su mirada, pero Neil disipó mis temores cogiéndome las manos para llevarlas al borde de su camiseta. Quería que lo desnudara y me sentí insegura porque no tenía experiencia.

¿Había unas reglas concretas para desnudar a un hombre? No lo sabía y la tensión me impedía razonar con lucidez.

—Estoy nerviosa —le susurré, pero él me miró con comprensión e indulgencia. Se movió sin prisas, tranquilizándome; yo estaba cohibida y más tensa que las cuerdas de un violín.

—Sígueme.

Puso las manos sobre las mías y lentamente las guio hacia arriba, luego me dejó seguir sola. Le levanté la camiseta hasta los hombros; era demasiado alto y tuvo que ayudarme a quitársela, luego la arrojó al suelo de cualquier manera.

Entonces observé las líneas en forma de medialuna de los pectorales, las de los abdominales y el triángulo de la zona pélvica, aún cubierto por los pantalones. Vi de nuevo el tatuaje del costado, cuyas líneas se cruzaban para crear un símbolo, pero estaba demasiado azorada para detenerme a observar ese detalle.

No sabía cómo comportarme.

¿Debía tocarlo? ¿Besarlo? ¿Seducirlo de alguna manera?

Me entró el pánico. Di un paso atrás y toda mi inexperiencia afloró para recordarme lo inadecuada y lo inmadura que era al lado de un hombre experimentado como él.

Cuando se diera cuenta de que era una nulidad, de que no era capaz de darle placer como las otras, se reiría de mí.

—Perdona..., yo..., yo... —balbucí; quería escapar, huir a cualquier sitio con tal de alejarme de ese cuerpo poderoso que me intimidaba—. No sé qué hacer..., no sé por dónde empezar... —dije temblando. Hasta me olvidé de que estaba desnuda. Las piernas empezaron a ceder y faltó poco para que me cayera, pero Neil me sujetó del brazo. Mi pecho chocó contra el suyo y me estremecí.

Saboreé por primera vez el contacto piel con piel y fue magnífico.

—No pasa nada, tranquila. Sígueme —repitió en voz baja, asintiendo.

Se acercó y me besó el cuello mientras mis manos, frías, permanecían inmóviles sobre su firme abdomen. Cerré los ojos y traté de concentrarme en sus labios, que se movían lentos y expertos sobre mi piel. Estaba segura de que oía los latidos de mi corazón, que palpitaba a lo loco.

Me besó debajo de la oreja y sonreí porque la barba me pinchaba de manera agradable y excitante. Siguió comiéndome a besos la mandíbula y las mejillas, y se detuvo en la boca. Abrí los ojos y lo pillé mirándome.

¿Quería estar seguro de que era lo que yo deseaba? A aquellas alturas estaba claro que sí.

—Te sigo —susurré, y nuestras miradas se entrelazaron como hilos de oro. Sobre nosotros llovieron sensaciones increíbles. Se deslizaron sobre nuestros cuerpos y nos envolvieron con un calor nuevo e inexplorado.

Fue entonces cuando Neil me rozó los labios un par de veces con besos breves y fugaces que aumentaron en mí el deseo de profundizar el contacto.

Inconscientemente dirigí las manos hacia abajo y dibujé con los dedos las líneas de sus abdominales esculpidos. Nunca había tocado a nadie de aquella manera.

Un instante después, su boca se abalanzó sobre la mía. Cerré los ojos y recibí su lengua, caliente, que empezó a girar lentamente en sincronía con la mía. Le toqué los costados y luego pasé atrás. Le acaricié la línea de la espalda y bajé hasta los glúteos. Me di cuenta de que si me dejaba guiar adquiría espontaneidad. Él siguió besándome y entretanto me hizo tumbar en la cama. Me recosté y sentí el frescor de las sábanas en la espalda.

—¿Estás bien? —preguntó, apoyándose en los codos. Asentí y abrí las piernas para permitirle que se colocara en medio. Trató de no aplastarme, pero noté que algo duro empujaba contra mi ingle. Me ruboricé y en ese momento me di realmente cuenta de que el hombre y la mujer encajaban a la perfección—. ¿En qué piensas? —susurró, besándome el cuello con dulzura. Me concedía tiempo para que pudiera hacerme a la idea de lo que iba a pasar y lo aprecié.

—En una tontería —respondí mientras la boca de Neil vagaba libre por mi cuerpo. Pero él dejó de besarme y me miró con curiosidad.

—Dímelo de todas maneras —insistió. Suspiré. Era un cabezota.

—El hombre y la mujer… —me aclaré la garganta, incómoda—, sus cuerpos encajan a la perfección. Nunca me había parado a pensar en algo tan banal y al mismo tiempo tan encantador —murmuré, esperando que no se echara a reír en mi cara. Se puso serio y se me acercó al oído, apretando su pecho contra el mío.

—Todavía tengo que enseñarte cómo encajan perfectamente los cuerpos de un hombre y una mujer —susurró con lascivia, y me estampó un beso en la mejilla. Lo miré embobada, los muslos me temblaron como si se lo hubiera dicho directamente a ellos. Sentía frío y calor a la vez y el corazón me latía tan fuerte que me dolía el pecho.

Neil siguió besándome el cuello y moviendo lentamente las caderas contra mí. Al principio no entendí cuáles eran sus intenciones, pero cuando sentí la erección golpeándome el clítoris, todavía cubierto por las braguitas, lo intuí. Me excité tanto que estuve a punto de volverme loca.

Me quedé quieta y dejé que me guiara.

—Relájate.

Se había dado cuenta de que todavía estaba tensa y alargó los preliminares. Cerré los ojos y me concentré en las sensaciones que me suscitaba su cuerpo. Sin darme cuenta, lo sujeté por la goma de los pantalones y empecé a moverme debajo de él.

Entretanto, Neil seguía besándome por todas partes.

Por donde pasaban sus manos, también lo hacían sus labios.

Luego se dedicó a mis pechos.

Los chupó con dulzura y arqueé la espalda. Me dieron ganas de llorar porque las sensaciones me inundaban completamente.

Bajó aún más y dirigió los labios más allá del estómago. Me lamió el abdomen y jugó con el ombligo. Giró a su alrededor con la lengua y me miró mientras rozaba con los dedos el borde de las braguitas.

Lo miré confundida e intuí sus intenciones.

—¡No! ¡Eso no!

Alargué un brazo para detenerlo, apreté las piernas y me tensé de nuevo. Concederle un preliminar semejante habría sido demasiado embarazoso para mí. No era una chica desinhibida y aún conservaba el pudor.

—¿No? ¿Estás segura? A las mujeres suele gustarles mucho.

Habría preferido que no me hubiera recordado cuántas chicas había habido antes que yo. Me ensombrecí y miré el techo. Me di cuenta de que estaba proyectando en Neil expectativas equivocadas. Él no era un príncipe azul. Había sido claro: ni historias de amor ni cuentos de hadas. Y entonces, ¿por qué notaba un fastidio en la boca del estómago?

Debía tener cuidado con lo que sentía. Era mucho más sensible que él y corría el peligro de hacerme realmente daño.

—Piensas demasiado. —Subió hasta mi cara y me acarició el pelo. Yo seguía reflexionando sobre las consecuencias de mis emociones.

—Lo sé… —Suspiré y traté de mirar cualquier cosa que no fueran sus ojos. En mi cabeza se había encendido una alarma, pero no quería escucharla.

—Vayamos por partes, ¿te parece? Quiero que estés a gusto —susurró reclamando mi atención.

—Yo…

Me besó para interrumpir mis pensamientos.

Su lengua se encontró con la mía y me dejé llevar por el beso porque Neil exigía toda mi atención. Era delicado pero decidido. Sabía lo que se hacía, su experiencia era más que evidente, y me sentí inferior cuando me di cuenta de que yo no participaba. Estaba allí, inmóvil, debajo de él, apática y frígida. Así que me armé de valor y empecé a besarlo con más intensidad y a moverme contra su cuerpo. Lo oí suspirar de placer y eso exaltó mi orgullo femenino. Luego me palpó un pecho y bajó hasta el pubis. Se insinuó en las braguitas húmedas y empezó a tocarme. Enrojecí intensamente al pensar que estaba mojada por él, pero ahuyenté la vergüenza y seguí besándolo mientras sus dedos me acariciaban la entrepierna.

Me costaba respirar y traté de hacerlo con normalidad mientras Neil se dedicaba a mi cuerpo. Tenía mucha seguridad en sí mismo y lograba darme placer en muchas zonas con la misma intensidad; yo, en cambio, no lograba estar a su altura y temí que me diera un infarto antes de ir al grano.

—Despacio… —volví a decir cuando sentí que sus dedos me tocaban con más fervor. No me hacía daño, pero mi mente estaba en cortocircuito y tenía miedo de sentir dolor, a pesar de que mi cuerpo se iba acostumbrando a aquellas sensaciones nuevas y desconocidas.

—No te haré daño. Te lo prometo —me susurró sobre los labios mientras deslizaba un dedo en mi interior. Luego introdujo otro y otro más. Acepté su tacto como si hubiera sido creado solo para mí.

No fue doloroso.

Me hizo sentir acalorada, derretida y superexcitada.

Neil movió los dedos siguiendo un ritmo calculado para provocar la dosis justa de placer.

Fue entonces cuando le mordí el labio y lo besé con toda mi alma. Un instante después, se detuvo y se quitó los pantalones.

Estaba demasiado abochornada para mirarlo, pero Neil no me concedió tiempo para pensar: se tendió de nuevo sobre mí y apretó toda su excitación entre mis piernas. Era dura y poderosa. Muy poderosa a pesar de estar cubierta por la tela suave del bóxer.

—¿Lo habías visto así alguna vez? —Se frotó contra el punto adecuado para dar placer a una mujer y la reacción de mi cuerpo fue inmediata: deseo en estado puro.

—No —admití tímidamente mientras él reanudaba los besos. Mi inexperiencia no parecía desanimarlo, todo lo contrario: una luz nueva brilló en sus ojos.

—Selene… —De repente se paró y apoyó la frente contra la mía. Jadeábamos los dos. Estábamos listos para poseernos. Solo nos separaban las últimas capas de tela—. Si quieres parar, debes decírmelo ahora. Luego… será imposible.

Nos miramos y tuve un atisbo de duda, que nuestras respiraciones entrecortadas persiguiéndose la una y la otra y nuestros corazones latiendo al unísono disiparon por completo.

—No quiero que pares —respondí.

Neil me dio un beso casto en los labios y se puso de rodillas mostrándome su magnífico cuerpo.

Era demasiado perfecto y vigoroso. Estaba segura de que sería mío solo por una noche, porque sabía que era inalcanzable.

Me acarició los muslos, y, sin dejar de mirarme, me deslizó las braguitas por las piernas; luego me besó el tobillo. Era en sus ojos donde yo buscaba la seguridad que necesitaba para seguirlo, y Neil lo había comprendido. Me ruboricé cuando su mirada acarició mi cuerpo y se detuvo en mis partes íntimas, que ahora estaban expuestas. Habría querido cerrar las piernas, pero era incapaz de moverme.

Neil me sonrió para tranquilizarme y se quitó el bóxer. Instintivamente desplacé la mirada hacia su cara porque no tenía valor para mirar abajo; estaba segura de que había vuelto a ponerme roja.

—¿Te da vergüenza mirarme? —Se tumbó sobre mí y sentirlo completamente desnudo y caliente contra mi cuerpo fue mucho más bonito de lo que podía imaginar. Empujó su erección contra mi vientre.

Intuí que me había equivocado cuando durante nuestro primer encuentro le dije que la tenía pequeña; había sido una tontería dicha sin ton ni son para desquitarme.

—Sí —admití, tratando de contener la curiosidad y no echar una ojeada ahí abajo. Me bastaba sentirlo contra mí para comprender que estaba acabada y que seguramente iba a doler.

—Sin desnudez no hay pasión —dijo. Se desplazó ligeramente y se alineó con mi entrada, justo donde iba a recibirlo. Entreabrí los labios y solté todo el aire. Me sujeté a sus bíceps y él me dirigió una mirada cálida, intensa y tranquilizadora.

En sus ojos vi el sol y el polvo de estrellas que se posaba despacio sobre la luna.

De repente, sentí que estaba lista.

Lo quería.

En ese momento su miembro empezó a deslizarse lento dentro de mí, preludiando el placer que me daría cuando llegara al fondo.

Experimenté una sensación nueva e incontenible, tan placentera que causaba dolor.

—¿Estás lista? —me susurró al oído; apoyé las manos en su poderosa espalda, apreté las rodillas alrededor de sus caderas y lo miré.

—Sí…

Rocé su nariz con la mía y Neil me besó. Fue en ese momento cuando sentí su miembro empujar contra mi punto más sensible. Hizo un poco de presión porque mis músculos oponían resistencia; luego, de un solo empujón, empezó a entrar lentamente dentro de mí.

Emití un suspiro de dolor y le respiré en los labios, sintiéndolo en toda su magnitud.

—Relájate.

Empujó un poco más y me modelé alrededor de su miembro, milímetro a milímetro, para recibirlo. Su tamaño era considerable y la molestia aguda que sentí me hizo gemir. Me mordí el labio inferior y él se detuvo, preocupado.

—¿Estás bien? —preguntó en voz baja; las rodillas empezaron a temblarme y el corazón a latir más fuerte. Sudaba frío. No, no estaba bien. En absoluto. Experimentaba una sensación extraña, dolorosa y agradable a la vez. Mi cuerpo parecía demasiado pequeño para adaptarse al suyo. Por eso miré hacia abajo instintivamente, hacia el punto de unión entre nosotros. La mitad del poderoso y enorme sexo de Neil estaba dentro de mí.

Mi nerviosismo aumentó.

No lo conseguiría. Era demasiado.

Yo…, yo… quería huir de allí.

—Tu cuerpo puede recibirme, no te asustes.

Me besó la comisura de los labios y me acarició la mejilla con el pulgar. Era increíble cómo lograba intuir mis pensamientos. ¿Ya había pasado por una situación parecida? Quizá algunas de sus ex eran vírgenes como yo. Pensarlo me entristeció, me habría gustado ser la única, pero con Neil eso era imposible.

—Deja de pensar —añadió antes de entrar un poco más dentro de mí. Gemí de dolor y de placer, pero me avergoncé y cerré los labios.

Aquella reacción espontánea lo hizo sonreír, se detuvo otra

vez y nos miramos por un tiempo indefinido. Neil estaba pensativo, mientras que yo parecía una niña incapaz de reaccionar.

—Debería ponerme un preservativo, pero me da pereza levantarme, salir desnudo al pasillo e ir hasta mi habitación…

Neil reflexionaba sobre un detalle importante que a mí se me había escapado por completo y que me hizo constatar mi estupidez. Las precauciones eran fundamentales. ¿Cómo había podido olvidarme? Estaba tan excitada que no me había dado cuenta de lo que pasaba.

—¿Qué hacemos? —le pregunté.

—¿Tomas la píldora? Si la tomas no sería necesario usarlo —sugirió. Abrí mucho los ojos. El sexo entre nosotros sería íntimo, incluso demasiado.

Asentí y me sonrió de manera sensual. Nos comunicamos en silencio, nos respiramos y absorbimos los instantes en que nuestros cuerpos se adaptaban el uno al otro.

Neil me chupó el labio inferior, le gustaba saborearme, se lo devolví. De repente sacó la lengua y, de manera absolutamente natural, levanté un poco los hombros y se la chupé.

Algo se incendió en sus ojos y empezó a penetrarme con lentitud cortándome la respiración. Por la rigidez de los músculos de su espalda comprendí que se contenía para no hacerme daño.

Cerró los ojos y unió su frente a la mía, los codos apoyados a los lados de mi cara, los antebrazos soportando todo su peso, pecho contra pecho.

Siguió moviéndose con delicadeza, con equilibrio, pero pude leer en su cara que para él era una tortura.

¿Yo también debía hacer algo? ¿Debía participar, crear la química y la complicidad justas?

El dolor había desaparecido completamente y había dejado paso al placer. Era maleable y lo recibía sin ninguna barrera psicológica ni física, por eso quería que él también se dejara llevar. Empecé a tocarlo y a secundar sus movimientos, lánguidos y moderados, y Neil jadeó. Constaté con felicidad que mi iniciativa le gustaba.

—Selene… —dijo sin aliento. Sudábamos y respirábamos trabajosamente a pesar de que ninguno de los dos había llegado a la cima de la pasión.

—Dime. —Le aparté los mechones húmedos de la frente y lo miré; con la cara contraída por la excitación era aún más guapo.

—Si sigues moviéndote así, podría perder el control. Trato de ser delicado y... —Le acaricié el labio con el pulgar y él, impúdico y lujurioso, le pasó la lengua.

—Sé tú mismo —le sugerí; Neil sonrió divertido y me mordió el dedo con suavidad.

—A mí me gusta follar, Selene. Besos, caricias y buenos modales no me pertenecen. Disfruta de este momento, te prometí que sería delicado.

¿Fingía?

Trató de besarme y aparté la cara para impedírselo. Volví a sentirme pequeña y demasiado ingenua para comprender su actitud. En mi fuero interno, decidí que debía reaccionar de alguna manera y dejar de hacerme la víctima.

Volví la vista hacia él y lo sorprendí mirándome, reflexivo.

—Pues hazlo. Adelante, deja que te conozca realmente, Neil —lo desafié. Él frunció el ceño, sorprendido por mi salida inesperada; en cualquier caso, yo prefería que se mostrara tal como era a que llevara puesta una máscara.

—No sabes lo que dices —me dijo en tono de burla, sacudiendo la cabeza.

No, no lo sabía, pero podía descubrirlo.

—¡Adelante!

Lo golpeé en un brazo y él levantó un poco el pecho y arqueó la espalda. Aquel movimiento desplazó su miembro dentro de mí y lo empujó más a fondo, provocándome una punzada de dolor y placer que me hizo apretar los dientes. Lo sentí en el vientre, entre los pechos, en todas partes. Fue tan sobrecogedor que los dos gemimos.

—Úsame y punto. Esta noche soy tuyo. Quiero que en tus recuerdos esta sea la primera vez que siempre deseaste.

Se acercó y me besó con pasión; luego reanudó lo que estaba haciendo antes de que le pidiera que se mostrara tal y como era. Dejé de preocuparme y de insistir. Por una vez pensaría solo en mí misma.

Asumiría la responsabilidad de mis acciones, sin duda, pero no en ese momento.

Dejé de pensar en la máscara de falso príncipe azul que Neil se había puesto. Esta vez iba a ser egoísta, a sabiendas de que pronto me arrepentiría.

Lo apreté fuerte y me dejé llevar.

Nos besamos, nos tocamos, nos unimos. Neil empezó a moverse con más vigor. Me penetraba con fuerza y se retiraba despacio, haciéndome sentir su poder, aunque yo sabía que estaba conteniendo su ímpetu.

Le mordí el cuello y emitió un gemido de puro placer. Neil era silencioso durante el sexo y oír sus suspiros era como ver caer una estrella fugaz en un cielo lleno de nubes.

Era sorprendente y magnífico.

También me excitaba su respiración, que de vez en cuando se aceleraba, y me extasiaba sentir su cuerpo tenderse bajo mis manos.

A veces le pedía que me diera una tregua y me dejara respirar. Era demasiado poderoso y mi cuerpo sucumbía bajo aquella mole de músculos y testosterona.

—Eres tan estrecha… —me comentó al oído al cabo de un tiempo infinito. Aquel timbre de voz, abaritonado e indecente, me hizo sonrojar.

—Y tú tan grande —solté, y él me miró con malicia. A pesar de la respiración entrecortada coqueteábamos con descaro.

—Deberías estar contenta.

Me dio un beso casto en los labios y volvió a moverse. Con decisión, pero controlado. Comprendí que no volvería a detenerse porque ambos nos encontrábamos en un punto sin retorno.

Encajábamos, inexplicablemente, a la perfección.

A pesar de que me dolían las caderas y los músculos de las piernas y me escocían las partes íntimas, Neil fue apasionado y delicado a la vez.

—Creo que voy a…

No sabía reconocer un orgasmo, pero supuse que estaba a punto de rendirme a la magia. Las embestidas de Neil se hicieron más furiosas y mi cuerpo empezó a tensarse y a querer cada vez más. Arqueé los dedos de los pies sobre las sábanas y recliné la cabeza hacia atrás. Hundí las uñas en la espalda de Neil, que me chupaba los pechos amplificando las sensaciones insuperables en el momento justo. Sentí su lengua torturarme, sus dientes morderme y sus labios envolverme.

Me agité debajo de él, la cabecera de la cama golpeó la pared al ritmo de sus acometidas, pero ninguno de los dos se preocupó de que pudieran oírnos.

Había llegado al límite, al borde del precipicio.

La cabeza me daba vueltas y el corazón me latía enloquecido.

¿Sentía lo mismo que las demás?

Apreté las rodillas alrededor de los costados de Neil y él debió de apreciarlo porque se movió con más énfasis y contrajo los glúteos. Lo toqué por todas partes y gocé de aquel cuerpo de adonis, viril desde cualquier punto de vista.

Me concentré en sus reacciones.

Era silencioso, pero su respiración lo delataba.

Él también había llegado al límite.

—Córrete ahora —me ordenó en un susurro. Fue increíble la manera en que mis músculos reaccionaron a su tono masculino y categórico.

Fue entonces cuando descubrí la versión humana de lo divino: el éxtasis del orgasmo.

Neil me besó para atenuar el grito en que prorrumpí mientras le arañaba la espalda. El deseo dibujado en su rostro fue la última espléndida imagen que vi antes de cerrar los párpados. El placer me invadió completamente y todos mis sentidos se trasladaron a una dimensión que casi podría definir como surrealista. No tuve fuerzas para devolverle el beso como se merecía, no me quedaba aire en los pulmones y me latían las sienes.

Estaba completamente sudada y acalorada, y una oleada de escalofríos y contracciones imparables me sacudía el cuerpo.

No pude controlar los espasmos, fuertes y arrasadores, que me convirtieron en esclava bajo una condición completamente nueva para mí. Solo cuando, poco a poco, disminuyeron, me invadió una sensación de sopor y una somnolencia que me trajeron de vuelta a la realidad.

Abrí los ojos y vi a Neil, inclinado sobre mí, quieto, con una sonrisa de satisfacción dibujada en la cara, henchido de orgullo masculino. Nos miramos y me vi reflejada en sus luminosas pupilas. Estaba empapado en sudor y jadeaba, pero seguía teniendo el pleno control de sí mismo, a diferencia de mí que ni siquiera sabía dónde estaba. No me concedió tiempo para familiarizarme con la placidez que sigue al orgasmo y reanudó el movimiento con tal brío que temí revivir otro éxtasis como el anterior.

Habría sido bochornoso correrse dos veces.

Sin embargo, estaba tan mojada que de nuevo experimenté placer cuando lo sentí deslizarse con tanta facilidad dentro de mí.

Lo secundé porque quería que él también disfrutara y consiguiera el mismo placer que me había regalado.

Transcurrieron otros diez minutos de embestidas interminables. Neil parecía incansable, pero yo estaba agotada. Satisfecha pero extenuada.

¿Todos los hombres tenían la misma resistencia?

—Neil… —le supliqué; y al cabo de unos minutos de acometidas briosas y liberatorias, sentí que se tensaba. Levantó el pecho y miró el punto de unión entre nuestros cuerpos, ondeando más rápido, libidinoso y libre de pudor como se había mostrado todo el rato. Tensó la espalda y los músculos se flexionaron, luego me miró y apretó los dientes. Salió rápidamente de mí y empuñó la erección, que brillaba empapada en mis flujos.

Fue la primera vez que pude vérsela bien. Era larga, gruesa y venosa. Tan turgente que daba miedo. Me excité tanto que el bochorno que había sentido al principio desapareció del todo.

Movió rápidamente la mano de la base a la punta, miró entre mis piernas, justo donde seguía mojada y excitada. El bíceps se le hinchó y el vientre recibió la sacudida de una oleada de espasmos breves pero intensos. Con un largo suspiro silencioso, vertió el semen sobre mi pubis y sobre las sábanas; pequeñas gotas perladas empezaron a resbalar por su verga como hilos de plata.

En aquel momento fui totalmente consciente de una verdad absoluta: Neil me suscitaba los pensamientos más pecaminosos.

Lo veneré como si estuviera ante un dios descarado; luego, cuando me di cuenta de que me había quedado observándolo durante aquel acto impúdico, lo miré a la cara y me ruboricé.

Pero Neil, que seguía de rodillas, no se había dado cuenta de nada. Parecía perdido, confundido.

Dejó de tocarse y trató de recuperar el aliento. Las venas del cuello y de los brazos, en relieve, evidenciaban el pico erótico todavía en círculo en su cuerpo.

Parpadeó y me miró como si no me reconociera, luego se tumbó a mi lado, de espaldas, mirando el techo.

Lo admiré. Lo admiré de pies a cabeza: los músculos, cubiertos por una pátina de sudor, hacían resplandecer el ámbar de su piel; el pecho, poderoso, subía y bajaba al compás de la respiración; el pelo, húmedo y revuelto, los labios hinchados a causa de nuestros besos...

Era guapísimo y por un momento pensé que lo había soñado todo. ¿Cómo iba un chico así, casi inalcanzable, a desear a una chica sencilla como yo?

Habría querido preguntarle muchas cosas, pero su silencio se hizo ensordecedor. No sabía qué hacer.

La sensación de incomodidad volvió a oprimirme el pecho con fuerza y me limité a esperar una señal suya.

Como no llegaba, me moví y sentí los músculos entumecidos. Un pinchazo me atravesó la ingle y sentí un hormigueo en los pezones. Los miré. Estaban enrojecidos.

A pesar de que Neil se había contenido durante todo el coito, todavía sentía sus labios sobre la piel y su cuerpo dentro del mío. ¿Qué habría ocurrido si me hubiera mostrado su manera real de tratar a las mujeres, su verdadero yo, aquella parte de él que a menudo trataba de aflorar pero que él había sabido mantener a raya?

Me giré hacia él y lo pillé mirándome fijamente. La luz tenue de la lámpara lo iluminaba lo suficiente para distinguir sus rasgos.

Eran perfectos, no había otra manera de definirlos.

—¿Estás bien? —Su voz ronca y profunda me dio escalofríos. Era atractivo a rabiar. Parecía un diablo embaucador y enigmático.

—Sí, gracias —respondí con frialdad, como si hablara con un extraño en vez de con el chico con quien acababa de acostarme; solía comportarme así cuando me sentía incómoda.

¿Todo el mundo se sentía incómodo después de semejante experiencia?

—Tienes que cambiar las sábanas —me ordenó serio. Señaló su semen con naturalidad. Yo me miré el pubis, cubierto de gotas densas. Pasé un dedo por encima con lentitud y observé su consistencia frotándolo entre el índice y el pulgar.

Todo era nuevo para mí.

Neil se incorporó y se pasó una mano por el pelo mientras yo permanecía quieta, manchada de él, y de repente me di cuenta de que estaba observando el tatuaje maorí de su bíceps, que se extendía hasta el hombro.

El negro era intenso y sin imperfecciones y las líneas estaban bien trazadas y distanciadas, como si el artista las hubiera realizado con una regla. Sabía que los tatuajes maorís simbolizaban un espíritu guerrero y luchador, pero no sabía por qué Neil lo había elegido. Entorné los ojos y me concentré en el motivo que representaba.

No era fácil identificarlo entre todas aquellas líneas.

—Es un *Toki* —murmuró, y se miró el brazo—. Lo elegí porque indica fuerza, control, decisión y valor —explicó, como si me hubiera leído la mente. Escruté el cuerpo de Neil en busca de otros tatuajes y él me presentó el costado izquierdo, mostrándome el miembro sin querer.

Me aclaré la garganta y me concentré en el pequeño tatuaje que antes no había visto.

—Este es un *Pikorua* —me explicó. Alargué el cuello para verlo mejor y me permití seguir las líneas con el índice. Aquel leve contacto hizo estremecer a Neil. Yo tenía las manos frías y su piel estaba caliente; le pedí perdón con la mirada.

—Un *Pikorua*... —repetí, reflexiva, y percibí su respiración a poca distancia. Estábamos sentados el uno al lado del otro como si nos conociéramos de toda la vida; fue una intimidad extraña, casi tan intensa como el acto que acabábamos de consumar.

—Exacto. Simboliza la fuerza de la unión, la fusión espiritual de dos personas para la eternidad. Lo hice en honor de mis hermanos.

Pensé que era muy dulce por su parte un gesto así. Denotaba un sentimiento profundo hacia Chloe y Logan. Le sonreí y reanudé el viaje por su cuerpo.

Me puse de rodillas a su lado, sin importarme que mis pechos desnudos quedaran expuestos a su vista, y le recorrí el costado con los dedos, del abdomen a los pectorales. Sentía que me miraba y estudiaba todos mis gestos. Quizá no se fiaba del todo de mí, o quizá solo le sorprendía que fuera tan curiosa. Sea como fuere, su respiración no se alteró y casi me ofendí al constatar que mi tacto no lo excitaba lo más mínimo.

De repente, noté unas cicatrices parecidas a quemaduras en el antebrazo izquierdo, pero Neil me sujetó la muñeca antes de que pudiera tocarlas. Contuve la respiración, sorprendida por lo tajante del gesto.

—Estas no son asunto tuyo —me reprendió, lapidario y repentinamente serio. Lo miré a los ojos, él apartó la mirada y se levantó de la cama a toda prisa.

¿Qué eran aquellas señales? Me habría gustado preguntárselo.

Sin embargo, aunque nos habíamos acostado juntos, todavía no teníamos la suficiente confianza para hablar de él o de su pasado.

Neil me dio la espalda y se puso el bóxer y el pantalón.

—Abre la ventana, huele a sexo —me advirtió; luego se inclinó a recoger la camiseta negra, pero no se la puso.

—¿Cómo? —Estaba confusa y algo aturdida. ¿Adónde iba?

—No querrás que nos descubran, ¿no? —dijo con aire de suficiencia—. La prueba irrefutable de que dos personas han follado, además de las sábanas, es el olor, pero tú eso no lo sabes. Como tampoco sabes otras muchas cosas…

Primero me miró a la cara, luego el cuerpo desnudo, que aún olía a él. No sabía de qué hablaba. Efectivamente, tenía razón: no sabía lo suficiente. En cualquier caso, su tono de superioridad me hizo sentir inútil e insignificante, así que me limité a asentir por reflejo condicionado.

Instintivamente, me cubrí el pecho con un brazo y mis partes íntimas con una mano. Pero el pudor, aunque inconsciente y espontáneo, ya no servía de nada; había permitido a Neil obtener lo que quería.

Se mordió el labio para no reír, luego me sonrió con compasión.

—Buenas noches.

Se encaminó hacia la puerta de la habitación. ¿Eso era todo? ¿Se iba como si hubiéramos estado charlando un rato mientras tomábamos un café? Caminé a gatas hasta el borde de la cama y lo llamé para que se diera la vuelta.

—¿Adónde… vas? —¡Qué pregunta más estúpida! Me mordí la lengua. Demasiado tarde.

Estaba claro que huía de mí.

No éramos una parejita que se hacía confidencias, sino dos personas que se lo habían pasado bien juntas durante una hora y que luego volvían a ser unos perfectos extraños.

—A mi habitación —respondió con seguridad. Puso la mano sobre la manilla y me miró.

Pareció dudar unos instantes y suspiró, quizá fastidiado, o quizá sintiéndose culpable.

—Te lo advertí, Selene. Ni historias de amor ni cuentos de hadas. —Abrió la puerta, echó un último vistazo y salió cerrándola a sus espaldas. Sentí un vacío repentino en el pecho y un nudo en el estómago.

No debería haberme sentido tan mal. En el fondo sabía que Neil solo quería darme un recuerdo de la primera vez, pero no lograba controlar el cúmulo de emociones que me embargaban.

Había aceptado de manera racional el compromiso entre nosotros, pero emotivamente no sería fácil enfrentarme a las consecuencias. No éramos nada, o quizá éramos algo difícil de identificar con claridad.

Por otra parte, la vida misma no era una hoja de papel, los errores no eran símbolos escritos con lápiz; nadie podía borrarlos.

Me pasé una mano por la cara y me toqué los labios. Estaban hinchados y me dolían de tanto besar; el sabor de Neil se había mezclado con el mío hasta tal punto que todavía podía paladearlo.

Debía ducharme y lavarme los dientes para liberarme de él, pero seguramente no bastaría para olvidarme de todo. Cerré los ojos y encajé toda mi soledad.

Me quedé sola y atada a mi inquietud como una esclava.

11

Selene

Muchos hombres, como los niños, quieren
una cosa, pero no sus consecuencias.

José Ortega y Gasset

Si recordar la primera vez era realmente la solución a mi sentimiento de culpa, ¿por qué no comía ni dormía desde hacía días?

Había evitado a Neil en los días siguientes a nuestro..., bueno, a comoquiera que se llamara lo que habíamos hecho. Y había fingido que todo iba bien.

En aquel momento me encontraba en una de las muchas zonas verdes del campus, con Logan y los demás chicos, tratando de comportarme como una estudiante normal, una novia modelo y una chica equilibrada que toma decisiones correctas. Sin embargo, no era nada de todo eso.

En aquel periodo me sentía una loca proclive a cometer disparates y a tomar decisiones irracionales.

Una de ellas había sido ceder a la propuesta de Neil, que se había revelado el origen de todos mis problemas.

No me fiaba de mi reacción cuando lo viera con otras chicas. Habíamos compartido algo importante y saber que sus amantes gozaban de él no era fácil de aceptar. Aunque Neil había sido mío por poco tiempo, sentía que de alguna manera me pertenecía.

—Llevas una sudadera estupenda —le dijo Julie a Adam. La miré. A decir verdad, era una simple sudadera blanca con el logo morado de nuestra universidad en el centro. Sonreí porque más que un cumplido me pareció una tímida táctica de seducción.

—Gracias, cariño. —Adam le guiñó un ojo y ella se ruborizó. Traté de que no me sorprendieran mirándolos y aparté la vista.

—¿Estás bien? —Logan se puso a mi lado y se metió las manos en los bolsillos del abrigo.

El otoño había llegado y las temperaturas bajaban.

—Sí, bien. Solo estoy algo pensativa —mentí para no preocuparlo. En realidad, estaba hecha polvo. No sabría explicar cómo me sentía, pero la confusión y el desorden que reinaban en mi mente me consumían lentamente.

Nunca había dado rienda suelta a mis impulsos, siempre había calculado y planificado mi vida, por eso vivir en una montaña rusa sin saber qué pasaría al día siguiente me desestabilizaba.

Neil me desestabilizaba.

Al cabo de un rato, Alyssa propuso que fuéramos a tomar un café, así que entramos en uno de los bares del campus y nos sentamos a una mesa libre. El sitio era mono y la decoración ecléctica lo hacía acogedor; estaba lleno de estudiantes de nuestra universidad.

Enseguida reconocí a alguien. Bryan Nelson estaba sentado en una mesa cercana con otros jugadores del equipo masculino de baloncesto. Evité mirarlo para no llamar su atención indeseada y pedí un café doble a la camarera.

Lo necesitaba.

—¿Seguro que estás bien? —Esta vez fue Alyssa quien se preocupó por mí. Probablemente el largo silencio que me imponían mis atormentados pensamientos había disminuido mi capacidad para conversar y mis amigos empezaban a mosquearse.

—Sí, pero un poco cansada —me justifiqué. Estaba aprendiendo a mentir y se me daba bien, pues tenía muy claro que no podía confiarle a nadie lo ocurrido con Neil y lo que me afligía.

Mis amigos sabían que tenía novio y no quería que me juzgaran. Lo último que necesitaba era que alguien me dijera que me había equivocado, por eso le pedía constantemente a Jared que me dedicara un poco de tiempo para hablar, pero, por lo que parecía, cualquier cosa tenía la prioridad sobre mí.

—¿Me estás diciendo que te gustaría follarte a Jennifer Madsen? Esa es intocable —le dijo Jake a Cory en tono burlón; luego lanzó una ojeada a la mesa de al lado de la cristalera, en la otra punta del bar. Cuando oí ese nombre me giré. Algo me decía que hablaban de la misma rubia a la que yo conocía.

—Todo el mundo sabe que se ha convertido en la perrita faldera de Neil —añadió Adam extendiendo el brazo sobre el respaldo de la silla de Julie que, incómoda, dio un respingo.

—Para él no cuenta nada. Nunca lo he visto con una chica fija —dijo Cory con displicencia mirando a Logan—. Adelante, Logan, dinos qué piensas, ¿crees que a tu hermano le importaría que me la cepillara? —preguntó con curiosidad. Si para Cory era una pregunta como cualquier otra, para Logan resultó tan incómoda que se puso serio.

—No me gusta hablar de la vida privada de mi hermano. Sé lo mismo que vosotros —respondió cortando por lo sano y acallando los cotilleos sobre Neil.

—Vamos, Logan. Todos sabemos la fama que tiene Neil. En fin, ha examinado a más mujeres que el ginecólogo de mi madre —insistió Jake, suscitando las risitas de los otros chicos. Pero Logan seguía mirándolos, impenetrable y profundamente molesto. Por mi parte, no sabía qué decir, cualquier palabra habría podido comprometer el secreto que me llevaría a la tumba.

—He oído decir que comparte las chicas con sus amigos y que suele participar en orgías durante las que…

Logan dio un puñetazo sobre la mesa para interrumpir a Cory, que, sorprendido, enmudeció.

—¡Basta! —lo advirtió, cansado de escuchar chismes a propósito de su hermano. Alyssa y Julie intercambiaron una mirada fugaz y Jake y Adam dejaron de reír.

—Vuestros cafés, chicos. —La camarera, que vestía un coqueto uniforme blanco y negro, nos sirvió con amabilidad; su presencia atenuó la tensión que se había creado entre los chicos.

Jake cambió de tema y por suerte todos siguieron hablando de otras cosas. Miré a Logan, que estaba sentado a mi lado, y me tomé la libertad de acariciarle el brazo.

—Has hecho bien en defender a tu hermano, yo habría hecho lo mismo si tuviera uno. —Le sonreí y él pareció apreciar el comentario porque su cara se distendió.

En mi opinión, Logan había hecho bien en reaccionar con contundencia. No conocía los rumores que circulaban a propósito de Neil, nunca había sido chismosa y prefería conocer personalmente a la gente antes de juzgarla. No obstante, era innegable que tenía mala fama, no de santo precisamente. Y la curiosidad que sentía por descubrir hasta dónde había llegado para ganársela era enorme.

Había muchos aspectos de Neil que aún desconocía.

—Eh, muñeca, ¡hace media hora que esperamos nuestras cervezas! —gritó de repente un chico. Con el rabillo del ojo lo vi levantar el brazo como un maleducado hacia la joven camarera al tiempo que hacía una mueca malvada que daba escalofríos. Me giré y miré con detenimiento a los chicos que se sentaban a su mesa. Noté enseguida la cabellera rubia de Jennifer que, con una camiseta escotada, sonreía divertida.

—Si Xavier pierde la paciencia, asistiremos a uno de sus numeritos —comentó Jake.

Entonces caí en la cuenta de que era el tío baboso con el que me había topado el primer día. Decir que aquellos chicos eran muy diferentes de nosotros era decir poco. Pertenecían a otro mundo. Tuve la misma impresión cuando los vi por primera vez, pero ahora estaba completamente segura, sobre todo considerando su aspecto extravagante, su conducta amenazadora y el descaro con el que miraban a cualquiera que pasara por su lado.

—¿Quiénes son? —dije fingiendo no conocerlos para recabar más información. Todos me miraron como si tuviera monos en la cara. ¿Tan extraña era mi pregunta?

—¿De verdad que no los conoces? —Cory inclinó la cabeza hacia un lado y yo me aclaré la garganta. Logan, en cambio, suspiró y empezó a juguetear con una paja abandonada encima de la mesa.

—Se hacen llamar los Krew —intervino Jake mientras se atusaba el flequillo, cardado y rubio.

—¿Los Krew? —repetí arrugando el entrecejo.

—Sí, significa «sangre» en polaco. —Esta vez fue Adam quien habló—. Dondequiera que vayan provocan peleas. Varios chicos que se han enfrentado a ellos han acabado en el hospital —explicó en tono neutro, y los miró como si fueran monstruos.

—Las dos chicas también están medio locas.

Alyssa se llevó un dedo a la altura de la sien y lo giró para subrayar sus palabras. Aquellas revelaciones me dejaron de piedra.

—Este sitio no es para ellos. Pero ¿cómo es posible que vayan a la misma universidad que nosotros? —le pregunté a Logan, que lanzó sobre la mesa la paja con la que jugueteaba.

—Casi todos pertenecen a buenas familias —me respondió con un cierto nerviosismo clavando los ojos en ellos—. La rubia que ya has visto en nuestra casa es Jennifer Madsen. Dicen que es de origen irlandés y que es adoptada. Corre el rumor de que su padrastro es un hombre violento.

La miré. Sonreía con seguridad, dominaba la situación. Tenía la misma sonrisa que le dirigía a Neil cuando lo deseaba.

La odiaba.

—La chica del pelo azul sentada a su lado es Alexia Vogel. Perdió a sus padres en un accidente de tráfico y ahora vive con sus abuelos. Está loca. El año pasado le rompió la mandíbula a otra chica con un bastón, durante una fiesta.

Me giré incrédula hacia Logan. Lo que me contaba parecía una película de terror. Miré a nuestros amigos que, con las miradas atónitas, me confirmaron la versión de Logan.

—Es..., es... increíble —murmuré impresionada.

—Sí... —masculló Jake.

—Y luego están los dos chicos —prosiguió Logan al ver que me giraba de nuevo a mirar a los Krew—. Luke Parker, el rubio, es hijo de un abogado y una periodista. En apariencia es el más normal del grupo, pero en realidad está como una cabra, igual que los demás. —Sacudió la cabeza asqueado; parecía conocerlos bien y me pregunté cómo podía un chico como él conocer detalles tan personales de gente como aquella—. Por último... —tragó aire y, circunspecto, bajó la voz— el moreno con un *piercing* en el labio y otro en la ceja es Xavier Hudson.

Me lo señaló y lo observé. Era un chico guapo. La forma almendrada de sus ojos negros fue lo primero que noté aquel día que lo vi en la calle.

Continué estudiándolo. Llevaba una chupa roja, tenía los hombros anchos y la piel clara, que contrastaba con la oscuridad de su pelo. A pesar de que sus rasgos eran masculinos y agraciados, su sonrisa, echándolo por lo bajo, era inquietante.

—Es del Bronx. Vive con su tío, que es alcohólico. Se cuenta que de niño presenció el homicidio de su madre. La mató su padre, de veinticuatro cuchilladas.

Sentí escalofríos al oír aquella historia sobrecogedora, miré a Logan y no hice comentarios. ¿Qué podía decir? Todo era tan increíble que me había quedado sin palabras.

—Se matriculó en nuestra universidad con un año de retraso y no se sabe de dónde saca tanto dinero, es un misterio, aunque, a decir verdad... —se detuvo y cogió aire lentamente—, es fácil intuirlo... —concluyó, aludiendo probablemente a actividades ilícitas que le permitían vivir con el mismo desahogo que sus amigos.

En aquel momento, Xavier miraba con maldad a la camarera, parada al lado de su mesa. La chica temblaba y estrechaba contra su pecho la libreta donde apuntaba las comandas.

—Vamos a ver, muñequita, te he pedido una cerveza fría. Y esta está caliente. Da asco. Parece como si alguien se hubiera meado dentro —le soltó. Acto seguido, cogió la botella por el cuello, alargó el brazo más allá de la mesa y la dejó caer al suelo, haciéndola añicos—. Y ahora, ponte a cuatro patas y limpia.

Su grosería me indignó. Parecía como si buscara una excusa para desatar una pelea.

—Siempre hace lo mismo —comentó Cory apartándose de la frente un mechón negro.

—Identifica a sus víctimas y luego las provoca. Sobre todo mujeres —añadió Jake.

—¡Marchaos! ¡Fuera de aquí! —La camarera, asustada y temblorosa, señaló la puerta, pero Xavier se echó a reír en su cara; primero le miró el pecho y luego las piernas, que la falda del uniforme dejaba al descubierto. Se puso de pie y observé que era esbelto y alto, aunque menos que Neil.

—¿Es así como tratas a la clientela, eh, putilla? —La cogió por la nuca y la dobló sobre la mesa.

Me sobresalté al ver ese gesto violento; la chica empezó a llorar y a forcejear.

Miré alrededor y lo que vi me pareció desconcertante. La gente asistía en silencio, sin mover un dedo, a aquella escena infame. No era la ley del silencio, sino la ley de la cobardía. Era inadmisible que pasaran cosas así, y para colmo en un espacio público. Alguien debía intervenir. Aunque no sabía cómo comportarme, hice ademán de levantarme para tratar de salvar a la chica de las garras de los Krew. Pero Logan me sujetó del brazo y me retuvo sentada.

—No, espera —susurró con seguridad, cauto.

—Pero...

—Espera —repitió con más decisión; lo escuché, pero permanecí en guardia.

—¡Suéltame! —La camarera empezó a golpear la mesa con los puños mientras Luke y las chicas le vitoreaban como si estuvieran en el palco de un teatro a punto de asistir a la representación de una obra famosa.

—Te enseñaré a tratar amablemente a los clientes, muñequita. —Xavier le miró el trasero y le tocó un muslo, deslizando luego la mano por debajo de la falda para palparle una nalga.

—Eh, no exageres, capullo —intervino la chica de pelo azul, Alexia, con una punta de celos en la voz. Luke y Jennifer se echaron a reír y Xavier soltó a la camarera de tan mala manera que la chica se cayó al suelo de rodillas.

—Quieres ir al grano, ¿eh? —se burló al ver la cara de sufrimiento de la chica a la altura de su bragueta—. Te daría lo que quieres con mucho gusto —dijo pegándole un par de cachetes en las mejillas. La camarera, sometida a aquella humillación pública, estalló en llanto.

¡Basta!

Decidí intervenir. No me importaban las consecuencias, no podía tolerar un espectáculo semejante. Antes de que pudiera levantarme, un hombre avanzó con decisión hacia el grupo y ayudó a la chica a levantarse.

—¡Fuera de aquí, Xavier! —gritó el recién llegado. Logan me contó que era el dueño del bar y que conocía muy bien a aquellos chicos. No era la primera vez que hacían algo así.

Xavier se recompuso la chupa, sonrió con insolencia e hizo un gesto de la cabeza a sus amigos.

—Vámonos antes de que le destroce el bar a este desgraciado —afirmó dándole un golpe de hombro al dueño al pasar por su lado. Alexia y los demás fueron tras él. Cuando vimos que pasarían por delante de nuestra mesa, fingimos tomar nuestros cafés indiferentes a lo ocurrido. Pero me puse tensa al notar que Xavier aminoraba el paso y miraba en mi dirección.

Sentí su mirada pero no reaccioné. Permanecí con la cabeza gacha, girando la cuchara en la taza, hasta que un extraño olor a tabaco, intenso y áspero, invadió mi espacio.

—Pero mira por dónde. Blancanieves y los siete enanitos. —Xavier se echó a reír y cuando levanté la vista me sentí algo aliviada al ver que miraba a Logan en vez de a mí.

Pero enseguida el alivio se convirtió en preocupación, porque a aquellas alturas Logan formaba parte de mi vida.

—¿Cómo estás, princesa?

El chulo le puso la mano detrás de la nuca y Logan se tensó. Apretó los dientes y lo miró con odio profundo. El mismo que sentía yo, a pesar de no conocerlo.

—Lárgate, por favor —murmuró Logan con su educación habitual; pero su tono dejó claro el hastío que acompañaba a sus palabras.

Xavier miró de reojo a sus amigos y sonrió divertido.

—Coño…, eres una verdadera señorita, Miller.

Le dio un par de collejas en la nuca y lo soltó; luego observó nuestra mesa.

La tensión se podía cortar con un cuchillo. Nadie se atrevió a rechistar, ni siquiera Cory, el más locuaz del grupo.

Xavier cogió la taza de café de Logan y se la acercó a la nariz. La olió, emitió un gemido de aprobación y bebió un sorbo. Lo que sucedió a continuación me dejó atónita: escupió en la taza y volvió a ponerla encima de la mesa, frente a Logan.

—Bébetelo —ordenó, apoyando las palmas de las manos encima de la mesa. Contuve la respiración. Estaba ridiculizando a Logan en una sociedad en la que el abuso se había convertido en un comportamiento nocivo unánimemente condenado. Era inadmisible.

—Jamás. Preferiría morir antes que tragarme tu mierda —lo desafió Logan al tiempo que lo miraba con desprecio por debajo de las pestañas. Por mi parte, estaba harta de la actitud omnipotente de los Krew. Éramos seres humanos, no marionetas. Además, quedarse de brazos cruzados significaba ser cómplices de aquellos cabrones.

Me levanté de golpe y clavé la mirada en el idiota que tenía delante.

—¡Basta! —exploté. Solo entonces Xavier desplazó la vista hacia mí. Esperé que no me reconociera. Me miró de arriba abajo, como si no tuviera ni idea de quién era, luego esbozó una sonrisa amenazadora.

—¿Y tú quién eres? ¿La Bella que salva a sus amiguitos de la Bestia? —dijo para burlarse de mí. Debería haberlo sabido: esa clase de individuos se comporta como gallos de pelea para volcar en los demás las frustraciones que llevan dentro, pero en realidad son débiles.

—Estás obsesionado con los cuentos —me mofé. Mis amigos rieron. Xavier miró a su alrededor, convencido de que nadie se atrevería a burlarse de él.

—Sí… —susurró con perfidia—. Sobre todo por las princesas que se pierden y abren las piernas cuando el príncipe azul chasquea los dedos.

Hizo un gesto obsceno y me guiñó un ojo. Por un instante pensé que la frase podía tener un doble sentido porque sabía algo de mí. Pero luego, pensándolo bien, me dije que no sabía nada y me decía las mismas cosas que habría dicho a cualquiera.

—¡Xavier!

Tronó una voz abaritonada, profunda y colérica. El chulo miró más allá de mi hombro y se irguió como un soldadito en posición de firmes a la vista de su superior.

—Neil… —murmuró cambiando completamente de actitud. No me di la vuelta, pero estaba segura de que estaba detrás de mí. Permanecí quieta observando a Xavier y me bastó saber que Neil estaba cerca para sentir un desasosiego en la boca del estómago.

—Le preguntábamos a tu hermano dónde te habías metido —intervino Luke, que hasta entonces había permanecido en silencio disfrutando de la escena.

Neil se acercó y se encaró con Xavier, lo miró fijamente de manera hosca por unos instantes.

Se había hecho un silencio profundo, el miedo y el temor a que ocurriera lo peor fluctuaba en el aire.

Los ojos de Neil se posaron en la taza de café y en Logan, que había permanecido en silencio con la cara contraída por la rabia. Se dignó a lanzarme una ojeada tan fugaz que ni siquiera tuve tiempo de descifrar su mirada, luego volvió a Xavier.

—Bébetelo —le ordenó, y cogió la taza de su hermano y se la tendió. Jennifer y Alexia se miraron sorprendidas, mientras que Luke hizo una mueca de decepción que no logré descifrar. La mirada de Xavier, en cambio, pasó varias veces de la taza a la cara de Neil, luego sacudió la cabeza y esbozó una sonrisa impertinente.

—Somos tus amigos, nunca tocaríamos a la princesa —replicó con fastidio.

¿En serio? ¿Todos sus amigos eran como los presentes? No lograba comprender cómo podía mezclarse con gente así.

Xavier miró a Logan con soberbia. Mentía para no provocar a Neil; le tenía miedo, y mucho.

—Sabemos que es intocable —añadió con hostilidad.

Pero Neil no dijo nada. Siguió aguantando la taza a la altura de la cara de Xavier, invitándolo a beber.

—Bébetelo —repitió en voz baja. Sonó como una auténtica amenaza, cortante como una hoja. Xavier inhaló nerviosamente por la nariz, dudó unos instantes, y, acto seguido, cogió la taza con un gruñido rabioso y se bebió el café. Luego la dejó sobre la mesa con un golpe fuerte que nos sobresaltó a todos y miró a Neil con desdén.

—Vámonos —ordenó a sus amigos, que permanecían callados a sus espaldas. Dio unos pasos hacia Neil y le dijo cortante—: Vuelve con nosotros cuando recuerdes quién es tu verdadera familia. Esta me la pagarás, cabrón.

Por último, escrutó la cara de Neil en busca de un atisbo de arrepentimiento que no llegó. Este, por otra parte, sabía cómo impedir que le leyeran por dentro. Mirarlo fijamente a los ojos era como toparse con un muro de acero. Tras un último instante de tensión, Xavier pasó por su lado dándole un golpe de hombro y se marchó enfurecido. La tregua entre ambos era temporal.

Xavier había perdido la batalla, no la guerra.

Neil suspiró y yo solté de golpe todo el aire que había aguantado inconscientemente durante todo el incidente. Me llevé una mano al pecho y traté de acompasar los latidos del corazón, que no quería calmarse. Luego volví a sentarme y apreté el dorso de la mano de Logan, cerrada en un puño de rabia. Neil se giró y miró a su hermano con la actitud silenciosa y misteriosa que lo caracterizaba.

—No digas nada —le ordenó Logan, profundamente decepcionado porque las acciones de Neil tenían repercusiones en la vida de sus familiares y, por desgracia, los exponían a continuas agresiones por parte de los Krew.

Neil lo miró fijamente, mortificado. El oro de sus ojos se derritió y fluyó en el abismo del sentimiento de culpa, señal de que, a su manera, quería a su hermano.

—No digas nada —repitió Logan, como si no necesitara más explicaciones.

Aunque creo que muchas cosas se escapaban todavía a la lógica de mi razonamiento, sabía que pronto llegarían las respuestas que buscaba.

12

Selene

En algún lugar hay algo increíble que espera ser descubierto.

CARL SAGAN

La profesora Cooper daba vueltas por la inmensa aula, llena de estudiantes que seguían sus explicaciones.

Me gustaba estudiar y coger apuntes de todo, pero aquel día estaba pensativa y ausente.

Repiqueteaba los dedos sobre el pupitre y, aburrida, hojeaba al azar las páginas de un libro.

—Tengo un hambre que no veo —bufó Alyssa, que se sentaba a mi lado, mientras sacaba el móvil para responder a un mensaje. Mi amiga, que cada cinco minutos se quejaba de algo, no me ayudaba en absoluto a prestar un mínimo de atención a la clase. Miré el reloj de pulsera: faltaba poco para salir de allí.

Una de las cosas que quería hacer aquel día era llamar a Jared para pedirle que nos viéramos, y no aceptaría un no como respuesta.

Cuando miss Cooper interrumpió su monólogo y se despidió hasta el día siguiente, comprendí que por fin era libre.

Me levanté de la silla y eché un vistazo al programa de estudios. Torcí la nariz e hice una mueca de duda. Necesitaba aclaraciones acerca del material del curso y se las pediría a la profesora en cuanto el aula se quedara vacía.

—¿No vienes? —Alyssa me miró malhumorada y yo negué con la cabeza.

—Nos vemos más tarde, tengo que preguntarle algunas

cosas —señalé a miss Cooper, ocupada en ordenar sus cosas, y me despedí de Alyssa prometiéndole que la buscaría en cuanto acabara.

Me puse el bolso en bandolera y bajé las escaleras, dejando atrás las filas de asientos que unos instantes antes ocupaban mis compañeros. Sin embargo, la profesora salió del aula con una cierta prisa y tuve que seguirla. La llamé varias veces por su nombre, pero pareció que no me oía. Le pisé los talones un buen rato hasta que entró en otra aula a la que quizá yo no tenía acceso.

—Mierda —mascullé bufando. Tenía que preguntarle unas pocas cosas, era una consulta breve, así que no me di por vencida.

Me acerqué a la puerta entreabierta y al oír voces me aproximé aún más al umbral y eché un vistazo al interior para asegurarme de que no la molestaba. Fue entonces cuando vi los pies cruzados de un hombre, probablemente apoyados sobre una mesa, y a miss Cooper que, apurada, se colocaba un mechón de pelo detrás de la oreja; comprendí que no estaba sola y que en ese momento no podía atenderme. Hice ademán de marcharme, pero una voz prepotente y viril bloqueó todos los músculos de mi cuerpo.

—Llegas tarde, como siempre —le dijo el hombre con una voz seductora e hipnótica que me resultó familiar.

Contuve la respiración y esperé que fueran imaginaciones mías. Volví atrás, movida por la curiosidad, y me acerqué a la puerta. Apoyé una mano temblorosa en el marco y miré por la rendija.

Neil estaba enfrente de ella, imponente. Una sudadera blanca le ceñía el tórax, y el color claro contrastaba con el tono ámbar de su piel. Sus ojos escrutaban con lascivia a la profesora y la boca esbozaba una mueca intimidatoria. Sentí una punzada dolorosa en el pecho. Temí asistir a una escena indecorosa.

—He acabado ahora de dar clase. —Miss Cooper parecía insegura y superada por su presencia. Lo miraba como si lo temiera y lo deseara al mismo tiempo. Era el mismo efecto que Neil surtía en mí.

—Si no haces lo que te digo, Amanda… —se acercó a ella y le acarició un mechón de pelo rubio, que luego se enroscó en el índice— haré público lo que pasó y destrozaré tu reputación para siempre —la amenazó con una calma que helaba la sangre.

Miss Cooper parecía atontada, era incapaz de replicar. No podía verle la cara porque estaba de espaldas, pero lograba ver la de Neil, guapo y enigmático como siempre.

—Por favor, Neil… —suplicó ella llevándose una mano a los labios. Estaba a punto de llorar y trató de contenerse. Él, en cambio, se mostraba frío e impasible, indiferente a los sentimientos de la mujer.

—Imagínate lo que pensarían tus colegas y los estudiantes. Mancharías el nombre de la universidad y todo el mundo sabría quién eres: una puta que se tira a un estudiante.

Acercó la boca a la oreja de ella y sacó la lengua; primero le chupó el lóbulo y después la mejilla.

Se me hizo un nudo en el estómago; Neil no era tan diferente de Xavier y sus amigos.

No eran más que un puñado de individuos manipuladores y perversos. Ni siquiera sabía quién era peor, si él o los Krew.

—A decir verdad, todavía me acuerdo de lo mucho que te gustó —dijo él, divertido.

Oí sollozar a miss Cooper, y Neil absorbió toda su debilidad. Le olfateó el cuello, pero no la besó. Se limitó a palparle un pecho y a sonreír satisfecho del miedo que lograba infundirle.

—No te conviene decepcionarme, Amanda. En absoluto —dijo con maldad.

Apoyé la espalda contra la pared y decidí no seguir mirando. Me había unido con una cadena invisible a un hombre muy peligroso y sin ningún escrúpulo.

Incluso había llegado a pensar que podía fiarme de él. ¿Cómo había podido dejarme tocar por un hombre como Neil sin darme cuenta de lo sucia que era su alma?

¿Por qué, a pesar de que ahora lo sabía, mi cuerpo seguía deseando el suyo?

Estaba loca, loca como él y sus amigos.

¡No! Reaccioné. No era como ellos y nunca lo sería.

Me refugié en el aseo de las mujeres y me lavé la cara con agua fría. Casi nunca me maquillaba, así que no tenía el problema de emborronarme la pintura.

Me miré al espejo: las pestañas, largas, negras y mojadas, enmarcaban unos ojos azules en los que traté de reconocerme. De reconocer a mi antigua yo. La que no habría cedido a ninguna tentación.

La que no mentía, la que respetaba a los demás, la que creía en los valores y en la bondad.

Luego me sequé las manos con un trozo de papel y saqué el móvil del bolsillo de los vaqueros; llamé al último número que aparecía en el registro de llamadas.

—Hola, nena —respondió Jared al segundo tono. Me apoyé en la pared y me puse el móvil en el pecho; me faltaba el aire y traté de respirar. Luego saqué fuerzas de flaqueza y me dispuse a afrontar una de nuestras conversaciones. Me acerqué el móvil al oído.

—Jared —susurré.

—Selene, ¿qué te pasa?

Con solo oír mi voz se daba cuenta de que algo iba mal. Me entraron ganas de llorar porque de repente caí en la cuenta de que me había metido en un lío. Demasiado tarde.

—Jared, hace semanas que te digo que necesito hablar contigo personalmente —le reproché con demasiada brusquedad. No era justo, me estaba desquitando con él.

—Lo sé —suspiró, abatido—. Entre las clases y mi padre, que me necesita en la empresa, no me queda tiempo para otras cosas —se quejó.

¿Yo estaba incluida en esas «otras cosas»? Era su novia y probablemente pronto sería su ex, pero todavía desempeñaba un papel en su atareadísima vida.

—Es urgente, Jared. No puedo seguir esperando, por favor.

Tragué aire, tenía la garganta cerrada y los labios secos. No me encontraba bien. No comía, no dormía desde hacía días y estaba pálida como un cadáver.

—Hablaré con mi padre. Trataré de ir a verte este fin de semana.

—La semana pasada dijiste lo mismo.

Miré por la ventana abierta: el cielo estaba gris y nublado, apagado, sombrío como yo. Unas chicas entraron en el baño entre risas y me aparté en un rincón para tener algo de privacidad.

—¿Sabes que me estás asustando, Selene? —murmuró preocupado.

No era mi intención, es más, precisamente por eso había decidido no hablarle de Neil por teléfono y esperar.

—Ya me dirás si puedes venir, ¿vale? —Suavicé el tono de voz y me di la vuelta para mirar a las chicas, que se estaban pintando los labios.

—Sí, haré todo lo posible —prometió; luego nos despedimos y colgué.

Necesitaba ir a casa, la cabeza me daba vueltas.

Salí del baño deprisa y choqué distraídamente la frente contra lo que parecía una mole rocosa. Por suerte, no me caí al suelo porque unas manos fuertes me sujetaron a tiempo.

Me toqué la frente en el punto donde me dolía y un aroma a musgo y tabaco me envolvió. Levanté la mirada y allí estaban los ojos de Neil, dorados e intensos como siempre.

—Estoy bien. —Me recuperé, apartándome de él. Traté de dejarlo atrás, pero me sujetó la muñeca y me retuvo.

—¿Por qué me evitas desde hace días? —Se me puso la carne de gallina al oír su voz y me odié por las sensaciones que despertaba en mí.

Eran dañinas. Dañinas y punto.

—Neil, te lo pido por favor. Hoy no. No me encuentro bien. Solo quiero irme a casa.

Traté de soltarme de su agarre firme, pero él apretó más y la piel empezó a escocerme. Me rompería el hueso si seguía forcejeando. Mi fuerza no era nada comparada con la suya.

—Yo también estoy volviendo a casa. Puedo acompañarte —respondió en tono neutro. Pero yo no quería quedarme a solas con él porque Neil me nublaba la razón; a su lado perdía el pleno uso de mis facultades mentales. Despertaba deseos rabiosos en mi cuerpo y me confundía, por eso no me convenía estar a solas con él.

—No te preocupes. Puedo coger el autobús. —Tiré del brazo, pero él no tenía la intención de soltarme.

Suspiré y dejé de forcejear.

Sabía que era un cabezota y que era inútil contradecirlo.

—Te recuerdo que vivimos bajo el mismo techo. Evitarme no impedirá que me encuentres más tarde en casa —comentó.

Tenía razón: sortear el obstáculo no serviría de nada. Dejé de luchar cuando me soltó y me encaminé por el pasillo a su lado.

Noté que todos nos observaban.

Suscitaba la envidia de las chicas y la curiosidad de los chicos.

¿Qué debían de pensar de mí?

O mejor dicho, ¿qué debían pensar las adoradoras de Neil?

No quise darme una respuesta o me moriría de vergüenza.

—Todo el mundo me mira. —Aflojé la marcha, dominada por una sensación repentina de no estar a la altura, hasta que mis pasos se hicieron patosos.

—Ni caso —dijo, impasible a las continuas miradas de los estudiantes que pasaban por nuestro lado.

Puede que él estuviera acostumbrado, pero yo no.

—Soy una persona anónima en esta universidad y quiero seguir siéndolo —murmuré sujetando el bolso que me colgaba del hombro para disimular la confusión. No era capaz de gestionar el nerviosismo.

—Seguirás siéndolo, no te preocupes —dijo exasperado. Me miraban porque iba con él, por supuesto. Todos lo conocían, y puede que no solo por su aspecto atractivo. Eso podía justificar las miradas de las chicas, pero ¿por qué los chicos se mostraban intimidados a su paso?

De repente me paré.

Justo en medio del pasillo.

Ni siquiera yo sabía por qué. Simplemente sentía que me ahogaba.

Neil se detuvo a mi lado y suspiró profundamente; se apretó la base de la nariz como si estuviera realmente a punto de perder la paciencia.

—Vale, vale —susurró para sí mismo, y se dirigió a los estudiantes que pasaban por allí—: Vamos a ver... —Inspiró por la nariz y miró a los pobres chicos que se encontraban a poca distancia de nosotros. Se fijó en uno moreno, con gafas oscuras, y lo agarró por el cuello de la camisa atrayéndolo hacia sí. Me sobresalté asustada cuando lo vi temblar entre sus manos.

¿Qué diablos pretendía?

—Tú, por ejemplo, ¿qué coño miras? —le espetó a un palmo de la cara desafiándolo a hablar. Todo quedó suspendido a nuestro alrededor, todos en silencio, inmóviles. Ni una sola respiración cortaba el aire.

—Yo…, nada. Lo juro —balbució el pobre muchacho suplicándole con la mirada que lo soltara. Neil le sonrió amenazador, lo aplastó de espaldas contra la pared y lo hizo caer.

Me precipité instintivamente hacia el chico para comprobar que no se hubiera hecho daño.

¿Acaso se había vuelto loco?

—La señorita es más bien tímida. El próximo, o la próxima, que se atreva a mirarla acabará como este gilipollas.

Señaló al chico sentado en el suelo. Justo en el momento en que todos empezaron a lanzarme miradas de turbación, tuve la certeza de haber perdido para siempre el derecho al anonimato. El muchacho agredido se levantó de un salto y salió corriendo; yo, en cambio, miré fijamente a Neil con rabia.

—Y ahora tira y no me toques más los cojones —me espetó con aire amenazador. Todo el mundo reanudó sus conversaciones fingiendo indiferencia. Neil prosiguió hacia la salida, pero yo no me moví. Estaba desconcertada por aquel arrebato insensato.

Cuando miré a mi alrededor, noté a Jennifer y a Alexia, a poca distancia de mí, mirándome fijamente.

Los destellos de celos que iluminaban de chispas malvadas los ojos de Jennifer eran espantosos. Quizá pensaba que el objeto de su deseo había marcado territorio; en cambio, me había puesto en ridículo delante de todo el mundo. Le di la espalda a las dos y me encaminé hacia la salida.

—¡Tú estás realmente loco! —lo insulté una vez fuera. Él se apoyó en el Maserati y encendió un cigarrillo; me miró molesto pero inflexible mientras aspiraba una bocanada de humo.

—Sube —ordenó categórico, lanzando lejos el cigarrillo casi entero. ¿Qué modales eran esos? ¿Acaso creía que hablaba con Jennifer?

—No soy tu perrita faldera. Iré a pie.

Cambié de dirección y me dirigí hacia la acera donde estaba la parada de autobús más cercana, pero a él, obviamente, no le pareció bien.

—¡Deja de comportarte como una niña tocacojones y sube al coche!

Me cerró el paso y me sujetó del brazo. Lo apretó para imponerse, como había hecho antes. Miré a mi alrededor sin dar crédito a lo que estaba pasando y vi que habíamos llamado la atención una vez más.

Estaba claro que Neil me ridiculizaría delante de los demás cada vez que le diera la gana, pero a mí me importaba mi reputación, o mejor dicho, me importaban los modales, sobre todo en los lugares públicos, así que me solté y lo seguí hasta el coche.

En el habitáculo no dije esta boca es mía. Estaba enfadada y decepcionada por su conducta despótica y arrogante. Hasta me impuse que no lo miraría y, para distraerme, empecé a observar los detalles del interior.

El estilo del Maserati era deportivo pero lujoso, estrictamente masculino. La iluminación interior, rojo fuego, daba a los asientos traseros el aspecto de estar envueltos por las llamas del infierno. Parecía una nave espacial de nueva generación conducida por el diablo en persona.

Había sensores y botones de mando de alta tecnología por doquier. El tridente cromado, símbolo de magnificencia y potencia, campaba con orgullo en el centro del volante que Neil estrechaba firmemente entre sus manos surcadas de venas; fue entonces cuando las recordé deslizándose sobre mi cuerpo con seguridad, avidez, lujuria y sabiduría.

Me perdí en fantasías indecentes sobre Neil y ni siquiera me di cuenta de que habíamos llegado a la villa.

Me desabroché el cinturón de seguridad y abandoné rápidamente el coche para poner distancia entre nosotros. Tenía la impresión de que mi cuerpo seguía oliendo a musgo, aunque sabía que no era más que una percepción ilusoria, una broma de la mente.

Me encaminé hacia el porche principal y con las prisas resbalé en el primer peldaño y me hice daño en una rodilla. La suerte parecía haberme abandonado: la punzada de dolor fue inmediata y me inmovilizó por unos instantes. Me senté en el suelo, sin preocuparme por manchar los vaqueros, y traté de tocarme la herida, pero me estremecí de dolor.

—No me digas que no eres una cría.

Neil estaba a mi lado. Se acuclilló y sacudió la cabeza, divertido. Me miró con ternura y lo encontré terriblemente atractivo, a pesar de que una parte de mí no podía olvidar lo que había pasado un poco antes.

Odiaba sus cambios de humor repentinos.

—Eres agresivo y prepotente. No te soporto. ¡Me he caído por querer alejarme rápidamente de ti! —grité y señalé la pierna, pero él no prestó atención a mis insultos y me cogió en brazos.

Cuando posé la cabeza en su pecho, callé. Emanaba un aroma fresco y limpio que aspiré como si fuese una droga.

Me pregunté entonces por qué quería hacerse pasar a toda costa por el chico malo que había visto amenazar a miss Cooper antes de volverse dulce y atento.

Entramos en casa y me dejó sobre la encimera de la cocina con delicadeza, como si fuera realmente una niña.

—Quítate los vaqueros —dijo usando de nuevo un tono concluyente, como si fuera una orden bastante normal. Lo miré con recelo y me eché hacia atrás para defenderme de él.

—No hace falta, ya lo haré sola —balbucí, tratando de mantener un cierto control de mí misma. Estaba fuera de discusión que me desnudara allí, en la cocina, delante de él.

—Selene —me reprendió mientras apoyaba las manos a los lados de mis piernas. Se acercó y me miró intensamente a los ojos, yo me puse tensa—. Te he besado, te he tocado y te he follado. Un par de piernas desnudas no significan nada, ¿no crees?

¿Por qué aquellas palabras encendieron mi lujuria? Me evocaron la imagen de los dos cometiendo actos indecentes, y él sonrió con malicia, como si adivinara lo que estaba pensando.

Me aclaré la garganta y desvié la mirada.

Aquellos malditos ojos me nublaban la razón.

—Espérame aquí —dijo, y desapareció en el baño de la planta baja; al cabo de unos instantes volvió con un kit de primeros auxilios que dejó sobre la encimera. Lo abrió y sacó un espray de hielo. Lo agitó y me miró arqueando una ceja.

—Quítate los putos vaqueros —ordenó de nuevo, pero más tajante esta vez.

Bufé y decidí colaborar. Me desabroché los pantalones y traté de quitármelos; Neil me ayudó y se concentró en la rodilla, roja y dolorida. No había herida, aunque al día siguiente sin duda me saldría un morado. Cuando me rozó la piel di un respingo de dolor.

—Hay que aplicar hielo, está empezando a hincharse —comentó con un suspiro.

Acto seguido me roció la rodilla abundantemente.

Apreté los dientes porque el frío me quemaba, pero en compensación sentí que me aliviaba el dolor.

Neil esperó unos instantes y aprovechó para mirarme los muslos, que instintivamente cerré con fuerza. Las braguitas blancas, de algodón, nada atractivas, estaban expuestas a su mirada voraz, y aunque ya habíamos compartido mucho me sentía incómoda.

Nos quedamos en silencio, y cuando hice ademán de bajar de la encimera, Neil no estuvo de acuerdo. Miré a mi alrededor y noté el silencio que reinaba en la villa. ¿Dónde estaba la señora Anna?

—Anna habrá ido a hacer la compra. Volverá enseguida. —Neil me había leído el pensamiento de manera inquietante. Me sentí como si hubiera invadido mi privacidad.

—A veces me das miedo —refunfuñé con sinceridad; él esbozó una sonrisa leve. Cuando sonreía era aún más atractivo.

—Tus ojos no tienen secretos para mí —respondió mirándome fijamente.

En momentos como aquel, su efecto era devastador. Cuando me miraba de aquella manera no podía resistirme, y él, como el gran cabrón que era, lo sabía; por eso se permitió acercarse y ponerme las manos encima de los muslos. Bajé la mirada y vi sus dedos largos, hundidos en mi carne; noté que mis piernas se entreabrían como si obedecieran a sus órdenes tácitas, como si mi cuerpo no me perteneciera. Neil se colocó entre mis muslos y apoyó la bragueta en mis partes íntimas.

No rechisté porque aquel contacto imperativo me dejó sin respiración.

—¿Vas a decirme por qué me has evitado estos últimos días? —susurró mientras me acariciaba las caderas. Estaba mentalmente distraída, saturada de sensaciones difíciles de gestionar. Le miré los labios, carnosos y abultados, los ojos, de reflejos color miel, que esperaban mi respuesta. Iba a ser complicado exponerle mi punto de vista.

—Porque sé que me estás tomando el pelo —admití. Su mirada se ensombreció, no le gustó la seguridad con la que se lo dije, pero era lo que pensaba.

—¿Y qué más sabes?

No trató de desmentir mi afirmación. Acercó la nariz a mi cuello y olfateó mi perfume con aires de seductor. No lo rechacé, pero me sujeté al borde de la encimera; no tenía valor para tocarlo, para comportarme de manera desinhibida como él, a pesar de estar en bragas y prácticamente adherida a su cuerpo.

—Sé que la noche que pasamos juntos no tiene ningún valor para ti, que le has declarado la guerra al amor y que…

Me puso el índice sobre los labios para hacerme callar. Lo miré a los ojos y sentí un extraño calor propagarse desde el centro del pecho, un calor que habría sido más intenso si lo hubiera podido compartir con él.

—Eres una chica inteligente, Selene, pero no te adentres demasiado en el misterio. —Me sonrió y me confundió; quizá era una táctica para sembrar el desorden en mi cabeza—. Es un espacio inmenso, y tu sed de verdad solo te hará sufrir. Cada uno de nosotros es un enigma, una pregunta sin respuesta, y es justo que siga siéndolo.

Me pasó el pulgar por el labio inferior y lo miró como si fuera la primera vez que lo veía.

—Es una manera indirecta de decirme que tengo razón, ¿no? No soy tonta, Neil.

Pero sí que lo era, porque, inexplicablemente, me entraron ganas de llorar. Estaba acumulando emociones y estados de ánimo que no había experimentado en toda mi vida por culpa de aquel chico complicado que tenía delante.

No sabía ni gestionar ni entender lo que sentía.

—Puedes hacer conmigo lo que quieras. Puedes hablarme, escucharme, usarme… —me cogió la mano y la llevó a su entrepierna. Me estremecí cuando, incipiente bajo la tela, advertí la dureza granítica y poderosa que había estado dentro de mí y me había regalado un placer indescriptible. Turbada, lo miré a los ojos—, pero no podrás comprenderme ni asociarme a nada que tenga que ver con el amor.

La frialdad de sus palabras fue más dolorosa que la resignación que leí en sus ojos. Me pregunté cómo un chico de veinticinco años podía llevar dentro tanta oscuridad.

—Yo no uso a las personas. —Retiré la mano como si me hubiera quemado y él inclinó la cabeza hacia un lado, ceñudo. Era la segunda vez que lo decía, dándolo por sentado o considerándolo incluso normal—. Las personas no se usan, jamás —repetí con convicción, y fue entonces cuando lo vi retroceder. Parecía confundido, perdido. Miró a su alrededor y luego me miró con fijeza, como si fuera un alienígena.

Su mente ya no estaba conmigo.

Conmocionada, bajé de la encimera, arriesgándome a caer, y di unos pasos cojeando. La rodilla me dolía y no podía apoyarme sobre la pierna.

—Por eso no me entiendes.

Me miró con decepción y se alejó de mí sin más explicaciones. Yo no había hecho nada que lo indujera a poner distancia entre nosotros, una distancia que era, sobre todo, psicológica.

—¿Por qué? —Había algo que se me escapaba; Neil era demasiado lunático.

—Porque no serías capaz de aceptar lo que no puedes comprender.

No sabría decir si estaba demasiado alterada para comprenderlo o si Neil era demasiado enrevesado, demasiado difícil de ubicar.

Lo miré pensativa y en ese momento la puerta de entrada se abrió. Al cabo de unos instantes apareció a Anna con bolsas en las manos; las dejó en el suelo y me observó con el ceño fruncido.

Se preguntaría sin duda que hacía sin pantalones en la cocina, pero cuando vio la rodilla enrojecida y ligeramente doblada lo intuyó.

—Selene, cariño, ¿qué ha pasado?

Se precipitó hacia mí como una madre preocupada por su hija mientras mi vista permanecía clavada en el chico tenebroso, inmóvil a poca distancia de mí, envuelto en su aura de misterio.

Lo miré con veneración, como si fuera un ángel negro y maldito. Su mirada era turbia y seductora, distante y perdida en algo desconocido.

—Ocúpese de ella, Anna —ordenó al ama de llaves; luego se giró de espaldas y se dirigió al piso de arriba.

La vibración de un móvil me sacó del estado de confusión en el que estaba sumida. Miré a mi alrededor y caí en la cuenta de que era el mío. Me agaché lentamente y lo saqué del bolsillo de los vaqueros tirados en el suelo.

Desbloqueé la pantalla con el pulgar y leí el mensaje que acababa de llegar:

Este fin de semana iré a verte.

Era de Jared.

13

Selene

El verdadero infiel es el que ama solo con una parte de sí mismo y niega todo lo demás.

Fabrizio Caramagna

El fin de semana llegó demasiado pronto.

La lucha interior que vivía desde hacía días no me daba tregua. Estaba abatida y cansada de darle vueltas a lo que había pasado últimamente.

Comprender a Neil era cada vez más difícil y preparar lo que le diría a Jared me estaba conduciendo al borde de un ataque de nervios.

Me sentía terriblemente confusa.

Faltaba una hora para la llegada de Jared y todavía era incapaz de plantear un razonamiento coherente. No hacía más que pensar en lo que le diría o en cómo me comportaría, pero ningún esquema mental me iba a servir para afrontar el tema.

Estaba en mi habitación, envuelta en un silencio que aumentaba mi nerviosismo. Miré mi reflejo en el espejo y en el azul de mis ojos leí toda la decepción que me habían causado a mí misma mis acciones irracionales.

Imperdonables, sobre todo.

Bajé la mirada hacia el vestido negro que llevaba puesto, bastante elegante pero sencillo, a media pierna; dejaba a la vista la rodilla herida, que para entonces ya estaba curada.

No pude evitar pensar en cuando Neil me socorrió y me habló de aquella manera tan enigmática.

Suspiré, abatida. Faltaba poco para que mi novio llegara y yo pensaba en cualquier cosa menos en él.

A aquellas alturas, Neil se había colado en mi cuerpo y en mi mente, se había convertido en mi obsesión, y cuanto más huidizo y esquivo era, más me empecinaba yo en entender qué lo diferenciaba de los demás chicos de su edad.

Tenía la experiencia de un hombre hecho y derecho, la frialdad de quienes no son capaces de entregarse a nadie y el desencanto de los que han tenido que soportar demasiado en la vida.

Probablemente tenía todas las piezas del puzle delante de los ojos, pero no lograba encajarlas.

Me recogí el pelo en una cola alta, dejando sueltos algunos mechones rebeldes alrededor de la cara, y bajé al salón, donde sabía que encontraría a mi padre leyendo alguno de sus libros. Avancé lentamente hacia la butaca donde estaba sentado y me aclaré la garganta para llamar su atención.

—Hola, Selene. ¿Querías decirme algo?

Matt levantó la vista de las páginas del libro, lo cerró y lo dejó sobre sus piernas, a la expectativa. Me acerqué, me senté en el brazo de la butaca contigua a la suya y empecé a alisarme nerviosamente el vestido.

—Quería decirte que dentro de poco llegará Jared, mi... novio.

No pude ocultar la vergüenza que sentía; era la primera vez que le decía a mi padre algo semejante.

—Ah, ¿se quedará en casa? —preguntó con curiosidad, eludiendo tocar el tema de que no tenía ni idea de mi vida sentimental.

—Sí, el fin de semana. —Traté de evitar su mirada y me miré las manos, que jugueteaban con el dobladillo del vestido. Matt suspiró y entonces lo miré, se acariciaba la barbilla. Solía hacerlo cuando pensaba.

—De acuerdo, no hay ningún problema. Me alegraré de conocerlo —dijo con una disponibilidad que no me esperaba de él. Me miró intensamente por un instante y, tras demorarse un momento, añadió—: Pero quisiera saber si es algo serio, es decir...

Abrí mucho los ojos, incómoda, y las mejillas se me encendieron cuando comprendí adónde quería ir a parar. No hablaría en serio, ¿verdad? Nunca habíamos abordado este tema ni ninguno parecido, y un bochorno oprimente flotaba a nuestro alrededor.

—Bueno, lo que quiero decir es que, si te parece bien, prefiero que duerma en la habitación de invitados.

Se pasó una mano por el pelo, visiblemente incómodo, y yo asentí con rapidez para cortar lo antes posible, antes de que la situación fuera a peor. Por suerte, mi padre ni siquiera sospechaba lo que había pasado entre Neil y yo.

Me avergoncé de mí misma, pero tuve que admitir lo mucho que me había gustado ceder a la tentación con él.

—Sí, de acuerdo —respondí y me levanté de la butaca. Me marché esbozando una sonrisa de circunstancias y al salir choqué distraídamente con la esbelta figura de Chloe.

Tuve la impresión de que mi hermanastra lo había hecho a propósito y al poco tuve la confirmación.

—Perdona —murmuré, a pesar de que sabía que Chloe no tenía razón.

Se detuvo y me miró con tirria.

—¿Vas a traer aquí a tu novio? Te estás aprovechando de nuestra hospitalidad, ¿no crees? —preguntó con lengua de víbora, dándose aires de suficiencia.

—Esta es la casa de mi padre. No entiendo qué problema hay.

Sostuve su mirada glacial sin dejarme atemorizar por la ofensa. No entendía por qué nuestra relación había naufragado antes de empezar.

—No te quiero en mi casa, sencillamente —replicó subiendo el tono, molesta.

—Escúchame bien, Chloe —dije tratando de no perder la paciencia y de comprender por qué era tan arisca conmigo—. No sé por qué te comportas así, pero…

—No soporto tu presencia, Selene. Punto. Ni mis hermanos me hacen caso desde que estás aquí —me acusó. Me quedé de piedra.

Chloe estaba celosa, yo representaba una amenaza para ella y quizá las atenciones que sus hermanos me habían dedicado la habían alterado y convencido de que podía perderlos por culpa mía.

Antes de que pudiera replicar, Chloe se marchó sin añadir nada más y yo me dirigí al jardín.

Necesitaba estar un rato sola, como de costumbre. Por otra

parte, la soledad era la única amiga que cada día llamaba a la puerta de mi existencia.

Me senté en un banco de madera y admiré el jardín mediterráneo que me rodeaba. Flores y plantas de todo tipo adornaban aquel ambiente natural y lo hacían mágico.

Me repsguardé del sol a la sombra de un árbol; una brisa suave me acariciaba la piel.

—Eh, hermana —me saludó Logan sentándose a mi lado.

—¿Cuántas veces tengo que decirte que detesto que me llames así? —refunfuñé con ironía haciéndolo sonreír. Giré la cabeza hacia él y su expresión alegre mutó cuando nuestras miradas se encontraron.

—¿Por qué estás triste? —me preguntó preocupado.

—Los sensibles siempre estamos tristes. —Me coloqué un mechón detrás de la oreja y suspiré.

—Pero ¿no se supone que deberías estar contenta de ver a Jared?

Era una pregunta lógica, pero por desgracia lo que sentía por su hermano era tan ilógico que anulaba todo lo demás.

—Estamos juntos desde hace tres meses y lo quiero, pero creo que he cometido el error de atarme a él solo porque somos muy parecidos. Creí que era suficiente para emprender una relación —le confesé con la espontaneidad que caracterizaba nuestras conversaciones.

—Tienes veinte años, a nuestra edad es normal equivocarse.

Lo miré y me entretuve en observar los rasgos de su cara, más delicados que los de Neil, pero igualmente sutiles y perfectos. La belleza era una de las grandes cualidades de los Miller.

—Pero nuestros errores no deberían herir a los demás... —comenté más para mí misma que para él.

Logan me sonrió comprensivo.

—Es cierto, pero también es verdad que aprendemos gracias a los errores.

Levantó un dedo con aire de sabelotodo y luego me acarició el hombro para darme ánimos. El efecto que surtió en mí fue inmediato: curvé las comisuras de los labios hacia arriba. A menudo las personas solo necesitan que alguien las escuche, tener a alguien con quien contar.

—Espera, espera..., ¿eso es una sonrisa? —Me dio una mamola en la nariz y sonrió abiertamente. Me sentí ligera a pesar del inminente encuentro con Jared—. ¿Sabes lo que creo? —añadió Logan interrumpiendo el reconfortante silencio que reinaba entre nosotros. Lo miré con curiosidad y él prosiguió—: Creo que Jared no es la persona adecuada para ti. Los motivos que nos unen a alguien pueden ser muy diferentes y no hay que dar por descontado que uno de ellos sea necesariamente el amor. Puede que hayas cometido errores, pero aprenderás de ellos. De la confusión también puede nacer algo estupendo.

En ese momento, un soplo de viento me acarició el pelo, agitó las hojas de los árboles, mezcló el olor de las flores y confundió mis convicciones.

—Algo estupendo… —repetí, reflexiva.

—Sí… —Se puso de pie y me tendió la mano para invitarme a seguirlo.

Entramos en casa y pasamos otra hora charlando de cosas sin importancia.

Estábamos sentados en el sofá del salón cuando sonó el timbre.

—Anna, ¿puede abrir usted, por favor? —gritó Mia un instante después, asomándose por la barandilla de la planta de arriba con una pluma en la mano. Logan y yo levantamos la cabeza para mirarla. Llevaba puestas las gafas de ver y estaba despeinada. Probablemente trabajaba en su despacho a pesar de que era sábado.

Cuando Anna abrió la puerta de la entrada, apareció Jared con una caja de bombones en las manos.

El corazón me dio un vuelco y el nerviosismo fue en aumento.

Se quedó plantado en el umbral. Estaba realmente guapo. Los ojos, verde jade, estaban más luminosos que de costumbre, y se había engominado el pelo; llevaba un abrigo negro, unos pantalones azul marino y un jersey blanco, que resaltaban su buen tipo.

Mia bajó las escaleras y Logan se levantó para dar la bienvenida al huésped. Matt, en cambio, salió de la cocina con una expresión confusa en la cara.

Yo no me moví, me quedé en el sofá, paralizada como si hubiera visto un fantasma.

—Pase, por favor —dijo Anna, que ayudó a Jared a quitarse el abrigo y se lo colgó del brazo; luego se marchó, dedicándole una sonrisa a la dueña de la casa.

Mi novio se mordió el labio y miró a su alrededor con incomodidad.

—Tú debes de ser Jared. Encantada de conocerte. Soy Mia Lindhom.

La compañera de Matt se acercó a él y le tendió la mano. Jared se la estrechó y, haciendo gala de sus buenos modales, le ofreció la caja de bombones.

El gesto derritió a Mia como nieve al sol y mi padre sonrió.

—Entra, por favor. Soy Matt Anderson —se presentó con jovialidad.

—Jared Brown. Es un honor conocerlo, señor, he oído hablar mucho de usted.

Lo miró como si estuviera ante una superestrella internacional y me di cuenta de la importancia y la fama que mi padre había alcanzado en los últimos años gracias a su trabajo.

Cuando por fin reaccioné, me levanté del sofá y me uní a los demás. Estaba hecha un flan, pero traté de disimularlo. Me pareció que Jared, que estaba hablando con Logan, se había adaptado enseguida a la nueva situación.

Me acerqué y él me miró fijamente. Se me encogió el corazón.

—Selene —dijo en un susurro lleno de emoción, luego miró a mi padre, quizá para obtener su permiso tácito para saludarme. Matt se apartó y lo dejó pasar—. Cuánto tiempo desde la última vez. Qué alegría volver a verte. —Me abrazó tan fuerte que me dejó sin aliento, luego se separó de mí y me observó con admiración—. Estás diferente, guapísima.

Jared estaba entusiasmado. Yo, en cambio, lo miraba con una sonrisa de sufrimiento que esperaba que resultara convincente.

Nunca había mentido a nadie acerca de algo tan grave como una traición y en mi fuero interno deseé estar en el lugar de Jared; sin duda habría preferido ser engañada que mentir.

—Yo también me alegro de verte —logré decir, pero la voz me tembló. Jared me acarició una mejilla y comprendí que quería besarme, pero no me pareció oportuno.

Acabadas las presentaciones, nos dirigimos al comedor. Durante la cena, Jared habló largo rato con Mia, mi padre y Logan. Me sorprendió mucho el recibimiento que le dispensó Matt. Creía que me pondría en un apuro y en cambio se mostró sociable y cortés, hasta el punto de que Jared bajó la guardia.

Observé la escena en silencio. Quizá por primera vez me di cuenta de que podíamos ser realmente una familia bien avenida y comprendí que había cometido muchos errores a lo largo de las semanas que llevaba en aquella casa. Los había juzgado precipitadamente. Tomé la decisión de que a partir de entonces procuraría no ser rencorosa.

—¿Cuánto hace que estáis juntos, Selene? —La voz de Mia me sacó de mis pensamientos.

—Tres meses —respondió Jared en mi lugar al tiempo que me apretaba una mano por debajo de la mesa. Aquel contacto tan íntimo me puso muy tensa, pero por suerte él no se dio cuenta.

—Hacéis buena pareja. A vuestra edad yo también era una chica despreocupada… y enamorada —suspiró, perdiéndose en los recuerdos.

—¿De mi padre? —preguntó Logan arqueando una ceja.

Los ojos de Mia, azules y maquillados de manera natural, se velaron de melancolía. Matt la miró expectante; Logan, en cambio, sonrió, dando por sentado que había dado en el blanco. Era la primera vez que alguien se refería directamente a William Miller. Sabía que era administrador delegado de una sociedad muy importante, que había estado casado con Mia y que era el padre de sus tres hijos.

—No… —Mia se aclaró la garganta y jugueteó nerviosamente con los cubiertos—. De otro hombre, mi primer amor. Ha pasado demasiado tiempo, ya no tiene importancia… —comentó, nostálgica, mirando al vacío.

Nadie se atrevió a preguntar nada más y se hizo el silencio en la mesa. Hasta que el ruido de la puerta de entrada al abrirse lo rompió. A pesar de que estaba segura de que había dicho que aquella noche dormiría en casa de una amiga, esperé que fuera Chloe. En cambio…

—Ha llegado Neil.

Mia se limpió los labios con la servilleta y dirigió la mirada hacia la entrada del comedor. Un instante después, Neil entró en la sala. Se quitó la cazadora de piel, se la dio a Anna y le dio las gracias en voz baja. Entonces admiré su cuerpo poderoso, cubierto por una camisa vaquera con las mangas enrolladas hasta los codos y unos pantalones negros que le ceñían las piernas, largas y fuertes.

Parecía un caballero oscuro víctima de un hechizo que lo condenaba a poseer una belleza maldita.

—Buenas noches, ¿qué me he perdido? —fue lo primero que dijo al ver a Jared a mi lado.

Se sentó frente a mí, al lado de su hermano, y me miró frunciendo el ceño.

—Qué contenta estoy de que te unas a nosotros, cariño. ¿Te quedarás en casa esta noche? —preguntó Mia en tono alegre.

—No, más tarde iré a una fiesta con Jennifer —respondió al tiempo que apoyaba los codos sobre la mesa. La imagen de Neil y Jennifer abrazados en el baño de un local me provocó un nudo en el estómago.

¿Había estado con ella después de que pasáramos la noche juntos? Aunque prefería no saberlo, me picaba la curiosidad.

—También estarán los Krew, ¿no es cierto? —preguntó Logan en voz baja. Neil le dirigió una mirada implacable, pero su hermano lo miró intensamente, con reproche.

—Déjalo, Logan —lo reprendió, y se sirvió vino en la copa.

—Coño, Neil —susurró Logan en voz queda para que su madre no lo oyera. Entretanto, Mia había retomado la conversación sobre el trabajo con Matt y Jared—. No quiero que frecuentes a esa gentuza. No dejaré de decírtelo —añadió nervioso.

Neil siguió bebiendo vino, sin mostrar interés alguno por participar en la sobremesa, luego nos miró a Jared y a mí. Su mirada me excitó, y, como siempre, me atrapó. Las emociones que me suscitaba volvieron a llamar a la puerta de mi corazón. Me toqué el labio inferior con los dedos y tuve la sensación de notar su sabor en la lengua. Neil se dio cuenta y entornó los párpados para observarme con una lujuria mal disimulada.

—Ay, qué maleducada —dijo Mia de repente—. Jared, él es mi hijo mayor, Neil.

Parpadeé y caí en la cuenta de que, desde que había llegado, no le había quitado los ojos de encima a Neil y me había olvidado de Jared. Tragué aire y me agité con nerviosismo en la silla. Neil y Jared, que hasta entonces no se habían prestado atención, se miraron fijamente con hostilidad, escrutándose el uno al otro.

Había notado que Jared ya había mirado a Neil cuando se había sentado enfrente de mí, y que el chico problemático de ojos dorados también había estado echándole ojeadas fugaces al invitado sin dirigirle la palabra.

—Encantado de conocerte, Neil.

Jared le tendió la mano, pero Neil no movió un músculo. Lo miró de manera intimidatoria y Jared se vio obligado a retirarla tras haberla mantenido suspendida en el aire por varios segundos. Logan suspiró y se rascó la barbilla con el pulgar mientras observaba a su hermano.

—¿A qué te dedicas, Jared? De eso todavía no hemos hablado —intervino Matt para disipar la tensión. El ambiente se había enrarecido y mi padre trataba de salvar la situación.

—Estudio Periodismo en Detroit —respondió, y me apretó más el muslo. No traté de liberarme, aunque habría querido.

—Interesante —comentó Logan sonriendo.

—Sí —respondió Jared sin desviar la vista del diablo tentador que teníamos en la habitación—. ¿Y tú qué haces, Neil? —le preguntó antes de limpiarse los labios con la servilleta y mirarlo con atención.

No entendí por qué se había dirigido a él directamente, quizá para ganárselo; en cualquier caso, Neil pareció molesto.

—Sobrevivo —respondió en medio del silencio sobrecogedor que se nos vino encima. Mia estaba incómoda, Matt frunció la frente y Logan cerró los párpados con fuerza por un instante, afligido.

Los ojos de Neil rezumaban tristeza, pero también una fuerza extraordinaria, la que combatía contra algo oscuro, malvado y poderoso que se anidaba en los recovecos de su alma.

—¿Alguien quiere pastel? —intervino Anna, una voz ajena a todo aquello que rompió la tensión y nos dio un poco de serenidad.

La cena concluyó deprisa.

Después de los postres, Neil desapareció en el jardín para balancearse en la hamaca y fumarse un cigarrillo. Me habría gustado ir tras él, asegurarme de que estaba bien, pero no podía. La respuesta evasiva que le había dado a Jared me había dejado preocupada.

—Eres un buen chico, Jared —dijo Matt, atrayendo la atención sobre mi novio.

—Gracias, señor Anderson. Quiero que sepa que su hija me importa y que puede fiarse de mí —respondió Jared.

Traté de ahuyentar infructuosamente la sensación dolorosa que advertía en el pecho. Sentía como si miles de agujas me pincharan el corazón y sabía que tarde o temprano debería acabar con esa farsa.

—No lo dudo. Y ahora, si me perdonáis, me retiro. Estoy muy cansado. No os vayáis a dormir muy tarde, chicos.

Matt se despidió de todos y subió al piso de arriba con Mia y Logan, que aquella noche había quedado y estaba a punto de salir. Jared y yo nos quedamos solos en el salón.

—¿Te apetece ver una película? —le pregunté bastante nerviosa. En realidad, debía hablarle de muchas cosas, pero el valor iba y venía a ratos, como si jugara conmigo.

Jared no tuvo en cuenta mi propuesta y me pasó un brazo alrededor de la cintura para atraerme hacia él.

—Creo que ha llegado la hora de que me des un beso —susurró a poca distancia de mis labios. La respiración se me aceleró, pero no de excitación, sino a causa del malestar que me causaba aquella situación que no podría sostener por mucho tiempo.

—Ten paciencia, primero te enseñaré la habitación de invitados, luego vemos una película.

Para ganar tiempo, lo llevé a la habitación donde pasaría la noche, y de paso aproveché para darle una vuelta por la casa. A Jared le impresionó la majestuosidad de la vivienda y comprendió que a Matt no le importaba ostentar su riqueza.

Estuve tensa e incómoda durante todo el tiempo, pero hablar de nimiedades me ayudaba a reunir el valor necesario para enfrentarme al que sería el peor momento de la velada.

Cuando volvimos al salón, procuré mostrarme relajada y me senté en el sofá.

—¿Qué género prefieres? ¿Terror, misterio o *thriller*? —le pregunté, demorándome un poco más, pero Jared no quería perder el tiempo charlando. Se sentó a mi lado, me sujetó por la muñeca y se acercó en busca de contacto.

—La película me da igual, solo quiero estar contigo —susurró, y me robó un beso que habría continuado si yo no me hubiera retirado de sopetón. Me miró sin comprender e inclinó la cabeza como pidiendo explicaciones.

—Tengo que hablar contigo, Jared —dije tratando de recomponerme. Me pasé el dorso de la mano por los labios con fastidio porque no quería que su saliva borrara el sabor de Neil.

Solo pensaba en él.

—Selene —suspiró Jared con cansancio—. Estoy pasando por un mal momento y tú eres lo único bueno que tengo. Desde que te fuiste, en Detroit ha cambiado todo. Mi padre no me deja respirar en el trabajo, los estudios requieren dedicación, mi madre lucha contra el cáncer y yo…

Un velo de tristeza cubrió sus delicados rasgos, sus ojos se humedecieron y la mandíbula se le tensó. Sentí inmediatamente la necesidad de tranquilizarlo y le cogí la cara.

—Eh, no pasa nada —susurré con dulzura.

Conocía sus problemas; una de las cosas que nos habían unido era que siempre nos habíamos apoyado el uno al otro en los momentos difíciles.

Jared tenía un corazón que no le cabía en el pecho y era cariñoso y altruista; adoraba a sus padres y soportaba todo el peso de la familia sobre sus espaldas porque era hijo único.

Su madre había enfermado de cáncer antes de conocernos y cuando me lo contó comprendí por qué muchas veces había renunciado a mi compañía para cuidarla.

—Lo único que quiero es estar contigo.

Me besó el cuello y me abrazó, buscando en mí el consuelo que siempre le había dado en los meses anteriores. No era fácil confesarle a alguien frágil y vulnerable que lo has engañado con otro.

Jared no sería capaz de soportar la verdad mientras siguiera en ese estado.

—Te prepararé un chocolate caliente —respondí. Me dirigí a la cocina y me puse a revolver los cacharros en busca de un cazo. Cuando lo encontré, vertí en él chocolate y leche de la nevera y lo calenté. Necesitaba reflexionar acerca de cuál sería el momento oportuno para hablar con Jared y…

—¿Se lo has dicho? —preguntó la inconfundible voz abaritonada. Me giré sobresaltada y vi a Neil con un hombro apoyado en el marco de la puerta. Estaba espléndido. Guapo a rabiar.

—Es asunto mío —solté molesta.

¿A él qué le importaba?

Al fin y al cabo, lo que había pasado entre nosotros no tenía ningún valor y yo lo sabía.

Me observó con atención y creí que iba a derretirme bajo su mirada de miel, que alternaba la luz y las tinieblas.

—No te dejes embaucar por tu novio. Los lloriqueos podrían ser una táctica para tenerte en un puño. ¿Quieres la libertad? Pues ve y cógela.

Se acercó y lo miré desconcertada. Era evidente que nos había escuchado.

Pero ¿cómo podía ser tan cínico?

—No me digas lo que tengo que hacer, ¡estoy hasta la polla! —levanté la voz, y Neil cerró los ojos y emitió un gemido.

Arrugué la frente sin comprender su reacción; estaba consternada.

Neil abrió los ojos y al cabo de un instante empezó a acercarse lentamente, como un peligroso felino; retrocedí, consciente de estar atrapada.

—Repítelo —susurró cerniéndose sobre mí con su cuerpo de adonis. Lo miré fijamente y aspiré su agradable aroma a musgo; tenía el pelo un poco húmedo, probablemente acababa de mojárselo bajo una de sus numerosas duchas.

—¿A qué te re-refieres? —balbucí chocando con el trasero contra la encimera que había detrás.

—Polla —repitió en voz baja respirándome en la cara—. Me encanta cómo esa palabra sale de tus labios —dijo con segundas, encadenando mis ojos a los suyos—. ¿Sabes en lo que estoy pensando?

Acortó la distancia entre nosotros, puso las manos a los lados de mi cuerpo y me aplastó con su pecho impidiéndome respirar. Sentí la dureza de todos y cada uno de sus músculos fundirse con mi piel, y a pesar de que la ropa impedía que nuestras pieles se tocaran, el contacto me evocó el recuerdo de cuando, desnudos y a merced de la lujuria, fuimos uno sobre mi cama.

—No —murmuré aturdida. No sabría decir si era su voz, su cuerpo o su mirada lo que me subyugaba de aquella manera.

Me rozó la mejilla con la punta de la nariz y me olfateó dando muestras de apreciar mi perfume.

—Estoy pensando en lo mucho que me gustaría follarte aquí, en la cocina, con tu novio sentado a unos pocos metros de nosotros, mientras agitas las caderas debajo de mí y gozas con mi... —se detuvo al lado de mi oído y sonrió— polla —repitió lentamente para que se me quedara grabado.

Contuve la respiración porque su voz —Dios mío, qué voz— causó estragos dentro de mí.

Me estremecí, temblé.

Cerré los ojos, y a pesar de que ni siquiera me había tocado, imaginé mi cuerpo delirante de lujuria bajo sus manos; luego traté de ahuyentar inmediatamente esos pensamientos disolutos.

Neil me sujetó por la nuca y me acarició el labio inferior con el pulgar. Tenía las manos grandes y fuertes y la yema se me antojó fría comparada con el calor de la piel de mi boca.

Abrí los ojos y vi que me miraba los labios.

Tenía que volver al salón lo más rápido posible.

—Neil —supliqué en un murmullo, tratando de alejarme de él.

Di un paso hacia un lado y me giré de espaldas para acabar de preparar el chocolate.

Procuré respirar profundamente para calmar mi corazón, que latía atropelladamente. Me puse de puntillas para alcanzar las tazas, dispuestas en una estantería alta, y Neil alargó el brazo y me las puso sobre la encimera sin ningún esfuerzo. Le di las gracias y me miré las manos temblorosas.

Había alcanzado tal estado de inquietud que me sentía desestabilizada.

—¿Estás bien, Selene? —preguntó Jared.

Había venido a buscarme a la cocina creyendo que me encontraría sola, no en compañía del peligro personificado. Neil retrocedió un poco, con la actitud seria e indiferente de siempre. Jared se mantuvo circunspecto y me observó con preocupación.

—Sí, le preguntaba a Neil dónde están las tazas.

Las señalé, sonreí y vertí el chocolate caliente en ellas con cuidado; no fue fácil disimular el temblor de las manos.

—¿Quieres que te ayude? —preguntó él, pero me apresuré a negar con la cabeza para evitar que las cosas se complicaran aún más.

—No, voy enseguida. —Le sonreí para tranquilizarlo, y Jared asintió y salió de la cocina, no sin lanzar primero una mirada desconfiada a Neil.

¿Cómo reprobarlo? Neil no inspiraba confianza ni a los hombres ni a las mujeres.

Me toqué la frente: sudaba frío. Neil se acercó con cautela y me puso una mano en el cuello, en el punto exacto donde Jared me había besado poco antes en el sofá. Me acarició lentamente, quizá con la intención de tranquilizarme, pero solo logró provocarme un fuerte dolor en el centro del pecho.

Su mano tuvo el efecto de un látigo de fuego sobre mi débil carne.

—Espérame en tu habitación esta noche —susurró lascivo, dándome un beso suave bajo el lóbulo de la oreja. La reacción de mi cuerpo fue inmediata y totalmente diferente en comparación al contacto con Jared.

Me estremecí y mis braguitas se humedecieron, lo que me obligó a cerrar las piernas.

¿Qué quería decir? ¿Qué iba a hacer en mi habitación?

Qué pregunta inútil.

Debería haber imaginado lo que quería de mí, pero mi mente se negaba a racionalizarlo y prefería aferrarse a la vana ilusión de que solo quería hablar conmigo, quizá de algo importante.

Se marchó dejándome confundida, pero por fin sola. Suspiré aliviada, cogí las dos tazas humeantes y volví al salón, donde le pedí disculpas a Jared por haberlo hecho esperar tanto.

—¿Estás segura de que te encuentras bien? —preguntó cuando me senté a su lado con la taza caliente entre las manos. Aún tenía una molesta sensación de humedad entre las piernas y el cuerpo tenso y débil. ¡Maldito Neil! ¿Por qué tenía ese poder sobre mí?

Cuando nos acabamos el chocolate, Jared y yo vimos una película que prácticamente no entendí.

Tenía la cabeza en otra parte, pero de vez en cuando asentía o fingía que escuchaba los comentarios de Jared a algunas escenas que me pasaban delante de los ojos sin que mi cerebro las registrara.

Sin embargo, y a pesar de mi estado de confusión, cuando me puso un brazo sobre los hombros me apoyé en su pecho y me dejé acunar presa de la somnolencia.

Jared me acarició el pelo, que llevaba suelto sobre los hombros, y disfruté de sus mimos a pesar de que en mi fuero interno sabía que callar no era lo correcto. Cerré los ojos y traté de contener las lágrimas que asomaban a mis ojos a causa del sentimiento de culpa. Jared me dio un beso en la sien y de repente me levantó la barbilla con el índice y posó sus labios sobre los míos. Fue un beso amable, dulce, diferente de los que me daba Neil y a los que me estaba acostumbrando. Era un beso con sabor a lágrimas escondidas, a despedidas ocultadas, a errores imperdonables; también era el beso de un afecto profundo que nunca se convertiría en amor. Se lo devolví solo para que no sospechara nada.

—Te quiero —susurró, y yo, como atraída por una fuerza oscura, desplacé lentamente los ojos hacia las escaleras, donde una figura sombría nos espiaba desde el piso de arriba.

Neil estaba allí con los codos apoyados en la barandilla, las piernas en tensión y los hombros, tan anchos que habrían podido soportar el peso del mundo, contraídos.

No pude vislumbrar el brillo de sus ojos, pero sabía que nos miraba.

«Espérame en tu habitación esta noche», me pareció oír resonar en el aire. O quizá se trataba solo del eco de mi deseo que anhelaba besarlo, tocarlo y poseerlo.

Una vez más.

14

Selene

Nos sentamos en círculo y hacemos conjeturas,
pero el Secreto se sienta entre nosotros y sabe.
Robert Lee Frost

Acompañé a Jared a la habitación de invitados. La velada había sido agradable para él, pero el viaje lo había agotado.

Después de ver la película, pasamos alrededor de una hora hablando hasta que nos entró sueño. Tras dar las buenas noches a mi novio, recorrí el larguísimo pasillo del piso superior con los ojos clavados en el lujoso suelo de mármol en el que parecían estar grabadas todas mis culpas. Me había faltado valor para contarle la verdad, no había podido hacerlo visto su estado de ánimo.

No estaba tranquila. El peso que sentía encima crecía minuto tras minuto; por si fuera poco, había descubierto que mentir se me daba bien, una habilidad que nunca pensé poseer.

Perdida en mis elucubraciones, me detuve distraídamente delante de una de las muchas habitaciones de la casa que, por lo general, siempre estaba cerrada con llave y que aquella noche vi entreabierta. Me acerqué con la intención de cerrarla, pero un sexto sentido me indujo a echar un vistazo. Miré por la rendija de la puerta y comprobé que no había nadie dentro, apoyé la palma de la mano en la fría superficie de madera y empujé. Fue como entrar en un templo sagrado, en un lugar inaccesible.

Desde los primeros días en la villa había notado que esa habitación, la del final del pasillo, frente a la biblioteca de Matt, estaba envuelta en un misterio inexplicable. Fue Anna quien me informó de la absoluta prohibición de entrar. Una prohibición a la cual estaba haciendo caso omiso.

Busqué el interruptor de la luz en la pared y cuando lo encontré apareció ante mis ojos una habitación sencilla, en apariencia semejante a un despacho. Me adentré con cautela, mirando alrededor. Debajo de la amplia ventana había un sofá de piel de color marfil y un escritorio de caoba, con un portalápices vacío, dominaba majestuoso el centro del espacio.

Lo que resultaba extraño eran los numerosos embalajes esparcidos por el suelo sin ton ni son.

El polvo que flotaba en el aire me hizo toser; me arrodillé delante de una caja elegida al azar mientras me rascaba la punta de la nariz y la abrí lentamente, con facilidad, porque no estaba precintada. De ella saqué lo que parecía ser un álbum de recuerdos. Pasé la mano sobre la tapa rugosa y lo hojeé descubriendo viejas fotos familiares.

Sonreí al ver una que retraba a Logan y a Neil en el jardín, de niños: el primero perseguía al segundo fingiendo ser un avión o un águila, no sabría decirlo, mientras que Mia sonreía, en un segundo plano, embarazada de Chloe. Miré unas cuantas más, y vi la de un hombre alto, con el pelo muy negro y los ojos azules y profundos, sonriendo al objetivo. Llevaba una camisa clara que resaltaba un cuerpo esbelto y tonificado y enseguida pensé que se trataba de William Miller. Con el brazo derecho rodeaba los delgados hombros de Logan, la mano izquierda, en cambio, desaparecía en el bolsillo de los pantalones; Neil, a su lado, tenía la vista perdida en el jardín, como si se sintiera excluido o no le gustara que lo fotografiaran.

Una camiseta con las palabras «Oklahoma City» cubría su frágil cuerpo infantil y unos pantalones cortos a juego dejaban ver las rodillas raspadas y manchadas de tierra; los ojos, espléndidamente rasgados y de singular color dorado, se perdían en el verde luminoso del césped. El padre parecía indiferente a la expresión melancólica de su hijo, la misma que debía de tener yo en ese momento. Acaricié la foto con el índice y toqué aquellos ojos infantiles y brillantes que me evocaban la imagen del chico que había visto balanceándose en un rincón de su habitación tras discutir con Logan. Se me encogió el corazón. No sabía nada de Neil, sin embargo, me sentía tan cercana y unida a él que me invadió una profunda congoja.

Antes de meter el álbum en la caja, algo mucho más interesante me llamó la atención: unos cuantos periódicos dispuestos uno sobre otro en el fondo de la caja.

Saqué uno y leí el titular en primera página: «Los niños del lado oscuro». Fruncí el ceño y, con la prisa del ladrón que teme ser descubierto, desplegué los otros para echar un vistazo a los demás titulares.

«¿Quién es el hombre negro?»

«Escándalo en Nueva York.»

«Niños de la oscuridad.»

Me llevé la mano a la boca para sofocar una exclamación de sorpresa; quería leer los artículos para saber más, pero un ruido procedente del pasillo me obligó a cerrar la caja y levantarme.

Me apresuré a apagar el interruptor de la luz y contuve la respiración.

Me acerqué a la puerta entornada y eché un vistazo al pasillo. Anna se paseaba por la casa para asegurarse de que había cumplido con todas las órdenes de la señora. No se había dado cuenta de que la habitación misteriosa no estaba cerrada con llave, pero de todas maneras era mejor que saliera de allí. Comprobé que tenía vía libre, recorrí el pasillo a toda prisa y me refugié en mi habitación cerrando la puerta a mis espaldas.

¿A qué se referían los titulares de aquellos periódicos?

¿Contenían quizá la clave de la extraña conducta de Neil?

Llegué a la conclusión de que a él y a su familia les había pasado algo, pero aún no sabía de qué se trataba, no podía deducirlo de las pocas pistas que había descubierto.

Estaba segura de que desvelaría el misterio, pero necesitaba más tiempo; a aquellas alturas estaba decidida a hacerlo. Desde la primera vez que vi los ojos de Neil, brillantes y tenebrosos, supe que escondían una historia.

Suspiré, me quité los zapatos y traté de bajarme la cremallera del vestido alargando un brazo por detrás de la espalda mientras me dirigía al espejo.

Estaba turbada y pensativa como nunca lo había estado en

mi vida. Era como si el destino me reservara algo y conocer a Neil formara parte de un plan proyectado por unas divinidades burlonas.

—Hace diez minutos que te espero, niña.

Solté un grito de terror cuando sorprendí a Neil detrás de mí, reflejado en el espejo. Me giré y lo admiré, como siempre. Estaba de pie al lado de mi cama con dosel, rodeado de velos transparentes que conferían intimidad a las cándidas sábanas, impregnadas de mi olor. La camisa vaquera ceñía su musculatura sin dejar nada a la imaginación. La piel, lisa y bronceada, parecía oro colado; la cabellera, despeinada y a su aire, combinaba a la perfección con su personalidad rebelde y carismática; los labios, carnosos y jugosos, me invitaban a lamerlos y morderlos sin piedad. Por no mencionarlos a ellos, sus ojos, densos y brillantes como la miel al sol.

Me sonrió y perdí el habla. Tragué saliva y permanecí a la expectativa. Estaba segura de que no sería capaz de dar un solo paso para acercarme a aquel cuerpo tentador. En efecto, Neil no perdió tiempo. Me miró con languidez y se acercó con sigilo, haciendo gala de su acostumbrado dominio de la situación, de su seguridad.

Su aroma a musgo y tabaco me envolvió poco a poco, anunciando su llegada. Ya no pude apartar los ojos de los suyos, libidinosos, y, sobre todo, peligrosos.

—Date la vuelta —me ordenó, y yo lo hice, como una marioneta. Lo temía, no quería contradecirlo, pero al mismo tiempo me fascinaba.

Por una parte, darle la espalda me permitía mantener la lucidez, aunque no sin cierta dificultad.

Por otra, no sabía qué tenía la intención de hacer y la expectación aumentaba las sensaciones arrolladoras que sentía y las volvía aún más amenazantes.

—¿Qué haces aquí? —pregunté con un hilo de voz.

—He venido a follarte —me respondió con sinceridad. Se acercó y empezó a acariciarme los brazos. Sentía su pecho contra la espalda y el calor de su aliento en la nuca. Respiraba con regularidad, como si nada pudiera hacerle perder el control de sí mismo.

—Ya lo hiciste una vez —dije, y temblé. No quería provocarlo, aunque me di cuenta de que mis palabras podían incitarlo a pensar que así era.

Me tensé cuando su mano tocó la cremallera del vestido.

—No como hubiera querido —susurró bajando lentamente la cremallera, como si desvistiera a una delicada muñeca de porcelana. Permanecí quieta, a merced de sus caprichos; me avergonzaba ser tan sumisa, pero al mismo tiempo no lograba imponer mi voluntad. Me habría gustado darme la vuelta y mirarlo a los ojos, incluso echarlo de mi habitación mientras le gritaba que parara de tocarme, pero temía que leyera en mi rostro los deseos reales que yo pretendía ocultar.

—Tienes a todas las mujeres que quieres, ¿por qué precisamente yo?

Detuvo la mano en la base de mi espalda porque no se esperaba una pregunta tan directa. Giré un poco la cara, apoyando la barbilla en el hombro, a la espera de una respuesta que no llegó. Inspiró por la nariz, molesto, y siguió desnudándome. El vestido me resbaló por el cuerpo hasta arremolinarse alrededor de los tobillos.

Me quedé en braguitas, sujetador y medias a mitad del muslo de color carne. Descalza era mucho más baja que él.

¿Por qué le permitía que hiciera eso? No lo sabía. En sus manos era como una vasija de arcilla y él el artista, una tela blanca y él el pintor, una hoja de papel y él la pluma.

—Deberías tener cuidado con los sentimientos, podrían flechar incluso a los corazones más duros, como el tuyo —dije para provocarlo, a pesar de que temblaba como un flan. A aquellas alturas estaba claro que no le era indiferente, que algo indefinible nos unía, que mi presencia despertaba en él sensaciones parecidas a las mías. Si solo era sexo, como él solía decir, podía obtenerlo de cualquiera.

¿Por qué, en cambio, me quería a mí?

—¿Me tomas por un sentimental solo porque te desvirgué con respeto, niña? —me susurró al oído en un tono burlón que no me gustó.

No podía permitirse hablarme de esa manera y tuve la intención de hacérsela pagar, de darle una bofetada o una patada en los testículos, pero cuando traté de darme la vuelta para ponerlo en práctica, Neil me aferró por el pelo con violencia.

—¿Qué diablos haces? —grité fuera de mí, tratando de soltarme.

Me hacía daño y le grité, pero no me hizo caso. Neil arrojó al suelo los libros de mi escritorio y me inclinó sobre él a la fuerza. Me golpeé el pecho, aún cubierto por el sujetador, las costillas y las caderas contra la superficie fría de la madera y tuve que apretar los dientes para soportar el dolor.

—Estoy a punto de demostrarte lo romántico y sentimental que soy. —Se burló.

Lo oí trastear con el botón de los vaqueros. Con una mano me sujetaba la nuca y con la otra se bajó el pantalón y el bóxer por debajo de las nalgas. Desde la postura en la que estaba no lograba ver mucho, pero comprendí lo que quería hacer.

Idiota.

Había sido una idiota, pero había caído en la cuenta demasiado tarde. Neil era un animal y tenía una personalidad problemática profundamente indiferente a los sentimientos humanos. Neil era todo lo contrario de…

Dios mío. Jared.

¿Me habría oído gritar? ¿Iba a descubrirlo todo de aquella manera horrible? Lo imaginé irrumpiendo en mi habitación mientras yo estaba doblada sobre el escritorio como una vulgar prostituta, con Neil detrás de mí.

Traté de rechazarlo, pero en realidad lo quería. Era demasiado débil, no lograba reprimir el deseo que me embargaba.

Me detuve, dejé de oponer resistencia. Era inútil fingir que quería rechazarlo. Neil sabía lo que realmente sentía porque había aprendido a leer el lenguaje de mi cuerpo.

—Lo quieres tanto como yo, lo sé.

Se inclinó sobre mí, el pecho sobre mi espalda desnuda, el vientre sobre mi trasero. Lo sentí frotarse contra mis nalgas, por encima de las braguitas. Su erección era tan dura, larga y contundente como la recordaba.

—Esto es un error —dije refiriéndome a nosotros, pero mi voz no sonó tan convincente como habría deseado, e inconscientemente separé las piernas en una clara señal de invitación. Entretanto, Neil seguía restregándose despacio contra mí, respirándome en la nuca y sujetando mi cabellera con el puño.

Apoyó la palma de la otra mano sobre la superficie de madera, a poca distancia de mi cara, y me quedé encantada observando sus dedos abiertos; eran fuertes, de uñas regulares, con venas en relieve sobre el dorso.

Me rendí a nuestro recíproco deseo y suspiré profundamente.

—Sé muy bien lo mucho que te gustó usarme —me susurró al oído antes de lamerme como solo un animal habría hecho. Sentí el calor de su lengua deslizándose desde la curva del cuello hasta el hombro y la nuca, para luego recorrer la línea de la espalda. Me arqueé en señal de aprobación de aquella manifestación de dominio tan masculina—. Tanto como a mí me gustó usarte a ti —concluyó con descaro.

Abrí los ojos de sopetón al racionalizar el significado que le había atribuido a la experiencia que habíamos compartido.

Estaba convencido de que nos habíamos usado el uno al otro. Solo eso.

Yo había revivido la primera vez que no recordaba, mientras que él me había añadido a su colección de trofeos, de conquistas.

—Yo no te usé.

Tenía la mejilla aplastada contra el escritorio y me resultaba difícil hablar correctamente. Me mordí el labio para no gritar cuando me asestó un manotazo en la nalga derecha que me incendió la piel. Estaba mareada y, de repente, una sensación de calor seguida de frío me recorrió el cuerpo de pies a cabeza.

—Yo sí, y voy a hacerlo de nuevo —admitió esbozando una sonrisa sádica que presagiaba sus malas intenciones. Lo miré con el rabillo del ojo y él me apartó las braguitas para tocarme. Estaba mojada y me avergoncé de la reacción de mi cuerpo traidor.

Lo deseaba a pesar de todo: no tenía perdón ni vergüenza.

Cuando me penetró con dos dedos, gemí y contraje los músculos, incluso los que ni siquiera sabía que tenía. Los movió con habilidad y acarició las paredes, aún estrechas, pero dóciles. La facilidad con la que alcanzó el punto más sensible evidenciaba su experiencia. Apreté los labios para no gemir, para no dar el brazo a torcer, para no ceder y para no demostrarle el poder que ejercía sobre mí, pero él lo intuyó.

—Eres un cabrón —murmuré con fastidio al tiempo que me sujetaba con las dos manos al borde del escritorio. Las rodillas me temblaban y sentía un hormigueo en las plantas de los pies, señal de que estaba a punto de alcanzar el orgasmo, pero Neil sacó los dedos y se quedó de pie detrás de mí. Giré un poco la cara y lo miré. Estaba lánguida y excitada, enfadada y anhelante de poseerlo.

Se llevó a la boca los dedos con los que me había penetrado y los chupó gimiendo con lascivia. Paladeó mi sabor mientras clavaba sus gemas doradas en mis ojos. Me sonrió malicioso y yo me ruboricé violentamente porque no estaba acostumbrada a esos gestos descarados. Me acarició las nalgas con una mano y con la otra empezó a tocarse de la base a la punta de su envidiable longitud.

Me quedé extasiada: su cuerpo había sido creado para dar placer, para subir la libido a las mujeres y para despertar en ellas deseos inexplorados.

Aunque había fingido rechazarlo, ahora estaba allí, doblada sobre el escritorio e impaciente por recibirlo.

De repente, la conciencia de que Jared estaba a poca distancia de nosotros, en la habitación de invitados, me devolvió a la realidad; una punzada de remordimiento borró la excitación del momento.

Levanté el pecho con la intención de acabar con aquello, de vestirme y huir del chico que representaba el mal para mí. Hice ademán de incorporarme, pero Neil me sujetó de nuevo por la nuca y me devolvió a la posición de antes, empujando con más fuerza para impedirme cualquier movimiento.

—Jared está aquí. No deberíamos...

Empecé a sollozar como una niña, se me saltaban las lágrimas y el corazón me palpitaba con tanta fuerza que el pecho me dolía.

Neil soltó una carcajada. Mi vulnerabilidad lo divertía.

Yo, en cambio, estaba confundida: un momento antes estaba excitada, y un momento después, afligida.

—¿Y qué? Jedi, o como coño se llame ese idiota, oirá gozar a su chica mientras otro se la tira —dijo con satisfacción al tiempo que me penetraba con un golpe seco y rotundo. Sacudí la mesa con el cuerpo y solté un grito sofocado por la mano de Neil, que me tapó la boca.

—Chis… —Su cuerpo poderoso se cernía sobre el mío; empujó contra mi espalda con el pecho hasta aplastarme del todo y empezó a embestir con fuerza, sin permitirme adaptar a tamaña intrusión.

—¡Por favor, Neil! —murmuré contra su mano caliente, pero mi súplica pareció incitarlo a continuar. Jadeaba, y la manera en que me tocaba y me reclamaba estaba a punto de hacerme perder el control de mí misma.

El corazón me latía con fuerza, la respiración se hacía cada vez más acelerada y mis partes íntimas latían y recibían su magnitud; sentía una fuerte presión en los músculos de la pelvis. Cuando Neil salía de mí, yo abría mucho los ojos para volverlos a apretar cuando regresaba con ímpetu, asestándome estocadas certeras.

Era consciente del tamaño fuera de lo común de su miembro, y si durante la primera vez él lo había tenido en consideración, ahora me estaba dominando, literalmente, para hacerme sentir todo su poderío. Parecía una máquina de guerra concebida para golpear, golpear y golpear. Quería engullir mi alma, corromperme y alimentarse de mis deseos más íntimos.

—Despacio, por favor —pude decir mientras seguía moviéndose como si solo existieran él y su placer. Me apretó la cadera con una mano, sin soltarme la nuca, y se movió implacable golpeándome las nalgas con su vientre.

—Fuiste tú la que me pidió que me mostrara tal como era la primera vez que lo hicimos —respondió en tono sensual al cabo de unos instantes que se me antojaron muy largos, al punto que creí que se había olvidado de mí.

Parecía pensativo, perdido en quién sabe qué mundo oscuro. De repente me di cuenta de que para él mi cuerpo solo era un instrumento que le permitía acceder a un universo paralelo donde reinaban la perdición y el gozo. A diferencia de la vez anterior, me estaba demostrando que era incapaz de tener sentimientos o de asociar el sexo a algo que no fuera el orgasmo. Me respondía con hechos: él no temía a los sentimientos porque ardía en el infierno.

No quedaba nada del chico delicado que me había desnudado y tocado la primera vez. No había miradas de complicidad, sonrisas tranquilizadoras ni contacto humano. Sus ojos ardientes miraban fijamente la erección turgente que bombeaba sin cesar, brutal y carnal, dentro de mí, mis glúteos enrojecidos por los manotazos y mis caderas doloridas por los golpes contra el maldito escritorio.

—N-Neil —balbucí presa del pánico al verlo tan distante, tan vencido por aquel ardor brutal y descontrolado. También noté que no se había puesto el preservativo, lo cual aumentó mi terror—. ¿Lo haces con todas sin preservativo? —pude decir entre una embestida y otra.

Neil me tocó la entrepierna concentrándose en el clítoris. Luego emitió un gemido débil en mi oído, uno de los pocos que normalmente se le escapaban.

—No, solo contigo —admitió, aunque yo no sabía si era verdad. No paraba de acariciarme, de deslizar los dedos entre los pliegues calientes y suaves de mi sexo, que, a pesar de una ligera molestia, no hacía más que ceder a sus maniobras.

—Espero que no sea mentira —murmuré cerrando los ojos. Aunque su fuerza inaudita me daba placer, estaba cansada y dolorida.

Cuanto más empujaba, más me mojaba. No obstante, mis músculos, agotados, le pedían a gritos que parara.

Sin soltarme el pelo, me levantó y me hizo girar la cara hacia él. Abrí los ojos cuando Neil me respiró sobre los labios; nuestras miradas se encontraron y pude ver en sus ojos la ausencia de cualquier emoción.

Pero inesperadamente un destello de preocupación brilló en sus pupilas. Fue el primer contacto humano que hubo entre nosotros desde que decidió poseerme en mi habitación. Me rozó la punta de la nariz con la suya y me besó con urgencia y con pasión. Gemí contra sus labios, ávidos y carnosos, y él me demostró que podía llegar a ser incluso implacable: el movimiento de su lengua se acompasó con las embestidas de su vientre. Apartó la mano de mi sexo y subió hasta el pecho, que empezó a palpar y a apretar con fuerza. Me habría gustado sentir su piel, trazar la línea de sus tatuajes con el dedo para comprender su historia. Habría deseado absorber su calor, como la primera vez en mi cama, pero no fue posible. Neil no se había desnudado, estaba emotivamente distante, dominado por el ímpetu de poseerme.

Dejó de besarme y me hizo inclinar de nuevo.

Después reanudó su movimiento decidido y frenético; cada vez quería más, era insaciable como una fiera.

Me corrí de repente, apretándolo dentro de mí y reteniéndolo en aquel lugar íntimo al que solo él tenía acceso. Me mordí los labios cuando una oleada de descargas eléctricas recorrió mi cuerpo y un arcoíris apareció ante mis ojos. Me di cuenta de que el ruido causado por el escritorio golpeando contra la pared y el miedo a que nos descubrieran se confundió con las sensaciones devastadoras que experimentaba. En el fondo, Neil era eso: un hombre lujurioso que me conducía al infierno sin pensar en las consecuencias. Me sentía arrastrada por un viento del que no lograba protegerme. El vicio se estaba convirtiendo en mi peor costumbre.

La mezcla de placer y dolor que me causaban sus embestidas se expandió a todas las células de mi cuerpo. Arqueé la espalda y las secundé, esperando que él también se corriera pronto.

—Joder —susurró mientras me estrujaba el pecho a través del sujetador sin dejar de empujar con frenesí. Supliqué para mis adentros que alcanzara el orgasmo y se detuviera porque no estaba segura de poder aguantar su potencia durante mucho más tiempo. El punto álgido del placer se había desvanecido y su miembro me causaba una cierta molestia.

—Mira, Selene, mira…

Me sujetó la cara y me hizo mirar el espejo. Solo entonces me di cuenta de que reflejaba nuestra imagen, la de nosotros dos perdidos en un momento de exceso y desenfreno. Vi a Neil doblado sobre mí: los glúteos marmóreos contrayéndose a cada golpe, los vaqueros bajados hasta la rodilla, los antebrazos hinchados a punto de desgarrar la camisa, el rostro hermoso y endemoniado, la sonrisa despiadada dibujada en los labios, encarnados e hinchados. Luego me vi a mí misma: las piernas medio dobladas, la espalda arqueada, las nalgas hacia arriba, el pecho aplastado contra la madera, las mejillas enrojecidas, los labios entreabiertos, los ojos brillantes y el pelo enmarañado. Parecía una mujer salvaje y desinhibida.

No parecía *yo*.

—¿Te gusta mirar? A mí me vuelve loco —dijo, y al instante sentí que algo húmedo resbalaba por mis mejillas. Estaba llorando.

Fue en aquel instante cuando comprendí lo diferentes que éramos y lo mucho que yo había traspasado mis límites para superar la distancia que nos separaba.

Me había perdido a mí misma para encontrarlo a él.

Seguí mirando fijamente nuestro reflejo; Neil apoyó su mejilla en la mía y me restregó la mandíbula, cubierta por una barba incipiente, sobre la piel lisa y húmeda.

A pesar de que se había dado cuenta de que estaba llorando, no había arrepentimiento ni comprensión en sus ojos, sino una profunda conciencia de ser la causa de mi sufrimiento.

—Mira. —Salió de mí con lentitud y me mostró su miembro en el espejo. Mi reacción fue inmediata: me ruboricé—. ¿Recuerdas que te dije que te mostraría el encaje perfecto entre un hombre y una mujer? ¿No lo encuentras romántico? —susurró en tono burlón, luego se ensombreció de repente.

Estaba quieto sobre mí, concentrado en mirar su reflejo blasfemo en el espejo.

—Estás loco —le dije con aspereza; exhalaba un aroma fresco mezclado con olor a sexo. Sudábamos y nos habíamos quedado sin aliento.

—No lo sabes bien.

Entró de nuevo dentro de mí y me estremecí. No me quedaba aguante para soportar otra tanda interminable de embestidas, pero cuando su respiración se hizo jadeante comprendí que estaba al límite. La última acometida fue tan potente y vibrante que sacudió el cuerpo de los dos. Salió y me marcó justo en el punto de mi cuerpo que todavía ardía de deseo por su presencia. Abrí mucho los ojos cuando, al poco, sentí resbalar su semen entre las piernas y lo vi gotear sobre el suelo de mármol. Acto seguido, Neil me agarró por las caderas y contrajo los bíceps, como si necesitara sujetarse para no caer; un gemido sofocado acompañó aquel instante de debilidad. Luego se mordió el labio inferior y ningún gruñido ni grito animalesco salió de su espléndida boca.

Neil era obsceno, vulgar y perverso, pero no teatral. No necesitaba impresionar a las mujeres con gritos fingidos y excesivos.

Era apasionado a su manera.

—Joder —dijo más para sí mismo que para mí mientras miraba la prueba de su total abandono sobre mi cuerpo.

Me incorporé. Tenía los codos enrojecidos y me dolía la espalda. Me erguí del todo, pero me mareé y perdí el equilibrio. Neil me sujetó al vuelo y apoyé la cabeza en su pecho. Me daba igual si le parecía débil, no me encontraba bien y las piernas no me sostenían.

Neil me rodeó la cintura con un brazo y con la otra mano me apartó el pelo de la frente, empapada en sudor.

Ninguno de los dos dijo nada.

Me ayudó a llegar hasta la cama, donde me tumbé y me hice un ovillo sobre las sábanas. Olía a él y estaba hecha polvo; Neil, en cambio, todavía emanaba un buen aroma y tenía un aspecto impecable. Era una divinidad incluso después del sexo. Se alejó de mí, metió la erección todavía persistente en el bóxer y se subió el pantalón sin quitarme los ojos de encima. La intensidad de su mirada después de un orgasmo tan poderoso, lujurioso y explosivo era sobrecogedora. Sentí que se me helaba la sangre a pesar de que las sienes y las muñecas me palpitaban.

Empecé a temblar. Era una situación surrealista, me sentía flotar en un sueño que se parecía cada vez más a una pesadilla. La relación íntima que acabábamos de consumar no nos había unido, todo lo contrario. Parecíamos dos perfectos extraños. Neil seguía mirándome fijamente, distante, casi molesto, y yo perdía cada vez más el control de mí misma. Él tenía pleno dominio de mi alma, mientras que yo ya no sabía quién era.

Era una locura.

—No volverás a poner los pies en esa habitación. Mi puta vida no es asunto tuyo —afirmó irritado; su tono severo me hizo estremecer.

De repente, comprendí: estaba rabioso a causa de mi indiscreción. Neil no quería que indagara sobre él ni sobre su pasado. Traté de ponerme de pie y sentí una punzada dolorosa en la ingle, pero estaba decidida a reaccionar a su furor.

—¿Por qué?

Me senté en el borde de la cama tratando de no prestar atención a la molestia que sentía entre las piernas y puse los pies en el suelo, que estaba frío. Medio desnuda, vestida únicamente con el sujetador blanco, las braguitas húmedas y las medias, parecía una auténtica prostituta, o puede que fuera él el que me hacía sentir así. Suspiré y me puse de pie tambaleándome. No podía dejarme dominar otra vez, debía demostrarle que era más fuerte de lo que él creía.

—Porque no estoy aquí para que me quieras o me comprendas —respondió huraño; luego me miró con la seguridad desarmante que lo caracterizaba y yo le sostuve la mirada. Quería descubrir sus puntos débiles.

—Estás aquí porque me deseas más que a las otras, y eso te da miedo. —Se habría esperado cualquier cosa de mí menos esa afirmación.

Se quedó tan sorprendido que soltó una carcajada para quitar importancia a mis palabras; luego se acercó con paso seguro y recorrió despacio mi cuerpo desnudo con la mirada.

—Qué ingenua eres, Selene… —Me acarició un mechón de pelo y yo apreté los labios. Su aroma me envolvió y me estremecí. En aquel momento me odié por las sensaciones que me suscitaba—. Cada vez que abres la boca me dan ganas de follarme hasta tu inocencia —me susurró al oído después de rozarme la mejilla y la curva del cuello. Sus ojos seguían el sendero que trazaba con la mano mientras me respiraba y me engullía despacio, dispuesto a derrotarme.

—¿Quieres hacerme creer que no tengo razón? —murmuré con un hilo de voz; ni siquiera yo sabía de dónde sacaba ese insólito valor.

—Lo siento por ti, Campanilla, pero esto no es un cuento de hadas.

Se acercó a mi boca y me dedicó una sonrisa sardónica. Acto seguido me lamió el borde del labio inferior y se alejó dejándome suspendida en la estela de su aura de misterio y oscuridad.

Traté de reaccionar, así que pasé por delante de él y me arrodillé a recoger los libros que había arrojado al suelo antes de tumbarme sobre el escritorio. Me toqué la cara y cerré los ojos.

No. No debía llorar aunque me hubiera herido y tuviera ganas de hacerlo. No habían sido tanto sus palabras de indiferencia cuanto la manera en que me hacía sentir.

Sucia, inadecuada, débil.

Neil era una tentación que no lograba resistir, pero cuando

cedía no me aceptaba a mí misma. Me repudiaba, me odiaba. Con la entrepierna húmeda de su semen, el cuerpo impregnado de su olor y su saliva en la piel, me avergoncé de haberle permitido que se adueñara de mí, de mi ser, de mi mente. Me sentía subyugada, víctima de un hechizo mortal.

Él había acabado con mi pudor, había puesto en entredicho mi dignidad y me había anulado la razón y la fuerza.

Lo miré desde abajo, arrodillada como una penitente que trata de expiar sus pecados, y le transmití todo mi desprecio mientras él, desde lo alto de su actitud insondable, me miraba con insistencia, pero impasible.

—Tú eres perjudicial para mí —dije a mi pesar, verbalizando una verdad dirigida a los dos, pero sobre todo a mí.

Neil tragó y mantuvo el control de sí mismo como si mi afirmación no le sorprendiera en absoluto.

—Soy perjudicial para todo el mundo.

Miró mis libros y luego el escritorio. Dudó unos instantes y se encaminó hacia la puerta. Cuando salió de la habitación seguí notando su presencia a mi alrededor, pero sobre todo dentro de mí. Aquel chico era un demonio que habitaba un cuerpo divino.

La perversión y el vicio eran los cuernos; la seguridad, la cola; la personalidad maldita, la horca.

Pero a pesar de todo, Neil era también el hombre que daba vida al mundo que yo habitaba.

El hombre que me hacía sentir viva.

15

Neil

Si empiezo a hablar de amor y de estrellas, os lo ruego: liquidadme.

CHARLES BUKOWSKI

«Eres perjudicial para mí.»

Selene no se había dado cuenta hasta ahora, mientras que yo lo sabía desde siempre.

Me la había follado como había hecho millones de veces con todas las mujeres con las que había tenido encuentros de elevada intensidad erótica.

El sexo era una prioridad para mí, una necesidad enfermiza que a menudo hacía que me olvidara de todo, incluso de comer.

Lo utilizaba para recordar al mundo quién era yo y qué papel desempeñaba en él.

Ahora era el yo del otro lado, el yo victorioso, era yo el que tenía el control absoluto de mi vida.

Hacía una hora que me había encerrado en el baño. Me había lavado una y otra vez, me había frotado la piel hasta enrojecerla y había tratado de ahuyentar las pesadillas que me impedían coger sueño. Las ojeras manifestaban el malestar físico que me atenazaba en aquel periodo. Volvía a tener ansiedad, sensación de desorientación, el pecho me dolía a menudo y me costaba respirar. En definitiva, mi cuerpo me enviaba señales para alertarme de mi inestabilidad. No hablaría con nadie, como siempre.

Fingiría que estaba bien, que podía gestionar lo que me pasaba, pero la verdad era que necesitaba ayuda, una ayuda que seguía negándome a mí mismo.

Puse las manos en el borde del lavabo y lo apreté con fuerza. Estaba completamente desnudo y, como de costumbre, me repugnaba a mí mismo. Me miraba y trataba de unir mi *yo* a la parte de mí que nunca aceptaría. Pero la realidad era que no podíamos compartir el mismo cuerpo. De lo contrario, nunca dejaría de sentir vergüenza, de sentirme equivocado. Nunca me liberaría de la sensación de asco, de las ganas de huir y de morir que a menudo llamaban a mi puerta.

Nunca me liberaría del miedo a vivir.

Aceptarme sería siempre mi gran problema. Nunca me curaría, no existía la absolución de los pecados para mí.

Vivía suspendido entre vicios y placeres, burlándome de la redención.

Cada uno de nosotros está directamente relacionado con algo que nunca podrá borrar de sus recuerdos. A pesar de que me obligaba a vivir el «presente», permanecía anclado al «pasado». Mi cuerpo crecía, cambiaba, desarrollaba nuevos estímulos, pero mi mente se mantenía a distancia, lejana, englobada en un mundo paralelo. De repente, me pregunté qué les atraía a mis amantes —incluida la niña— de alguien como yo, y al cabo de unos instantes de reflexión la respuesta me pareció obvia: despertaba los deseos ocultos de las mujeres; el encanto tenebroso y la musculatura poderosa me volvían apetecible a los ojos de todas.

Sabía que gustaba y eso me hacía sentir profundamente incómodo.

Me odiaba.

Me odiaba porque la belleza era un castigo para mí.

Selene había caído en mi red, hechizada por mi brujería, subyugada por mis ojos y mi cuerpo. En el fondo, no era tan diferente de las demás. Le gustaba sentir mi lengua en su boca, mi polla dentro y mis manos sobre su cuerpo. Quería lo mismo que querían todas. No debía engañarme creyendo lo contrario.

La verdad era que ninguna aceptaría a uno como yo si descubriera la mugre que me recubría por dentro, y Selene no era una excepción.

Era una más, y encima mentirosa.

Aquella mañana, antes de encerrarme en mi habitación

como un animal solitario, había escuchado una conversación entre ella y Jared.

Él había acudido a la habitación de ella con urgencia. Decía que había recibido una llamada de Detroit y hablaba de su madre y de un problema de salud. Pero no me limité a escuchar a escondidas, sino que me acerqué a la rendija de la puerta entornada, como un acosador, para espiarlos. Selene abrazó a Jared y se echó a llorar sobre su pecho: una escena patética que me hizo sonreír.

La niña no le contó lo que había ocurrido entre nosotros, pero en sus ojos, profundos como el océano, leí la voluntad de confesárselo todo y la imposibilidad de hacerlo en un momento tan inoportuno.

Luego acompañó a Jared a la puerta. Su novio había venido para quedarse más tiempo, pero se veía obligado a marcharse antes de lo previsto.

En ese momento experimenté una insana sensación de alivio.

Suspiré satisfecho y observé mi reflejo, que me devolvía una expresión perversa.

Era un auténtico egoísta: quería a la estupenda novia de Jared solo para mí.

La quería en mi cama y debajo de mí de la manera más sucia, impúdica y perversa que un hombre quiere a una mujer.

Pero el bueno de Jedi era un obstáculo que había que derribar para poder dar rienda suelta a mis caprichos malsanos; debía desaparecer, volver por donde había venido y no tocarme los cojones.

Y por una vez el destino me había sonreído.

—¿Qué haces, Neil? —La voz de mi hermano me llegó amortiguada y no me sorprendió su presencia. Me quedé quieto, desnudo, con las manos sobre el lavabo, observándome.

Quién sabe cuánto hacía que estaba así, prisionero de mi reflejo, y Logan lo había intuido. Mi hermano me conocía mejor que nadie; nos unía un vínculo único e indisoluble. Habíamos compartido un pasado que nos había engullido para volver a escupirnos a la sociedad, y que solo me había aniquilado a mí.

Erguí la espalda y pasé por su lado para dirigirme a la habitación. Debía vestirme a pesar de que me encantara estar desnudo y absorber en mi cuerpo el aire frío que tenía el poder de congelarme la memoria.

—¿Qué quieres?

Me puse el bóxer sin mirarlo y saqué del armario un par de vaqueros y una sudadera oscura. Me vestí y cuando me di la vuelta me topé con la mirada de preocupación de Logan. Mi hermano no había venido por casualidad. Quería hablarme o contarme algo; lo conocía tan bien que podía oler sus penas y sus angustias.

—Hablarte de… —inspiró por la nariz y se pasó una mano por la cara, señal de que temía mi reacción por lo que iba a decirme— Chloe —dijo en un susurro.

Nuestra hermana.

Me bastó oír su nombre para que me saltaran todas las alarmas.

Se me hizo un nudo en el estómago. Me acerqué a él y me planté delante. Éramos de la misma estatura, pero Logan, a pesar de tener un cuerpo atlético, era de complexión más grácil.

—¿Qué ha pasado? —le pregunté, alarmado. Mi hermano parecía agitado. Dudó unos instantes y se armó de valor para decírmelo.

—Creo que… —balbució temeroso— alguien ha hecho daño a Chloe —dijo con vaguedad.

No escuché más. Le di un empujón y me precipité hacia la habitación de mi hermana. Logan me siguió apretando el paso y diciéndome que debía mantener la calma, entender la situación y sonsacarle la verdad a Chloe, que controlara el instinto. Me conocía y sabía que perdía los papeles con facilidad, y cuando eso ocurría nadie lograba calmarme.

El breve trayecto hasta la habitación se me hizo eterno. Mi mente proyectaba imágenes terribles, hipótesis retorcidas y conjeturas disparatadas. Irrumpí, literalmente, en la habitación de Chloe. Y la vi.

Estaba acurrucada sobre la cama, las rodillas apretadas contra el pecho y la cara escondida. El cabello, esparcido como un haz de hilos dorados, le rozaba los muslos delgados. El corazón me palpitaba con fuerza dentro del pecho. Me acerqué con cautela, me senté en la cama y le acaricié la cabeza con dulzura. Chloe tembló y dejó escapar un gemido.

—Mi pequeño koala… —la llamé con el apodo que le di cuando era niña. Chloe era mi pequeño koala y lo seguiría siendo cuando se convirtiera en una mujer. No existía un remedio para detener el tiempo, pero en mi fuero interno sabía que el paso de los años nunca desvanecería lo que sentía por mis hermanos, porque el vínculo que nos unía era indisoluble.

Lo llevaba grabado en el costado izquierdo.

El *Pikorua* estaba dedicado solo a ellos.

—Mírame —le dije en voz baja, y ella levantó la cabeza despacio.

Contuve la respiración cuando vi sus ojos hinchados y anegados en lágrimas y una señal amoratada en el pómulo derecho. Le levanté la barbilla con dos dedos para mirarla mejor y vi, repartidas por el cuello, otras señales que desaparecían por debajo de la camiseta.

Me quedé sin palabras, trastornado, incrédulo.

La piel de Chloe era una mezcla de inocencia y violencia.

Fue como si se me viniera encima una nube de lluvia helada que me paralizaba. Logan, en cambio, observaba la escena con los ojos llenos de lágrimas de dolor y la mandíbula apretada.

—¿Qué te han hecho? ¿Quién ha sido? —murmuré en voz baja, en tono tranquilo, a pesar de que sentía crecer dentro de mí una fuerza impetuosa e incontrolable. Apreté un puño, la otra mano empezó a temblar. Era yo el que siempre los había defendido de todo y de todos, pero en aquel momento me sentí vencido. ¿Cómo había podido permitir que pasara algo así?

Le acaricié la mejilla para tranquilizarla, pero Chloe, asustada y profundamente afligida, bajó la vista. Conocía muy bien las sensaciones que sentía mi hermana: miedo, desconcierto y dolor.

Yo también las había experimentado.

—Dime quién ha sido, pequeña. Debes decírmelo… —Traté de mantener la calma aunque mi mente ya proyectaba la imagen de cómo iba a acabar el cabrón, o los cabrones, que habían cometido el error de hacerle aquello.

Nadie, nadie debía tocar a mis hermanos o me volvía loco.

—Vamos, dínoslo, Chloe —la incitó Logan acariciándole el pelo. Nuestra hermana parecía conmocionada. Tenía la mirada ausente. Las piernas empezaron a temblarle y también el labio inferior. Quienquiera que le hubiera hecho aquello lo iba a pagar muy caro.

—Carter —dijo con un susurro apenas perceptible. Me sobresalté al oír su nombre.

Carter Nelson, el hermano menor de Bryan. Él era el culpable.

Enseñé los dientes como un animal y respiré con fuerza por la nariz. Lo mataría. Mi obcecación no me permitía ver otra salida.

Me levanté bruscamente y le acaricié el cabello y se lo revolví. Sentía que la razón me abandonaba y me impedía pensar. A la sensación de opresión en el pecho siguió la del corazón a punto de explotar.

—Neil…

Logan sabía lo que pasaría. La locura se abría paso en mi interior, lenta pero inexorablemente, como la peor reina que pudiera gobernarme. Me cubrí la cara con las manos y sacudí la cabeza. Estaba furioso, rabioso, fuera de mí.

Mi hermano trató de sujetarme del brazo, pero fui más rápido que él.

Salí corriendo de la habitación.

No sentía nada, no veía nada.

La rabia empezó a cabalgarme como una puta.

Se mofó de mi debilidad e incendió todas las fibras de mi cuerpo.

Salí de la casa, me puse al volante, pisé el acelerador y superé los límites de velocidad en cuestión de segundos. Adelanté a todos los vehículos que obstaculizaban mi camino y no me habría sorprendido que me multaran.

Pero en aquel momento para mí había algo que estaba por encima de todo: el deseo de ver la sangre de aquel maldito resbalándome por los nudillos.

«¡Joder!» Di un puñetazo al volante y me pasé los dedos por el pelo.

¿Aquel cabrón había tratado de abusar de ella o lo había logrado?

¿La había tocado con brusquedad o la había obligado a tener relaciones completas con él?

Chloe era virgen y la idea de que la hubiera violado me mataba. No sabía hasta dónde había llegado, no había preguntado lo suficiente. Había tenido bastante con oír su nombre para perder el juicio.

Lo mataría.

No le temía a nada.

Ni a la ley, ni a la prisión ni a otras gilipolleces.

El amor por mi familia era el único sentimiento en el que creía y no le permitiría a nadie que lo destruyera.

Frené bruscamente delante del rótulo luminoso del Blanco. Sabía que allí encontraría a Bryan y que probablemente su hermano estaría con él. El Blanco era sinónimo de cocaína, un local famosísimo en Nueva York por el tráfico y el consumo de droga, que atraía a la gente de mi edad más que los consabidos clubs nocturnos o las banales discotecas.

No me tomé la molestia de aparcar. Bajé del coche y enseguida vi un Lamborghini negro, el coche de Nelson, y estuve seguro de que lo encontraría dentro. Como todas las noches, el local estaba atiborrado de clientes, hombres y mujeres sentados en los sofás esnifando o dedicándose lánguidas caricias que eran el anticipo de lo que pasaría más tarde. Caminé entre la multitud tratando de no prestar atención a las miradas de las mujeres que, colocadísimas, habrían deseado que me las tirara en uno de los baños, y busqué con la mirada al capullo de Nelson.

—Eh, cabrón, por fin te dejas ver.

Xavier se plantó delante de mí con una sonrisa malvada en los labios. Me miró como si tuviera ganas de liarse a puñetazos, probablemente por la manera en que nos habíamos enfrentado en la cafetería.

Le di un golpe con el hombro y lo dejé atrás. No podía perder tiempo.

—¿Dónde coño está? —murmuré para mí mismo mientras empujaba a los idiotas que se cruzaban en mi camino. Estaba furioso e impaciente por dar rienda suelta a mi rabia incontenible.

—¿A quién buscas? —preguntó Xavier. Ni siquiera me había dado cuenta de que estaba detrás de mí. Me giré y lo miré. Él me miraba fijamente, curioso pero circunspecto. Había notado que yo estaba enfurecido y todo el mundo sabía que cuando la rabia me dominaba me metía en líos.

—Bryan Nelson. ¿Dónde está? —pregunté sin dejar de mirar a mi alrededor. Hasta que de repente intercepté una cabellera rubia y una sonrisa tentadora dirigida a dos tías.

Bingo.

Me dirigí con decisión hacia Bryan, que coqueteaba con una de las chicas y le palpaba el culo. Lo aferré por un hombro y le asesté un gancho en plena cara, borrándole de golpe la sonrisa de gilipollas. Se cayó al suelo y sus amigas gritaron y se apartaron asustadas.

Llamamos la atención de algunos chicos que nos rodeaban, pero otros siguieron bailando la fastidiosa música electrónica que salía del mezclador del pinchadiscos.

—Pero ¿cuál es tu puto problema, Miller? —Bryan se pasó el dorso de la mano por la comisura del labio, del que manaba un hilo de sangre, y me miró con odio.

Le había asestado un solo golpe y ya parecía incapaz de ponerse en pie.

Por otra parte, yo practicaba boxeo desde hacía años y conocía perfectamente el aturdimiento que provocaba un golpe como aquel. En cualquier caso, aquel capullo no era mi blanco.

—¿Dónde está tu hermano? —pregunté mientras él se levantaba como podía.

—¿Para qué lo quieres? —Bryan se tambaleó y escupió sangre cerca de mis zapatos en señal evidente de desafío.

¿Creía que se libraría de mí si se ponía bravucón?

No. Le partiría la cara.

—¡Dime dónde está! —grité agarrándolo por la camiseta. Apreté la tela con los puños y clavé mis ojos en los suyos.

Bryan me miraba conmocionado.

¿Acaso lograba ver al diablo que vivía dentro de mí?

Probablemente sí.

—Déjalo en paz, es a mí a quien buscas, ¿no? —dijo una voz amenazadora y sarcástica a mis espaldas.

Solté a Bryan de un empujón y me di la vuelta.

Ahí estaba Carter Nelson. Veinte años, chupa de cuero, pelo negro como las tinieblas, anillo en el orificio nasal izquierdo y actitud chulesca y cínica.

Lo miré fijamente con profundo disgusto y apreté los dientes para contener el ímpetu de abalanzarme sobre él.

—Te conozco, Neil. No te tengo miedo —me dijo desafiante, sin mostrar temor alguno.

Valiente, el niñato.

Le sonreí con crueldad y avancé hacia él con cautela.

—No, no me conoces en absoluto, de lo contrario no te habrías comportado con mi hermana como lo has hecho.

Mantuve los brazos caídos a lo largo del cuerpo y empecé a mover despacio los dedos, como si hiciera calentamiento antes de entrenar.

Se dio cuenta y me miró las manos.

Creo que Carter comprendió que iba a ser mi saco de boxeo.

—Solo traté de tirármela, pero pierde cuidado..., todavía es virgen —dijo burlón.

Fue cuestión de instantes. Un instante parecido a la explosión del Big Bang, el estallido que produjo el nacimiento del universo.

En aquel momento tuve la impresión de revivir dentro de mí justo ese gran estallido.

La temperatura corpórea aumentó, la rabia se expandió y la razón se enfrió.

Mis monstruos me parecieron galaxias que giraban a mi alrededor.

Los veía, los escuchaba y los seguía.

Una fuerza poderosa me fluyó por las venas y los rostros y las voces desaparecieron. Solo sentía descargas eléctricas irradiándose con cada puño.

Todo sucedió de repente, me encontré a horcajadas sobre el cuerpo inerte de Carter, su rostro desfigurado a cada golpe, el olor a sangre flotando en el aire, los nudillos que se iban llenando de cortes dolorosos, el corazón bombeando sangre con fuerza.

A aquellas alturas estaba claro que aquel ser despreciable había tratado de violar a mi hermana, y que cuando Chloe se defendió, él le pegó.

Era imperdonable.

Yo también había cometido muchos errores en mi vida, pero aquello se pasaba de la raya.

—Dios mío, ¡lo matarás! —gritó una voz familiar, que sobresalió entre los gritos de terror, pero no le presté atención.

Agarré la cabeza de Carter con las dos manos y la golpeé repetidamente contra el suelo, con fuerza. Grité de rabia por lo que había hecho y volví a gritar por lo que estaba haciendo *yo*.

—¡Basta! ¡Basta!

Alguien me sujetó por el pecho y me alejó del cuerpo machacado de Carter. Tenía la vista y la mente nubladas. Sudaba y apenas podía respirar por la boca entreabierta; tenía la garganta seca y mi cabeza daba vueltas por su cuenta en un mundo paralelo.

—Neil, ¡cálmate, por favor!

Seguí forcejeando y pasando de quienes trataban de tranquilizarme. Para mí no había nada a mi alrededor, solo oscuridad, figuras sin alma, rostros iguales y espacios vacíos.

Di un codazo a alguien, una chica tal vez, no sabría decirlo.

La rabia, que me había dominado por completo, era una fuerza destructora contra la cual no podía luchar.

Parpadeé, una figura esbelta se recortó en el aire frente a mí, sus facciones estaban borrosas y deformadas.

—No pasa nada, Neil. Estoy aquí, contigo.

Mi respiración no daba señales de acompasarse, gotas de sudor salado me perlaban la frente, mi mente estaba sumergida en una realidad oscura de la que no quería salir. Ni siquiera me acordaba de dónde estaba ni con quién. Me sentía confuso y desorientado, como siempre que tenía explosiones incontroladas de rabia.

Pero, poco a poco, ese rostro fue asumiendo rasgos definidos y se tiñó de colores armoniosos.

Reconocí a mi hermano. Logan estaba conmigo.

—Neil.

Me acarició la cara con las manos, se había llevado un susto de muerte. Me sentí culpable, cerré los ojos y solté aire despacio a pesar de que el corazón galopaba y por las venas aún fluía una furia ciega. Tenía que tranquilizarme, por Logan.

¿Cuántas veces había permanecido a mi lado en situaciones parecidas? ¿Cuántas veces me había visto en ese estado? ¿Cuántas veces le había dado un susto de muerte?

Sin embargo, él siempre estaba ahí.

Siempre.

Eso era para mí el amor.

—Logan… —susurré, desorientado, él sonrió con alivio.

Giré un poco la cara para ver quién me sujetaba por los brazos y reconocí a Xavier. Me solté y él no trató de retenerme. Estaba cansado, vaciado de toda fuerza y energía física. Fue entonces cuando miré a mi alrededor y me di cuenta de que estábamos solos, en un rincón oscuro y tétrico del local.

¿Cómo habíamos ido a parar allí?

Probablemente me habían separado de Carter antes de permitirme que acabara lo que había empezado.

Ya, Carter.

Ni siquiera sabía si aquel niñato había sobrevivido a mi ataque. Quería que pagara por lo que le había hecho a Chloe, pero quizá había exagerado. Busqué un atisbo de arrepentimiento en mi interior, pero no lo encontré.

No estaba arrepentido, solo decepcionado por ser incapaz de controlarme.

Habría podido matar a cualquiera y no recordarlo, como siempre cuando perdía el juicio.

—Estabas fuera de ti. —Logan inclinó los hombros hacia delante como si admitirlo fuera un peso enorme para él—. Tenemos que irnos. Han llamado a la policía. La ambulancia se ha llevado a Carter. Yacía en el suelo, sin sentido —añadió rápidamente, pero yo estaba demasiado confundida para entender lo que me decía.

Logan trató de sujetarme del brazo, pero me solté. No soportaba que me tocaran contra mi voluntad y estaba a punto de decírselo cuando alguien se entrometió y captó mi atención.

—¡Logan!

Me di la vuelta y vi a Selene. Su voz se me antojó la única nota entonada en aquella melodía desafinada.

Selene corrió hacia mi hermano con los ojos llenos de lágrimas. Por un momento pensé que tenía una alucinación y que la mente me estaba jugando una mala pasada, pero cuando aspiré su aroma a coco, que a aquellas alturas habría reconocido entre una multitud, me di cuenta de que todo era real.

Que ella era real.

—Tranquila, Selene.

Logan la abrazó y la tranquilizó como pudo. Entretanto,

volví a marearme y me apoyé instintivamente en la pared despintada a mis espaldas. La policía llegaría de un momento a otro, pero no tenía fuerzas para escapar. Atontado, dirigí la mirada a la cara asustada de Selene y me topé con el océano cristalino de sus ojos. Me miraba fijamente, como si estuviera loco, como si fuera un asesino en serie o un enfermo mental, y quizá no se equivocaba del todo.

¿Acaso había asistido a aquella escena terrible?

—¿Qué hace ella aquí? —pregunté. Pretendía saber por qué mi hermano había tenido la brillante idea de que lo acompañara y de que viera quién era realmente yo: no solo un chulo que manipulaba a las mujeres para tirárselas, o un egoísta cínico y calculador, sino algo mucho peor que Selene, por cómo me miraba, había comprendido.

—Yo no quería que viniera. Pero estaba preocupada por ti —se justificó Logan. La respuesta me hizo sonreír.

¿La niña estaba preocupada por mí?

Entonces no sabía quién era realmente yo.

La observé de pies a cabeza: las largas piernas ceñidas por un par de vaqueros claros y un jersey rosa.

Era guapa a rabiar.

Nunca llevaba nada vistoso. Aunque no le interesaba conquistar a los hombres, cualquiera en pleno uso de sus facultades mentales perdería la cabeza por ella.

Me aparté de la pared y me acerqué a Campanilla, como si estuviera sediento y ella fuera un manantial de agua fresca.

Selene me sostuvo la mirada mientras Logan me hizo ademán de que lo siguiera a su coche lo más rápido posible porque la policía estaba a punto de llegar.

Pero yo estaba embelesado.

—¿Qué has visto? —Me acerqué a ella, y, a pesar de que lo hice en voz queda, dio un respingo al oír mi voz.

Selene aún parecía asustada e impresionada.

Tragó saliva. El pelo, largo y cobrizo, descendía suelto hasta los hombros; deseé acariciárselo, pero me obligué a contenerme y a esperar. Sabía que se me echaría encima, que me diría que estaba loco, que era un hombre peligroso e indigno de formar parte de la sociedad, pero se limitó a escrutarme la cara con discreción.

—A un chico que ha castigado a su manera al agresor de su hermana, porque la familia lo es todo para él.

Aquellas palabras, tan cargadas de verdad y tan profundas, me sorprendieron. No habíamos vuelto a vernos tras la noche que habíamos pasado juntos. Me la había follado brutalmente sobre el escritorio y, sin embargo, no había odio ni rencor en sus ojos.

Solo comprensión y una punta de compasión.

Era menuda, pero desprendía una fuerza inaudita.

Era una tigresa, estaba seguro.

Pero ¿por cuánto tiempo soportaría mi locura antes de enloquecer a su vez?

—¿Por qué tratas de justificarme? —le pregunté con fastidio; quería que me viera tal y como era.

Todos me temían, todos se mantenían alejados de mí.

Sabían que era un lunático que a menudo rozaba la anormalidad, que era una calamidad. Había disfrutado pegando a Carter. Sin embargo, a ojos de Selene, era un héroe, uno de esos que salvarían al mundo de los villanos.

Pero se equivocaba.

Ella creía que era Batman, pero en realidad era Joker.

Con la diferencia de que mi vida no era un cómic.

—Solo trato de entenderte —susurró.

Le miré los labios entreabiertos, rojos, en forma de corazón. Deseaba besarlos, lamerlos, saborearlos como había hecho antes.

De repente me pregunté qué hacía una chica como ella en el caótico camino de mi destino.

Sabía que las cosas buenas siempre acababan, y casi nunca con un final feliz.

Si no tenía cuidado, Selene sería mi condena.

Dios había sido cruel conmigo desde que nací, y estaba firmemente convencido de que la mandaba el Omnipotente para hacerme más daño.

Pero ¿acaso creía que seguiría engañándome?

Si así era, Dios se equivocaba.

No volvería a joderme, sería yo el me jodería a su ángel cada vez que me diera la gana, aunque no fuera rubia ni impúdica como mis otras amantes.

—Tenemos que irnos ya —apremió Logan mirando a su alrededor, alarmado; pero yo no aparté la vista de Selene. Los ojos de ella descendieron hasta mis manos. Sentí su mirada y noté la sangre en los nudillos, salpicaduras rojas en los vaqueros y la sudadera hecha un asco.

Tenía un aspecto lamentable.

Bajé la cabeza y me reí de mí mismo.

Yo vivía la vida así.

Me drogaba de rabia.

Me armaba de odio.

Me alimentaba de recuerdos.

Me engañaba creyendo en un futuro mejor y…

Odiaba el amor.

Porque ya había sido una de sus víctimas. Había experimentado en mi propia piel un amor diferente, anormal y enfermo. Un amor que encerraba en un «Te quiero» todo lo que habría podido destruir, una vez más, mi alma.

Por eso no podía querer de nuevo.

Por eso los monstruos permanecían sujetos a mi espalda.

Por eso me hablaban.

Y yo los escuchaba.

Estaba consumido, no tenía nada más que dar ni que tomar.

No podía pertenecer a nadie, y Selene lo comprendería tarde o temprano.

Vivía una existencia sin interés.

Vivía a mi manera.

Era lo que era y nunca cambiaría.

16

Selene

Nadie es más soberbio que quien se
cree inmune a los peligros del mundo.

Dan Brown

Saboreaba el café tratando de llevarme algo al estómago.

Mi mente todavía vagaba por los recuerdos del día anterior. Había decidido acompañar a Logan al Blanco y me había ofrecido para conducir. En efecto, lo sorprendí en el salón, temblando, en busca de las llaves del coche. Repetía el nombre de Neil, decía que tenía que pararlo porque en el estado en que se encontraba era peligroso.

No sabía de qué hablaba, hasta que lo obligué a decirme toda la verdad sobre Chloe y Carter.

El muy cabrón había tratado de abusar de ella y Neil, fuera de sí, fue en busca de él en cuanto lo descubrió.

Suspiré y dejé la taza sobre la encimera. Había demasiadas cosas de ese chico que no comprendía. Lo vi moler a palos a Carter, con una fuerza inaudita, noté hasta qué punto había perdido el control. Presa de la rabia, llegó incluso a darme un codazo y no se dio cuenta de nada, como si en aquel momento no fuera capaz de reconocer a nadie, ni siquiera a sí mismo.

Necesitaba distraerme. Como aquella mañana no tenía clase, quise aprovechar para proponerle a Alyssa que fuéramos de compras. No era la clase de chica a la que le gusta dar vueltas por el centro comercial, pero sentía la necesidad de no pensar en nada.

Neil era un enigma y muchos de sus comportamientos no tenían una explicación lógica. Quizá debería haber dejado de buscar algo lógico en él.

Aquel chico era cualquier cosa menos normal.

El sonido del timbre interrumpió mis pensamientos.

Vi a Anna alisarse el uniforme y dirigirse al salón a toda prisa. ¿Quién podía ser tan temprano?

Chloe había salido con Mia, mi padre estaba en la clínica y Logan y Neil seguramente dormían aún.

Me encaminé detrás del ama de llaves y me detuve a la altura de la cocina mientras ella iba a abrir. Contuve la respiración cuando vi a dos policías en la puerta observando la casa como sabuesos. Anna les preguntó qué querían.

—Buscamos a Neil Miller. ¿Está en casa? —dijo uno de los agentes. Eran hombres de mediana edad, altos y corpulentos, y vestían el uniforme con cierta seguridad.

Anna se sobresaltó y miró a su alrededor, quizá para ganar tiempo mientras buscaba una excusa cualquiera. Un asomo de preocupación y miedo se insinuó en mi mente; probablemente estaban allí a causa de lo que había pasado la noche anterior. Me habría gustado intervenir y salvar a Anna de aquella situación incómoda, pero unos pasos impetuosos se adelantaron a mis intenciones. Giré la cabeza y vi a Neil bajando, imponente, la enorme escalinata de mármol. Vestía unos vaqueros azules que se tensaban sobre los cuádriceps y un jersey de cuello alto blanco que modelaba perfectamente la línea de los músculos pectorales y los resaltaba.

Llevaba el pelo desgreñado como siempre; los ojos le brillaban y los labios apretados le conferían una expresión severa y cautivadora. Pasó por mi lado sin notar siquiera mi presencia, envolviéndome en una nube de musgo fresco que me provocó escalofríos.

Sin duda acababa de ducharse.

A aquellas alturas conocía sus costumbres y su obsesión por la higiene. Era como si no pudiera vivir sin lavarse varias veces al día, y aquel era uno de sus aspectos que me atraía. Me dieron ganas de saltarle encima y lamer cada centímetro de su piel como no había hecho hasta entonces.

No es que hubiera olvidado la manera ruda e insensible en

que me había tratado cuando me había poseído en mi habitación, su obstinación por alcanzar el placer, pero tampoco podía negar lo mucho que me había gustado que se moviera dentro de mí. Era contradictoria, alternaba momentos de excitación profunda con otros de amargura. En efecto, todavía no había logrado hablar con Jared, pero lo haría en cuanto resolviera su situación en Detroit y volviera a verme como había prometido.

Por otra parte, su madre estaba muy enferma y no quería darle más disgustos.

Estaba en una posición decididamente incómoda, entre la espada y la pared, y no sabía cómo comportarme.

—Agente Scott, qué honor.

Volví al presente al oír la voz de Neil, que saludaba a uno de los dos hombres que esperaban en la puerta. Solo lograba ver sus anchos hombros y la línea de la espalda, que revelaba su fuerza explosiva.

—Puede retirarse, Anna. Yo me ocupo de los señores —despidió al ama de llaves con una sonrisa de circunstancias y volvió a mirar a los dos agentes. Entretanto, me oculté detrás del marco de la puerta para espiar la escena.

No quise ni imaginar cómo habría quedado si me hubieran descubierto, pero tenía que saber qué ocurría; al fin y al cabo, había sido testigo de la paliza que Neil le había propinado a Carter.

—¿Podemos entrar? —preguntó el agente Scott en tono sarcástico.

Se llevó las manos al cinturón de los pantalones, acercándolas a la pistolera, y miró fijamente a Neil con circunspección.

Él no se alteró lo más mínimo y se apartó para dejarlos entrar.

—¿Te has enterado de lo que pasó anoche en un local llamado Blanco? —preguntó el agente Scott, que era el más adusto de los dos. Neil lo miraba con total desinterés, como si no le importara en absoluto.

Su rostro, perfecto y enigmático, no desveló ninguna emoción.

—¿En el Blanco? —repitió fingiendo reflexionar. Usaba la astucia. Negaría una y otra vez que había pegado brutalmente a Carter.

—Sí, el local ubicado en la calle 187. Tu Maserati siempre está aparcado delante.

—¿Y eso? El hecho de que lo frecuente no significa nada —se defendió; mantenía el control de sí mismo, pero noté que tensaba los hombros y se le ensombrecía la cara.

El agente Scott echó a andar por el salón mientras su compañero apartaba las cortinas para mirar por la ventana. ¿Qué buscaban?

—Ayer noche hubo una pelea en ese local. Un chico de veinte años, Carter Nelson, recibió una paliza en su interior, luego lo arrastraron fuera y siguieron moliéndolo a palos en la acera. —Neil abrió un poco los labios, tenía la misma mirada perdida de la noche antes, como si no recordara nada—. Ahora está en cuidados intensivos con traumatismo craneoencefálico, en coma —prosiguió el agente Scott. Neil se limitó a mirarlo impasible—. La familia Nelson quiere presentar una denuncia contra el agresor. —El policía se acercó a Neil y aguzó los ojos para escrutarlo—. Así que ya ves, Neil, solo hay dos opciones. Ese pobre muchacho puede curarse o morir —recalcó la última palabra para estar seguro de transmitir su mensaje con claridad—. Dependerá de la posición, la gravedad y la extensión del daño provocado por el mismo coma. Tú deberías saberlo porque vives con un médico, ¿no?

Scott esbozó una media sonrisa sarcástica, pero Neil permaneció serio y sostuvo la fría mirada del policía. El agente trataba de que cediera, de romper las barreras defensivas tras las cuales Neil se protegía, de quebrar el muro psicológico que le permitía mostrarse indiferente.

—¿Y a mí qué me importa, Roger? —Neil lo llamó por su nombre de pila y por primera vez leí un odio reprimido en los ojos del agente.

—Tengo el extraño presentimiento de que tienes algo que ver. Algunos testigos han descrito detalladamente el aspecto del agresor, a pesar de que nadie ha revelado tu nombre. Reza para que ese chico se despierte sin daños irreversibles. Si muere, Miller, te juro por mi vida que te meto en la cárcel —murmuró en voz queda, pero con tal inquina que me puso la carne de gallina.

—¿Con qué pruebas? Yo no tengo nada que ver.

Neil esbozó una sonrisa victoriosa. Yo no comprendía cómo podía estar tan seguro de que no había nada que lo inculpara. Alguien podía haber grabado o fotografiado la pelea, o sencillamente no había revelado su nombre, de momento. Pero Neil parecía estar seguro de que nunca aparecerían pruebas contra él.

—Tú y esa banda de gamberros que frecuentas... —El agente sacudió la cabeza y lo miró con desdén—. Compráis el silencio de la gente con amenazas. No creas que me olvido de ti, Neil. Eres mi piedra en el zapato y tarde o temprano la sacaré. Esta vez ningún abogado que cobra minutas millonarias ni mucho menos tu rico papaíto logrará detenerme —prometió.

Me sobresalté. Estaba claro que Neil y el agente se conocían y que tenían un asunto pendiente del que yo no sabía nada.

Por otra parte, ¿cómo iba a saberlo? De aquel chico solo conocía la apostura y la potencia sexual, que era todo lo que mostraba de sí mismo.

—Creo que hemos acabado, agente.

Neil le sonrió amenazador y el hombre se pasó la lengua por los dientes, pensando quién sabe qué. Luego hizo una señal a su compañero y se marcharon.

Me quedé quieta, oculta tras el marco de la puerta como una ladrona. No dejé de observar a Neil un solo instante. Ahora estaba sentado en el sofá del salón con las piernas abiertas, los codos sobre las rodillas y el rostro entre las manos. Estaba preocupado, nervioso, y sentí el impulso de acercarme a él para tranquilizarlo. Sin duda en ese momento Neil lo veía todo negro. Nada le salía bien, y de eso me di cuenta precisamente entonces.

—Es culpa mía, Neil.

Me sobresalté cuando oí la voz de Chloe en el salón. Se precipitó hacia su hermano y Neil le permitió que se sentara en su regazo. La acunó, la apretó contra sí y le acarició el pelo. Nunca lo había visto en actitud cariñosa con sus hermanos, así que fue toda una sorpresa descubrir ese aspecto suyo.

—No es culpa tuya, sino de Carter. Si no hubiera tratado de abusar de ti, no le habría hecho daño.

La meció y Chloe se echó a llorar en el hueco de su cuello. Se me encogió el corazón y me llevé una mano al pecho como si con ese gesto pudiera aliviar el dolor.

Yo no tenía hermanos, pero intuí lo que significaba estar unido a alguien por un vínculo tan fuerte. Neil daría la vida por salvar a sus seres queridos y eso le honraba.

—No llores, pequeño koala. —Le besó la frente y le sonrió.

En el fondo, Neil era sensible. Él también era humano y tenía corazón, y, a diferencia de la mayoría de la gente, lo concedía a pocos, a quienes más se lo merecían. Trataba a Chloe como si todavía fuera una niña, una mariposa delicada, y deseé que me tratara de la misma manera.

En ese momento comprendí que para llegar a su corazón debía conquistar su confianza. Neil era un caballero oscuro que vivía en un castillo de cristal en el que no dejaba entrar a nadie, excepto a sus seres queridos.

Me di cuenta de que yo también quería tener un lugar en ese castillo y que me considerara un ser querido.

Me sentí una tonta por pensar algo así o solo por esperar que algún día mi deseo se cumpliera, pero nadie podía impedirme que soñara.

No lo usaría de la manera que él creía. Sí, entre nosotros no habría más que sexo, pero a través de la sexualidad, que para él era el único medio de comunicación, yo llegaría a su alma y cortaría la alambrada que había erigido a su alrededor para defenderse del mundo.

Tras el episodio de Carter y la visita de los agentes a la villa, reanudé la rutina y traté de tomar las riendas de mi vida.

Procuraba no saltarme las clases y ser sociable con los amigos de Logan. Todavía buscaba mi lugar en el grupo y me esmeraba en integrarme.

Los chicos, por otra parte, me habían recibido bien y eran amables conmigo; por eso, a pesar de ser tímida, no me había costado entablar relación con ellos.

—Deberías dejar de mirar el trasero a todas las mujeres —le dijo Julie a Adam. Estaban discutiendo en el descanso. El sol brillaba en el cielo azul y estábamos sentados en un banco, en una de las muchas zonas verdes de la universidad.

—Somos hombres, chicas, mirar está permitido —intervino Jack en defensa de su amigo. Adam y Julie habían empezado a salir juntos desde hacía poco, pero ella ya se había metido en el papel de novia celosa.

—¿Él mira a las mujeres? Pues tú coquetea con los hombres para que entienda lo que se siente —le aconsejó Alyssa dirigiendo una sonrisa insolente a Adam, que le respondió mostrándole el dedo medio.

—Joder, ¿habéis visto a miss Cooper? —dijo Cory. La profesora estaba recorriendo el sendero principal con varios libros bajo el brazo.

Llevaba un elegante traje de chaqueta de color blanco roto que se deslizaba con suavidad por sus curvas explosivas. El pelo rubio recogido en una cola alta brillaba tanto como sus ojos, de un azul muy claro.

Era una mujer guapísima. No pude evitar recordar cuando vi a Neil chantajearla a cambio de quién sabe qué favor. En aquel momento caí en la cuenta de otra cosa: la profesora, Jennifer y todas las chicas que solía traer a casa eran rubias, atractivas, seductoras y completamente diferentes de mí. Así que seguía sin entender por qué me había poseído de aquella manera en mi habitación o por qué sentía una cierta atracción por mí. Entre otras cosas, no parecía capaz de gestionar nuestra relación: le fastidiaba que lo evitara, pero cuando trataba de leerle dentro me rechazaba.

Neil acabaría por volverme loca.

Era incomprensible y lunático.

Solo con pensar en él me daba dolor de cabeza.

—Su culo… Dios mío, qué culo, chicos —comentó Jake; Logan le dio un codazo.

—Oye, primo, no haces más que pensar en las mujeres, ¿eh? —Una voz baja y desconocida atrajo mi atención; me encontré con un par de ojos azules y magnéticos.

Hice visera con la mano para ver mejor al recién llegado.

Era un chico de nuestra edad, quizá un estudiante, a quien no conocía.

Llevaba un abrigo largo y elegante, pantalones claros y un jersey oscuro.

No pude ver mucho de su cuerpo, pero noté que era alto y espigado. Llevaba el pelo, negro y largo hasta los hombros, recogido en una cola. Un pendiente brillaba en uno de sus lóbulos; la piel, aceitunada, contrastaba con el azul deslumbrante de los ojos.

—Kyle, ¡cabronazo! ¡No me has dicho que llegarías hoy!

Cory le revolvió el pelo, pero al chico no pareció molestarle, todo lo contrario. Lo abrazó y le dio palmadas en la espalda. Luego todos lo saludaron con entusiasmo. Logan me contó que conocían a Kyle desde hacía tres años y que eran muy amigos, pero como no vivía en Nueva York solo lo veían un par de veces al año, cuando visitaba a sus tíos, en cuya casa solía pasar un mes.

Mientras lo saludaban y hablaban de gente que yo no conocía, me quedé sentada en el banco y saqué el libro cuya lectura dejaba para los ratos libres.

Me coloqué un mechón detrás de la oreja y me puse a leer hasta que alguien posó una hoja sobre las páginas abiertas.

Fruncí el ceño, levanté la mirada y me encontré con la sonrisa de Kyle, a quien todavía no me habían presentado.

—Se dice que poner una hoja entre las páginas de un libro trae buena suerte —dijo, y yo me ruboricé como una tonta. Hice ademán de bajar la mirada y él me tendió la mano, tratando de establecer contacto una vez más.

—¿Eres la nueva del grupo? Deberás tener mucha paciencia con estos locos. Yo soy Kyle.

—Mucho gusto. Yo soy Selene —estreché su mano y él se la llevó a los labios; ese gesto galante los hizo reír a todos. Estaba segura de que me había ruborizado otra vez, pero traté de disimular la timidez con una sonrisa.

—¿Puedo? —preguntó señalando el espacio libre en el banco; asentí con la cabeza.

—Ahí va el lobo al ataque —dijo Cory tomándole el pelo, pero su primo lo ahuyentó con una mano y me dedicó toda su atención.

—Por lo que parece, te gusta leer, Selene. —Miró el libro y lo cerré para mostrarle la cubierta.

—Me encantan los grandes clásicos, las novelas, los ensayos críticos… —No solía hablar de mis gustos literarios o de mis pasiones, pero con Kyle comprendí al instante que podía hacerlo.

—¿Cuál es tu autor preferido? —preguntó con curiosidad.

—Vladimir Nabokov.

Sabía que no todos lo conocían y que muchos se esperaban nombres de autores contemporáneos famosos, pero Kyle sonrió entusiasmado por mi respuesta.

—*El hechicero* —dijo al instante apuntándome con el dedo, como si jugara.

—*Barra siniestra.*

—*La dádiva.*

Tras mencionar las obras del autor nos echamos a reír mientras los demás nos miraban como si fuéramos alienígenas. Nunca había encontrado a nadie que compartiera mis gustos y Kyle fue, en este sentido, una gran sorpresa. Se recogió el pelo en un moño suelto y me miró arqueando una ceja. Yo me encogí de hombros sonriendo.

Tenía personalidad.

Habría podido ser un músico de rock o quizá un artista; tenía un aire a Brandon Lee, y eso me trajo a la cabeza su filmografía.

Sea como fuere, aquel chico daba la impresión de no tener miedo de ser él mismo.

Por eso era diferente de los demás.

17

Player 2511

Nadie sale vivo de la vida.
JOKER

«Ahí está la guapa Selene, en compañía de Logan y sus amiguitos.» Sonreí observando al grupo mientras reían y charlaban sentados en un banco fuera de la universidad. No me había sido difícil descubrir a la Bella que de alguna manera había captado la atención de la Bestia. Lo único que debía hacer ahora era comprender hasta qué punto contaba en la vida en Neil, si era una de las muchas putillas insignificantes con las que follaba o si era algo más.

—Logan no la deja ni a sol ni a sombra, ¿cómo lo haremos? —preguntó mi brazo derecho, sentado junto a mí en el asiento del copiloto.

Hacia un montón de preguntas incómodas, pero la calma es la virtud de los fuertes.

Conservar la lucidez me permitiría planificarlo todo como yo quería.

—Logan no será problema. Jugaremos bien nuestras cartas.

Solté una bocanada de humo. La ventanilla entreabierta me permitía mirarla mejor.

Selene Anderson, veintiún años, originaria de Detroit.

Charlaba con sus amigos sentada en un banco, un libro abierto sobre las rodillas y la mirada inocente. Tenía cara de niña, transmitía pureza e ingenuidad; quizá habían sido precisamente esas características las que habían atraído a Neil hasta tal punto que se había acostado con ella.

Al fin y al cabo, era una chiquilla que aún no sabía nada de la vida.

No sabía que sufrir por mucho tiempo a causa del daño recibido cambiaba a las personas.

Las volvía diferentes, despiadadas, mezquinas, hambrientas.

Sí…, hambrientas.

La venganza se había convertido para mí en una necesidad primaria, la necesidad más intensa y profunda que existía.

No podía liberarme de ella, no podía reprimir mi verdadero instinto.

Se dice que el desequilibrio nace de una venganza que el ser humano ha reprimido durante demasiado tiempo.

Y yo quería explotar.

Había llegado la hora de servir al infierno el bocado más amargo…

18

Selene

Hay dos tragedias en la vida: la primera consiste en no obtener lo que se desea; la segunda consiste en obtenerlo. La última es la peor, es la verdadera tragedia.

George Bernard Shaw

—¿Cómo está tu madre?

Había sido una tonta al pensar que Jared no tenía tiempo para mí; simplemente trataba de hacerle compañía y por eso había rechazado mis invitaciones para que viniera a verme a Nueva York.

—La quimio es un infierno para ella...

Parecía cansado y no podía hacerme a la idea de lo difícil que debía ser pasar por algo así. Me sentía una hipócrita en aquel momento: quería estar a su lado pero no de la manera que él habría querido; ya no me consideraba su novia, pero no podía decírselo mientras su madre estaba entre la vida y la muerte.

—Lo siento mucho. Estoy segura de que tu presencia es fundamental para ella. Tú eres su fuerza.

Ni siquiera lograba imaginar cómo habría reaccionado en su lugar. Mi madre lo era todo para mí, y estaba convencida de que era tremendo tener que afrontar un obstáculo casi infranqueable como el cáncer. A veces me preguntaba por qué Dios les deparaba a las personas un destino tan cruel. La madre de Jared todavía era muy joven y no se merecía luchar contra una enfermedad tan destructiva. El cáncer era insidioso, venenoso y doloroso; no era fácil enfrentarse a un enemigo tan encarnizado.

—Ser fuerte es lo único que puedo hacer —comentó abatido. Me detuve en el pasillo que conducía a mi habitación. Acababa de volver de la universidad, estaba muy cansada y escuchar a Jared me angustiaba y me ponía melancólica.

—Todo irá bien.

Por más que tratara de tranquilizarlo todo parecía inútil, las palabras y las frases sonaban banales. No había nada que pudiera decir ante una realidad tan sobrecogedora como la enfermedad, solo podíamos esperar, resistir y confiar en salir victoriosos.

En un momento dado, Jared cambió de tema y me preguntó si me había adaptado, si había hecho amistad con los amigos de Logan y otras cosas por el estilo; trataba de distraerse y no pensar en el momento difícil que atravesaba su familia.

Colgué tras otros diez minutos de conversación y me fui a mi habitación. Dejé el bolso sobre la cama, me quité el abrigo y extendí los brazos hacia arriba para estirar los músculos, que sentía tensos y entumecidos. De repente oí unos extraños ruidos seguidos de jadeos entrecortados y rabiosos, que me hicieron volver sobre mis pasos. Salí de mi habitación y los seguí como si fuera Hansel y aquellos ruidos, las piedras blancas. Me detuve al final del pasillo, ante la puerta entornada del gimnasio, y me asomé a mirar.

Con la mano apoyada en el marco y respirando despacio, vi a Neil entrenándose.

Un saco de boxeo rojo fuego oscilaba al ritmo de sus violentos puñetazos. Observé embobada cada centímetro de su cuerpo en tensión. Los pantalones deportivos ceñían los cuádriceps contraídos; el torso, desnudo y empapado en sudor, mostraba unos pectorales hinchados, y su abdomen podía ser la envidia de cualquier hombre. Las líneas negras del tatuaje maorí parecían danzar alrededor de su bíceps derecho, mientras que la punta final del *Pikorua*, en el costado izquierdo, desaparecía bajo la goma de los pantalones de tiro corto.

Era un espectáculo.

Era como admirar una obra de arte en un museo.

Su físico era un conjunto de protuberancias y relieves naturales, un complejo de volúmenes armónicos que formaban una verdadera escultura.

Era arte, belleza y perfección absoluta.

Me espabilé y miré a Neil, que continuaba asestando ganchos certeros y calculados.

No entendía mucho de boxeo, pero sabía que para practicarlo se necesitaba fuerza, velocidad y resistencia. Los guantes que llevaba puestos servían para proteger los nudillos de posibles fracturas, tal era la potencia viril que fluía por sus brazos. Los músculos se contraían a cada golpe, y jadeaba.

La mirada, en cambio, era amenazadora y concentrada.

En sus ojos podían leerse muchas cosas: el cansancio de quien había esperado algo que nunca había llegado, la rabia de quien había transformado la desesperación en un silencio profundo y la tormenta que todos los días se abatía sobre su alma.

La vida lo había defraudado. Neil era prisionero de su odio.

Pero ¿qué lo había vuelto así?

Se detuvo de golpe y se giró hacia mí. Me sobresalté y el oro de sus ojos predominó en la inmensa estancia ensombreciendo todo lo demás.

Tenía dos opciones: salir corriendo como una cobarde o enfrentarme a las consecuencias de que me pillara espiándolo.

—¿Tienes la intención de quedarte mucho rato plantada ahí? —Su voz me hizo oscilar exactamente igual que el saco de boxeo al que había vapuleado. Nuestros ojos permanecieron encadenados durante largo rato, hasta que me decidí a entrar.

La diferencia entre Neil y yo era evidente: yo era insegura como una gacela expuesta a las fauces de un peligroso león; él era impasible e indiferente a los demás seres humanos.

Me acerqué a su figura imponente y me armé de todo el valor que necesitaba en ese momento.

—No estoy segura de que la seguridad que exhibes forme parte de tu naturaleza cabrona o si es una extraña manera de querer atraer la simpatía de las mujeres —dije, a lo que Neil respondió con una media sonrisa y una expresión de deleite.

Se me escapaba completamente qué encontraba gracioso en lo que acababa de decir, pero no bajé la guardia.

Entretanto, se quitó los guantes de las manos con su gracia innata y los arrojó a un rincón; luego me miró, y yo contuve la respiración cuando se dirigió hacia mí, tranquilo y comedido, paso a paso. Se inclinó al lado del banco para abdominales, cogió una botella de agua del suelo y empezó a desenroscar el tapón lentamente.

Por un momento me tranquilicé, porque la distancia que había entre nosotros me permitía mantener la lucidez necesaria.

—¿Por qué estás aquí?

Se acercó la botella a los labios y bebió un largo trago sin dejar de mirarme. Los ojos se me fueron detrás de las gotas que brillaban en su tórax y mi ritmo cardiaco se aceleró.

Debía reaccionar, controlar la atracción malsana y magnética que sentía por él, demostrarle que no era tan débil como creía.

—La respuesta correcta sería que no estoy aquí para quererte ni comprenderte —dije repitiéndole lentamente lo que él me había dicho después de poseerme sobre el escritorio sin ningún miramiento.

Neil dejó de beber, enroscó el tapón de la botella y la volvió a dejar en el suelo.

—¿Y el verdadero motivo? —Por su tono de burla parecía que la situación lo divertía.

Cogió una toalla doblada y se secó el sudor del pecho con la expresión arrogante de quien sabe que posee un cuerpo escultural.

—He venido a proponerte un trato.

Qué mentirosa. Estaba allí por casualidad y ni siquiera sabía cómo se me había ocurrido esa idea; era solo un golpe de intuición que había acudido en mi ayuda en el momento oportuno.

—¿Qué trato? No me adapto fácilmente a la voluntad de los demás —dijo con contundencia.

Neil era la clase de hombre al que le gusta manipular sin ser manipulado, que usa a las mujeres como muñecas de trapo y evita exponerse más de la cuenta.

Quería poseer, dominar, amenazar y aplastar a los demás.

—No soy la clase de mujer que quiere imponerse.

No quería someterlo a mi voluntad, no quería cambiarlo ni juzgarlo, sino solo entenderlo.

Así que le había mentido solo en parte: mi intención era comprenderlo, pero era verdad que no lo quería.

El amor era un sentimiento que no relacionaba con él. Aunque en el fondo era una mujer romántica, sabía que el amor necesitaba algo más que la atracción física y la satisfacción sexual, que se componía de otros muchos elementos que faltaban tanto en el noviazgo con Jared como en la insólita relación con Neil.

—Yo, en cambio, soy exactamente la clase de hombre al que sí que le gusta —respondió con sinceridad. Luego tiró la toalla y respiró profundamente. Acto seguido, se puso a analizarme como si fuera un peligroso compuesto químico.

—Tendrás todo lo que quieres a cambio de que yo te conozca mejor.

Fue la condición que puse, y, animada por un valor que no creía poseer, hice un gesto para convencerlo de aceptar mi proposición: me acaricié el surco del pecho y deslicé lentamente los dedos hacia abajo. Llevaba una camisa azul, sencilla, con un lazo a un lado del cuello, que no era ni sexi ni indecente, pero traté de mostrarme igualmente audaz y segura de mí misma. Neil siguió mi gesto con la mirada hasta el borde de los pantalones, allí donde mi mano se detuvo. Sentí que me ardían las mejillas y esperé no haberme ruborizado, o mi plan fracasaría miserablemente.

Neil se acercó y su olor invadió con prepotencia el aire que nos rodeaba. A pesar de que había sudado, el aroma a musgo flotaba alrededor de su cuerpo.

Habría querido preguntarle por qué se lavaba tan a menudo, hasta tal punto que siempre emanaba un aroma agradable, pero pensé que debía esperar el momento justo para hacerlo.

Cuando estuvo tan cerca que tuve que inclinar el cuello hacia atrás para mirarlo, me sujetó por las caderas como una bestia y me atrajo hacia él con fuerza.

Solté una exclamación de sorpresa y una descarga de placer me atravesó todo el cuerpo.

Me sonrió y recorrió con los dedos el borde anterior de mis pantalones hasta llegar a los botones.

Enseguida comprendí lo que pretendía: cobrarse algo de mí sin dar nada a cambio. Otro contacto físico sin sentimiento y sin hablar de sí mismo.

—Te concedo mi cuerpo —dijo con lascivia, como si eso

tuviera que bastar para satisfacerme. Pero yo no era como las otras chicas, también deseaba descubrirle el alma, tocarle el corazón y conocer sus miedos.

—Eso se lo concedes a todas.

Le di un empujón contundente en el pecho, el único punto donde mis manos lograban tocarlo. No se desplazó un solo centímetro, pero retrocedió por su propio paso, probablemente molesto por mi reacción. Se le ensombreció la mirada y le cambió la cara.

—¿Qué coño quieres entonces? —gritó enfadado y confuso. Me preguntaba por qué caía tan fácilmente en una vorágine de desorientación; bastaba con pulsar los botones equivocados y su parte negativa asomaba de inmediato—. ¡Responde! —me agredió. A pesar de que no quería mostrarme débil, di un respingo y retrocedí; temía que me hiciera daño.

—Hablar contigo, Neil. No existe solo el sexo. Las personas hablan, confrontan sus puntos de vista, se conocen, se entienden. ¡Algunos llegan incluso a quererse! —estallé, furiosa, y él me miró sorprendido. Respiraba entrecortadamente y parecía desorientado, como si no supiera quién era. Se pasó una mano por la cara y sacudió la cabeza, luego pasó por mi lado y salió del gimnasio. Pero yo no tenía la intención de rendirme tan fácilmente y lo seguí hasta su habitación.

Estaba a punto de cerrarme la puerta en la cara cuando, con un gesto rápido, la bloqueé con las dos manos y logré entrar.

Neil me observó de nuevo, pero esta vez asustado. Parecía un animal salvaje atrapado y encerrado en una jaula, aunque esa no era mi intención.

Yo deseaba liberarlo de la jaula en la que él mismo se había encerrado.

—¡Vete! —me echó, pero no lo escuché y cerré la puerta tras de mí.

En casa no había nadie, excepto nosotros y Anna, que probablemente nos oía gritar.

—Cálmate.

Cambié de actitud y traté de mostrarme más indulgente y apacible. Neil se dirigió hacia la mesita de noche y sacó un cigarrillo del paquete de Winston que había encima.

Lo encendió y aspiró con fruición, como si se fuera a morir si no aspiraba rápidamente aquella porquería, luego soltó una bocanada de humo; yo me quedé parada observando sus movimientos.

Acto seguido se acercó a la ventana, la abrió y apoyó un hombro en la pared.

Apenas iluminado por los colores de la puesta de sol, parecía un verdadero diablo pecador dispuesto a alimentarse de mí y a escupirme después de haberme quitado toda la energía.

Su respiración se acompasó a medida que daba caladas al cigarrillo, la nicotina lo tranquilizaba. Para no presionarlo, me puse a mirar la habitación, decorada en tonos negros y azul cobalto. Mientras me miraba con recelo, me atreví a dar unos pasos titubeantes y me senté en el borde de la cama con las manos en los muslos.

—Sé que lo oíste todo —dijo de repente mirándome con tal intensidad que me cohibió.

Al principio no comprendí a qué se refería, después caí en la cuenta de que hablaba de la visita de los agentes.

—Sí —admití—. El agente Scott te conoce —murmuré; habría dado cualquier cosa para que me lo contara y se confiase a mí.

Neil suspiró y dio otra calada. A pesar de que estaba abatido seguía siendo tan guapo que me hacía sentir inadecuada, poca cosa para un hombre como él.

Era perfecto a pesar de sus problemas.

—Cuéntamelo —insistí en tono dulce. Neil era introvertido y desconfiado, a aquellas alturas lo sabía. También muy reservado, sobre todo cuando se trataba de sí mismo y de su pasado.

Paradójicamente, tenía la capacidad de desnudar su cuerpo, pero *no* su alma, por miedo quizá, para proteger sus debilidades y protegerse del mundo.

Decidí que entraría en su caótico universo de puntillas, con respeto, y que le mostraría que el ser humano también podía ser bueno y tierno.

—Cuando tenía catorce años acabé en un ambiente turbio. Amigos poco recomendables, fiestas, excesos y cosas por el estilo… —Tiró la colilla por la ventana y me miró fijamente con aquellos espléndidos ojos dorados. Tragué cuando los entrecerró y me observó a través de sus largas pestañas. Estaba concentrado y una pequeña arruga le surcó el centro de la frente confiriéndole una expresión tenebrosa y atractiva—. Las peleas me jodieron. Siempre me costó gestionar la rabia y por eso me han denunciado varias veces. Tengo muchos enemigos y no soy un tipo en quien se puede confiar. Ni siquiera tú... —dijo con frialdad, quizá con la intención de alejarme. Pero ¿por qué quería asustarme cuando al fin y al cabo era él quien me buscaba? De hecho, era él el que siempre se había presentado en mi habitación.

—¿Por qué el agente estaba tan enfadado contigo?

—Porque he cometido muchos errores. No quiero hablar de eso, Selene. No me preguntes nada más.

Vino hacia mí con paso decidido y me sujetó del brazo. Me sobresalté cuando se inclinó para unir nuestras miradas.

—No me has contado casi nada —susurré decepcionada y, en ese instante, vi las finas vetas ambarinas en sus iris, claros como la arena. Habría podido ahogarme en esos ojos, invitaban a perderse dentro. Estaban vivos, eran profundos y llevaban las señales de quien ha pasado por mucho.

—Te he contado demasiado. —Trató de besarme, pero giré la cara.

Su cálida respiración me rozó la mejilla. Yo también tenía ganas de besarlo, pero antes quería que aceptara realmente mis condiciones, aunque bien pensado algo había obtenido. Traté de no darme por vencida, a pesar de que el brazo que me tenía sujeto empezó a temblarme, igual que el resto del cuerpo; no sabía si de excitación por estar tan cerca de él o porque temía su temperamento imprevisible.

Su pecho, desnudo, invitaba a que lo tocara; me entraron ganas de pasar los dedos y la lengua por los espacios entre los músculos, pero me solté y me alejé de él porque quería huir de todo en lo que me convertía cuando me tocaba.

En el fondo, quizá solo tenía miedo de mí misma y de lo que sentía.

Neil volvió a atraparme antes de que llegara a la puerta. Me asió por las caderas y tiró de mí hacia atrás con fuerza, como si quisiera domarme y hacerme comprender que estaba atrapada y que no me dejaría marchar hasta obtener lo que según él le debía.

—Ahora me toca a mí —me susurró al oído.

—Ya obtuviste lo más importante —dije refiriéndome a la virginidad. Admitir ese hecho hizo que me rindiera: relajé los hombros y le dejé hacer.

—Lo quiero todo. —Me apartó el pelo con una mano y empezó a hablarme lenta y sensualmente—: Todo, Selene. —Se inclinó un poco y sentí su erección entre los glúteos.

Me estremecí cuando sus manos se deslizaron por mis caderas para tenerme quieta.

—Todo —repetí como un autómata. Mi voz se quebró y empecé a perder el control de mí misma.

—Te gusta sentirme, ¿verdad? —Me acarició la barriga con los dedos y sentí fluir una estela de fuego donde me tocaba por encima de la camisa.

Descendió lentamente y cerré los ojos tratando de respirar.

—No sé de qué me hablas —mentí, y él emitió un sonido gutural parecido a una carcajada silenciosa. Su mano siguió bajando hasta llegar al cierre de los pantalones.

—Ahora lo verás, niña.

Abrió los botones y metió la mano debajo de la tela, restregando con delicadeza mi intimidad protegida por el algodón de las braguitas; contuve la respiración y sentí que se humedecían poco a poco hasta pegarse del todo a los labios mayores bajo su toque experto.

¿A cuántas les regalaba un placer semejante?

—Neil… —Le sujeté la muñeca con la intención de detenerlo, pero cuando encontró el ritmo justo para darme placer fui incapaz de oponerme.

Estaba mojada y él, como el gran cabrón que era, movía el índice de arriba abajo para ponerme a punto de caramelo.

—Toma nota de esto, Selene: no son las mujeres las que me joden a mí, sino yo a ellas. —Prosiguió con su juego de seducción, esta vez debajo de las braguitas.

Me estremecí al notar el frío de sus dedos sobre mis partes íntimas que ardían, literalmente; hasta dejé de respirar cuando Neil me mojó el clítoris con los humores que había recogido y empezó a frotarlo lenta y delicadamente, como si sus manos estuvieran hechas para eso.

—Déjate llevar.

Me mordisqueó el lóbulo de la oreja y apoyé la cabeza en su hombro; curiosamente, en aquel momento me sentía protegida y sus fuertes brazos eran el único lugar donde quería estar. Arqueé la espalda y emití un gemido mientras mis caderas empezaban a secundar sus movimientos.

Pero Neil dejó de mover los dedos demasiado pronto, haciéndome gemir de fastidio; luego sonrió y siguió frotando de arriba abajo en un juego de lujuria y tortura infinita. Me mordí el labio y lo deseé dentro de mí, pero él seguía tocándome sin pudor sin llegar a satisfacerme del todo. Al cabo de un rato, sus toques verticales y circulares alternados me provocaron una oleada de sensaciones devastadoras. Las rodillas me cedieron y tuve que apoyarme en él; alargué un brazo hacia su nuca y lo cogí por el pelo.

Estábamos de pie, unidos y libidinosos, incapaces de gestionar nuestros impulsos. Él, pegado a mi espalda, con la mano derecha entre mis piernas y la izquierda alrededor de un pecho.

Me habría gustado vengarme y torturarlo de la misma manera, pero no disponíamos de las mismas armas. Entonces decidí frotar los glúteos contra su erección y sentí que se tensaba sobre mi espalda.

—¿Me estás provocando, niña? —Sonrió en el hueco de mi cuello y seguí ondeando despacio contra él.

—Igual que tú —logré responder entrecortadamente.

Si seguía estimulándome de esa manera, me mataría. Sabía muy bien dónde tocar, había encontrado el ritmo que daba más placer a mi cuerpo como si me conociera de toda la vida.

—A decir verdad, todavía no he empezado —susurró con voz aflautada.

De repente la situación asumió visos de guerra, de duelo a muerte.

Neil me besó el cuello, lo chupó y lo lamió. Cerré los ojos y traté de controlar los gemidos que me sacudían el pecho. Seguí moviendo el trasero contra él para que cediera, para convencerlo a proclamar su derrota, pero Neil estaba determinado a ganar, a dominarme y a derrotarme.

—Si sigues así, te follaré contra la puerta —murmuró amenazador, jadeante, después metió dentro de mí los dedos de la otra mano y me encontró dúctil, derretida y rendida.

Me tocaba con control estudiado y meticulosa atención.

Me abandoné al mármol de su cuerpo y absorbí el placer que solo él me había concedido en toda mi vida. Saber que había sido el primero aumentaba la sensación, que experimentaba desde hacía tiempo, de que le pertenecía totalmente.

Con su respiración haciéndome cosquillas en el cuello, giré la cara y nuestras miradas se encontraron. Como era demasiado alto para que pudiera llegar a sus labios, lo miré intensamente y le transmití todos mis deseos.

Luego me puse de puntillas y Neil intuyó inmediatamente mis intenciones.

Me besó y fue magnífico.

Inclinó la cabeza para intensificar el beso y cuando su lengua tocó la mía un calor ardiente se irradió hasta los pezones. Lo saboreé con pasión y él me devolvió la misma intensidad.

Los dos estábamos hambrientos.

Anhelábamos aquel contacto.

Un huracán de sensaciones y un tornado de emociones me indujeron a pegar la espalda contra él y a empujar las caderas contra su mano.

Entretanto, los cálidos golpes de su lengua se acompasaron con los de sus dedos.

Empecé a jadearle en la boca y nuestros olores se fundieron; le permití que traspasara todos los límites, que cogiera lo que quisiera. Temblé y las mejillas se me inflamaron. Neil no dejó de besarme; estaba claro que no podía prescindir de esos besos, igual que yo.

En aquel instante, decidí que nunca permitiría a otro hombre tocarme de aquella manera.

Me sentía suya.

Cuanto más lo besaba, más me poseían sus dedos, era como si quisieran tocarme el corazón. Gemí y él sonrió orgulloso, luego me chupó los labios hasta hacerme daño.

Entonces me corrí.

Me corrí en su mano.

Con un largo orgasmo.

No sabría decir si una, dos o tres veces.

El agotamiento físico que vino después fue tan fuerte que me tambaleé por unos instantes; luego, como si acabara de despertarme de un sueño, me giré hacia él y me alejé deprisa. Necesitaba recobrar la lucidez, así que apoyé la espalda en la puerta y traté de recuperar el aliento.

Estaba agotada, pero satisfecha.

—Sabes, estoy pensando en algo romántico... —susurró divertido mientras lo miraba encantada.

—¿En qué? —le pregunté con curiosidad, y me aparté un mechón de la frente. Neil se acercó los dedos a la boca y se los chupó sin dejar de mirarme. Cuando olí mi placer, dulce y acre, me ruboricé, pero al mismo tiempo me sentí halagada de que apreciara mi sabor.

—En lo que me gustaría probarte directamente del coño...

Apoyó una mano en la puerta, al lado de mi cabeza, y se cernió sobre mí con todo su metro noventa. Me escrutó la cara, con un semblante en el que se mezclaban una pizca de diversión y una pizca de lujuria, y yo me ruboricé todavía más.

¿Por qué tenía que ser tan directo?

—Eres romántico como pocos —comenté sarcástica. También era guapo como pocos, o mejor dicho, como nadie.

—Sí, un verdadero romántico —puntualizó en un tono irónico que me arrancó una sonrisa; luego me dio un beso casto en los labios y por fin hallamos una complicidad nueva, o eso creía yo...

19

Selene

El sexo es el consuelo que uno tiene
cuando no le alcanza el amor.

Gabriel García Márquez

Me había hecho la ilusión de haber alcanzado un grado más intenso de complicidad con Neil, en la medida en que lo permitía nuestra situación disparatada, pero durante los días que siguieron a nuestros momentos de intimidad él volvió a mostrarse distante y lunático, como si no hubiera pasado nada entre nosotros.

Aquel chico ejercía un fuerte poder sobre mí que me hacía vulnerable al placer carnal, dispuesta a ceder a sus caprichos. A menudo me hundía en un estado de angustia total porque cuando creía que estábamos más cerca, Neil se apresuraba a alejarse y me recordaba que para él era un cero a la izquierda y que no era digna de saber algo más de su vida.

La necesidad de no darme por vencida con aquel tipo problemático y difícil me había empujado a volver a la habitación de las «cajas de los recuerdos» —así llamaba a los embalajes que contenían información sobre Neil—, pero estaba cerrada con llave y no había podido inspeccionar su interior.

«Veamos», dije para mí. Aquella tarde estaba sentada en la cama con las piernas cruzadas y la pantalla del MacBook abierta en la página de Google.

Hice crujir los nudillos a causa del nerviosismo, luego puse los dedos sobre el teclado con la intención de escribir todo lo que me pasaba por la cabeza.

Empecé tecleando «persona límite» y apareció al instante una lista de síntomas de ese trastorno de la personalidad: impulsividad, inestabilidad, manifestaciones de ira, conducta suicida, abuso de sustancias, actos de autolesión...

—Síntomas disociativos, disociación del propio estado emotivo y el propio cuerpo... —leí en voz alta—. Relaciones inestables pero intensas, comportamientos arriesgados como sexo no seguro... —Tragué saliva y retrocedí con la mente en el tiempo.

«¿Lo haces con todas sin preservativo?»

«No, solo contigo.»

Seguí leyendo para informarme sobre las causas del trastorno. No sabría decir por qué se me ocurrió precisamente ese, pero tras reflexionar sobre la conducta de Neil llegué a pensar que su estado era anormal.

«Las investigaciones realizadas hasta ahora acerca del trastorno límite de la personalidad no han podido establecer las causas exactas del problema —seguí leyendo atentamente—. Sin embargo, la tendencia predominante es considerar que en su desarrollo intervienen factores genéticos y anomalías en las fases de crecimiento del sujeto, responsables sobre todo del aspecto emotivo, como la tendencia a reaccionar de manera intensa y rápida a estímulos en apariencia insignificantes. Un papel clave podrían desempeñarlo las experiencias precoces en el ambiente familiar, como el maltrato físico y psicológico, la violencia, los abusos...»

Dos golpes en la puerta me distrajeron de la lectura. Bufé y murmuré un «adelante» expeditivo. Logan entró en la habitación. Traté de borrar rápidamente de mi cara la turbación que sin duda revelaba y esbocé una sonrisa de circunstancias para no infundir sospechas.

—Hola, ¿puedo entrar? —preguntó cordial mientras avanzaba hacia mí con cautela.

—Sí, claro. —Me aclaré la garganta y reduje a un icono la página de internet que estaba consultando.

—¿Qué haces? ¿Estudias? —Lanzó una ojeada al MacBook abierto y asentí tratando de disimular el nerviosismo.

—Sí, hacía algunas búsquedas.

No era del todo mentira, en efecto buscaba una explicación

real al extraño comportamiento de su hermano, y a pesar de no ser una psicóloga quizá había dado con ella.

—¿A las nueve de la noche? —Sacudió la cabeza incrédulo—. Voy a una fiesta y Kyle me ha preguntado si tú también querías venir. —Se mordió el labio, divertido.

¿Acaso creía que me interesaba el primo de Cory?

Fruncí el ceño y lo miré con sospecha.

—Puedes decirle a Kyle que Selene se ha quedado en casa estudiando. —Le sonreí con sorna y él arrugó la frente.

—¿De verdad te quedas en casa? No puedes hablar en serio.

—Me quedo en casa —confirmé. Prefería pasar el tiempo con un buen libro y una taza de chocolate caliente.

—Vale, como quieras. Mi madre y Matt han ido a cenar con unos amigos. Chloe se ha ido con ellos.

Logan metió las manos en los bolsillos de los vaqueros y se balanceó sobre las piernas mirando a su alrededor, luego fijó la mirada en las luces decorativas de la librería pensando en quién sabe qué.

—¿Cómo está tu hermana? —Estaba sinceramente preocupada por ella. Sabía que no quería ir a clase y que había dejado de ver a algunos de sus amigos.

No debía de ser fácil lidiar con las consecuencias de un trauma como el que había sufrido.

—No está bien. Todavía está asustada, pero mi madre cree que tiene problemas en el colegio. No sabe la verdad. —Se mordió el interior de la mejilla y me miró.

—¿No se la vais a contar?

—Por ahora no. —Suspiró afligido.

No podía entrar en el fondo del asunto, en realidad eran cuestiones privadas que atañían a una familia de la que yo no formaba del todo parte. Comprendía que a Mia no le iba a gustar enterarse de que alguien había tratado de violar a Chloe y que Neil había dado una palizaa su agresor, pero aunque Logan y su hermano trataran de ganar tiempo, tarde o temprano tendrían que confesárselo.

Era una situación complicada y peliaguda y era necesario ponderar atentamente cualquier decisión.

Cuando Logan se marchó para reunirse con sus amigos en un local de Nueva York, bajé a la cocina a tomar un zumo de naranja. Me había saltado la cena pero no tenía hambre. Solo me apetecía algo fresco.

Me senté en un taburete saboreando la bebida mientras reflexionaba sobre lo que había leído acerca del trastorno límite de la personalidad. No estaba segura de que fuera el caso de Neil, pero mi sexto sentido me decía que estaba en el buen camino.

—¿Preocupada? —comentó Anna pasando un trapo por el cristal de la puerta del jardín.

La casa brillaba de punta a punta gracias a su trabajo irreprochable.

Era diligente, profesional, seria y cordial; los Miller no podían desear un ama de llaves mejor.

Mientras la miraba, se me ocurrió que podía aprovechar para sonsacarle información que me sirviera para comprender lo que rondaba por la cabeza de Neil. Al fin y al cabo, lo conocía desde que era niño.

A aquellas alturas tenía claro que no me alcanzaba con su cuerpo y quería más, y lo obtendría a costa de lo que fuera.

—Usted lleva mucho tiempo aquí, señora Anna —dije mientras ella seguía restregando el trapo por los cristales limpísimos—. Me preguntaba si es cierto que al trabajar mucho tiempo con una familia se acaba queriéndola como si fuera la propia.

Me llevé el vaso a los labios y Anna se dio la vuelta y me miró reflexiva. Su pelo, corto y rubio miel, hacía juego con sus ojos, de color avellana, enmarcados por unas elegantes gafas de ver.

—Sin duda alguna, señorita. Mia es como una hermana para mí y a sus hijos los quiero como si fueran míos.

Asentí para corroborar y constaté que había dado en el clavo.

—Hábleme de ellos. Creo que usted los conoce muy bien, mientras que yo solo llevo aquí unas pocas semanas.

Bebí un largo sorbo de zumo y me relamí los labios saboreando el gusto a naranja.

Fingía sentir curiosidad por conocer mejor a la familia de mi padre, la que me había acogido y en cuya suntuosa villa me alojaba, ocultando mi verdadera intención: indagar sobre el pasado de Neil.

—Mia es completamente diferente de lo que la prensa cuenta de ella. —Agitó el trapo en el aire y su gesto gracioso y espontáneo me hizo sonreír—. Es una mujer cariñosa, quiere a su familia y le gusta su trabajo, exactamente igual que el señor Anderson.

Sobre este punto habría tenido mucho que objetar, pero lo dejé correr y seguí escuchando, asintiendo y sonriendo cuando mencionaba cualidades y hacía comentarios sobre los componentes de la familia.

—Chloe es una chiquilla sensible, a pesar de que parezca rebelde y transgresora. Adora a sus hermanos y es muy posesiva con ellos. —Me lanzó una ojeada que confirmó mis sospechas: la pequeña de la casa me tenía celos.

—¿Y Logan? He pasado mucho tiempo con él desde que llegué y entre nosotros hay una sintonía que no creía posible.

Me levanté del taburete y lavé el vaso sucio. No me gustaba tratar a Anna como una subalterna, para mí no lo era y la ayudaba como podía.

Era un miembro de la familia y a pesar de que sabía que no le importaba cumplir con su trabajo, siempre la trataba con respeto.

—Logan es un gran chico. Es inteligente y juicioso como él solo —dijo con profunda admiración, la misma que yo sentía por aquel chico amable con todos y siempre dispuesto a ayudar a los demás en los momentos de necesidad. Pero mi objetivo era otro…

—¿Y Neil? —Me aclaré la garganta y me acerqué con cautela—. Con él hablo poco.

La miré a los ojos y Anna debió leer en los míos la confusión que cundía en mi mente, pero también la determinación que me impulsaba a hacer cualquier cosa con tal de entender a aquel follón humano.

—Neil es un chico singular. —Suspiró, bajó la vista hacia el trapo y empezó a estrujarlo entre las manos; la melancolía le veló la cara marcada por el tiempo—. Necesita tiempo para fiarse de las personas. No es malo. Quiere mucho a su familia, sobre todo a sus hermanos; haría cualquier cosa por ellos, pero… —Se puso un mechón de pelo detrás de la oreja, como si tratara de encontrar las palabras—. Debe escuchar su distancia afectiva, escuche el lenguaje de su cuerpo, capte el significado de las palabras que emplea... De Neil solo recibirá señales mudas, pero si aprende a descifrarlas, logrará comunicarse con él —concluyó en tono decidido pero indulgente.

Me sonrió y se dispuso a acabar las últimas tareas antes de volver a casa con sus hijos.

No me había dicho nada que no supiera, pero me había confirmado que la desconfianza y la dificultad para hablar de sí mismo eran características del comportamiento de Neil, no defectos. Solo debía tener paciencia y ganarme su confianza.

No lograba explicármelo, pero sentía que tenía un vínculo con él. Nunca había creído en la empatía, en la química entre dos personas, pero la atracción irracional que había entre nosotros me inducía a planteármelo de nuevo. No sabría decir si no era más que un capricho del destino, pero temía estar peligrosamente cerca de experimentar sentimientos absolutamente nuevos.

Sacudí la cabeza y me acerqué a la puerta del jardín para observar el cielo, oscuro a esas horas, y las estrellas, que brillaban en la penumbra, la paz y el silencio del mundo.

De repente, noté una luz tenue que iluminaba una habitación del anexo contiguo a la piscina exterior.

Abrí la puerta de cristal y salí al jardín. Encogí los hombros a causa del aire cortante que me envolvió. Solo llevaba puesto un jersey que no me abrigaba lo suficiente.

Creía que no había nadie en casa salvo Anna y yo, pero me equivocaba.

El instinto se impuso al sentido común y me encaminé hacia la casita que todavía no había visitado; dejé atrás la piscina y me acerqué a una de las ventanas.

A través del cristal vi una cocina sencilla, pero funcional y moderna.

En la encimera había una botella de Jack Daniel's abierta y unos vasos sucios. Fruncí el ceño y me acerqué a la segunda ventana, que era la de una de las habitaciones. Las cortinas estaban descorridas, lo que me permitía fisgar dentro; noté unas sombras en el parqué. Me oculté colocándome de lado, con cuidado de que no me vieran, y apoyé una mano en los azulejos.

Vi a una chica subir a la cama extragrande colocada en el centro de la habitación y arrodillarse. Estaba completamente desnuda. El cabello, largo y rubio, le llegaba a las nalgas; tenía la piel clara. Exhibía con orgullo y malicia sus formas, sinuosas y explosivas.

Cuando se giró hacia alguien que estaba detrás de ella, agucé la vista para verle mejor la cara y, en el silencio, pude percibir el estruendo de los latidos de mi corazón; el alma se me cayó a los pies y se hizo añicos.

Era Jennifer.

Habría podido marcharme, retroceder y ahorrarme aquel dolor, pero sabía que siempre me habría arrepentido de no haberme quedado a descubrir qué estaba pasando allí dentro. Así que, con una mano sobre el pecho, volví a observar el interior de la habitación.

Al poco, un hombre desnudo se le acercó y subió a la cama.

El pecho y los hombros eran un modelo de virilidad, el tatuaje maorí del bíceps derecho contrastaba con el ámbar de la piel.

Contuve la respiración cuando comprendí que era Neil.

Llevaba un bóxer negro que en breve se reuniría con el resto de su ropa, esparcida por el suelo; su cara de pecador y su sonrisa de cabrón le sentaban divinamente.

No pude admirar sus ojos porque estaba de espaldas, pero, para compensar, veía la desgreñada cabellera y los poderosos músculos de la espalda. Fue entonces cuando a los latidos ensordecedores de mi corazón se unió el repiqueteo de la ansiedad y el murmullo de la rabia.

Neil susurró algo al oído de Jennifer y luego le besó el cuello; ella inclinó la cabeza, subyugada por el placer.

Estaban de rodillas el uno frente al otro.

Hermosos como dos divinidades.

Encarnaban la sensualidad y la fascinación más persuasiva.

El deseo flotaba a su alrededor como el preludio de la lujuria que pronto compartirían. Quería alejarme de aquella escena perjudicial para mi emotividad, pero algo me empujaba a esperar. Por lo que parecía, quería sufrir, y eso fue lo que ocurrió cuando al poco llegó a la cama otra figura femenina que se colocó detrás de Neil.

Aunque solo la veía de perfil, noté el pelo azul que le rozaba el pecho y reconocí a Alexia, de los Krew. También estaba desnuda. Su cuerpo, delgado y esbelto, también estaba a la merced del diablo que pronto gozaría de las dos mujeres.

Sentí que me costaba respirar y una presión dolorosa en el centro del pecho, como si alguien —ese alguien que se encontraba a pocos metros de mí— me estuviera aplastando.

Neil empezó a besar a Jennifer y a tocarla con una lentitud devastadoramente erótica mientras Alexia le acariciaba los hombros y bajaba por los abultados bíceps. Lo recorría despacio, pasando de la viril espalda al marmóreo torso y descendiendo por los tensos abdominales hasta las estrechas caderas.

Agarró el bóxer de Neil por la goma y se lo bajó; él la ayudó a quitárselo sin dejar de besar a Jennifer. Daba la impresión de que no era la primera vez que se acostaba con dos mujeres a la vez.

Era dominante y seguro de sí, como siempre.

Alexia le sonrió mostrando su intención de participar activamente en la acción y empezó a besarle la espalda y a lamerle la piel, ansiando poseerlo.

Los músculos de Neil se contraían bajo su toque y la recia erección se erguía en toda su longitud hasta el ombligo. Jennifer clavó los ojos en ella y, satisfecha, se mordió los labios.

Le gustaba lo que veía.

Neil poseía un encanto carnal y lujurioso que, junto con su aura tenebrosa, surtía un efecto devastador, en ella y en cualquier mujer.

No perdió el tiempo: sujetó a Jennifer por la nuca y la obligó a inclinarse sobre su pubis, luego se volvió hacia Alexia y le susurró algo; ella asintió, bajó de la cama y se dirigió a un cajón de la mesilla de noche.

Me crispé instintivamente y traté de ocultarme mejor para impedir que me descubrieran. Cuando me volví a asomar, la vi volver con una bolsita plateada en las manos. Neil la abrió y sacó el preservativo mientras Jennifer continuaba chupándole el pene con arrebato.

Al poco, como dos esclavas devotas de su amo, empezaron a lamerlo las dos a la vez; Jennifer se concentraba en el asta en erección y Alexia en los testículos. Las dos miraron con vicio los ojos de Neil, que yo apenas reconocía.

Las miraba sin manifestar ninguna emoción.

Era frío, lejano, calculador e inflexible.

Parecía como si el sexo fuera para él algo perturbador, un impulso caótico en el que no había espacio para la rectitud, la honestidad, los sentimientos o el arrebato emotivo.

Su cuerpo estaba allí, pero, en realidad estaba en otra parte, inalcanzable como lo había sido para mí cuando me había poseído sobre el escritorio.

En breve les concedería un placer sublime e intenso pero perturbador.

Me habría gustado quedarme mirándolo para comprobar si aquel rostro agraciado y despiadado esbozaba una mueca de gozo real, pero tenía el estómago revuelto y sabía que no iba a resistir mucho más.

De repente, Neil sujetó a Alexia por las caderas y la colocó a cuatro patas delante de él.

Le palpó las nalgas y le dio un manotazo, sacudiéndola hacia delante mientras Jennifer sonreía, lo acariciaba y le susurraba al oído quién sabe qué.

Neil se llevó las manos a la punta de la verga y desenrolló el preservativo a lo largo de toda su majestuosa erección. Con los músculos en tensión, los pectorales contraídos y el abdomen rígido, se acercó a Alexia y se restregó entre sus glúteos haciéndole emitir un gemido que hasta yo pude oír. Jennifer sonrió seductora y miró el punto de unión entre Neil y Alexia; intuí qué acceso estaba a punto de profanar.

Era inexperta, pero lo bastante espabilada para imaginarlo.

Basta.

Decidí que no me quedaría plantada allí ni un solo minuto más. Había superado su límite.

Me alejé rápidamente del aquel número escandaloso, entré en la cocina y choqué bruscamente con la señora Anna, a la que pude sujetar antes de que se cayera al suelo.

—Señorita Selene. —Me miró como si supiera qué acababa de ver. Estaba trastornada, temblaba a pesar de que trataba de controlarme.

—Perdone, yo…

Ni siquiera podía hablar, me sentía confundida y aturdida, como si me hubiera dado un golpe en la cabeza; quizá no había sido más que una pesadilla.

Anna me acarició la cara con una ternura que me recordó a mi madre. En aquel momento quise volver a Detroit, suplicarle a Jared que me perdonara, plantarlo todo y hacer las maletas lo más rápido posible.

Pensé…, pensé…

—Trate de ser comprensiva, se lo ruego —susurró mortificada. No hacía falta que le contara nada, ella lo sabía.

—¿Qué? —pregunté turbada.

—No lo juzgue, compréndalo. —Curvó los hombros y miró por la ventana, afligida.

—Usted no puede comprenderme a mí.

No podía contarle lo que había pasado entre Neil y yo y lo decepcionada que estaba, no podía expresar mis pensamientos ni revelarle el motivo por el cual me sentía traicionada. Al fin y al cabo, Neil y yo no éramos nada; él no me pertenecía ni yo a él. Sin embargo, verlo con otras había sido una puñalada trapera.

—Sí que la comprendo, no se enamore de él, no cometa el mismo error que… —pero antes de que pudiera acabar tuve una intuición.

—¿Scarlett? —murmuré instintivamente.

Anna dio un respingo, como si hubiera nombrado al mismísimo Satanás. Retrocedió y sacudió la cabeza. No quería exponerse, lo deduje de su silencio repentino.

—¿Qué pasó con esa chica? —insistí dando un paso adelante, pero Anna bajó la cabeza y se tocó la cara. Parecía turbada y atemorizada.

—Yo no soy quién para contar ciertas cosas, señorita.

Unió las manos en el regazo y se alejó rápidamente sin permitir que le hiciera más preguntas.

Estaba confundida, agobiada por indicios que debía descifrar y preguntas sin respuestas.

El extraño comportamiento de Neil, la habitación secreta, Scarlett, la chica que pertenecía a su pasado…, todo era un misterio.

Nadie estaba dispuesto a contarme nada y eso aumentaba mi incertidumbre.

ϒ

Al día siguiente, al final de las clases, me encontraba sentada en el bar de siempre con Logan y los demás, pero estaba ausente. Giraba la paja en el batido en busca de una respuesta a las preguntas que me acuciaban. Me dolía mucho la cabeza y me costaba seguir la conversación.

No había pegado ojo en toda la noche y las imágenes de Neil con Alexia y Jennifer me habían perseguido durante horas. De repente, levanté la mirada del vaso y me quedé mirando la mesa que habían ocupado los Krew el día que Xavier importunó a Cindy, la camarera que a aquellas alturas conocíamos bien por ser clientes habituales.

—Aquí tenéis los cafés, chicos —dijo ella poniéndolos bajo las narices de Cory y Jake.

—Gracias, muñeca. —Cory hizo un guiño y la chica levantó los ojos al cielo, pero sonrió halagada.

—Deja de ligar —lo reprendió Adam. Sin embargo, Cindy no parecía molesta, todo lo contrario. Se había dado cuenta de que Cory bromeaba con todas.

—Siempre está cachondo —añadió Jake. Cindy se ruborizó y le lanzó una mirada seductora. No era la primera vez que pasaba y sospeché que le gustaba.

—No has abierto la boca, Selene.

Logan se giró hacia mí y me miró preocupado. En efecto, no había sido muy locuaz y no había participado en las conversaciones de mis amigos porque tenía un humor de mil demonios.

—Estoy un poco preocupada…

Necesitaba hablar con alguien, pero Logan era la última persona a quien podía confesarle la verdad. Me avergonzaba de lo que había compartido con su hermano y, sin embargo, si hubiera podido volver atrás, probablemente habría cometido los mismos errores.

—Creo que todos se han dado cuenta —respondió. Tenía razón. Y todo por culpa de Neil y de mi absurda vida.

No le di explicaciones y Logan lo dejó correr y reanudó la conversación con sus amigos.

Al cabo de una hora volvimos a casa.

Durante el trayecto, Logan me confesó por fin su interés

por Alyssa. Salían juntos y se habían acostado varias veces. Al igual que su hermano, sostenía que en su vida no había espacio para el amor y que por Alyssa solo sentía un profundo afecto.

—Existen tratados, libros y enciclopedias enteras que afirman que el amor es como una energía, una fuerza que sientes una sola vez en la vida, pero que es raro experimentarlo. Creo que no me he enamorado nunca. ¿Y tú? —me preguntó mientras conducía. Desconfiar de los sentimientos debía de ser una característica de familia.

—No, nunca…

Miré por la ventanilla y pensé en Jared. Estaba segura de que no me había enamorado, de lo contrario no habría experimentado sensaciones tan arrolladoras por otra persona. Pero tampoco estaba enamorada de Neil, o todavía no, por lo menos.

Lo nuestro era un vínculo inevitable marcado por una atracción física inexorable.

Sin embargo, no tenía valor para mirarme dentro porque temía descubrir lo que empezaba a sentir por él y sabía que pensar constantemente en una persona es uno de los efectos colaterales del amor.

—¿Me estás escuchando, Selene? —Logan me sacó de mis elucubraciones y lo miré.

Habíamos llegado a casa.

—No, perdona.

Cogí el bolso y abrí la puerta mientras Logan me escrutaba la cara; quién sabe qué estaba pensando.

—Me preocupas cuando estás tan ausente.

Bajamos del coche y lo seguí hacia el porche. Me preguntaba cómo podía soportarme, últimamente siempre estaba absorta en mis pensamientos. Tenía una paciencia envidiable.

—Tienes razón, es que… —Tropecé contra su espalda cuando se detuvo de golpe ante los primeros peldaños. No entendía por qué se había parado de sopetón, habíamos estado a punto de caernos—. ¿Logan?

Me asomé para ver qué había obstaculizado su camino y vi una caja negra delante de sus pies.

—¿Esperabas un paquete de alguien? —preguntó; me pareció que fruncía el ceño.

Negué con la cabeza y Logan miró a nuestro alrededor, pero no había nadie aparte de nosotros.

Se inclinó, cogió la caja y me hizo una señal para que lo siguiera.

—¿Quién pudo enviarlo? Quizá es para tu madre, o para Matt —dije.

Nos dirigimos al salón y nos sentamos en el sofá. Entonces estudiamos la caja: no era normal, no tenía ni remitente ni destinatario.

—Deberíamos preguntarle a Anna —comentó pensativo.

—Hoy tiene el día libre —le recordé. Si ella hubiera estado en casa, habríamos podido preguntarle quién había dejado el paquete, si lo había traído un mensajero u otra persona.

—¿Crees que deberíamos abrirlo?

Le dio vueltas entre las manos en busca de una señal o de un nombre, de cualquier cosa que pudiera ayudarnos a entender.

Nos miramos por unos instantes, luego Logan acarició la caja, la dejó encima de la mesa de cristal que teníamos delante y la abrió.

Fuera cual fuese su contenido, dejó a Logan petrificado.

Palideció y entreabrió la boca.

—¿Qué pasa, Logan? —pregunté preocupada, asomándome para mirar.

—Pero ¿qué coño es? ¿Una broma? —soltó, asustándome.

Un olor desagradable, parecido al de un cadáver en descomposición, se esparció por el aire. Miré dentro de la caja y comprendí la reacción de Logan.

—Dios mío.

Me llevé las manos a la boca, me puse de pie de un salto y me alejé del paquete.

—Será una broma de mal gusto.

Logan cerró la caja y se pasó una mano por la cara; en ese momento la puerta de entrada se abrió de repente.

Los dos nos giramos hacia Neil que, guapo como de costumbre, cruzaba el umbral de casa ajeno a todo.

Nos miró con seriedad, como si tratara de entender el motivo de nuestras caras descompuestas, luego cerró la puerta y se acercó con paso lento pero determinado.

Desprendía una virilidad distinguida, y por unos instantes mi mente entró en el pasaje que me conducía a una realidad paralela en la que yo era su satélite y solo existía él.

—¿Por qué tenéis esas caras? ¿Qué pasa?

Arrugó la frente y clavó en mí sus espléndidos ojos. Tragué saliva.

—Neil… —dijo Logan el primero—. Creo que deberías ver esto.

Señaló la caja y su hermano se acercó. Mientras su aroma a fresco y a limpio me embestía, él abrió el paquete.

—¡Coño! —soltó retrocediendo con una mueca horripilada.

—¿Tú también crees que es una puta broma de pésimo gusto? —le preguntó Logan, pero la mirada sombría de Neil presagiaba que podía ser cualquier cosa menos una broma.

Un cuervo muerto, pútrido y maloliente cubierto de gusanos aún vivos que se alimentaban de sus entrañas no podía ser una broma cualquiera.

Debía de ser una amenaza, tan macabra como repulsiva.

—¿Quién podría mandar una cosa semejante?

Encogí los hombros y me toqué los brazos como si sintiera esos gusanos recorriéndome la piel.

—Alguien a quien le partiré la cara muy pronto.

Neil, impasible y controlado, no apartaba la vista del contenido de la caja.

—Hay algo ahí dentro, chicos.

Logan señaló un punto donde había algo que parecía un trozo de papel.

—Parece una tarjeta o algo parecido —comenté recelosa, luego miré a Logan. Me pregunté quién tendría valor para meter la mano y sacarlo, pero Neil se acercó rápidamente y alargó el brazo. Cogió la tarjeta con dos dedos, la sacudió para expulsar los gusanos que había pegados y la sacó. Finalmente leyó: «Que comience el juego».

—Que comience el juego —repitió Logan.

Me estremecí y se hizo un silencio sobrecogedor en el salón; solo se oía el tictac del reloj.

Ahora más que nunca teníamos la seguridad de que no era una broma, sino un mensaje.

Neil permaneció inmóvil mirando ese trozo de papel con una expresión torva y sombría por un tiempo infinito.

—Lo han escrito con el ordenador.

Lo arrugó con rabia. Podía percibir la cólera que circulaba por su cuerpo. Sin embargo, la calma era la única manera de enfrentarse a esa situación.

Teníamos que mantener la sangre fría, evitar perder los nervios.

—La letra podría reconocerse. Quienquiera que haya hecho esto no quiere que lo descubran y sabe jugar bien sus cartas.

No me di cuenta de que había hablado en voz alta hasta que Neil me miró. Tuve la impresión de que habían pasado años desde la última vez que nos habíamos mirado. Lo había evitado desde que asistí a la escena absurda en la casita, pero a pesar de eso su mirada me quemó como el fuego.

Neil examinó de nuevo la bola de papel. Logan se le acercó y arrugó la frente; yo, en cambio, me quedé donde estaba.

—Player 2511…, ¿qué significa?, ¿quién es? —explotó Logan. Neil apretó la mandíbula y miró a su hermano, quizá en busca de una solución que no existía. Probablemente, Player 2511 era el nombre, o mejor dicho el apodo, con el que se identificaba el remitente.

—No tengo ni idea —susurró Neil tirando el papel sobre la mesa al lado de la caja.

Empezó a caminar por el salón presa del nerviosismo. Y tenía razón porque era una situación absurda e insensata. Habría querido consolarlo, acercarme a él y decirle que todo se arreglaría, pero mi orgullo femenino y el susto que tenía en el cuerpo me lo impidieron. Verlo tan azorado me dolía. Sentía lo que él sentía, como si estuviéramos unidos por un hilo invisible.

—Tenemos que deshacernos de esa mierda.

Se detuvo y señaló la caja, luego cogió el papel y se lo metió en uno de los bolsillos de atrás de los vaqueros. Se me pasó por la cabeza la idea de llamar a la policía, pero ¿qué íbamos a decir? ¿Que habíamos recibido un paquete anónimo que contenía un cuervo muerto? Lo habrían considerado una broma entre jóvenes; por si fuera poco, Neil era un viejo conocido de la policía local y eso podía ponerlo en una situación incómoda.

—Tengo una idea —dijo Logan mirándonos a los dos—. Venid a mi habitación.

Se encaminó hacia el piso de arriba dejándonos solos en el salón por unos instantes. Me giré hacia él y lo miré: era guapo, tenebroso y, en aquel momento, vulnerable. Me sentía tan atraída por él como el primer día, pero estaba muy decepcionada y no tenía ganas de hablarle. Al cabo de unos segundos, me espabilé y seguí a Logan escaleras arriba. Al poco, oí pasos detrás de mí y vi a Neil; tenerlo detrás me ponía nerviosa.

Sentía sus ojos clavados en mi espalda como dos espadas ardientes que me traspasaban la carne, y no lograba borrar de mi cabeza la imagen de él, de Jennifer y de Alexia juntos.

«Mierda…, debo dejar de darle vueltas.»

No tenía ni voz ni voto, en el fondo no contaba nada para él, no formaba parte de su vida.

Cuando me detuve delante de la puerta de la habitación de Logan, Neil alargó el brazo y asió la manilla rozándome la espalda con su pecho. Giré un poco la cara y me encontré con su mirada; él también me miró a los ojos y luego descendió hasta los labios, como si estudiara su forma, y entonces me vino a la cabeza un verso que había leído hacía poco.

—«Siempre estamos trágicamente solos, como la espuma de las olas que se engaña a sí misma de ser la novia del mar y, en cambio, es solo su concubina.» Nunca como ahora un pensamiento de Charles Baudelaire me ha parecido tan acertado —murmuré con un nudo en la garganta. Neil me miró con intensidad.

—Más vale ser una concubina que una esposa ilusa —susurró, y abrió la puerta.

Me hizo una señal para que entrara, pero me quedé parada contemplando aquellos ojos manchados de oro. En cada veta luminosa había una parte de él difícil de descifrar; Neil podía serlo todo y su contrario. Pensé que debía aprender a captar sus señales mudas y utilizarlas para comunicarme con él.

Suspiré y entré en la habitación de Logan tratando de recuperar el control sobre mí misma. Neil se apoyó en el escritorio de su hermano y cruzó los brazos en señal de espera.

—Bien, tenemos que averiguar qué simboliza el cuervo y por qué lo han elegido.

Logan se puso las gafas de ver, se sentó en la cama y abrió el MacBook sobre sus rodillas.

—¿Crees que me sobra el tiempo? —dijo Neil con un tono de burla que no desmotivó a su hermano.

—Es importante saberlo, Neil —lo riñó Logan sin perder la concentración. Me senté a su lado en la cama y eché un vistazo a sus búsquedas en internet.

—Por supuesto, Sherlock Holmes.

Míster Problemático se palpó los bolsillos de la chupa negra, cogió el paquete de Winston y sacó un cigarrillo con los dientes. Lo encendió, dio una calada y soltó una bocanada de humo.

—Abre la ventana por lo menos.

Logan sacudió la cabeza y siguió escribiendo en el teclado. Neil le obedeció y farfulló algo incomprensible.

—Mmm…, no encuentro cosas positivas —dijo Logan al cabo de unos instantes.

—No me digas —replicó Neil, que fumaba cerca de la ventana con la actitud chulesca que lo caracterizaba. Tenía ganas de decirle que se callara y que dejara de comportarse así, pero sabía que de esa manera habría volcado sobre él la rabia reprimida por lo que había visto la noche antes, así que no le presté atención.

—Aquí hay algo interesante. —Logan se subió las gafas y se concentró en la lectura—: «El cuervo ha inspirado varias creencias y leyendas. Se alimenta de cadáveres de animales o de seres humanos, por eso se le relaciona con el mal o la muerte…». —Nos miró y Neil le hizo una señal para que continuara leyendo, así que Logan prosiguió, lúgubre—: «Se utiliza en la magia negra y en las sesiones de espiritismo para invocar a los espíritus malignos».

Me estremecí y Neil debió de darse cuenta porque me miró y sonrió con compasión.

—No estamos en una película de terror, Sherlock. Ve al grano. —Se apoyó en el alféizar de la ventana y dio una calada profunda al cigarrillo; luego volvió a mirarme como si estuviera preocupado por mí, o quizá era lo que yo habría querido.

—«A menudo, sobre todo en la mitología y el esoterismo, se asocia a mensajes macabros o al preludio de catástrofes.» Y escuchad esto. —Logan se detuvo, suspiró y continuó—: «Narra la leyenda que ver un cuervo muerto vaticina venganza» —concluyó, quitándose lentamente las gafas de ver.

Neil tiró la colilla por la ventana y se acercó sin apartar la vista de Logan, que parecía realmente preocupado.

—Debemos estar alerta, chicos, desconfiar de todo el mundo, estudiar los movimientos de todos: amigos, familiares, conocidos, amigos de amigos... La persona que ha enviado el paquete sabe dónde vivimos y quiénes somos. Nos conoce y quizá lo conozcamos.

Logan alternó la mirada entre Neil y yo, se puso de pie y se pellizcó el labio inferior con el índice y el pulgar.

La situación era surrealista.

Observé a Neil y a Logan y me froté nerviosamente las manos en los vaqueros. Por primera vez temí estar en peligro. Quienquiera que estuviera detrás de aquel gesto macabro buscaba venganza; el motivo todavía no estaba claro.

Unas horas más tarde, aún impresionada, decidí prepararme una manzanilla caliente. Tenía que tranquilizarme. Incluso había llamado a mi madre con la intención de animarme un poco, pero hablar con ella no había hecho más que aumentar la angustia.

La echaba de menos y echaba de menos mi antigua vida, pero tampoco estaba segura de querer volver a Detroit.

Dios mío, me había vuelto tan contradictoria...

Me acerqué la taza humeante a los labios, soplé lentamente y me detuve delante de la puerta acristalada del salón a observar el cielo inmenso, que estaba sumido en la oscuridad más profunda. Había llegado a Nueva York con la intención de restablecer la relación con Matt y, en cambio, me encontraba metida de lleno en problemas en los que no quería interferir. Suspiré. Tenía las manos frías; el calor que la taza caliente les transmitía me reconfortó.

—Tú no tienes nada que ver... —dijo Neil rompiendo el silencio. Permanecí de espaldas a pesar de que advertía su presencia detrás de mí. Al principio no entendí a qué se refería, luego caí en la cuenta de que hablaba de lo ocurrido durante la tarde.

—No es cierto. Vivo con vosotros. De alguna manera tengo algo que ver. —En efecto, no tenía enemigos en Detroit y no creía tenerlos en Nueva York, pero ya no estaba segura de nada.

Me acerqué la taza a los labios y bebí un pequeño sorbo, luego oí sus pasos avanzar y el corazón me bajó al estómago tan deprisa como la manzanilla.

—¿Alguna vez le has hecho daño a alguien, Campanilla?

Sentí el cálido aliento de Neil en la oreja. Por si fuera poco, se puso a acariciarme la espalda a lo largo de la espina dorsal. Traté de no temblar, a pesar de que no podía controlar los escalofríos que me recorrían la piel.

—No, nunca —susurré apretando la taza como si fuera mi tabla de salvación. Neil murmuró algo, pensativo, y se acercó hasta apoyar el pecho en mi espalda. Me puse tensa.

—¿Y alguien te lo ha hecho a ti? —preguntó con el mismo tono bajo y seductor. Hice tiempo antes de responder. Pensé en Matt, en las lágrimas de mi madre, en el día que sorprendí a mi padre con otra mujer, en el divorcio de mis padres, en su ausencia…, en…

Desplacé la vista hacia la casita de la piscina. Neil restregó delicadamente la barbilla contra mi cabeza y aspiró mi perfume.

—Sé que lo viste todo —me susurró al oído, como si fuera un secreto inconfesable. Contuve la respiración. Quise alejarme, poner distancia entre nosotros, pero las piernas se convirtieron en cemento, los brazos, en plomo, y el cuerpo, en piedra.

—Eres como mi padre. —Seguí mirando fijamente la casita hasta que vi nuestras figuras reflejadas en el cristal.

Me vi a mí, en mi habitación, doblada sobre el escritorio, con Neil a mis espaldas. Los cuerpos fundidos, los jadeos mezclados, los besos, las lenguas, las manos…

—Te equivocas, Campanilla. Tú eres como él.

Me acarició un mechón de pelo y me estremecí.

¿Yo era como Matt?

Miré fijamente el vacío.

Tenía razón.

Jared vivía en Detroit, me quería y se fiaba de mí, y yo lo engañaba como mi padre había engañado a mi madre.

Me temblaron las manos y dos lágrimas me surcaron las mejillas, rozaron el arco de Cupido y se zambulleron en mis labios de pecadora.

—No es cierto. Todavía no he hablado con Jared porque su madre está enferma, quizá moribunda, y no puedo darle una noticia así en este momento… Yo no… —La voz se me quebró y Neil me sujetó por los hombros haciéndome girar lentamente para mirarme a los ojos. Me quitó la taza de las manos y la dejó sobre el mueble que había a mi lado; luego volvió a mirarme—. Yo no soy como mi padre —susurré sin convicción. Las manos de Neil volaron a mi cara y con los pulgares recogió las lágrimas, luego sonrió débilmente.

—Pues lo eres. Tú también lo eres, niña. Todos somos como tu padre. Imperfectos, pecadores y proclives al error. Un error nos concede la oportunidad de volvernos más inteligentes, lo cual conlleva *no* juzgar a los demás.

Siguió acariciándome las mejillas. No lograba entender si trataba de hundirme o de salvarme. Se acercó y me rozó la cara con los labios, luego sacó la lengua y lamió mis lágrimas siguiendo el reguero que habían dejado.

—Hueles a pureza y sabes a inocencia, pero tú también eres una pecadora —susurró.

—Por tu culpa. —Lo cogí de las muñecas para desasirme de su agarre mortal, pero Neil no se desplazó un solo centímetro.

—Has cometido otro error, niña. Nunca eches la culpa de tus errores a los demás. —Sonrió divertido, como un diablo descarado. Hice ademán de alejarme, pero me sujetó por las caderas y me bloqueó contra el cristal ciñéndose sobre mí.

—Eres un cabrón.

Traté de quitármelo de encima, pero era más fuerte que yo; me sujetó por el cuello, sin apretar.

Dejé de forcejear cuando sentí sus dedos en la yugular.

—¿Soy un cabrón porque te deseo continuamente o porque te has hecho la ilusión de que entre nosotros hay algo que en realidad no existe? —Apoyó su frente en la mía—. Respóndeme, Selene. ¿A cuál de las dos cosas te refieres? —dijo en voz baja pero con tono tajante y austero.

No supe qué responder, me sentí sola, atrapada, perdida.

Quizá tenía razón, la culpa era solo mía y de nadie más.

—No todo tiene forzosamente una explicación. Tú y yo no tenemos una relación, no compartimos un sentimiento. Yo me siento atraído por ti como tú te sientes atraída por mí. Esta es la única verdad que tenemos en común —concluyó ante mi silencio; luego me soltó la garganta y desplazó la mano al pecho. Lo apretó y me estremecí por la fuerza con que lo hizo.

Cerró los ojos, un deseo insano parecía tomar la delantera ante él.

—Soy quien soy, no puedo cambiar. No pretendo que me entiendas, pero no me juzgues.

Los abrió de nuevo y me miró con la misma frialdad que me dedicaba cada vez que me tocaba, que me besaba, que me poseía.

—No puedo seguir así. No puedo más. No puedo permitir que me uses cuando quieres. Me siento sucia.

Desplacé la mirada hacia la mano que me apretaba el pecho izquierdo y lo miré con lágrimas en los ojos, suplicándole que me dejara marchar.

Neil parpadeó y se miró la mano como si ese gesto, instintivo y posesivo, hubiera sido involuntario. Abrió la mano y dio unos pasos atrás. Por un instante me pareció turbado, pero luego volvió a su actitud impenetrable y apática.

Neil vivía cada vez más a menudo momentos de desorientación como aquel, en los que pronunciaba verdades como puños y exigía poseerme.

Él era un mundo demasiado lejano.

Uno podía afrontarlo todo en la vida: el odio, la rabia, el dolor y la desesperación, pero nunca la falta de amor.

Podía afrontar a cualquiera que sintiera algo.

Pero no podía afrontar a quien no sentía nada.

20

Neil

Hospitales, cárceles y putas: estas son las universidades de la vida.
Yo he alcanzado numerosos títulos. Llámenme señor.

CHARLES BUKOWSKI

Miraba fijamente el cigarrillo y echaba bocanadas de humo denso en el aire.

Era adicto a la nicotina desde la adolescencia.

Me gustaba fumar porque me relajaba y me calmaba, aunque la calma no era una de mis virtudes.

Aquel día el aire era frío y cortante, la gente paseaba por Nueva York arrebujada en los abrigos y las prendas de lana y yo miraba a mi alrededor con indiferencia.

—¿Te mueves o qué? ¡Joder! Nos estamos congelando aquí fuera.

Los Krew me esperaban para entrar en uno de los bares de la universidad. No comprendía por qué Xavier se emperraba en ir a ese sitio de mierda después de las clases, pero sospechaba que se había obsesionado con una de las camareras, como de costumbre.

—Entrad, enseguida voy.

Quería acabar primero mi sacrosanto cigarrillo.

—¡A tomar por culo!

Xavier entró en el bar seguido de Luke, Jennifer y Alexia mientras yo me quedaba absorto en mis pensamientos.

Aquella noche no había pegado ojo.

Le había dado vueltas a la nota y al presunto remitente. La lista de mis enemigos era muy larga. Había cometido muchos errores a lo largo de los años, y eso lo complicaba todo.

Creía que me había echado el pasado a las espaldas, pero era evidente que volvía como un demonio oscuro al que era imposible oponerse. Lo que más temía era que, fuera quien fuese, aquel loco le hiciera daño a mi familia, a mis hermanos.

Ellos eran mi talón de Aquiles, mataría con mis propias manos a quienquiera que se atreviera a tocarlos.

Aquella noche también había vuelto a tener pesadillas. Había vuelto a ver a Kimberly y me había parecido tan real que vomité la cena.

Ya de mañana mi único consuelo era pensar que seguía en la cárcel pagando por lo que había hecho y que no volvería a verla en toda mi puta vida.

Tiré la colilla y la aplasté al tiempo que metía las manos en los bolsillos de la cazadora. Luego entré y me uní a los demás, que estaban sentados a la mesa que solían ocupar al lado de la cristalera.

—Por fin, cabrón. ¿Cuánto rato te hace falta para fumar un cigarrillo?

No le presté atención y me senté al lado de Jennifer, no porque quisiera estar cerca de ella, sino porque era el único sitio libre. Me sonrió creyendo quizá que aceptaría la proposición que me había hecho media hora antes de que nos encerráramos en el baño.

Ilusa.

No dije nada, para variar no tenías ganas de hablar con nadie. Me puse cómodo y extendí el brazo por encima del respaldo de la silla de Jennifer; luego me fijé en un hombre que reñía a su hijo en la barra. Lo sacudía del brazo porque se había manchado los pantalones de zumo de fruta. De repente, le dio una bofetada en plena cara y se me hizo un nudo en el estómago. Sentía en mi cuerpo exactamente lo mismo que aquel niño.

La mejilla que arde, la cabeza que palpita, las lágrimas de humillación…, todo gracias a mi padre.

Odiaba con toda mi alma al cabrón de William Miller, me avergonzaba incluso llevar su misma sangre. Soñaba con verlo muerto porque era lo que se merecía.

—Eh. —Jen trató de acariciarme la cara, pero le agarré bruscamente la muñeca para detenerla. Fue suficiente que le dirigiera una mirada amenazadora para hacerla temblar.

—No me toques —susurré categórico; los demás me oyeron.

Ella asintió como la fiel perrita faldera que era y la solté, no sin antes haber notado que Xavier me miraba fijamente.

—Pareces nervioso.

Esbozó una media sonrisa y le dio un manotazo en el culo a la camarera que en ese momento pasaba por su lado; la chica se sobresaltó.

—Eh, muñeca, hace diez minutos que te hemos pedido cuatro cervezas.

La camarera palideció y se alejó sin rechistar. Nadie se atrevía a contradecirnos.

—Trata de no hacer el capullo por una vez —le reproché porque me ponía de los nervios cuando se daba aires de chulo de mierda. No me gustaban muchos de sus comportamientos, aunque algunos se parecían a los míos.

—Sí, capo. —Esbozó una sonrisita falsa y, aburrido, miró a su alrededor.

Alexia estaba sentada a su lado a la espera de que se dignara a concederle un poco de atención.

A pesar de que también me la cepillaba, Alexia tenía una especie de relación con Xavier, al que no le importaba que me corriera alguna juerga con ella.

Él-ella-yo; ella-yo-él..., las cosas estaban más o menos así.

Estábamos acostumbrados a compartir, sobre todo a las mujeres.

Él se follaba a Jennifer, yo me follaba a Alexia, o a Jennifer y Alexia a la vez.

Aquel era nuestro perverso cuento de hadas para adultos: vivíamos felices y comíamos perdices.

La única moral que conocíamos era la amoralidad.

—Pero mira quién ha llegado. Qué muñequita tan mona.

Xavier soltó un silbido al tiempo que miraba hacia la entrada del bar y yo seguí la dirección de sus ojos.

La muñequita a la que se refería era Selene.

En aquel momento entraba detrás de Logan, con un abrigo claro y una bufanda azul a juego con el color de sus ojos. La melena, cobriza y suelta, le caía más allá de los hombros, los altos pómulos enmarcaban un rostro perfecto y los labios lucían carnosos y rojos, poco menos que magníficos; tenía la punta de la nariz enrojecida por el frío.

—Guau, ¡cómo está la hermanastra! —añadió Luke con una sonrisa maliciosa.

Selene nunca era vulgar ni llamativa, pero su belleza difícilmente pasaba desapercibida.

Era singular, fresca y luminosa; aquella carita habría atraído a cualquiera, sobre todo a los capullos que estaban conmigo.

—Sabría muy bien qué hacer con ese culito —dijo Xavier observando el trasero de Selene, que se había quitado el abrigo para sentarse enfrente de Logan. Estaban solos, pero habían ocupado una mesa grande, señal de que sus amigos en breve se unirían a ellos.

—No tiene nada de especial, una putilla insignificante como muchas otras —se entrometió Jennifer mirándola con hastío. Conocía su mirada y sabía que sentía envidia y celos enfermizos que en algunas ocasiones la habían llevado a pegar a cualquier mujer que suscitara mi interés aunque solo fuera por una noche.

De manera inesperada, me molestó cómo había definido a Selene, porque la niña no era en absoluto una cualquiera. Sin embargo, no dije nada que pudiera inducirles a pensar que me gustaba porque la habría comprometido y yo no quería que le pasara nada.

Aquellos cabrones no debían contaminarla con su veneno.

Así que permanecí tranquilo e impasible, también porque sabía que me estaban poniendo a prueba, que me provocaban para que reaccionara, pero yo era más hijo de puta que ellos.

—¿Y si le propusiéramos un trío? —dijo Luke, justo en el momento en el que la camarera llegaba con nuestras cervezas; la chica se apresuró a dejarlas en la mesa y a escurrirse aprovechando que Xavier estaba distraído con Selene.

¿Un trío? ¡Joder!

No tenían ni idea de la clase de chica que era Selene. No sabían que había perdido la virginidad conmigo y que nunca había visto ni tocado a un hombre desnudo antes de conocerme a mí, que me la había follado muchas veces porque sentía una fuerte atracción por ella.

Selene era una chica pura desde cualquier punto de vista,

una rosa blanca en un campo de rosas negras, y yo la estaba corrompiendo.

Yo. Nadie más.

Solo yo podía beber su inocencia, absorber su linfa, aspirar su aroma a coco y perfilar sus delicadas curvas con mis manos.

Pero era un pensamiento absurdo visto que la noche anterior le había dado a entender que no significaba nada para mí.

A pesar de ser cierto, era un egoísta.

Un cabrón egoísta.

La miré y observé la manera en que sus labios se curvaban en una sonrisa amable. Tenía unos modales elegantes; a menudo bajaba los ojos cuando un chico la miraba con insistencia y se tocaba el pelo nerviosamente para disimular la timidez.

En aquel momento contemplaba sus gestos porque quería saberlo todo de ella, no solo lo esencial, sino también los detalles. Sobre todo los que solo yo podía conocer, como el pequeño lunar que tenía en el pecho derecho justo al lado de la aureola.

Al poco, Alyssa, Adam y los demás se unieron a Logan y a Selene. Ella los saludó a todos con cordialidad, cedió su asiento a Julie para que se sentara al lado de Adam y se puso cerca de mi hermano y de Lucky Kyle, o como coño se llamara aquel primo lejano de Cory.

Era un idiota alto y espigado con pinta de músico fracasado.

El tipo sonrió a Selene y la miró como la miraban todos: con adoración.

Era un hada que no pasaba desapercibida.

Xavier y Luke se dieron cuenta y se intercambiaron una mirada de complicidad.

—¿Ya te la has tirado? —preguntó el rubio entre sorbo y sorbo de cerveza. Lo miré con mi acostumbrada máscara de indiferencia. Nunca arrojaría a mi Campanilla a los leones.

—No, no es mi tipo.

Miré a Jennifer o, mejor dicho, miré de manera elocuente las curvas explosivas de su pecho ceñido por un sucinto jersey rosa.

A aquellas alturas había aprendido a manipular a las personas, y los Krew siempre habían sido mis mejores presas.

Que Jennifer y los demás creyeran que solo la deseaba a ella protegería a Selene de posibles repercusiones peligrosas.

—Vivís juntos. Es imposible que un cabrón como tú no haya puesto las manos sobre un culo como ese. —Xavier era el más espabilado de todos, pero no lo suficiente.

Sonreí y bebí un trago de cerveza mirando de nuevo en la dirección de Selene, que charlaba animadamente con el moreno de pelo largo.

—No digas gilipolleces. No es más que una chiquilla, y encima es hija de Matt. No quiero problemas.

Me encogí de hombros y seguí bebiendo, a pesar de que el sabor de la cerveza era más amargo a cada sorbo. Selene no dejaba de sonreírle a aquel tío y parecía estar a gusto en su compañía, quizá porque no era la primera vez que conversaban.

Bien pensado, era completamente normal que sintiera interés por alguien que no fuera yo. Podía impedir que Luke o Xavier se acercaran a ella, pero no tenía el mismo poder sobre todos los estudiantes de nuestra universidad. Por otra parte, no dejaba de ser verdad que las mujeres tenían tendencia a enamorarse de los hombres con la misma frecuencia con la que yo encendía y apagaba los cigarrillos.

Y ella no era diferente de las demás.

Soñaba con el cuento de hadas, buscaba al príncipe azul, quería «hacer el amor» y que su hombre le dijera frases conmovedoras mientras la tocaba.

Cosas que yo nunca podría ni querría darle.

De repente, el bar se volvió demasiado pequeño y el aire excesivamente caliente. Necesitaba fumar otra vez y quería volver a casa. Me levanté y me despedí con una excusa cualquiera. Xavier me miró con sospecha, pero no me importó.

Me alejé de los Krew y me dirigí a paso rápido a la mesa de mi hermano. Selene no se había percatado de mi presencia a pesar de que yo no veía la hora de que llegara el momento en que sus ojazos se encontraran con los míos.

—Mmm…, qué bueno, zumo de piña.

Cogí el vaso de mi hermano y lo probé. Logan se sobresaltó y puso morros como un niño cuando me vio.

—Dame, cabrón.

Me quitó el vaso de las manos y sus amigos me miraron sin rechistar. No estaba allí para atemorizarlos, sino en busca de un par de ojos cristalinos que al cabo de unos instantes, constaté con satisfacción, me miraban fijamente. La niña había dejado de hablar con aquel tío y por fin me concedía su mirada de océano que brillaba bajo las pestañas, negras y largas. La miré con insistencia hasta que las mejillas se le colorearon de rosa claro.

Estaba incómoda y quizá todavía enfadada por la conversación de la noche anterior.

—Hola, Campanilla —dije moviendo los labios sin emitir sonido, y Selene se sobresaltó y entreabrió la boca. Joder, habría querido besarla y aliviarla después de haberla mordido. Habría querido sentirla encima de mí, a mi alrededor, por doquier—. Nos vemos en casa.

Le di una palmada en el hombro a Logan y ordené a mis piernas alejarse de allí, pero antes le dirigí una última sonrisa a Selene.

Al menos ahora reanudaría su interesante conversación con la mente infectada de mí. En aquel instante deseé ardientemente descarriarla más de lo que había hecho hasta entonces. Continuaría usándola, como hacía con todas, besándola y follándomela, y le repetiría que entre nosotros solo era sexo.

De mí solo obtendría mi cuerpo, nada más.

Volví a casa antes que de costumbre. Tenía que estudiar porque aquel era el último año de universidad y, a pesar de mis problemas, esperaba graduarme y convertirme en arquitecto.

Entré en el salón principal y me detuve cuando vi a mi madre sentada en una butaca delante de la chimenea encendida. Miraba fijamente las llamas de la leña ardiendo mientras fuera el viento doblaba los árboles y una lluvia fina empezaba a repiquetear contra las inmensas cristaleras de casa. La observé mejor y vi que estaba despeinada y que tenía las mejillas llenas de churretones de rímel que le resbalaban hasta la barbilla.

Lloraba a lágrima viva.

Di un paso adelante y la miré trastornado.

—¿Cuándo ibais a decírmelo?

Me detuve. ¿A qué se refería?

Había tantas cosas que no le confiaba a mi madre… Había dejado de ser afectuoso a los diez años y ni siquiera recordaba la última vez que la había abrazado.

—¿A qué te refieres? —respondí inexpresivo tratando de

no mostrar temor ni preocupación, pero cuando giró la cabeza y me miró comprendí lo profundamente dolorida que estaba.

—A muchas cosas, Neil. —Se puso de pie y por un instante creí que se había enterado de lo mío con Selene.

No. Era imposible que hubiera descubierto lo que había pasado entre yo y la hija de su compañero, entre yo y la chiquilla a la que debería haber tratado como a una hermana menor, a la que ni remotamente debería haber considerado una más con la que divertirme por puro egoísmo masculino.

Mi madre se puso frente a mí y me miró desde abajo; ni con tacones alcanzaba mi altura, pero su mirada de decepción me petrificó.

—Me refiero al ataque que sufrió tu hermana y a Carter en coma en una cama de hospital —dijo con voz temblorosa; el azul claro de sus ojos destellaba de rabia—. ¿Por qué no me habéis dicho nada? ¿Por qué has actuado impulsivamente, como de costumbre, sin informarme de lo sucedido?

Se pasó las manos por la cara y empezó a caminar por el salón.

La luz de las llamas captó mi atención.

Entonces fui yo quien miró la chimenea, inmóvil, en busca de una respuesta que no era capaz de darle.

—¿Por qué? ¿Por qué haces siempre lo equivocado? —me gritó, y entre las llamas vi al Neil niño al que su madre reñía continuamente porque no quería ir al colegio, al que sus compañeros evitaban porque era un violento.

El niño al que las maestras odiaban porque era demasiado rebelde e indisciplinado, el que dibujaba su dolor siempre con los mismos colores —rojo, negro y amarillo— esperando que alguien lo entendiera.

Él se escondía en un rincón de su habitación, al lado de la ventana, para huir del mundo, porque solo en ese rincón se sentía seguro.

El mismo al que su padre, el ogro, rechazaba y le apagaba los cigarrillos en el brazo para «educarlo» y castigarlo.

Vi al niño que daba patadas a las piedras que encontraba en el camino y que poco a poco había entablado amistad con su única amiga: la enfermedad.

La que me acompañaba desde hacía veinticinco años.

—No, eres tú quien siempre comete los mismos errores —murmuré antes de volver a mirarla. Mi madre dio un respingo como si la hubiera abofeteado, la mirada glacial que le dirigí manifestaba toda la rabia que salía a flote del fondo de mi alma oscura. Me acerqué resuelto y ella, aterrorizada, abrió mucho los ojos—. Eres tú la que no se entera de nada y solo piensa en su vida, en su trabajo y en su compañero. ¡Eres tú la que ni ve ni siente una mierda! —le grité a poca distancia de la cara.

Con los brazos caídos a los costados, apreté los puños y sentí fluir la ira por las venas y las sienes palpitar. No era capaz de gestionar la rabia, mi peor enemiga. La que tenía delante era mi madre, pero yo habría podido hacerle el mismo daño que a una extraña; habría podido destruirla, desintegrarla, aniquilarla. Por suerte, un atisbo de cordura me indujo a controlarme.

—Tu hermana está mal.

Estalló en llanto y un soplo en el pecho intensificó mi latido cardiaco, no porque me importara mi madre, sino porque quería a mi hermana.

Su dolor también era el mío.

—¿Qué le pasa? —murmuré en voz baja, como si estuviera perdiendo la facultad de hablar. Mi madre sollozó, le temblaba la barbilla, y se quitó una lágrima que resbalaba por ella.

—Tiene insomnio y no quiere ir al instituto, no puede estudiar, no quiere salir con sus amigas porque le vuelve continuamente a la cabeza el momento de la agresión.

Se cubrió la cara con las manos y se sentó en el sofá llorando como una niña. No parecía la mujer famosa que había hecho carrera, inmortalizada en todas las revistas de la prensa rosa neoyorquina, sino una mujer destrozada por la brutalidad de la vida, por la crueldad de los seres humanos de los que yo trataba de protegerme todos los días.

La miré sin decir una sola palabra. Sabía que Chloe no se encontraba bien, pero no creía que hasta ese punto.

—¿Qué? —pregunté incrédulo e incapaz de imaginar al pequeño koala encerrada en su habitación enfrentándose sola a un monstruo tan grande. La entendía…, la entendía como nadie podía hacerlo.

—Está pasando por una época terrible. —Mi madre se levantó del sofá, sacó una tarjeta del bolsillo del pantalón y me la tendió—. Me gustaría que llamaras al doctor Lively, Neil. Querría que visitara a Chloe.

¿Quería que mi hermana siguiera mis pasos? No podía permitirle que hiciera algo así, no podía.

—¿Hablas en serio?

Mi madre no se daba cuenta de lo que significa entrar en la consulta de un psiquiatra y tomar conciencia de que tienes problemas, de cómo se siente uno cuando toma psicofármacos. Ni siquiera se lo imaginaba.

—Yo solo quiero ayudarla y quiero que tú la acompañes. —Se acercó y trató de tocarme, pero retrocedí; odiaba que me tocaran sin mi permiso.

—¡Quieres ponerla en manos de un loquero como hiciste conmigo! —exploté rabioso.

Esa era la verdad. Era un chico problemático, sin duda, pero a mi madre no le había temblado el pulso a la hora de mandarme a la consulta de un puto psiquiatra para que me analizara y me atiborrara de fármacos que me aturdían y volvían dócil como un animal sedado.

—No es cierto, y lo sabes. Necesitabas ayuda y todavía la necesitas.

Acercó una mano temblorosa a los labios y reprimió un sollozo mientras yo la miraba. Estaba diciendo un montón de gilipolleces.

—Déjalo ya —le advertí tajante; debía cerrar la boca, callarse.

—Llama al doctor Lively, por favor. Hazlo por ti mismo y por Chloe. —Me cogió de la muñeca y me puso la tarjeta en la palma de la mano—. Hazlo —susurró cerrándome lentamente los dedos con los suyos.

Casi no oí sus últimas palabras, pero la frase que había pronunciado poco antes se repetía como un mantra en mi mente.

«Todavía necesitas ayuda.»

Una extraña sensación de angustia se expandió y se me hizo un nudo en la garganta; noté que desprendía un olor ajeno, la piel empezó a hormiguearme, a lanzarme señales de socorro. Fue una sensación incontrolable. Sentí la urgencia de lavarme, de dejar correr el agua caliente por mi cuerpo. Empecé a respirar entrecortadamente, como si me hubiera echado kilómetros de carrera, me mareé y me apresuré a subir las escaleras. Entretanto, me quité la chupa y abrí de par en par la puerta de mi habitación. Me quité los zapatos y me desabroché los vaqueros. Las manos me temblaban como si fuera un drogadicto con síndrome de abstinencia.

Me había duchado varias veces aquel día, pero tenía que ducharme otra vez inmediatamente. Me quité la sudadera, la tiré al suelo y me apresuré a entrar en el baño.

Ante mis ojos empezaron a desfilar imágenes terribles que arrojaron mi alma en el abismo una vez más. El nudo en el estómago se retorció y una arcada me hizo caer de rodillas delante del váter.

¿Por qué precisamente a mí?

Los músculos del abdomen se contrajeron involuntariamente y volqué al exterior todo el odio, la rabia y la frustración que, como un enorme velo oscuro, envolvían el recuerdo de aquellos años malditos que siempre habían formado parte de mí y que siempre lo harían. Me limpié los labios con el dorso de la mano y los arrugué con una mueca de asco. Tiré de la cadena y me puse de pie trabajosamente. No podía respirar, el esófago me quemaba y sentía acidez en la lengua. Parpadeé tratando de recobrar la lucidez. Me apoyé en el lavabo y me cepillé los dientes hasta que me sangraron las encías.

Me miré al espejo: estaba pálido; los ojos brillantes y los labios secos revelaban mi malestar. Los bíceps en tensión soportaban mi peso y el pecho se movía a un ritmo acelerado.

—A tomar por culo —susurré—. ¡A tomar por culo! —dije, levantando la voz.

Estaba fuera de mí y me odiaba, odiaba mi cuerpo, mis ojos, mi puto aspecto. Detestaba mis cambios de humor, mis momentos de debilidad, los momentos en que el Neil niño salía a flote para recordarme lo enfadado que estaba.

Me quité los vaqueros y el bóxer y los arrojé al suelo con rabia, luego me metí en la ducha y abrí el chorro de agua caliente. Me quemé, castigándome por lo que había hecho, por lo que no había logrado evitar, por lo que era, por la persona en la que me había convertido y por lo que siempre sería.

¿Por qué precisamente a mí?

«¿Por qué precisamente a mí, eh? ¿Por qué?» Levanté la cara, con los ojos entornados bajo el chorro de agua, para dirigirme a un Dios que probablemente la tenía tan tomada conmigo como yo con él. Sentí la furia crecer dentro de mí, echarse una carrera hasta la razón y apagarla. Traté de desahogarme a mi manera.

Empecé a dar puñetazos violentos contra los azulejos. Uno tras otro. No me importaba sentir dolor ni lastimarme, no me importaba nada, ni siquiera morir. Es más, quizá esa era la mejor solución.

—¡Neil! ¿Qué haces?

Logan abrió la mampara corrediza y tiró de mis hombros. Me caí de rodillas y me miré los nudillos, hinchados y en carne viva, y solté una estruendosa carcajada.

Me reía con ganas, joder.

Parecía un auténtico loco, o quizá lo era realmente.

Logan me echó una toalla sobre los hombros y me miró asustado. La carcajada se fue apagando poco a poco.

—Perdona, es culpa suya… —Del Neil niño, de aquel puto niño.

Siempre era culpa suya.

Empecé a temblar de conmoción, no podía controlar las sacudidas.

Me palpitaba la cabeza y me dolían los músculos a causa del exceso de tensión.

Me ardían las manos y apenas podía moverlas. Probé a cerrarlas, pero lo único que conseguí fue que se me escapara una mueca de dolor.

Estaba acostumbrado a hacerme daño, no era la primera vez que sucedía.

Mi hermano suspiró y me ayudó a levantarme.

—Voy a buscar hielo.

Logan salió corriendo del baño y yo me encaminé lentamente hacia la habitación. Me senté en la cama y me miré. Estaba desnudo, con la toalla sobre los hombros. Las venas y los músculos en relieve ponían en evidencia lo mucho que mi cuerpo había cambiado desde que era un niño. Pero a pesar de que había crecido, aquel niño seguía viviendo dentro de mí, y estaba más cabreado que nunca.

Suspiré profundamente y me puse en pie; saqué del cajón un par de bóxer limpios, me los puse y tiré al suelo la toalla húmeda. La piel y el pelo me goteaban, pero no tenía ganas de secármelos.

—¿Todo bien ahí dentro, Logan?

La voz de Selene, dulce y femenina, retumbó en el pasillo, al otro lado de la puerta entornada de mi habitación. Ella también había regresado a casa.

Me quedé en blanco y presté atención a sus palabras. Era increíble la manera en que su voz me ponía caliente, el modo en que la excitación se desplazaba entre mis piernas incluso en malos momentos como aquel.

¿Qué pensaría de mí si me conociera por lo que era en realidad? Un pendenciero, un psicopático, un puto problemático.

Sonreí y me burlé de mí mismo y de mi anómala personalidad.

—Tranquila, todo bien —respondió tranquilizador Logan, que se acercaba con el hielo. No obstante, notaba su preocupación. Siempre se preocupaba cuando yo perdía la razón. Un instante después entró en la habitación y cerró la puerta con el pie.

—Siéntate. —Me señaló la cama, pero yo me quedé de pie mirándolo fijamente.

—No me des órdenes —repliqué con severidad. Detestaba que me dijeran lo que debía hacer. Me recordaba la necesidad de establecer qué papel desempeñaba yo en el mundo.

Mi hermano me miró y le sostuve la mirada dándole a entender que no me contradijera.

—Tienes las manos hinchadas. Solo quiero ayudarte.

Se acercó, no me moví, pero no dejé de mirarlo con circunspección, sin saber por qué.

Mi mente actuaba por su cuenta.

—Tranquilízate, ¿vale? Soy yo, tu hermano. —Lo dijo con tal intensidad que ahuyentó las nubes negras que me ofuscaban la mente.

Era él, mi hermano.

Mi compañero de juegos, el único que nunca me había tenido miedo.

La única persona que me conocía y me aceptaba por lo que era.

Me senté al borde de la cama y apoyé las manos en las rodillas.

A pesar de mi altura y de mi tamaño, en aquel momento me sentía vulnerable y cansado.

Agotado de luchar contra mí mismo.

—¿Cómo puede un gigante como tú hacerse daño como si fuera un chiquillo? —se burló mientras me colocaba la bolsa de hielo en el dorso de la mano derecha.

Di un respingo y apreté los dientes sin rechistar. Siempre me sentía así después de uno de mis ataques: confuso e inestable. No recordaba lo que había dicho ni hecho; si hubiera cometido un homicidio, probablemente mi mente lo habría borrado porque mis arrebatos de rabia eran potentes, viscerales, incontrolables y descabellados.

Logan se sentó a mi lado y dejó que yo aguantara la bolsa de hielo con la otra mano.

—¿Te acuerdas cuando de niños hacíamos el juramento del meñique? —murmuró mientras yo me miraba fijamente las heridas enrojecidas de los nudillos, que contrastaban con el color de la piel.

—Claro que me acuerdo. Nunca lo olvidaré —murmuré apretando el hielo contra los nudillos.

Mi mente viajó en el tiempo y retrocedí a aquellos años lejanos, pero aún vivos dentro de mí...

—Logan. —Puse las manos sobre sus pequeños hombros. Estábamos escondidos debajo de la mesa de la cocina—. Repitamos una vez más lo que tienes que hacer, ¿vale? —pregunté en voz baja mientras él me miraba aterrorizado.

—Sí —susurró con poca convicción.

—Sal de la cocina y corre a la habitación. Cuando cruces el salón, cierra los ojos y no mires. —Tomé aliento y proseguí—: Entra en la habitación, cierra con llave, enciende el televisor y sube el volumen.

—Neil.

Una voz de mujer, femenina y madura, retumbó entre las paredes de la casa. Tenía una extraña perversión: le gustaba que me escondiera para buscarme. El corazón se puso a palpitar con fuerza en el pecho y miré a mi hermano, expectante.

—Adelante, repítelo. —Solo tenía siete años y ya tenía que superar pruebas cuyo significado no comprendía plenamente.

—Salgo de la cocina, corro a la habitación, luego… —Se rascó la nuca y levantó la mirada tratando de recodar.

—Cuando cruces el salón… —sugerí para ayudarlo.

—Cuando cruzo el salón, cierro los ojos y no miro. Entro en la habitación, cierro con llave, enciendo el televisor y subo el volumen —prosiguió con voz débil. Le sonreí y lo abracé.

—Muy bien, chiquitín —susurré, y le di un beso en la frente. Era su hermano mayor y lo protegería a toda costa.

Cuando hice ademán de salir de nuestro escondite porque tenía que dejarme encontrar antes que ella nos sorprendiera y pudiera hacerle daño a Logan, él me sujetó por la camiseta.

—Volverás, ¿verdad? —dijo en voz baja para que no nos oyera.

Era un niño inteligente.

—Claro que volveré. Tú haz lo que te he dicho, ¿vale?

Le cogí la cara y él asintió, a pesar de que no entendía por qué se lo pedía.

A decir verdad, yo no quería que lo entendiera.

—¿Hacemos el juramento del meñique? —Lo extendió, a la espera.

—Lo juro. —Sonreí y enlacé mi meñique con el suyo.

Luego él salió corriendo y yo fui al encuentro de mi destino.

—Siempre nos hemos enfrentado a todo juntos —susurró Logan, pensando exactamente en lo mismo que yo.

—Mi chiquitín… —Extendí una mano y le revolví el pelo, sonriéndole abiertamente.

—¡Estate quieto! ¡Detesto que me despeines!

Trató de apartarse y refunfuñó como un niño caprichoso.

—Cuando eras niño te lo hacía siempre —dije.

—Cuando era niño me hacías la vida imposible. —Me lanzó una mirada asesina y contuve una carcajada.

—No es verdad —me defendí fingiendo no recordar las travesuras que hacía de niño.

—Sí que lo es. Un día te measte adrede en mi cama —replicó entornando los ojos.

—Bueno, si es por eso tú me cortaste el pelo mientras dormía —repliqué arqueando una ceja y saboreando ya la victoria.

Logan sonrió y sacudió la cabeza, luego miró un punto indeterminado de la pared, absorto en sus pensamientos.

—Sé que acompañarás a Chloe a la consulta del doctor Lively. —Tragó saliva y me miró a los ojos—. ¿Por qué no aprovechas para reanudar la terapia? —propuso con cautela. Un escalofrío me recorrió la espalda y me crispé. ¿Él también quería hacerme volver a pasar por aquella época de mierda, como mi madre?

—Joder. —Me levanté de la cama y lo miré fijamente, con rabia—. ¡Creía que al menos tú estabas de mi lado! ¡Me cago en la puta! —maldije arrojando al suelo la bolsa de hielo. Volvía a tener ganas de liarme a patadas con todo. El niño que vivía en mi interior pujaba por salir y gritar.

Se sentía de nuevo incomprendido.

—Siempre estoy de tu parte, Neil. Lo sabes muy bien. —Se levantó de la cama y se acercó, pero di un paso atrás porque no quería que se me acercara cuando estaba en aquellas condiciones—. No estás bien, Neil. Mírate.

Hizo una señal con la cabeza para que me mirara las manos, pero probablemente también se refería a mi alma, a algo invisible a simple vista que mi hermano conocía muy bien.

—Vete.

Señalé la puerta. Quería estar solo. Necesitaba otra ducha. Y otra. Y otra más. El agua caliente aliviaba mi malestar y aplacaba mi rabia. Aunque bien pensado, también había otra manera de alejar los pensamientos que me envolvían la puta mente como si fueran una alambrada…

—Neil, por favor…, escúchame…

Le señalé de nuevo la puerta desafiándolo a contradecirme. Logan conocía mi temperamento inestable, mi carácter instintivo. Sabía cuándo hablarme y cuándo evitarme.

Por eso suspiró y salió de la habitación con la cabeza gacha, vencido por mí y por todo mi bagaje.

Volví a entrar en la ducha y esta vez estuve una hora entera. El aroma a musgo del gel de baño era tan fuerte que me daba náuseas, pero al mismo tiempo era el único que quería oler en mi piel. Luego me vestí con una sudadera negra y un par de vaqueros, me senté delante del escritorio y abrí el ordenador portátil. Debería haber trabajado en el proyecto para el profesor Robinson porque el plazo de entrega estaba a punto de cumplirse, pero mis ojos vagaron por la pantalla del escritorio y se detuvieron en la carpeta donde guardaba las noticias aparecidas en los periódicos muchos años atrás, cuando me convertí en el protagonista de un escándalo que había suscitado la curiosidad de toda la ciudad.

Se trataba de una red.

Un universo oscuro y complejo.

Algo que iba más allá de las simplificaciones periodísticas que hablaban de la red sin conocer su cara oculta.

La más peligrosa y mezquina.

Las manos empezaron a temblarme y me negué a abrir aquella carpeta porque la taquicardia se apoderó de mí. Por otra parte, solo la guardaba para recordar quién había sido, el hecho de que no había movido un dedo para detener a aquella mujer. Percibí su olor en el aire, su sudor en mi cuerpo, su lengua en mi cuello. Los labios se fruncieron en una mueca de asco. Me descubrí luchando, de nuevo, contra el niño que fui y que me obligaba a recordar, que me nublaba la vista con imágenes del pasado y me confundía los sentidos con olores y sabores que no quería percibir.

Cerré el monitor del portátil y suspiré frustrado.

Los recuerdos me inundaban, dispuestos a ahogarme y a matarme.

Necesitaba distraerme, salvarme.

Tranquilizar al niño.

Me levanté de un salto y salí de la habitación con las peores intenciones.

No me importaba hacer daño a los demás con tal de conquistar un momento de paz.

Observé a mi alrededor con atención. Nada me impedía hacer una gilipollez.

Recorrí el breve tramo de pasillo que me separaba de la habitación de Selene y abrí la puerta sin llamar, entré y la cerré con llave. Luego miré a mi alrededor.

Parecía la habitación de una princesa.

Estaba perfectamente ordenada; las paredes claras y la decoración elegante le conferían un toque sofisticado y distinguido. El aire estaba impregnado de su aroma a coco, que curiosamente se había convertido en mi preferido.

Avancé lentamente en busca de mi presa, a la que estaba seguro que encontraría a aquellas horas de la tarde. Sin embargo, no había rastro de ella.

De repente, un ruido captó mi atención.

Procedía del baño de la habitación, así que me dirigí hacia la puerta abierta, donde sabía que la encontraría.

Entré y por fin la vi. Estaba delante del espejo, concentrada en hacerse una cola alta; una toalla roja le envolvía el cuerpo, esbelto y esculpido.

Selene tenía la belleza de una diosa, de una venus.

La toalla dejaba al descubierto las piernas, largas y bien definidas, y apenas le cubría el culo. Me llevé la mano a la bragueta cuando sentí una punzada en el bajo vientre que encendió un fuego que no podría contener por mucho tiempo.

Me apoyé en el marco de la puerta, con los brazos cruzados, a la espera de que notara mi presencia.

Selene cogió un bote de crema perfumada, se vertió un poco en una mano y empezó a extendérsela lentamente por la piel todavía húmeda. La devoré con los ojos como un depredador hambriento mientras ella seguía mimándose, ignorante del hecho de que yo estaba allí, inmóvil, mirándola fijamente como un pervertido.

Decidí acabar con mi lenta tortura y me aclaré la garganta con la intención de hacerme notar. Selene levantó los ojos y vio al lobo reflejado en el espejo, a poca distancia de su manjar preferido.

—Por Dios. —Se sobresaltó, y se giró hacia mí; luego se llevó una mano al nudo de la toalla y lo apretó, como si eso fuera suficiente para defenderse. Sonrió.

—Hola, Campanilla. —La miré con descaro deteniéndome en los muslos, que anhelaba sentir alrededor de mi cuerpo.

Quería follármela y se lo estaba dando a entender sin tapujos.

—¿Cómo te atreves a entrar en mi habitación sin llamar a la puerta? —me reprochó con una actitud inesperadamente rígida y severa. Sin embargo, la mano que apretaba con fuerza la toalla delataba lo mucho que mi presencia la turbaba y la superaba—. ¿Qué haces aquí?

Se ruborizó cuando notó que le miraba insistentemente las piernas como un puto depravado; tenía que contenerme.

Di un paso adelante sin responder.

Siempre había preferido los hechos a las palabras.

—¿Qué qui-quieres? —balbució temblorosa.

Otra pregunta a la que no iba a responderle. Me acerqué un poco más, hasta percibir su aroma fresco e inocente a poca distancia de mí.

Selene tuvo que inclinar el cuello para mirarme; apenas me llegaba al pecho, la superaba mucho en estatura y eso aumentaba la sensación de dominio. Le sonreí a sabiendas del efecto que surtía en las mujeres, luego puse las manos en la encimera de detrás para acorralarla. Su figura delgada se quedó aprisionada por la mía como una mariposa en una jaula de cristal.

—Te quiero desnuda —le susurré al oído; se le erizó la piel de los brazos—. Y mojada. Para mí —dije sin apartar el aliento de su cuello en tensión.

Le rocé el lóbulo de la oreja con los labios y tragó saliva.

Era un egoísta, lo sabía.

Me había dicho que se sentía sucia cuando me la follaba, y eso era precisamente lo que yo necesitaba.

Abrirme paso entre los recuerdos y la realidad.

Necesitaba que las visiones desaparecieran, cancelar las sensaciones tremendas que sentía, y la única maldita manera de lograrlo era aquella.

El sexo no era un remedio, por supuesto, y ni siquiera una solución; no era más que una ilusión efímera que me resultaba útil para recordarle al niño que vivía dentro de mí que yo era el que mandaba, dominaba y ejercía el control.

—No... —susurró Selene mirándome el pecho para evitar que leyera en sus ojos los deseos que trataba de ocultar.

Le levanté la barbilla con el índice y la obligué a mirarme. Se mordió el labio inferior y mi pulgar corrió a acariciarlo. Respiraba con suavidad, pero entrecortadamente. Me quedé quieto, casi hipnotizado por las tonalidades luminosas de azul claro y aguamarina que se mezclaban en sus ojos.

—El sexo para mí es como volar. Me da alas para huir lejos de todo —confesé sin saber por qué. Le miré los labios y luego los ojos, enmarcados por aquellas pestañas negras y espesas.

¿Me estaba justificando o trataba de persuadirla, de manipular su mente, como hacía con todas?

—Pues vuela con Alexia o con Jennifer —replicó con aspereza. Estaba seguro de que nos había visto en la casita del jardín. Había vislumbrado su cabellera cobriza y su expresión incrédula mientras las chicas me trabajaban a conciencia la polla.

—Yo quiero volar contigo, en tu cielo —susurré acercándome aún más a su oreja. Se sobresaltó, sorprendida por mis palabras.

—Para que luego me digas que entre nosotros no hay más que una fuerte atracción, ¿no? Que me usas y punto —murmuró apretando los labios hasta reducirlos a una línea fina y dura.

No era fácil convencerla. Mis palabras la habían herido más que cualquier gesto. Pero no podía retractarme porque le había dicho la verdad.

Lo intenté de nuevo.

—Cada niño que vive en un hombre tiene un país de Nunca Jamás. Tú eres ese país para mí...

Ella era mi utopía, mi ideal, mi Campanilla, mi asíntota, pero no me hacía la ilusión de poder estar con ella en la realidad. Selene me miró confusa, y con razón; era un tipo complicado, difícil de comprender.

Le sonreí y le acaricié el cuello, bajando despacio por la línea de la clavícula.

Pero me había cansado de tanta palabrería, tenía que actuar y me la sudaba su moralidad.

—Úsame como si fuera tu país de Nunca Jamás —susurré mientras recorría su piel, que se deslizaba como terciopelo bajo las yemas de mis dedos. Selene me clavó los ojos en los labios y su respiración se aceleró; podía oír los latidos de su corazón, que iban en aumento.

—No existe. —Tembló y las lágrimas le asomaron a los ojos igual que el día en que miró al espejo doblada sobre el escritorio.

Entonces puse la mano en el nudo de la toalla y la miré.

—Ahora te mostraré que sí existe.

Lo deshice y la toalla cayó al suelo mostrando su cuerpo desnudo. Admiré lentamente sus formas sinuosas: el pecho, pequeño y firme; el vientre, plano y definido; las piernas, largas y apretadas por la vergüenza, y... la vulva, lampiña, rosada y suave. La insistencia de mi mirada la hizo sonrojar intensamente y apartó la vista más allá de mis hombros.

—No te importa nadie además de ti mismo —murmuró.

No repliqué. La deseaba, todo mi interés se concentraba entre sus muslos.

Selene no debía avergonzarse de nada. Era, sencillamente, perfecta. Quizá la mujer más guapa que había visto en mi vida, y eso que había visto muchas. Pero no se lo dije porque no quería infundirle seguridad.

No hice nada para ayudarla a vencer su timidez.

—¿Dónde quieres mis labios, Campanilla? —susurré rozándole las caderas con las manos. Se sobresaltó y se crispó, luego arrugó la frente como si no entendiera nada. Algunos de sus gestos eran adorables; parecía realmente una niña—. ¿Dónde quieres mis labios? —repetí más lentamente acercándolos a los suyos con la clara intención de aturdirla; luego, con la mano derecha, la sujeté de la cola y con la izquierda le palpé el pecho mientras le metía una rodilla entre los muslos.

El gesto la sacó por fin del estado de confusión en que se hallaba. Le restregué la erección en el costado para hacerle sentir lo excitado que estaba y el tamaño que había alcanzado.

Solo para ella.

—¿Qué haces? —Se quedó quieta y tembló; en ese instante me di cuenta de que había sacado al animal de la jaula demasiado pronto. La había asustado.

Estaba tensa y debía remediarlo.

Moví despacio la rodilla entre sus piernas para ablandarla frotando en el punto que le daría más placer; luego, metí el índice en la goma y le solté el pelo con cuidado para no hacerle daño.

Selene me miró como si fuera su peor enemigo, pero también el único hombre al que no podía resistirse, de lo cual yo tenía la intención de aprovecharme.

Estaba seguro de gustarle, sabía el efecto que surtía en ella, que la atracción y la maldita química que nos unía era recíproca.

Le besé el cuello y empecé a palparle el pecho con la mano izquierda, cuyo pulgar frotaba despacio el pezón, turgente como una gema, mientras restregaba la pierna entre sus muslos.

Selene, completamente desnuda, permanecía quieta, pegada a mí y a la ropa de la que me libraría dentro de poco. La oí gemir suavemente y comprendí que estaba a punto de perder el control; mi mano abandonó el pecho, surcó el vientre y llegó hasta el pubis. Quité la rodilla y la toqué con el índice percibiendo su excitación en la yema.

Como el gran cabrón que era, sonreí en el hueco de su cuello porque estaba desnuda y mojada tal y como había deseado.

—¿Los quieres aquí? —Apreté el índice contra la piel sin penetrarla todavía y Selene me sujetó la muñeca para detenerme, o quizá para incitarme.

Para mí era insólito hacer ciertas proposiciones a las mujeres, no concedía esa clase de atenciones a ninguna.

Era intransigente con el sexo oral: me gustaba a rabiar recibirlo, pero no me gustaba devolverlo.

Selene sería una de las pocas afortunadas.

La observé fijamente y ella me miró con rabia; en ese momento me odiaba porque había despertado los deseos de los que renegaba continuamente. Le sonreí de manera diabólica y la giré por las caderas haciendo chocar su espalda contra mi pecho. Tenía ganas de saborearla, unas ganas malsanas que nunca había sentido.

Le aplasté el vientre contra el culo y empujé entre los glúteos; me habría gustado quitarme los vaqueros para sentir su piel, pero debía tener paciencia y concederle el placer debido.

—¿Qué diablos quieres hacer?

Me miró en el espejo. No la había girado por casualidad: quería que viera las muecas de placer que le provocaría en la cara, quería que se viera mientras gozaba, que comprendiera lo mucho que le gustaba que la usara.

Solo yo.

Se sujetó al borde del lavabo y yo le aparté el pelo de lado sin dejar de empujar contra su culo.

—Ahora verás. —Levanté una comisura de manera provocadora y el *gong* que sonó en mi cabeza dio inicio a lo que yo entendía por romántico.

Empecé a recoger con la lengua las gotitas de agua que le perlaban la espalda desnuda sujetándola por las caderas. La idea de que observara mi reflejo en el espejo me excitaba sobremanera.

Continué lamiéndola siguiendo la línea de la espalda y emboqué el camino que me conduciría a mi país de Nunca Jamás.

Mis labios acariciaron cada centímetro de su piel perfumada; metí los pulgares en los hoyuelos de Venus y por un instante imaginé perversamente lo que aquel idiota de Xavier había dicho que le haría.

Tras besarle la base de la espalda, me arrodillé ante sus fantásticos glúteos, que se ofrecían sin obstáculos a mis deseos, y miré su fruto jugoso apenas entreabierto que solo esperaba mi llegada, como si yo fuera la perdición encarnada.

Le mordí una nalga y acto seguido le di un manotazo que la hizo tambalear.

Selene se sujetó al mármol de la encimera con más fuerza y yo sonreí. Hacía bien en aguantarse porque la iba a aturdir completamente.

—Neil —murmuró como si se me rogara que parase, pero yo sabía que deseaba que siguiera.

—Chis, Campanilla, prepárate para volar conmigo. —Le acaricié lentamente el culo, que consideraba perfecto.

Redondo, alto, de porcelana, completamente a mi merced.

Le abrí las nalgas y acerqué la cara al surco para lamerla.

Selene dio un respingo cuando sintió el calor de mi lengua deslizarse del esfínter a la vulva, suave y mojada. Me hundí en ella y respondió con otro respingo a la intrusión inesperada.

—Neil —gimió, arrastrando las últimas letras de mi nombre y doblando los codos. Y pensar que todavía no había empezado a torturarla…

Retiré la lengua demasiado pronto para que se volviera loca. Quería que perdiera la cabeza.

Además, Selene era especialmente sensible y lo demostró cuando empecé a acariciarla con la punta de la lengua, de abajo arriba, deteniéndome de vez en cuando para besarle el interior del muslo.

La barba le rozaba en su punto y los escalofríos que le recorrían las piernas eran la prueba.

—Neil —volvió a llamarme, y arqueó la espalda; sonreí, pero no le respondí porque quería oírla gozar. Me hundí con más determinación en su interior y ella balanceó la pelvis en mi boca, como si estuviera a punto de sentarse en mi cara.

La lamí y la chupé un rato más y ella gritó como yo quería que lo hiciera; mi orgullo masculino se disparó y la erección dio una sacudida contra la cremallera de los vaqueros. Para aliviarme, me desabroché rápidamente el botón y la bajé.

—Tengo que saber qué te gusta y cómo te gusta. Quiero conocerte a mi manera —dije antes de hundirme en ella de nuevo y de estimularla con la lengua; me ayudé introduciendo también el índice en su calor y una vibración de la pelvis me hizo comprender que la estaba haciendo enloquecer.

Prestaba atención a sus reacciones para memorizar qué le gustaba; el sexo no era igual con todas las mujeres, cada una tenía sus preferencias, como yo tenía las mías.

—Continúa —jadeó.

Oía sus gemidos, olía su aroma, saboreaba su divino sabor que me embriagaba por completo; las piernas de Selene se estremecían, su excitación me mojaba la lengua mientras bebía su deseo. Descubrí que nunca me había sentido tan fuera de la realidad como en aquel momento.

Seguí embistiéndola con estocadas de lengua intensas y resueltas, luego me sumergí una y otra vez dentro de ella, en el lugar íntimo al que yo había sido el primero en entrar.

Entretanto, Selene se volvía cada vez más esclava de mi perversión: percibía su respiración frenética y su deseo irrefrenable; estaba a punto de correrse.

Me detuve antes de que alcanzara el orgasmo y le di un manotazo en la nalga dejando la marca rojiza de los dedos.

Me alejé de su intimidad y me puse de pie lentamente.

Quería follármela y mirarla mientras gritaba de placer; quería gozar de sus expresiones de excitación, cepillármela y aturdirla mientras asistía al espectáculo.

—¿Te ha gustado el entremés?

Me miré al espejo. Estaba levemente empañado y su imagen no se reflejaba con nitidez, pero aun así Selene me pareció irreconocible.

El pelo desgreñado, los labios entreabiertos, las mejillas enrojecidas y los ojos nublados por la excitación le conferían un aspecto salvaje y sexi a rabiar. Me chupé el labio inferior, recogiendo sus secreciones, y ella se ruborizó.

Sentir su sabor en la boca fue magnífico.

—¿Y a ti? —Se giró sobre las piernas inseguras. Le sonreí provocativo y le cogí la mano para llevármela a la erección y responderle a tono.

—¿A ti qué te parece?

Le apreté la mano contra la verga y ella contuvo la respiración. Estaba hinchada y durísima, hasta tal punto que se curvaba debajo de los vaqueros. Selene se sonrojó y aquella reacción me provocó un efecto anómalo. La cogí por los glúteos y la aplasté entre mi cuerpo y el mármol. Ella se sobresaltó, pero no se apartó. No tenía la intención de detener lo que yo había empezado. Decidí hacerle probar su sabor y lo mucho que me había deseado mientras se lo lamía.

La cogí por sorpresa y la besé entrelazando mi lengua con la suya fundiendo nuestros deseos. Sus manos se precipitaron a acariciarme los abdominales y subieron a los pectorales. Todavía llevaba puesta la sudadera, pero ella pudo sentir con claridad los músculos ardientes palpitando de deseo.

Nos besamos una vez más y la conduje a la cama. Desde la primera vez que la había besado en la piscina había notado lo mucho que me gustaba besarla y así había firmado mi condena. Nos detuvimos para recuperar el aliento y ella se sentó en la cama, completamente desnuda, bella como un ángel, blanca como la nieve y majestuosa como los colores del amanecer.

La miré y no deseé otra cosa que hundirme en ella.

—Túmbate y abre las piernas —le ordené mientras me quitaba la sudadera como si estuviera a punto de incendiarme. La arrojé al suelo, luego hice lo mismo con los vaqueros y el bóxer. Me arrodillé entre sus muslos abiertos y ostenté una cierta seguridad; por otra parte, me sabía atractivo, con buena planta, una cara sensual y un cuerpo escultural a la altura de las expectativas femeninas.

Selene estaba excitada —le ardían las mejillas, jadeaba y tenía los ojos inyectados de lujuria—, pero también algo cohibida por mi majestuosidad.

Tragó aire y evitó mirar abajo. Me agarré la erección con una sonrisa insolente y la moví despacio; ella no sabía dónde mirar.

—Mírame —le dije. Quería que dejara de avergonzarse, que derribara las barreras del pudor, que se dejara llevar. Selene me obedeció y me miró, pero no donde yo habría querido, sino a los ojos, con la intención de leerme el alma.

—Tú también —replicó con decisión, como retándome.

Dejé de pelármela y la miré tal y como me había pedido. Su cuerpo era pequeño con respecto al tamaño de la cama; allí tumbada parecía algo precioso y frágil: el cabello, cobrizo, abriéndose como un abanico sobre la colcha blanca; los pechos, desnudos, perfectos; el vientre, plano y en tensión; las piernas, abiertas y trémulas, fingiendo una seguridad que no poseía, y, por último, entre ellas, el deseo que había dejado insatisfecho adrede, mi pasaporte para el paraíso. ¿Acaso quería que mirara dentro?

¿Por qué no me usaba sin más como hacían todas? ¿Por qué no me follaba y se contentaba con mi cuerpo?

—Ya te he mirado —murmuré expeditivo, más fogoso que antes, encendido por el deseo de tirármela. Ella pareció decepcionada, pero no entendí por qué. No había manera de que nos entendiéramos.

Como pareja éramos un desastre.

—Déjate de gilipolleces, Selene. Intercambio de miradas tiernas y chorradas por el estilo no son para mí —añadí molesto.

¿Cuánto debía resistir aún? Tenía los huevos contraídos y la erección a punto de explotar, sentía la excitación fluir por las venas y no entendía qué pretendía de mí. Avancé de rodillas sobre la cama para acercarme. No quería perder más tiempo. Había llegado al límite.

Me tumbé sobre ella apoyándome en los brazos.

Selene tragó saliva y empezó a temblar de nuevo.

—No has mirado los detalles —susurró mirándome los labios.

Los había observado de reojo, en cambio, pero ella ni siquiera lo sospechaba y yo quería mantener el secreto. Cuando la desnudaba eran ellos los que captaban mi atención.

Me incliné sobre el pecho derecho y lo chupé haciéndola jadear, luego lamí el lunar que tenía al lado del pezón. La forma recordaba a un pequeño corazón y aquel era uno de los detalles que adoraba de su cuerpo. La miré de nuevo y moví la pelvis despacio restregándome contra los labios mayores, calientes y mojados.

—Entonces abandóname aquí, en la invisibilidad de los detalles que solo tú crees notar —murmuré provocativo, metiendo un brazo entre nuestros cuerpos para empuñar mi erección y dirigirla hacia donde quería. La agarré por la base y me restregué contra ella para lubricarme. El erotismo alcanzó la cúspide cuando empujé las caderas y sentí que su calor líquido me envolvía. Me gustaba la sensación de contacto, por eso, a diferencia de lo que hacía con las otras, con ella no usaba preservativo.

Me deslicé en su interior y sentí sus paredes estrechas moldearse alrededor de mi verga.

Eran lisas, suaves y ardientes. Un nido de fuego.

Envolvían, succionaban y acogían todo mi espesor. La sensación fue surrealista y contuve la respiración por todo el tiempo en que me abrí paso dentro de ella. Me hundí entre sus muslos sin prisa y Selene apretó los dientes, respirando despacio. Sabía que mi tamaño provocaba a menudo un leve dolor a las mujeres; ella, sin duda, era estrecha como la primera vez, y lo sentía.

Solté todo el aire de golpe cuando la penetré hasta el fondo. Me detuve y ella me miró y tragó a la espera de que me moviera. Sus pequeñas manos me apretaron la espalda y me acariciaron la zona lumbar, luego me rodeó las caderas con las piernas y apoyó los talones en mis glúteos.

Aferrada a mí parecía aún más frágil y pequeña.

Le sonreí y le di un beso casto en los labios. Tomé conciencia, aunque demasiado tarde, de la intimidad del gesto; solo procuraba tranquilizarla, pero ella podía hacerse ilusiones de que entre nosotros hubiera algo más que sexo. No podía permitirme esa clase de errores.

Me puse tenso. Normalmente besaba a las mujeres para seducirlas, no porque me agradara; con ella, en cambio, me gustaba y era algo nuevo para mí.

Empecé a moverme, saliendo y entrando en ella con fuerza. Dejé de mirarla a los ojos y me concentré en nuestras respiraciones, en sus gemidos y en el encaje de nuestros cuerpos. Le lubriqué el clítoris y seguí surfeando las olas del placer. Le besé el cuello y constaté una vez más que adoraba su aroma a coco.

Me gustaban las mujeres limpias y Selene lo era. Muchísimo.

Bajé hasta el pecho y lo chupé, haciéndole arquear la espalda. Me encantaban sus formas delicadas. Envolví el pezón con los labios y lo mordisqueé; Selene gimió.

—Neil —murmuró entrecortadamente; me hundió las uñas en la espalda y se agarró a ella mientras la sacudía a cada embestida.

El cabezal de la cama golpeó la pared y los muelles empezaron a chirriar. Selene me miró a los ojos, pero no iba a permitirle que me manipulara con su jodida mirada oceánica. Cuando lo hacía me volvía vulnerable, un imbécil que habría deseado nadar y perderse para siempre en ese mar.

Salí de ella, la cogí por las caderas y la puse boca abajo para evitar que el contacto visual me comprometiera. Le subí el culo y la coloqué a cuatro patas. Me acerqué y la penetré con un fuerte empujón agarrándome a sus caderas.

A pesar de que no quería mirarla, lo hice. Selene apretaba la colcha con los puños, tenía el pelo desgreñado y salvaje, la espalda arqueada y sudada, y el culo en pompa, víctima de mis feroces acometidas. Bajé la mirada para observar el punto exacto de unión entre nuestros cuerpos y lo que vi me exaltó.

Su flor, rosa, aterciopelada y suave, se abría y se cerraba al compás de mis acometidas; era una rosa cándida cuya delicada corola guardaba un centro profundo. Le agarré el pelo con una mano y le eché atrás el cuello doblándome sobre su espalda.

Era preciosa, pero nunca le diría esas cosas.

—Adoro follarte —le susurré, en cambio, al oído mientras le olfateaba el cuello. No rechistó. Apretaba los dientes y soportaba, gemía y gozaba justo como yo quería. Cada gemido suyo provocaba una embestida más fuerte y exaltada. Le coloqué una mano debajo del estómago y con la otra le pellizqué un pezón con el pulgar y el índice. Se sobresaltó. Me gustaba la manera en que Selene respondía a mis estímulos y a mis caricias.

Era tan jodidamente sensible que me excitaba sobremanera.

Su cuerpo caliente y mis movimientos, de una ferocidad desatada, eran lo único que me ocupaba la mente en aquel momento.

Las pesadillas, los problemas, el paquete anónimo, el doctor

Lively y todo el veneno que me rodeaba habían desaparecido. La lujuria hirviendo fluía por las venas en tensión; las rodillas le cedieron de golpe y Selene se desplomó, rendida a mi dominio.

Gimió contra la colcha y se mordió el brazo para reprimir los gritos que habría querido escuchar.

—Te gusta que te use. Lo lamento.

Apreté la mata de pelo que empuñaba y le di un manotazo tan fuerte en una de las nalgas que gritó y gimió de placer al mismo tiempo. Sonreí como un cabrón porque había alcanzado mi objetivo y me tumbé sobre ella apoyándome en los codos.

Restregué el tórax contra su espalda, tan delgada que temí aplastarla.

—Cabrón —murmuró en voz baja, incapaz de hablar más fuerte. Seguí moviendo la pelvis, marcándola y poseyéndola cada vez con más ímpetu; de repente me puso una mano en el trasero para que disminuyera el ritmo, o quizá para incitarme, pero no se lo pregunté porque estaba determinado a seguir adelante hasta agotarla.

Tenía una resistencia increíble y Selene lo había intuido.

La estaba torturando: entraba en ella con bruscos empujones y salía despacio, haciéndole sentir cada centímetro de mí, porque quería que me sintiera entre sus piernas al día siguiente y al cabo de unos días. Los dos empezamos a sudar y nuestras respiraciones se entrecortaron.

Selene no podía más, mientras que yo habría podido resistir un rato largo, sencillamente para no volver a la realidad.

—Estás a punto de correrte, Selene.

Apreté mi pecho contra su espalda y sentí que se contraía a mi alrededor, que me engullía para luego soltarme.

Contrajo y dilató en una danza armoniosa. Aumenté el ritmo de las embestidas y su cuerpo se tensó bajo el mío. Volvió a ponerse a cuatro patas por reflejo condicionado y movió la pelvis sobre mí para dejarse transportar por los placenteros espasmos naturales del orgasmo.

Los codos apenas la sostenían y las piernas le temblaban.

Era hermosa, espléndida como una explosión de fuegos artificiales.

Cerré los ojos y me dejé envolver por su calor abrasador y por el movimiento impaciente de sus caderas. Sentí un escalofrío intenso recorrerme la columna vertebral, abrí los ojos y salí a toda prisa. Le apreté una nalga con una mano y con la otra agarré la erección con el puño y deslicé rápidamente los dedos por su longitud. El abdomen se tensó, un millón de terminaciones nerviosas relampaguearon como cohetes, los bíceps se hincharon, un calor ardiente me encendió el pecho y las venas explotaron cuando el semen le salpicó la espalda. La razón se nubló completamente ante la vista de Selene debajo de mí.

—Joder —dije sin aliento cuando el orgasmo se disipó y lentamente volví a la realidad. Permanecí quieto, de rodillas detrás de Selene, tratando de respirar con normalidad mientras ella se tumbaba, agotada.

Estaba empapado en sudor, tenía el pelo mojado, la garganta seca, y no sabía dónde había ido a parar mi corazón, quizá al estómago, o a las sienes, o entre los huevos. Lo absurdo de la idea me hizo reír por lo bajo.

Me tumbé a su lado, cansado, y sentí que las fuerzas me abandonaban poco a poco; estaba satisfecho, como siempre después de un polvo.

Miré fijamente el techo apenas iluminado por la luz de la lámpara de la mesa de noche y respiré el aire saturado de sexo, coco y musgo.

Saturado de nosotros, una combinación más bien extraña.

Selene, boca abajo y con los brazos doblados cerca de la cara y las palmas abiertas sobre la colcha, giró la cabeza hacia mí. Me miró con la adoración que las mujeres sentían por mi cuerpo después de haber gozado de él, luego extendió una mano hasta mi costado izquierdo y con el índice trazó el contorno del tatuaje. El contacto me produjo escalofríos; tenía las manos heladas, quizá porque no se había cubierto ni con la sábana. Sus dedos, largos y finos, siguieron acariciándome y entonces me di cuenta de que deseaba sentirlos más abajo, a mi alrededor y…

Basta.

Si continuaba así iba a tener otra erección y tendríamos que volver a empezar, y sabía que le pediría demasiado. Selene nunca había hecho preliminares con un hombre. Tendría que enseñarle a satisfacerme, decirle qué prefería y cómo, pero no en aquel momento.

—¿Te gusta mi tatuaje? —le pregunté con curiosidad. Al oír el timbre ronco y bajo de mi voz se sobresaltó. Se apartó el pelo de la frente, empapada en sudor, se giró, y se hizo un ovillo mostrándome los pequeños pechos sobre los cuales se detuvo mi mirada.

Últimamente no me aguantaba, parecía un adolescente que experimenta sus primeros enamoramientos.

¿Cuántos culos y tetas había visto en mi vida? ¿A cuántas mujeres había usado? No sabría decirlo.

Sin embargo, su cuerpo parecía una novedad para mí, un territorio por explorar, un regalo inesperado por abrir.

Selene era el país de Nunca Jamás que siempre había soñado, el lugar en el que fantaseaba con una vida mejor para huir de la realidad.

—Me gustan los dos —murmuró, y señaló el tatuaje maorí del bíceps derecho.

Me lo había hecho a los dieciséis años; se extendía hasta el hombro y simbolizaba unas cualidades poderosas con las que me sentía muy identificado. Curiosamente, me halagaba que le gustaran mis tatuajes.

—¿Te harás más? —me preguntó.

Me gustaban los tatuajes y quería hacerme muchos más en varios puntos del cuerpo, pero un momento…

¿Qué coño estaba haciendo? O mejor dicho, ¿qué coño estábamos haciendo?

¿Conversar?

¿Desde cuándo charlaba con las mujeres después del sexo? Arrugué la frente y Selene debió notar mi perplejidad porque apoyó la palma de la mano sobre la cama y se incorporó. La imité enseguida.

—¿Qué cojones…? —susurré para mí mismo al darme cuenta de lo absurdo que era todo lo que estaba pasando, todo lo que yo hacía.

No quería tener una relación con nadie, no era un hombre del que esperarse romanticismos o chorradas parecidas, pero era evidente que había elegido a la chica equivocada para satisfacerme y jugar.

Era un hombre problemático y ella ni siquiera se imaginaba el follón que reinaba en mi cabeza. Sin embargo, a pesar de que podía tener a cualquier mujer, en los últimos tiempos siempre acababa inexplicablemente entre las piernas de Selene.

A decir verdad, no es que hubiera abandonado mis costumbres libertinas —follaba con otras con la misma intensidad de siempre—, pero también quería follar con ella porque no podía negar que me gustaba.

Selene ni siquiera era mi tipo; prefería a las rubias echadas para delante y descaradas. Ella, en cambio, era ingenua, inexperta y, por si fuera poco, morena.

Era todo lo contrario de mis amantes.

—¿Y ahora qué te pasa? —murmuró confusa.

Me pasé una mano por la cara, me levanté de la cama y recogí el bóxer para ponérmelo. Sentía sus ojos sobre mí, precisamente en el trasero, cuyos músculos se contraían a cada movimiento. Me giré y la pillé mirándomelo con fijeza. Enseguida apartó la mirada y la dirigió a las piernas desnudas.

—Tengo que irme. Eso me pasa —solté nervioso, sobresaltándola. No era culpa suya, en absoluto, pero tampoco mía.

—¿He hecho algo mal? —insistió tratando de comprender los cambios de humor para los que ni siquiera yo tenía una explicación; sencillamente, formaban parte de mi personalidad trastornada.

Me incliné para palpar los bolsillos de los vaqueros en busca del paquete de Winston porque sentía una necesidad imperiosa de fumar, pero al cabo de un instante recordé que lo había dejado en mi habitación.

—¡Cierra el pico, Selene! —levanté la voz, asustándola. No debía agobiarme con sus preguntas porque ni siquiera yo conocía las respuestas.

Aquella situación me superaba, todo aquello me superaba.

—¿Cómo te atreves? —Bajó de la cama, la rodeó y vino hacia mí.

Se enfrentó a mí con su cuerpo, desnudo y delgado. Le sonreí mirándola desde lo alto de mi arrogancia.

¿Acaso creía que me intimidaba?

—¿Qué vas a hacer, eh, Campanilla? —Me acerqué y percibí su aroma. Olía a sexo y a mí.

Selene levantó la barbilla y me desafió. Era diminuta, pero tenía la determinación de una tigresa.

—Hablar, eso que te da tanto miedo. Solo te sientes hombre cuando follas —me ofendió entrecerrando los ojos. Tenía el pelo desgreñado, las mejillas coloradas, mi esperma en la espalda y las señales de mis dedos en los costados.

Sí, tenía todo el aspecto de una a la que se habían follado como es debido, por eso era aún más excitante.

Siguió mi mirada y cayó en la cuenta de lo que yo estaba mirando. Se acarició los morados que manchaban el blanco de su piel y, de repente, sin que se lo esperara, la sujeté por la nuca, la atraje hacia mí y empuñé su mata.

—¿Y tú? ¿No te sientes una mujer solo cuando te follo como una bestia? Sé que es así, de la misma manera que sé que no lo admitirías nunca —le susurré a poca distancia de los labios. Apretó los dientes, no me respondió. Me desafió con los ojos para hacerme saber que la guerra acababa de empezar.

—Sí me cuentas algo de ti, haré lo que quieras —murmuró en voz baja.

Me acordé del estúpido pacto que me había propuesto en el gimnasio y me pregunté una vez más cómo era posible que no viera lo podrido que estaba.

—¿Qué quieres? —le pregunté sin soltar su sedosa cabellera tratando de no hacerle daño.

—Hablar —repitió. Y tragó saliva. Le miré los labios y tuve ganas de besarla y de arrojarla de nuevo sobre la cama.

—Hablar... —dije pensativo, encadenado a sus ojos—. ¿Crees que vas a enseñarme algo desde lo alto de tu gran experiencia? ¿Eh? —pregunté divertido, respirando su aroma. Selene reflexionó unos instantes sobre mi pregunta.

—Sí, a escuchar la voz de tu alma —respondió con firmeza.

21

Neil

> A las mujeres les digo que mi cara es la experiencia y mis manos son el alma. Cualquier cosa con tal de bajarles las bragas.
>
> CHARLES BUKOWSKI

«A escuchar la voz de tu alma.»

Eso era lo que la niña quería enseñarme.

No entendía qué quería decir, pero la solté y retrocedí mientras una sonrisita victoriosa aparecía en su cara angelical.

Aquella chica, además de un hada, era una bruja peligrosa.

Quería conocerme y leerme dentro, quería que me fiara de ella, y no solo porque yo tenía un cuerpo bonito, sino porque veía mucho más en mí, algo que *no* existía.

—No sabes lo que dices. No puedes conocerme por lo que soy —dije irritado. Una como ella no podía gestionar a uno como yo.

Era demasiado complicado.

Todavía me buscaba a mí mismo, aún trataba de unir al hombre que era con el niño que había sido; mi alma estaba partida en dos, dos mitades que no lograba fundir.

Buscaba una paz interior que no podía alcanzar, y hasta que no me aceptara no aceptaría a nadie a mi lado.

—¿Por qué? —Selene se tocó los brazos. Se estaba muriendo de frío y yo no hacía nada para calentarla. Fuera de la cama no sabía tratar a las mujeres.

—Porque saldrías huyendo.

Di un paso atrás. Aquella conversación estaba asumiendo un cariz demasiado íntimo, más íntimo que mostrarme desnudo, que dejar mi huella en su cama o que meterle la lengua entre los muslos.

—¿De qué? —Se acercó, pero la miré con una frialdad que petrificó sus pasos.

—¡De mí! —Levanté la voz exasperado. Era imposible que no lo comprendiera. Debía permanecer alejada de mí.

Simple.

—Podría entenderte y…

Sacudí la cabeza para interrumpir cualquier chorrada que estuviera a punto de decir.

—Nadie puede entenderme, ni siquiera tú, ¡coño! —insistí tajante.

Tenía que dejar de fingir que era la heroína que iba a salvarme.

No había nada que salvar, nadie a quien redimir.

Era lo que era y nada cambiaría la lógica de mi caos.

Bufó, frustrada, y se alejó. Sacó del armario un jersey largo y del cajón un par de braguitas limpias, luego desapareció en el baño. No comprendí por qué me plantaba allí, en mitad de una conversación que ella misma había empezado. Al poco, volvió con el jersey claro y las braguitas que dejaban entrever su lindo culito. No podía haberse duchado en tan poco tiempo y sospeché que se había aseado por encima para calmarse mientras yo la esperaba medio desnudo con el bóxer puesto.

—El sexo que tienes conmigo no es como el que tienes con las demás, ¿verdad? En fin, mírame. —Se señaló a sí misma—. No sé darte placer, no he estado con ningún hombre antes de ti, no tengo experiencia y probablemente no soy tan atractiva como tus amantes. ¿Por qué me quieres a mí?

Se sentó en la cama y bajó la mirada sobre las piernas dobladas, cohibida.

¿Estaba abochornada después de lo que acabábamos de hacer?

—En este momento pareces una cría —le dije, y levantó la vista hacia mí.

Se ruborizó, quizá por el tono ronco de mi voz, y me miraba fijamente como si acabara de decirle: «Arrodíllate y chúpamela».

—¡Neil! —Sacudió la cabeza para ahuyentar quién sabe qué pensamiento y prosiguió—: ¡Por una vez querría una respuesta! —gritó y se puso de pie. Estaba enfadada y yo la encontré adorable porque con su aspecto no habría atemorizado ni a una ardilla.

Le sonreí y crucé los brazos; noté que los ojos se le fueron detrás de mis bíceps contraídos.

Le gustaba mi cuerpo. Y mucho.

—Respóndeme —dijo en voz baja, casi resignada al hecho de que no obtendría nada de mí. La miré serio y decidí que por una vez podía contentarla.

—No lo sé. —La miré desde arriba y sondeé sus curvas. Era guapa, proporcionada, fresca, su cara no tenía ningún defecto, parecía una muñeca realizada por un artista—. Me gustas a mí... y le gustas a ella —me señalé la bragueta y Selene la miró y se ruborizó. Se aclaró la garganta y volvió a mirarme asumiendo la misma postura que yo.

Cruzó los brazos y levantó el mentón con audacia.

—No es una respuesta exhaustiva. También te gustan Jennifer, Alexia y todas las chicas de la universidad —dijo con convicción. Pero no era precisamente así.

Yo elegía o, mejor dicho, seleccionaba a las mejores como si fueran mercancía.

Era despreciable, lo sabía, pero no era un tipo que se contentara con cualquier cosa.

Así que no era verdad que me había tirado a todas las chicas de la universidad, porque no me acostaba con mujeres que no me resultaran atractivas. Me había follado a muchas y tenía que admitir que con las Krew hacía obscenidades que prefería no confesarle. Pero con ella era diferente: la atracción era más fuerte, la química era poderosa y el deseo incontrolable.

Por lo general, el aspecto físico era lo único que me gustaba de las mujeres porque en él me encontraba a mí mismo, volvía a revivir el drama de mi infancia y comprendía que estaba acabado. Me daba cuenta de que no era normal porque cuando abusaba de mi cuerpo usando a una rubia cualquiera, mi alma volvía a llorar en busca de paz y todo se repetía.

Desde el principio.

Todas las veces.

Pero con Selene no me sentía ni consumido ni equivocado, con ella estaba fuera de todo, fuera del caos e incluso de mí mismo.

—No lo sé, ¿vale? ¡No lo sé! —Me incliné a recoger los vaqueros y me los puse. Quería irme, estaba agobiado, acorralado por una cría de ojos azules profundos como el océano.

Entretanto, Selene observaba en silencio mis movimientos; se había dado cuenta de que esa gilipollez de «hablar» no funcionaría conmigo y que yo lo habría eludido todas las veces que me lo propusiera.

—Aún no hemos acabado. —Me sujetó del brazo y me detuve.

Me miraba confiada, como si todavía no hubiera perdido la esperanza de encontrar algo bueno en mí; el problema era que no había nada positivo en alguien como yo y ella tenía que metérselo en la cabeza.

—¿Y ahora qué quieres? —solté contrariado.

Vi mi sudadera un poco más allá e hice ademán de cogerla; quería ponérmela y salir de aquella habitación lo antes posible, pero me quedé allí parado con ella. Con la niña.

—Quiero saber por qué… —No la dejé terminar. Me solté de su agarre y respiré profundamente. Estaba a punto de explotar.

—No lo sé. No sé por qué te quiero a ti —grité sobresaltándola—. Eres la única chica virgen con la que me he acostado. Es cierto, no tienes experiencia y no sabes cómo complacerme. Ni siquiera yo sé qué me atrae de ti. ¿Qué quieres que te diga? ¿Que estoy enamorado de ti? ¿Que para mí eres la única? ¿Que solo me acuesto contigo? Pues bien, te cuento, Selene: me gustas a mí y a mi polla. —Me puse una mano encima de la bragueta de los vaqueros—. Es solo sexo y eso debería ser suficiente para destruir tu castillo encantado. ¡Y ahora deja de marearme con tus preguntas!

Selene retrocedió sin replicar.

Había sido brusco, un cabrón insensible, pero le había dicho la verdad.

Quería que comprendiera que no teníamos futuro, que no existía ningún cuento de hadas porque yo no era capaz de darle más.

No era un puto príncipe azul y lo nuestro no era una historia de amor, no significaba nada para mí.

Tenía tantos problemas por resolver que una relación no entraba en mis planes, aunque Selene no lograra comprenderlo.

Estaba muerto desde hacía mucho tiempo y para mí no había salvación ni liberación.

El encuentro con una chiquilla casta y pura, con vocación de enfermera, no bastaría para sacarme de mi infierno.

Eso pasaba en las novelas, no en la vida real.

—Vive la vida tal y como es. —Me acerqué y le levanté la barbilla con el índice: en sus ojos se leía desilusión, pero seguían siendo tan cristalinos que me seducían—. Las ilusiones destruyen la mente, Selene, no hay nada peor que confundir el deseo con la realidad.

La vida era un collar de perlas susceptible de romperse con un suspiro, y cuando eso sucedía, las pequeñas esferas rodaban por el suelo mostrando lo destructiva que podía llegar a ser una ilusión.

Selene era demasiado ingenua para conocer el lado oscuro de la humanidad y los ojos con que miraba el mundo eran como lentes de colores que solo le mostraban lo que quería ver.

—No me toques —soltó. Se alejó de mí y comprendí que estaba enfadada y decepcionada.

Selene no había conocido el sexo antes de encontrarme y estaba confundida, era incapaz de separar la mera atracción física de un sentimiento ilusorio en el que todo el mundo creía excepto yo.

Yo era un conflicto viviente, vivía en una normalidad anormal, alternando la apatía con la locura. La guerra con la paz.

Era la contradicción personificada.

Miré a Selene por última vez antes de pasar por su lado y recoger del suelo la sudadera.

Las palabras que había pronunciado me remordían la conciencia, pero no podía disculparme por haber dicho la verdad o por mis modales de mierda.

Suspiré y me puse la sudadera sintiendo su mirada clavada en la espalda. Luego me dirigí hacia la puerta y salí sin ni siquiera dignarme a mirarla.

Sabía que no me merecía una rosa blanca como ella y que ella no se merecía que me portara como un cabrón, pero también sabía que volvería a buscarla porque el deseo que sentía por Selene era tan fuerte que no podía reprimirlo.

Quería su cuerpo, no una implicación emotiva que comprometiera nuestro entendimiento.

No éramos hermanastros, no éramos simples compañeros de

piso o amigos, pero tampoco una pareja. Lo que éramos, fuera lo que fuese, se basaba en un capricho que yo quería satisfacer.

Un capricho que sería la causa de todas sus desilusiones...

Al día siguiente, decidí dejar de lado el problema de Selene y ocuparme de algo mucho más serio.

Mi hermana sacaba malas notas y se encerraba en su habitación a compadecerse de sí misma por culpa del cabrón de Carter Nelson. Debería haberme arrepentido de haberle dado una paliza que lo había dejado en coma, pero solo sentía rabia por no haberlo matado.

La familia tenía la intención de denunciar al agresor y, si no encontraba antes la manera de impedírselo, el chico revelaría mi nombre cuando se despertara.

—¿En qué piensas?

Jennifer me besó el cuello y restregó contra él la punta de la nariz para aspirar mi aroma. Estábamos en el coche y no tenía la intención de follármela, a pesar de sus continuas provocaciones. Poco antes me había pedido que la acompañara a casa y yo había accedido sin pensar en la posibilidad de que trataría de bajarme el bóxer, como siempre.

No me molestaba su atrevimiento, más bien lo contrario, estaba acostumbrado; conocía a Jennifer desde hacía cuatro años y habíamos instaurado una especie de relación basada en el sexo sin compromiso.

Nos llevábamos bien, sobre todo cuando no hablábamos. Tenía un cuerpo atractivo, unas tetas enormes y un culo firme y perfecto para darle manotazos; era una bomba en la cama, por eso me gustaba correrme juergas con ella en el tiempo libre.

—No quiero que te entrometas en mis cosas, ya lo sabes. —Jennifer conocía bien mi carácter y mi manera de pensar.

Se puso cómoda en el asiento del pasajero y se alisó la minifalda escocesa que apenas le cubría los muslos enfundados en unas medias oscuras. A pesar de las bajas temperaturas, nunca renunciaba a las botas de caña alta y a las minifaldas ceñidas, gracias a las que yo alcanzaba fácilmente la parte de ella que más me interesaba.

—¿Conoces a los amigos de Nelson?

En ese momento llegábamos a la verja de su villa. Jennifer pertenecía a una rica familia de origen irlandés. Su padre había muerto en un accidente de tráfico y a su madre le había faltado tiempo para rehacer su vida con un empresario de Nueva York que había conocido por casualidad en un viaje de negocios.

—¿Te refieres a Bryan? —preguntó curiosa mientras se abotonaba el abrigo que se había desabrochado en un intento desesperado por seducirme.

—No, a su hermano menor, Carter —especifiqué; había concebido un plan que iba a poner en práctica para evitar que aquel cabroncete me denunciara.

—Mmm..., deberías preguntárselo a Xavier. Él conoce a todo el mundo.

Se encogió de hombros y se puso un sombrerito negro que le cubrió la rubia cabellera.

—Vale, vete.

Volví a mirar al parabrisas, con una mano en el volante y la otra en el cambio; mantuve el motor encendido a la espera de que sacara su culo del Maserati. Pero Jennifer no se movió y me miró pensativa.

—Te acuestas con ella, ¿verdad? —dijo sin venir a cuento. Me giré hacia ella y arrugué la frente sin comprender a qué se refería.

—¿Con quién? —pregunté malhumorado, casi enfadado. Detestaba que me hiciera preguntas personales para descubrir quién sabe qué secretos de mi vida sentimental.

Una vida sentimental que, por otra parte, no tenía ni quería tener.

—Con la mosquita muerta que vive en tu casa. —Me miró con una rabia tan enorme que habría producido escalofríos a cualquiera excepto a mí.

—No —mentí—. Y aunque así fuera, no es asunto tuyo.

Posó la mirada en la mano que apretaba el volante, luego recorrió el resto del cuerpo para captar una tensión que yo sabía ocultar perfectamente.

Tenía el pleno control de mí mismo cuando fingía.

Satisfecha, volvió a mirarme a los ojos. Se acercó lentamente, me puso una mano sobre la rodilla y empezó a acariciarme subiendo hacia el muslo.

—Entonces ¿por qué no permites que Xavier y Luke la compartan? A los dos les gustaría tirársela —susurró a poca distancia de mis labios. Sus palabras se quedaron flotando en mi mente y evoqué la imagen de Selene gritando y forcejeando para evitar aquel contacto indeseado. Un calor abrasador se expandió por mi cuerpo, de la boca del estómago al pecho; agarré a Jennifer por el cuello y apreté rozando mi nariz con la suya. Contuvo la respiración, aterrorizada.

—Como se te ocurra animarlos a hacer algo semejante, te arrepentirás de haberme conocido —la amenacé con contundencia desafiándola a sacar lo peor de mí.

Lo que le había hecho a Carter era solo una de las muchas locuras que era capaz de llevar a cabo.

Sonrió, ¡me cago en la puta! Y sabía por qué.

Había ganado. Había obtenido la reacción que quería.

—Te acuestas con ella. Y te diré más: esa mocosa te gusta —dijo con un susurro entrecortado que me indujo a soltarla bruscamente.

Jennifer se llevó la mano a la garganta, tosió y me miró; tenía los ojos brillantes y enrojecidos.

—Estás advertida. ¡Y ahora baja! —ordené tajante interrumpiendo el duelo entre miradas.

Jennifer nunca había estado celosa de Alexia porque sabía que la prefería a ella, pero temía a las demás mujeres hasta tal punto de que había llegado al extremo de pegar a chicas con las que yo había estado.

No teníamos una relación y no estábamos juntos, pero algo había cambiado en el último año.

Jennifer había cambiado: me montaba numeritos de novia celosa cada vez más a menudo, indagaba sobre con quién me veía y hurgaba en mi vida privada, lo cual me molestaba.

Se había vuelto peligrosa, no para mí, pero sí para las chicas que me rondaban.

—Le gustas a ella, me gustas a mí y le gustas a todas porque es difícil olvidarte —replicó. Había dejado de mirarla, pero cuando se me acercó al oído su pegajoso perfume invadió mi espacio e incluso pude sentir su aliento caliente rozándome la piel—. Gustas porque eres lo bastante sucio para satisfacer los deseos de una mujer.

Gustaba porque era sucio, pero no se imaginaba cuánto.

No le dispensé más atención porque daba por acabada la conversación, pero Jennifer renunció a bajar del coche cuando vio a un hombre dando tumbos delante de la verja de su casa. Me incliné hacia delante para verlo mejor. Vestía un traje elegante, pero llevaba la camisa mal abrochada y tenía la mirada perdida. Parecía borracho.

—Billy —murmuró atemorizada. Era poco usual ver a Jennifer tan asustada, pero aquel hombre le había cambiado la cara en cuestión de segundos.

—¿Es tu padrastro? —pregunté. Jennifer asintió—. ¿Tu madre está en casa? —sospechaba desde hacía tiempo que la situación en casa de Jennifer no era envidiable. Su padrastro era un capullo alcoholizado de quien su madre se aprovechaba para llevar una vida de excesos y lujo.

—Creo que no —dijo mirando a Billy a través del parabrisas; el hombre apenas se aguantaba de pie.

Habría podido obligarla a bajar del coche y a quitarse de en medio, pero no era pasota hasta ese punto.

—Te acompaño —le dije, sacando el paquete de Winston del bolsillo de los vaqueros para fumarme un cigarrillo.

—No hace falta. Billy es de fiar. Últimamente se pasa con la bebida, pero nada más. Vuelve con la mocosa —me provocó. Estaba cabreada conmigo y lo estaría hasta que no volviera a concederle las mismas atenciones que recibía antes de llegar Selene.

—Te pega, ¿no es cierto? —le pregunté a bocajarro mientras daba la primera calada al cigarrillo. Nunca me había inmiscuido en la vida privada de mis amigos, no era propio de mí hacer esa clase de preguntas, pero en aquel momento me sentí en la obligación de hacerla. Sabía lo que significaba estar sometido a alguien.

—No es asunto tuyo. —Se crispó y me miró malhumorada.

—He visto los morados, no me mientas —repliqué.

Conocía todos los rincones de su cuerpo porque la veía constantemente desnuda y las últimas veces había notado unas señales sospechosas en su piel; nunca me había parado a pensarlo, pero ahora estaba seguro. Jennifer sacudió la cabeza y me sonrió con malicia.

—Son las señales de tu pasión. Cuando me follas con violencia, tú...

—¡No digas gilipolleces! ¡Hay cosas que no dan risa! —la reñí con brusquedad haciéndola sobresaltar.

Ella bajó la cabeza, abochornada; nunca la había visto tan sumisa. Di otra calada y suspiré. Detestaba ser tan agresivo, pero aquel era un aspecto de mi carácter con el que llevaba conviviendo toda la vida.

—¿Y a ti qué más te da lo que me haga Billy? —susurró, y por primera vez vi su dolor. Las lágrimas le asomaban a los ojos y permanecían en las pestañas para no caer. Jennifer tenía los ojos azules, pero de una tonalidad diferente a la de Chloe o a la Selene. Eran dos pedazos de cielo nublado. A veces eran dulces como los de una niña, otras fulminaban como los rayos de una tormenta—. Nunca me has hablado de ti —añadió seca.

Volvió a mirar fuera y se abandonó en el asiento. Reflexioné sobre lo que me había dicho y di otra calada al Winston. En efecto, a pesar de que nos conocíamos desde hacía años, nunca había sido capaz de hablar con ella ni de confiarme. A menudo me preguntaba qué debía sentir al recibir un trato tan frío, alejado, indiferente e insensible.

¿Por qué les hacía a las mujeres lo mismo que me habían hecho a mí?

Observaba la ciudad convertirse en polvo, la gente pasear por un mundo de cartón piedra, solo, socavada toda esperanza, porque no lograba despedirme de lo que había sido.

Todos los días me estrellaba contra el pasado.

—Conozco el olor de tu piel, tu cuerpo, sé lo que te gusta en la cama, pero cuando te miro me pregunto si algún día sabré algo más sobre ti —dijo Jennifer mientras yo fumaba evitando su mirada. Me atusé el flequillo con la mano libre tratando de no perder la paciencia.

—No hay nada más que saber sobre mí —respondí con hosquedad.

Al fin y al cabo, revelar algo más significaba contar mi historia y a mí me asqueaba lo que me había tocado vivir. Prefería que me considerasen la encarnación de un cliché, el típico hombre que cambia continuamente de acompañante, que disfruta follando, que no se preocupa por nadie, un hijo de papá al que le pagan los estudios y la ropa de marca, aunque la verdad fuera muy distinta.

Me gustaba follar, pero no por los mismos motivos que inducían a los demás hombres a seducir a las mujeres. No cambiaba de mujeres para presumir de mujeriego, sino porque era una escapatoria para sobrevivir. No vestía siempre con ropa de marca porque no me gustaba hacer ostentación de la riqueza. Y, por último, nunca había usado el dinero de William. Desde los dieciséis años había tratado de ser independiente haciendo cualquier clase de trabajo, no por necesidad, sino para no pedirle nada al cabrón de mi padre. El dinero que gastaba era mío y me lo había ganado.

—Será mejor que me vaya… —La voz de Jennifer me sacó de mis pensamientos. Suspiró profundamente y bajó del coche. Yo me puse el cigarrillo entre los labios y la seguí. No era mi mujer ni mi novia, ni siquiera una amiga, pero no iba a permitir que se enfrentara sola a un hombre borracho como una cuba. Cuando di un portazo, se giró para mirarme, sorprendida.

—Te acompaño. Y no te estoy pidiendo permiso —puse en claro.

No sabría cómo definir mi actitud. Quizá era protector con ella, o quizá trataba de limpiarme la conciencia por todas las cabronadas que hacía. Una buena acción no me convertiría en mejor persona, pero a pesar de que usaba a las mujeres para mi interés personal siempre las defendería de tipos como Billy.

Acabé el cigarrillo y aplasté la colilla, luego me acerqué a Jennifer, que me miró extrañada.

¿Acaso no era lo que quería, recibir mis atenciones?

—Ah, aquí estás, cariño —dijo el padrastro, avanzando hacia ella tambaleándose. Olía tanto a whisky que torcí la nariz. Jennifer se puso tensa y dio un paso atrás; Billy estaba tan borracho que ni siquiera me había visto.

—¿Ya has vuelto? Tu madre no está y yo he acabado por hoy.

La escudriñó de los pies a la cabeza demorándose en los muslos. Lo miré. Tenía el aspecto de haberse escapado del despacho sin ni siquiera ponerse el abrigo, a pesar de que hacía frío: la chaqueta del traje arrugada; los pantalones manchados de algún mejunje; el pelo, oscuro, pegado a la frente, y los ojos, de color avellana, deslizándose rápidos por el cuerpo de Jennifer. Le sacaba más de veinte años, pero la devoraba con la mirada como si la diferencia de edad fuera un detalle sin importancia.

—De acuerdo —balbució ella, luego se giró hacia mí con una sonrisa triste.

—Puedes marcharte, Neil.

Solo entonces Billy reparó en mí. Me miró con fijeza inclinando la cabeza hacia atrás para verme la cara, pero no pareció intimidado por mi mole.

—¿Y este quién es? —Miró de nuevo a Jennifer y dio unos pasos adelante tratando de no perder el equilibrio—. Si tu madre supiera que has traído un chico a casa... —añadió con expresión malvada.

Se pasó la lengua por los labios y trató de agarrarla del brazo, pero lo empujé bruscamente. Jennifer se escondió detrás de mí y se sujetó a mi cintura, atemorizada. Billy tardó un poco en entender lo que estaba pasando.

—¿Quién coño es este tío? ¿Un amigo tuyo? —insistió malhumorado. Lo miré y esbocé una sonrisita descarada. Pensé que no me desagradaría en absoluto partirle la cara. Los tipos como él me recordaban a la parte de la humanidad de la que trataba de defenderme cada día, por eso no los soportaba.

—No, soy Papá Noel —repliqué con sarcasmo; él arrugó la frente—. ¿Quieres tu regalo, Billy? —añadí. Jennifer me sujetó por la cazadora para darme a entender que no le hiciera daño—. ¿Cuál prefieres, la izquierda o la derecha? —dije mostrándole las palmas de las manos dispuesto a asestarle uno de mis ganchos. Él intuyó mis intenciones y retrocedió atemorizado. Por fin había comprendido.

Constató mi tamaño, mi mirada afilada y la rigidez de mis músculos, y se dio cuenta de que enfrentarse a mí no era la opción más inteligente.

—¡Jennifer! ¡Entra en casa o te haré pasar el resto del día aquí fuera! —gritó a su hija adoptiva, que seguía detrás de mi espalda. Me di la vuelta para mirarla y ella me pasó por el lado para seguirlo.

—Cálmate, Billy, ¿de acuerdo?

Utilizó el mismo tono con el que se dirigía a mí cuando quería seducirme, y le dedicó una sonrisa encantadora. Conocía bien sus zalamerías y, aunque conmigo no funcionaban, con el cincuentón surtían el efecto deseado. Billy estaba pendiente de sus labios, como si no hubiera visto a una mujer en su vida.

¿También se acostaba con él?

No me habría sorprendido.

Sacudí la cabeza y me metí las manos en los bolsillos con la intención de irme de allí.

—Espera, Neil —me llamó Jennifer, pero no me di la vuelta.

—Podías haberme dicho antes que te lo follas. No habría perdido tanto tiempo.

Saqué la llave del coche y lo abrí. Tenía que dejar de prestar a los demás la ayuda que yo no había recibido. Veía a personas indefensas acosadas por monstruos por todas partes, pero me equivocaba.

—No es así.

—No me importa. Es tu vida, haz con ella lo que quieras —atajé. No me interesaba lo que hiciera. Jennifer sabía cómo estaban las cosas entre nosotros.

No éramos una pareja. Podía follar con quien quisiera.

—Finjo que tengo sexo con él para evitar que me haga daño. La mayoría de las veces está borracho y cree que lo complazco, pero no es así —confesó con la respiración entrecortada mientras me seguía hacia el Maserati.

—No debes justificarte, no me interesa.

No entendía por qué trataba de darme explicaciones.

¿Para qué?

Yo no la juzgaría. Sin ir más lejos, me divertía con la hija de Matt para satisfacer mis deseos malsanos, a pesar del peligro que corría.

Entré en el coche sin prestarle más atención a Jennifer.

No tenía ningún motivo para quedarme allí.

La rubia sabía arreglárselas sola.

En el fondo, cada uno tenía su propio dolor, un dolor que atravesaba el alma, recorría sus meandros y clavaba su hoja afilada en el corazón.

Cada uno resistía como podía.

Todos habíamos nacido para sufrir, para caminar por un prado sin flores bajo un cielo del que llovían esquirlas de vidrio.

Incluida Jennifer.

22

Neil

> Hay veces que un hombre tiene que luchar tanto
> por la vida que no tiene tiempo de vivirla.
>
> CHARLES BUKOWSKI

A pesar de lo que había dicho mi madre, no quería llamar al doctor Lively.

Me había tratado durante doce años.

Había pisado su clínica por primera vez a los diez y había suspendido la terapia a los veintidós.

Hacía tres años que había dejado de tomar psicofármacos, de acudir a las citas e incluso de responderle al teléfono.

El doctor llamaba a mi madre todos los jueves para preguntarle por mí e informarse de mi estado de salud, pero yo evitaba hablar con ella de mis problemas.

Ellos seguían allí, siempre habían estado allí.

Sin embargo, no quería que Chloe afrontara sola su dolor ni dejara de sonreír con solo dieciséis años; si dejaba de vivir, yo moriría con ella.

Me encaminé por el jardín pisando el césped. El sol refulgía alto en el cielo iluminando la rubia cabellera de mi hermana, que se balanceaba lentamente en el columpio. La pintura roja se había desteñido y la cadena chirriaba a cada oscilación, pero a Chloe seguía gustándole; cuando era niña se mecía con las piernas al viento y decía que el cielo estaba cada vez más cerca y que podía acariciar las nubes.

—Pequeño koala. —Me acerqué discretamente a Chloe, que miraba el vacío perdida en sus pensamientos.

Allí, sentada en aquel columpio oxidado, aprisionada entre dos cadenas, seguía siendo la pequeña de la casa, la que se peleaba con Logan para subir primera, la que salía corriendo de casa para que nadie le quitara la vez.

—Este era el único lugar que me hacía feliz. Creía que podía volar… —murmuró perdida en los recuerdos, sujetándose a las cadenas del columpio.

—Y que podías tocar tus sueños —añadí; luego me metí las manos en los bolsillos de los vaqueros y le sonreí, pero ella seguía mirando fijamente al vacío con ojos apagados.

Me dolía verla así. Me dolía mucho.

—Ya no tengo sueños en los que creer. —Levantó la mirada, que se perdió en el cielo. Sabía qué sentía. Lo mismo que sentía yo todos los días, por eso debía hacer algo para ayudarla, ayudarla de la manera correcta.

—Considera el columpio como una metáfora.

Me arrodillé delante de ella. Chloe dejó de balancearse y me miró a los ojos.

—¿Qué quieres decir? —susurró.

—Date impulso hacia el futuro y deja atrás el pasado. —Debía infundirle seguridad, animarla a seguir adelante—. Carter trató de hacerte daño, pero no lo logró. Fuiste capaz de defenderte. —Le acaricié la mejilla y ella esbozó una sonrisa leve—. No pudo robarte la posibilidad de entregarte un día al hombre del que te enamores. Harás el amor cuando quieras, y será magnífico, como desea cualquier chica de tu edad. Todavía puedes soñar, Chloe.

Podía hacerlo, podía elegir. La vida le había concedido otra posibilidad y yo era feliz de que hubiera evitado lo peor. Sin embargo, no era fácil olvidar una violencia de esa clase; no importaba que aquel cabrón no se hubiera salido con la suya. La había engañado llevándola a una fiesta, y, una vez allí, la había conducido a una de las habitaciones, donde trató de abusar de ella.

—No logro olvidar lo que me dijo, sus manos sobre mí.

Bajó la vista para ocultar las lágrimas que empezaban a resbalarle por las pálidas mejillas. Las limpié con los pulgares y la animé a mirarme.

—¿Confías en mí, peque? Tenemos que ir a un sitio.

Era necesario que se enfrentara a su demonio y lo destruyera. Yo llevaba toda una vida tratando de hacerlo y aún no lo había logrado.

Pero ella lo lograría.

Podía hacerlo.

—¿Dónde? —Se levantó titubeante, tratando de entender a qué me refería.

—Quiero presentarte a una persona.

Al final cedí.

Mi madre había ganado. Chloe tenía que hablar con el doctor Lively, mi psiquiatra. A pesar de que el caso de mi hermana no era psiquiátrico, porque no sufría ningún trastorno o enfermedad mental, el doctor Lively era la única persona de la que me fiaba en aquel ámbito. No le prescribiría fármacos y tampoco la haría ir a terapia, sencillamente la escucharía y la ayudaría a enfrentarse al recuerdo del cabrón de Carter. Fue así como aquella tarde llegamos ante la moderna y lujosa clínica privada del doctor Lively, a quien no veía desde hacía tres años.

—Vamos.

Aparqué y animé a Chloe a que me siguiera hasta la entrada. La instalación era tan grande que infundía respeto. No la recordaba tan majestuosa.

Recorrimos la avenida del enorme jardín, en cuyo centro se erigía una fuente, y llegamos a las puertas blindadas, que se abrían pulsando un timbre que advertía de nuestra presencia. Miré a mi alrededor y noté las mismas cámaras de seguridad por doquier. La clínica era como una prisión de cristal, una cárcel de lujo, un moderno hotel a cuyos huéspedes se les privaba de la libertad.

—¿Me has traído a una clínica psiquiátrica? —se quejó Chloe, que tembló bajo la palma de la mano que había puesto sobre su hombro. Le sonreí y me aclaré la garganta tratando de no asustarla.

—Te he traído a uno de los mejores psiquiatras de Nueva York. Se ocupa de entrevistas clínicas y de enfoques terapéuticos, y solo prescribe fármacos cuando es necesario. En tu caso, solo hablaréis —le expliqué para tranquilizarla.

Las puertas se abrieron de repente y dos hombres de uniforme, que supuse que eran guardias de seguridad, nos observaron de arriba abajo antes de dejarnos pasar. Luego se cerraron a nuestra espalda y el sistema de seguridad se reactivó, haciendo sobresaltar a Chloe.

—Tranquila —le susurré apretándola contra mí. Mi hermana apoyó la sien en mi costado como si quisiera protegerse de las miradas recelosas de los hombres.

—Buenos días, ¿tienen cita? —preguntó uno de los dos esbozando una sonrisa de circunstancias.

—Pues la verdad es que no, pero el doctor Lively me conoce muy bien.

En efecto, no lo había llamado porque ni siquiera tenía previsto presentarme en su clínica. Miré a mi alrededor y constaté que en los últimos tres años habían cambiado muchas cosas. La entrada me pareció más moderna y acogedora. En las paredes había pantallas de plasma que proyectaban extraños anuncios de psiquiatría, terapia y métodos con enfoques innovadores de los trastornos mentales, así como cuadros pintorescos que trataban de dar un toque de color a la decoración, blanca y aséptica. Había plantas ornamentales en los rincones. Todavía flotaba en el aire el olor a pintura fresca, lo cual me hizo pensar en una reforma reciente.

—Pase, hable con la señora Kate. Ella sabrá decirle a qué hora puede recibirle el doctor Lively.

Señaló a una señora de mediana edad sentada delante de la pantalla de un ordenador, detrás del mostrador que presidía la espaciosa sala de espera. Conduje a Chloe hacia ella para pedirle información.

—Buenos días, soy Neil Miller. Quisiera ver al doctor Lively —dije captando la atención de la señora Kate.

Se bajó las gafas de ver y alternó la mirada entre mi hermana y yo.

—¿Tiene cita?

—No, pero soy un antiguo paciente del doctor —dije con desenvoltura, y ella se puso a buscarme en el registro del ordenador. Me acordaba de memoria de mi expediente clínico, no era de los mejores.

El doctor Lively me lo repetía sin cesar.

La mujer aguzó la vista y leyó la información que le aparecía sobre mí, luego se aclaró la garganta y volvió a mirarme.

—Doce años de terapia —murmuró en voz baja, acobardada. Esbocé una sonrisita insolente y se puso tensa.

—El doctor está ocupado con una paciente. ¿Puede esperar? En caso contrario, el doctor Keller le recibirá inmediatamente.

Arrugué la frente. Entretanto, Chloe, nerviosa, no se despegaba de mí. Nunca había oído ese nombre y no entendía qué tenía que ver con mi psiquiatra.

—¿Quién es? —pregunté sin ninguna delicadeza. La señora arqueó una ceja, quizá considerando absurda mi pregunta, luego cogió una tarjeta de visita del mostrador y me la dio. La leí sin entender su gesto, pero al cabo de un instante lo comprendí.

DOCTOR KRUG LIVELY Y DOCTOR JOHN KELLER.
PSIQUIATRAS ASOCIADOS

—¿El doctor Lively trabaja ahora con otro psiquiatra?

Le tiré la tarjeta a las narices y esbocé una mueca.

—Desde hace unos tres años.

Colocó la tarjeta en la pila y me miró con soberbia.

—¡Joder! Han cambiado muchas cosas —solté divertido; la mujer no dejaba de mirarme como si fuera un loco en libertad o algo parecido.

—No le inspiras mucha confianza —me susurró Chloe al oído llamando la atención de la señora Kate.

No. No le inspiraba confianza, pero me daba completamente igual.

—Siéntense en la sala de espera —nos despachó con fingida amabilidad.

Me senté con Chloe en uno de los sofás de piel. Una fastidiosa musiquilla clásica retumbaba entre las paredes; sobre una mesita de cristal habían dispuesto algunas revistas y una de las cubiertas captó mi atención. Era un primer plano de…

—¡Papá! —soltó Chloe cogiendo la revista con entusiasmo.

Era nuestro padre, William Miller, administrador delegado de Miller Enterprise Holdings, un cabrón innato que de niño me «educaba» con los métodos crueles y despiadados que mi hermana no tenía aún edad de conocer.

Fue suficiente con ver el hielo de sus ojos y el cinismo de su mirada para que la rabia empezara a fluir dentro de mí. Chloe abrió la revista y lo hojeó buscando la entrevista. A mí, en cambio, me entraron ganas de arrancar las hojas y romperlas.

Empecé a balancear una pierna y me faltaba el aliento; se me hizo un nudo en la garganta y me subió la presión.

—Mira, ¿no te parece más joven en esta foto? —Chloe me la mostró aumentando mi malestar.

Empecé a sudar frío, las sienes me palpitaban y me temblaban las manos. Estaba a punto de reaccionar, de desahogar el odio que se expandía lentamente dentro de mí, cuando el doctor Lively salió de su consulta.

—Bien, señora McChoo, la espero dentro de un mes para la próxima visita.

Acompañó a la mujer hacia la salida y se metió un bolígrafo en el bolsillo de la bata. No había cambiado. Seguía siendo un hombre elegante: el pelo, gris y liso, descendiendo por la nuca; la nariz, ligeramente curvada hacia abajo; la cara, cuadrada y de rasgos regulares, y los ojos, claros y pequeños, rodeados de las mismas arrugas finas que tenía en las comisuras de los finos labios.

—Neil.

Al verme la sonrisa se le desvaneció y puso cara de incredulidad. Se acercó y yo me puse de pie al tiempo que le tendía la mano.

—Hola, doctor Lively —dije con voz sosegada.

—Han pasado tres años desde la última vez —puntualizó dándome una palmada en el hombro. Me quedé con el brazo suspendido en el aire; luego, molesto, lo retiré. No me gustaba que me tocaran y él lo sabía mejor que nadie.

Me aparté instintivamente y él debió de darse cuenta porque su mirada se ensombreció.

—¿Cómo estás? —preguntó titubeante, metiéndose las manos en los bolsillos de la bata. Yo no quería hablar de mí ni de mis problemas e invité a Chloe a ponerse a mi lado. El doctor Lively se percató entonces de su presencia y arrugó la frente interrogativo.

—He venido por mi hermana, no por mí. Necesita una entrevista con usted —especifiqué, al tiempo que rodeaba con un brazo los finos hombros de Chloe.

Ella estaba nerviosa, en tensión, y la acaricié para tranquilizarla. Mi psiquiatra era un buen médico, competente tanto desde el punto de vista humano como profesional, estaba seguro de que la haría sentir a gusto.

—Por supuesto. Encantado de conocerte, Chloe, soy Krug Lively. No me llames doctor, por favor, puedes dirigirte a mí como Krug. —Le sonrió con benevolencia y mi hermana le devolvió la sonrisa. Sentí que se relajaba lentamente y me alegré de que reaccionara positivamente.

—Encantada —murmuró.

—¿Te importaría esperar en mi despacho? —le propuso, invitándola a dejarnos a solas unos instantes. Chloe buscó mi aprobación con la mirada y yo asentí.

—Te esperaré aquí, todo irá bien. Solo tenéis que hablar un rato —le susurré, luego le di un beso en la frente. Suspiró poco convencida, pero se armó de valor y se alejó. La observé mientras se encaminaba hacia la puerta del despacho del doctor y por un instante me olvidé de la presencia del psiquiatra.

—Creía que volverías a verme de vez en cuando. Has cambiado de número de móvil y las veces que fui a visitarte a tu casa no te dejaste ver. ¿Tienes idea de lo grave que es haber interrumpido la terapia sin mi autorización? —me riñó con tono sosegado pero severo.

—Estoy bien, doctor Lively. Los fármacos me atontaban y me volvían menos reactivo —me defendí tratando de no levantar la voz, aunque para alguien como yo no era fácil.

—Te permitían dormir, controlar los impulsos y mantener a raya los cambios de humor. Ni siquiera te presentaste a las entrevistas de seguimiento que te propuse. Tenía que evaluar tu recorrido terapéutico para comprobar si habías cumplido los objetivos que nos habíamos fijado, en cambio rechazaste mi apoyo y me impediste ayudarte.

Lo noté enfadado y decepcionado.

El doctor Lively siempre había estado a mi lado, era el padre que no había tenido, y yo le había recompensado con la ingratitud. Él era la única persona a la que le había hablado de mi pasado, aparte de Logan. A pesar de que odiaba los fármacos que me prescribía y la rígida terapia que me obligaba a seguir, me fue de gran ayuda durante la adolescencia.

—Le digo que estoy bien. Lo he superado —mentí. No era cierto, no había superado el trauma, las pesadillas todavía me perseguían, al igual que la obsesión por lavarme, los arrebatos de ira y un pensamiento vago de acabar con todo.

—¿Sin la adecuada asistencia médica en los últimos tres años? Lo dudo —respondió incrédulo. Por otra parte, me conocía lo bastante bien como para saber si mentía. Decidí poner fin a aquella conversación y me senté en el sofá.

Apoyé un tobillo en la rodilla de la otra pierna, como un puto chulo, y lo miré con desinterés.

—Mi hermana lo espera, doctor. —Señalé con la barbilla la puerta de su despacho y él, resignado, sacudió la cabeza. Sin duda pensaba que era un caso perdido, una calamidad que aquel día no tenía ganas de hablar.

Sea como fuere, por suerte no insistió y me dejó solo en la relajante sala de espera. Posé la vista en la revista que Chloe había dejado abierta sobre la mesa; me levanté, la cogí y la lancé lejos, entre las demás.

Lo último que quería era ver la cara del cabrón de William.

Me senté de nuevo y miré a mi alrededor, aburrido. Sabía que la instalación constaba de dos plantas: en la primera estaban las consultas, y en la segunda, las habitaciones de los pacientes que estaban ingresados en la clínica.

Se trataba de casos graves, de sujetos peligrosos para sí mismos y para los demás que necesitaban vigilancia constante.

—Estás haciendo muchos progresos, Megan, sigue así. —Una voz masculina, desconocida, me sacó de mis pensamientos. Giré la cabeza y vi a dos personas que se encaminaban lentamente en mi dirección. Uno era un médico, o eso deduje por su aspecto impoluto y elegante, la otra era una chica más o menos de mi edad. La observé con atención. Era alta y esbelta, de formas explosivas. La melena, oscura, le descendía por debajo de los hombros. En el rostro, de forma ovalada, destacaban unos labios carnosos que llamaban la atención, como el lunar con forma de grano de café, que le salpicaba el arco de Cupido, y los ojos, dos esmeraldas que se fijaron en mí.

La reconocí al instante.

Era Megan Wayne, la hermana mayor de Alyssa.

—Gracias, doctor Keller, no lo decepcionaré. —Le ofreció la mano y le sonrió mientras me echaba un vistazo.

Luego la vi venir en mi dirección, contoneándose, y miré a mi alrededor buscando una escapatoria. No quería hablar con ella, tampoco mirarla, y mucho menos recordarla. Me levanté del sofá con la intención de escapar a toda prisa.

—Espera, Miller. —Me había alcanzado antes de que pudiera alejarme.

Mierda.

Me quedé quieto, de espaldas, percibiendo el fuerte aroma a naranja que emanaba.

—No te escapes como siempre —dijo en tono bajo y persuasivo. Un escalofrío, que no era precisamente de placer, me recorrió la espalda.

No me la había tirado, no la deseaba y su belleza me dejaba indiferente.

Teníamos la misma edad y frecuentábamos los mismos cursos, nada más. La evitaba en la universidad y también allí.

—No quiero tener nada que ver contigo —dije, dándome la vuelta y mirándola con frialdad. El doctor Keller, espectador de aquella escena absurda, nos observaba confuso.

—Logan sale con mi hermana. Si un día se casan nos convertiremos en cuñados. ¿Te imaginas? —ironizó.

Me mareé. Sabía que Logan salía con Alyssa y que se habían acostado un par de veces, pero estaba seguro de que no sentía nada por ella. Logan no estaba enamorado de ella, solo sentía atracción.

—¿Qué parte de lo que he dicho no te queda clara? —la desafié en tono bajo y amenazador acercándome a ella. Cualquier otro hombre la habría encontrado guapa y atractiva a rabiar, sus curvas explosivas habrían excitado a cualquiera menos a mí.

Para mí, Megan era una pieza del pasado que quería olvidar, borrar completamente de la memoria.

—Por lo que veo, todavía no lo has superado —murmuró apenada.

Me clavó los ojos y yo me callé. No era el momento adecuado para discutir sobre asuntos delicados, y ella no era precisamente la persona con la que hablaría de mis tormentos interiores.

—No es asunto tuyo. —En cambio, sí que era asunto suyo porque ella formaba parte del maldito laberinto que tenía en la cabeza.

—Deberías seguir la terapia con el doctor Lively. No te rindas.

Me cogió del brazo, quizá simplemente para consolarme, pero me crispé y me alejé de ella. No debía tocarme y le trasmití mi contrariedad con la mirada.

Megan retiró inmediatamente la mano y retrocedió.

Había comprendido.

Se giró hacia el doctor Keller, que, entretanto, nos observaba como un guardián, y se despidió de él con una leve sonrisa antes de encaminarse hacia la salida. La respiración se acompasó a medida que se alejaba y sentí la desesperada necesidad de fumar, pero no quería dejar sola a Chloe. Me palpé los bolsillos y saqué el paquete de Winston. Me puse uno entre los labios y busqué el mechero en los vaqueros.

—Está prohibido fumar —dijo Keller con circunspección.

Parecía tener unos cincuenta años. Los rasgos de la cara eran delicados pero viriles y los ojos, de color castaño claro, me observaban con atención. Tenía aire de hombre de mundo, de esos que conocen las adversidades de la vida.

Era de mi estatura y poseía el cuerpo delgado y atlético que caracteriza a quienes se alimentan de forma sana y hacen deporte.

No respondí. Me metí el encendedor en el bolsillo, pero dejé el cigarrillo colgando de los labios porque me tranquilizaba.

—¿Eres un nuevo paciente? Nunca te había visto por aquí.

Se acercó con la intención de entablar una conversación que yo quería eludir. No había ido a la clínica para hacer amistad con el socio de mi psiquiatra. Lo miré serio para darle a entender que me molestaban sus preguntas, pero no se dio por aludido.

—Soy el doctor John Keller, el socio del doctor Lively desde hace tres años.

¿Quién se lo había preguntado?

Miré a mi alrededor en busca de una distracción cualquiera, pero todo lo que vi fue el penoso culo de la señora Kate, que se había agachado a recoger un papel que se le había caído al suelo. Me horroricé y aparté la mirada, que volvió de nuevo al hombre que tenía enfrente.

—Fui paciente del doctor Lively —dije de repente. La sala se volvió estrecha y agobiante.

—¿Fuiste? —Una arruga de expresión le surcó el centro de la frente; reflexionaba sobre algo.

—Sí, exacto. Hasta que un buen día mi psiquiatra me dijo que estaba curado —mentí agarrando el cigarrillo apagado con el índice y el medio y extendiendo el brazo a lo largo del costado. No veía la hora de fumar en paz.

—¿Te lo dijo exactamente así? ¿Que estabas curado? —Esbozó una sonrisa que no logré descifrar y me puse tenso. No me conocía y probablemente no me creía, así que debía esmerarme en fingir.

—Eso dijo —confirmé, tomándole el pelo.

¿Qué coño quería?

Me importaba una mierda que colaborara con el doctor Lively y que fuera un pez gordo de la clínica.

Era el psiquiatra de Megan y eso bastaba para que mantuviéramos las distancias.

—Qué raro. Ni mi socio ni yo les decimos a los pacientes que «están curados» —recalcó pronunciando con énfasis la última palabra sin dejar de sonreír—. ¿Sabes por qué? —preguntó retórico sin dejarme replicar—. Porque no consideramos enfermos a los pacientes ni enfermedades sus trastornos. La palabra «enfermedad» es muy ambigua, ¿no crees? Nuestro enfoque es diferente. Analizamos vuestros comportamientos y vuestros relatos y buscamos una solución a los trastornos.

Se metió las manos en los bolsillos del pantalón y me pregunté por qué no llevaba la bata como el doctor Lively.

Permanecí inmóvil escuchándolo; reflexioné sobre sus palabras, en concreto sobre el hecho de que me hubiera incluido entre los pacientes.

—¿Nuestros trastornos? A mí no me incluya, yo no tengo ningún trastorno —aclaré inmediatamente, como si fuera urgente puntualizarlo. Me miró con la actitud típica de los loqueros.

Me estaba analizando.

—La negación de un problema es de por sí un problema.

La seguridad y la punta de arrogancia que se vislumbraron en sus palabras me molestó.

Creía que yo era como los demás, que era fácil comprenderme, o quizá me veía como un conejillo de Indias con el que experimentar algún nuevo fármaco.

—Usted no me conoce. No sabe nada de mí. —Di unos pasos adelante y le apunté con los dedos que sujetaban el cigarrillo—. La negación del problema es a menudo la única vía para tratar de salir adelante, pero eso usted no puede saberlo. Para vosotros, loqueros, nosotros somos todos iguales, ¡un puñado de neuronas jodidas a las que suministrar fármacos que den a vuestra profesión una apariencia científica! —grité a poca distancia de su cara. No obstante, permaneció imperturbable, sin mostrar emoción alguna.

En aquel preciso momento, el doctor Lively abrió la puerta de su estudio e hizo ademán de acompañar a Chloe hacia mí, pero se detuvo al ver lo que estaba pasando en la sala de espera.

—Ven, Chloe. Vámonos —le ordené furioso desplazando la vista del doctor Lively al doctor Keller alternativamente mientras ellos me observaban como si estuviera loco de verdad.

Arrojé el cigarrillo sobre aquel suelo inmaculado y lo aplasté con la suela del zapato pasando de sus putas reglas. Chloe se puso a mi lado y coloqué un brazo sobre los hombros para conducirla a la salida.

Luego le preguntaría cómo había ido la entrevista con el doctor Lively, en aquel momento necesitaba alejarme todo lo posible de la clínica y de los aquellos dos hombres.

23

Selene

Los celos son un monstruo de ojos verdes que se burla
de la carne de la que se alimenta.

William Shakespeare

—¿Así que te encanta la música?

Estaba conociendo a Kyle. Había descubierto que era un chico agradable, además de inteligente. No me atraía ni me interesaba como hombre, pero me intrigaba su personalidad.

—Adoro tocar la guitarra, como Adam y Jake.

Al oír sus nombres, los chicos se sintieron partícipes y confirmaron que eran muy buenos.

Sonreí. Seguimos andando juntos hacia el comedor universitario. El estómago rugía porque comía muy poco en aquel periodo. Por las noches solía saltarme la cena familiar para evitar las continuas preguntas de mi padre acerca de cómo seguía mi estancia allí.

¿Qué podía decirle? ¿Que era una idiota que se acostaba con el hijo de su pareja?

Neil me gustaba demasiado y eso me nublaba la razón.

Había cometido el enésimo error el día en que entró en mi habitación sin llamar a la puerta y le permití poseerme.

Me tomó en el baño, delante del lavabo, con su boca de pecador, y luego en la cama con su cuerpo de diablo.

Y fue magnífico, como siempre.

Hacer el amor con él era como mirar un espectáculo de fuegos artificiales que cuando concluía dejaba a su paso un cielo profundo y oscuro con estelas de humo.

Traté de hablar con él, de impedirle que se marchara sin más, pero solo obtuve una respuesta banal y vulgar seguida de la frase «Es solo sexo y deja de marearme con tus preguntas».

No podía ser más claro. Lo único que me quedaba por hacer era no prestarle atención, dejar de dar el brazo a torcer y volver a ser yo, la chica de Detroit que tenía principios, que no habría echado a perder su virginidad con un desconocido, que no habría soportado las humillaciones que ese mismo desconocido le infligía.

Sin embargo, el problema era que Neil había dejado de ser un desconocido.

Era un cabrón, un egoísta, una calamidad, pero no un desconocido.

—Deja de calentarte la cabeza.

Alyssa me pasó un brazo por los hombros y trató de hacerme sonreír. Hacía tiempo que necesitaba hablar con alguien del peso que me abrumaba, pero el hecho de que saliera con Logan me disuadía de contarle mi enorme secreto.

—Tengo que estudiar mucho —farfullé para desviar la atención sobre cursos, asignaturas y exámenes.

Entramos en el gran comedor y, bandeja en mano, nos pusimos en fila. A pesar de que estaba muy concurrido, como de costumbre, noté a los Krew a poca distancia de nosotras.

Xavier hablaba con una chica, o mejor dicho se la estaba ligando, y ella lo miraba cohibida. De repente le cogió un mechón y se lo enrolló en el índice y la chica bajó la mirada. Parecía como si la estuviera convenciendo para que hiciera algo a lo que no podía negarse porque él era Xavier Hudson y nadie se atrevía a contradecirlo.

—Qué hijo de puta —comentó Cory a mi espalda. Sí, lo era.

Xavier era el peor de los Krew.

Ladino, cruel y despiadado.

—Sí —convine, y dejé de mirarlo. Sus negros ojos y su sonrisa arrogante me provocaban urticaria.

Cuando llegó mi turno, puse en la bandeja un plato de sopa, una ración de pollo con patatas, una botella de agua mineral y una porción de pan envuelto en una servilleta de papel. Identifiqué la mesa que ocupaban mis amigos y me dirigí hacia ellos haciendo zigzag entre las otras, todas ocupadas, mientras sujetaba firmemente la bandeja.

De repente, alguien se cruzó en mi camino y me impidió el paso. Era Jennifer.

Llevaba el pelo recogido en unas trenzas de boxeadora que le bajaban hasta el pecho, cuya firmeza evidenciaba la sucinta camiseta; la falda, tan corta que apenas le llegaba a la ingle, dejaba ver las piernas, largas y esbeltas, enfundadas en medias oscuras.

Parecía una modelo, bella y maldita.

—Hola, mosquita muerta, ¿quieres sentarte con nosotros?

Señaló la mesa a mi izquierda y giré la cabeza temerosa de descubrir quién la ocupaba. Vi a Luke, el rubio de aspecto aparentemente normal, y a Xavier, concentrado en escudriñarme con una mirada tan perversa que me puso la carne de gallina; por último, eché una ojeada a Alexia y a su cabello azul unicornio, y volví a mirar a la rubia que tenía delante.

—No, gracias —respondí tajante.

—¿Cuál es tu problema, princesa? ¿No estamos a tu altura? ¿No quieres honrarnos con tu presencia? —se mofó lanzando una mirada de complicidad a sus amigos.

La situación se estaba poniendo fea y tenía que irme de allí rápidamente.

—Que paséis un buen rato, chicos —dije con fingida educación para que me dejara en paz.

Sujeté con fuerza la bandeja y traté de pasar por su lado, pero Jennifer la tiró al suelo de un golpe haciéndome sobresaltar. Se hizo el silencio en el comedor y la atención de todos los estudiantes se concentró en nosotras. Me quedé mirando el charco de sopa que se expandía por el suelo y volví a mirar a la cabrona que sonreía satisfecha de su absurdo numerito.

—¿Qué coño quieres de mí? —pregunté, sintiendo que la rabia me hinchaba las venas del cuello. Estaba furiosa, pero ¿qué podía hacer contra gente como aquella?

Me importaban mi reputación, mis estudios y mi currículo universitario, ellos, en cambio, no tenían nada que perder.

—Muéstranos cómo lames tu asquerosa sopa del suelo. Ponte a cuatro patas, gatita —intervino Xavier disfrutando del espectáculo; Luke, en cambio, miraba a su alrededor como si estuviera preocupado. No me doblegaría a su voluntad ni bajo tortura.

—Jódete —repliqué apretando los puños. El corazón me latía con fuerza y la piel empezó a transpirar bajo el jersey claro que llevaba.

—Jódeme tú, muñequita —respondió él a tono, y me guiñó un ojo.

Me sentí atrapada: los Krew eran famosos en la universidad por sus locuras y nadie se atrevía a contradecirlos, ni siquiera en situaciones como aquella. Infundían miedo, eran unos locos exaltados capaces de cualquier cosa con tal de imponerse a los demás. Sabía que estaba perdida. Nadie me ayudaría.

Tenía que arreglármelas sola.

—Hemos descubierto que tienes novio en Detroit, aunque aquí te corras las juergas con uno de nosotros. —Jennifer se acercó para captar mi atención—. Alguien que las dos conocemos muy bien… Folla divinamente, ¿verdad? —me susurró al oído.

Palidecí. ¿Cómo se había enterado? ¿Se lo había contado él? ¿Le había contado lo nuestro o lo mío con Jared?

Por poco no me mareé, las piernas apenas me sostenían.

—¿Cómo…, cómo…? —balbucí, y ella sonrió satisfecha al verme tan blanca.

—¿Que cómo lo sé? —concluyó en mi lugar—. Pues porque existe Instagram y Facebook y en tus perfiles hay fotos de ti con tu noviete, felices y sonrientes en Detroit. Su nombre aparece en las etiquetas, querida —dijo cortante, con cara de tenerme en un puño.

Era verdad, era obvio.

Aquella cabrona había indagado sobre mí como una vulgar acosadora y había obtenido información sobre mi vida privada.

Por lo general, no utilizaba mucho las redes sociales, pero había subido algunas fotos con Jared en los meses anteriores.

—Él es…, él es un amigo —traté de justificarme. Pero mi mente era incapaz de pensar en excusas creíbles.

Me aterrorizaba la idea de que Jared pudiera descubrir que lo había engañado gracias a un mensaje de Jennifer, justo mientras su madre luchaba contra la enfermedad.

No podía permitir que ocurriera algo semejante.

—Un amigo no comentaría con un «Te quiero» todas tus fotos —prosiguió divertida.

Había indagado a fondo.

Maldita Jennifer.

Debía proteger a Jared y no me importaba lo que los Krew pensaran de mí; solo quería que Jared no sufriera, al menos en aquel periodo tan dramático de su vida.

Había comprendido demasiado tarde que no estaba enamorada, pero lo tenía en gran estima.

—Mi vida no es asunto tuyo —murmuré en voz baja apretando los dientes.

Nuestro desafío, tan femenino, no era de igual a igual puesto que ella sabía muchas cosas de mí. Me entraron ganas de agarrarla por sus estúpidas trenzas y de golpearle la cabeza contra la pared, pero no podía hacerlo. Yo no era como ella.

No era como ellos.

—Si no quieres que tu hombre lo descubra todo, aléjate del mío —me amenazó; por poco no me río en su cara. De su… ¿qué?

Por lo que parecía, Jennifer vivía una relación en sentido único: Neil no se acostaba solo con ella ni solo conmigo.

En cualquier caso, su problema estaba más claro que el agua: tenía celos de mí.

—¿Tu hombre? No me parece que Neil sea precisamente tuyo. Por lo que sé, te folla con preservativo por miedo a que le pegues una enfermedad de trasmisión sexual —solté sin pensarlo dos veces.

La dejé de piedra. Utilicé la confidencia de Neil sobre el hecho de que usaba el preservativo con todas salvo conmigo esperando que no me hubiera mentido. Por su mirada incrédula y sorprendida comprendí que había dado en el blanco. Jennifer entreabrió la boca, como si no diera crédito a mis palabras, y me fulminó con la mirada. Fue entonces cuando se abalanzó sobre mí con una violencia tremenda. Me agarró por el pelo hasta hacerme gritar y me dio un bofetón tan fuerte que cerré los ojos y gemí de dolor. Me caí de rodillas y me protegí la cabeza con los brazos cuando empezó a asestarme puñetazos y patadas.

No veía nada, solo sentía sacudidas en los puntos en que me golpeaba: en el costado izquierdo, en el derecho, en el hombro… Sentía en la lengua el sabor de la sangre que me salía del labio, que notaba tumefacto y dolorido.

La gente veía y oía, pero no hacía nada. Nadie intervenía.

Los estudiantes estaban petrificados. Mientras sufría aquel ataque inmerecido, comprendí que nadie impediría a gente como los Krew hacer daño a los demás.

El miedo, el encubrimiento y la intimidación vencían sobre la dignidad que la gente de su calaña pisoteaba todos los días.

No grité ni lloré, me quedé quieta, protegiéndome la cara con las manos, incapaz de ponerme de pie. En mi fuero interno había decido resistir, había decidido que podía con ello. No le daría la satisfacción de suplicarle que parara.

—¡Selene! —Me pareció oír la voz de Alyssa primero y luego la de Logan; por fin alguien venía en mi ayuda. Seguramente eran mis amigos, pero no veía nada, solo la oscuridad de las palmas de mis manos.

No quería ver porque odiaba la violencia y si aquella imagen se grababa en mi mente, estaría condenada a recordarla para siempre; solo quería irme a casa y olvidar.

Comprendí que alguien trataba de detener a Jennifer, una fiera sedienta de venganza, por sus gritos de rabia.

Los celos la habían cegado completamente y quizá quería matarme.

El último golpe en la cadera me sacudió con violencia, me llevé instintivamente las manos al punto donde lo había recibido y me doblé hacia delante. El dolor era tan fuerte que me cortó la respiración y por un instante el oxígeno dejó de circular por mis pulmones.

—¡Jennifer!

Aquella voz…, aquella voz abaritonada fue lo único que me dio fuerzas para levantar la barbilla. Neil cogió a la rubia de los brazos y los golpes cesaron. La apretó con fuerza contra su pecho y clavó los ojos en la víctima de Jennifer. Cuando me vio pareció sorprendido, como si no se esperara que fuera yo.

Lo miré y en aquel momento me entraron ganas de llorar. Las lágrimas afloraron del fondo del corazón y subieron a los ojos.

—Dios mío, Selene. ¿Estás bien?

Logan se apresuró a arrodillarse a mi lado, pero no pude mirarlo. Me quedé encadenada a los ojos de Neil que, incrédulo y trastornado, no apartaba la vista de mí. Jennifer jadeaba, con los brazos pegados a los costados, sujetos por Neil. Luego la soltó lentamente, como si estuviera conmocionado, como si se desdoblara y su cuerpo hubiera dejado de vivir.

—Selene. —Logan me acarició la cara y sentí el frío de sus manos sobre la herida del labio inferior, pero mis ojos no querían apartarse de Neil.

Él apretó los labios y un rápido movimiento de la mandíbula desveló la tensión que contenía, luego cerró una de las manos en un puño y desplazó lentamente la mirada hacia la rubia, a cuyo lado se habían puesto los Krew.

—Vale, amigo, calma. —Xavier trató de quitar importancia a lo sucedido luciendo una sonrisita nerviosa—. No es más que una tonta pelea entre mujeres —añadió como si no hubiera pasado nada grave.

Los ojos de Neil echaron chispas. Ni siquiera le prestó atención y siguió mirando amenazadoramente a Jennifer, que no se atrevía a abrir la boca. Guapo e intimidante, la retaba a defenderse a sabiendas de que sería inútil.

Al ver que ella no decía nada, se acercó, y Jennifer dio un paso atrás temblando.

Todo sucedió en un instante.

Neil la agarró por el cuello con las dos manos y le aplastó la espalda contra la pared. La cara de Jennifer perdió su color natural, que empezó a virar hacia el morado. La levantó del suelo y la rubia empezó a patalear en el aire, superada por la fuerza incomparable de Neil.

—No puedes respirar, ¿eh, Jen? —susurró a poca distancia de sus labios. Parecía un loco. Incluso su voz sonó más baja y distante, ajena a la razón.

Jennifer se puso a temblar con fuerza a causa de las convulsiones naturales del cuerpo y puso los ojos en blanco. Se estaba ahogando.

—La respiración es un puente que comunica la vida con el estado consciente, las acciones con los pensamientos… ¿Cómo te sientes ahora? —dijo mirando fijamente a Jennifer, cuyo rostro tendía ahora al gris. Emitía sonidos entrecortados y la respiración se estaba ralentizando, incluso había dejado de agitar las piernas—. ¿Qué se siente al ahogarse? —repitió mientras ella trataba de volver en sí y le suplicaba con los ojos que la soltara. Pero las manos de Neil seguían aplicándole una presión mortal alrededor del cuello.

Nadie trató de detener aquella locura, ni siquiera Xavier o Luke. Logan, por su parte, permanecía a mi lado, descompuesto por el comportamiento de su hermano.

Era increíble: Jennifer estaba en peligro de muerte y nadie reaccionaba.

—Si vuelves a hacerle daño, te mataré, Jennifer —la amenazó a poca distancia de la cara; luego la soltó de mala manera. La rubia cayó al suelo y empezó a toser como una obsesa. Tenía la cara encarnada, los ojos llenos de lágrimas y marcas en el cuello.

Neil se acercó a mí y se acuclilló. No dijo nada, solo actuó: me cogió en brazos con delicadeza. La mueca de dolor que se me escapó desapareció cuando apoyé la cabeza en su pecho.

—Se acabó el espectáculo, ¡gilipollas! —soltó a los estudiantes que habían asistido a la escena de brazos cruzados.

No tenía fuerzas para hablar ni para decirle que me dejara. Me dejé transportar como un gladiador victorioso cruzando la arena tras un combate, pero a nuestro alrededor no se oían gritos de júbilo, sino un silencio sobrecogedor.

—Gracias —murmuré antes de cerrar los ojos y dejarme acunar por una repentina sensación de somnolencia.

Me desperté en una habitación completamente incolora, pero luminosa.

Miré a mi alrededor desorientada y doblé la barbilla sobre el pecho. Arrugué la nariz por el olor a desinfectante, y caí en la cuenta de que estaba tumbada en la cama de una enfermería al ver a una enfermera apuntando algo sobre una hoja de papel.

—Bienvenida.

Me sonrió con una carpeta debajo del brazo. Era una mujer joven, rondaba los treinta, rubia, con dos ojos grandes de color chocolate enmarcados por unas gafas de ver que le daban un aire culto y distinguido.

El pecho, alto, asomaba por la bata que cubría una camisa clara.

—Te he suministrado analgésicos. Por suerte, no tienes nada roto, solo algunos cardenales y un corte poco profundo en el labio. —Lo señaló y levanté instintivamente una mano para tocarlo. Con las yemas, sentí la superficie rugosa de una tirita, pero no me dolió.

Era evidente que seguía bajo el efecto de los analgésicos.

—Gracias. —Traté de incorporarme y ella me ayudó con amabilidad.

—Deberías agradecérselo a Neil. Te ha traído él y te ha encomendado a mí encarecidamente. Estaba preocupado —me contó con una curiosa punta de admiración en su tono.

—¿Dónde está? —pregunté. Sonrió y señaló con el pulgar la puerta cerrada.

—Ahí fuera. ¿Quieres que lo haga pasar?

Asentí porque tenía ganas de verlo. En aquel momento todo el mundo me daba miedo excepto él. Neil era un peligro para la mente y para el corazón, no para el cuerpo.

La mujer se dirigió hacia la puerta y lo invitó a entrar. Cuando Neil apareció con su metro noventa de belleza, imponente y más enigmático que de costumbre, sentí un escalofrío y me apreté las piernas cubiertas por los vaqueros.

—He hecho todo lo que me has pedido —dijo enseguida la enfermera esbozando una sonrisa radiante. Neil avanzó hacia mí y le lanzó una mirada de complicidad.

—Bueno, me debías un favor, Claire —respondió con voz persuasiva; comprendí que se conocían.

Dios mío, ¿la enfermera era otra de sus amantes?

—Os dejo solos —replicó ella, ruborizándose. Salió para dejarnos hablar en privado.

Neil se acercó un poco más y su aroma a musgo y tabaco me envolvió, señal de que había fumado hacía poco. Tenía el pelo revuelto y los ojos brillantes, como siempre.

Era como si en sus iris, raros y espectaculares, hubiera dos estrellas.

—¿Cómo estás? —Se colocó frente a mí, que todavía estaba

sentada en la cama con las piernas colgando, y se inclinó sobre mí con su escultórico cuerpo. Mirarlo me cohibía y me sometía a las sensaciones que solo él me suscitaba.

—¿También te has acostado con la enfermera? —señalé la puerta a mis espaldas y sonrió.

¿Por qué sonreía? ¿Había sido demasiado directa?

Me ruboricé y bajé la barbilla. No era asunto mío, pero a veces no lograba morderme la lengua.

—Una sola vez, el año pasado —admitió buscándome los ojos, que levanté hasta encontrar los suyos.

—Quizá un día ella también querrá pegarme —repliqué con aspereza. Por otra parte, tenía delante al apuesto motivo por el que Jennifer me odiaba.

—No se repetirá. Los Krew saben de qué soy capaz cuando pierdo los estribos —dijo con una oscura seguridad que me indujo a reflexionar sobre el significado de sus palabras.

—¿De qué eres capaz? —susurré mirándolo a los ojos; los suyos descendieron hasta mis labios. Todavía no me había mirado al espejo, quién sabe en qué condiciones estaba.

—Prefiero que no lo sepas. —Se acercó hasta rozarme las rodillas.

—¿Por qué? —murmuré.

—Porque tendrías miedo de mí —respondió con decisión, sin titubeos en el tono de su voz.

Pero ya le tenía miedo. Miedo de lo que sentía por él, miedo de ser otra cuando estaba con él, miedo de lo que mi mente pensaba y de lo que el futuro me deparaba.

Tragué saliva y moví el índice sobre el muslo mientras reflexionaba sobre aquella situación absurda.

Jennifer y los Krew me odiaban. Eran un grupo peligroso y Neil no iba a estar siempre presente cuando se metieran conmigo.

Aquel día había tenido suerte.

—Jennifer sabe que Jared es mi novio. Me ha amenazado con contárselo todo si no permanezco alejada de ti.

Mantuve los ojos bajos. Estaba impresionada y turbada por lo que había sucedido. Lo que más me impactaba no era el sinsentido de la agresión que había sufrido, sino el hecho de que algunas mujeres se engañaban a sí mismas y se convertían en enemigas de las demás en vez de aceptar que un hombre las había engatusado.

—No le dirá una mierda. —Me levantó el mentón con el índice y su gesto me hizo dar un respingo. Todavía estaba asustada y Neil me acarició la mejilla con comprensión—. Sabe que las pagará —prometió mirando la tirita del labio inferior.

No le pregunté qué clase de venganza planeaba porque mi preocupación no era ella, sino Jared y mi secreto.

Debía ser yo la que se lo confesara en el momento adecuado, nadie tenía que inmiscuirse en mi decisión.

—¿Por qué ha reaccionado de esa manera? —preguntó luego, como si yo tuviera una parte de culpa en lo sucedido. Aparté la cara de su mano y me puse en guardia. Por otra parte, Neil no era mi héroe ni mi salvador, debía tener presente que yo solo era una más de su colección.

—Porque ha dicho que eras suyo y yo le he puesto los puntos sobre las íes —me defendí con rabia—. ¿Crees que un enfrentamiento verbal justifica su agresión o le da derecho a pegarme?

Bajé de la cama y un leve mareo me hizo tambalear. Neil me sujetó del brazo temeroso de que me cayera, pero no sucedió. Miré a mi alrededor en busca de las zapatillas deportivas; las vi al lado de una silla.

—No te estoy acusando, Selene, solo quería entender qué…

—¿Qué ha pasado? Jennifer está loca y es posesiva y obsesiva contigo —lo interrumpí mientras me dirigía a buscar las zapatillas deportivas. Me las puse apoyándome en el respaldo de la silla y volví a marearme—. También deberías hacerle saber que «le gusta a ti y a tu polla, pero es solo sexo», quizá así comprendería que no es tu novia, ¿no crees?

Yo no solía hablar así, pero repetí sus palabras con resentimiento. Luego cogí el bolso y el abrigo. No sabía quién había dejado mis cosas allí, pero no me importaba. Solo quería marcharme.

—No te comportes como una niña. Te dije la verdad.

Neil me alcanzó y puso una mano en la puerta para impedir que saliera, pero yo no tenía la intención de entretenerme a escucharlo. Ya no.

—Hay muchas maneras de decir la verdad. Y por si fuera poco, ahora me he convertido en el blanco de esos exaltados a los que llamas amigos. ¿Les has hablado de mí a mis espaldas? —Esbocé una sonrisa fingida—. Quizá hayas presumido con Jennifer de lo bien que estuviste en mi habitación. O quizá le hayas contado que no soy más que una distracción, una niña inexperta, y os hayáis reído de la pobre santurrona de Detroit a la que has seducido como a todas.

Tuve la impresión de que había recuperado las fuerzas, aunque todavía estaba un poco aturdida. Estaba digiriendo lentamente lo que había pasado y reaccionaba.

—No he hecho nada de lo que dices. Te di mi palabra de que no se lo diría a nadie y la he mantenido. No soy un chiquillo y no necesito alardear de a quién me follo, de cómo lo hago o de cuándo lo hago —reaccionó tajante levantando la voz.

Caí en la cuenta de que aquella era la conversación más larga que habíamos tenido desde que llegué a Nueva York.

—Pero ella sabe lo nuestro —precisé, porque no podía explicarme cómo lo había descubierto. Si él no se lo había contado, ¿quién había sido? ¿Quién más lo sabía?

—Lo ha intuido, yo no le he contado nada —repitió.

Parecía sincero. Suspiré y me toqué una sien; tenía un fuerte dolor de cabeza y quería irme a casa y olvidar aquel día desastroso. Ni siquiera lo había mejorado el hecho de que hubieran expulsado temporalmente a Jennifer de la universidad, porque eso no borraría el odio que sentía por mí.

—Quiero irme a casa —susurré. En aquel momento era todo lo que deseaba. Neil deslizó la mano por la manilla y abrió la puerta.

—Pues volvamos a casa, Campanilla —dijo decidido, sonriendo un poco al llamarme por el apodo. Lo miré con la intención de rechazar su ofrecimiento, pero cambié de idea. ¿Cómo iba a mantenerme alejada de la única persona capaz de hacer vibrar mi corazón y mi cuerpo?

Lo seguí hasta el coche y lo admiré mientras conducía.

Neil sujetaba el volante de una manera encantadora y personal: conducía con una mano y con la otra se atusaba el flequillo; también solía mordisquearse el labio inferior y quedarse absorto.

En aquel momento me di cuenta de lo importante que era para mí.

Me bastaba con tenerlo al lado para olvidar lo ocurrido en las últimas horas.

—¿Te apetece que vayamos a un sitio antes de volver a casa? —propuso sobresaltándome. Me espabilé tratando de que no me pillara mirándolo embobada.

—¿Dónde? —pregunté.

—¿No te fías? —Esbozó una sonrisa pícara, una de las que me ponían la carne de gallina o me hacían ruborizar.

—No. —Era inútil mentir. Aunque le había concedido una parte de mí que no le había concedido a nadie más, fuera de la cama no me fiaba de él.

—Chica lista. Respuesta exacta —replicó divertido enfilando hacia una calle que no conocía.

Nos adentramos en el tráfico de Nueva York, entre los imponentes rascacielos. A pesar de lo que acababa de decir, no añadí más y me puse en manos de aquella calamidad que tenía a mi lado. De vez en cuando lo sorprendía echándome ojeadas como las mías. Parecíamos dos chavales incapaces de quitarse los ojos de encima.

—Deja de mirarme —le dije para picarlo.

—Tú no has dejado de mirarme desde que entramos en el coche —respondió a tono sin apartar la vista del tráfico. Luego subió el volumen de una canción de The Neighbourhood y se calló.

Sin embargo, no me sentí incómoda. Todavía estaba turbada por lo que había pasado con Jennifer, pero me sentía segura en su compañía.

—¿Dónde vamos? —pregunté al cabo de un rato resoplando.

—Eres demasiado impaciente —me riñó con un tono serio que me molestaba.

—Y tú demasiado despótico. —Me enfurruñé. Todavía estaba bajo el efecto de los analgésicos y no sentía dolor, pero prefería no pensar en qué pasaría después.

—Solo en la cama —replicó lanzándome una mirada elocuente. Negué con la cabeza.

—Yo creo que no. No solo en la cama.

Neil siempre era despótico, autoritario, arrogante y excesivamente serio. Pero no era consciente de ello o fingía no serlo.

Al cabo de unos diez minutos, aparcó delante de una chocolatería. Arrugué la frente y la miré con detenimiento. Era enorme y las amplias cristaleras dejaban a la vista su acogedora decoración. Estaba bastante concurrida. Me giré hacia Neil y suspiré.

Yo no tenía buen aspecto. Acababan de darme una paliza y tenía marcas y morados, así que no quería bajar del coche. Neil intuyó mis pensamientos, me miró y miró la chocolatería reflexivo.

—Espérame aquí —dijo bajando del coche. Ni siquiera esperó que le respondiera: cruzó la calle y se dirigió a la entrada con su garbo habitual. Le miré los glúteos, firmes, que se contraían a cada paso, hasta que desapareció de mi vista.

Me puse cómoda en el asiento y al cabo de unos minutos reapareció con una caja en la mano. Subió al coche y me la dio.

—¿Puedes aguantarla tú? —me preguntó. La cogí; estaba envuelta en papel azul.

—¿Me has comprado bombones? No te esperaba tan romántico —le dije para tomarle el pelo. Antes de arrancar el motor, Neil me miró con expresión severa, como siempre.

—¿Tan previsible te parezco?

Se adentró de nuevo en el tráfico y embocó una calle que tampoco me resultaba familiar y que discurría en sentido opuesto a nuestro barrio.

—Nunca he pensado que lo fueras —admití mientras sujetaba con firmeza la caja de bombones, sobre todo en las curvas y los adelantamientos.

Neil conducía muy mal, o quizá debería decir que conducía como si estuviera participando en una carrera ilegal, pero no se lo dije para evitar una posible discusión.

Tampoco le hice más preguntas porque estaba claro que él no tenía ganas de hablar. A aquellas alturas sabía que a Neil le costaba mantener una conversación por más de cinco minutos. Suspiré y esperé a que llegáramos a nuestro destino. Al final, Neil aparcó delante de un parque, se puso cómodo y empezó a mirar enfrente.

Estaba atestado.

Había parejas sentadas en los bancos y familias que paseaban con sus hijos. Demasiada gente para sentirme a gusto en mis condiciones.

—Podemos quedarnos en el coche si quieres —dijo sin mirarme.

Me giré sorprendida. Neil tenía el don de leerme el pensamiento.

Le sonreí agradeciéndoselo y, cuando nuestras miradas se cruzaron, me quedé embobada mirando sus ojos; el reflejo de los rayos de sol que se filtraban por el parabrisas los hacía aún más espectaculares.

—Ábrela —me dijo, señalando con la barbilla la caja que tenía sobre las piernas. Me había olvidado de ella.

No tuvo que decírmelo dos veces.

Había cuatro magníficas galletas rectangulares con una carita sonriente en su interior.

—¿Quieres que engorde? —Sonreí comiéndomelas con los ojos. Tenían un aspecto apetecible y no veía la hora de probarlas.

—Son las galletas más ricas de Nueva York. Los trocitos oscuros son de chocolate artesanal. Cierra los ojos y elige una, luego mira lo que hay escrito detrás.

Neil no dejaba de sorprenderme. Cerré los ojos —nuestras respiraciones ocuparon el interior del coche— y cogí una galleta.

—Ya puedes abrirlos —ordenó. Su preciosa voz me daba escalofríos.

Giré la galleta y leí: «Aunque sea un hombre, si te veo sin sonrisa, cojo un lápiz y te la dibujo como haría un niño».

Neil me miró fijamente y se puso serio, como si la frase lo hubiera turbado. Luego me miró la mano, incrédulo.

—¿Bromeas? —preguntó confuso, acercándose a mí para asegurarse de que no mentía.

—En absoluto. —Mordí la galleta y encogí un hombro con desenvoltura—. ¡Está riquísima!

Neil arrugó la frente y apoyó la cabeza en el respaldo, pensativo.

—Mmm…, riquísimas —farfullé con la boca llena escupiendo algunas migajas. Neil siguió su trayecto y arqueó una ceja.

Dejé de masticar y me preparé para encajar una de sus frases mordaces y ofensivas, pero se mordió el labio y suspiró.

—Ninguna chica ha comido en mi coche. Ni siquiera follo aquí dentro —dijo mirándome a los ojos. Quería que supiera que me concedía un privilegio, algo que no le permitía a ninguna de sus amantes.

Di otro mordisco sin responderle. A veces tenía miedo de decir algo equivocado que le cambiara el humor, porque Neil era terriblemente lunático. No siempre lograba comprender si me advertía, me reñía o simplemente opinaba.

—Neil —dije cambiando de tema—, ¿acaso es esta una manera extravagante de declararte? —pregunté con ironía.

No sabría decir por qué se me ocurrió hacer ese comentario, quizá trataba de disimular lo que realmente sentía. En efecto, estaba hecha polvo y trataba de reunir fuerzas para enfrentarme a la humillación que Jennifer me había infligido en el comedor de la universidad.

Neil volvió a sonreír de aquella manera tan seductora y de repente se me hizo un nudo en el estómago.

—A estas las llaman las galletas del buen humor —dijo—. Quería que volvieras a sonreír. Ni Jennifer ni nadie puede hacerte sufrir, ¿estamos?

Alargó la mano y me quitó unas migas del labio inferior con el pulgar. En aquel momento dejé de pensar, de hablar e incluso de respirar. Todas mis energías convergieron en su toque, delicado pero decidido. Neil desprendía poder, incluso en la manera en que me concedía aquellas pequeñas atenciones. Nunca perdía su aura de misterio, ni siquiera cuando trataba de mostrarme las facetas más humanas de sí mismo. En cualquier caso, me dejé tocar esperando que aquel gesto durara lo más posible.

—No es algo que pueda controlar —murmuré mirándolo a los ojos.

—Nadie puede controlar el dolor, pero podemos elegir por quién sufrir, y no vale la pena sufrir por Jennifer.

Mientras Neil me sostenía la mirada, yo trataba de leer en sus ojos el mejor libro que había leído en mi vida.

—¿Y por ti? ¿Valdría la pena sufrir por ti? —pregunté; en verdad, lo que había soportado de su amante lo había soportado por él.

A aquellas alturas, todo lo que hacía era por él.

—No. Deberías permanecer alejada de mí.

Se apartó y miró de nuevo por el parabrisas. Luego arrancó el motor y puso las dos manos sobre el volante. Ya quería irse de allí, escapar de nuestro diálogo y, sobre todo, de mí. En efecto, se había puesto nervioso y parecía dispuesto a no volver a dirigirme la palabra.

Se pasó la mano por el pelo y sacudió la cabeza pensando en algo.

Con él siempre pasaba lo mismo: me decía que no creyera en el amor, en el sol oculto por las nubes, en los cuentos de hadas y en los príncipes azules, y, a pesar de todo, entre él y su desilusión y un final feliz, lo elegía a él.

24

Selene

El misterio de la caja de música.

PLAYER 2511

Habían transcurrido dos semanas desde el incidente con Jennifer.

Los Krew me lanzaban miradas ambiguas cuando me veían por los pasillos de la universidad, pero ninguno de ellos se había vuelto a acercar a mí.

Tras la expulsión temporal, Jennifer había desaparecido; no sabía si Neil había llevado a cabo su plan de venganza, pero después de aquel día en el comedor me alegraba de no habérmela encontrado de nuevo.

Neil se había mostrado amable conmigo y durante aquellas dos semanas se había interesado cotidianamente por mi estado de salud, pero no me había tocado.

No había tratado de seducirme o de colarse en mi habitación. La última vez que habíamos hecho el amor se había convertido en un recuerdo lejano y sospechaba que había superado la fase de intensa atracción que sentía por mí, lo cual, para ser sincera, no me hacía mucha gracia. No había vuelto a caer en la tentación, pero no me alegraba.

—Hola —dije entrando en la cocina donde mi padre bebía a sorbos una taza de té delante del portátil.

A Mia y a Matt les había contado una caída inverosímil por las escaleras para justificar la tirita en el labio, y los morados que tenía en el cuerpo los cubría con la ropa. Por suerte, la boca se había curado del todo y los cardenales ya no me dolían, a pesar de que habían virado del negro a un amarillo horroroso.

—Hola, Selene. —Matt me miró y abandonó lo que estaba haciendo en el ordenador.

—¿No ha vuelto Mia? —pregunté incómoda mientras sacaba de la nevera un envase de zumo de naranja.

—Todavía está en el trabajo —respondió echándole un vistazo al Rolex que llevaba en la muñeca.

Era extraño que Matt ya hubiera llegado porque normalmente no volvía antes de las diez de la noche. Me senté en un taburete y bebí el zumo directamente del envase, sin preocuparme en buscar un vaso.

—¿Tú cómo estás? ¿Te sientes a gusto aquí? —Volvió a la carga. No perdía ocasión para hacer sus habituales preguntas incómodas.

Mi padre todavía esperaba recuperar una relación que yo daba por perdida.

Un padre debería haber desempeñado un papel esencial en la educación de su hija, transmitirle protección, responsabilidad y seguridad, lo cual Matt no había hecho. Es más, siempre me había sentido superflua en su vida y esa es la peor sensación que puede experimentar un niño.

—Pongamos que prefiero Detroit.

Era verdad. Sobre todo después del episodio de Jennifer, me sentía de más en Nueva York, en la universidad y, de manera especial, en la vida de Neil, que últimamente no me prestaba atención. A aquellas alturas, pensaba que lo que le había atraído de mí se había acabado completamente.

Neil se había curado del virus Selene.

—Si hay algo que pueda hacer por ti, solo tienes que decírmelo. ¿Has tenido problemas con alguien? —dijo Matt con un tono solícito que jamás había usado conmigo.

—No te preocupes. Lo único que deberías haber hecho es no permitir que tu hija te pillara con otra mujer —dije tajante.

Matt palideció.

Me levanté para poner el envase en la nevera y me di la vuelta para mirarlo disimulando el dolor que aún me causaban algunos recuerdos.

—Sé que me he equivocado, pero la relación con tu madre ya no era como antes.

Se levantó de la silla y se acercó a mí. El traje, elegante, le quedaba impecable.

—¿Por qué no la dejaste? ¿Por qué no pusiste punto final a vuestra relación en lugar de hacerla sufrir engañándola con otras mujeres? ¿Por qué? —levanté la voz. No soportaba las excusas banales que trataba de venderme. Para una hija su padre debía ser un modelo, un príncipe azul, para mí, en cambio, era solo un cirujano rico, cínico e infiel.

—No es tan sencillo dejar a la mujer que has querido toda la vida.

—¿Y qué me dices de mí? —exploté. Debería haber pensado en las consecuencias que sus acciones tendrían en mí, no solo en sí mismo—. No era más que una niña. ¡Deberías haber pensado en lo que era mejor para la familia! —añadí conteniendo las lágrimas. Hacía mucho tiempo que no lloraba delante de él.

Matt me miró con intensidad, turbado por mis palabras, y alargó una mano, quizá para acariciarme, pero retrocedí.

No quería que me tocara.

—Me equivoqué. Pero ¿quién no se equivoca alguna vez en la vida? Permíteme que lo remedie —suplicó en voz baja.

Me pedía, una vez más, una segunda oportunidad. Sin embargo, no era fácil olvidar, sobre todo porque había asistido a su traición y porque había estado ausente de mi vida durante mucho tiempo.

—Pides demasiado.

Negué con la cabeza y clavé la vista más allá de sus hombros. No podía perdonarle algo semejante. No lo lograría, no era fuerte como mi madre.

—Selene.

Matt me cogió la cara y yo me aparté. Nada cambiaría. Lo sabía desde el principio, desde antes de venir a Nueva York. Sabía que tratar de recuperar la relación con él sería un fracaso total. Era demasiado tarde.

Consciente de eso, me fui sin dignarme a mirarlo de nuevo.

A la mañana siguiente, me dirigí a pie a la universidad. Necesitaba despejar la mente y dejar de pensar en mi padre. Durante el trayecto llamé a Jared para saber cómo estaba su madre. Me dijo que había adelgazado mucho, que vomitaba a menudo y que llevaba un pañuelo de colores para cubrirse la cabeza; la gente le preguntaba qué le pasaba, lo cual aumentaba su malestar. Cuanto más hablaba, más resonaban en mi mente las amenazas de Jennifer diciéndome que dejara en paz a Neil so pena de que Jared descubriera la verdad de la peor manera posible.

Me agobié tanto que durante las clases no pude quitarme de la cabeza a Jared.

Se me pasó por la mente la idea de volver a Detroit y poner fin a aquella situación insostenible, de poner distancia a lo que había pasado con Neil, pero ¿cómo olvidarme de él?

Aquel chico se estaba convirtiendo en alguien realmente importante para mí.

Las preguntas que me hacía constantemente sobre él, su pasado, su lunático comportamiento, la habitación secreta con sus extraños embalajes, el fantasma de Scarlett, el paquete asqueroso enviado por un remitente desconocido..., todo me invitaba a quedarme para arrojar luz sobre la oscuridad que me rodeaba.

A aquellas alturas, estaba metida hasta el cuello y no podía salir corriendo.

—Así que William Shakespeare era un poeta inglés y... qué coñazo, ¿por qué tenemos que estudiar estas cosas? —se quejó Adam, aburrido, atrayendo nuestra atención.

—Porque si no lo estudias no aprobarás el examen del profesor Smith, genio —intervino Julie.

—¡Silencio los del fondo! —La señora Rose, la responsable de la biblioteca universitaria, estaba harta de reñirnos y faltaba poco para que nos echara a todos.

Habíamos decidido quedarnos unas horas más en la facultad para estudiar después de las clases, pero nos distraíamos.

—Adam, ¡siempre haciendo el idiota! —se burló Cory.

—¡Basta, chicos! ¡Vamos a estudiar! —refunfuñó de nuevo Julie.

—A ver, Alyssa, ¿cuántos sonetos ha escrito Shakespeare? —preguntó la empollona del grupo apuntando a Alyssa con el lápiz.

—Mm..., ¿sesenta? —respondió titubeante. Sonreí. A pesar de que se esforzaba, no lograba recordarlo.

—No, Alyssa, ciento cincuenta y cuatro. Te lo he dicho un montón de veces —la riñó Julie, exasperada, apartándose del hombro sus largos cabellos pelirrojos.

—Sabes que estás muy sexi cuando te pones sabionda, ¿verdad?

Adam se le acercó y le acarició la mejilla mientras ella se sonrojaba. No lograba comprender cómo aquellos dos se llevaban bien.

A veces dos almas muy diferentes eran tan compatibles que su unión resultaba vehemente y pura.

Creo que lo había dicho Víctor Hugo, según el cual los hombres se enamoran de las mujeres con las que tienen afinidades. Pensé de nuevo en Neil y en lo diferentes que éramos, opuestos en muchos aspectos. Para mi desgracia, nosotros no éramos ni compatibles ni mucho menos semejantes.

—Déjalo ya —susurró Julie en voz muy baja para que la señora Rose no nos riñera otra vez.

—¡Nunca aprobaré este examen! —lloriqueó, frustrada, Alyssa.

—Alyssa, cariño, puedes usar medios alternativos —le aconsejó Jake mirando a Cory y a Adam con complicidad. Los chicos empezaron a reírse por lo bajo, porque por medios alternativos entendían…

—Oh, sí, hazle un buen trabajito a Smith y te dará una matrícula —dijo Cory, que no tenía pelos en la lengua, guiñándole un ojo.

Todos se echaron a reír, excepto Logan y yo. No nos gustaban esa clase de alusiones porque en nuestra universidad había chicas que realmente vendían su dignidad para aprobar un examen; Alyssa, por supuesto, no era esa clase de persona.

—Cierra el pico y estudia, Cory —soltó Logan, molesto, apretando el bolígrafo.

En los últimos tiempos, él y Alyssa salían juntos cada vez más y aunque la relación no era oficial y Logan no cesaba de repetirme que entre ellos solo había una fuerte atracción física, aquella reacción me indujo a pensar lo contrario.

—Celoso —le susurré al oído con ironía; él arqueó una ceja, como si hubiera dicho un disparate.

—No, es que trato de estudiar y me distraen con sus gilipolleces —se justificó antes de volver a inclinar la cabeza sobre el libro.

—Por supuesto —repliqué sarcástica. Si creía que me engañaba, se equivocaba de medio a medio.

Mi intuición femenina para estos asuntos era infalible y había notado que Alyssa le gustaba mucho, aunque él nunca lo admitiría.

—Mmm…, ¿estás celoso, Logan? Así que vosotros dos folláis —soltó Adam de repente. Había llegado a la misma conclusión que yo y estaba poniendo a mi amiga en un apuro.

—Deberías pensar en tus asuntos. Yo no te pregunto lo que hacéis tú y Julie —se defendió Logan con una mirada torva y una seriedad que nos dejó pasmados. Julie bajó los ojos y se mordió la mejilla, incómoda.

—Ay, me temo que Julie todavía no folla con Adam —intervino Jake haciendo camarilla con Cory.

—Cállate, ¡imbécil! —dijo Adam, y le lanzó una bolita de papel.

—¿Esto es a lo que vosotros llamáis estudiar?

Kyle apareció a la espalda de su primo y le puso las manos en los hombros. Llevaba el abrigo largo y negro de siempre, que le cubría el cuerpo, alto y esbelto, y el pelo recogido en un moño despeinado a la altura de la nuca. Un pequeño aro de plata brillaba en el lóbulo de una oreja. Sus ojos, azules y seductores, se clavaron de inmediato en los míos.

Me sonrió y le devolví la sonrisa espontáneamente.

—Hola, Nabokov —dijo en broma, refiriéndose a mi autor favorito.

—¿Crees que se puede estudiar con estos idiotas? —se quejó Alyssa.

La mirada de Kyle me quemaba. Me observaba con cierta insistencia y estaba consiguiendo incomodarme; solo una persona me miraba con esa intensidad y sus ojos eran los únicos que deseaba.

Desplacé la mirada para interrumpir el contacto visual entre nosotros y noté, a poca distancia de nuestra mesa, a miss Cooper hablando con la señora Rose. Me angustió recordar la manera en que Neil la había amenazado en el aula.

La observé un rato largo y me fijé en un detalle que siempre había estado delante de mis ojos.

Era rubia.

Como la enfermera, como Jennifer…

Todas las amantes de Neil eran rubias, excepto yo.

Me quedé mirándola. Estaba sentada. Llevaba un elegante traje de chaqueta oscuro que la favorecía y resaltaba el color de su piel.

—Rubia… —susurré, como si aquel dato fuera otra de las piezas que necesitaba pata completar el puzle que reproducía la imagen de Neil.

No era fácil hallar respuestas ni leer las señales que me rodeaban o que se translucían de su comportamiento, pero creía que había dado un paso en la dirección correcta gracias a mi intuición.

Perdida en mis pensamientos, me ensombrecí olvidándome de que Logan estaba sentado a mi lado.

—Estás silenciosa —me dijo ya en el Audi R8 mientras nos dirigíamos a casa.

—Tu hermano tiene una especie de obsesión con las rubias —murmuré mirando los rótulos de las tiendas por la ventanilla.

Permaneció un rato callado y me volví a mirarlo.

—¿Por qué lo dices? —Logan, atento al tráfico, parecía nervioso de repente. Se mordisqueaba el labio superior y repiqueteaba los dedos sobre el volante.

—Todas sus amantes son rubias —añadí en tono indagatorio; estaba segura de que no era una simple coincidencia.

—Bueno, no lo definiría como una obsesión, sino más bien como una… —lo pensó un momento— preferencia —concluyó.

Así que yo había sido la excepción que confirma la regla: no encajaba en su tipología de mujer, pero hasta hacía dos semanas parecía que sí. Sacudí la cabeza, frustrada. Logan conocía a su hermano mejor que nadie y quizá lo mío solo fueran paranoias, quizá Neil prefería las rubias a las morenas, sin más, aunque tampoco desdeñaba a las segundas.

—Creo que también tiene una obsesión por la higiene. ¿Cuántas veces se ducha al día?

Nos detuvimos en un semáforo y Logan suspiró. Pasó un buen rato antes de que respondiera y ahora estaba nervioso.

—Le gusta la limpieza. Siempre ha sido muy limpio —dijo quitándole importancia y haciendo ver que no sabía cuántas veces se duchaba su hermano y cuánto tiempo transcurría bajo el chorro de agua.

Me encogí de hombros y no traté de sonsacarle nada más. Supiera lo que supiese, Logan no me lo diría. Neil era su hermano, mientras que yo era solo… una amiga.

Cuando llegamos a la villa, bajé del coche y me dirigí lentamente hacia los peldaños del porche. Empecé a subirlos uno a uno, pero antes de llegar a la puerta de entrada noté un paquete a mis pies.

Otro.

Miré alrededor pero no había ni rastro de nadie; me arrodillé delante del paquete, sin tocarlo.

—¿Qué haces, Selene? —Logan se puso a mi lado y vio la caja oscura que captaba toda mi atención.

—Mierda. Otra vez —dijo suspicaz.

Tras titubear un poco, entramos en casa con la caja y toda la tensión que irradiaba.

Nos sentamos en el sofá, sin siquiera saludar a Anna, que ultimaba las tareas domésticas.

No estábamos contentos de vivir aquella situación que nos parecía un maldito *déjà-vu*.

Logan suspiró y le acaricié el hombro para animarlo a abrir el paquete.

Lo hizo con tal lentitud que aumentó mi ansiedad y acabó con mi paciencia.

Luego sacó un objeto envuelto en papel negro, que rasgó sin ninguna delicadeza. Y todo lo que vimos fue…

—¿Qué coño es esto? —soltó Logan.

—Una caja de música.

Era azul y blanca y estaba pintada con nubes y ángeles que representaban el paraíso.

—Debería funcionar así. —Giré una pequeña manivela en la parte de atrás y una extraña musiquilla difundió sus notas entre las paredes del salón. El carillón giró lentamente para abrirse como una concha y mostrar un ángel con las alas cortadas, la cara pintada de rojo y sin ojos.

—Dios mío…

Logan retrocedió como si quisiera protegerse de aquella imagen sobrecogedora, yo en cambio me quedé sin palabras. Miré al ángel que daba vueltas sobre sí mismo acompañado por una melodía delicada y macabra al mismo tiempo, y vi una nota cuidadosamente doblada entre las alas.

—Logan. —Tragué saliva, le di unos golpecitos en la espalda y se la señalé.

Dejó la caja de música en la mesa y cogió la nota para leerla:

> Un ángel con las alas cortadas, privado de su luz, arrojado a las tinieblas más profundas, incapaz por mucho tiempo de admirar la luz del sol…
>
> Un ángel que no conocía la palabra odio, un ángel que no condenaba la rosa herida, un ángel que ha aprendido a danzar en las tinieblas transformándose en el peor diablo, transformando el mundo en el peor infierno.
>
> El diablo está en los detalles.
>
> El diablo está con vosotros.
>
> El misterio de la caja de música
> Player 2511

Logan y yo permanecimos en silencio durante un tiempo indefinido. El remitente era de nuevo Player 2511, el mismo que había empezado aquel maldito juego anónimo, y la nota también procedía de una impresora. Se me heló la sangre al pensar que alguien tuviera la mira puesta en nosotros y que todo aquello no fuera una simple broma como habíamos pensado al principio. El corazón me palpitaba en el pecho como un martillo neumático. Miré a Logan y vi que estaba tan impresionado como yo. En aquel momento, ninguno de los dos sabía qué decir o hacer.

Un ruido de pasos llamó nuestra atención y nos giramos hacia la escalinata de mármol de la entrada principal. Neil, con su misterioso y erótico encanto, se aproximaba.

Una sudadera negra le ceñía el tórax, ancho y fuerte, y unos vaqueros azules le cubrían las piernas, tonificadas y musculosas. Su virilidad se apoderó de mis pensamientos y me hizo olvidar por un breve instante la situación en la que nos encontrábamos.

No fue necesario explicarle nada: Neil se detuvo a poca distancia de la mesa y miró fijamente la maldita caja de música; luego miró el embalaje abierto y la nota que su hermano aún tenía entre las manos. Y comprendió.

—¿De nuevo él? —Su voz, profunda y abaritonada, delataba preocupación. Sentí escalofríos, como siempre, porque su timbre tenía la facultad de desatar una tormenta en mi interior, independientemente de la situación.

Logan asintió y le tendió la nota. Los ojos de Neil se deslizaron con rapidez por las tétricas palabras. Arrugó la frente con expresión concentrada y reflexiva.

—¿Te suena de algo, Neil? No se trata de una broma. En absoluto —dijo Logan preocupado.

Neil lanzó la nota sobre la mesa y observó la caja de música.

—No, no tengo ni idea —replicó. Se pasó una mano por la cara y puso la otra en la cintura. Por primera vez, él también parecía nervioso; me sorprendí porque nunca había visto en su cara una expresión que no fuera de seguridad mezclada con indiferencia.

Pero esta vez no: Neil parecía tan humano como nosotros.

—Propongo que vayamos a la policía —dije. Los ojos color miel de Neil se clavaron en los míos con tanta intensidad que me bloquearon en el sofá, como si me sujetara con sus manos, grandes y fuertes.

—¿Y qué vamos a decir? Presentar una denuncia contra un anónimo es inútil —exclamó con tanta irritación que me sobresalté.

—Solo he propuesto una solución. No hace falta que me contestes de esta manera —le reproché entornando los ojos.

—Calma, chicos —intervino Logan para calmar los ánimos—. Piensa, Neil. ¿Podría ser alguien que conoces? ¿Uno de los Krew, quizá? —preguntó pensativo, pero Neil negó con la cabeza y esbozó una sonrisa burlona.

—Sé que los odias, hermanito, pero mis amigos nunca harían algo así, y muchos menos a mí. ¡A mí no, coño! —replicó con convicción llevándose una mano al pecho, como si fuera inconcebible pensarlo.

En efecto, Neil no era un simple miembro de los Krew, era su jefe, y Luke y Xavier lo temían, como había podido observar en varias ocasiones.

—Solo trato de arrojar luz sobre esta situación —dijo Logan para defenderse; luego se puso de pie.

Me quedé sentada mirándolos sin saber qué hacer ni qué decir.

—¿Induciéndome a dudar de los Krew? Bien hecho, hermano. —Le guiñó un ojo y se revolvió el pelo.

—¿Acaso te sorprendería que hubieran sido ellos? —insistió Logan—. Están locos, ¡y la rubia con la que te diviertes pegó a Selene hace tan solo dos semanas! —gritó señalándome.

Palidecí porque no quería que me involucraran en su discusión. Neil me miró pensativo. La expresión tensa de su cara se ensombreció aún más. Luego desplazó de nuevo la mirada hacia su hermano.

—La rubia con la que me divierto —repitió con énfasis— ha recibido su merecido y tanto ella como los demás saben que no deben ponerle las manos encima nunca más.

Hablaban de mí como si yo no estuviera presente y no tuviera ni voz ni voto; curiosamente, me sentí… protegida.

—Deberías alejarte de ellos. Esta maldita situación se ha producido por tu culpa, ¡por culpa de la gente que frecuentas y de las cagadas que haces! —lo acusó Logan. Neil retrocedió como si hubiera recibido una bofetada. No sabía a qué se referían; no conocía el pasado de Neil, y menos aún su presente.

Pero el problemático Neil debía de saber muy bien a qué se refería Logan. Aspiró por la nariz, luego torció la boca y miró la caja de música. La cogió, le dio vueltas entre las manos y la estrelló contra la pared haciéndola añicos.

Un ruido ensordecedor e inesperado se difundió entre las paredes del salón y me obligó a cerrar los ojos. Cuando los abrí de nuevo, vi a Logan inmóvil observando la escena.

—¿Ahora te sientes mejor? —dijo con frialdad. Neil, con las mejillas enrojecidas y los tendones del cuello en tensión, jadeaba; una vena en relieve sobresalía de una de las sienes y los labios, entreabiertos, estaban secos.

Parecía trastornado, furioso y desorientado.

—A tomar por culo —dijo amenazador, con los dientes apretados, mirando fijamente a su hermano.

No me atreví a decir nada.

Me levanté temblando. El corazón me latía con fuerza y

no tenía el valor de pronunciar una sola palabra. Temía sus reacciones cuando dejaba de razonar y seguía el instinto, olvidándose incluso de quién era.

En aquel instante, alguien abrió la puerta de entrada y entró en casa.

Un parloteo se difundió en la habitación.

Eran Mia, Matt y Chloe.

—Me alegro de que mañana vuelvas al instituto y…

Mia dejó de sonreír cuando notó las esquirlas de vidrio esparcidas por el suelo; Matt cerró la puerta y pasó un brazo por los hombros de la pequeña de la casa.

—¿Qué pasa aquí? —Mia miró primero la caja de música rota, luego a sus hijos y se giró hacia Chloe haciéndole una señal para que se fuera—. Ve a tu habitación, cariño —le dijo con tono tranquilo, a pesar de que seguramente estaba impresionada y preocupada.

Chloe lanzó una ojeada a sus hermanos y cruzó el salón sin rechistar para dirigirse al piso de arriba.

Matt se puso al lado de su compañera, y, sin mostrarse sorprendido por la situación, miró a Neil con intensidad.

—¿Ya estamos en las mismas, Neil? —Mia se dirigió directamente a su hijo mayor con tono severo e indagador. Este no respondió y sostuvo la mirada de su madre sin mostrar temor—. Si no dejas de tener estas reacciones, me veré obligada a…

—¿A echarme de casa? ¿A encerrarme en un manicomio? —dijo él encarando a su madre con una sonrisa provocadora en los labios. Mia tragó saliva, sacudió la cabeza y volvió a mirar la caja de música destruida por la furia de su hijo.

—¿Qué he hecho mal contigo? —La tristeza le veló la cara; estaba pálida. Matt le puso una mano sobre el hombro para reconfortarla.

—Todo —replicó Neil mirándola a los ojos.

—Ha sido culpa mía, mamá. Lo he provocado —intervino Logan, pero su madre ni siquiera lo miró.

Mia dirigió una mirada intransigente a Neil.

—Lo has hecho todo mal —prosiguió Neil—. Nunca has tratado de interpretar mis silencios, ni de comprender mis dibujos o de escuchar la preocupación de mis profesores. —Le dirigió una sonrisa falsa y ella se acercó—. Estabas demasiado pendiente de ti misma, de tu carrera, de las cenas a las que acudías con William mientras el mundo se me tragaba y los monstruos se comían mi alma.

No la miraba simplemente, la estaba fulminando con la mirada, y las lágrimas que empezaron a resbalar por sus mejillas eran la prueba.

Matt contemplaba la escena en silencio, sin defender a Mia. Probablemente sabía algo que yo no sabía y que de alguna manera justificaba el odio que Neil sentía por su madre.

—El negro era el color del miedo, el amarillo el de su pelo y el rojo…, el rojo era el infierno. ¿Tan difíciles eran de interpretar mis dibujos? Solo tenía diez años, no conocía otra manera de decirte qué estaba pasando… —prosiguió en un susurro. Mia bajó los ojos sollozando.

Por mi parte, no entendía nada de lo que ocurría pero podía percibir el dolor de Neil.

De repente, me entraron ganas de llorar.

A pesar del calor que hacía en la habitación, el frío se expandió bajo mi piel: el helor procedía de sus palabras, de sus ojos distantes engullidos por las tinieblas.

—Lo siento… —dijo Mia con un hilo de voz que rasgó el denso silencio.

Matt dejó caer la mano del hombro de su compañera y bajó el brazo rindiéndose también a la crueldad del destino; no podía hacerse nada para colmar el vacío que se había adueñado de los dorados ojos de Neil y de su rostro, tan hermoso como afligido.

—No importa. Ya no importa.

Peter Pan había dejado de volar.

Había dejado de soñar.

Se escapaba.

Seguía colgado al hilo del pasado, atrapado en un universo paralelo, el pelo revuelto, los ojos dorados…

Peter Pan quería tocar las estrellas, cogerlas todas, pero no podía.

Él no quería.

Las estrellas se apagaban, el telón caía.

El espectáculo había acabado.

25

Selene

Todo es desconocido: un enigma, un misterio inexplicable.
Duda, incertidumbre y suspensión del juicio son el único
resultado de la investigación más exhaustiva a este propósito.

DAVID HUME

Miraba fijamente, inmóvil, la puerta de la habitación de las cajas.

Estaba cerrada con llave, por eso tenía la vista fija en su superficie de madera, como si esperara que de un momento a otro aparecieran grabadas en ella las respuestas que buscaba.

Había comprendido que a Neil le había pasado algo terrible y los periódicos que hablaban de un escándalo acrecentaban mis dudas. Quizá debía ser comprensiva y paciente con él, ganarme su confianza, porque era un hombre singular. Todos los días se enfrentaba a un problema y no permitía a nadie que lo ayudara.

Pero no quería darme por vencida, al menos no tan fácilmente.

—¿Vamos, Selene? —Logan me trajo de vuelta a la realidad y me lo encontré al lado. Ni siquiera había oído sus pasos por el pasillo. Habíamos quedado que aquella tarde nos encontraríamos en la biblioteca privada de Matt para indagar acerca del segundo enigma que Player 2511 nos había enviado.

—Sí. —Lo seguí y nos encaminamos hacia la biblioteca; al cruzar la puerta me quedé estupefacta.

El olor a papel de los libros me embistió y me transportó al mundo que prefería. La madera, oscura y noble, confería a la habitación un ambiente mágico. Una escalera alta, apoyada en las estanterías, permitía alcanzar los volúmenes que estaban más arriba, que rozaban el techo; la luz del exterior, que se filtraba por una ventana enorme, iluminaba un elegante escritorio de caoba sobre el que mi padre solía leer los manuales de medicina.

A poca distancia había unas butacas de estilo gótico tapizadas en color verde salvia y una mesa de madera sobre la cual destacaba un jarrón con flores frescas que seguramente Anna cambiaba cada día.

—¿Cuántos libros hay? —pregunté sorprendida mirando a mi alrededor con la cabeza inclinada hacia atrás.

—Más de seis mil. También hay primeras ediciones —respondió Logan lanzándome una mirada divertida.

—Joder, me recuerda un poco a la biblioteca de William Randolph Hearst —comenté con una sonrisa.

—¿Quién es? —preguntó con curiosidad.

—Un magnate que vivía en California.

Seguí admirando las altísimas estanterías que me rodeaban girando lentamente sobre mí misma. Aquella habitación se había convertido oficialmente en mi preferida.

—Entonces… ¿Qué hacemos aquí?

Me sobresalté al oír la voz de Neil, que retumbó entre las paredes, y de golpe los libros dejaron de ser el centro de mi atención porque había algo o, mejor dicho, alguien más majestuoso e imponente allí dentro. Llevaba un jersey blanco que contrastaba con el ámbar de su piel y unos vaqueros oscuros. Era espléndido, su apostura no pasaba inadvertida bajo la ropa.

—Me alegro de que seas puntual —respondió Logan provocativo, pero Neil no se inmutó. Se apoyó en el borde del escritorio y cruzó los brazos a la espera de una respuesta concreta.

No me consideró digna de su atención, así que me mostré indiferente y me senté en una de las butacas.

—Veamos —empezó diciendo Logan mientras se ponía las gafas de ver con montura negra que le conferían un aire de erudito—. Esto está lleno de libros, pero ya sé los que podrían sernos útiles. —Cogió uno y me lo dio, luego hizo lo mismo con Neil.

—Leed con atención y tratad de encontrar todo lo referente a las cajas de música: origen, función, leyenda…, en fin, todo lo que pueda servir para saber algo más. El remitente es el mismo que el del primer enigma, de manera que así como la elección del cuervo no fue casual, tampoco lo habrá sido la de la caja de música —concluyó serio sentándose en la butaca enfrente de la mía.

—De acuerdo. —Abrí el libro, me lo puse sobre las piernas y empecé a hojearlo.

Las páginas estaban desgastadas, la letra era muy pequeña y en algunos pasajes se había borrado hasta tal punto que era difícil descifrar lo que ponía. Trataba de concentrarme cuando un repentino hedor a tabaco me distrajo. Levanté la vista del libro y miré en la dirección de la que provenía el hilo de humo. Vi a Neil pasando las páginas del libro con un cigarrillo sujeto entre los labios. El paquete de Winston estaba sobre el escritorio, a su lado; nunca se separaba de él, y me pregunté cuántos cigarrillos fumaría al día y a qué edad habría empezado.

Tenía los ojos entornados para protegerse de la nube grisácea que fluctuaba formando una columna de humo y los hombros un poco inclinados hacia delante. El flequillo, largo y desgreñado, le cubría una parte de la frente, la barba le punteaba el contorno del óvalo, de forma perfecta, y las largas pestañas miraban hacia abajo. Sujetó el cigarrillo entre el índice y el medio y con la misma mano le dio la vuelta a la página sin apartar la vista del libro, como debería haber hecho yo si no hubiera tenido a Neil tan cerca. Hasta la manera en que sujetaba el cigarrillo era atractiva y denotaba una seguridad y un encanto sin igual.

En aquella postura natural y con aquel aire entre reflexivo y tenebroso estaba más guapo si cabe.

Alguien se aclaró la garganta y volví los ojos hacia Logan, que me miraba con la frente arrugada.

Me ruboricé intensamente y bajé la vista hacia el libro. ¿Se habría dado cuenta de que miraba a Neil embobada? ¿Desde cuándo me observaba? Y, sobre todo, ¿habría notado cómo miraba a su hermano?

Tras la tácita llamada al orden de Logan, no volví a tener valor para levantar la vista de las páginas del libro y menos aún para mirar al guapísimo chico problemático sentado a mi izquierda.

Transcurrió una media hora de silencio absoluto durante la cual me esforcé seriamente en encontrar algo que pudiera sernos de ayuda.

—¿Habéis encontrado algo? —preguntó Logan quitándose las gafas para frotarse un ojo.

—No. —Suspiré y él asintió como si tratara de no desmoralizarse.

—¿Y tú, Neil? —Se giró hacia su hermano, que entretanto había apagado el cigarrillo y había abierto otro libro y había abandonado el anterior.

—Una mierda —respondió directo y exasperado. Seguía ignorándome. Ni siquiera miraba en mi dirección; para él era como si no estuviera, como si no existiera, y no entendía el motivo de su indiferencia.

—Bien, sigamos buscando. ¡Ánimo! —nos incitó Logan, poniéndose de nuevo las gafas para reanudar nuestra búsqueda desesperada.

Transcurrieron otros veinte minutos de silencio y concentración; solo se oía el crujido del papel cada vez que uno de nosotros le daba la vuelta a una página con la esperanza de encontrar algo interesante.

De repente, respiré profundamente, me detuve y extendí los brazos para desperezarme; en aquel momento, giré un poco la cara y sorprendí a Neil observándome.

Me miraba a mí, precisamente a mí. No daba crédito.

Así que el libro abierto que sujetaba entre sus manos no era el único objeto merecedor de su mirada. Bajé los brazos, un poco incómoda, y lo miré con intensidad. Entonces Neil hizo algo insólito: metió el índice entre las páginas, como creando un hueco, y empezó a moverlo despacio de dentro afuera y viceversa como si acariciara el papel.

Lo miré por debajo de las pestañas y noté que su tórax se levantaba. Al cabo de unos instantes caí en la cuenta de que se trataba de un gesto obsceno que había disimulado con el libro.

Tragué aire y me ruboricé.

Divertido por su evocación, Neil esbozó una media sonrisa y yo bajé la mirada, apurada, no sin asegurarme primero de que Logan no se hubiera dado cuenta de nada.

Me aclaré la garganta y volví a mirar a Neil con el rabillo

del ojo. Sentía su mirada ardiente sobre mí y traté de no volver a caer en su trampa. ¿Acaso se había vuelto loco? Allí, delante de su hermano, me estaba… ¿provocando?, ¿seduciendo?, ¿tomando el pelo?

Me había ignorado durante dos semanas y en aquel momento habría preferido que siguiera haciéndolo.

Sin embargo, me ardían las mejillas y el corazón me latía muy deprisa, porque Neil tenía el poder de encenderme como si fuera una bombilla.

—¡Chicos! ¡Creo que he encontrado algo! —Por suerte, Logan interrumpió aquel momento tan íntimo entre su hermano y yo llamando nuestra atención sobre algo más serio.

—Fantástico, Sherlock —dijo Neil burlándose de él y cerrando el libro sobre el que posé distraídamente la mirada.

No volvería a mirar un libro sin pensar obscenidades.

—Veamos. —Se levantó de la butaca sujetando el libro con las dos manos—: «La caja de música es una de las reliquias más antiguas del mundo. Es un objeto valioso y fascinante envuelto en una fuerte aura de misterio. Alimenta numerosas leyendas, pero una de las más antiguas es la del famoso… —nos miró y siguió leyendo—: ángel de la caja de música».

Logan había encontrado justo lo que nos interesaba, pero no estaba segura de querer descubrir el enigma.

—Sigue —dije con poca convicción.

—«El ángel de la caja de música narra la historia de una niña que vivía con su padre y su hermano. El día de su duodécimo cumpleaños, su padre le regaló una caja de música con un ángel y le dijo que la protegería toda la vida. A partir de ese día, el ángel simbolizaría a un mensajero de Dios portador de justicia, paz y amor.»

—Hasta aquí no parece preocupante —comenté confundida. Aquella no era precisamente la clase de historia que esperaba oír.

—Sigue —ordenó Neil clavando los ojos en Logan, que reanudó la lectura.

—«Pero el padre prohibió a la niña que tocara la caja porque era un objeto valioso y frágil, y la guardó en su habitación. Un día la niña desobedeció y se coló en el dormitorio de su padre para coger el objeto de su deseo, que se le cayó al suelo. El ángel se hizo añicos.» —Logan suspiró y nos echó una ojeada nerviosa antes de seguir—. «Al volver del trabajo, el padre lo vio y la riñó. La riñó porque había desobedecido, pero añadió que trataría de repararla. Al cabo de unos días, la niña entró en el salón y la vio sobre la mesa: estaba como nueva. Giró la manivela y la caja se abrió, pero en lugar del ángel contenía un monstruo que parecía un diablo. Atemorizada, retrocedió y se topó con su padre. "Este es el castigo por haberme desobedecido", le dijo. La niña se echó a llorar.» —concluyó Logan; luego nos miró pensativo. Yo no había entendido nada.

—¿Qué significa? —pregunté con escepticismo.

—Que el diablo de la caja de música es un castigo —afirmó Logan.

—Así que tenemos un cuervo que simboliza la venganza y un ángel con el semblante de un demonio que simboliza el castigo…

Me acaricié la nuca. Estaba confundida. No comprendía la relación entre el cuervo y la caja.

—La venganza depende probablemente de haber desobedecido algo. La consecuencia es el castigo —dijo Logan tratando de explicarme su teoría.

—Al igual que el padre castigó a su hija. Pero ¿en qué consiste el castigo? —pregunté, sintiéndome menos tonta porque finalmente había comprendido el hilo conductor de su planteamiento.

—Quizá se trate de un castigo que ya ha sido infligido —dijo Neil con la mirada perdida en el vacío. Nos había escuchado en silencio.

Lo observé. La sonrisa, la expresión cautivadora y la mirada maliciosa habían desaparecido; Neil era seriamente consciente de algo.

—¿Qué quieres decir? —replicó Logan frunciendo el ceño.

—Que alguien ya ha cargado con las consecuencias de la desobediencia —dijo Neil en voz baja. Se hizo un silencio sobrecogedor.

—¿Sabes de quién se trata? —Logan se aproximó cauteloso y Neil lo miró fijamente.

—No —tragó saliva y se acercó a Logan—. Pero, quienquiera que sea, te doy mi palabra de que a nuestra familia no le ocurrirá nada malo, a costa de defenderla con mi propia vida.

La seguridad con que lo dijo me hizo estremecer. No había miedo en sus ojos, sino una profunda responsabilidad que se echaba sobre sus espaldas: la de proteger a sus seres queridos de cualquier peligro.

—¿Por qué debería ocurrir algo?

Me levanté de la butaca cuando el nerviosismo empezó a fluirme rápidamente por las venas. Puede que él no tuviera miedo, pero yo sí.

Temía que pudiera pasarle algo, temía perderlo. Fue una sensación completamente nueva para mí.

—Porque en todos los juegos, Selene, alguien gana y alguien pierde —respondió enigmático. Me puse tensa. Hacía mucho que no lo oía pronunciar mi nombre y me pareció más melodioso.

—Entonces, ganaremos —dije con una determinación que llamó la atención de Logan.

Neil me miró de aquella manera tan suya, sombría y profunda, y esbozó una sonrisa de compasión, como si estuviera convencido de que solo una tonta podría creer que aquel juego lo ganaríamos nosotros.

26

Neil

El pasado es como una vela colocada a una distancia equivocada: demasiado cerca para tranquilizarnos, demasiado lejos para confortarnos.

AMY BLOOM

Estaba en el salón viendo mis dibujos animados preferidos cuando oí la voz de mi madre, que hablaba con una chica en la puerta de entrada.

—¿De verdad? ¡Sería fantástico, Kimberly! Necesito a alguien que los cuide. Con los horarios de mi empresa nunca estoy en casa y la canguro que solía quedarse con ellos espera su segundo hijo.

Me volví a mirar a la joven distraídamente. Lo primero que vi fue una larga melena rubia que descendía por la camisa clara.

—No hay ningún problema, señora Miller. Somos vecinas, para mí sería un honor cuidar de sus hijos. ¿Está esperando de nuevo? —La chica sonrió y señaló la barriga de mi madre, embarazada de Chloe.

—Sí, es una niña.

—Le deseo lo mejor, señora Miller. ¿Podría recordarme qué edad tienen? —preguntó. Su voz era delicada e inocente, como la de cualquier veinteañera.

—Logan tiene siete años y Neil diez —respondió mi madre con cordialidad.

—Perfecto. Podría venir por las tardes después de las clases, si le va bien —propuso la chica.

—¿Estás en el último año de instituto?

Dejé de mirarla y cogí el cuaderno en el que dibujaba lo que veía, sobre todo objetos. Me encantaba dibujar porque me permitía ver las cosas con claridad. En aquel momento decidí acabar el boceto del reloj de péndulo que marcaba las dos de la tarde.

—Sí, he perdido unos años, pero ahora trato de recuperarlos. Quiero graduarme y trabajar para costearme la universidad.

—Eres una chica con la cabeza sobre los hombros, Kimberly. Ven conmigo, Logan está durmiendo, pero Neil está en el salón. —A pesar de oír sus pasos acercándose, no dejé de trazar líneas en el cuaderno.

—Neil, cariño. —Mi madre se acuclilló a mi lado y me quitó el lápiz de la mano para obligarme a mirarla. Observé a la chica: largos cabellos rubios, camisa ceñida, falda corta de color negro, buen tipo y cara limpia e inocente—. Esta es Kimberly, vuestra nueva canguro.

Me quedé mirándola. Había leído en algún sitio que los niños pueden ver más allá de las apariencias y en aquel momento descubrí que para mí era realmente así.

Había algo extraño en los ojos de aquella desconocida, algo malvado.

—No entiendo por qué está tan taciturno, no suele serlo —dijo mi madre, que se puso de pie y me acarició una mejilla; yo no podía apartar la vista del hipnótico rostro de la nueva canguro.

La chica imitó a mi madre y se acuclilló a mi lado. Yo, sentado en el suelo con las piernas cruzadas y las manos quietas, no me moví.

—Eres un niño guapísimo, Neil —susurró observando mis facciones. No se trataba de un cumplido dirigido a mi madre por haber traído al mundo un hijo como yo, sino de una adulación impropia dirigida a un niño—. Me encantan los niños, señora Miller. Me llevaré muy bien con sus hijos, ya lo verá —añadió sin dejar de mirarme.

—Eso espero —dijo mi madre ilusionada.

—Pasaremos mucho tiempo juntos, Neil —susurró Kimberly con una sonrisa ladina que me dio escalofríos.

La luz de la lámpara de la mesa de noche iluminaba débilmente la habitación en penumbra de la casita de la piscina. Estaba empapado en sudor; tenía el pelo pegado a la frente perlada.

—Sí… —gimió la rubia a la que me follaba por detrás.

De repente, los recuerdos me provocaron ardor de estómago y sus gemidos, náuseas. Le tapé la boca con la mano y ella se restregó contra mí interpretando mi gesto como una señal de posesión. A decir verdad, aquella noche no había salido con la intención de traerme a nadie a casa porque el segundo enigma había ocupado mi mente con dudas y perplejidades. Pero recordar y pensar en Kimberly me hacía sentir enfadado y confuso y me empujaba a refugiarme en el sexo para huir de la realidad. A pesar de que en el curso de los años había tratado de abandonar esa costumbre malsana, esa escapatoria perjudicial, al final siempre volvía a recaer.

Durante aquellas dos semanas también había deseado a Selene, pero ella aún llevaba grabadas las señales de la agresión perpetrada por Jennifer y me impuse mantenerme alejado y no molestarla con mis asaltos, hasta el día que coincidimos en la biblioteca y volví a estar cerca de ella y de su maldito aroma a coco.

El óvalo de la cara, los ojos, azules como el océano, enmarcados por las largas y negras pestañas, el pelo, cobrizo y ondulado, la nariz respingona y aquellos labios…, aquellos malditos labios que había imaginado sobre mí mientras otros me besaban y me lamían habían despertado el deseo de volver a estar con ella, de recordarle lo mucho que le gustaba que la usara, igual que a mí me gustaba que ella lo hiciera conmigo.

—Sigue… —murmuró de nuevo la rubia mientras le golpeaba el culo con la pelvis. Ni siquiera me acordaba de su nombre; bastaba con que fuera rubia y esbelta para acallar al niño que había en mí.

Él me hablaba siempre y lloraba a menudo.

Me pedía que le recordara que todo había acabado, que ya no era una víctima, que ahora mandaba él, que ahora era él quien reaccionaba y quien estaba al otro lado.

Que ahora desempeñaba otro papel.

—¿Te gusta que te folle así? —susurré a la chica agarrándola por el pelo húmedo; inclinó la cabeza y farfulló algo incomprensible, con la mirada perdida. Mi vientre, en el que se ramificaban las venas hinchadas, golpeaba contra sus nalgas produciendo el sonido del sexo salvaje al que estaba acostumbrado. Gotas de sudor resbalaban por los surcos de mis abdominales contraídos, y mi piel, ambarina de por sí, se oscureció aún más a causa del esfuerzo. Mi pecho desnudo empujaba contra la espalda de ella, también sudada y resbaladiza al contacto con mi piel; sentía que sus humores me mojaban donde el preservativo no llegaba a envolverme del todo. Miré hacia abajo y la sensación de malestar aumentó: estaba asqueado.

—E-eres... magnífico —me aduló empujando contra mí. No se saciaba, era realmente la rubia de mis pesadillas.

Impúdica, experta y...

Perfecta para mí.

Le dije barbaridades y le susurré al oído las cosas más indecentes que un hombre puede decirle a una mujer en la intimidad, y ella emitió un murmullo de aprobación porque creía que se lo decía para excitarla y no porque lo pensara de verdad.

Por otra parte, no sabía que las mujeres como ella me servían para concederme un respiro y recordarme a mí mismo que ahora mandaba yo.

Sin embargo, nunca sentía alivio. Estaba manchado, estigmatizado, condenado a vivir el erotismo de la única manera que me habían enseñado: perversa.

Había crecido con el infierno dentro de mí y sentía la necesidad de acallar mi sufrimiento a través de un viaje erótico e introspectivo que me conducía al niño que fui, al lado dañado de mi personalidad.

La herida psíquica que había sufrido era tan profunda que anulaba el tratamiento en el que había invertido doce años de mi vida. Estaba condenado a revivir el trauma una y otra vez, pero ahora en el papel activo.

Cerré los ojos y el niño apareció de nuevo. Llevaba puesta la camiseta del Oklahoma City y unos pantalones cortos de color azul, tenía las rodillas llenas de rasguños y una pelota de baloncesto debajo del brazo. Me sonrió mirándome a los ojos. «Por fin no soy yo el que recibe esta amenaza inmensa e intolerable, por fin no tengo que soportar esta situación insostenible, por fin soy el fuerte y ahora pringa mi víctima», dijo, y me guiñó un ojo. Seguí moviéndome. Mi conciencia lo escuchaba y yo lo obedecía.

—De-despacio…, no puedo respirar.

La rubia se quejó de la manera en que le apretaba la nuca y en que le sujetaba la cadera. La estaba aplastando con mi peso, la follaba sin respeto y le volcaba encima toda mi frustración. Si la tigresa me hubiera visto en aquel momento, habrías salido huyendo.

—Cállate y disfruta porque esta será la primera y la última vez. —Nunca follaba con la misma más de una vez, a excepción de con Alexia, Jennifer y Selene.

Pero con Selene todo era diferente: me esforzaba en pensar en Kimberly, pero no lo lograba. Campanilla no se parecía a ella. Sin embargo, el sexo que compartíamos era el más satisfactorio de mi vida.

—Me haces daño…

La hice callar inclinándole el cuello hacia atrás con las dos manos y acometiendo con más vigor. Si seguía hablando, le partiría la espalda, pero por suerte no fue necesario.

Cuanto más me movía, más gemía ella y más estrujaba las sábanas con las manos.

Los muslos abiertos se agitaban tratando de encontrar alivio, las puntas de los pies se contraían y la piel, antes clara, estaba enrojecida y sudada como la frente, el pelo y la nuca.

Esperaba que se corriera lo antes posible porque el olor de su excitación me molestaba.

No todas las mujeres olían y sabían igual, y era raro que los apreciara porque era pretencioso y exigente en la cama; nunca iba más allá de mis límites y detestaba aplicarme en el sexo oral, sobre todo con tías como aquella.

Concedía en contadas ocasiones el privilegio de esa clase de preliminares.

En ese momento, la rubia se corrió por segunda vez en diez minutos, y, tras otros golpes, yo también me corrí llenando el preservativo de semen caliente. El sexo era para mí como una partida de cartas en la que ni se perdía ni se ganaba la apuesta, pues el objetivo no era otro que tranquilizar al niño que solo desaparecía de mi mente cuando me obligaba a revivir el abuso asumiendo el papel activo, lo cual interrumpía, por unos instantes, el tormento sufrido cuando desempeñaba el papel pasivo.

Era enrevesado, pero no buscaba comprensión, solo pretendía que nadie me juzgara.

Me levanté bruscamente y me separé del cuerpo inerte de la chica, me quité el profiláctico y lo tiré a la papelera.

Ella se quedó tumbada en la cama, boca abajo, y si no la hubiera oído respirar habría pensado que se había desmayado.

Tenía los ojos entornados, los labios entreabiertos y el pelo revuelto; yo, en cambio, solo podía imaginar en qué condiciones estaba. Olía a sexo y a ella, y mi nariz, molesta, no paraba de arrugarse.

—Los rumores son ciertos, follas como un animal —susurró dirigiéndome una mirada satisfecha en la penumbra de la habitación. Todavía estaba desnudo y la cabeza me daba vueltas a causa del orgasmo, pero no sentía nada, ni siquiera me sentía halagado por el cumplido que acababa de hacerme.

—Lárgate… —dije por toda respuesta, y ella se volvió hacia mí, incrédula.

Ahora que su cuerpo estaba expuesto, pude mirarla mejor. No tenía nada de especial: era rubia y atractiva.

Ella, en cambio, me veía como un hombre normal, apuesto y bueno en la cama, pero no sospechaba la desviación entre monstruo y víctima que ocultaba. Eran dos partes de mí que pertenecían a mundos absolutamente distintos y que no tenían nada que ver el uno con el otro.

Yo deshumanizaba a las mujeres, las usaba como objetos porque mi yo niño contagiaba a mi psique y en eso no había nada agradable o satisfactorio. La sexualidad no era más que un puente de unión entre el presente y el pasado, un pasaje que permitía a mi cuerpo explotar y ser lo que era: un objeto.

La chica se marchó sin molestar y yo me pasé un buen rato debajo del chorro del agua para borrar su lengua, su olor y su sudor de mi piel. Salí de la cabina cuando el olor a gel de baño era tan fuerte que me había impregnado el olfato.

Me envolví una toalla en la cintura y me cepillé los dientes durante más de media hora hasta que me sangraron las encías. Me enjuagué la boca y cuando escupí en el lavabo vi la espuma blanca salpicada de gotas de sangre.

Me sequé los labios con una toalla, cerré el grifo y me quedé mirando mi reflejo en el espejo. Me ensombrecí cuando vi una marca morada en el cuello y otra en el pecho. Tenía los labios rojos y tumefactos. Me pasé la lengua por los dientes y saboreé el gusto a menta fresca que se difundía por el paladar. Luego apoyé las manos en la encimera de mármol y miré fijamente el extraño color de mis ojos, entre miel y dorados, con vetas de color bronce que reflejaban la luz.

¿Por qué precisamente a mí?

Era inútil que me lo preguntara sin cesar porque nunca obtendría una respuesta. ¿Fueron mis ojos, poco comunes, lo que quizá atrajeron a aquella mujer malvada? Esbocé una sonrisa fingida y me mofé de mí mismo pensando en lo diferente que había sido el sexo con Selene.

Con ella había sentido.

Seguía acostándome con mis rubias, pero solo deseaba a la morena de ojos oceánicos.

Mi país de Nunca Jamás.

Mi hada.

Mi tigresa.

Mi púdica...

«Campanilla...», susurré dando voz a mis pensamientos.

Solo quería usarla porque por primera vez no pensaba en Kimberly y lograba sentirme más humano y menos marginado.

Al cabo de un instante, en el espejo apareció algo que interrumpió el hilo de mis pensamientos. Era de nuevo él, el niño. Suspiré y me preparé a escuchar lo que tenía que decirme.

«Ella te gusta», murmuró el Peter Pan que vivía dentro de mí aferrado a los recuerdos.

Al igual que yo, él prefería a Campanilla en vez de a Wendy, y la cabrona de Jennifer, loca de celos, lo sabía desde hacía tiempo, por eso había agredido a Selene.

La atracción que sentía por la hermosa tigresa era palpable, así como el deseo visceral que me empujaba a imaginármela desnuda debajo de mí, a pesar de que era consciente de que nunca podría darle nada más que sexo.

«No podemos tenerla, tú también lo sabes —le respondí al niño del espejo, que me dirigía una mirada insolente y esbozaba una mueca caprichosa—. Para nosotros no existe ningún país de Nunca Jamás. No existe nada más allá de esta realidad», añadí exasperado. Los dos queríamos huir, pero los dos estábamos atrapados en mi alma.

Un alma condenada a vivir con sus heridas.

«Solo existen las rubias que nos recuerdan que ya no somos las víctimas. Me entiendes ¿verdad?», le dije cansado de luchar contra mí mismo.

Por un instante, una fracción de segundo, pensé en lo mucho que echaba de menos hablar con el doctor Lively, la única persona que podía escucharme a mí y al niño que vivía dentro de mí. Bajé la cabeza, poniendo fin a mi monólogo interior, y fue entonces cuando noté el iPhone al lado de la mano. Observé el pequeño círculo de la cámara anterior y lo cogí deprisa para colocar hacia abajo la pantalla. Suspiré aliviado, pero demasiado pronto: ahora la doble cámara, la posterior, me apuntaba de nuevo. Me quedé mirándola, inmóvil, perdiéndome en la oscuridad de aquel pequeño objetivo que pretendía engullirme, confundir mi inconsciente y transportarme lejos de la realidad, al mundo de los recuerdos...

—Sonríe, Neil. —Kim me apuntó con el objetivo. Había hurgado mucho rato entre las cosas de mi padre hasta dar con la vieja Argus C3 que manoseaba desde hacía un buen rato—. Te he dicho que sonrías —ordenó malhumorada porque nunca la escuchaba. Detestaba que me diera órdenes, y Kim, por su parte, no soportaba mi desobediencia.

En aquel momento estaba sentado en la alfombra persa del salón dibujando y la miré serio.

Con un gesto rabioso, lanzó la cámara a mi lado y me sobresalté. Sufría arrebatos de rabia que no lograba controlar y yo trataba de ocultarle lo asustado que estaba.

—Eres un niño indisciplinado y testarudo. —Bufó y se sentó en el sofá con las piernas abiertas. Llevaba una camisa entallada y una falda excesivamente corta bajo la cual podía entrever las braguitas, de color blanco.

Me sorprendió mirándola entre las piernas y sonrió. Nunca había sido un niño descarado, pero Kim me estaba enseñando a serlo.

—¿Qué mirabas? —preguntó cuando me apresuré a volver a mis dibujos.

—Nada —respondí sin mirarla.

—Pequeño pervertido —dijo riéndose por lo bajo, luego explotó un globo que había hecho con el chicle.

Empecé a sentir las terribles sensaciones que habitualmente se apoderaban de mí: ansiedad, temblor en las manos, palpitaciones. Me agité con fastidio dentro de los pantalones. En aquella época no soportaba los bóxer. Las atenciones de Kim me habían provocado una irritación aguda en la ingle y un enrojecimiento en los genitales, pero no se lo había dicho a mi madre porque me daba vergüenza.

—¿Quieres jugar? —preguntó luego divertida.

Siempre proponía lo mismo. A Kim le gustaba jugar, a mí no. No me gustaban sus juegos, no me gustaba lo que me hacía, la manera en que me miraba y me tocaba.

Sacudí despacio la cabeza y seguí dibujando. Trataba de reproducir un jarrón, pero no estaba concentrado.

—¿Se te ha comido la lengua el gato? Contesta —insistió exasperada. Se levantó del sofá y vino hacia mí. A cada paso suyo, el suelo vibraba, yo me estremecía y el miedo se extendía por mi cuerpo. No tuve valor para levantar la vista y mirarla; clavé los ojos en los calcetines bajos de color blanco que le cubrían los tobillos y en los zapatos, planos y negros—. ¿Qué quieres hacer? ¿Mirar esos tontos dibujos animados de Peter Pan?

De repente, se hizo la oscuridad. Solo oí una voz que, como siempre, se burlaba de mí.

—Son mis dibujos animados preferidos —respondí con voz temblorosa.

—No me digas —dijo fingiendo sorpresa—. Me importa una mierda.

Se puso en cuclillas para mirarme a la cara y solo entonces la miré a los ojos.

Eran grises. Fríos. Despiadados. Peligrosos.

—No quiero jugar contigo. —Me empeñé, a pesar de que sabía cómo acabaría.

Kim ganaría, siempre ganaba.

—Se me ocurren un montón de cosas. Tengo que preparar-

te. —Extendió un brazo y me apartó un mechón de la frente, luego me sonrió mirándome los labios.

—¿Prepararme para qué? —me atreví a preguntarle tratando de no prestar atención al hecho de que se me partía el alma cada vez que me acariciaba.

—Cuando estés listo, te presentaré a unas personas. Serán tus nuevos amigos. —Siguió acariciándome el pelo y le di un manotazo en la mano para quitármela de encima. Kim arrugó la frente y me miró con severidad.

—¡No quiero tener nuevos amigos ni tampoco te quiero a ti! —grité. Luego me puse de pie y me sequé una lágrima. No me había dado cuenta de que lloraba y sabía que no debía hacerlo. Mi padre se habría enfadado, decía que llorar era de niñas.

—Recoge la cámara. Hoy te enseñaré algo nuevo —dijo señalando la vieja Argus sobre el suelo. Pero desobedecí de nuevo. Le di una patada y la mandé lejos, rompiendo el objetivo. Me daba igual. Estaba acostumbrado a desafiarla.

Kim trataba de someterme y yo luchaba con todas mis fuerzas para resistir.

—Cabroncete.

Me sujetó la muñeca y se inclinó para mirarme a los ojos. Percibí su aroma a vainilla y torcí la nariz porque no lo soportaba. No soportaba oler a ella, que mi piel y mi mente olieran a ella. Su perfume me había invadido, se había impuesto sin permiso en mi vida y me asqueaba.

—¿Quieres que vaya a jugar con Logan? —Sonrió satisfecha porque sabía que me tenía en un puño.

Siempre usaba la misma táctica: el chantaje. Estaba segura de que no le permitiría tocar a mi hermano y que así cedería.

Debía hacerlo para proteger a Logan.

—Pues recoge la cámara y espérame en la habitación de tus padres. Jugaremos a algo nuevo. —Me dejó ir y me vigiló para asegurarse de que hacía lo que me había ordenado.

—¿En la habitación de papá y mamá? —repetí incrédulo.

—En la habitación de papá y mamá —confirmó divertida.

De niño nunca creí en la existencia de monstruos que se ocultaban debajo de la cama o en el armario; tampoco en las historias de alienígenas que entraban por las ventanas en plena noche para raptar a los niños.

Pero siempre creí, en cambio, en el hombre del saco.

Kim era la mujer del saco.

Se alimentaba de nuestra inocencia y nos negaba la infancia, destruía nuestras vidas y nuestros sueños.

Cuando ocurría, yo trataba de volar lejos.

Lejos de Kim.

Pero ella siempre me alcanzaba.

Se llevaba al niño que yo era, devoraba mi candor. Y yo no podía hacer nada para detenerla.

Cogí el móvil, salí del baño y lo lancé sobre la cama. Torcí la nariz al percibir el olor a sexo que flotaba en la habitación; me había olvidado de abrir la ventana y de quitar las sábanas que Anna se encargaría de lavar.

Con la toalla enrollada alrededor de las caderas, hice todo lo que había pensado, en ese mismo orden; luego me vestí con la misma ropa que me había quitado dos horas antes. Me subí las mangas de la sudadera blanca, que olía a limpio como yo, y me tranquilicé.

Eran alrededor de las once de la noche. Tras haber pasado la tarde en la biblioteca, con Logan y Selene, había salido con los Krew solo para distraerme y beber algo, pero había acabado en la cama con la rubia que me había ligado en el Blanco. O mejor dicho, había sido ella la que me lo había puesto en bandeja y yo había cogido la ocasión al vuelo.

Agotado, me senté en el borde de la cama y me até los zapatos.

Hacía frío, así que me puse la cazadora de piel marrón y salí de la casita.

Me palpé los bolsillos para asegurarme de haber cogido el móvil y las llaves y cerré la puerta.

Cuando me di la vuelta, antes de cruzar el jardín para volver a casa, noté una figura acurrucada en una tumbona al borde de la piscina. Tenía una manta azul echada sobre los hombros y el pelo cobrizo recogido en una cola de caballo.

Reconocí su magnífico perfil y sus labios.

Era Selene.

¿Desde cuándo estaba allí fuera?

Me dirigí hacia ella; su figura se iba definiendo ante mis

ojos a medida que me acercaba. Leía un libro y no entendía por qué lo hacía en el jardín, a merced del aire cortante y otoñal, en vez de al calor de su cama con aquel horrible pijama estampado de tigres.

—Has elegido un sitio un poco extraño para dedicarte a la lectura.

Cogí el paquete de Winston y saqué un cigarrillo con los dientes, luego, del bolsillo interior de la cazadora, saqué también el mechero.

Un viento ligero me impidió encenderlo a la primera, así que cerré más la cuenca de la mano para proteger la llama y lo intenté por segunda vez. Lo logré, me volví a meter el paquete y el mechero en el bolsillo y me senté en una tumbona frente a ella. El cielo oscuro y despejado se extendía sobre nosotros como un manto estrellado del que habría disfrutado con gusto si no hubiera tenido delante algo aún más bello.

Las largas pestañas de Selene se mantuvieron inclinadas protegiendo los ojos, de brillo cristalino, que se deslizaban por los renglones de su puto libro. No me prestaba atención y yo no estaba acostumbrado a eso.

Di una calada profunda y, cerrando los labios, le solté una bocanada en la cara a la guapa Campanilla.

Levantó la mirada, me miró y tosió agitando una mano debajo de la nariz.

—Pero ¿qué haces? —soltó. Por fin había captado su atención, aunque no entendía por qué estaba tan antipática y molesta.

—Te he hecho una pregunta —dije con mi acostumbrada actitud arrogante, porque, además de dominar, me gustaba que me respetaran; no volvería a permitir a nadie que me pisoteara.

—Y yo no quiero responder. El sitio que elijo para leer no es asunto tuyo. —Reanudó la lectura e intuí inmediatamente que algo le pasaba.

No nos conocíamos mucho, pero había aprendido a leer en sus ojos lo que callaba.

—¿Qué has visto? —pregunté sin rodeos.

Selene se sobresaltó. Quién sabe desde cuándo estaba allí. Probablemente me había sorprendido follando con la rubia. No me importaba mucho su reacción, no tenía por qué justificarme, pero sabía que ella no era capaz de separar el sexo de los sentimientos, no era capaz de disociar una relación sexual de una sentimental, por consiguiente tenía una percepción diferente de la mía de lo que había entre nosotros.

—No sé de qué hablas. —Era evidente que mentía por la manera en que le temblaban las manos.

Selene parecía celosa de las mujeres con las que me acostaba y no conseguía entender por qué. ¿Cuántas veces nos habíamos acostado? ¿Dos? ¿Tres? Ni siquiera me acordaba. ¿Aquellas pocas veces habían sido suficientes para que creyera que había algo más entre nosotros?

Me negaba a aceptarlo.

—¿Cuánto rato hace que estás aquí? —volví a preguntarle.

Ni siquiera sabía qué hacía yo allí, a la intemperie, secundando los caprichos de una cría, en vez de entrar en casa e irme a la cama tranquilo.

Suspiró y me miró.

Me miró con aquel océano en el que se ahogaban mis pensamientos; en aquel instante recordé a la perfección las pocas veces que la había acariciado, besado y dominado.

Sí, las ocasiones habían sido contadas, pero tan intensas que me habían regalado orgasmos siderales que no había experimentado con ninguna otra mujer.

—El suficiente para entender lo cabrón que eres.

Por fin confesaba lo que la roía por dentro. Había visto a la rubia, pero no sabía qué y cuánto había visto.

—Así que te gusta espiarme. Es la segunda vez que lo haces —le dije para tomarle el pelo.

Para mi satisfacción, el rubor le tiñó las mejillas. Selene se levantó inmediatamente abandonando el libro sobre la tumbona para escapar lo más deprisa posible. Había comprendido lo instintiva, y a menudo infantil, que era, y si por una parte ese aspecto me molestaba, por otra, me excitaba.

—Lo siento por ti, pero solo fue una vez y me pareció asqueroso —replicó a tono.

Entonces me pregunté cómo habíamos pasado de ignorarnos durante dos semanas a colaborar en la búsqueda del significado del enigma y, por último, a discutir… ¿por qué? Por nada.

La agarré de la muñeca y tiré de ella para sentarla sobre

mis rodillas. Selene se aferró a la manta, que además le resbalaba de uno de los hombros, y la apretó contra sí como si tratara de protegerse de mí. Aplasté la colilla en el cenicero y le puse una mano en el costado, la otra, en cambio, se dirigió a un muslo, cubierto por unos leotardos negros; la palma de mi mano prácticamente lo envolvía por completo y los dedos casi le rozaban la ingle.

—¿Qué fue tan asqueroso, concretamente? —le susurré sensual a poca distancia de los labios. Ella me observaba con los ojos muy abiertos, recelosa; me temía y eso no me gustaba.

—Verte hacer aquellas cosas —respondió vaga, mirando a la piscina iluminada en vez de a mí. No había visto más que el principio de lo que luego hice con Alexia, en concreto con el culo de Alexia.

—¿Qué cosas? —Quería oírla decir algo sucio, pero sabía que Selene haría todo lo posible para no decirlo. Le acaricié el costado con la intención de que se relajara porque sentada sobre mis rodillas estaba más rígida y tensa que las cuerdas de un violín.

Le observé la cara: la nariz, con la punta hacia arriba, los labios, rosa subido, apretados, y las largas pestañas que sobresalían alrededor de las gemas que tenía por ojos.

Era preciosa y no cesaba de analizarla como si fuera una obra maestra de la arquitectura, que me habría gustado dibujar en mi cuaderno.

De repente, sentí el impulso de hacer algo absurdo.

Con el índice, tracé el contorno de su perfil con delicadeza. Selene volvió la cabeza hacia mí muy despacio y me observó dejándose tocar. El dedo recorrió la nariz, los labios, la mandíbula. Se estremeció ligeramente y comprendí que temblaba, no sé si de temor o de excitación, no podía saberlo, aunque hacía tiempo que sabía el efecto que surtía en ella.

Me acerqué y la olfateé. Olía a coco y a limpio, y eso me indujo a hacer otra tontería.

Algo realmente tonto.

Incliné la cabeza y posé los labios en su cuello, luego lo recorrí con la punta de la lengua trazando una estela húmeda sobre él.

Selene agarró la manta con fuerza y yo le apreté el muslo y el costado.

—Taparte no sirve de nada si sientes escalofríos debajo de la piel —le susurré al oído; luego le cogí el lóbulo con los labios y se lo chupé suavemente. Su mano descendió por mi abdomen y apretó la sudadera.

¿Quería que me detuviera o que continuara?

No hablaba, sentía.

—No puedo darte lo que quieres. Úsame y dispón de lo que tengo… —Le cogí la mano y la conduje más abajo, allí donde deseaba sentirla—. Y no se trata de mi corazón, Selene —puse en claro apretándole la mano contra la bragueta de los vaqueros. Quería que lo entendiera de una vez por todas, que no se hiciera ilusiones.

El amor era para los ilusos; la realidad para los desengañados como yo.

—Yo no soy rubia —murmuró. En aquel momento creí que apartaría la mano y saldría corriendo reprochándome algo a gritos, o incluso que me daría una bofetada, pero no hizo nada de eso.

Me acarició y me quedé quieto, respirándole en el cuello y pensando en lo que había dicho.

—Soy la única morena que deseas —dijo pensativa.

«Y la única que me gusta, pero solo porque para mí eres un país de Nunca Jamás, eres un hada que no existe, una droga que me coloca durante un rato, un portal entre la realidad y la ilusión, eres todo eso y al mismo tiempo no eres nada, porque en mi realidad ni siquiera existes», pensé.

Me habría gustado decírselo, pero no abrí la boca, absorbí el calor de su mano tocándome donde la había deseado por dos semanas. A decir verdad, le había concedido la posibilidad de recuperarse tras la agresión que sufrió en el comedor. Por suerte, llegué a tiempo, pero me había preguntado muchas veces qué habría pasado si yo no hubiera estado allí y hasta dónde habría llegado la locura de Jennifer.

—¿Puedo…, puedo tocarte? —Había dejado de acariciarme entre las piernas y yo había cerrado los ojos en el hueco de su cuello y hasta entonces no me di cuenta de lo absurda que era esa intimidad.

¿Me pedía permiso para tocarme? ¿Dónde? Y, sobre todo, ¿por qué? Probablemente hacía tiempo que había comprendido que yo era extraño. Había notado que detestaba que me tocaran sin permiso, por eso me lo pedía.

No respondí, pero asentí con la cabeza. Selene levantó el índice y me acarició la frente, que arrugué pensando en qué se le ocurriría, luego lo deslizó hacia abajo por la nariz y sonrió.

Imitaba la caricia que yo acababa de hacerle a ella.

La yema estaba fría comparada con mi piel, pero no me molestó, su toque era suave y delicado.

—Tu cara es perfecta —susurró mirándome los labios y desplazando el índice hacia ellos. Trazó su contorno y yo tragué saliva. Tenía ganas de besarme, lo entendí porque se le dilataron las pupilas y el iris se le contrajo. Siguió bajando por la barbilla, rozó la barba y prosiguió hacia el cuello. La tela de la sudadera en la clavícula debió de aislarme de su contacto, que seguí sintiendo en la piel. Luego me puso la palma de la mano en el lado izquierdo del pecho, encima del corazón.

—Late, te siento, ¿sabes? Late fuerte —dijo como si hablara con mi corazón; en aquel instante comprendí lo que se sentía siendo… humano, pero fue tan breve que enseguida volví a ser lo que era.

—Se llama excitación. —Me acerqué un poco más al hueco de su cuello y lo besé, embriagándome con su aroma—. La taquicardia es un síntoma de excitación física. Ves las cosas desde perspectivas equivocadas, Campanilla, y eso no es bueno. —Mis palabras destruyeron su ilusión y ella hizo ademán de levantarse, pero la sujeté; yo decidiría cuándo podía irse—. Palpita por muchas mujeres, ¿sabes? Y no es por amor —añadí en voz baja.

Selene trató de liberarse de nuevo, pero no se lo permití.

—Déjalo ya —suplicó cerrando los ojos. No debía hacerlo. Debía mirarme, escucharme y entenderme.

—También latía con la rubia de antes, la que has visto salir de la casita —insistí. No quería hacerle daño, sino que viera las cosas desde mi perspectiva. No me importaba parecer un cabrón o un hijo de puta insensible, prefería la realidad a los cuentos de hadas que podía leer en sus libros.

—¡Te he dicho que lo dejes! —Levantó la voz y me miró. Trató de apartarme, pero sabía que lo único que podía hacer era rendirse. Una chica tan frágil y delicada no podía enfrentarse a un chico como yo.

—Deberías confesárselo todo a tu novio y empezar de cero con alguien de quien realmente te enamores. Y no porque te folle bien o porque sus problemas te parezcan fascinantes, sino porque tenga la suficiente seriedad para construir un futuro contigo —le dije. Era lo que pensaba, quería que tuviera claro lo que yo podría darle, lo que jamás debía esperarse de mí.

Yo era mayor que ella, podía aconsejarla y quizá ayudarla a separar la atracción de un sentimiento imaginario, pero nada más.

—O bien —susurré, ofreciéndole una alternativa descabellada— puedes quedarte a vivir aquí y disfrutar de la atracción que nos une considerándola un mero deseo físico que satisfacer hasta que los dos nos hartemos de esta gilipollez.

Nos miramos. Ambos sabíamos que era lo menos recomendable, por eso esperaba que rechazase mi proposición y se buscara a otro menos problemático, alguien que encajara con su hombre ideal.

Por si fuera poco, corríamos el peligro de que nos descubrieran de un momento a otro. Yo habría podido perder para siempre la confianza de Matt solo por satisfacer mis fantasías sexuales con una chiquilla pura e ingenua.

—O bien podrías hablar conmigo más a menudo, como estás haciendo ahora sin que te lo haya pedido —replicó Selene.

Me descolocó. Sabía cómo taparme la boca sin desabrocharme necesariamente la bragueta.

Sacudí la cabeza, pasmado. Estaba hablando con ella y encima era yo el que había empezado la conversación.

Me acordé de su absurdo trato.

Selene quería que le contara algo de mí cada vez que yo pretendiera algo de ella.

Entonces comprendí que debía actuar con astucia, anticipar sus jugadas, así que me incliné para besarla y taparle la boca, pero ella adivinó mis intenciones.

—No. —Se apartó para impedirme que llegara a sus labios y esbozó una sonrisa insolente. Ya sabía lo que tramaba.

—Si quieres un beso, tienes que decirme algo de ti —dijo, poniendo su maldita condición. Suspiré derrotado.

—Mi color preferido es el azul —solté. Era la primera gilipollez que me vino a la cabeza mirándola a los ojos. Luego traté de robarle un beso, pero me detuvo poniéndome una mano en el pecho; con la otra aguantaba la manta.

—No es suficiente —insistió.

¿Qué quería saber? Nunca había hablado de mí con ninguna chica. Yo, con las mujeres, no hablaba.

Nunca.

Tampoco entendía por qué deseaba hacerlo ella y dónde quería ir a parar. Ya había satisfecho algunas de mis fantasías masculinas, ¿qué más pretendía de mí?

Miré a mi alrededor y noté la colilla aplastada en el cenicero.

—Empecé a fumar a los doce años. —Era una tontería, pero cierta como mi afirmación anterior. Ella arrugó la frente, pensativa.

—¿Solo fumas cigarrillos? —preguntó vacilante, como si temiera mi reacción. Quería saber si me drogaba, estaba claro, pero era demasiado educada para hacerme una pregunta tan directa.

—No soy adicto a nada más. No, no me drogo.

«Porque no puedo», pensé, pero evité decírselo porque luego debería haberle explicado que tanto las drogas como el alcohol alteraban mi estado psíquico y me volvían peligroso y que mezclar las sustancias estupefacientes con los fármacos que antes consumía era muy arriesgado para la salud.

—Te equivocas. Tienes otra adicción: las rubias —dijo, y me sonrió divertida. Suspiré y la miré con una seriedad que le borró la sonrisa de la cara. Ella desconocía la mierda que se escondía tras aquella simple afirmación y el dolor que me causaba.

—Mi adicción es el sexo… con las rubias —la corregí. Ella se ensombreció y sacudió la cabeza para ahuyentar los pensamientos que se agolpaban en su mente.

—Pero yo no soy rubia, sin embargo…

La interrumpí.

—Hace mucho que no follamos, así que solo has sido una excepción —respondí con seguridad a sabiendas de que ofendería su orgullo femenino. En efecto, a pesar de que nos conocíamos desde hacía poco, tenía la impresión contraria. Era una extraña sensación.

—Después de la última vez, tú… —Selene se aclaró la voz y se ruborizó pensando en lo que había pasado en su habitación, dentro y fuera del baño—. No has vuelto a buscarme. ¿Por qué?

Si en vez de ella hubiera sido otra, habría pensado que me provocaba, pero Selene tenía una curiosidad sincera por conocer el motivo y parecía temer la respuesta.

—Puede que ya no te desee —dije sonriendo como un cabrón. Selene dio un respingo y apretó los labios. Esperaba que no se pusiera a lloriquear, en cambio respiró profundamente y se acercó a mi oído, embistiéndome con su cálido aliento.

—O porque me deseas tan intensamente que te obligas a mantenerte alejado de mí. Sé que no te abalanzas sobre mí para que no vea las señales que te ha dejado tu puta —susurró usando un lenguaje insólito en ella.

La palabra «puta» adquirió en sus labios inocentes un nuevo encanto libidinoso. Le apreté el costado y con la otra mano avancé un poco hacia la ingle. Como no quería recordar lo que había hecho Jennifer para evitar mostrarle mi versión odiosa, me decanté por concentrarme en lo que habíamos hecho en su habitación.

—¿Te gustaría ser mi puta? —la provoqué a poca distancia de los labios que me moría de ganas de saborear.

En aquel momento, hablábamos demasiado y hacíamos demasiado poco para mi gusto.

—Seguramente conmigo no te arriesgarías a pillar una enfermedad infecciosa —replicó, seca.

La afirmación de Selene estaba dictada por el odio hacia Jennifer, pero en parte era cierta: con la rubia me ponía siempre un preservativo porque, a diferencia de Selene, yo no era el único hombre con quien se acostaba.

Mi obsesión por la higiene me hacía ser intransigente con todas excepto con Selene.

—Pero estás demasiado verde para secundar mis perversas fantasías —repliqué, porque era un hecho evidente.

No la compartiría con los Krew, ni le permitiría hacer las cosas que solía hacer con las mujeres —en especial con Jennifer y Alexia— y los dos idiotas de mis amigos, cosas de las que no siempre me enorgullecía.

—Ponme un ejemplo. —Se había sonrojado y se notaba que tenía la curiosidad de una chica inexperta que trata de disimular su apuro dándoselas de mujer de mundo.

—¿Me compartirías con otra, en el mismo momento y en la misma cama? —susurré con dulzura. Selene abrió mucho los ojos y apartó la mirada. Estaba incómoda y más tiesa que el palo de una escoba.

Yo era consciente de que vivía la sexualidad a mi manera y también de que me gustaban algunas perversiones que una chica pura como ella nunca habría aceptado.

Yo no amaba a las mujeres, las usaba.

No las veneraba, anhelaba poseerlas.

Y nada de eso se acercaba a la idea que Selene tenía del amor.

No me respondió y echó una ojeada a la casita pensando en algo.

—¿Y tú? ¿Me compartirías con otro, en el mismo momento y en la misma cama? —dijo con embarazo, pero también con una determinación que me dejó sin palabras por un instante. Sí, me gustaba la idea, pero solo si la chica no era ella.

Una extraña sensación en el estómago me hizo apretar los labios; si Xavier o Luke la oían decir algo así, sin duda probarían a compartirla.

Con su consentimiento o sin él.

Le agarré la barbilla con brusquedad y acerqué la cara a la suya. Selene se sobresaltó y se asustó al ver mi actitud amenazadora.

—Nunca se te ocurra decir algo así delante de los Krew —la advertí categórico. Estaba como ida y tuve que sacudirle la barbilla para espabilarla—. ¿Me has oído? No te atrevas a decir algo semejante en presencia de Xavier o de Luke. Nunca. —Me cegaba la ira solo con pensar en ella acostándose con alguno de ellos—. Si pasara algo así, acabaría en la cárcel —concluí yendo al grano.

Los Krew cogían lo que querían pasando por encima de cualquier regla moral. No les importaba nada ni nadie; para ellos las mujeres eran objetos con los que distraerse y Selene estaba en su punto de mira desde hacía tiempo.

Si se exponía, actuarían.

Sacudí la cabeza. Yo había cumplido. Ahora cogería mi recompensa.

Me acerqué a sus labios y los capturé con los míos, no porque quisiera seducirla como a la chica que me había ligado en el aparcamiento del Blanco, sino porque lo deseaba.

Aquel beso sabía a cacao; quizá había bebido chocolate caliente o se había comido una chocolatina mientras leía. Ni lo sabía ni me importaba. Solo quería sentir su lengua enredada con la mía, aunque para mí no significara nada. Nada cambiaría entre nosotros.

Luego la miré a los ojos y fui consciente de lo mucho que detestaba hacerlo. Cuando lo hacía, veía en ellos mi condena, pero no podía evitarlo. Me sentía vulnerable e incapaz de gestionarme cuando estaba tan cerca de ella.

En aquel momento, las estrellas esparcidas en la oscuridad de la noche perdieron todo su brillo ofuscadas por la palidez de su rostro. Selene cerró los ojos y se puso a horcajadas sobre mí. La manta le resbaló de los hombros, pero la sujeté a tiempo y la volví a cubrir. Ella susurró un «gracias» fugaz; luego mis labios se unieron de nuevo a los suyos. Bajé por la espalda hasta palparle el culo y la empujé contra mí.

Estaba demasiado lejos, la quería más cerca, pegada a mi cuerpo.

Me restregué levemente entre sus muslos y me apretó los costados con las rodillas. Sabía que notaba mi erección al igual que yo notaba la excitación que le había despertado los sentidos.

—Bésame, no pares —ordené cuando se separó a tomar aliento. No estaba acostumbrada a besar como yo, que devoraba los labios y me alimentaba de sus deseos. Me pregunté cómo besaría el noviete, Jedi, visto que Selene no parecía capaz de cogerme el paso.

Le puse una mano detrás de la nuca y la empujé contra mí al tiempo que, con la otra, le palpaba una nalga con fuerza. Selene murmuró algo o quizá emitió un gemido; luego cerró los ojos y empezó a ondear la pelvis contra la mía.

Si trataba de matarme, moriría en breve.

Le sonreí en los labios y la sujeté por el costado para marcar un ritmo más apremiante a sus movimientos, tímidos y algo patosos.

Oh, sí, la quería justo así, justo ahí…

—Acércate más —ordené. Quería sentirla como es debido.

La acerqué hasta que su pecho se pegó a mi tórax. Le temblaron los muslos y los abrió un poco más para adaptarse a la nueva postura. La fina tela de los leotardos le permitiría excitarse al frotarse contra mi erección.

Cuanto más la besaba más la deseaba. Su sabor se había fundido con el mío hasta tal punto que se había convertido en otro nuevo, los labios palpitaban a causa del roce constante entre ellos y los músculos se tensaban cuando las lenguas se retorcían, porque… quería follármela.

Me daba igual que estuviéramos en el jardín, a la intemperie, donde cualquiera podía vernos —en efecto, bastaba con que Matt se asomara a uno de los muchos balcones de la villa—, la deseaba con tanta vehemencia que se me nublaba la mente.

—Déjame entrar. —Metí un dedo en el surco entre los glúteos y bajé hacia los labios mayores, que sin duda encontraría apretados y mojados para mí. Solo para mí.

Me llevé la otra mano al botón de los vaqueros, pero Selene me sujetó la muñeca para detenerme.

En ese momento la sentí temblar y tensarse; luego hundió la frente en el hueco de mi cuello. Respiraba suavemente y emitía unos gemidos que parecían hipidos incontrolables.

Entonces comprendí.

Estaba a punto de correrse.

Mierda, ¿por tan poco?

El pensamiento me exaltó y le lamí el contorno de los labios entreabiertos y me moví para ayudarla a sentirme.

Su sensibilidad dependía de su inexperiencia. No estaba acostumbrada a aquellas sensaciones contra las cuales, en cambio, mi cuerpo parecía anestesiado.

Yo no tenía bastante con tan poco; era vicioso, mi naturaleza era insaciable y tenía el alma dañada.

Selene tembló de nuevo y ocultó la cara entre mi cuello y mi hombro y empezó a mover las caderas de manera frenética aturdida por el placer que alcanzaba el apogeo erótico.

Se detuvo cuando pararon las incontrolables convulsiones naturales que le sacudían los costados.

La idea de que un simple beso apasionado le hubiera provocado un orgasmo me provocó una sonrisa espontánea y le acaricié el pelo. No podía verle la cara, pero sabía que tenía las mejillas ardiendo.

—Has disfrutado mientras te balanceabas sobre mí como una obsesa, ¿eh? —pregunté irónico; ella emitió un sonido de frustración y embarazo. Era realmente una niña adorable.

Me frotó la punta de la nariz contra la curva del cuello, sin cambiar de postura.

—Cállate. Ni una palabra más —rogó, impidiéndome aún que la mirara a los ojos. Me eché a reír por lo absurdo de la situación. El poder que tenía sobre ella me enorgullecía y al mismo tiempo me asustaba; no quería que dependiera de mí, que se olvidara de lo que le había dicho, que subestimara mis advertencias.

—Tenemos que entrar. —Fue lo único que dije cuando por fin pude verle los ojos, cuyo brillo competía con las estrellas de la bóveda celeste. Selene me miraba como si estuviera borracha de mí.

De mí, joder.

Nos levantamos y me ajusté los vaqueros en las caderas. Con el rabillo del ojo, entreví una figura a poca distancia de la tumbona sobre la que nos habíamos olvidado del mundo entero. Anna nos observaba con las mejillas encendidas y la expresión de quien ha sido pillado con las manos en la masa.

Abrí mucho los ojos, pero no me puse más nervioso de lo debido. Anna era la persona que menos me preocupaba que nos hubiera sorprendido. Me di la vuelta para avisar a Selene de que no estábamos solos, pero la palidez de su cara delataba que ya se había dado cuenta.

—¡Dios mío!

Se cubrió los ojos y farfulló toda clase de maldiciones, presa del bochorno más absoluto. De los dos, el pasota era yo, así que decidí empuñar las riendas de la situación y tranquilizarla; por otra parte, Anna me había pillado haciendo cosas mucho peores.

—Tranquilízate. Hablaré con ella. Entra en casa.

Le aparté las manos de la cara y ella me miró como si no comprendiera cómo podía tomármelo con tanta calma. Simplemente estaba convencido de que era inútil desesperarse por algo que no tenía remedio.

—¿Q-qué? —balbució estrujando la manta azul. Entre la manta y las zapatillas deportivas, se parecía más a una adolescente que a una mujer joven.

—Entra —insistí, dándole una palmada en el culo.

Selene dio un respingo y me lanzó una mirada de reproche a la que hice caso omiso. Luego caminó, patosa y con la cabeza gacha, hacia la puerta de cristal de acceso a la casa y le dio las buenas noches a la señora Anna con un hilo de voz.

Suspiré y me metí las manos en los bolsillos de los vaqueros mientras Anna avanzaba cauta hacia mí.

Llevaba un abrigo largo y un bolso negro colgando de la mano.

—He acabado tarde. Me voy ahora —masculló mirando el césped. Estaba más abochornada que Selene. Yo, en cambio, esperaba con desenvoltura a que dijera algo.

—Señora Anna —empecé, pero ella levantó la barbilla y sacudió la cabeza con indulgencia.

—Te conozco desde que eras niño, Neil. Nunca te he juzgado, pero la señorita Anderson... —Desplazó la mirada a la tumbona y cogió aire antes de seguir—. Ella no es como las otras —añadió, recordándome algo que yo ya había comprendido.

Anna había visto salir a muchas chicas de mi habitación y de la casita ,y no le había pasado inadvertido lo ajena que Selene era a mi mundo y a mi estilo de vida.

—Esto —agité el índice sin saber cómo definir la situación con Selene— tiene que quedar entre nosotros —ordené. Anna asintió, pero se la veía preocupada.

—Acuérdate de Scarlett, Neil. —Me crispé al oír aquel nombre y de repente sentí frío—. No cometas el mismo error con Selene. No le tomes el pelo. Hay muchas mujeres a tu alrededor que harían cualquier cosa por pasar una sola noche contigo, pero ella... —se interrumpió y apretó el bolso con más fuerza—, todavía es muy joven y cree en el amor. —Probablemente había notado lo ingenua que era a pesar de su edad.

Parecía una princesa de los cuentos de Disney, un hada criada en un castillo de cristal donde no existía la crueldad humana.

—Lo sé, lo sé perfectamente —suspiré, y me pasé una mano por la cara lamiéndome el labio inferior, que estaba hinchado a causa de los besos de mi tigresa. Sin embargo, a pesar de los consejos de la señora Anna, no veía la hora de volver a tener a Selene en mi cama; sobre todo para aliviar la enorme erección que me había provocado.

—Tienes dos caminos ante ti: o la dejas marchar o emprendes un nuevo viaje con ella. Estoy segura de que tomarás la decisión correcta. —Se puso de puntillas y me dio un beso en la mejilla, como una madre habría hecho con su hijo; luego me sonrió y se marchó arrebujándose en el abrigo para resguardarse del aire frío.

¿Emprender un nuevo viaje con ella?

Y una mierda…

—¿Cómo sabré cuál es la decisión correcta? —le grité a la espalda, sin preocuparme de que alguien pudiera oírme; Anna se giró y me miró con comprensión.

—La decisión correcta es la que te hará feliz. —Se despidió con un gesto de la mano, se dio la vuelta y reanudó su camino.

La observé alejarse: el pelo claro agitado por la brisa, el paso lento pero decidido…, y reflexioné sobre lo que me había dicho.

¿Y si la decisión correcta para mí fuera la equivocada para Selene?

27

Neil

Todo problema tiene tres soluciones: la mía, la tuya y la correcta.

PLATÓN

Había vuelto en mí.

Por más que las palabras de la señora Anna me hubieran afectado, sabía que no podría emprender ningún viaje con Selene. Mis problemas eran, con diferencia, superiores a las banales cuestiones sentimentales típicas de la gente común que vivía aferrada a ilusiones inútiles.

En aquel instante, el alba de un nuevo puto día se filtraba por la ventana de mi habitación mientras golpeaba el saco de boxeo —llevaba una hora entrenándome— con las manos protegidas únicamente por unas vendas negras. El entrenamiento diario era una manera de desfogarme, sobre todo cuando las pesadillas atacaban mi cerebro por las noches. Practicar el boxeo impedía que cayera en tentaciones peligrosas y me permitía distender los nervios sin recurrir al sexo.

Daba tandas de golpes alternando ganchos a corta o mediana distancia con el dorso de la mano hacia arriba con ganchos verticales dirigidos al rostro del adversario y con algún directo. Acompasaba la respiración, jugaba con los pies y golpeaba.

Hook, *uppercut*, directo.

Como el luchador que era, había aprendido a combatir solo y siempre volvía a ponerme de pie a pesar de que mi vida era una pesadilla, una realidad paralela de la que quería huir, un infierno del que era imposible salir.

Por otra parte, nunca había podido contar con nadie y por eso siempre había tratado de respaldar a mis hermanos. Pero en aquel momento, a mis numerosos problemas se añadía otro aún más peligroso que involucraba a la niña de Detroit. Sonreí pensando en ella.

La noche antes le había provocado un orgasmo sin ni siquiera desnudarla, y la idea de que fuera tan sensible al mínimo contacto entre nosotros aumentaba la adrenalina que fluía por mi cuerpo.

Si no hubiera sido una princesita que soñaba con el cuento de hadas, incluso la habría elegido como amante personal.

Solamente mía y de nadie más; no la compartiría con los Krew.

Era la contradicción encarnada: quería a Selene para mí, pero al mismo tiempo no quería que se atara a mí porque sabía que no podría darle lo que se merecía. Ser consciente de aquello me ponía cada vez más nervioso, así que giré el hombro y golpeé el saco con fuerza haciéndolo oscilar.

No debía distraerme.

Pensar demasiado me jodería los últimos diez minutos de entrenamiento, lo cual sucedió igualmente por culpa del móvil.

Miré alrededor siguiendo el tono y lo encontré sobre la mesita de noche.

Una gota de sudor me resbaló por la sien y me la sequé con el dorso de la mano antes de responder.

—¿Qué coño quieres? —solté entre jadeos. Oí una risita irónica al otro lado de la línea.

Estaba cansado y sudado, la camiseta y los pantalones se me habían pegado al cuerpo. Tenía ganas de ducharme y no me calmaría hasta que lo hiciera.

—Buenos días, cabrón. No me digas que estás follando —dijo Xavier tomándome el pelo. Suspiré.

—¿Qué quieres? —repetí. No tenía tiempo que perder. Oí una voz femenina, señal de que estaba con Alexia o con otra.

—Espera, gatita, déjame respirar. Tengo que hablar por teléfono —le reprochó a la chica. Levanté los ojos al cielo. No era Alexia porque ella detestaba que la llamara así.

—Date prisa —ordené exasperado. Me insultó.

—Me he enterado de que Carter Nelson se ha despertado del coma y que tiene la intención de denunciarte. —Soltó de golpe. Me crispé.

Mierda.

En aquel periodo hasta me había olvidado de su existencia; esperaba haberme librado de él y en cambio reaparecía para tocarme los cojones.

—¿Cómo te has enterado? —Me pasé una mano por la cara, perlada de sudor, y, rabioso, apreté el móvil con la palma de la mano como si quisiera hacerlo añicos.

—Me han informado fuentes fiables —respondió seguro pero vago.

—Coño —dije; eso sí que era un marrón.

Tenía que inventarme algo, proyectar un plan para impedir que Carter revelara mi nombre, o me detendrían de inmediato.

—¿Estás pensando en algo? —Xavier me conocía bien, sabía que haría cualquier cosa para pararle los pies a aquel idiota, y que lo haría a mi manera.

—Nos vemos esta noche en el Blanco —respondí sin anticiparle nada. Luego colgué y me metí en la ducha.

Tenía poco tiempo para idear un plan y lo único que podía tratar de hacer era resolver aquella incómoda situación lo antes posible.

Aquel día, después de las clases, no volví a casa para evitar encontrarme con Selene y mosquear a mi hermano, así que me dirigí directamente al Blanco. El rótulo de led iluminaba el aparcamiento, atestado de coches, contiguo al local. Como de costumbre, el lugar estaba abarrotado. Hombres y mujeres de todas las edades acudían allí con la intención de divertirse de la peor manera posible.

Me apeé del Maserati, me apoyé en el capó y encendí un cigarrillo. La cazadora de piel se tensaba sobre mis bíceps a cada movimiento y mi imponente presencia atraía las miradas femeninas.

Una chica en especial, con un vestido ceñido de color rojo, corto e indecente, empezó a mirarme con insistencia dándome a entender que no le habría molestado que me la tirara en cualquier rincón del local. Su pelo claro como el trigo hizo que por un instante me pasara por la cabeza la idea de perder media hora con ella, pero mi cuerpo parecía adormecido y no daba señales de excitación; el corazón no me latía como la noche antes.

Di una calada y desplacé la mirada de la rubia de la entrada del local a las dos mujeres que caminaban hacia mí.

Alexia, con la melena azul recogida en una cola alta, se contoneaba sobre un par de botas de piel que estilizaban sus suaves curvas; tenía el pecho pequeño, pero en compensación el culo era de matrícula de honor. Jennifer, que caminaba a su lado, llevaba el pelo recogido en dos trenzas; su estilo era más agresivo y provocador que el de Alexia porque sus curvas eran más exuberantes y sus labios más carnosos. Cuando me envolvía la polla con ellos hacía magia, aunque después de lo ocurrido en el comedor había dejado de buscarla.

—¿Dónde están los demás? —pregunté inmediatamente, sin siquiera saludarlas, dirigiéndome a Alexia.

—Dentro —respondió encogiéndose de hombros. Alargó una mano hacia mí con el índice y el corazón extendidos y separados para que le pasara el cigarrillo; di una última calada y la contenté.

—Gracias, capo. —Me sonrió y se lo llevó a los labios. Jennifer observaba la escena con rabia porque detestaba que no le prestaran atención, sobre todo yo.

—Has sido tú el que habló con Paul para que no me dejara volver a poner los pies en su local, ¿verdad? —soltó furiosa, en tono bajo y amenazador. Paul era el dueño del Blanco, el único que realmente contaba en el tráfico de cocaína de calidad que circulaba entre los ricos del Lower Manhattan. En efecto, yo le había pedido que no se la vendiera a Jennifer, como venganza por lo que le había hecho a Selene.

—Hace dos semanas que no me meto por tu culpa. —Me apuntó con el dedo, pero yo no me inmuté; seguí apoyado en el coche, con los brazos cruzados y la actitud insolente.

—Tranquilízate, Jen. —Alexia tiró la colilla al suelo y se acercó a ella antes de que montara un numerito de psicópata.

—¿Que me tranquilice? Se comporta como un cabrón desde que le puse las manos encima a su mocosa. —Avanzó hacia mí y salté hacia delante como un resorte.

—Ni la nombres —la amenacé antes de que Luke, que acababa de llegar, me sujetara del brazo.

—Pero ¿qué coño os pasa? —preguntó confundido mientras Xavier, con toda la calma del mundo, avanzaba hacia nosotros con una sonrisa malvada en la cara. Se subió la cremallera de los pantalones y alternó la mirada entre Jennifer y yo—. ¿Queréis dejarlo ya? Voy un momento a mear y en menos que canta un gallo os encuentro peleándoos —refunfuñó quitándole hierro al asunto con un gesto de la mano, pero Jennifer no le prestó atención y volvió al ataque.

—¡Te la follas sin preservativo! ¡Debe de saber lo suyo para haberte sorbido el seso de esa manera! —prosiguió la muy cabrona mientras Alexia trataba de alejarla de mí empujándola por el pecho. Xavier arqueó una ceja, picado por la curiosidad, y yo me pregunté cómo podía haberse enterado ella de un detalle tan íntimo.

—Más que tú seguramente —mentí guiñándole un ojo. Selene no era mejor que Jennifer, no podía serlo porque no tenía experiencia, pero el sexo que tenía con ella era sin duda mejor que el que tenía con aquellas dos.

—¿Te la follas sin preservativo? ¿En serio? —intervino Xavier con la intención de profundizar en el tema, pero yo no estaba dispuesto a ventilar mis asuntos o a contarles que Selene era pura como una princesa de cuento de hadas.

—Basta, ¡parad! —dijo Luke saliendo en mi defensa. Retrocedí porque él tiraba de mi brazo. Él sabía que si yo perdía la paciencia era capaz de hacerle cualquier cosa a la rubia que me miraba con odio.

Me pasé una mano por la cara y me alejé para recuperar el control de mí mismo. Oí a Jennifer insultarme, desgañitarse y soltar toda clase de maldiciones, pero no le hice caso.

No me importaba una mierda de ella.

Volví al coche y llamé a Xavier y a Luke.

—Venid, chicos, no perdamos más tiempo con esa cabrona —dije cortante. Fue suficiente para taparle inmediatamente la boca a Jennifer, que comprendió que no estaba de humor para jugar. Alexia le susurró algo al oído y ella suspiró y cerró el pico.

Mejor así, de lo contrario se lo habría cerrado yo por las malas.

Una vez arreglada la rubia, pasé a ocuparme de Xavier y Luke, que me miraban con el ceño fruncido.

—Os necesito. Hay que hacer un recado —les dije con cierta autoridad. Se intercambiaron una mirada vacía y me miraron.

—¿Dónde? —preguntó, escéptico, Luke.

—¿Se trata de hacer follón? —intervino Xavier con más entusiasmo.

—Uno de nuestros follones, sí —respondí. Me comprendió al vuelo.

—¡Coño! ¡Cuenta conmigo! —exclamó Xavier sacando las llaves del coche; Luke, en cambio, suspiró.

—De acuerdo —murmuró poco convencido.

—¿Acaso tienes algún problema? —le pregunté sin rodeos. Se sorprendió, me miró aguzando los ojos y señaló con el pulgar la entrada del local.

—Iba a follarme a una pelirroja de infarto en el baño, pero tendré que dejarlo para más tarde —replicó molesto.

¿Por eso no le entusiasmaba ir con nosotros? Arqueé una ceja y me acerqué a un palmo de su nariz.

—Follarás la próxima vez. Y ahora concéntrate porque no tolero distracciones de ninguna clase. —Le di un par de cachetes en la cara para subrayar el concepto y él apretó la mandíbula, pero no rechistó—. Vamos —dije. Luego miré a Alexia y le dije que iría conmigo. Xavier y Luke, en cambio, nos seguirían con el coche de Xavier.

—Yo también me apunto —se entrometió Jennifer en tono de desafío antes de que me diera la vuelta. ¿En serio pensaba que iba a venir conmigo?

—Tú no. Te quedas aquí —le ordené sin titubear.

—Te recuerdo que soy un miembro de los Krew —se defendió avanzando hacia mí, pero esbocé una sonrisa feroz que la hizo desistir.

—Te guste o no, yo decido y tú no vienes. Fin de la discusión. No me hagas cabrear —concluí serio poniéndola violenta delante de los demás. Nadie se opuso a mi decisión.

Cuando se calló, me di la vuelta y me dirigí con Alexia hacia el coche.

—¿Dónde vamos exactamente? —preguntó, ya sentada en asiento del pasajero, al tiempo que me lanzaba una ojeada.

—Al Royal —respondí sin dignarme a mirarla mientras leía los mensajes en el móvil antes de arrancar el motor.

—¿Bromeas? —Las pestañas postizas acentuaban el aspecto de muñeca de su cara. Me miró y pestañeó un par de veces.

—¿Te parezco uno que bromea? —Esbocé una sonrisa chulesca y conduje hasta el local que había nombrado sin añadir nada más.

El Royal era el local de encuentro de los amigos de Nelson. A primera hora de la tarde me había enterado por unos amigos de que aquella misma noche se celebraba una fiesta en la que participaría el grupo de amigos del chaval.

Aunque delante del local vi la cola para entrar, me habían dicho que la verdadera fiesta no iba a celebrarse dentro, sino en el aparcamiento trasero.

—Puedo percibir el olor de la sangre en las manos —comentó Xavier cuando nos reunimos frente a la entrada vallada que regulaba el acceso al enorme aparcamiento.

La explanada, enorme, estaba llena de gente. La música se difundía por un par de bafles conectados al mezclador, colocado a poca distancia del pinchadiscos a cuyos pies la gente se desmadraba sujetando vasos de plástico rebosantes de alcohol u otras bebidas; había chicas medio desnudas por todas partes y coches de carreras que sus dueños exhibían antes de la competición que tendría lugar a medianoche.

—Actuaréis en el momento justo —dije, impartiendo órdenes a los tres que me acompañaban.

—De acuerdo, vamos —refunfuñó Luke dirigiéndose hacia la entrada de aquella jungla. Las notas de *Notorious*, de Malaa, acompañaron nuestros pasos decididos, en busca de las presas que nos habían atraído hasta allí. Luke, Alexia y yo estábamos concentrados en el objetivo, mientras que Xavier miraba los culos de las chicas que cimbreaban delante de nosotros y trataba de ligar con alguna con intención de corresponder a sus atenciones.

—Déjalo ya, no estás aquí para ligar —dije molesto; él puso los ojos en blanco pero enseguida asumió una actitud tan circunspecta como la nuestra.

Nos adentramos en la multitud. La música bombeaba tan fuerte de los bafles que nos impedía comunicarnos entre nosotros, por lo que solo podíamos intercambiar miradas de complicidad mientras buscábamos a la pandilla de Nelson.

Cogí un vaso de cerveza de una mesa y seguí caminando mientras daba un sorbo.

—Es asqueroso —dije a Luke. Era cerveza mezclada con algo. Me hizo una señal para que le pasara el vaso y lo probó; lo tiró después de hacer una mueca de disgusto.

—Tienes razón —confirmó, siguiéndome con los otros dos, que trataba de mantener controlados.

En aquel momento, miré alrededor y por las miradas atemorizadas de algunos, comprendí que nuestra presencia no había pasado inadvertida.

Hubo un tío en concreto que después de observar la cruz roja que había en mi sudadera negra, y la chupa de cuero, dijo algo al oído de su amigo, que se giró a mirarnos; primero parecieron sorprendidos y luego, asustados.

Sonreí y seguí caminando. Se nos leía en la cara que no conocíamos la moralidad, la rectitud ni ninguna clase de reglas. Éramos los enemigos de la moral pública, diablos que mandarían a las llamas del infierno a cualquiera que se atreviera a molestarnos.

—Ahí están.

Xavier me puso una mano en el hombro y me hizo notar a tres chicos. Estaban apoyados en uno de los coches de carreras; uno de ellos estaba a punto de tirarse a una tía sobre el capó, los otros dos bebían cerveza y hablaban entre ellos. Me giré hacia Luke y Alexia y les hice una señal con la barbilla; luego nos encaminamos hacia nuestros blancos.

Cuando los chavales nos vieron parados a poca distancia de ellos, dejaron de reír y nos miraron con recelo, alerta.

Percibí inmediatamente el olor de su miedo y de mi victoria: Carter no me denunciaría porque yo sabía exactamente qué hacer para impedírselo.

—¿Cuántos años tienen? —le pregunté a Xavier sin apartar la vista de ellos.

—Alrededor de veintitrés. El que está a punto de tirarse a la putilla sobre el coche, veinticuatro —respondió divertido.

No eran más que unos mocosos que querían hacerse los hombres con las personas equivocadas.

—¿Quién coño sois? —preguntó uno de los gamberros; llevaba un dilatador en cada lóbulo y tatuajes bien visibles en los lados del cuello.

No respondí. Empecé a acercarme a ellos seguido de mis amigos. Me apoyé con desenvoltura en el coche aparcado al lado del suyo —no sabía de quién era—, cogí el paquete de Winston, saqué un cigarrillo y me lo llevé a los labios para encenderlo.

El mayor de los tres bajó a la chica del capó a tirones, se pasó el dorso de una mano sobre los labios y me miró con cara de pocos amigos. Inspeccioné los *piercings* que le brillaban en ambas cejas y el anillo que le perforaba la fosa nasal izquierda; no mostré, sin embargo, el más mínimo interés por su expresión furibunda.

—¡Eh, capullo! ¡Ese coche es mío! —me insultó mientras yo dirigía la mirada a los bafles del mezclador de los que se difundía otra canción de Malaa, *Prophecy*, que escuchaba a menudo en el coche o durante el entrenamiento—. ¡Te lo digo a ti! —trató de llamar de nuevo mi atención, pero yo seguí fumando con fingida indiferencia.

—¿Quién es el jefe? —dije al cabo de un rato, consciente de que todos los grupos tienen un líder. Solté una bocanada de humo y esperé una respuesta mirando fijamente los negros ojos del chico.

—Hasta que Carter no vuelva, yo —dijo, orgulloso, el mayor.

—¿Cómo te llamas? —pregunté fingiendo curiosidad.

—Eres tú quien debe decirme a mí cómo te llamas, cabrón. Estás en mi territorio y fumando sobre mi coche —dijo rechinando los dientes.

Calma, chaval.

—Neil —respondí con tranquilidad. Ladeó la cabeza y sus amigos fruncieron el ceño e intercambiaron una mirada de preocupación.

—¿Miller? —añadió el líder.

—Exacto. Eres perspicaz —me burlé; Xavier y Luke, alerta como perros guardianes, esperaban una señal.

—Por tu culpa, Carter está en el hospital —dijo entre dientes con rabia.

—Muy bien, veo que también eres espabilado —me mofé dando otra calada. Xavier esbozó una sonrisa divertida, y le lancé una mirada para darle a entender que aún no había llegado la hora de actuar.

—¿Qué… quieres? —balbució cambiando completamente de actitud; ahora ya no era descarado, sino receloso.

—Hablar.

De repente, me acordé de Selene y de nuestro pacto. En aquella circunstancia pondría en práctica sus consejos sobre la importancia del diálogo, pero lo haría a mi manera, porque yo solo sabía hablar con las manos.

—¿De qué? ¡Y quítate de mi coche! —gritó, quizá para disimular el miedo, pero no le hice caso. Terminé el cigarrillo y lo apagué en el retrovisor lateral de su adorado coche. Crucé los brazos y seguí mirándolo fijamente, deteniéndome en los *piercings* con los que sin duda trataba de asumir un aspecto de duro.

—¿Por qué miras los *piercings*? —preguntó—. Tengo otro aquí abajo, por si te interesa, ¿quieres verlo? —me provocó tocándose la bragueta.

Su gesto descarado despertó las risas de los dos idiotas de sus amigos. Yo estaba a punto de perder la paciencia. Xavier e Luke me lanzaron una ojeada preocupada porque sabían muy bien lo que ocurría cuando alguien se atrevía a desafiarme. Dejé caer los brazos a lo largo del cuerpo, me levanté del coche y avancé con paso decidido hacia los chavales, que retrocedieron confundidos por mi movimiento repentino.

Era en momentos como aquel cuando la razón me abandonaba y se abría paso la locura. Decidí dejarme llevar por mis monstruos.

Le arranqué de la mano la botella de cerveza a uno de los amigos del líder y la estrellé contra una pared haciendo sobresaltar a los tres.

—¡Eh! ¿Qué mosca te ha picado? —gritó el mandamás abalanzándose contra mí. Ni siquiera le permití que me rozara; con una rápida torsión del busto, cargué el brazo y le asesté un puñetazo en plena cara. El chaval se tambaleó y se cayó al suelo llevándose las manos al punto donde lo había golpeado, que empezó a sangrar.

Era imposible salir indemne de mis golpes o sobrevivir a mi rabia.

—¿Sabes qué ha sido eso? —Me acerqué y le giré alrededor absorbiendo todo su miedo, que ahora percibía con nitidez—. Un directo. En el boxeo, un directo es el golpe frontal capaz de tumbar al adversario en medio segundo —expliqué esbozando una sonrisa diabólica que ensombreció su expresión ya asustada. Me agaché y lo agarré del brazo, luego lo puse de pie a la fuerza y le sujeté las muñecas detrás de la espalda.

—¿Qué coño haces? Eres un psicó… —No terminó la frase porque tiré de él para acercarme a su oído.

—Pórtate bien, Wes —susurré amenazador.

El chico palideció y en aquel momento comprendió que sabía quién era desde el principio y que me había divertido jugando con él.

—Alexia. —Le hice una señal para que se acercara y ella vino hacia nosotros contoneándose en su minifalda ceñida, que más tarde me encargaría de subirle—. Desabróchale los vaqueros y bájale el bóxer. Nuestro amigo tiene un *piercing* por aquí que quiere mostrarnos.

Sonreí. Alexia alargó las manos hacia los vaqueros del chico, que no dejaba de patalear como una chiquilla mientras yo lo sujetaba.

—¿Qué haces? ¡Déjame! ¡Eres un loco como todo el mundo dice! —me insultó. Le apreté más fuerte las muñecas para hacerle daño.

—¿De verdad? ¿Y quién lo dice, Wes? —Le hice una señal con la barbilla a Alexia, que con gesto rápido le bajó primero los vaqueros y luego el bóxer.

—Mmm…, es más bien pequeña —dijo ella con una mueca de desilusión; Xavier y Luke se echaron a reír a la vez, mientras que los amigos de Wes observaban, pasmados, la escena. No reaccionaban porque habían comprendido que íbamos en serio.

—Tira del *piercing* —ordené.

Se hizo un silencio sobrecogedor; solo se oía la música y los gritos distantes de la multitud que bailaba. Alexia me miró preocupada por debajo de sus pestañas postizas, pero no cambié de idea.

—¡Adelante! —le ordené de nuevo. Wes se echó a llorar como un niño. Tembló entre mis brazos y enseguida se resignó a aceptar lo que Alexia estaba a punto de hacerle.

Entonces sus amigos amagaron con echarse encima de mí, pero Xavier y Luke los pusieron de rodillas para neutralizarlos.

—Si tratáis de moveros, os rompemos la cara. Ahora basta. Ya habéis jugado bastante —susurró Xavier a uno de ellos, que palideció y se quedó inmóvil.

Éramos más peligrosos, más fuertes y más cabrones que ellos, y por fin lo habían comprendido. El terror que leí en sus ojos se confundió luego con el horror y la repulsión que sentían por nosotros.

Me daba igual: había dado una orden precisa porque era inhumano, no razonaba y el instinto siempre prevalecía.

—¿Estás seguro? —preguntó Alexia mirándome a los ojos. Estaba claro que no quería obedecer. Exageraba y hasta los Krew se habían dado cuenta, pero yo no tenía reparos en hacer daño a los demás al igual que a nadie le había importado hacérmelo cuando era la víctima. Con todo, por un instante traté de reflexionar sobre las consecuencias de mis acciones; me puse a sudar, la mano derecha empezó a temblarme y el corazón a latir en las sienes.

«Late, te siento, ¿sabes? Late fuerte.»

La voz de Selene me retumbó en la cabeza, vi sus ojos escrutándome el pecho en busca de un corazón que no tenía porque se había hundido en el abismo, un corazón en el que durante mucho tiempo se había posado una mano de hielo y que ahora ya no reconocía el calor humano.

¿Qué pensaría de mí si me viera ahora?

¿Sentiría repulsión, miedo o piedad?

De repente no estuve seguro de lo que le había ordenado a Alexia. En verdad, no estuve seguro de nada. Me quedé quieto unos instantes, hasta que mis brazos decidieron por su cuenta soltar a aquel chico desnudo de cintura para abajo que cayó al suelo.

Alexia dio unos pasos atrás instintivamente y me miró aliviada, como si quisiera decirme que había hecho lo correcto. Pero a pesar de que había perdonado a Wes, no sabía si sentirme mejor o no.

—Dadnos los móviles. Ya —ordené; los necesitaba porque sabía que Carter hacía un montón de gilipolleces que sus amigos grababan con el móvil y allí encontraría las pruebas para chantajearlo.

Asustados, los chavales entregaron sus móviles a Xavier y a Luke; yo, en cambio, me acuclillé y palpé los bolsillos de los vaqueros de Wes, que yacía en el suelo con la mirada perdida en el vacío. Parecía estar en estado de *shock*, y todo por mi culpa.

Evité fijarme en su desnudez, cogí lo que me interesaba y me puse de pie.

—Vístete. Tu pollita al aire me da náuseas.

Me metí su móvil en el bolsillo interior de la cazadora y lo miré desde arriba. Bajó los ojos por la vergüenza.

Wes no dijo nada más, había dejado de asumir la actitud de líder; en aquel momento no era más que un chaval de veinticuatro años que se había topado con un monstruo peor que él.

Una vez obtenido lo que quería, les di la espalda a todos y volví a casa solo.

Yo era así: un jugador despiadado.

Obtenía lo que quería a mi manera.

Pisoteaba la dignidad de los demás al igual que habían pisoteado la mía.

El mundo había dejado de doblegarme y ahora era yo quien dictaba las reglas.

Mis reglas.

Carter había perdido y yo había ganado.

Nadie podía oponerse al destino que yo había aprendido a manipular.

Yo era el Joker, con cicatrices profundas cuya procedencia nunca revelaría.

A aquellas alturas había aprendido a convivir con mi diversidad, a pesar de que era incapaz de aceptarla.

Sabía que era un mal ejemplo, que todas mis acciones eran incorrectas e inmorales, por eso…

No lo hagáis en casa, niños.

El día después del asalto en el Royal, me dirigí al estudio de tatuajes de Xavier.

Hacía dos años que había abierto su propia actividad para escapar de su tío alcohólico, que vivía en el Bronx. A pesar de que era el mayor del grupo, se comportaba como un inmaduro incapaz de razonar.

—Despacio —bufó Luke.

Estaba tumbado boca abajo en la camilla, los vaqueros arremangados por encima de las rodillas y la pantorrilla a merced de Xavier, que se concentraba en la creación de su tatuaje.

—Deja de lloriquear como una mujer, ¡coño! —le reprochó contrariado.

Me había colado en el estudio sin pedir permiso, como solía hacer, y ninguno de los dos había advertido mi presencia. Descorrí del todo la cortina negra que me separaba de ellos y entré con mi acostumbrada chulería.

—Te había visto, para que lo sepas —dijo Xavier sin dejar de aguijonear la piel de Luke, que, rendido, apoyaba la frente en los brazos doblados.

—A mí me ha llegado tu aroma a gel de baño —añadió el rubio levantando de golpe la cara y torciendo la nariz—. Pero ¿cuánto coño te echas?

—Sí, hueles a prostituta de lujo —dijo Xavier carcajeándose; luego se detuvo un instante para observarme. Llevaba unos guantes negros y sostenía la máquina de tatuar provista de aguja.

Los miré serio, dando a entender que no me divertían en absoluto sus comentarios. Nadie conocía el verdadero motivo de que fuera un maniático de la higiene ni de por qué tenía una obsesión compulsiva por la ducha. Y ellos menos que nadie. Entendieron al vuelo que no estaba de humor para soportar gilipolleces, así que Xavier volvió a su trabajo y Luke a soportar el dolor.

Di unos pasos y me senté en un taburete, con una rodilla doblada. Miré alrededor, aburrido, mientras Luke decía de nuevo algo contra Xavier. Noté las paredes oscuras salpicadas de pintura roja, los instrumentos para la esterilización, las agujas de varias tipologías y tamaños, los sombreadores redondos, planos y de otras clases; luego me concentré en el ruido de la máquina que penetraba repetidamente en la piel enrojecida de Luke.

Era su segundo tatuaje y esta vez había elegido una calavera con espinas.

—En la pantorrilla el dolor es bastante soportable, no entiendo de qué te quejas —dijo Xavier siguiendo las líneas del modelo.

A los dieciséis años, cuando me tatué el *Toki* en el bíceps derecho, casi no me dolió, quizá porque al ser el primero estaba tan entusiasmado que no presté atención. En cambio, me acordaba perfectamente del dolor que había sentido en el costado izquierdo al tatuarme el *Pikorua*. Había tenido la impresión de que la aguja penetraba hasta los huesos.

—Tenéis que enviarme todo el material que habéis recogido de los amiguitos de Carter —dije haciendo patente el motivo de mi visita. No estaba allí porque me importara asistir al tatuaje de Luke, sino porque tenía una segunda intención.

Conmigo siempre era así.

—Eres consciente de que todo el mundo se enterará de lo que hemos hecho, ¿verdad? Nos reconocieron en la fiesta —intervino Luke apretando los dientes mientras Xavier le trabajaba la pantorrilla.

—¿Y qué? Saben que somos los Krew —replicó una voz femenina.

Al cabo de un instante, Alexia descorrió la cortina y vino a nuestro encuentro contoneándose; vestía una sucinta falda de piel y unas botas de caña que le llegaban a la rodilla. Xavier le lanzó una ojeada y volvió a concentrarse en su trabajo.

—Hola, Neil —me saludó con una sonrisa cautivadora.

La escudriñé de pies a cabeza para admirar sus curvas, demorándome en el culo, la parte que más apreciaba de ella.

—¿Qué haces aquí? —le pregunté mirándola a los ojos.

—Lynn está enferma. La sustituyo para echar una mano con las citas de los clientes.

Lynn era una amiga de Xavier, una chica difícil con la que no se había acostado. Además, era un marimacho que daba puñetazos a cualquiera que se atreviera a tocarla sin permiso.

Alexia se acercó a su follamigo y cruzó los brazos mientras admiraba su trabajo.

Xavier detestaba hablar mientras trabajaba y cuando no estaba bajo el efecto de las drogas era un tipo serio; a decir verdad, cuando estaba limpio era bastante tranquilo.

—¿Qué haces aquí? Deberías atender las llamadas —la riñó.

La trataba como una amiga y una amante, nunca como una mujer a la que deseaba.

Yo no era quién para juzgarlo, me comportaba incluso peor, pero Alexia estaba enamorada de él desde hacía años. Todo el mundo lo sabía, todos nos habíamos dado cuenta excepto él.

—Me gusta mirarte mientras trabajas —admitió en tono empalagoso.

Su actitud me sorprendió, normalmente no era así.

—Pero a mí no me gusta tenerte alrededor —replicó él, echándola, como siempre.

Tenían una relación extraña.

Hacía años que se acostaban, pero desde que Alexia follaba conmigo, algo había cambiado para Xavier. Teníamos su visto bueno y, en general, ni a mí ni a él nos importaba compartir las chicas, pero de un tiempo a esta parte él parecía albergar rencor contra mí.

En cualquier caso, esperaba equivocarme.

—Eres un cabrón, ni siquiera sé por qué te echo una mano. —Alexia se marchó enfurecida, pero Xavier continuó su trabajo sin prestarle atención.

—¿Qué mosca te ha picado? No deberías tratarla así. —Luke siempre procuraba recomponer las relaciones malsanas que había entre nosotros. A pesar de que no discutíamos casi nunca, últimamente las mujeres se estaban convirtiendo en un problema, sobre todo desde que él se había fijado en Selene en el bar de la universidad.

—Es lo que se merece.

Xavier me lanzó una mirada ambigua, de pocos amigos, suspiró y volvió al tatuaje. Noté cierta tensión en el ambiente, que Luke confirmó cuando se aclaró la garganta y desvió la atención hacia otro tema. Se puso a hablar de Carter, de sus amigos y de lo que había pasado, y me di cuenta de que trataba de evitar una discusión entre Xavier y yo. Sentí que me crispaba, algo no encajaba, y probablemente el problema era yo.

Traté de callarme, debía mantener la boca cerrada, pero…

—¿Qué coño pasa? —solté a la defensiva. Era mi manera de ser.

No lograba fingir que no pasaba nada. Siempre había tenido huevos para enfrentarme a cualquier situación y no me echaría atrás ahora, no le temía a nada.

Ni siquiera la muerte me asustaba.

Luke se calló y Xavier levantó la vista del tatuaje. Sabían que no debían mentirme, detestaba que confabularan a mis espaldas.

—Nada —se apresuró a responder Luke.

—¿Nada? —Esbocé una sonrisa sardónica levantándome del taburete—. Os conozco muy bien, no podéis jugármela. —Los miré.

Siempre pasaba lo mismo.

Cuando los ponía entre la espada y la pared se convertían en dos chavales incapaces de reaccionar.

—Nada, amigo, de verdad. No te pongas nervioso.

Xavier esbozó una sonrisa de circunstancias y volvió a su trabajo. Luke, en cambio, suspiró preocupado por mi reacción. Me habría gustado llegar al fondo de aquella actitud huidiza, pero decidí dejarlo correr. Si hubiera querido, los habría hecho desembuchar a puñetazos, pero preferí evitarlo.

—¿Sabéis lo que os digo? Me importa una mierda. Enviadme el material que necesito. Al fin y al cabo, a eso he venido —dije amenazador. Me dirigí hacia la cortina para salir de allí, pero un calendario colgado en la pared me llamó la atención.

El 25 de aquel mismo mes estaba rodeado con un espeso trazo rojo. Arrugué la frente y me quedé mirándolo encantado. No sabría decir por qué me picaba la curiosidad aquel número, no solía ser así; levanté la página instintivamente y constaté que el 25 del mes anterior también había sido marcado en rojo, al igual que los demás.

—Es el día que murió mi madre —dijo Xavier sin que le hubiera pedido ninguna explicación. No me gustaba entrometerme en los asuntos de los demás de la misma manera que no toleraba que los demás curiosearan en los míos—. Murió un 25 de noviembre, hace veinte años.

Posó la máquina, se levantó y se quitó los guantes. No había acabado de contar su historia, pero a mí no me interesaba escucharla, si bien había oído rumores al respecto. Estaba convencido de que al hablar de ciertos asuntos personales se cruzaba una línea que era un punto sin retorno.

Si Xavier o Luke me contaban su vida, tarde o temprano yo debería hablarles de la mía.

—Bien, me voy —respondí tajante—. Hasta luego —me despedí mostrando toda mi insensibilidad y mi desinterés. Tenía mis motivos para comportarme de aquella manera.

Todos los Krew procedían de un ambiente disfuncional.

Todos habían sufrido por algo.

Todos arrastrábamos un dolor profundo.

Todos combatíamos una batalla imparable contra nosotros mismos.

Yo lo compartía todo con los Krew.

Compartía los pensamientos perversos, los deseos sexuales, las malas costumbres y las mujeres. Pero no estaba dispuesto a compartir con nadie la única parte de mí de la que era celoso: mi alma.

28

Selene

Cada uno tenía su pasado encerrado dentro de sí mismo,
como las hojas de un libro aprendido por ellos de memoria;
y sus amigos podían solo leer el título.

Virginia Woolf

La señora Anna lo sabía.

Mierda.

Nos había visto en aquella tumbona, perdidos en un momento de locura.

No tenía ni idea de cómo había podido ocurrir.

Me acaloré, estaba segura de que me había ruborizado solo con pensar en los labios de Neil sobre los míos, en su lengua reclamándome, en su mirada, dorada y libidinosa, y en aquella sonrisa enigmática que me hacía perder la cabeza, literalmente.

Aquella misma noche había visto a una chica rubia salir de la casita y había creído que me moría; por suerte, no había asistido a lo que había sucedido antes, aunque no era difícil de imaginar.

Estaba tan furiosa y carcomida por los celos que, tratando de concentrarme en la lectura, me había sentado a la intemperie para castigarme, para demostrarme a mí misma que Neil no era el chico adecuado para mí y que no podía esperar que cambiara y se convirtiera en el hombre perfecto con el que soñaba desde niña.

Me había sentado en el jardín porque necesitaba reflexionar, pero había sido suficiente verlo, guapo y descarado como siempre, el cigarrillo colgando de los labios y la mente perdida en sus problemas, para caer de nuevo en su trampa.

Neil había sido claro conmigo.

No podía soñar con un futuro para nosotros porque no existía un nosotros. Él nunca sería mío. Sin embargo, algo dentro de mí me inducía a albergar un atisbo, vago y tímido, de esperanza.

Quizá porque Neil me miraba como si fuera la primera mujer que veía, o quizá porque me besaba como si fuera la única que deseaba, me había convencido de que había algo que le impedía sentir emociones humanas por mí.

Tenía miedo de mostrar su verdadero yo, de hablarme y de dejar que lo conociera.

¿Por qué? ¿Qué temía en realidad?

Yo quería que pusiera al desnudo su alma, no solo su cuerpo, quería saber cuáles eran sus aspiraciones, sus sueños, sus miedos. Quería saber qué música le gustaba, qué hacía en el tiempo libre y qué ocultaba su pasado; deseaba saber quién era Scarlett y qué escondían los periódicos de la habitación cerrada con llave, pero él se había atrincherado en el silencio.

Por si fuera poco, teníamos que indagar sobre quién era el loco que había puesto en escena el juego de los enigmas y descifrarlos; Logan había guardado las notas amenazadoras y había rechazado mi propuesta de acudir a la policía, la única alternativa que para mí seguía siendo la más plausible.

En cualquier caso, no me fiaba de nadie y cuando salía de la villa no podía evitar mirar a mi alrededor con circunspección.

Me sentía observada y a menudo me daba la vuelta para mirar hacia atrás, pero nunca notaba que nadie me siguiera. Algunas veces pensaba que se trataba de un reflejo del miedo que mi mente proyectaba en la realidad, otras que realmente había alguien que me seguía y me pisaba los talones.

—Selene. —Me sobresalté cuando Alyssa me puso un brazo sobre los hombros—. Tu café está ahí desde hace diez minutos.

Estábamos en el bar donde los estudiantes nos refugiábamos después de las clases y ella me señalaba la taza de café.

—Sí, estaba pensando. —Busqué una excusa plausible tras la que escudarme—. Pensaba en mi madre. La llamaré más tarde. —Le sonreí y cogí la taza.

—¿Habéis oído lo que pasó ayer en el Royal?

Adam se inclinó como si fuera a confiarnos un secreto inconfesable; miró a su alrededor para estar seguro de que nadie lo escuchaba.

—No. ¿Qué pasó? —preguntó Logan aburrido.

—Al parecer acosaron a un chico. Lo encontraron en el suelo con los pantalones bajados —respondió Adam en voz muy baja mientras Logan lo miraba preocupado.

—¿En serio? —intervino Jake horrorizado.

—Sí. Hubo una fiesta y dicen que los Krew se colaron en ella para armar follón. El chico en cuestión es un amigo de Carter Nelson —añadió. Logan se abandonó en el respaldo de la silla con los ojos clavados en un punto indefinido de la mesa.

—¿Estás seguro de que lo acosaron? —preguntó Cory.

—Le pegaron. Tenía la nariz rota.

Adam se tocó la suya e hizo caso omiso a la pregunta de Cory porque estaba demasiado ocupado en cotillear.

—Los Krew son unos monstruos —comentó Kyle mirándome. Estaba al corriente de la pelea entre Jennifer y yo y de que me había pegado sin motivo; desde entonces los odiaba y profería contra ellos los peores insultos.

—No debemos prestarles atención, no somos como ellos —murmuré girando la cucharita en el café y pensando en mi pasividad mientras Jennifer me pegaba.

—Pues tarde o temprano alguien tendrá que detenerlos. Es absurdo que hagan lo que quieran sin que nadie les diga nada —intervino Alyssa sacudiendo la cabeza.

—No hay pruebas contra ellos, no dejan rastros. Jennifer actuó en el comedor porque allí no hay cámaras de seguridad, y aunque había gente sabía que nadie reaccionaría —dijo Adam; luego, pensativo, se mordió la mejilla por dentro y miró a Logan, que había permanecido en silencio durante toda la conversación.

—¿Tú no sabrás nada de lo que pasó ayer noche en el Royal? —le preguntó con sospecha.

Logan arrugó la frente y lo miró con seriedad.

—¿Por qué iba a saberlo? Por supuesto que no —respondió molesto a la pregunta de Adam. Yo tampoco entendía dónde quería ir a parar.

—Bueno, Neil forma parte de los Krew y…

—¿Y yo debería saber todas las gilipolleces que hace con ellos? —soltó enfurecido—. Pues no, no estoy al corriente. Mi hermano no me cuenta nada —se defendió. Le puse una mano sobre el hombro para calmarlo.

Lo entendía: ser el centro de todas las miradas debía ser duro, y también que encima te señalaran porque tu hermano tomaba decisiones diferentes de las tuyas, en su mayoría equivocadas.

—Deberías ayudarlo a salir de ese grupo —dijo Kyle entrometiéndose de nuevo mientras se recogía el pelo en un moño desordenado sobre la nuca.

Llevaba una camisa negra y un abrigo largo del mismo color, vaqueros holgados y botas. A pesar de su excentricidad, tenía un aspecto intrigante pero incomparable con la belleza de Neil. Míster Problemático poseía un encanto único, rebelde, salvaje, enigmático y, por desgracia, inigualable. Lo deseaba incluso sabiendo que se acostaba con otras, lo cual era inconcebible para mí.

—Ya lo he intentado, pero no es fácil —replicó Logan curvando los hombros con resignación.

En aquel momento mis ojos, como atraídos por una fuerza oscura, se desplazaron a la entrada del bar donde se habían materializado cinco presencias intimidatorias. Con su estatura, Neil sobresalía entre los demás y era el blanco de todas las miradas.

—Hablando del rey de Roma… —comentó Kyle lanzando una ojeada a los recién llegados. La charla cesó al instante y Adam se incorporó en la silla dando sorbos al café.

Logan miró a su hermano, que, seguido por sus amigos, se dirigió a la mesa de siempre, al lado de la cristalera, sin reparar en nosotros. Mi corazón empezó a latir con fuerza recordándome el efecto que Neil surtía en mí. Unos vaqueros negros ceñían sus largas piernas y su firme trasero, en el que mis ojos se detuvieron antes de que se sentara. Las zapatillas deportivas, blancas, conjuntaban con el jersey, sobrio y liso, que le ceñía el abdomen y desvelaba el resultado de tantas horas de entrenamiento. Por último, una cazadora de cuero con el cuello de piel hacía resaltar la anchura de los hombros; el cuero se tensaba sobre los músculos de los antebrazos siguiendo sus movimientos y le confería un aspecto aún más agresivo que de costumbre.

Desde que entró hasta que se sentó a la mesa, no le quité la vista de encima porque mis ojos no pudieron evitarlo. Alexia se sentó a su lado, mientras que Jennifer, con sus odiosas trenzas de boxeador, se sentó entre Luke y Xavier. Neil no le prestaba ninguna atención, pero en compensación extendió un brazo sobre el respaldo de la silla del unicornio de pelo azul y le sonrió por algo que ella le había susurrado al oído. Se me encogió el corazón al recordar cómo la tocaba en la casita, cómo la puso a cuatro patas y le azotó una nalga antes de regalarle el orgasmo salvaje al que me había negado a asistir. ¿Debía temer más a Alexia o a Jennifer? No lo sabía porque no sabía a cuál de las dos prefería.

Me daba cuenta de que era una tonta por caer en esa trampa, pero no lograba dominar el sentimiento malsano que me hacía mala sangre y que solo podía definir de una manera: celos.

—«Lolita, luz de mi vida, fuego de mis entrañas. Pecado mío, alma mía» —me susurró Kyle al oído haciéndome sobresaltar. Se había sentado a mi lado y le había cedido su sitio a Alyssa, que se había pegado, literalmente, al brazo de Logan; estaba tan absorta en mis pensamientos que no me había dado cuenta de nada.

—¿Cuántas veces la has leído? —le pregunté refiriéndome a la novela de Nabokov que acababa de citar. Sonreí y me dispuse a prestar atención a algo que no fueran dos ojos dorados y una mata de pelo rebelde en la que hundir los dedos.

—Muchas. Intuyo que te gustan los delirios pasionales, los amores imposibles, los sentimientos insidiosos y los pensamientos escabrosos de la psique humana —me dijo tomándome el pelo. Me sorprendió el detalle de su análisis. Kyle era un chico listo y muy intuitivo, características que reconocía y adoraba en los lectores amantes de los clásicos, como yo.

—Me fascina el amor ideal y sublime, incluso si es desviado. Esa clase de amor que no cuaja en una relación real, pero que no se queda en la superficie. Me gusta que me fascinen y me dejen descubrir indicios y detalles.

Kyle me miró los labios; yo me aclaré la garganta y me eché hacia atrás para poner la justa distancia entre nosotros.

—A mí, en cambio, me fascinan las chicas inteligentes.

Me sonrió y me ruboricé, no porque él me gustara, sino porque los cumplidos me ponían violenta.

—Hay muy pocas chicas que prefieren leer y cultivarse antes que divertirse —añadió sinceramente sorprendido. Al término de una de las pocas fiestas en las que había participado, volví a casa borracha y perdí la virginidad con el chico que desde entonces ocupaba mis pensamientos. Para mí, pasarme de la raya era un capítulo cerrado.

Desplacé la mirada en dirección a Neil y lo pillé mirándome.

Se había percatado de mí.

Me miraba con el brazo aún extendido sobre la silla de Alexia. En el instante en que nuestras miradas se cruzaron, desaparecieron las paredes del bar, mis amigos, la gente que nos rodeaba, las voces de fondo, el ruido de los vasos e incluso los Krew. Hablábamos en un lenguaje mudo que quizá nunca comprenderíamos.

—¿Te apetece venir conmigo? Te acompaño a casa.

Kyle cortó el vínculo visual entre Neil y yo y captó mi atención. ¿Qué? ¿Me proponía irnos juntos? ¿Por qué motivo?

Vi que Logan y los demás chicos sacaban billetes y monedas de los billeteros, señal de que en breve nos marcharíamos; por eso Kyle, que trataba de anticiparse a Logan, me había propuesto acompañarme.

Lo pensé un momento y no encontré ningún motivo para rechazar su invitación.

Por otra parte, para mí Kyle no era más que un amigo.

Me levanté y avisé a Logan de que iba a dar una vuelta con el músico apasionado de la literatura. Él asintió y Alyssa me guiñó un ojo, pero yo negué con la cabeza e hice una mueca para darle a entender que solo pasearíamos.

Cogí el bolso, me puse el abrigo, de color gris claro, y seguí a Kyle hacia la salida. Me obligué a no mirar a Neil ni a sus amigos cuando pasé por el lado de su mesa. Sin embargo, contuve la respiración hasta la puerta porque Xavier, con aquellos ojos negros y rasgados, malvados y despiadados como ellos solos, infundía temor. Por suerte, ninguno de ellos nos prestó atención.

Pasé unas dos horas con Kyle, durante las cuales dimos vueltas en coche por la ciudad escuchando uno de sus cedés preferidos. Mientras estábamos juntos, recibí una llamada de

Jared; le pregunté, como siempre, por su madre y le dije que me avisara cuando tuviera tiempo de venir a verme. Debía hablar con él. Independientemente de cómo fueran las cosas con Neil, merecía saber la verdad.

Cuando me acompañó a casa, o mejor dicho, a la villa de Matt Anderson, padre cabrón, Kyle halagó la majestuosidad de la vivienda. No lo invité a entrar y, tras darle las gracias, bajé del coche sin ni siquiera permitirle que me acompañara hasta el porche. Me encaminé a paso lento hacia la puerta de entrada y desde el sendero adoquinado que conducía a la casa noté que la luz de la casita estaba encendida, señal inequívoca de que había alguien dentro. Sabía que se trataba de Neil porque era el único que la usaba para llevar a sus ligues.

En efecto, hacía tiempo que no oía gemidos procedentes de su habitación y me pregunté por qué habría cambiado su rutina y, sobre todo, si dependería de mi presencia.

Sacudí la cabeza para ahuyentar esos pensamientos y seguí tiritando de frío, pero me detuve al vislumbrar la figura de Neil en una tumbona. Tenía un cigarrillo encendido en los labios y todavía iba vestido como en el bar, pero había cambiado el jersey por una sudadera negra. Apoyaba los codos en las rodillas, y la cabeza, antes inclinada y orientada hacia el agua cristalina de la piscina iluminada, se levantó en mi dirección. En la penumbra, solo y tenebroso, infundía un temor que había sentido pocas veces en mi vida. Un escalofrío intenso me recorrió la espalda cuando sus ojos, que apenas discernía a aquella distancia, me analizaron de los pies a la cabeza.

Por un instante pensé que había estado todo el rato allí esperando a que volviera, pero ahuyenté esa idea absurda porque a Neil no le importaba nadie excepto él mismo y sus antojos.

Dudé unos instantes, sin saber qué hacer.

Una parte de mí quería entrar en casa, cenar e irse a la cama, pero mis piernas echaron a andar hacia la piscina y la rodearon para llegar hasta él antes de que pudiera reaccionar.

Me metí las manos en los bolsillos del abrigo para protegerlas del frío, y el bolso, que me colgaba del hombro, me golpeó la cadera. Me detuve a poca distancia de él y lo miré. Sujetaba el cigarrillo entre los labios, daba caladas y soltaba bocanadas de humo en el aire.

—Tendrás muchas cosas que contarle a Jedi. —Su voz desgarró el silencio mientras lo miraba fijamente, inmóvil—. Deberás contarle que perdiste la virginidad conmigo y que ahora te gusta un músico que acaba de llegar a la ciudad.

No se estaba burlando de mí, su tono era serio y reflexivo. Sonrió sin ni siquiera mirarme y saboreó la nicotina con los ojos clavados en la piscina; un suave viento cortante que me hacía tiritar nos embestía a ráfagas trayendo olor a cloro.

—No todas las relaciones humanas tienen una finalidad sexual. Kyle es un amigo —repliqué—. Y mi novio se llama Jared —lo corregí. Al definirlo de aquella manera sentí una punzada en el corazón.

Ya no era mi novio y él ni siquiera lo sabía; Jared sufría mucho por su madre y no quería causarle más dolor.

—«Novio» —dijo Neil divertido, mirando el cigarrillo que sujetaba entre los dedos como si fuera un bolígrafo.

—No te metas. Es asunto mío —respondí con fastidio; sabía que me había equivocado.

—Deberías ser honesta, sobre todo contigo misma. He notado cómo te ruborizabas cuando Lucky Kyle, o como coño se llame, te miraba en el bar. En el fondo, no eres diferente de las otras —me acusó llevándose el cigarrillo a los labios y dando otra calada de nicotina.

Lo miré, ladeé la cabeza y di unos pasos adelante para desafiarlo.

—¿Qué quieres decir?

—Que basta con que un hombre coquetee contigo, te haga unos cuantos cumplidos y se comporte de manera galante para que aceptes irte con él. —Por fin me miró a los ojos.

Parecía tranquilo, pero dispuesto a insultarme, como si ya no fuera la Selene de ayer, la que había besado y tocado justo donde se sentaba ahora.

—Y si fuera así, ¿qué tendría de malo? He ido a dar un paseo con él, no a la cama —levanté la voz malhumorada. Ni siquiera sabía por qué hablábamos de Kyle y qué sentido tenía esa absurda conversación.

—No te pongas nerviosa, Campanilla. Eres una mujer y, como tal, vulnerable ante cualquier hombre.

Aplastó la colilla en el cenicero y soltó una última bocanada de humo haciendo gala de una seguridad y de una arrogancia que me crispaban los nervios.

—¿Ante cualquier hombre? —repetí pasmada—. El único al que hasta ahora le he permitido superar todos los límites es al cabrón con el que estoy discutiendo. Lo lamento por ti, Neil, pero Kyle es un chico interesante con el que puedo hablar porque es culto, y yo adoro a los hombres locuaces y con cultura.

Halagué a Kyle solo para provocarlo. No comprendía su reacción, pero no estaba dispuesta a dejarme avasallar por él.

—Con cultura…

Se puso de pie, cerniéndose sobre mí, y tuve que echar la cabeza hacia atrás para mirarlo a la cara. La seguridad que había sentido hasta entonces empezó a disiparse. De repente me sentí impotente y lo atribuí a su estatura que, por desgracia, surtía el efecto que él deseaba: intimidarme.

Neil se acercó y yo respiré despacio, aspirando su aroma a gel de baño; probablemente acababa de ducharse.

Se inclinó para acercarse a mi oído y entreabrió los labios.

—«Algunas personas, y yo soy una de ellas, odian los finales felices. Nos sentimos engañados. El daño es la norma» —susurró dejándome sin palabras—. Lo dice tu querido Nabokov —añadió sensual golpeándome con el calor de su aliento, que me atravesó el cuello del abrigo y me recorrió el cuerpo hasta la entrepierna.

Luego puso un poco de distancia entre nosotros, la justa para mirarme a los ojos, y sonrió porque me había mostrado algo de él que yo no había sabido notar.

—¿Te gusta leer? —murmuré en voz baja como una chiquilla incapaz de decir algo inteligente. Estaba sinceramente asombrada.

—Si quieres saber algo más de mí, tienes que darme algo a cambio —respondió alejándose en dirección a la casita. Permanecí inmóvil tratando de comprender qué estaba pasando, hasta que Neil se dio la vuelta y me hizo una señal para que lo siguiera.

Con el corazón en un puño, me sentí como si estuviera en una montaña rusa e instintivamente me giré hacia la villa, temerosa de que alguien nos viera.

Empezó entonces una lucha entre instinto y razón, pero

esta última claudicó ante su acérrimo rival; al cabo de un par de minutos me encontré en el interior de la casita observando su acogedora decoración: las paredes claras, una gran puerta acristalada que daba a la piscina, una cocina abierta…, esta última equipada con una nevera enorme, una placa de cocción y una barra con taburetes altos; una mesa de comedor separaba la zona del salón —donde yo me había quedado plantada—, que contaba con una moderna estufa de pellets, un gran televisor de plasma, una librería y un sofá esquinero de piel blanca para unas diez personas. Por último, una puerta conducía a la tristemente famosa habitación en la que sin duda había un baño en *suite*.

En definitiva, era una lujosa casita para invitados, pequeña pero confortable, a la altura del dinero, bien gastado, de Matt.

—Pareces tensa. —Neil abrió la nevera y sacó una lata de cerveza que se acercó a los labios. No solo estaba tensa, sino también muy nerviosa—. Ponte cómoda —añadió mirando el abrigo que no me había quitado y el bolso que tenía en las manos.

Seguí su consejo y los colgué en el perchero de la entrada. Miré a mi alrededor y me bajé el sencillo jersey que llevaba con unos vaqueros de tiro alto. Me froté las manos y él notó mi gesto y me señaló la estufa.

—Puedes calentarte… —Dejó la cerveza en la barra y se acercó a paso lento—. Conozco otras maneras de hacerlo, aunque esta noche prefiero ir despacio, niña —dijo mirándome el cuerpo con descaro; luego esbozó una mueca de contrariedad.

—¿Q-qué pasa? —balbucí sintiéndome incómoda de repente.

—¿Nunca llevas falda? —Me miró a los ojos y esperó una respuesta.

—¿Por qué debería llevarlas? No me gustan demasiado.

No comprendía el sentido de aquella absurda pregunta. ¿Pretendía dictar la ley incluso en cómo debía vestirme?

Me alejé de él e inspeccioné el salón para ganar tiempo.

—No me visto como tus amantes. ¿Es eso lo que te preocupa? ¿No te gusta mi estilo? ¿Es demasiado… infantil? —me burlé mientras observaba el cuadro que colgaba sobre la estufa; luego me volví hacia él haciendo gala de una seguridad que no sentía pero que fingía poseer.

Él, distante, me devoraba con los ojos. Lo sorprendí mirándome fijamente el trasero, bien definido por los vaqueros ceñidos, y las curvas, realzadas por el sucinto jersey, que ya habían sido recorridas por sus manos.

—¿Te apetece jugar? —propuso; su timbre de voz, bajo, no hacía presagiar nada bueno. Respiré despacio tratando de calmar el corazón, que latía enloquecido.

—¿Qué clase de juego? —pregunté con voz débil.

Neil se acercó y me acarició una mejilla; me puse tensa.

—Estás demasiado tensa. —Me besó el cuello y adhirió nuestros cuerpos. Me rozó la barbilla con los labios y me respiró en la boca, enlazando nuestras miradas.

—No quiero entrar en esa habitación, no quiero ir donde las llevas a todas —dije en voz muy queda, temblando mientras él seguía acariciándome la mejilla. Sonrió y me recorrió el brazo con los dedos haciéndome estremecer.

—Ya estás donde las traigo a todas —me susurró al oído—. Pero si lo prefieres nos quedaremos en el sofá —añadió.

Fuera cual fuese el juego al que quería jugar, sabía que jugaríamos desnudos.

Se alejó y sentí frío cuando su mano me abandonó. Desapareció por la puerta de la habitación y luego volvió con algo en la palma de la mano. Miré su cuerpo poderoso, de las deportivas blancas a la sudadera negra, pasando por los vaqueros que se ajustaban sobre la parte más erótica de él o, mejor dicho, una de sus muchas partes eróticas, porque Neil era lujurioso, atractivo y sensual a rabiar en su conjunto. Era uno de esos hombres que aturdía la mente femenina con una mirada; no había muchos como él.

—¿Qué tienes ahí? —Señalé con el dedo y me senté en el borde del sofá; por un instante pensé que el juego no tenía nada de indecente, que quizá iba a proponerme algo divertido, y traté de no pensar en el sexo.

Neil esbozó una sonrisa ladeada y se acercó a paso lento, con aquel porte desenvuelto que me dejaba a su merced.

Se sentó a mi lado y abrió la palma de la mano, mostrándome dos…

—¿Dados? —dije mientras lo miraba—. ¿Para qué sirven dos dados?

Adoptó una expresión divertida. ¿Se burlaba de mí?

—Los detalles, Selene. Adelante, cáptalos.

Me gustaba que pronunciase mi nombre, me provocaba una tensión casi dolorosa pero agradable, tanto que me hacía desear que volviera a nombrarme. Me incliné para mirarlos mejor: eran azules, con palabras grabadas en negro en todas las caras.

—Son dados para románticos como yo —dijo en voz baja.

Entonces observé con más detenimiento las palabras: pecho, pene, trasero y chupar, besar, lamer y cosas por el estilo; dejé de leer porque estaba demasiado nerviosa. Debería haber imaginado que míster Problemático nunca me habría propuesto jugar a un juego normal.

—¿T-te has vuelto loco? —balbucí presa del pánico.

¿Qué clase de juego era?

Traté de ponerme en pie, pero antes de que pudiera incorporarme Neil me sujetó la muñeca y me detuvo.

—No es más que un juego, no seas niña. —Sonrió—. Y considérate afortunada de que no te haya pedido que me compartas con otra en el mismo momento y en la misma cama —susurró refiriéndose a una frase que ya había pronunciado.

Tomé aire y me obligué a controlar el instinto, que me decía que saliera huyendo de allí como una chiquilla.

—Nunca lo aceptaría —dije poniendo los puntos sobre las íes, y a él se le escapó una carcajada silenciosa, gutural, muy masculina, que me encantó a pesar de todo.

De repente sentí que estaba completamente loca.

Era una loca por secundarlo.

—Elige un dado sin mirar —ordenó ofreciéndome la palma abierta. Mantuve los ojos clavados en los suyos, engarzados en aquellos iris tan singulares que no podía dejar de admirar; él también me miró.

Cogí un dado y bajé la vista interrumpiendo el contacto.

—Has elegido el de las partes del cuerpo —dijo, observando el dado que se había quedado en su mano—. Y me has dejado el de las acciones —concluyó con una sonrisita victoriosa, contento de que la suerte le sonriera.

—¿Y cuáles son exactamente… —me aclaré la garganta— las acciones? —Me costaba incluso preguntar porque estaba tan nerviosa que no daba pie con bola. Miré la puerta de entrada y por un instante pensé lanzar al aire el dichoso dado que tenía en la mano y salir huyendo; sin embargo, una parte de mí se moría de curiosidad por saber qué se le habría ocurrido.

—Besar, morder, acariciar, chupar, lamer y tocar —explicó—. Nada doloroso ni sádico. El bondage y toda esa mierda no me excitan, toma nota. Mis transgresiones son otras —murmuró, poniéndose cómodo en el sofá rinconero iluminado por la luz de la chimenea.

—¿A qué te refieres? —pregunté esperando no arrepentirme. Neil sonrió como el peor de los pecadores y se acercó a mi oreja.

—Me gusta jugar con el cuerpo desde que era niño.

Lancé una breve mirada a un punto de su hombro derecho. No sabía cómo descifrar aquella confesión. Las conjeturas y las suposiciones se agolpaban en mi mente, pero en aquel momento no quería racionalizarlas. Así que decidí dejar para más tarde la búsqueda de una respuesta que disipara mis dudas.

—Jugaré contigo si respondes a mis preguntas, si hablamos —puse como condición. Me miró, suspiró y, a regañadientes, asintió con una sonrisa de derrota.

—De acuerdo. Lanza el dado y yo lanzaré el mío —ordenó dando inicio al juego. Cerré el puño y lo agité antes de lanzar el dado sobre la mesita baja que había delante del sofá. Él hizo lo mismo.

—Zona: cuello; acción: chupar —dijo leyendo la primera combinación. Suspiré aliviada, no estaba mal como primera jugada—. Has tenido suerte, niña. —Se acercó y me puso el pelo detrás del hombro para acceder a la curva del cuello. Sopló, provocándome un escalofrío. En cualquier caso, permanecí sentada con las rodillas apretadas y las manos sobre los vaqueros—. Relájate —dijo, y me puso los labios sobre la piel; sonreí porque la barba me hizo cosquillas.

Se entretuvo unos instantes en el mismo punto y luego chupó suavemente, haciéndome soltar de golpe todo el aire que había retenido. Sentía sus labios, suaves y apetecibles, ejercitar una cierta presión sobre el cuello, el calor de su respiración, los capilares romperse sin dolor.

Neil era un experto y lo demostraba en todos y cada uno de sus gestos, incluso en esos contactos leves.

—De nuevo. —Se apartó demasiado deprisa y cogió su dado. Lo imité y agitamos el puño a la vez para lanzar y leer la nueva combinación.

—Zona: pecho; acción: chupar. —Igual que antes, mierda.

Me miró como si acabara de leer la receta de un pastel en vez de palabras obscenas en unos dados eróticos, y me puse rígida.

¿Por qué había aceptado estar allí?

Apoyé las palmas de las manos en la superficie suave del sofá y lo miré expectante.

Estaba tan nerviosa que ni siquiera podía desnudarme.

—No es nada que no hayamos hecho ya —me tranquilizó. Tenía razón. Me había visto desnuda en otras ocasiones, me había quitado la ropa y me había tocado, pero aquella noche era diferente porque él se mostraba frío emotivamente, ni siquiera me había besado.

De repente me miró a los ojos, aferró el borde del jersey y empezó a levantarlo lentamente. Levanté los brazos para ayudarlo a quitármelo y él lo lanzó a un rincón, lejos del sofá, clavando los ojos hambrientos en el sujetador. Lo bordeó con las yemas hasta llegar al cierre y abrirlo. Me sentía muy incómoda, pero Neil no me prestó atención y me lo quitó dejándome desnuda de cintura para arriba.

Me cubrí instintivamente con el brazo derecho y me ruboricé. Fue un gesto de chiquilla, no de una mujer desacomplejada y segura de sí misma; por otra parte, a pesar de que él ya conocía mi cuerpo, todavía no era tan desinhibida y no estaba acostumbrada a mostrarme desnuda de manera tan descarada.

Neil me miró serio. No entendí si estaba molesto o si mi gesto le había dado pena, pero no tuve tiempo de pensarlo porque me cogió las muñecas, las apartó de mí y clavó la mirada en la desnudez de mi pecho. Era pequeño, pero alto y firme; los pezones, turgentes, apuntaban hacia él como a la espera de sus atenciones. La chispa de deseo que brilló en la miel de sus ojos acompañó el instante en que cogió mis pechos por debajo, sopesándolos. Al sentir aquel contacto repentino di un respingo, pero él no apartó las manos y yo me dejé hacer.

Los palpó como si amasara, luego inclinó el cuello y me rozó el pezón izquierdo con la lengua haciéndome estremecer.

—Me gusta el olor de tu piel —comentó antes de envolver el pezón con los labios para chuparlo, lo cual me provocó un gemido tímido pero audible. Le toqué el pelo, metí los dedos y apreté. La barba me frotaba el pecho y los mechones rebeldes me hacían cosquillas en el cuello. Desprendía un aroma cautivador y todo él desprendía un encanto invencible que habría conquistado a cualquier mujer.

—¿Quién es Scarlett? —dije de repente para obligarlo a respetar mi condición. Neil dejó de chuparme el pecho izquierdo y pasó al derecho con gestos controlados y expertos. Cuando tenía el pezón en la boca, lo golpeaba con la lengua para darme más placer y me provocaba sensaciones que alternaban el frío y el calor haciéndome vibrar.

Levantó la vista y me miró para que comprendiera lo mucho que le gustaba lo que estaba haciendo y que sabía lo mucho que me gustaba también a mí.

Oh, sí, me encantaba, pero solo porque era él quien me lo hacía.

—Responde —murmuré, pero Neil se limitó a lamer la areola, y la saliva, el calor de la lengua, los movimientos rítmicos y lentos me indujeron a morderme el labio inferior y a apretar los muslos a causa de las pulsaciones, que despertaban mi libido.

El corazón me latía en las sienes y la cabeza me daba vueltas.

—Mi ex —dijo. Abrí mucho los ojos porque creía que no me respondería, que no respetaría nuestro trato. Se apartó de mi pecho y se lamió los labios, como si quisiera seguir saboreando mi piel.

—¿Cuánto tiempo estuvisteis juntos? —insistí retomando el control de la respiración, que antes era acelerada e irregular. Neil se alisó el pelo y cogió el dado sin mirarme.

—Lo nuestro no fue una relación normal. Es difícil de explicar. De todas formas, alrededor de un año.

Cerró el puño y lo agitó para volver a lanzar el dado. Estaba claro que se trataba de un tema incómodo; además, al enterarme de que la famosa Scarlett era una ex y no una simple amante como Jennifer y las demás, se me hizo un nudo en el estómago.

Me toqué el pecho derecho, brillante y mojado por su saliva, y el pezón se puso de nuevo turgente cuando pensé en sus labios jugando con él. Recogí mi dado y me empeñé a fondo para ocultar la incomodidad que me causaba estar medio desnuda a su lado, aunque en realidad ni siquiera me miraba.

—Zona: pene; acción: tocar —leyó con una punta de ironía que me hizo palidecer.

Tensé la espalda y respiré lentamente; no sabía cómo tocar a un hombre, ni siquiera por dónde empezar. Era ridículo que a los veintiún años nunca hubiera experimentado el sexo con nadie, y mucho menos con Jared, y eso me pesaba cada vez que hacía algo por Neil o con Neil.

—Te guiaré. —Se giró hacia mí y me levantó la barbilla con el índice porque tenía los ojos clavados en la chimenea mientras trataba de encontrar una excusa para marcharme y para ocultar las mejillas encendidas.

—No sé, creo que no estoy…

—¿A la altura? —Su voz cubrió la mía—. Confía en mí —susurró. Me hizo tumbar en el sofá y se puso a mi lado, apoyado en un codo. Mientras me miraba el pecho, me cogió una mano y la guio a la cremallera de los vaqueros.

¡Dios mío! No me quedaba más remedio…

—Tócame —ordenó en voz baja acercando la nariz al hueco de mi cuello; yo permanecía tumbada e inerte.

Abrí la palma de la mano y me sobresalté cuando lo sentí hinchado y duro bajo los dedos a través de la tela de los pantalones.

—Va-vale —murmuré muy violenta moviendo la mano de arriba abajo.

Seguí el perfil de su miembro, que empujaba contra los vaqueros, y me sorprendió de nuevo lo largo y compacto que era. De repente, lo único que deseé fue recibirlo dentro de mí y me di cuenta de que Neil sabía cómo desorientar a las mujeres, neutralizar su mente y empujarlas a desear tocarlo sin ningún pudor.

—Muy bien. Ahora desnúdame —susurró. Llegué al botón de los vaqueros y traté infructuosamente de desabrocharlo.

Hasta era incapaz de hacer algo tan sencillo como bajarle los pantalones.

—Eres una cría. —Sonrió sensual—. Te ayudo.

Desabrochó el botón de los vaqueros y bajó la cremallera esperando que yo siguiera. Entretanto, se puso a tocarme los pechos y a besarme el cuello hasta que la tensión se desvaneció poco a poco.

Traté de bajarle los vaqueros por debajo de las nalgas y él las levantó para ayudarme. Le eché una ojeada a la entrepierna, al miembro erecto debajo del bóxer blanco en cuya goma se leía Calvin Klein.

Subí con la vista al triángulo de la zona pélvica y rocé con el índice las líneas laterales haciéndolo sobresaltar.

Toqué los bordes del tatuaje del costado izquierdo y suspiró.

—Te gustan mucho mis tatuajes, ¿eh? —preguntó complacido. Asentí. Adoraba el *Pikorua* y el *Toki* del bíceps derecho, todavía oculto bajo la sudadera; embellecían maravillosamente su cuerpo marmóreo.

—A rabiar —le susurré sobre los labios mientras acariciaba la punta de la erección que asomaba del bóxer.

—Bájalo —ordenó refiriéndose a la tela que me separaba de la zona más libidinosa de su cuerpo. Tragué y cogí la goma con las dos manos evitando mirar.

Lo bajé lo necesario y me ruboricé; miraba a todas partes menos… allí.

—Mírame. Me gusta que me mires.

Sonrió como un depredador y bajé la vista a la erección que se erguía más allá del ombligo. Las venas que surcaban el miembro desprendían una masculinidad marcada, los testículos estaban contraídos, el glande, oscuro, todavía no estaba del todo a la vista.

Estaba abochornada, sin embargo no dejaba de mirarlo petrificada.

—Te enseñaré a darme placer. —Me cogió la mano y la guio sobre el miembro desnudo—. Empúñalo. —Lo rodeé con los dedos y no logré unirlos al pulgar. No sabía mucho del tema, pero supuse que Neil estaba muy bien equipado, y por su mirada complacida supe que no me equivocaba—. Y mueve la mano así.

Dio un ritmo lento pero determinado a mi mano, que subía y bajaba lentamente dentro de la suya. La piel, suave y lisa, estaba caliente y resbalaba a la perfección en mi palma.

—Este es el punto que prefiero.

Me guio bajo el glande y me invitó a moverla en esa parte sensible. No obstante, Neil respiraba despacio y de manera controlada, por lo que no entendía si le daba placer o no; decidí no preocuparme y me limité a dejarme llevar, disfrutando de la fantástica sensación que experimentaba tocándolo.

Me gustaba tocarlo.

—No cometas nunca el error de desatenderlos. —Me guio más abajo, a los testículos, hinchados, y me sobresalté—. Concéntrate aquí.

Me hizo acariciarle con el índice la línea que los unía, subiendo y bajando despacio. Neil respiró profundamente y al soltar el aire me embistió la cara con su aliento, luego apartó la mano y me animó a seguir sola.

—Cada hombre tiene sus preferencias. Tienes que aprender lo que me gusta y cómo me gusta —añadió—. La polla es el camino más corto para llegar a mi alma. Si quieres conocerla, tócame como prefiero —concluyó con una sonrisita descarada que me hizo ruborizar. Deduje que para él aquella era una frase romántica, aunque para mí no lo era en absoluto.

Sea como fuere, me concentré y moví la mano como me había aconsejado. Mientras permanecíamos tumbados el uno al lado del otro nuestros pechos se tocaron y se adhirieron. Neil se puso a tocarme, a palparme un pecho y a frotar el pezón con el pulgar. Gemí tímidamente, sin comprender si quería excitarme a mí o a sí mismo. Sonrió y volvió a sujetarme la mano para incitarme a aumentar el ritmo de las caricias.

—Nunca me corro así. Tendrás que echarle muchas ganas, Campanilla. —Me acarició la mejilla y me besó.

No me pidió permiso, pretendió el contacto entre nuestros labios mientras movía las caderas contra mi puño. Con todo, Neil no jadeaba ni gemía; era silencioso y nunca sobreactuaba, ni siquiera las pocas veces que se había corrido, por lo que no era fácil comprender si participaba activamente y, sobre todo, hasta qué punto.

Me empleé, me empleé a fondo, pero hacerle un preliminar así a Neil no era sencillo, porque le costaba alcanzar el orgasmo y porque yo no estaba acostumbrada a dedicar a los hombres esa clase de atenciones. De vez en cuando, para descansar, me detenía y le masajeaba el miembro con la mano abierta, esperando hacerlo más partícipe.

Bajé hacia los testículos y los acaricié, resbalaban a mi toque, pero estaban más contraídos. Remonté de nuevo hacia la erección, dura como una hoja de acero, y alterné los dos movimientos.

Sin embargo, Neil permanecía impasible y por un instante pensé que no lo hacía bien; además, la muñeca empezaba a dolerme, así como los músculos del brazo.

Dejé de besarlo y me dediqué exclusivamente al cuello, lo lamí y lo mordisqueé mientras volvía a los testículos, que aferré y tiré con suavidad hacia abajo.

—Sí, así —murmuró cerrando los ojos, y por primera vez su voz se enronqueció y pareció abandonarse. ¿Mi gesto surtía en él un efecto placentero?

Lo repetí y Neil empujó la pelvis contra mi mano en señal de aprobación a mi iniciativa.

—Coño —masculló—. Ahora acelera —sugirió abandonando la cabeza sobre el sofá y cerrando los ojos.

Apreté el miembro con decisión y lo acaricié a un ritmo rápido en su punto preferido. Había aprendido lo que le gustaba y la sensación de poder que experimenté fue fantástica.

Pasé el pulgar por la fisura longitudinal del glande y recogí una gota perlada de la punta; me exaltó la idea de sentirlo tan húmedo.

Casi había logrado hacerle perder el control.

—Es líquido preseminal, significa que me falta poco, niña. —El abaritonado timbre de su voz me hizo ruborizar. Consideraba extremamente atractiva la idea de que lograra leerme el pensamiento y confirmara mis teorías.

Neil entornó la boca y se mordió el labio inferior. Su cuerpo se tensó, los testículos se pusieron más duros; verlo aturdido de placer me pareció un espectáculo maravilloso del que era la única espectadora.

No me importaba cuántas había habido antes que yo o cuántas habría después, en aquel momento Neil gozaba gracias a mí.

Sin perder el control ni emitir un sonido, su respiración acelerada me hizo intuir que estaba próximo al orgasmo.

—Eres guapísimo cuando estás excitado —solté; él abrió los ojos y me miró la mano. Su mirada de miel brillaba de deseo y me pareció más resplandeciente que de costumbre.

—¿Sí? —preguntó mirándome y acercando los labios a los míos.

—Sí —confirmé, y lo besé. Él me metió los dedos entre el pelo y secundó mi lengua, que perseguía la suya con pasión, impidiéndome respirar. Los besos de Neil eran carnales y rudos, y me gustaban así.

Instintivamente, le mordí los labios carnosos, encendidos y túmidos, porque eran sencillamente fantásticos. Fue uno de aquellos momentos —las bocas unidas, las piernas entrelazadas— que nunca podría medir con el baremo del tiempo, sino solo con los latidos de nuestros corazones.

Neil interrumpió el beso, me respiró en los labios y apoyó su frente en la mía, luego se levantó la sudadera para que no se manchara y explotó en un chorro caliente que marcó mi mano y su vientre.

Contrajo los abdominales y los espasmos lo embistieron y le hicieron cerrar los ojos.

Fue como verlo arrollado por un terremoto cuyas sacudidas también me hicieron vibrar a mí.

Luego, los músculos de su tórax se levantaron, la frente se le perló de sudor y nuestras respiraciones se mezclaron creando una única tempestad. Tenía las mejillas y el cuello enrojecidos y la boca húmeda e hinchada.

—Ha sido… —No me dejó acabar y me besó.

Me besó con rudeza, destreza y dominancia.

Me besó quitándome la respiración; movía la lengua tan rápida y profundamente que era imposible seguirle el ritmo.

—Lo has hecho muy bien, pero no te imaginas lo mucho que deseo que lo envuelvas con tus labios —murmuró. En cuestión de segundos, estaba a horcajadas sobre él. No me importaba que se mancharan los pantalones con su semen, no me importaba nada excepto sentirlo completamente.

Sus manos sobre mis caderas me invitaban a ondear la pelvis mientras nuestros labios no dejaban de hablarse en su propio lenguaje.

Besarlo era como beber agua fresca en un desierto de fuego apasionado, y yo quería sorber hasta la última gota.

Su erección desnuda me rozaba la entrepierna y me invitaba a moverme con más fuerza; de repente, me separé de sus labios, me incorporé y apoyé las manos sobre sus pectorales. Los dedos resbalaban por la sudadera y deseaban tocarlo por todas partes, pero algo cambió en su mirada.

Entornó los ojos y se puso a mirarme como si no me reconociera.

Me apretó las caderas hasta hacerme sentir una oleada de dolor en todo el cuerpo. Traté de seguir cabalgándolo, pero tuve que detenerme porque Neil se resistió. Me quedé quieta, a horcajadas sobre él. Neil me tocó las caderas despacio y subió por los costados hasta llegar a los pechos, que apretó con tanta fuerza que gemí y me sobresalté de dolor.

—Me haces daño —dije perpleja.

El juego había acabado, el deseo y el placer se estaban desvaneciendo.

Sus ojos se habían vaciado de toda emoción humana hasta el punto de darme miedo. Dejó caer las manos y las apoyó sobre mis muslos. Desplazó la mirada al punto de unión entre nuestros cuerpos, frunció el ceño y se puso a respirar alteradamente como si le costara.

—Neil —dije cogiéndole la cara. Se llevó las manos a la garganta y al pecho tratando desesperadamente de hablar.

Parecía que se ahogaba.

—Neil —levanté la voz y me aparté. Sus ojos se clavaron en el techo y los párpados permanecieron inmóviles, como paralizados por una fuerte dosis de tetradotoxina.

—¡Neil! ¡Me estás asustando! —Le sacudí la cara, pero no se movía. Sus funciones cerebrales y físicas parecían anuladas, sus sentidos bloqueados. Tuve muchísimo miedo—. ¡Neil, por favor! ¡Voy a pedir ayuda!

Me levanté del sofá y miré alrededor en busca de un teléfono, pero no tuve tiempo de hacerlo porque me agarró la muñeca y me empujó de cara contra la pared. Era fuerte, recio, si quería, podía hacerme añicos. Me sujetó las manos detrás de la espalda y me aplastó.

—No volverás a hacerme daño —me susurró amenazadoramente al oído. No comprendí a qué se refería, me puse a temblar y me eché a llorar a causa de las sensaciones inexplicables que, como una lluvia de rayos, me golpeaban el pecho—. Vete, vete, Selene.

De repente, cambió el tono de la voz y esta vez me pareció una súplica. Me soltó con brusquedad y yo me di la vuelta y me cubrí el pecho desnudo con el brazo.

Lo miré aterrorizada y Neil, confundido y desorientado, se cogió la cabeza con las manos.

—¡Vete inmediatamente, te he dicho! ¡Ahora mismo! —gritó cogiendo un vaso y estrellándolo contra la pared. Di un respingo y comprendí que quedarme allí con él era peligroso. Reuní fuerzas para moverme, recogí el jersey del sofá y me lo puse deprisa sin preocuparme por el sujetador.

No había tiempo. Tenía que irme de allí. Enseguida.

De repente, Neil se puso a destrozar todo lo que tenía al alcance de la mano. Mientras daba rienda suelta a su furia, cogí el abrigo y el bolso, y, temblando de pies a cabeza, alcancé la puerta como pude.

Me giré y vi el salón, que estaba destrozando sistemáticamente: jarrones, cuadros, el televisor, las sillas…, lo estaba convirtiendo todo en un montón de añicos.

Con los ojos muy abiertos, el corazón en un puño y el miedo enroscado alrededor de mi cuerpo como una viscosa serpiente, abrí la puerta y eché a correr jadeando.

Algo había despertado a la bestia que dormía en su interior. Había visto la metamorfosis de Neil en sus ojos.

Cuando las pupilas dilatadas se habían tragado la miel de su mirada, cuando las sombras habían transformado sus rasgos y el deseo había cedido el paso a una expresión turbia me había dado cuenta de que ya no estaba conmigo.

Me había dado cuenta de que dentro de él vivía una bestia.

Y yo…

La había visto.

29

Selene

La vida no es un largo día de fiesta, sino un aprendizaje sin fin cuya lección más importante es aprender a amar.

PAULO COELHO

La noche anterior, justo mientras estaba en la casita con Neil, había recibido el siguiente mensaje de Jared: «Mañana iré a verte».

Ni un saludo ni una palabra dulce, como era su costumbre. Solo me avisaba de que vendría y yo... no sabía si estaba preparada para confesárselo todo.

Seguía turbada por lo ocurrido con Neil, por el momento de intimidad que habíamos compartido, un momento en el que había sentido fluir por mis venas la voluntad de sus besos, de sus manos y de sus deseos, un momento que había sido sustituido demasiado rápidamente por una furia ciega que todavía no podía explicarme.

¿Qué lo había empujado a reaccionar así?

No lo sabía, y tampoco sabía cómo debía comportarme si me cruzaba con él en el pasillo, en la cocina o en el jardín.

Por ese motivo, aquel día había vuelto de la universidad por la tarde tratando de evitarlo a toda costa. Eran las siete y a las ocho y media llegaba Jared; íbamos a salir con el coche que había alquilado.

No tenía ni idea de dónde quería llevarme, puesto que había sido impreciso y misterioso durante la llamada que me había hecho dos horas antes.

Tras ducharme, me puse a vagar por la habitación, presa de los nervios; había llegado la hora de hablar con mi novio, no podía seguir ocultándole aquel enorme secreto.

La situación con Neil estaba asumiendo un nuevo cariz, y aunque fuera peor que al principio, no podía mantenerme comprometido a Jared sin sentir nada por él.

Tenía derecho a saberlo todo y lo sabría aquella misma noche.

Opté por un atuendo cómodo pero elegante: una camisa blanca, un jersey azul y un par de vaqueros del mismo color; me dejé el pelo suelto y me puse un poco de rímel para espesar las pestañas. Me calcé y preparé el bolso con las cosas que las mujeres solemos llevar en él.

—¿Vas a salir? —Dos golpes en la puerta entornada hicieron que me girara hacia el umbral. Logan me miraba con curiosidad.

—Jared me vendrá a buscar dentro de poco. —Le sonreí y saqué del armario un plumífero largo.

—Por fin os veréis —dijo con un entusiasmo que yo no sentía; por otra parte, Logan tampoco podía imaginarse que la cita sería un desastre—. Pero no pareces contenta... —añadió pensativo. Dejé de fingir que todo iba bien, al menos con él.

—Tengo que confesarle algo grave.

Me senté al borde de la cama y Logan frunció el ceño y me miró con aquellos ojos rasgados, color avellana, que lo hacían tan atractivo.

—¿Qué puede haber hecho de grave una chica como tú? —dijo para quitarle hierro al asunto sentándose a mi lado. Logan no sospechaba ni de lejos la situación en la que me había metido.

—Le he sido infiel —solté de golpe mirándome las piernas en vez de a él. Se hizo un silencio ensordecedor. No tuve valor para observar la cara de asco que quizá había puesto. Quién sabe qué pensaba de mí—. Puedes decirme que soy una cualquiera, una golfa, lo entendería...

Logan me puso una mano sobre el hombro y negó con la cabeza.

—No soy nadie para juzgarte —replicó con compostura—. Al otro, con el que lo has engañado, ¿lo quieres? —añadió un poco incómodo.

Lo miré a los ojos pero no respondí de inmediato. ¿Quería

a Neil? Ni siquiera lo sabía. Míster Problemático no era un chico como los demás y su reacción del día anterior era prueba de ello.

—No... lo sé —murmuré en voz muy baja con la mirada perdida.

—Pase lo que pase con el otro, lo que está claro es que no querías a Jared —constató. Yo también estaba convencida, pero eso no justificaba mi comportamiento.

—Me he equivocado —admití.

—Solo tienes veintiún años, Selene, y todo el mundo se equivoca. —Trató de consolarme y aprecié su actitud. Logan siempre tenía buenas palabras de consuelo para todos, nunca ofendía ni se dejaba llevar por el instinto, ponderaba sus acciones y sus pensamientos—. Todo irá bien. Háblale con el corazón en la mano y Jared te entenderá. —Obviamente procuraba tranquilizarme—. Si pasa algo, si me necesitas, no dudes en llamarme.

Parecía preocupado porque él también sabía que confesar a un novio algo así no era sencillo; nadie aceptaba una infidelidad, sobre todo si era reiterada.

Me despedí de Logan con un abrazo, le prometí que lo llamaría en caso de necesidad y me dirigí al encuentro de Jared. Me había avisado de su llegada con un mensaje.

Recorrí el camino principal tratando de respirar profundamente, pero mis piernas parecían de gelatina y el corazón me latía a una velocidad incontrolable.

—Hola. —Me deslicé en el asiento del pasajero y le dirigí una sonrisa nerviosa. Iba elegante, como siempre, con un abrigo claro sobre la camisa negra conjuntada con un par de pantalones del mismo color. Se había engominado el pelo en la nuca. Me abarcó con el verde jade de sus ojos.

—Hola. —Se acercó y me besó en una esquina de la boca, sin ni siquiera sonreírme.

—Me alegro de verte —balbucí como una tonta mientras se disponía a poner el motor en marcha—. ¿Cómo está tu madre? —Fue la primera pregunta que le dirigí tratando de no mostrarme muy nerviosa, aunque era difícil que no se notara.

—Mal —respondió sin añadir nada más camino de un lugar que yo ignoraba.

Cambiaba las marchas y sujetaba el volante con decisión y de vez en cuando apretaba la mandíbula, como si tuviera un tic nervioso.

—¿La quimio no da los resultados esperados? —insistí. Tenía un interés sincero en saber cómo estaba, pero él esbozó una sonrisa indescifrable y se pasó la mano por el pelo. Luego se detuvo frente a un parque.

Miré a mi alrededor: estaba completamente oscuro; solo algunas farolas iluminaban la calle en la que nos habíamos detenido a esperar algo que yo desconocía. Creía que cenaríamos juntos o que iríamos a tomar algo, pero Jared no parecía tener la intención de hacer ninguna de esas cosas.

—¿Por qué nos paramos aquí? —pregunté confundida. Apagó el motor y reclinó la cabeza en el asiento clavando la vista en un punto indefinido más allá del parabrisas.

—En estos días he pensado en ti más que de costumbre —dijo, como si hablara más para sí mismo que conmigo—. He pensado en el primer día que te vi en la biblioteca, concentrada en la elección de un libro. Todavía me acuerdo de cómo ibas vestida, ¿sabes? —Se interrumpió y me pregunté dónde quería ir a parar con aquel monólogo; apreté el bolso contra mis piernas como si necesitara agarrarme a algo para no hundirme en la angustia—. Llevabas un vestido azul que hacía juego con el color de tus ojos y eras… maravillosa, joder, la chica más guapa que podía encontrar en una biblioteca anónima de Detroit.

Sonrió y sacudió la cabeza como burlándose de sí mismo.

—¿Por qué me lo dices?

—Antes de conocerte, con las chicas solo me divertía, pero eso ya lo sabes. Nunca creía que experimentaría sensaciones arrasadoras por una en especial hasta que llegaste tú, con tu mirada inocente y tu cara limpia —continuó sin responder a mi pregunta. Parecía absorto en sus recuerdos, así que no quise interrumpirlo y entretanto me preparé para confesárselo todo de inmediato.

—Jared… —murmuré, pero me hizo callar.

—Me sentía afortunado de haberte encontrado. Creía que eras la chica definitiva, la mujer de mi vida, quizá. —Noté que hablaba en pasado. Se giró hacia mí; sus ojos, claros y húmedos por un sufrimiento inesperado, me clavaron en el asiento impidiéndome cualquier movimiento—. Siempre te he respetado, he renunciado a mis costumbres y a las mujeres que me rodeaban para esperarte, para esperar que estuvieras lista.

Se inclinó y me acarició la mejilla. Era amable y delicado, me miraba como si yo fuera algo valioso y frágil, pero sus ojos eran extraños, diferentes.

—No entiendo... —susurré cohibida, y él inclinó la cabeza para besarme. Lo hizo de una manera inesperada capturando mis labios y metiéndome la lengua en la boca con violencia, obligándome a secundarlo. Le puse una mano en el pecho para rechazarlo, pero Jared hizo caso omiso empujando con fuerza contra mí.

—Muéstrame qué te ha enseñado —murmuró sobre mis labios volviendo al ataque. Entretanto, se puso a palparme el pecho con una mano y con la otra el muslo. Me sentía atrapada, impotente, aturdida. ¿Qué estaba haciendo? ¿Qué quería de mí?

Y sobre todo, ¿qué acababa de decir?

—Jared —jadeé asustada tratando de quitármelo de encima sin conseguirlo—. Jared —repetí dándome un golpe en la espalda contra la ventanilla. Su boca alcanzó mi cuello y sus manos trataron de colarse debajo de mi jersey. Fue entonces cuando me puse a dar patadas—. ¡Para! ¡Ahora mismo! —grité, pero Jared, con una fuerza inaudita, me agarró por el pelo obligándome a doblar la cabeza hacia atrás y me miró a los ojos. Tenía los labios hinchados y el pelo revuelto, una cara que me costaba reconocer y unos ojos inyectados de odio que me miraban como si quisieran matarme.

—¿Pensabas que no iba a enterarme? —murmuró con maldad a poca distancia de mi boca—. He recibido un mensaje de alguien que se ha ocupado de decirme lo que hace mi novia en mi ausencia. —Sonrió y me tiró del pelo con más fuerza.

Se me heló la sangre, el corazón me dio un vuelco: no había previsto que eso pudiera suceder.

—¿Quién ha sido? ¿Cómo...? —No me permitió acabar.

—He recibido unas fotos. Unas fotos de ti en el coche con él y otras en la casa de invitados de la villa de tu padre. ¿Cuántas veces te has acostado con él? ¿También te has ido a la cama con el hermanito, con Logan?

Lo sabía todo.

Jared lo sabía todo y yo estaba tan trastornada que el corazón se me desbocaba en el pecho. Se me secó la boca. No tenía ni idea de qué era más grave, si el hecho de que alguien nos hubiera sacado fotos para enviárselas a Jared o de que él se hubiera enterado de todo de aquella manera horrible.

—Jared, yo… —Me puse a llorar a lágrima viva, pero su rostro no mostró ni un atisbo de comprensión o de piedad; la dulzura que siempre lo había caracterizado había desaparecido.

—¡Cállate! Te has comportado como una puta. —Me rozó la mejilla con la punta de la nariz y olfateó mi perfume, luego apoyó la sien en la mía—. No me lo esperaba de ti…, nunca —murmuró con voz rota mostrando una señal de debilidad. Cerró los ojos unos instantes y yo permanecí inmóvil entre sus brazos—. Siempre pasa lo mismo, ¿verdad? Los hombres que os respetan y os tratan como princesas son para vosotras unos perfectos imbéciles, ¿no es así? —Suspiró y oí cómo le latía con fuerza el corazón. El agarre se hizo cada vez más fuerte—. Os atraen los cabrones problemáticos que os follan como animales y os tratan como una mierda —añadió con saña sin dejar de respirar sobre mi piel—. Si yo no puedo tenerte, él tampoco te tendrá —amenazó en voz baja deslizando la mano de mi pecho a mis piernas y aumentando la angustia que me cortaba la respiración.

—Deja que te explique…, te pido perdón, sé que me he equivocado… —Me sobresalté cuando me apretó el muslo con violencia hasta hacerme gemir de dolor.

—Ahora vas a decirme dónde está e iremos a buscarlo. —Me sacudió el cuello y me miró fijamente a los ojos rechinando los dientes—. Colaborarás, Selene, o te juro por mi vida que te haré daño, mucho daño. —Me echó el aliento sobre los labios y cerré los ojos mientras las lágrimas me resbalaban por las mejillas—. No llores, nena. —Me limpió una con el pulgar y sonrió sardónico—. Te lo has pasado bien divirtiéndote a mis espaldas, ¿no?

Mantuve los ojos cerrados porque me sentía humillada, ofendida y en peligro. Jared estaba fuera de sí y era capaz de cualquier cosa, incluso de ponerme las manos encima y pegarme.

—¡Respóndeme! —Me agarró por las mejillas y abrí los ojos a causa del miedo, mi alma temblaba tanto como todo mi ser.

—¡Sí! —grité—. Sí, ¡y volvería a hacerlo!

Tras mi confesión, se le dibujó en la cara una expresión peligrosa y taimada. Levantó el brazo y me dio una sonora bofetada que me desorientó. Me toqué la mejilla y la sentí palpitar bajo las yemas mientras Jared me dedicaba una mirada torcida digna de la peor de las bestias. Abrí rápidamente la puerta y me precipité fuera del coche, pero él fue más rápido. Me agarró del brazo, me aplastó contra el capó y me sujetó los brazos por detrás de la espalda. Noté la pintura fría en la cara y me golpeé las caderas con el parachoques.

—¡Suéltame! ¡Suéltame inmediatamente! —grité pidiendo ayuda, pero no había un alma en los alrededores. Entonces volví a echarme a llorar y él me metió en el coche a la fuerza.

Me arrojó en el asiento del pasajero, y, tras cerrar la puerta, Jared se sentó al volante y puso el motor en marcha.

—No hace falta que me lo digas, sé dónde encontrarlo. —Lo sabía realmente todo.

Sabía dónde estaba Neil y yo no podía hacer nada para impedirle que fuera a por él. Jared estaba demasiado enfadado, el pecho le subía y le bajaba enfurecido, respiraba ruidosamente por la nariz y la rabia que le ardía dentro como una llama alta e indomable le hacía apretar los dientes.

Permanecí quieta en mi asiento y me sequé las lágrimas mientras pensaba que debía reaccionar de un modo u otro.

Le eché un vistazo al móvil que asomaba del bolsillo del abrigo y lo saqué tratando de que aquel loco que tenía al lado no se diera cuenta.

—¡Selene! —dijo sin apartar la vista de la carretera—. Neil suele ir al Blanco los viernes por la noche, ¿no? —preguntó rabioso, a pesar de que no necesitaba que se lo confirmara; solo quería que colaborara porque me tenía pillada.

—No lo sé —respondí arrastrando las palabras. Traté de controlar el miedo que se extendía por mi cuerpo. Me temblaban las piernas y las manos.

—Eres su puta, pero eso seguramente sí lo sabes —me insultó cambiando de marcha.

Entretanto, me sequé otra lágrima que surcaba la mejilla que me había golpeado y me estremecí de dolor. Temía descubrir en qué estado me había dejado Jared por culpa de Neil, pero a pesar de eso estaba decidida a salvarlo. Escribí un mensaje a Logan y lo envié sin dejar de mirar hacia delante para no levantar sospechas.

—Nunca me has querido, debí darme cuenta —dijo Jared. Me metí el móvil en bolsillo. El amor era ahora el último sentimiento que asociaba con él.

—Acabas de pegarme —repliqué con odio, y él se echó a reír, como si hubiera dicho algo divertido, le hubiera contado un chiste o soltado una ocurrencia cuando en realidad el sufrimiento me impedía incluso respirar. Me miré las manos trémulas y traté de calmarme.

—Ya hemos llegado.

Jared detuvo el coche justo delante del rótulo del Blanco y bajó a toda prisa dando un portazo. Yo también bajé y lo seguí, confiando en que Logan hubiera llegado.

—¿Alguien ha visto a Neil Miller? —gritó fuera del local captando la atención de todos, que se giraron a mirarnos. Ni siquiera me ruboricé ni me cohibí, lo único que sentía era miedo—. Ah, ahí está. —Jared vio a Neil un instante después en el aparcamiento, apoyado en el capó del Maserati con un cigarrillo en la mano, y salió disparado hacia él.

—¡No! ¡Espera, Jared! —Neil no sabía nada, ni de nuestra llegada ni del hecho de que mi exnovio se hubiera enterado de lo que había ocurrido entre nosotros—. ¡¡Espera!! —volví a gritar. Mi voz atrajo la mirada de Neil, que se dio la vuelta en mi dirección y me miró confundido, sin entender qué estaba pasando.

—¡Tú! ¡Hijo de puta! —Jared se abalanzó sobre él y le dio un puñetazo en el abdomen que lo dobló en dos.

—¡¡Jared!! —grité con las manos en la cara como si hubiera sido yo la que hubiera recibido aquel golpe. Neil dobló los hombros hacia delante y se llevó las manos al punto donde le había dado; por un instante, su hermoso rostro adoptó una expresión de dolor que enseguida desapareció y dejó paso a otra de cólera: su mirada se ensombreció y sus rasgos se tensaron. Me miró deteniéndose e inspeccionando un punto concreto: la mejilla.

—¿Qué coño haces? —Xavier y Luke caminaron hacia Jared para defender a su jefe, pero Neil levantó una mano y los detuvo.

—¡Selene! —me llamó Logan, alarmado, que mientras tanto había llegado.

—¿Qué coño pa...? ¿Qué te has hecho en la mejilla?

Me miró trastornado y yo contuve las lágrimas para poder hablar.

—Jared lo sabía todo, sabía que... —No pude acabar porque la voz furiosa del susodicho cubrió la mía.

—¡Te has follado a mi novia! —le gritó a Neil. Ahora Logan también estaba al corriente de todo. Abrió mucho los ojos y se quedó mirando la escena, inmóvil, conmocionado por lo que estaba pasando.

Tan conmocionado como yo.

—Tú... o sea, Neil y tú..., vosotros... —farfulló, presa del desconcierto más absoluto, pero no había tiempo para explicaciones, ahora no. Me giré hacia Neil, su figura imponente y tenebrosa se cernía sobre la de Jared.

Tiró la colilla al suelo y la pisó sin dejar de mirar a su adversario.

—Le has pegado —afirmó en tono irreconocible; parecía como si se hubiera desdoblado y actuara en una realidad paralela.

Jared levantó una comisura de la boca y me lanzó una ojeada asqueada.

—Por un tiempo no podrá hacerte mamadas, ¿te jode? —se burló, y yo me sobresalté al oír el insulto. Logan me puso el brazo sobre los hombros para protegerme y Neil hizo una mueca de desaprobación.

—Dame tu botella, Xavier. —Extendió la mano para coger la botella de cerveza de su amigo, que se la dio sin discutir.

—¿Qué va a hacer? —murmuré, asustada, mientras a nuestro alrededor se congregaba una pequeña multitud atraída por el espectáculo.

—Nada bueno —replicó Logan preocupado.

Neil, con la botella en la mano, le lanzó una ojeada a Jared; luego la estrelló contra la pared, haciéndonos dar un respingo, y recogió una esquirla puntiaguda.

Pero qué coño...

Todos los presentes tenían puesta la atención en él, a la espera de su próximo movimiento.

Nadie intervendría porque a la gente le gustaban las peleas, en cambio yo... temía lo peor.

—¡Detenlo, Logan! —Me cubrí la cara mientras él se decidió a acercarse a su hermano, que estaba de pie, en actitud desafiante, sin mostrar temor alguno.

—No hagas gilipolleces, Neil. Suelta la esquirla, estás fuera de ti. —Se acercó y extendió los brazos hacia delante con cautela—. Sé que aborreces que te toquen sin permiso, pero esta no es la manera correcta de reaccionar. No resolverás nada con esa esquirla de vidrio —añadió en tono persuasivo, pero Neil no apartaba la vista de Jared y lo fulminaba con la mirada.

Apretó el trozo de vidrio, y a pesar de que algunas gotas de sangre cayeron al suelo, su rostro no revelaba ningún dolor. Parecía de hielo.

Era inquietante, despegado del mundo y vagando por sus tinieblas.

—¡Vete, Jared! —gritó Logan interponiéndose entre los dos.

—¡Que haga lo que quiera, Logan! ¡No le tengo miedo a este cabrón! —lo provocó Jared; los ojos de Neil eran casi dos fisuras.

—¡No sabes lo que dices! —insistió Logan. Neil tenía las pupilas casi completamente dilatadas y la mirada carente de toda emoción, exactamente igual que la noche anterior.

Parecía como si se hubiera disociado, como si se observara a sí mismo desde fuera y aquel cuerpo ya no dispusiera de un alma capaz de actuar con lucidez.

—Vámonos, Jared. —Lo agarré del brazo y traté de tirar de él, pero se soltó mirándome con asco.

—¡No te atrevas a tocarme! —me gritó. Neil apretó de nuevo la esquirla y cayó más sangre al suelo.

—¡Maldición, Neil! Dame ese trozo de vidrio. ¡Te estás cortando! —gritó Logan tratando de quitárselo de las manos, pero Neil lo sujetaba con fuerza; apretaba la mandíbula y tenía la respiración regular pero honda—. Neil, por favor, escúchame, ¡no hagas tonterías! Sé que estás enfadado, pero te ruego que dejes esa esquirla. —Logan trató de usar un tono suave para comunicarse con su hermano a su manera, pero Neil seguía mirando fijamente a Jared como si no existiera nadie más—. Hazlo por mí. Confías en mí, ¿verdad? Te lo pido por favor.

Logan usaba su propio método para tratar de controlar la mente de Neil; lo vi con claridad al observar sus pasos cautelosos, la manera en que avanzaba con las manos extendidas hacia delante, el timbre de voz equilibrado y la mirada indulgente.

—Soy el único en quien confías. Escúchame y suelta la esquirla —añadió despacio, y Neil por fin lo miró y reconoció algo en los ojos de Logan. Relajó la mano y dejó caer la esquirla de vidrio; la sangre seguía goteando de su mano, pero él no le prestaba la más mínima atención—. ¡Me cago en la puta! —Logan suspiró y apartó el cristal con el pie mientras Jared miraba confuso la escena.

—Nadie puede tocarla, Jared, ni a ella ni a mí —dijo Neil con un tono carente de emoción—. Nadie —repitió.

Su voz pareció retumbar en el silencio que se había hecho entre el grupo de chicos que, curiosos, asistían a la escena. En mi mente hacía tic-tac un reloj imaginario cuyas agujas virtuales marcaban los segundos que lo separaban de una reacción real. En efecto, apartando bruscamente a Logan, Neil avanzó hacia Jared y fue entonces cuando me interpuse entre los dos antes de que Neil perdiera el control de sus actos.

—¡No! ¡No le hagas daño! —dije reuniendo todo el valor de que fui capaz. Neil me miró con frialdad, ausente. La cercanía me permitió percibir su aroma, la esencia a musgo y tabaco con la cual yo lo identificaba.

Aquel aroma me confirmaba que a pesar de su mirada oscura y amenazadora, la persona que tenía delante seguía siendo Neil.

—No le hagas daño, te lo ruego. Hazlo por mí —susurré. Me miró la mejilla, me la acarició y me estremecí de dolor. Pero su tacto era cálido y suave, parecía como si quisiera decirme muchas cosas y no lograra expresarlas.

De repente, su mirada se me antojó reflexiva, perdida en quién sabe qué pensamientos, luego apretó los labios en una sonrisa amarga y dejó de tocarme. Entonces me dejó atrás y se dirigió a Jared.

—¿Cuánto te apuestas a que te hago daño sin mover un dedo?

Se acercó a él y lo miró con desdén, esbozando una sonrisa ladeada. No tenía ni idea de lo que se le había ocurrido y me agarré del brazo de Logan, que se había puesto a mi lado para darme fuerzas.

—¿Crees que pegándome recuperarás la virginidad de tu novia?

Una sonrisa de burla se dibujó en el rostro bello y endemoniado de Neil mientras Jared, trastornado, abría mucho los ojos.

—Ay, Dios —susurró Logan.

—Sabes, Jared, existe la violencia psicológica, además de la física —murmuró avanzando hacia él—. Y créeme si te digo por experiencia personal que es mucho más dolorosa que un puñetazo —prosiguió con perfidia.

—Esto se pone interesante, joder —exclamó Xavier riéndose con Luke. No les presté atención y seguí mirando fijamente a Neil, que reanudó su alocución.

—Así que, Jared —subrayó su nombre dando vueltas a su alrededor—, soy capaz de aniquilarte sin tocarte —dijo con convencimiento—. ¿Acaso crees que se puede borrar lo que ocurrió? Sí, me tiré a tu chica —sonrió con descaro—. ¿Quieres que te lo cuente desde el principio? —propuso, sin dejar de dar vueltas a su alrededor mientras Jared se sumía en un estado de confusión total—. ¿Por dónde empiezo? A ver… La primera semana la besé; sus labios son realmente suaves y tentadores —comentó fingiendo excitarse al recordarlo—. Y cuando hablo de labios —puso el acento en la palabra haciendo una pausa teatral—, bueno, entiéndeme… —le guiñó un ojo, alusivo, y me ruboricé intensamente.

Estaba a punto de darme algo.

—Luego vino su primera vez, y ni te imaginas lo excitantes que fueron sus gemidos —prosiguió en tono bajo y provocativo. Dio otra vuelta alrededor de Jared, que, en estado de *shock*, relajó los puños.

Logan me pasó el brazo sobre los hombros y me abrazó.

—Él no conoce ni límites ni inhibiciones, Selene —dijo resignado mientras yo asistía a la escena esperando que no fuera más que una pesadilla.

—Por no mencionar sus fuertes orgasmos, que solo yo puedo hacerle sentir y... —otra vuelta— esos, coño, te lo joden todo: el cerebro, el cuerpo y el alma..., todo —murmuró mirándome y esbozando una sonrisa provocadora y chulesca.

Me apoyé en Logan como si estuviera a punto de desmayarme, las piernas se me derretían y el corazón me latía en los oídos; todo se confundió, todo me daba vueltas.

—¿Estás bien, Selene? —preguntó él, pero no le respondí, me fallaban las fuerzas.

Miré a mi alrededor y noté que el grupo de chicos que asistía a la escena me lanzaba miradas de curiosidad, mientras que Alexia y Jennifer, al lado de Xavier y Luke, me miraban con soberbia. La rubia, sobre todo, con sus odiosas trenzas, sonrió como si ella hubiera sido la causante de todo, y en ese momento tuve una intuición...

Sus amenazas en el comedor, mi perfil de Instagram, Jared, Detroit...

—¿Quieres que siga, Jared? —La abaritonada voz de Neil captó mi atención; lo miré, estaba absorbiendo toda la humillación del chico que, completamente inmóvil y con los ojos abiertos de par en par, tenía delante—. Ah, por si te lo estás preguntando... sí. También lo hicimos cuando fuiste de visita a nuestra casa, en la habitación de al lado, y no sabes lo que disfruté. Como un animal. Fue el mejor orgasmo de mi vida —se burló deteniéndose delante de él.

Jared tenía la mirada perdida, los brazos caídos a lo largo del cuerpo, los labios entreabiertos y apenas respiraba.

Puede que hasta el alma lo hubiera abandonado.

—Has perdido lo más bonito que había en tu vida, y no importa cómo o cuándo. Yo lo he encontrado, y eso es lo único que cuenta para mí. La vida es un juego, algunos ganan y otros pierden —afirmó con seriedad. Jared retrocedió y se apoyó en el muro que tenía detrás.

Jennifer dejó de sonreír y miró a Neil con incredulidad, al igual que los demás miembros de los Krew.

Yo, en cambio, estaba segura de haber oído mal...

—Me he equivocado, Logan —dijo Neil dirigiéndose de repente a su hermano, que lo miraba serio, sin reaccionar—, pero si pudiera volver atrás, lo haría de nuevo.

Luego se acercó y me envolvió con su imponente estatura; incliné el cuello hacia atrás para mirarlo. Levantó una mano, me acarició la mejilla y me pasó el pulgar por el labio inferior; hice una mueca de dolor porque todavía sentía palpitar en la cara la bofetada de Jared.

—Qué envidia habría sentido cualquier hombre de haber sabido que cada nervio mío aún estaba ungido y rodeado por la sensación de su cuerpo, el cuerpo de un hada inmortal disfrazada de niña. —Me miró y esbozó una sonrisa triste.

—Has parafraseado a Nabokov. —Le sonreí, y toqué la mejilla que me impedía esbozar la sonrisa que habría querido dedicarle.

La mirada de Neil, cálida y ardiente, se transformó en rabia cuando notó que me dolía.

—No volverás a tocarla, Jared. La próxima vez no seré tan clemente. —Lanzó un último vistazo a mi exnovio, que seguía inmóvil, apoyado de espaldas contra la pared—. Vamos.

Neil me hizo una señal con la barbilla invitándome a seguirlo; dudé, porque estaba tan impresionada y confusa que no sabía de quién fiarme ni qué era lo correcto. Miré a Logan a mi lado: observaba serio la desastrosa situación que se había creado, pero no intervino.

—Neil, ¿dónde coño vas? —soltó Jennifer avanzando hacia nosotros con una expresión furiosa que delataba sus celos. Míster Problemático se detuvo y se giró lanzándole una mirada de indiferencia.

—A dar una vuelta por el país de Nunca Jamás —replicó divertido desplazando la vista hacia mí.

Todos arrugaron la frente, incluido Logan, porque nadie había entendido a qué se refería; solo yo conocía el significado de sus palabras, nuestro lenguaje secreto ocultaba a los demás el sentido real de los pensamientos.

En aquel momento aprecié que Neil me hubiera defendido a su manera, a pesar de que la noche anterior me había echado de mala manera de la casita.

No era un héroe.

No era un salvador.

No era un príncipe azul y muchos de sus comportamientos eran incomprensibles e inaceptables y se escapaban de cualquier lógica.

Con su atuendo negro, se parecía más a un caballero oscuro que a un hombre bueno en quien poder confiar.

Yo no sabía si fiarme de Neil era lo correcto, como no sabía si seguirlo en sus tinieblas me conduciría por un camino de sufrimiento, pero sabía que mi alma quería arriesgarse y darle una oportunidad en vez de preguntarse para siempre qué habría pasado si hubiera seguido el instinto en vez de la razón.

Aquel hombre guapo y problemático se me había metido en la sangre y me había robado el corazón haciéndome completamente suya.

Me había convertido en una esclava de sus desastres.

Él era mi mejor desastre.

Él y nadie más.

30

Neil

> Nuestra psique está en armonía con la estructura del universo, y lo que sucede en el macrocosmos también sucede en los infinitesimales y más subjetivos recovecos del alma.
>
> Carl Gustav Jung

—¿Cómo ocultarás este morado tan grande? —pregunté a Selene, que estaba sentada en la encimera de mármol del baño de mi habitación.

No tenía ni idea de por qué le había dicho que se fuera conmigo, pero sabía que no la dejaría con aquel imbécil de Jared.

No tenía conocimiento de su llegada a Nueva York y tampoco que Selene se lo hubiera confesado todo sin informarme antes. Habría podido ayudarla a gestionar la situación, pero se había comportado como una niña una vez más.

No me respondió, sus hermosos ojos estaban apagados, no brillaban con su luz acostumbrada.

—¿Por qué no me comunicaste la llegada de Jared? —insistí guardando el kit de primeros auxilios apoyado sobre el lavamanos. Me había curado el corte de la palma y le había puesto crema en el morado.

Aquella noche me había transformado en un puto enfermero.

—Ayer, cuando estaba contigo, me envió un mensaje —dijo bajándose de la encimera y girándose hacia el espejo para ver qué aspecto tenía. Para mí siempre estaba estupenda, a pesar de la mancha morada que contrastaba con la blancura de su piel—. Y no sé si estar enfadada contigo por cómo me echaste anoche y por haber contado a los cuatros vientos todo lo que habíamos hecho o si... —Se giró y me miró—. O si darte las gracias por haberme defendido, aunque fuera a tu manera —susurró dubitativa mirando la cazadora que todavía no me había quitado.

Volví a pensar en lo que había sucedido la noche anterior. Había salido para distraerme con los Krew sin pensar en mis demonios, en mis cambios de humor repentinos y en todos los putos problemas que me roían el cerebro.

Había sido fantástico sentir las manos de Selene sobre mi cuerpo mientras seguía las instrucciones sobre cómo debía tocarme. A pesar de que había estado con muchas mujeres expertas, nunca me había corrido tan deprisa como cuando había sentido su toque tímido y confuso, que me había excitado como nunca.

No podía decirle el motivo por el cual la había echado, porque era complicado explicar a quien no había vivido la misma experiencia traumática el mecanismo complejo e ilógico que se había producido en mi mente.

Por desgracia, últimamente los recuerdos afloraban con más frecuencia y bastaba un detalle pequeño y casi imperceptible —una melena rubia, una palabra, una mirada, una situación, cualquier cosa— para traer de vuelta la peor parte de mí, el demonio que salía a la superficie para recordarme su existencia y que nunca me curaría.

Por eso no podía tener una relación con Selene, por eso debía alejarse de mí.

No creía en el amor porque la clase de amor que había vivido me había destrozado; mi psique dañada no podía amar de nuevo.

—Jared dijo que era una... —dijo Selene sacándome de mis pensamientos.

Vestía de manera sobria pero atractiva. Tenía ganas de tocarla, y, curiosamente, de que me tocara, de volver a sentir sus manos envolviéndome, como la noche anterior, antes de que todo se desvaneciera por culpa de mi mente enferma.

—Una... —No tuvo fuerzas para pronunciarlo y, mortificada, se tocó la mejilla.

No era necesario que lo dijera, me imaginaba los insultos que le habría dedicado.

Todavía estaba asustada, trastornada, arrastraba las palabras y le temblaban las piernas.

—¿Y tú das peso a lo que te dijo? —pregunté tratando de no fijarme en aquellos labios carnosos cuyo sabor perduraba en mi lengua. Selene me miró pensativa y clavé la vista en sus cejas, que se curvaban hacia arriba, enmarcando el azul océano, ahora en tempestad, de sus ojos.

—No sé si puede definirse así a una mujer que ha estado con un solo hombre —dijo reflexiva y triste.

¿De verdad le daba vueltas a lo que Jared le había dicho?

Aquel único hombre era yo y ella no era una puta ni nunca lo sería.

—Ese chiquillo no se entera de nada —solté refiriéndome a su novio, o quizá debería decir exnovio. Selene era lo más puro, íntegro y espectacular que existía y no tenía nada que ver con una puta.

Había cometido un error, es cierto, probablemente por culpa mía, pero era de naturaleza buena y eso no cambiaba.

—No permitas que nadie te diga quién eres. Pasa de la opinión de los demás.

Me quité la cazadora de piel y me dirigí a la habitación invitándola a seguirme. La tiré sobre la silla del escritorio y me arremangué la sudadera. Selene se quedó de pie, a distancia, inspeccionando la habitación como si fuera una cámara de tortura en la que recibiría otro castigo más.

—Ponte cómoda si quieres.

No sabía cómo tratar a una mujer fuera de la cama, con Selene estaba viviendo muchas primeras veces y ella ni lo sospechaba. Me toqué la nuca y suspiré.

Estaba nervioso porque no le había dado su merecido al capullo de Jedi y porque la noche anterior yo mismo la había echado de la casita que entre otras cosas debía reparar, como si no hubiera pasado nada entre nosotros. Por si fuera poco, no lograba dar con la solución a los enigmas y alguien a quien no conocía me pisaba los talones. Por último, ahora Logan lo sabía todo.

En definitiva, tenía motivos de sobra para estar nervioso y, sin embargo, mi mente estaba concentrada en Selene, sentada sobre mi cama, y se olvidó de todo lo demás.

—¿Por qué me echaste de aquella manera ayer noche y por qué lo rompiste todo? —preguntó en voz baja mirando las hojas de papel arrugadas que había en el suelo; durante la noche había tratado de apuntar todas las posibles soluciones a los malditos enigmas.

Abrí y cerré la mano izquierda, vendada para proteger el corte que me había hecho con la esquirla de vidrio, y suspiré.

—Porque a menudo mi mente deja de razonar, sobre todo cuando viaja al pasado.

¿Acaso quería insistir en aquella gilipollez del «hablar»? Habíamos follado un montón de veces, me gustaba su cuerpo y me gustaba ella, pero la posibilidad de que Selene entrara a formar parte de mi complicada vida era mínima.

Selene se bajó las mangas del jersey y apretó las piernas con nerviosismo; todavía estaba conmocionada y lo que me hacía sentir impotente era que no podía hacer nada para borrar la noche de mierda que había pasado.

—¿Te ha puesto las manos encima? —pregunté de repente para saber si Jared se había propasado con ella. Crucé los brazos y me apoyé en el escritorio, preparándome mentalmente para la respuesta, cualquiera que fuera. Selene mantuvo la cara inclinada hacia abajo y no dijo nada.

Inspiraba una gran ternura. En aquellas condiciones parecía aún más pequeña e inocente. Me acerqué lentamente y doblé las rodillas para mirar aquellos ojazos azules.

—¿Qué te ha hecho? —Le puse un mechón detrás de la oreja y ella se puso tensa.

¿También tenía miedo de mí?

Por supuesto. Ni siquiera hacía veinticuatro horas que me había visto destrozando la casita, ¿cómo podía pretender que se sintiera segura conmigo?

—Me besó y… —se interrumpió, pero mi mente almacenó aquella información. Saber que lo había hecho contra su voluntad despertó mi rabia enfermiza—. Me tocó.

Mierda, no quería oír más.

Me levanté y caminé por la habitación como el loco que era; quería romperle la cara a aquel cabrón, cortarle los huevos por lo que había hecho.

—Joder —exclamé. Sabía perfectamente lo que significaba

convivir con semejante trauma—. ¿Por qué le has dicho que le habías sido infiel conmigo? No debías haberlo hecho sola. ¡Has sido una idiota! —grité sobresaltándola.

No sabía expresarme con calma y no era capaz de controlar mis impulsos.

—Lo sabía todo. Sabía que habíamos estado juntos y que frecuentas el Blanco. Alguien le había informado, por eso vino —dijo, y se puso de pie para encararme.

¿Qué pretendía hacer contra uno como yo? Sonreí y me arrepentí de haber arremetido contra ella, pero no de haberla llamado idiota.

—Tenías que haberte informado antes de salir con él. Podía haber pasado algo mucho peor —exploté.

Pero ¿cuánto la había tocado?

Todavía no lo sabía.

La miré de pies a cabeza, de la punta de los zapatos al pelo: yo era el único que había tocado aquel cuerpecito suave y puro, y así sería hasta que me cansara de ella. A pesar de que entendía que estaba asustada, en aquel momento tenía ganas de acariciarla otra vez, y quería hacerlo a mi manera, en mi habitación, donde había empezado todo aquella noche en que se había presentado borracha creyendo que estaba en compañía de alguien, mientras que en realidad me entrenaba y me aturdía a base de whisky.

—¿Cuánto te ha tocado? —pregunté queriendo hacerme daño; quería saberlo. Levantó la mirada, tragó saliva y se mordió el labio inferior, donde mis ojos, hambrientos de ella, se detuvieron.

—Tanto como la rubia te tocó a ti en la casita.

No, ¡mierda!

La rubia me había tocado mucho… ¿Significaba eso que su ex se había colado en sus bragas sin permiso?

—¡No juegues conmigo! —La sujeté del codo y ella tembló. Exigía una respuesta seria y concreta.

—¿Estás celoso? —me provocó. No era consciente de lo mucho que me afectaba aquel tema. No, no estaba celoso, pero habría castrado a todos los hombres que trataran de abusar de las mujeres, ya fueran mi hermana o… ella.

—No se juega con estas cosas, Selene. ¡Los celos no tienen nada que ver! Tú y yo no somos una pareja y nunca te prohibiría follarte a otro, pero si alguien tratara de abusar de ti…, no respondería de mis acciones —dije para que entendiera que lo que me encendía las alarmas y desataba mi instinto era el abuso. Al fin y al cabo, era verdad que nunca le prohibiría que se fuera a la cama con otro, no tenía ningún derecho, pero…

—¿En serio? O sea que si me tirara a Xavier o Luke o cualquier otro estudiante de la universidad, ¿estarías de acuerdo? —se burló haciendo una mueca impertinente que le habría borrado con gusto de la cara.

¡No! No consentiría que Xavier o Luke la tocaran porque no eran unos simples pervertidos como yo, eran peores: eran individuos sórdidos; además, conocía sus fantasías sexuales hasta el punto de que yo también las había puesto en práctica, pero no con chicas inocentes como ella.

Con ella nunca lo habría hecho.

—Con cualquier otro estudiante de la universidad, sí. —Esbocé una sonrisita chulesca porque aquello podía aceptarlo, pero solo cuando me cansara de ella.

Solo podía concederse a otros hombres después de mí.

—Pero por el momento, Campanilla… —Me acerqué a su oreja y respiré su aroma a coco; olía a limpio, un detalle que me volvía loco—. Tendrás que contentarte con mi polla —susurré haciéndola estremecer.

Oh, sí… La había acariciado y excitado de manera excelente la noche anterior, había estudiado su longitud y su diámetro. Estaba seguro de que no la olvidaría fácilmente.

—¡Y ahora cuéntame cómo coño se te ocurrió!

La irrupción de Logan, que entró en la habitación sin llamar a la puerta, interrumpió mis libidinosos recuerdos.

Me alejé de Selene y me preparé para escuchar el aburrido sermón de mi hermano.

—Fue un accidente —dije tomándole el pelo; Selene se ruborizó y se sentó de nuevo en el borde de la cama. Logan estaba tan enfadado que al principio no le prestó atención.

—¿Un accidente? —repitió mirándome primero a mí y luego a ella—. ¡Neil! Perder el móvil es un incidente, rayar el coche es un incidente, romper algo sin querer es un incidente, pero acostarse con la hija de Matt, ¡por favor! ¿En qué estabas pensando? —gritó.

Miré de reojo a Selene, que estaba muy violenta. Logan siguió mi mirada y relajó los hombros, luego se pasó una mano por la cara.

—Sé que no ha sido un buen día para ti, Selene, pero me urge hablar con este capullo. —Me señaló y yo lo miré de nuevo, pero esta vez amenazador.

—Con calma, le advertí. —Podía ahorrarse esa clase de expresiones.

—¿Tienes idea de lo que pasará cuando Matt se entere?

—Baja la voz —dije con rabia. Detestaba las agresiones verbales y que me gritaran.

Era consciente de que tirarme a Selene había sido un error, pero Logan me conocía.

Siempre seguía mi instinto.

—¿Cuándo empezó? —Mi hermano me miraba solo a mí, quizá porque me consideraba el único culpable de esta locura, o quizá para no abochornar a Selene, aunque infructuosamente.

—A las dos semanas de su llegada —admití con tranquilidad. Al fin y al cabo, no había matado a nadie, solo me había acostado con una chica que me gustaba, ¿qué tenía eso de malo?

—O sea, ¡desde hace casi un mes! —soltó llevándose las manos a la cabeza.

Qué melodramático.

—Te he dicho que bajes la voz —repetí agrio, y me acerqué a él con mi acostumbrada actitud despótica.

—Ni siquiera le diste tiempo a deshacer las maletas —comentó—. Estoy acostumbrado a tus gilipolleces, pero nunca me habría imaginado que harías algo así —prosiguió nervioso.

—Ya te he dicho que fue un accidente —repliqué fingiendo una calma que esperaba no perder del todo.

—Eso cuéntaselo a otro —replicó.

—Está diciéndote la verdad: habíamos bebido, los dos. —Por primera vez tras un largo silencio, la delicada voz de Selene se entrometió en la conversación atrayendo nuestras miradas hacia su rostro, pálido y marcado por aquel día sin sentido—. Fue aquella noche en que me emborraché…

—Después de que te acompañara a tu habitación —dijo Logan con un suspiro, luego volvió a mirarme reflexivo.

—¿Tú también estabas borracho? ¿Por qué motivo? —No entendí si hablaba en serio, pero me encogí de hombros, como quien no quiere la cosa.

—Es asunto mío —atajé cortante, sin medias tintas. No podía explicarle los motivos reales de mi borrachera en presencia de Selene; habría podido hacerlo si hubiéramos estado solos, y esperaba que lo comprendiera.

—No me hagas perder la paciencia, Neil —me amenazó en voz baja. Sonreí: nadie podía detener a alguien como yo o infundir temor a un alma que había pasado las penas del infierno.

—Procura no hacérmela perder tú, hermanito. —Al fin y al cabo, Logan sabía muy bien lo que podía ocurrir en ese caso. En efecto, bastó con que lo mirara de manera cortante para hacerlo retroceder y ponerlo en su lugar.

—¿Cuántas veces ha ocurrido? ¿Vuestra historia sigue adelante?

Nos señaló con el índice y Selene se ruborizó de manera adorable, como siempre cuando adoptaba su típica expresión púdica. Incluso cuando se corría durante el orgasmo mantenía su aire inocente y sus gemidos eran tan tímidos que aumentaban mi excitación.

—Sí —confirmé atrayendo la mirada de mi hermano. A juzgar por su cara, si hubiera podido, me habría cortado los huevos.

—¿Y también estabais borrachos las demás veces? —se burló, luego sacudió la cabeza con resignación.

—No. ¿También quieres saber cuánto tardó en ponérseme dura? —repliqué serio.

Él levantó la cabeza de golpe y me miró como si fuera un extraterrestre. Había sido vulgar, es cierto, pero Selene estaba acostumbrada a mi manera de ser; en cualquier caso, era su problema.

—Te has metido en un buen lío, tú también lo sabes. Por otra parte, si nunca has tenido relaciones estables es porque eres una persona inestable —me acusó en presencia de Selene. Si mencionaba uno solo de mis problemas, lo echaría de mi habitación—. Ni siquiera te pregunto si sientes algo por ella o si estáis juntos, porque ya sé la respuesta. Te conozco, Neil, te conozco muy bien.

El hecho de que hablara de Selene como si no estuviera presente me ponía nervioso. Odiaba que se dirigiera a mí para darle a entender cosas que ella no sabía y de las que jamás le hablaría.

—No me mires así, Neil —dijo cuando puse cara de pocos amigos—. Creo que ella debe oírlo y comprender en qué lío se ha metido —dijo dirigiéndose a Selene, que levantó la barbilla y se apretó las piernas. Mierda, no quería que la asustara aún más, ¿acaso no se daba cuenta de que estaba aterrorizada?

—Déjalo ya —le reproché tratando de no perder la calma. Sin embargo, empezaba a escapárseme como el agua me resbalaba por el cuerpo durante mis duchas.

—Te usará, Selene. Te usará hasta que se canse de ti, y cuando eso pase no estarás lista para dejarlo marchar, porque mientras tanto te enamorarás de él, como les pasa a todas.

¿Hablaba en serio?

Selene abrió un poco la boca, pero fue incapaz de responder y yo me abalancé sobre Logan y lo empujé.

Quería a mis hermanos, lo que sentía por ellos era la única forma de amor en la que creía, pero eso no me impedía reñirlos cuando se lo merecían.

—Pero ¿qué coño dices? —le grité a Logan a unos centímetros de la cara. Era igual de alto que yo, pero más delgado. Obviamente no me temía porque sabía muy bien que nunca le tocaría ni un pelo de la ropa y que habría dado la vida por él y por Chloe, lo cual lo autorizaba a desafiarme.

Me miró decepcionado y sacudió la cabeza.

—La verdad. Y tú también deberías admitirlo. Puedes tener a todas las mujeres que quieras, ¿por qué precisamente Selene? Debería haber estado al margen de tu colección, porque los dos sabemos cómo acabará esto.

En efecto… ¿Cómo concluiría mi loca historia con Selene?

Sin duda no tendría un final feliz, y Logan ya lo había previsto. Por otra parte, aunque no me gustaba que dijera ciertas cosas en presencia de Selene, mi hermano solo decía la verdad, una verdad que yo le había planteado veladamente porque era un egoísta y no quería perder la oportunidad de hacer con ella lo que me diera la gana.

Una y otra vez.

La deseaba porque con ella mantenía a raya los recuerdos, a diferencia de lo que ocurría con mis rubias.

—Logan —intervino ella poniéndose en pie y acercándose a mi hermano—. Neil me ha dicho en muchas ocasiones que no hay nada entre nosotros y que no me ilusione con relaciones que no existen. No te preocupes por mí, ha sido sincero.

Increíble: Selene me defendía, aunque en realidad no había sido tan transparente como ella creía.

Aunque le había dado a entender por activa y por pasiva que era un problemático de mierda y que mi cerebro funcionaba de manera intermitente, no había sido lo suficientemente explícito por puro egoísmo personal.

A pesar de que lamentaba cómo la había tratado, hasta me alegraba de que hubiera roto con el capullo de su ex.

—Y ahora tendréis que perdonarme, pero me explota la cabeza y necesito descansar —murmuró Selene, y se dirigió a la puerta, abatida y postrada por la situación.

—Arregla el follón que has montado en la casita antes de que lo vea nuestra madre —ordenó Logan yendo tras ella.

Por suerte, mi madre y Matt estaban de viaje, un viaje de negocios, y se habían llevado a Chloe, de lo contrario no habría podido justificar lo que había ocurrido en aquellos dos días.

Miré a mi hermano, parado en la puerta de la habitación. Me lanzó una mirada triste y suspiró.

—Tus arrebatos de rabia son cada vez más frecuentes, lo sabes ¿no? Quizá te iría bien tener una conversación con el doctor Lively. —Bajó la barbilla y concluyó—: Piénsatelo. Luego se marchó y me dejó solo, reflexionando sobre lo que me había dicho.

Al día siguiente, gracias a la ayuda de la señora Anna, arreglé la casita. Mi madre y Matt volvían por la tarde y, como había tirado y reemplazado todo lo que había roto, no se darían cuenta de nada. Las tres tarjetas de crédito de que disponía me resultaron muy útiles y gastar dinero para remediar los daños que causaba nunca había sido un problema para mí.

—Hemos acabado —comentó el ama de llaves tras limpiar la habitación que últimamente usaba muy a menudo.

—Es usted un ángel, Anna. —Le sonreí, coloqué el jarrón nuevo sobre la mesita del salón y miré a mi alrededor.

La casa resplandecía y olía a limpio; estaba como nueva. Las cinco horas que habíamos pasado arreglándola habían valido la pena.

—¿Por qué vienes aquí en lugar de ir a tu habitación? —preguntó Anna colocando las inútiles flores artificiales con las que mi madre solía dar un toque de frescor a la decoración.

—Porque hay más privacidad. —Era verdad.

Las mujeres con las que me acostaba gritaban y no era aconsejable que lo hicieran en mi habitación. Después del incidente con Carter, Chloe sufría de insomnio y habría podido oír lo que ocurría en mi cama; además, ahora que Selene dormía en la habitación contigua, me incomodaba saber que no pegaba ojo por mi culpa. Suponer que podía oírme mientras estaba con otra me hacía pensar en ella en los momentos más inoportunos.

—Ah, entiendo..., así que tus costumbres no han cambiado.

Anna me miró y noté un atisbo de reproche en su voz.

—¿Por qué debería cambiarlas?

Yo necesitaba hacer lo que hacía; no era solo sexo, se trataba de dignidad, de poder, de revancha, de desquite. Por discutible e inaceptable que pareciera, lo mío era un mecanismo de supervivencia que me proporcionaba un cierto alivio contra los recuerdos que me atormentaban.

La señora Anna no respondió; suspiró profundamente y se marchó dejándome solo.

Pasé todo el día en la casita. No porque hubiera llamado a una rubia cualquiera para follar conmigo —aunque debo reconocer que lo pensé en más de una ocasión—, sino porque necesitaba estar solo.

Tras horas de soledad, me di una de mis incontables duchas y me tumbé en el sofá a mirar el techo vestido solo con el bóxer.

Todavía tenía el pelo húmedo y la piel enrojecida por el

agua caliente. De repente, bajé la barbilla y me observé el cuerpo. Con el índice tracé los bordes del tatuaje del costado izquierdo, como había hecho Selene. Pensé en la delicadeza de su toque sobre la piel; incluso si trataba de complacerme lo hacía con una dulzura que me provocaba una sonrisa.

Dios mío…, ¿cómo podía ser tan adorable?

Pensé en el brillo de sus ojos, en la exuberancia de sus labios, en la blancura de su piel, en sus manos, que temblaban al mínimo contacto entre nosotros, en sus reacciones de incredulidad ante mis provocaciones, en su timidez, en su inocencia, y me di cuenta de que entre nosotros las cosas habrían podido ser diferentes si yo no hubiera sido tan complicado.

En efecto, estaba convencido de que si lo descubría todo de mí, saldría huyendo.

Por eso, en aquel momento, decidí que lo mejor era salir de su vida, dejar de desearla, de tocarla, de protegerla, porque la única persona de la que debía hacerlo era de mí mismo.

Sí, yo.

Me apartaría de ella tan lentamente que no se daría cuenta.

Para mí no existían los conceptos correcto o equivocado, sino las decisiones que debía tomar por su bien.

Ella había sido mi instante perfecto y como tal era pasajero.

Perduraría como un momento intenso, el único recuerdo bonito en medio del fango que inundaba mi mente.

Absorto en mis pensamientos, giré la cabeza hacia la amplia cristalera que se asomaba al jardín porque había sentido unos ojos clavados en mí.

Y no me equivocaba.

Vislumbré una figura encapuchada en la penumbra del anochecer, pero tan fugazmente que dudé de mí mismo.

Abandoné el sofá a toda prisa, medio desnudo, y me dirigí a la cristalera, que abrí de par en par con brusquedad.

«¿Quién coño es?», pregunté sin ver a nadie. El aire helado se mezcló con el caliente del interior y me embistió provocándome escalofríos.

¿Empezaba a sufrir alucinaciones?

Maldita sea. No me drogaba, pero tuve la impresión de haber tenido una. Otro trastorno más que añadir a la lista de los muchos que sufría.

Preocupado, di un paso atrás para volver dentro, pero algo captó mi atención.

Había un sobre cerrado de color negro justo a mis pies, encima del felpudo. Fruncí el ceño y lo recogí. Le di la vuelta para leer el nombre del remitente, pero en su lugar había algo que sospechaba que iba a encontrar: Player 2511.

Agucé la vista tratando de ver algo en la oscuridad que me rodeaba: miré la piscina, el largo sendero que conducía a la verja de entrada y, por último, el porche de la villa.

Nada.

No había nadie.

«¿Te divierte este juego?», le susurré a un interlocutor imaginario del que no conocía el aspecto ni el nombre.

Eché un último vistazo circunspecto, entré en la casita y cerré la puerta con el sobre entre las manos. Me dirigí a la isla de la cocina y lo rompí con rabia, curioso por descubrir su contenido.

Saqué una tarjeta en la que había un candado dibujado y donde se leía lo que parecía un poema en verso libre:

Las tinieblas son más reales que cualquier alusión al cielo.
O a Dios.
Gedalías no te salvará, lo sabes, ¿no?
A cada uno el destino da su propio diablo, yo seré el tuyo.
No podrás huir de mí.
Resuelve el enigma.
Player 2511

Me pasé la mano por la cara y tiré la tarjeta sobre la isla.

¿Qué significaba?

Era la tercera advertencia que recibía en pocos días y el hecho de que yo hubiera encontrado el sobre mientras estaba solo en la casita indicaba que el muy cabrón la tenía tomada conmigo.

«Así que quieres jugar », pensé con la tarjeta entre las manos, pero desgraciadamente había más.

Por el sobre entreabierto asomaba el borde de lo que parecía una fotografía que no había notado hasta entonces.

La saqué lentamente y me di cuenta de que era Logan estudiando en su habitación.

«Pero ¿qué...?», murmuré confundido al ver que había muchas más.

Una era de mi madre saliendo de su empresa, otra de Matt bajando del Range Rover para ir a la clínica, otra de Chloe cruzando el patio del instituto y, por último, un primer plano de Selene sonriéndole a Alyssa fuera del campus universitario.

La rabia y la incredulidad me obligaron a sentarme en uno de los taburetes; quienquiera que estuviera detrás de todo esto nos seguía y nos espiaba.

Analizaba nuestras vidas y todos nuestros movimientos. Sabía cuáles eran nuestras costumbres y conocía nuestros horarios.

Me armé del valor que se había disgregado como la ceniza a la vista de aquellas imágenes y observé el dorso de la foto de Logan.

Podía leerse: «¿Quién será el primero?».

No era una pregunta, sino una advertencia y una amenaza.

Arrugué la frente y giré como una fiera las fotos de los miembros de mi familia; detrás de cada una de ellas había escrita una palabra que debía ponerse en relación con las demás.

Alineé las imágenes buscando la combinación adecuada para comprender el plan de Player 2511, como si compusiera un puzle, y la frase que aquel cabrón quería que leyera apareció ante mis ojos: «Todos sois un blanco».

Me quedé pasmado, con la boca y los ojos abiertos; ni siquiera sentía latir el corazón porque estaba petrificado.

Tragué aire y bajé del taburete, llevándome las manos a la cabeza.

Tenía ganas de romper algo, de partirle la cara al que se divertía haciéndome aquello.

Volví a echar un vistazo a las fotos y las distribuí sobre la isla.

Estaban todos, excepto...

«Yo», susurré en voz tan baja que ni la reconocí.

Yo no estaba en ninguna de aquellas fotos, ¿por qué?

«Te diviertes sacándome de quicio con tus adivinanzas de mierda, ¿no?», exploté con los ojos clavados en la maldita tarjeta y en las instantáneas. No tenía ni idea de quién era Player; por otra parte, tenía pocos amigos y muchos enemigos, lo cual hacía más difícil identificar al culpable.

Pero una cosa estaba clara: aquel cabrón me estaba desafiando a mí.

Me había elegido como jugador, pero todas las personas que me rodeaban estaban en su punto de mira.

¿De qué manera? ¿Qué pretendía hacer?

Mierda, necesitaba fumar y tomar el aire.

Me vestí deprisa con un chándal negro y salí al aire libre con la capucha puesta.

Me senté en una de las tumbonas, extendí las piernas y crucé los tobillos.

Además de no dar crédito a aquella situación, estaba cabreado porque sobre mis hombros caía un peso enorme.

El de proteger a mi familia.

Habría muerto si le ocurría algo a alguno de ellos por culpa, quién sabe, de una cuenta pendiente que esa persona tenía conmigo. Si la culpa era mía y quería jugar, debería venir a por mí y dejarlos a ellos al margen.

Joder, hasta había implicado a Selene.

Había una foto suya, ella también era un blanco, y todo porque se había acercado a mí, y yo la había arrastrado sin querer a mis problemas.

Al fin y al cabo, eso comportaba estar cerca de mí: problemas.

—Sabía que te encontraría aquí. —Logan se acercó a paso lento, arrebujándose en la sudadera gris a causa del frío. Perdido en mis pensamientos, ni siquiera me había dado cuenta de la hora. Cuando me aislaba y necesitaba estar solo, el tiempo desaparecía—. También sabía que pasarías el día encerrado en la casita. Selene me ha preguntado por ti y le he dicho que necesitabas estar solo.

Logan me conocía mejor que nadie y a menudo me preguntaba qué habría hecho sin él, qué habría sido de mí sin un hermano como él.

—Me conoces mejor que nadie.

Me puse un cigarrillo entre los labios y lo encendí. Si era cierto eso de que todos tenemos un alma gemela, Logan era la mía: la mejor parte de mí.

Me bastaba con mirarlo a los ojos para reconocerme a mí mismo en su alma.

—Eres mi hermano el problemático, por supuesto que te conozco. —Me sonrió y se sentó en la tumbona de al lado con las manos metidas en los bolsillos de la sudadera.

Esbocé una sonrisa leve y seguí fumando y observando la densa nube de humo que ascendía en el aire helado.

—El frío congela los recuerdos, ¿no es cierto? ¿Desde cuándo estás aquí?

Logan lo sabía todo de mí. Era capaz de interpretar los detalles, todos y cada uno de los detalles de mi absurdo comportamiento. Con él estaba desnudo, sin protección, era yo mismo con todos mis defectos y mis problemas.

—Desde hace cinco minutos —repliqué, apretando con los labios el filtro ocre de mi adorado Winston. Eran mis cigarrillos preferidos porque me relajaban sin dejarme un asqueroso sabor a nicotina en la lengua.

Era un maniático de la higiene, estaba obsesionado con la limpieza, así que esos cigarrillos ligeros eran ideales para mí.

Cada detalle mío tenía su por qué.

—¿Puedo coger uno?

Logan señaló el paquete y lo miré escéptico. No quería que fumara, a pesar de que sabía que no era adicto a la nicotina.

—No, acaba el mío —di la última calada y se lo pasé. Lo apretó entre los dedos y se lo llevó a los labios.

No fumaba casi nunca, excepto cuando estaba nervioso.

—Bueno, cuéntame. ¿Ella te gusta? —dijo mirando la punta incandescente del cigarrillo.

Habría podido fingir que no entendía su pregunta, pero sabía que sería inútil. Un momento..., ¿ya no estaba cabreado conmigo?

—Sabes que soy un desastre para estas cosas —respondí vago. Era la verdad, era un desastre con las relaciones humanas en general, sobre todo con las mujeres. Además, desde que tenía diez años nunca me había interesado por una mujer más allá de su aspecto físico.

Para mí solo existía el entendimiento sexual que el monstruo que vivía en mi interior me imponía instaurar con todas.

Sobre todo con las rubias.

—Quizá el mundo te daría menos miedo si tuvieras a tu lado a alguien con quien compartirlo, ¿no crees?

Me giré para mirar a mi hermano y comprender cuál era el puto motivo que lo empujaba a hablarme así.

—Te recuerdo que fuiste tú el que me llamó inestable —le dije a la cara. Logan suspiró.

—Es lo que pienso, y creo que sabes perfectamente por qué, pero eso no significa que no puedas intentar abrir el corazón a una chica.

Sabía que se refería a Selene. ¿Qué coño estaba haciendo? ¿Primero la ponía en guardia contra mí y ahora trataba de convencerme para que la cortejara o saliera con ella?

—¿Has venido a desempeñar el papel de la voz de la conciencia? ¿Para qué?

Sería una locura abrirme a alguien, sobre todo a una chica como Selene. Para ella sería peor que una condena y yo no quería que ella muriera, sino que viviera.

Que viviera con alguien mejor que yo.

—No todas son como Kimberly o Scarlett. ¿Alguna vez has tratado de hablar con una mujer? ¿Has intentado conocerla en serio, desearla en tu vida además de en tu cama?

La respuesta era bastante obvia. Nunca había mostrado interés alguno por algo que no fuera su cuerpo.

No respondí.

—Deberías concederte una oportunidad. No puedes obligarte a revivir aquella tortura una y otra vez. Sé muy bien que para ti el sexo solo es dolor —prosiguió Logan.

Se me rompió el corazón al oír sus palabras porque… Logan me entendía, o quizá, en el fondo, siempre había comprendido el motivo de mi comportamiento.

—Lo hago por el niño… —susurré, pasándome una mano por el pecho; el soplo en el corazón era fuerte, muy fuerte, y de repente algo captó mi atención.

Era el niño el que no se resignaba, el que me obligaba a comportarme sin sentido para consolarlo.

Lo vi.

Lo vi frente a mí al otro lado de la piscina con sus pantalones cortos de color azul manchados de tierra, las rodillas llenas de rasguños, la miel de los ojos húmeda de lágrimas, el pelo, castaño y rebelde, cayendo a mechones sobre la frente, la camiseta de baloncesto del Oklahoma City y una pelota debajo del brazo, la misma con la que jugaba solo en el jardín. Nos miramos a los ojos, luego él bajó la vista sobre el agua cristalina y volvió a mirarme al instante.

Arrugué la frente para comprender si trataba de decirme algo, pero no lo logré. Me sonrió y se dejó caer a plomo en el agua.

—¡No! —grité poniéndome de pie; salí corriendo hacia el borde de la piscina. Pero el niño había desaparecido.

Observé el fondo de la piscina y lo barrí con la vista, pero él ya no estaba; los recuerdos ocuparon su lugar.

Aquellos malditos recuerdos.

Llovía.

Era plena noche y mis padres dormían.

Bajé de la cama y salí de mi habitación.

Me encaminé por el pasillo, descalzo, y eché una ojeada a la puerta cerrada de mi hermano.

Enfilé las escaleras en silencio y de puntillas. Solo llevaba puestos los calzoncillos, me había quitado el pijama, lo había doblado bien y lo había repuesto en el cajón.

Estaba completamente oscuro; el resplandor anaranjado de una farola del jardín se filtraba por los amplios ventanales cortando el suelo en gajos.

Me guie por su reflejo para salir.

Abrí la cristalera y caminé por el césped bajo un cielo lluvioso surcado por relámpagos.

Me aparté el pelo mojado de la cara y caminé hasta la piscina.

Todavía no sabía nadar, por eso estaba allí.

Levanté la vista al cielo oscuro y me pareció que la tormenta me esperaba a mí.

No quería que llorara solo.

Había aprendido a soportar el dolor, pero ya no lograba contenerlo. En aquel instante me sentía como un águila que batía las alas contra la tormenta, pero que no sobreviviría a su violencia, que no volvería a ver el sol tras las negras nubes.

Abrí la mano y dejé que las gotas repiquetearan sobre la palma.

Las veía, las sentía, estaba vivo, pero seguía estando sucio.

Demasiado.

Ni siquiera toda el agua del mundo limpiaría mi alma.

Cada gota era una parte de mí que ya no lograba mantener unida a las demás.

Cerré los puños y clavé la vista en la piscina. Era un manto oscuro y profundo.

Nunca había sido tan aterradora como entonces.

En aquel momento, experimenté el miedo que precedía a cualquier otra emoción: el valor, la adrenalina, la locura, la desesperación.

No miré atrás ni una sola vez y abrí los brazos.

Era un ángel perfecto, ahora, o quizá no.

Probablemente me convertiría en un ángel después de aquello.

A mi madre no le gustaría lo que iba a hacer, pero no me importaba. No podía seguir así.

En aquel momento, las flores se doblegaron bajo la lluvia, el viento sacudió las hojas y todo adquirió la quietud de una pintura.

El destino escribía la historia de un niño que tiraba la toalla a los diez años.

Un niño sin esperanza, harto de vivir hundido en la melancolía, en un mundo de colores desteñidos, con el corazón en un puño.

Pensé en la nota que había dejado a mi familia sobre el escritorio: «Cuando pare de llover, estaré en el país de Nunca Jamás».

Respiré profundamente una última vez y me dejé caer mecido por los brazos silenciosos de la tormenta.

—N-Neil —balbució Logan, pero no lo miré. Seguí mirando fijamente el agua donde ahora veía el reflejo de un adulto bien plantado de rasgos definidos.

—El niño… estaba ahí hace un instante —señalé un punto indefinido frente a mí, pero me sentía disociado de la realidad, trastornado y confuso.

¿Dónde estaba?

—No había nadie, Neil. —Mi hermano suspiró y me puso una mano sobre el hombro para captar mi atención. Me giré; su mirada de compasión me hizo acuclillar al borde de la piscina, rendido—. Nadie —repitió afligido.

31

Selene

De las dos hermanas, la Pasión es con diferencia la más solapada:
espera a que la Sabiduría se haya ido a dormir
para insinuarse en los pensamientos.

Massimo Gramellini

El maquillaje hacía milagros y en mi caso fue realmente así: el corrector me cubrió del todo el cardenal en la mejilla.

Ya no me dolía, pero seguía destacando sobre la blancura de mi piel.

Después de aquella maldita noche, había perdido a Jared definitivamente y experimentaba sentimientos encontrados: por una parte, me aliviaba dejar de fingir que lo prefería a Neil; por otra, no daba crédito al aspecto violento de Jared, algo que jamás habría asociado a su forma de ser.

Por eso me sentía libre y libre de culpa.

Ahora podía vivir sin obstáculos cualquier cosa que me uniera a Neil; a aquellas alturas, el único obstáculo insuperable a nuestra extravagante relación eran él y su complicada personalidad.

Estaba segura de que aún desconocía muchas cosas, porque Neil era tan misterioso y ambiguo que me desestabilizaba con facilidad.

Nunca lograba comprender sus cambios de humor, qué le provocaba aquellas reacciones inesperadas y a menudo carentes de lógica. Se mostraba pasional y carnal, como durante el juego de los dados en la casita, y al cabo de un instante se volvía irascible y peligroso.

Algunas veces me hablaba con locuacidad, otras se volvía introvertido y se perdía en sus pensamientos como si viviera en su propio mundo.

Trataba de entrever su alma en la profundidad de sus ojos, pero me lo ponía difícil porque a menudo era tan frío que levantaba un muro a su alrededor.

Suspiré, cerré el libro que estaba leyendo y me desperecé.

Estaba sentada en la cama con las piernas cruzadas y, además de pensar en Neil obsesivamente, me aburría.

Había estudiado toda la tarde, me había duchado y me había puesto el pijama de los tigres.

Sonreí al pensar en cuando Neil lo vio por primera vez; me había dado a entender que no le gustaba y que no era el pijama adecuado para «provocar una erección».

Cuánto tiempo había pasado desde entonces.

Dos golpes en la puerta me sacaron del recuerdo de una de las primeras veces que lo vi.

—Adelante —dije. Logan entró en mi habitación.

—Espero no molestar —soltó antes de mirarme. Estaba tan violento como yo.

Lo sabía. Lo sabía todo. Y Anna también.

—Logan, yo…

—No he venido a juzgarte, sino a hablarte. —Se acercó a la silla de mi escritorio, la giró y se sentó con los codos apoyados en las rodillas.

No tenía ni idea de lo que iba a decirme, pero temí igualmente que pensara cosas horribles de mí.

—Neil no es un chico como los demás —dijo clavando la vista en el suelo, como si buscara las palabras adecuadas para expresarse—. Ha vivido situaciones poco corrientes, experiencias que lo han conducido a desarrollar conductas y pensamientos fuera de lo común.

Suspiró y yo esperé a que fuera más concreto. Sabía que Neil era muy diferente de los demás, pero eso no me asustaba.

—¿Qué tratas de decirme? —le pregunté para animarlo a ser más claro.

—Estoy tratando de decirte que si sueñas con el cuento de hadas, el príncipe azul y la historia de amor, mi hermano es la persona equivocada. —Me miró a los ojos afligido—. No es malo, más bien lo contrario. Personalmente se lo debo todo, se ha sacrificado por mí, pero… a costa de echarse a perder.

El corazón me dio un vuelco; los ojos se le humedecieron y pude leer en ellos un sentimiento fraternal que no conocía y solo podía imaginar. Logan quería realmente a su hermano.

—Lo que vivió lo ha convertido en quien es hoy, y no creas que una mujer o el amor sean suficientes para curarlo. Eso solo pasa en los libros, Selene, pero esta es la realidad. Tú también te habrás dado cuenta de que Neil —se detuvo y suspiró— pierde el control con facilidad, se ducha un montón de veces al día, fuma mucho, es lunático, adicto al sexo y a menudo actúa de manera irracional y sufre de confusión mental.

En efecto, lo había notado. De hecho, no hacía mucho tiempo que había buscado en internet información acerca de sus condiciones psíquicas.

—¿Él es… —quería preguntárselo, pero al mismo tiempo no deseaba ofender a Neil; sin embargo, me aclaré la garganta y solté la bomba—: una persona límite? —susurré incómoda, confiando en que Logan no me riñera o me viera como una enemiga de la que defenderse.

—No —respondió inmediatamente. Tuve la impresión de que una parte de él quería decir lo contrario—. Sé que es guapo y sabe cómo tratar a las mujeres, también que tú le gustas más que las otras, pero os quiero a los dos y tengo miedo de que alguien salga herido de esta situación. —Se pasó una mano por el pelo, preocupado, y se sentó a mi lado en el borde de la cama—. No me malinterpretes, me gustaría que te abriera el corazón, pero tiene aún muchos problemas pendientes. Problemas enormes, Selene. No podrá querer a nadie si no aprende antes a quererse a sí mismo, tampoco podrá pasar página si no deja atrás el pasado.

Bajé la mirada. ¿Qué podía hacer para ayudarlo? Nada.

No bastaría estar a su lado ni tampoco lo que sentía por él. Es más, quizá fuera un problema añadido. De cualquier manera, no quería darme por vencida, no podía dejarme atemorizar por su personalidad conflictiva; puede que mi ayuda no fuera suficiente, pero podía ser determinante para ayudarlo a tomar decisiones que mejoraran su presente.

Levanté la cara y le sonreí a Logan mientras le apretaba el dorso de la mano. Entendía su punto de vista, su preocupación por mí y por su hermano, pero a aquellas alturas estaba metida hasta el cuello en el laberinto de Neil: encontraría sola la salida y lo conduciría conmigo.

Quizá estaba incluso más loca que el hombre al que trataba de ayudar, pero el corazón me dictaba que me dejara llevar por el instinto.

Cuando Logan se marchó, me vino a la cabeza una idea absurda y quizá peligrosa. Salí de la habitación y recorrí el breve tramo de pasillo que me separaba de la habitación de Neil. Llevaba dos días sin encontrarme con él, y a pesar de las advertencias de Logan, tenía ganas de verlo. Quizá no estaba en casa, quizá había salido con los Krew o estaba en compañía de la rubia de turno, pero ninguna de estas conjeturas me desanimó.

Llamé tres veces a su puerta y enseguida noté que el corazón me latía más deprisa. Unos pasos decididos y regulares me anunciaron que enseguida aparecería en el umbral. Cuando lo vi tuve el impulso de salir huyendo.

Neil solo llevaba puestos unos pantalones de chándal de color gris. Recorrí con la vista los anchos hombros, las medialunas de los pectorales, los esculpidos abdominales y los hoyuelos del vientre, más allá de los cuales se ocultaba su virilidad. Observé el *Pikorua* del costado izquierdo y recordé la manera en que lo había tocado las pocas veces en que Neil había estado desnudo a mi lado, luego recorrí los relieves de su pecho para entretenerme en el *Toki* del bíceps derecho. Sus líneas, negras y bien trazadas, se cruzaban entre sí sobre la ambarina superficie de la piel. Neil era un adonis, una divinidad enigmática cuyo destino era el tormento eterno.

Me bastó con mirarlo para sentirme enredada en él y privada de la racionalidad.

—¿Qué quieres, Campanilla? —dijo con su característico tono abaritonado—. ¿O prefieres que te llame tigresa? —añadió divertido mirando el estampado infantil de mi pijama antisexo.

Tragué saliva y me obligué a mirarlo a los ojos. Dios mío, eran magníficos, de un amarillo dorado que cambiaba de tonalidad en función del reflejo de la luz.

—¿Y bien? —insistió. En efecto, me había quedado sin saliva y sin duda había adoptado la expresión de las chicas que todos los días se quedaban embobadas admirándolo.

—Me aburría y…

¿Qué clase de respuesta era esa?

—Y se te ha ocurrido venir a molestarme a esta hora porque como ya no tienes novio quieres follar más a menudo —dijo burlándose y esbozando una sonrisa divertida, una de las pocas que recordaba en aquella cara perfecta. Abrí mucho los ojos al caer en la cuenta de la clase de respuesta que me había dado.

—¡No! —reaccioné de inmediato—. No, yo no… —Se hizo a un lado para darme a entender que no iba a escuchar el final de mi inútil excusa.

—Entra —me invitó, y yo obedecí, como si mi cuerpo solo respondiera a sus órdenes. No tenía ni idea de por qué había ido en su busca ni de por qué no le tenía miedo, sobre todo después de lo que había ocurrido en la casita.

Observé la decoración sofisticada y típicamente masculina de su habitación, que a aquellas alturas ya había memorizado.

Su aroma a musgo impregnaba el aire y por lo que parecía acababa de usar el baño, pues salía vapor por la puerta entornada.

—Te lo has tapado —murmuró, refiriéndose al morado cuando se me acercó para escrutarme la cara.

—Ya casi no me duele —repliqué, tratando de no dejarme distraer por la vista de sus músculos.

¿Qué diablos hacía allí?

Neil era imprevisible, podía enfadarse de un momento a otro y echarme de allí o proponerme un jueguecito erótico, como el de los dados o…

Perdí el hilo de mis pensamientos cuando me sujetó la muñeca y me atrajo hacia él.

—No llevas sujetador —susurró sensual. Puse las manos sobre su tórax y sentí su calor en los dedos. No tuve valor para moverme ni para decir nada. Apenas le llegaba a la mitad del pecho y clavé la vista en su abdomen.

—Creo que no ha sido una buena idea venir aquí, yo…

Retrocedí con la intención de marcharme, pero él me agarró la camiseta y la apretó en el puño. Me atrajo de nuevo y esta vez choqué la espalda contra su pecho; luego me olfateó el cuello y se pegó a mí.

—¿Dónde piensas que vas, Campanilla?

Aquel tono de voz..., aquel tono de voz era el que usaba cuando quería decirme que algo le apetecía, y ahora le apetecía... yo.

Lo sabía.

—Dime algo tuyo antes de coger algo mío —susurré, y cerré los ojos al sentir su erección en la parte baja de la espalda. Tenía que admitir que su presencia me excitaba y también la sensación de dominio que ejercía sobre mí.

—Player 2511 ha enviado otro sobre con otro enigma —dijo. Me sorprendí y me giré para hacerle más preguntas, pero Neil se inclinó sobre mi cuello y se puso a besarlo y a chuparlo.

La voluptuosidad con que movía la lengua sobre mi piel me hizo soltar un gemido de asombro y me sentí aturdida, como si me hubiera bebido una botella entera de vodka.

—¿Q-qué contenía? —logré decir a pesar de que sus manos recorrían por todas partes el horrible pijama que nos separaba.

—Fotos de todos los miembros de la familia y un enigma que no quiero recordar —me susurró al oído mientras me hacía retroceder en dirección a la cama con la fuerza de su cuerpo.

Era increíble que tratáramos de «hablar» en aquellas condiciones.

No me esperaba recibir aquella respuesta cuando le pedí que me dijera algo.

Me caí a plomo sobre la colcha y Neil me cubrió con su cuerpo metiéndose entre mis piernas. Me besó el cuello y me palpó apoyado en un codo.

Me daba vueltas la cabeza y las únicas sensaciones en las que pude concentrarme fueron las que me provocaron sus expertos labios y su cuerpo, que rozaba lentamente el mío para volverme loca del todo.

—¿De qué fotos hablas? —logré decir tímidamente entre jadeos cuando metió una mano bajo la camiseta y se puso a tocarme el pecho desnudo, que rodeó con la cálida palma de la mano y apretó con fuerza haciéndome arquear.

—Ayúdame a olvidarlo, Selene.

Me rogó con la mirada. Luego me levantó la camiseta con impaciencia. Perdí la cabeza y ejecuté sus órdenes como una marioneta.

La tiró y se abalanzó sobre los pezones para chuparlos. Me apretó el pecho con las dos manos y hundió la lengua en medio; los lamió como si fueran un manjar. Entretanto, los mechones rebeldes de Neil me hacían cosquillas en la base del cuello y su barba me pinchaba la piel, que era muy sensible, provocándome sensaciones devastadoras. Solté un gritito cuando atrapó uno de los pezones con los dientes y lo mordisqueó para estimular las terminaciones nerviosas que ni siquiera sabía que poseía.

—Neil —susurré presa de la pasión. Sabía dónde tocar, cómo despertar el deseo y cómo hacer latir mi intimidad, que yo frotaba contra la dureza de su erección, aún atrapada en los pantalones.

—Abre bien las alas, Campanilla —me pareció oírle decir por encima de los latidos enloquecidos del corazón que me palpitaba en los oídos. Luego bajó con la lengua a lo largo de mi cuerpo hasta llegar al ombligo, que rodeó, atrapó la goma del pantalón con los dientes y lo bajó.

Me desperté de repente de aquel estado de trance y lo observé. Estaba entre mis muslos, descarado como un diablo, con una sonrisita maliciosa que me hizo intuir sus malas intenciones. Me olfateó las braguitas de algodón y aquel gesto extraño me hizo ruborizar; luego me las quitó haciéndolas resbalar por las piernas estiradas.

—Eres perfecta —susurró mirando mi centro, que lo bramaba dispuesto a acogerlo; entonces me abrió las piernas y siguió mirándome fijamente el pubis sin preocuparse por el apuro que me teñía de rojo de las mejillas.

—Nunca me han atraído las chicas como tú, ¿sabes? —Me acarició con delicadeza el punto donde los muslos se convierten en la ingle haciéndome temblar de excitación—. Pero tú me gustas —dijo abriéndome más las piernas.

La respiración se me aceleró y Neil se dobló para besarme una rodilla; me hizo cosquillas de nuevo con la barba incipiente y subió por el interior del muslo arrancándome un gemido sensual.

—Demasiado sensible todavía. —Con una sonrisa maliciosa arrastró los labios por mi piel mientras yo lo miraba aturdida por su luminosa mirada.

Desnuda y expuesta a sus ojos como estaba, solo deseaba que me poseyera y me tocara como solo él sabía hacerlo.

Tuve la impresión de que Neil me leyó en la mente aquellos pensamientos indecentes cuando se acercó al punto exacto en que lo deseaba y sopló sobre mi sexo para que supiera que su boca estaba a un centímetro de mí.

La notaba aunque todavía no me tocara, sentía su aliento cálido mientras seguía soplando y observando las reacciones de mi cuerpo, que temblaba, se estremecía y se mojaba por él.

—Mmm..., esto también te gusta —comentó, como si hablara más para sí mismo que conmigo. Me dio un beso húmedo sobre el monte de Venus y yo emití un suspiro de placer mientras nuestros ojos estaban encadenados, luego me dio otro beso, lento y prolongado, también muy cerca del sexo, pero no lo suficiente; la excitación aumentó en décimas de segundos.

Dios mío, era una tortura.

—Neil —supliqué, e instintivamente me acerqué a su boca con un gemido desesperado.

—Chis... —me acalló, y sentí de nuevo su respiración golpeando justo donde ansiaba sus labios, húmedos y calientes. Por su mirada descarada y su sonrisa maliciosa, comprendí que se divertía realmente torturándome.

—Te lo ruego.

Me costó reconocer mi propia voz, estaba fuera de mí. Puse las manos sobre las suyas, que me apretaban las caderas, y moví un poco la pelvis en sentido circular.

A aquellas alturas, Neil había comprendido que me tenía en un puño. Traté de arquearme de nuevo, pero sus manos me inmovilizaron.

—Quieta, tigresa —susurró con ironía, pero no le presté atención porque lo único que quería era sentirlo entre las piernas. Su boca se deslizó sobre mi muslo, aún más lejos de donde la deseaba, y emití un sonido de frustración.

—Eres un cabrón —dije en voz muy baja.

Un cabrón guapísimo, pensé.

Neil volvió a subir y de nuevo me golpeó el sexo con su respiración caliente; no me tocó, pero abrí las piernas instintivamente para recibir el mágico soplido.

—Podría hacerte correr así, sin tocarte, ¿sabes? —Sonrió, seguro de sí, y no lo dudé. Sus labios eran tan pecaminosos y expertos que me hacían derretir, sus manos tan viriles que me poseían y sus ojos me engatusaban hasta ofuscarme la mente.

—Quiero sentirte —insistí mordiéndome el labio inferior.

—¿Dónde? —preguntó maliciosamente en su tono ronco y bajo.

—En todas partes. —Abrí del todo las piernas, fuera de mí, borracha de él y de toda la situación loca y excitante.

Neil sonrió y por fin se acercó; me lanzó una mirada cargada de erotismo y con la punta de la lengua me lamió y me chupó con delicadeza, luego me estimuló con un toque leve, de abajo arriba.

Sabía realmente lo que se hacía y casi no podía creerme que hubiera concedido aquel privilegio a pocas mujeres.

¿Era la verdad?

—N-Neil, despacio —balbucí porque no lograba hablar, pero él era imparable.

Seguía concediéndome un placer sublime moviendo la lengua con mucha atención mientras su pulgar se dedicaba al clítoris. Me estremecí y temblé porque lo que sentía era tan intenso que me hacía perder el control.

Di un respingo cuando la lengua giró alrededor del clítoris hasta ponerlo más turgente; luego metió dos dedos dentro de mí embriagándome más allá de cualquier expectativa.

Empuñé sus mechones y me hundí en un abismo de lujuria y perversión bajo su toque implacable.

—¡Dios! —Estaba tan excitada que arqueé la espalda.

—También me gusta tu sabor —susurró. Doblé las rodillas, empujándole la pelvis contra la cara; hasta su voz me excitaba y me volvía loca.

Deseaba que nunca dejara de hablar.

Sus manos subieron por mis piernas hasta el vientre, hasta los pechos, que pellizcó rudamente, luego bajó despacio mientras la lengua se arremolinaba, voluptuosa y experta, sobre mí. Entretanto, yo jadeaba y ondeaba contra él.

Lo quería y lo obtendría.

Neil clavó sus ojos en los míos y me miró por debajo de las pestañas; con el pelo revuelto y los labios en mis partes íntimas era un espectáculo magnífico.

Un reflejo involuntario, aunque quizá algo malicioso, me hizo apretar las piernas para admirar su rostro enmarcado por mis muslos; por toda respuesta, Neil movió la lengua de manera pecaminosa y rápida, como si me estuviera penetrando.

—Cómo lo haces..., cómo..., oh, sí, ahí —farfullé empapada en sudor.

El pecho se levantaba al ritmo de mi respiración jadeante y Neil me devoraba con furia, sin parar. Me hizo perder la noción del tiempo: el clítoris me palpitaba, los labios estaban hinchados, y un calor ardiente me incendió el cuerpo de la punta de los pies hasta el pecho atravesándome el vientre.

Un fuerte estremecimiento me hizo tensar los músculos y alcancé un orgasmo intenso, agudo e instantáneo, pero sobre todo arrasador.

Hundí la cabeza en la almohada, lo sujeté por el pelo y un arcoíris de colores me nubló la vista mientras me corría en su lengua.

Relajé todo el cuerpo, tragué con dificultad y lo miré a la cara, que ahora estaba a la altura de la mía y me ofrecía el espectáculo de sus ojos.

—¿Te ha gustado el vuelo, Campanilla? —Se pasó la lengua por los labios, saboreándome; verlos hinchados y mojados de mí me hizo ruborizar.

—He descubierto que me gusta el sexo oral de gran altura —repliqué irónica; él primero arrugó la frente, luego soltó una carcajada que me hizo vibrar el pecho. Nunca lo había oído reír de esa manera, parecía casi tierno.

Casi.

—Eres adorable. Una adorable doncella.

Sonrió apoyado en los codos; su pelo me hacía cosquillas en la frente, su tórax me apretaba el pecho y su erección me empujaba entre las piernas.

Sentirla dura y compacta despertó de nuevo el deseo de poseerlo una vez más.

Mío.

En aquel momento sería solo mío.

Clavé la vista en los labios, que brillaban por mis humores, me acerqué y los lamí dejándolo sin palabras.

—Te estás volviendo más atrevida —comentó, emitiendo un sonido gutural que me provocó otra oleada de placer.

—Probablemente, estoy aprendiendo del mejor —respondí; luego se ensombreció y me miró la mejilla. No siempre lograba leer sus pensamientos y tampoco podía hacerlo en aquel momento.

De repente, sus pupilas se convirtieron en alfileres y el dorado ocupó todo el espacio y reveló su confusión.

—Ahora que no tienes novio, no se te ocurrirá proyectar tus fantasías de amor en mí, ¿verdad?

Se apartó, me sujetó por las caderas y me giró de espaldas. En menos de un segundo me encontré con el pecho aplastado contra la colcha; Neil se puso a pasarme el índice por la espina dorsal.

—¿Y si fueras tú quien se imaginara vivir un sueño romántico conmigo? —lo provoqué.

Me sobresalté cuando un sonoro manotazo me golpeó con fuerza una nalga. Lo miré por encima del hombro, tratando de verle la cara, pero lo único que pude distinguir fue su bíceps adornado por el *Toki*.

—El único sueño romántico que me imaginaría contigo, Campanilla… —me levantó las caderas, me colocó a cuatro patas delante de él y me apretó las nalgas con las dos manos, sin ninguna delicadeza—, sería el de follarte el culo, porque eso también me gusta.

Me mordió; sentí los dientes hundiéndose en la carne, justo en el punto donde me había dado el manotazo. Luego se apartó para bajarse los pantalones y el bóxer.

—Eres un pervertido —le dije doblada hacia delante, desnuda, con el pelo suelto cubriéndome la cara, a la espera de que hiciera conmigo lo que quisiera.

—¿No te parezco romántico? —Se frotó entre mis piernas y se rio complacido.

«Muy romántico», quise responder, pero no dije nada. Estaba violenta porque Neil había sabido excitarme tan bien que solo quería sentirlo de nuevo dentro de mí.

—Cuánto me deseas, coño.

Me giré un poco y lo miré. Pasó un dedo por mi excitación y se lo llevó a los labios chupándolo como si fuera un manjar exquisito.

Lo deseaba a rabiar: yo también sentía lo mojada y lo preparada para recibirlo que estaba.

Arqueé la espalda cuando su erección volvió a insinuarse entre mis muslos.

—El preservativo. —Siempre lo habíamos hecho sin utilizarlo, pero en aquel momento me acordé de decírselo.

—Nunca lo he usado contigo —replicó molesto por mi intromisión sin dejar de restregarse.

—Deberías hacerlo —traté de convencerlo mirándolo con el rabillo del ojo; estaba incómoda y no entendía por qué le gustaba aquella posición que me impedía verlo y tocarlo.

Era impersonal, distante y, por lo que parecía, era precisamente lo que le gustaba: hacerme sentir una mujer impotente y sumisa.

—Tomas la píldora, ¿no? —respondió tajante—. Y ahora la tengo demasiado dura para seguir de charla, Campanilla. Cállate y úsame.

Sin darme tiempo a replicar, empujó el pubis contra mí. Su miembro entró con fuerza y me cortó la respiración. Grité.

Me moldeé trabajosamente a su alrededor; como las otras veces, lo sentí dentro del vientre.

Contuve la respiración y Neil se detuvo un instante para darme la posibilidad de adaptarme.

Solté el aire con lentitud justo en el momento en que salió y volví a retenerlo cuando entró, esta vez con una embestida fuerte y decidida.

—Despacio… —murmuré; de repente, sus manos me sujetaron con fuerza las caderas y sus acometidas se hicieron cada vez más violentas, hasta tal punto que casi no me aguantaban las rodillas. El ritmo era demasiado rápido y apremiante, pero traté de relajarme y me concentré en lo que estaba pasando.

Neil salía y entraba; a cada embestida, yo emitía un gemido de placer y dolor porque todavía no estaba acostumbrada a su tamaño.

—Tu cuerpo me vuelve loco.

Se dobló sobre mí, me agarró del pelo y se puso a lamerme el cuello. Empujaba el abdomen contra mi espalda y sentirlo sudado y jadeante detrás de mí hacía íntimo aquel contacto carnal que él trataba de limitar a algo meramente mecánico.

—Eres tan estrecha que me la destrozas, Campanilla —susurró con aquel timbre ronco que me volvía loca.

Aspiré profundamente. Debía relajarme, concentrarme en las sensaciones agradables del coito y no solo en sus manos agarrándome con fuerza o en las embestidas tan pronto magníficas como dolorosas.

Pero las rodillas no las aguantaron más y me caí de boca aterrizando con el pecho sobre la cálida colcha. Los pezones se restregaron contra la tela suave y levanté las nalgas para secundar el movimiento de sus caderas.

Neil estaba tan seguro de sí y era tan dominante e imponente que me mordí el labio inferior para no gemir. Apoyé la sien sobre el brazo extendido y me sujeté al cabecero de hierro forjado de la cama, que seguía nuestro movimiento golpeando la pared y produciendo un ruido obsceno.

Al cabo de un rato, Neil me apoyó la barbilla en el hombro y jadeó al lado de mi oreja. Percibía su aroma, sentía su tórax húmedo, su piel ardiente; todo exaltaba el momento y enfatizaba la fusión de nuestros cuerpos.

Cuando me tocaba me abstraía de todo porque cada parte de mí era suya.

—Neil —murmuré mientras él seguía penetrándome y mi excitación aumentaba a la par de la suya.

Míster Problemático me poseía de manera totalizadora, el corazón me latía a una velocidad desmedida y los músculos se tensaban sacudidos por su ímpetu.

—Deja que te bese —dije sin darme cuenta. Deseaba crear una mayor intimidad entre nosotros, no que me follara como a una más.

Neil no me prestó atención y siguió sujetándome del pelo

mientras que con la otra mano soportaba el peso de su cuerpo para no aplastarme.

Observaba el punto que nos unía, concentrado en cómo me estaba dominando sin implicarse emotivamente.

—¿Por qué no me besas? —insistí.

La vez anterior, sentados en la tumbona de la piscina, había sido él quien me había pedido que no dejara de besarlo; ahora, sin embargo, parecía como si unir nuestros labios lo asqueara.

Algo lo preocupaba, parecía tener demasiados pensamientos en la cabeza, probablemente no gozaba como los demás hombres y se limitaba a suspirar.

Neil era apasionado, a veces vulgar, pero siempre silencioso; es más, de los dos la única que gemía, completamente subyugada por la lujuria, era yo.

Me di cuenta de que, en cierto sentido, Neil y yo nos compensábamos: yo era buena con las palabras y él con el cuerpo.

—Quiero tocarte y mirarte a los ojos —dije. Traté de incorporarme, pero me fallaron las fuerzas, así que me quedé inmóvil debajo de él y le permití que me poseyera por completo. Neil me sujetó la cabeza con ambas manos, se levantó haciendo fuerza con los codos y empujó contra mí.

Por una parte, el deseo creciente me hacía gemir de placer; por otra, me agotaba.

Era una sensación surrealista, estaba a punto de arder como si me hubiera incendiado.

—Chist…, quiero más —respondió él; es probable que se refiriera a más interminables minutos de sexo y que no tuviera ninguna intención de parar.

Siguió empujando durante un rato muy largo y yo empecé a sentir un zumbido en los oídos mientras miraba fijamente un punto indefinido de la habitación con la mejilla apoyada en la colcha. Jadeaba y estaba empapada en sudor. A todo esto, Neil no me había besado todavía y me había resignado a la idea de que no iba a hacerlo. Es más, me dio un manotazo en una nalga y di un respingo. Luego se puso a susurrarme obscenidades al oído y me bastó con oír su voz para correrme apretando las sábanas. Neil me tapó la boca cuando grité, abrí las piernas y empujé el culo contra su pubis mientras temblaba, a merced de una tormenta incontrolable.

—Eres un hada —murmuró divertido, y siguió moviéndose sobre mí, esta vez con lentitud, de manera seductora, para intensificar mi orgasmo; pero cuando volví a la realidad, volvió a golpear la pelvis de manera frenética mordiéndome primero el hombro y luego el cuello, donde resbalaban gotas saladas que recogió con la lengua.

Al borde del tercer orgasmo, mientras farfullaba palabras sin sentido, Neil me metió una mano bajo el estómago tenso y la desplazó hacia abajo. Apretó el clítoris entre el índice y el pulgar, lo apretó y luego lo frotó con delicadeza.

Su gesto, experto y decidido, me volvió loca; se rio, orgulloso por las reacciones de mi cuerpo. En efecto, un instante después mi sexo absorbió el suyo hasta el fondo y volvió a explotar.

—B-basta —balbucí con los ojos cerrados porque me avergonzaba de la manera en que lograba hacerme perder el control. Él me sonrió en el hueco del cuello y empujó el pecho contra mi espalda moviéndose de nuevo.

—¿No te gusta volar conmigo? —se burló. Me incorporé y metí los dedos entre su pelo húmedo. El gesto inesperado le hizo aumentar el ritmo hasta hacerme daño, aunque, a decir verdad, era un dolor agradable.

Sus embestidas eran espasmódicas, intensas, poderosas.

Me agité de nuevo bajo su cuerpo y sentí la inminencia de otro orgasmo; entonces arqueé la espalda y Neil me sujetó por el pelo, volviéndome la cara para obligarme a besarlo.

Los labios cedieron a su lengua y nuestros sabores se mezclaron; un instante después, con otra embestida, su miembro alcanzó el punto mágico del que tantas veces había oído hablar, pero que no creía que existiera realmente, y me hundí en una oleada de placer. Una estela de calor me subió hasta la boca del estómago y debilitó cada centímetro de mi cuerpo.

A aquellas alturas ya no notaba los brazos, la barriga o las piernas, sino solo reacciones involuntarias activadas por las terminaciones nerviosas.

Neil sabía realmente cómo aturdir a una mujer, por eso Jennifer estaba tan celosa y dependía tanto de él.

Esperaba que no me ocurriera a mí también.

Nuestros labios parecían querer perseguirse hasta los límites del mundo y yo volaba para estar a su altura.

Paré de besarlo y dejé caer la cabeza sobre la colcha. Neil en cambio salió deprisa de mí.

Lo miré de reojo: estaba al límite.

Empuñó su miembro y movió la mano con rapidez salpicándome los glúteos y la espalda de semen caliente.

Fue un orgasmo vibrante, pero poco vistoso y carente de emoción.

Una vez satisfecho, se tumbó a mi lado sudado y jadeante, y clavó los ojos en el techo mientras se pasaba la mano entre el pelo revuelto.

Lo miré con la veneración con que se mira a un dios. Tracé con los ojos las líneas del tatuaje maorí sobre los músculos del bíceps y descendí para recorrer los de los abdominales, velados por una pátina de sudor, y el pubis lampiño sobre el que aún despuntaba la erección.

—¿Te he hecho daño? —Se incorporó y apoyó la espalda en la cabecera de la cama; luego extendió el brazo hasta la mesilla y cogió el paquete de Winston.

No me miraba, a pesar de esperar mi respuesta.

—Un poco —admití en voz baja llevándome el puño al lado de la boca. Aunque todavía sentía residuos de placer entre los muslos, estaba dolorida, sobre todo de caderas hacia abajo.

Sacó un cigarrillo con los dientes y lo encendió, luego metió el encendedor dentro del paquete y lo dejó encima de la mesilla.

—Deberías aprender a follar, además de a besar —dijo mirando la nube de humo que contaminaba el aire.

Arrugué la frente como reacción a sus palabras ofensivas.

De repente me sentí humillada e incómoda: tenía frío y estaba sudada, su semen me caía por la espalda y aún sentía su presencia entre las piernas. Me senté, me cubrí el pecho con el brazo y miré a mi alrededor en busca de la ropa.

—¡Con semejante cabrón tenía que acostarme! —me dije, y me llamé idiota un montón de veces. Él me agarró la muñeca y me atrajo hacia sí hasta que nuestros pechos se unieron y nuestros ojos se encontraron. Me sentí encadenada a él porque Neil sabía hablar muy bien con la mirada.

—¿Sabes por qué deberías aprender? —Se quitó el cigarrillo de la boca y con la misma mano que lo sujetaba se apartó un mechón de pelo húmedo y lo puso detrás de la oreja mientras soltaba una bocanada de humo; yo no soportaba aquel olor nauseabundo.

—¿Acaso porque no soy como todas las rubias con las que sueles divertirte? —repliqué furiosa; estaba realmente dispuesta a darle una bofetada si volvía a ofenderme.

—No. —Sonrió y observó el contorno de mi cara como si tuviera que analizarlo para hacer un retrato—. Porque si sigues comportándote como una chiquilla nunca me cansaré de follarme tu inexperiencia —añadió molesto, como si dentro de él hubiera un deseo incontrolable del que se sentía esclavo.

—¿Me estás haciendo un cumplido?

Arqueé una ceja, confundida, pero él se dedicó a disfrutar del cigarrillo reclinando la cabeza en el cabecero y mirando el techo.

—Yo no hago cumplidos, Selene.

Continuó fumando concentrado, volcando en la nicotina todos los pensamientos que le pasaban por la mente; era muy atractivo cuando reflexionaba.

—Estás muy serio —me burlé fingiendo poner morros. Neil me miró y frunció el ceño.

—Es peligroso, ¿no? —me preguntó esbozando una suave sonrisa ladeada. Yo me obligaba a no admirar su cuerpo, así que me acerqué, le rocé la mandíbula con la nariz y aspiré su aroma: olía a sexo, a loción para después del afeitado en el cuello y a gel de baño en el pecho.

—Yo podría serlo más. —Miré el cigarrillo que sujetaba entre los dedos y él sonrió provocador—. ¿Por qué te envenenas con el humo?

Torcí la nariz e hice una mueca de reproche.

—¿Nunca has fumado en tus largos veinte años de vida? —preguntó con curiosidad, sin tocarme ni manifestar la intención de hacerlo.

—No, nunca.

No tenía ningún vicio perjudicial y nunca se me había ocurrido nada que considerara equivocado, a pesar de que en aquel momento de mi vida me había convertido en una experta en errores.

—¿Quieres probar? —dijo con aquel timbre abaritonado que podía inducir a cualquier mujer a cometer las peores locuras por él. Lo miré, luego miré el cigarrillo que sujetaba con los dedos y dudé.

—No lo sé —respondí desconcertada, como si me hubiera propuesto que me lanzara en paracaídas desde el rascacielos más alto de Nueva York.

—Siempre hay una primera vez. —Me acercó el cigarrillo a los labios y los cerré instintivamente para sujetar el mismo filtro que había estado en su boca hacía un instante.

Aspiré el humo de manera patosa y exageré.

Unos segundos después me puse a toser fuerte y Neil volvió a ponerse el cigarrillo en la boca.

—Al menos ahora estoy segura de que fumar da asco.

Tosí otra vez, me quemaba la garganta y también el pecho. En aquel momento tuve la certeza de que no fumaría nunca más.

—Y yo de que eres una cría. —El cabrón sonrió divertido mientras los ojos se me humedecían a causa de la tos—. No empieces nunca. Esta mierda crea adicción y luego es difícil dejarlo —dijo, y soltó una bocanada que después aspiró por la nariz, un gesto de fumador empedernido.

—No tengo la intención de hacerlo, créeme —respondí con una mueca de disgusto. Me senté frente a él y tiré de la colcha para cubrirme al menos de cintura para abajo.

Neil se puso el cigarrillo en un lado de la boca y entornó los ojos para mirarme el pecho desnudo; su mirada lujuriosa me endureció los pezones y me puso la carne de gallina.

Miré a mi alrededor para disimular el rubor y observé el escritorio. Unas hojas blancas captaron mi atención y pensé en los enigmas, en Player 2511, en…

—¿Qué contenía el tercer enigma? —Me giré hacia él, que estaba aplastando la colilla en un cenicero negro con forma de calavera que había en la mesilla.

Aquel chico era realmente extraño, incluso en la elección de los objetos decorativos.

Un segundo después, Neil suspiró y se pasó una mano por el pelo; con la otra mano se tocó la…

¡Joder!

Evité mirar abajo y él debió darse cuenta porque sonrió y encontró gracioso que me abochornara.

—¿Sabes qué querría ahora de ti? —preguntó en tono sensual sin dejar de acariciarse; de repente, dobló la rodilla derecha y dejó la pierna izquierda extendida. Traté de no mirar donde él quería y clavé la mirada en su cara mientras esperaba oír su nueva perversión romántica—. Una de esas cosas que no harías nunca porque es contraria a tus principios morales —se burló, y comprendí que se trataba de algo indecente. Me aparté la melena de lado y las puntas me hicieron cosquillas en el pecho derecho, donde él dirigió de inmediato sus famélicos ojos.

—Tienes un mal concepto de mí —respondí provocadora, porque estaba orgullosa de ser como era. Prefería ser yo misma que parecerme a todas las Jennifer con las que había estado.

—Sí, porque tú prefieres hablar y yo hacer. Hay una gran diferencia.

Apoyó el codo en la rodilla doblada y por fin dejó de acariciarse. Suspiré aliviada: si hubiera continuado me habría distraído y habría logrado ofuscarme la mente.

—Pues teniendo en cuenta que prefieres hacer, ¿por qué no haces menos el cabrón y haces en cambio algo serio como responder a mi pregunta?

Me encogí de hombros con seguridad para dar énfasis a mis palabras. Neil entornó los ojos, reflexivo, se mordió el labio inferior y sonrió como un cabrón egocéntrico.

Un magnífico cabrón egocéntrico.

Apartó la espalda de la cabecera y acercó su cara a la mía dispuesto a replicar.

—Me gustaría metértela en la boca cada vez que te comportas como una cría impertinente —susurró divertido respirándome sobre los labios. Contuve la respiración porque imaginar algo así me excitaba y me asustaba al mismo tiempo.

Ni siquiera yo sabía cuál de las dos emociones prevalecía.

—Y yo te dejaría hacerlo si empezaras a confiar en mí —repliqué en voz baja mirándolo a los ojos para darle a entender que podía bajar la guardia.

Era su aliada, no su enemiga.

Estaba allí para tocarle el alma, no solo el cuerpo.

Pero Neil se puso serio y me miró fijamente como si hubiera dicho algo asombroso. Se apartó de mí y se sentó en el borde de la cama dándome la espalda.

Trataba de escapar de nuevo.

Escapaba como hacía siempre que yo trataba de cruzar la línea roja que indicaba el límite más allá del cual no debía ir.

—Entre las fotos del sobre de Player también había una tuya —dijo sin mirarme. Solo lograba ver la línea definida de la espalda y los anchos hombros que desprendían todo su poder—. El enigma tiene el símbolo de un candado y contiene una extraña composición satánica que vela una amenaza.

Se levantó mostrando su perfecta musculatura y sus nalgas firmes y se inclinó para ponerse el bóxer.

—Todos los que me rodean se convierten en su blanco. A pesar de que me busca a mí, todos estáis en el punto de mira. Quiere jugar conmigo a través de vosotros. —Se giró a mirarme; sus revelaciones me desconcertaron—. Ya lo sospechaba, pero ahora estoy seguro.

Se pasó una mano por la cara tratando de controlar las mil sensaciones negativas que le circulaban por dentro.

—No sé qué decir.

Bajé la mirada y apreté la colcha con la mano. Me habría gustado decirle muchas cosas, pero tuve miedo de aumentar la tensión y no lo hice; prefería serle útil y estar a su lado.

—No conozco tu pasado, Neil, y no sé qué quiere de ti ese loco, pero sea lo que sea no lo afrontarás solo —prometí atrayendo su mirada. Me miró como si no fuera real o como si hubiera oído mal.

En cambio yo era real y él lo había oído perfectamente.

No tenía miedo y no lo abandonaría.

—Tú no tienes nada que ver con esto.

Sacudió la cabeza y empezó a agitarse; lo noté porque el timbre de su voz se hizo más bajo y los músculos se le pusieron en tensión.

—Has dicho que tiene una foto mía, ¿verdad? —dije disimulando el terror que me causaba estar en el punto de mira de un psicópata sin identidad—. O sea que los dos estamos implicados, lo quieras o no. —Expresar aquella conclusión en voz alta acreció mi temor porque mi mente logró convertir en realidad el peligro—. Y no me mires así —le reñí cuando me di cuenta de que no quería aceptar la realidad.

—Yo me ocuparé de que no os pase nada a ninguno —susurró con una luz turbia y terrible en los ojos. Relajé los hombros y tuve un mal presentimiento.

—¿Cómo?

Quería que me diera más explicaciones porque Neil era instintivo y proclive a cometer errores dictados por la impulsividad que no lograba controlar.

—Sacrificaría mi vida para salvaros, como ya hice en el pasado…

32

Neil

Como la Perla y la Concha. Vida, amor y erotismo.

John Keller

La fastidiosa musiquilla de la sala de espera de la clínica me ponía nervioso.

La recepcionista regordeta con el culo caído me observaba por encima de las gafas de vista negras, como un perro de guardia dispuesto a saltarme encima al primer desliz.

—Estoy nerviosa.

Chloe, sentada a mi lado, balanceaba el pie para descargar la tensión. Estaba a punto de entrar a la segunda cita con mi psiquiatra y yo la había acompañado porque había decidido ocuparme personalmente de sus visitas.

Solo yo podía entender lo que significaba enfrentarse a una época tan mala.

Pero al menos había solucionado el asunto de Carter. Había estado en el hospital y lo había chantajeado con unas cuantas fotos interesantes que lo retrataban traficando con drogas. Si me delataba, yo entregaría a la policía aquellas pruebas irrefutables contra él y el buen nombre de su rica familia se pondría en entredicho.

El chiquillo había aceptado el acuerdo, así que había resuelto el problema a mi manera, a pesar de que mi hermana seguía sufriendo las consecuencias de lo ocurrido porque todavía no había superado el trauma.

—Todo irá bien, el doctor Lively es una buena persona. Lo has dicho tú misma —le dije tratando de tranquilizarla. En realidad no podía respirar y estaba nervioso: necesitaba fumar y ducharme porque hacía cincuenta y ocho minutos que no estaba en contacto con el agua.

—¿Con quién has estado esta noche? —Mi hermana mantuvo la cabeza gacha y por un instante pensé que me había imaginado su pregunta. La miré confundido.

—¿Qué? —murmuré en un tono de voz débil que no era propio de mí.

¡Mierda!

—Esta noche he oído ruidos extraños en tu habitación. Estabas con una chica. —Chloe se ruborizó. Le daba vergüenza abordar el tema y, joder, a mí todavía más porque acababa de descubrir que me había oído, que nos había oído.

—¿Estás segura de que los ruidos procedían de mi habitación?

Nuestra casa era enorme y las habitaciones estaban bastante separadas, pero eso no excluía la posibilidad de que alguien se enterara de lo que pasaba en mi cama.

Ya había ocurrido otras veces, pero me preocupaba porque ahora se trataba de Selene.

—Estoy segura, Neil. Seré virgen e inexperta, pero no tonta —refunfuñó lanzándome una mirada asesina. Chloe era posesiva conmigo y con Logan, como nosotros lo éramos con ella.

Le sonreí y le pasé un brazo por encima de los hombros.

—Me entrenaba con el saco, pequeña —respondí fingiendo jovialidad para quitarle hierro al asunto. En definitiva, no me hacía ninguna gracia hablar de sexo con mi hermana.

—Sí, cómo no.

Levantó la vista al cielo y le planté un beso en la sien. En ese momento se abrió la puerta de la consulta del doctor Lively, que vino a nuestro encuentro con una sonrisa radiante y nos saludó, primero a mí y después a Chloe.

—¿Lista? —preguntó con benevolencia; ella asintió antes de ponerse de pie. Respiró profundamente y me miró.

—Te espero aquí —le susurré para tranquilizarla. Chloe siguió al médico a la consulta y yo me quedé solo, bufando por la musiquilla clásica que me tocaba los cojones.

—¿Le ocurre algo? —se quejó la recepcionista que me controlaba a distancia.

—Esta música de fondo, en vez de distraer a los pacientes, les hincha los cojones hasta que tocan el puto lujoso suelo —respondí sin rodeos.

La mujer se horrorizó al oír mi lenguaje soez. Me levanté del sofá, que de repente se me antojó incómodo, y me puse a mirar a mi alrededor sin prestar atención al bulldog con peluquín que me observaba a pocos metros de distancia.

Paredes blancas, plantas, cuadros sin sentido, cristaleras irrompibles que llegaban hasta el techo, cámaras de seguridad por todas partes, puertas blindadas que comunicaban los pasillos, sistemas de alarma de prestaciones elevadas, personal pasando por mi lado cada diez minutos, como si me vigilaran..., todo me hacía sentir como en una prisión.

En efecto, fue esa sensación de agobio la causa de que interrumpiera la terapia tres años antes. Evocar viejos recuerdos, hablar de mí mismo y analizar mi personalidad mediante un viaje introspectivo que según el doctor Lively habría sido curativo no hacía más que perjudicarme.

Caminé nervioso arriba y abajo por la sala de espera y cuando el bulldog se alejó con unos documentos en la mano, me sentí más libre.

Miré a mi alrededor con circunspección y me acerqué al estudio contiguo al de mi psiquiatra.

En la puerta, religiosamente blanca, había una placa dorada que rezaba: «Doctor John Keller».

Noté que estaba entornada y me acerqué al umbral con la seguridad de que entrevería al segundo loquero de la clínica, pero la habitación estaba vacía. Arrugué la frente y eché un vistazo al mostrador. La mujer no había vuelto. Empujé la puerta y entré.

Era obvio que invadía un espacio donde no estaba permitido entrar, pero las reglas me la sudaban.

Lo primero que hice fue observar la decoración. En el centro había un escritorio muy grande con dos butacas orientadas hacia él. Las paredes, blancas con matices de azul, estaban iluminadas por un ventanal. Por lo que parecía, Keller era un amante de la pintura. Me impresionó un cuadro en especial: era tan realista que parecía una instantánea y representaba una concha en el batiente de una playa iluminada por la luz del atardecer. Me acerqué para observarlo mejor hasta que alguien se aclaró la garganta y di un respingo.

—No creía que mi despacho fuera más interesante en mi ausencia.

El doctor Keller vino a mi encuentro con un elegante traje azul oscuro y una camisa sin corbata. Sus ojos, de un avellana claro, me escrutaron con atención. Llevaba en la mano una taza de quién sabe qué mejunje, que revolvía con una cucharita.

—Me aburría ahí fuera —admití impenetrable, en absoluto cohibido por su presencia. Luego volví a observar el cuadro con la concha en primer plano.

—Blaise Pascal decía que todos los problemas derivan de no saber estar quieto en una habitación, muchacho —murmuró divertido, avanzando con seguridad. Cuando se colocó a mi lado y se puso a mirar el cuadro, me aparté para poner algo de distancia entre nosotros.

—¿Cómo dijiste que te llamabas? Solo te he visto una vez y mi memoria ya no es la de antes —dijo entre sorbo y sorbo a su infusión.

¿Un psiquiatra con poca memoria?

Me quedé en silencio y miré la taza humeante, que sujetaba en la mano izquierda. Noté que no llevaba alianza en el anular, así que no estaba casado y quizá tampoco tenía hijos.

—Es una de las infusiones más ricas que hacen en el bar de nuestra clínica, deberías probarla. Es a base de pasiflora —dijo.

—Para mi información: dígame, ¿tiene la costumbre de hablar solo? —pregunté con cinismo arqueando una ceja. Se acercó el borde de la taza a los labios que esbozaban una leve sonrisa.

—Pongamos que converso con muchas clases de personas. Y tú eres una persona, ¿me equivoco? —replicó alegre.

Por supuesto que era una persona, pero el doctor Keller no estaba al corriente de que yo era incapaz de mantener una conversación por más de cinco minutos.

Por otra parte, no sabía nada de mí.

Miré alrededor y vi otro cuadro protegido por un cristal grueso y con un marco plateado veteado en dorado. Representaba otra concha, pero esta tenía una perla blanca en su interior. Pensé que era, como mínimo, singular.

Aquella consulta parecía más un homenaje al mar que un lugar en el que sanar mentes trastornadas.

—¿Conoces la leyenda de la perla y la concha? —preguntó el médico, probablemente como excusa para contar otra de sus chorradas.

Lo miré y, exasperado, sacudí la cabeza.

—Mire, no sé por quién me toma, pero no estoy loco y no puede tomarme el pelo.

Hice ademán de dirigirme hacia la puerta con la intención de marcharme, pero el doctor Keller prosiguió.

—La perla es un objeto valioso que la concha protege en su interior. —Miró el cuadro y sonrió—. La dureza de la concha es símbolo de fuerza; la blancura de la perla es símbolo de vida y pureza, de algo valioso y oculto.

Se metió una mano en el bolsillo del pantalón y dio un sorbo a la infusión.

¿De qué coño hablaba?

—Los antiguos griegos solían asociar la perla, blanca y pura, a la doncella virgen, y la concha al primer hombre que protegería su pureza —contó, como si a mí me importaran un pimiento todas esas patrañas sin sentido.

—Sí, claro, muy interesante. —Me dispuse a salir, pero él me persiguió.

—La perla y la concha representan la vida, el amor y el erotismo. El hombre que encuentra la perla es un hombre afortunado.

Miró la taza y giró la muñeca en sentido circular, como si esperara ver algo dentro. De repente, pareció pensativo y sumido en alguna reflexión.

—¿Y a mí qué me importa semejante tontería? —solté impaciente, y me arrepentí de haber entrado allí.

—Es una leyenda —me corrigió.

—Sí, da igual —resoplé.

Dios mío, de los dos ¿quién era el verdadero loco?

Me pasé una mano por la cara y le lancé una mirada vacía: el doctor Keller seguía allí plantado, con su taza humeante, la mano en el bolsillo y la frente arrugada.

—¿Usted ha encontrado su perla adorada? —me burlé. Él me miró, hizo caso omiso de mi pregunta, se dirigió con prisa a su escritorio y se sentó en la butaca cruzando las piernas—. Le he hecho una pregunta.

De repente, salir de allí dejó de importarme y me concentré en el hombre que fingía no oírme.

—¿Por qué debería responderte? Solo es una patraña, ¿no?

Me sonrió, puso la taza encima del escritorio y entrelazó las manos en el regazo. Si solo bebía aquellas asquerosas infusiones, era normal que tuviera un físico tan delgado y atlético.

—Me está haciendo perder el tiempo. —Sacudí la cabeza y me pasé la mano por el pelo revuelto.

Aquel hombre se estaba burlando de mí.

Era evidente.

—¿Qué ves frente a ti, Neil? —peguntó con una expresión indescifrable. Me quedé de piedra: ¿cómo sabía mi nombre?

No me había presentado.

—Un loquero que quiere tomarme el pelo, pero el juego ha acabado, doctor Keller.

Empecé a alterarme, las manos me temblaron y él dirigió la mirada justo a esa parte de mi cuerpo. Me sucedía cada vez más a menudo que manifestara mi nerviosismo con temblores imprevistos, sobre todo en las manos. El doctor apoyó los codos sobre el escritorio y entrelazó los dedos debajo de la barbilla, asumiendo una postura reflexiva.

—¿Qué ves? —preguntó de nuevo, entonces comprendí que quizá hablaba en serio. Miré la pared blanca a sus espaldas, luego lo observé a él, que esperaba una respuesta, y finalmente el imponente escritorio con una pila de documentos ordenados en el lado derecho y una lámpara en el izquierdo.

—Un escritorio —respondí con una sonrisita insolente, porque cualquiera que fuese su verdadera intención, jugaría a mi manera.

—Mmm..., o sea que ves un simple escritorio rectangular, de madera noble, con papeles y una lámpara, ¿no es así? —Se tocó el mentón con el índice y se frotó la barba cuidada; yo fruncí el ceño.

—Exacto. También veo a un hombre que está tratando por todos los medios de cabrearme —repliqué serio lanzándole una mirada desafiante. No era necesario añadir nada más.

Asintió y me miró pensativo.

—El problema, muchacho, es que miras pero no observas —constató como si acabara de hacer un descubrimiento memorable—. Ves un escritorio, pero no observas el objeto en cuestión.

Sacudió la cabeza, decepcionado, y no entendí si lo decía en serio o en broma.

—Este escritorio —apoyó las palmas abiertas en la superficie de madera— puede parecer un objeto simple, definido y estático, pero hay que observarlo desde diferentes puntos de vista. Por una parte, hay que poner atención, como tú has sabido hacer, en el objeto y en sus características más evidentes: forma, estructura, función, etcétera. —Agitó una mano—. Por otra, hay que detenerse en los aspectos simbólicos y relacionales. Este escritorio, en efecto, es un instrumento de encuentro, de relación, un rito cotidiano, un espacio donde compartir, ¿comprendes? —dijo mientras lo observaba—. Del mismo modo, la leyenda de la perla es mucho más que una historia banal. —Señaló con el índice el cuadro al que yo había dirigido comentarios despreciativos.

—Vale, lo pillo. —Sonreí y puse una mano en el respaldo de una de las butacas sin abandonar la actitud chulesca—. ¿Se ha ofendido porque no he apreciado su estúpida leyenda?

Noté un movimiento involuntario en su mejilla izquierda, quizá al doctor se le estaba agotando la paciencia.

—Tengo un regalo para ti. —Abrió uno de los cajones y sacó algo que no pude ver porque lo ocultaba la palma de su mano—. Esta deberás dársela a tu perla. Sin duda, un día entenderás lo real que es la leyenda que te he contado.

El doctor Keller abrió la mano y me mostró el objeto que iba a regalarme. Era un cubo de cristal, del tamaño de una nuez, que contenía una perla blanca, pulida y luminosa. Alargué la mano y lo cogí; me quedé mirando el regalo, pensativo.

—Interesante —me burlé—. ¿Y cómo sabré quién es mi perla? —dije para seguirle el juego. Él sonrió satisfecho.

—Lo sentirás dentro de ti. Ese cubo te ayudará a proteger tu perla hasta que su concha la encuentre. Cuando estés listo, regálasela a la mujer que consideres digna de recibirla —dijo serio.

—¿La concha soy yo? —Todo era absurdo. Quizá la infusión contenía alguna droga sofisticada que le gustaba a los loqueros.

—Exacto —confirmó.

Sacudí la cabeza y me alejé, dirigiéndome de nuevo a la puerta del despacho.

—Que tenga un buen día, doctor Keller.

Me despedí en tono fingidamente cordial. Y me fui.

Su jueguecito había durado demasiado y estaba hasta los cojones.

Salí al pasillo, lo recorrí y volví a la sala de espera. En el sofá encontré a…

—Qué alegría verte, Miller.

Megan me guiñó un ojo y me dedicó una sonrisa descarada. Enseguida miré a mi alrededor con la esperanza de ver a Chloe, pero mi hermana no estaba porque probablemente la visita aún no había terminado.

—No puedo decir lo mismo.

No me hacía ninguna gracia encontrármela ni tenerla alrededor. Megan me ponía nervioso y me volvía vulnerable. Nos conocíamos desde hacía un montón de años y ella sabía mucho de mí.

—¿Qué haces aquí? ¿Has reanudado la terapia? —Sus ojos me escrutaron de arriba abajo y se detuvieron en la mano que sujetaba el cubo de cristal del doctor—. Mi psiquiatra tiene una extraña obsesión por la leyenda de la perla y la concha, y por lo que parece a ti también te la ha contado.

Se rio por lo bajo y yo me metí la perla en el bolsillo de la cazadora. Me molestaba la idea de que me tomara el pelo por aquella chorrada.

—Escúchame bien, debes mantenerte alejada de mí. ¿Cuántas veces tengo que decírtelo? —solté para que se diera cuenta de que no bromeaba. Frunció el ceño y cruzó las piernas. Mis ojos recorrieron las provocadoras formas de su cuerpo: la camiseta clara, cubierta por una chupa negra, ceñía un pecho alto y voluminoso; los pantalones de piel, ajustados, envolvían unos muslos firmes que no habría desdeñado si Megan no hubiera sido Megan.

Era una chica atlética; los músculos, definidos y femeninos, le conferían una agresividad que me atraía mucho en las mujeres.

Pero ella no me atraía en ningún sentido.

No me habría acostado con Megan aunque me hubiera muerto de ganas.

—Estoy aquí por el mismo motivo que tú. Deberías dejar de pensar en el pasado.

Se puso de pie y los nervios me hicieron un nudo en la garganta. No quería que se me acercara. Cada paso que daba me aproximaba a una época que me negaba a recordar.

—No te acerques —murmuré mientras la sala se volvía de repente pequeña y estrecha. Megan se puso peligrosamente cerca y su aroma se hizo cada vez más intenso.

—Éramos niños sin pasado y ahora somos adultos con pasado. Los recuerdos siempre formarán parte de nosotros, pero vivir aferrados a ellos nos limita.

Cuanto más hablaba, más se me aceleraba la respiración. No sabía gestionar los estados de ánimo, me sentía inestable, y sus palabras solo servían para despertar mi peor lado.

Sudaba frío y habría querido quitarme la ropa y arrojarme bajo el agua, en mi ducha, por todo el tiempo que considerara necesario.

—¡Cierra la puta boca! —No era yo, sino el niño con el corazón partido el que no quería oírla.

—No fuiste tú quien me hizo daño, Neil. Fue Ryan, no tú.

Ryan…

Retrocedí y me toqué la frente. El corazón se puso a latir en las sienes y un mareo me dobló las rodillas y me obligó a sentarme.

—Cállate —susurré sin aliento porque no podía respirar. Pero ella no quería darse por vencida.

Se sentó a mi lado y me puso una mano sobre la rodilla.

—Sé que Kimberly está en un centro psiquiátrico, en Orangeburg —dijo con cautela. Yo también lo sabía. El juez la encarceló, pero luego creyó oportuno declararla una enferma mental y transferirla a un hospital psiquiátrico porque era peligrosa para sí misma y para los demás. Ryan von Doom, en cambio, era el jefe de un entramado mucho más grande de lo que parecía al principio, el titiritero que movía a las marionetas, y Kimberly era una de sus preferidas—. Ella solo existe en tu cabeza, Neil —añadió Megan acariciándome la rodilla. Sentía que la piel me ardía en el punto exacto en que su palma me tocaba y era una sensación muy angustiosa.

—¿Por qué me haces esto?

Apreté los puños y apoyé la cabeza, a punto de explotar, en ellos. Estaba superado por los recuerdos y eso se traducía en un malestar físico que me provocaba temblores y me impedía respirar; tenía mal cuerpo y estaba lleno de heridas dolorosas que no podía curar. Apreté los dientes cuando sentí circular por las venas una rabia familiar que era como un potente flujo de energía a punto de explotar.

—Porque he vivido el mismo pasado que tú y nadie puede entenderte mejor que yo —susurró acariciándome la espalda.

Pero ¿por qué me tocaba sin permiso?

Me puse de pie de un brinco y me aparté de ella.

—¡No me toques, coño! —grité con rabia en voz alta. El doctor Keller debió oírlo porque salió de su despacho y se acercó a nosotros.

—¿Qué pasa aquí? —preguntó alarmado mirándonos a los dos.

—¡No te atrevas a tocarme de nuevo sin mi permiso o te juro que te arrepentirás!

Señalé a Megan con el dedo. A aquellas alturas, temblaba de manera incontrolable porque la rabia había alcanzado un nivel que difícilmente podía controlar. Unos hombres, quizá personal de la clínica, se acercaron cautelosos como si yo fuera un león enfurecido que más valía encerrar en una jaula.

—Neil —me llamó el doctor Lively, que levantó una mano para detener a aquellos hombres que tenían la intención de sujetarme—. Dejadlo, no os acerquéis —ordenó categórico, impidiéndoles que dieran otro paso hacia mí. Si se acercaban un poco más, la emprendería a puñetazos y mi médico lo sabía muy bien.

—Neil —me llamó mi hermana, que, aterrorizada, me miraba fijamente. Se puso al lado del doctor Lively, abriendo mucho los enormes ojos, azules y asustados, y mi atención se centró en ella.

No quería asustarla.

A pesar del agobio que me provocaban las miradas de los dos psiquiatras, que trataban de adelantarse a mis movimientos, procuré respirar con regularidad.

Me toqué la frente porque estaba mareado y me dieron arcadas, lo cual me obligó a retroceder.

—Chloe… —murmuré al sentir que me faltaba el aire—. Vámonos de aquí. —Alargué un brazo, le cogí la mano y tiré de ella. Mi hermana parecía confusa y desorientada, y eso me puso aún más nervioso.

—¿Q-qué pasa? —balbució. La tranquilicé acariciándole el pelo.

—Nada, tenemos que irnos.

Le eché una ojeada de advertencia a Megan, que ahora estaba sentada en el sofá y me miraba como si fuera un loco, y luego me giré hacia los dos doctores que seguían estudiando la situación convencidos de que algo iba mal.

Algo que siempre había negado, a ellos y a mí mismo.

Era impulsivo y violento, y cuando daba rienda suelta a la rabia sentía una tensión y una excitación malsanas que se escapaban a mi control.

Pegar o hacer daño a los demás me proporcionaba un cierto alivio, lo cual ponía en evidencia la anomalía que sufría mi mente, pero yo seguía rechazando la asistencia médica y la valoración terapéutica.

Me metí en el coche. Con una mano sujetaba el volante y con la otra la cabeza. Chloe, a mi lado, permanecía en silencio; sabía que no debía hablarme cuando estaba en esas condiciones.

Por culpa de Megan, mi mente había vuelto justo donde no quería que volviera.

Había vuelto con Kimberly, que siempre llevaba una falda escocesa corta, de tiro alto; había vuelto a cuando me proponía que jugáramos al escondite porque a ella la excitaba buscarme y encontrarme, aterrorizado, escondido en algún rincón de la casa; a cuando decidía por mí aunque yo me negara; a cuando me insultaba y me llamaba cabroncete indisciplinado si la desobedecía.

La desobedecía cuando me pedía que la tocara.

La desobedecía cuando me pedía que la lamiera.

La desobedecía cuando me pedía que le hiciera el amor y justificaba sus guarradas con un sentimiento que no existía.

—No hay nada malo en quererse, Neil, y nosotros nos queremos —me susurraba al oído cuando se movía encima de mí, o cuando me quitaba la camiseta de baloncesto del Oklahoma City y los pantalones cortos, que cubrían un cuerpo pequeño e infantil—. Si no haces lo que te digo, le haré daño a Logan —amenazaba para manipularme. No tenía valor para confesárselo todo a mis padres porque tenía miedo de que también le hiciera daño a él.

Kimberly, ayudada por la tierna edad en la que me había corrompido, había sido capaz de abatir mis resistencias emocionales.

Había decidido aislarme para que nuestra relación fuera impenetrable desde fuera y había obtenido mi silencio mediante el chantaje.

Yo solo me relacionaba con el mundo a través de los dibujos, que contenían los reveladores indicios de mi secreto. El amarillo representaba su pelo, el negro, mi miedo, y el rojo, el infierno.

Además, a pesar de que los niños de los seis a los doce años no deberían utilizar un lenguaje explícito ni mostrar comportamientos o conocimientos sexuales, a los diez yo manifestaba una amplia cultura del sexo, utilizaba los juguetes de manera sexualizada y tenía los genitales enrojecidos; y esas eran solo algunas de las señales de alarma que mi madre debería haber notado.

Cuando Chloe y yo volvimos a casa, lo primero que necesité para sobreponerme a los recuerdos fue una ducha.

Me metí en mi baño y estuve allí encerrado una hora y media. Me enjaboné y traté de lavar las horribles sensaciones que sentía grabadas en mi piel como heridas aún sangrantes; si hubiera podido, me habría arrancado la piel para coserme otra encima, pero eso no era posible. A pesar de que fuera inhumano desde el punto de vista emotivo, físicamente seguía siendo un ser humano.

Me toqué y sentí los músculos resbaladizos bajo las yemas a causa de la excesiva cantidad de gel de baño que había utilizado y que alguna vez me había provocado alergia.

De repente miré hacia abajo y sentí asco de mí mismo: estaba excitado.

Me había excitado el recuerdo de lo que aquella puta me había hecho, pero no porque sintiera placer, sino porque aún ponía en marcha un mecanismo monstruo-víctima que me llevaba a desear tenerla debajo para arrastrarla conmigo al infierno.

Agarré la erección con el puño y acaricié toda su longitud. No entendía por qué las mujeres la definían atractiva, pero sabía por qué les gustaba.

Les gustaba porque las hacía gozar.

Gozaban porque me habían enseñado cómo usarla cuando solo tenía diez años, lo cual me parecía asqueroso.

Me puse a masturbarme, pero eso nunca era un remedio contra aquellos momentos de total desorientación. No buscaba el placer en el sexo, sino la venganza.

Una venganza que me daba un cierto alivio solo cuando usaba a una rubia cualquiera y me imaginaba que era Kimberly.

Había follado con ella, en mi cabeza, de los diez años en adelante porque solo así me sentía satisfecho. Una satisfacción que duraba poco porque el mecanismo se repetía una y otra vez; como un disco rayado, mi mente reproducía siempre la misma música.

De repente, dejé de tocarme, sería inútil continuar.

Tendría que luchar durante bastante rato con una erección obstinada que no podría satisfacer solo; sabía muy bien que con el autoerotismo no alcanzaría el orgasmo.

Podía ir a la habitación de al lado y pedirle a Selene que me ayudara, pero no le había dirigido la palabra antes de salir para la clínica. Desde la última vez que nos habíamos acostado, apenas le había dedicado una mirada furtiva y había pasado de ella para que entendiera la insignificancia de lo que había entre nosotros.

No obstante, habíamos «hablado» después del sexo y eso provocaba un desorden nuevo en mi interior.

Yo solo estaba acostumbrado a mi caos, con el que llevaba toda la vida conviviendo.

Salí de la ducha y me enrollé una toalla alrededor de la cintura tratando de distraerme para aliviar la tensión física y no solo mental.

Volví a la habitación y en aquel momento el móvil empezó a sonar con insistencia, sin que ni siquiera me diera tiempo a ponerme el chándal. Lo cogí a tiempo para responder a la llamada.

—¿Matt? —pregunté; me extrañaba que Matt me llamara a aquella hora; es más, no solía llamarme.

—Neil —dijo afligido; parecía muy impresionado—. Tienes…, tienes que venir al hospital —añadió preocupado.

—¿Al hospital? —Arrugué la frente y me dirigí al armario para sacar ropa limpia.

—Sí, al Saint Vincent Medical Center. Se trata de Logan —dijo.

A partir de ahí ya no escuché nada más. Me vestí, le dije a Anna que se ocupara de Chloe, subí al coche y salí pitando hacia la carretera que me conduciría a mi hermano.

33

Selene

El juego es un cuerpo a cuerpo con el destino.
ANATOLE FRANCE

Todo sucedió de repente.

Logan había salido con Alyssa para celebrar el cumpleaños de ella. Le compró un regalo y organizó una cena romántica, pero después de acompañarla a casa algo se había torcido.

Todavía no sabíamos qué había pasado porque Logan no podía contárnoslo ni oírnos. Estaba inconsciente.

En aquel momento, Mia lloraba en los brazos de mi padre, que trataba de consolarla; el pelo le caía suavemente sobre los hombros y los churretones de rímel le surcaban las mejillas. Por mi parte, estaba tan trastornada por la noticia del accidente que ni siquiera sabía dónde estaba.

—¿Qué ha pasado?

Por un momento creí que me había imaginado oír la voz, abaritonada, fuerte y viril, con la que Neil manipulaba mi cuerpo y mis pensamientos, pero luego me di cuenta de que estaba realmente allí, en el hospital, porque lo vi correr hacia nosotros. Llevaba un chándal negro y su cara era el vivo retrato del miedo.

Mia se giró hacia él sollozando y trató de contárselo, pero no pudo.

—Logan ha perdido el control del coche —explicó Matt tratando de acercarse a Neil para calmarlo en caso de que tuviera una de sus reacciones desproporcionadas.

—¿El control del coche? —repitió con la mirada perdida—.

¿Cómo está? ¿Dónde está? Está bien, ¿no? —preguntó ansioso. Jadeaba, se le veía destrozado y Matt le puso las manos sobre los hombros para tratar de calmarlo.

—Neil —lo sacudió—. Ha entrado en el quirófano de urgencia. Ha tenido una hemorragia interna y...

—¿Dónde está el quirófano? ¡Tengo que verlo! —gritó mirando a su alrededor agitado. Ya no parecía el de siempre, seguro de sí e indiferente al mundo.

—Neil, cálmate, verás que... —volvió a decir Matt tratando de tranquilizarlo, pero todo fue inútil, nada podía aplacar su rabia.

—¡Tengo que verlo! ¡Me cago en la puta! —volvió a gritar llamando la atención de unos enfermeros que se giraron a mirarlo. Su voz era tan potente y llena de ira que di un respingo.

—Tranquilízate, Neil. —Matt trató de tocarlo, pero él se apartó. Aborrecía que lo tocaran y mi padre debería haberlo sabido.

Mia parecía a punto de desmayarse, así que corrí hacia ella y la sujeté del brazo.

—¡Mia! —exclamé asustada. Las manos me temblaban mientras traté de ponerla sobre una silla.

—Compórtate, Neil, por favor —susurró. En aquel momento me di cuenta de lo nerviosa que estaba y de que lo que más temía era la reacción de Neil.

—No, coño, no, ¡quiero verlo! —Neil se puso a caminar con nerviosismo y unos enfermeros se acercaron empeorando la situación.

—¡No me toquéis! Dejadme ver a mi hermano, ¡ahora mismo!

Forcejeó con todos los que trataron de sujetarlo, y mi padre trató de tranquilizarlo una vez más, pero Neil no escuchaba a nadie.

—Neil, ¡por favor! —Mia se echó a llorar y él se puso a gritarles a los enfermeros. Era una situación terrible.

—¿Qué pasa aquí? —preguntó el médico con aire de suficiencia mientras se acercaba a Neil y nos miraba a los demás con circunspección.

—¡Quiero ver a mi hermano! —gritó de nuevo. Sus ojos,

húmedos de dolor, fulminaron al médico, que mantuvo la sangre fría.

—Trata de calmarte, chico —le dijo—. Estoy acostumbrado a ver a los familiares anegados en lágrimas mientras sus seres queridos luchan contra la muerte.

—¿Calmarme? ¡No es su hermano el que está en el quirófano! ¡Quiero verlo, joder, ahora mismo! —le gritó cogiéndolo de la bata.

Mi padre y los enfermeros trataron de sujetarle los brazos, pero Neil se había convertido en una bestia enfurecida de un metro noventa, fuerte e imposible de controlar.

Los empujó con brusquedad.

—¡No me toquéis! —gritó sin soltar al médico.

Estaba completamente fuera de sí. La frente empapada en sudor, las venas del cuello hinchadas. La sudadera negra se tensaba sobre los bíceps entrenados y los pantalones del chándal le ceñían los cuádriceps y las pantorrillas en tensión.

—Escúchame, chico, así no resolverás nada. Cálmate. —El médico trató de tranquilizarlo y Neil lo soltó de un empujón.

—Quiero verlo —repitió, y yo sentí que se me saltaban las lágrimas. Nunca lo había visto tan frágil. Nunca.

—¡Llamad a los de seguridad! —ordenó el doctor a los enfermeros sin ninguna comprensión por un hombre que temía por la vida de su hermano.

—¡No soy un psicópata! ¡Solo quiero verlo! —gritó de nuevo Neil—. Y tú no te acerques o te parto la cara, ¡gilipollas! —le dijo al agente de seguridad que había acudido para reducirlo.

—Escúchame, Neil. —Mi padre lo sujetó por los hombros y se lo llevó a un rincón apartado.

—¡No, Matt! ¡Déjame! —Sus gritos, llenos de miedo y de dolor, me rompían el corazón, y yo me sentía impotente. No podía hacer nada para mejorar su estado de ánimo.

Me dolía verlo así: respiraba de una manera frenética, el pelo se le había pegado a la frente y los ojos estaban inyectados de terror.

—Escúchame bien, Neil. —Mi padre le sujetó la cara y lo miró a los ojos—. En este momento Logan está en el quirófano. No pueden dejarte entrar. En cuanto acaben, lo verás. Te doy mi palabra —dijo comprensivo, tratando de tranquilizarlo.

Neil tragó y lo miró jadeante.

—Tiene un trauma craneal y una hemorragia interna —prosiguió Matt—. Y una fractura compuesta de fémur. Además, uno de los pulmones estaba a punto de colapsarse. Por eso lo están operando —concluyó triste mientras Neil parecía completamente en estado de *shock*.

Justo en ese instante, un médico vino hacia nosotros quitándose los guantes y la mascarilla. Mia se levantó de un brinco y el hombre nos observó en silencio.

Neil nos dejó atrás a todos y se le acercó.

—¿Cómo está? —preguntó alarmado mientras el médico seguía mirándonos, probablemente tratando de encontrar las palabras para explicárnoslo todo de la mejor manera posible.

—El chico está en estado crítico —declaró el hombre, serio. Nos acercamos todos a él y me puse al lado de Neil y le apreté instintivamente el brazo, ni siquiera sé por qué, pero en aquel momento lo necesitaba a él.

—¿Qué significa? Explíquemelo con detalle —dijo mi padre.

El médico se pasó una mano por la cara y suspiró.

—De momento está en coma. Hemos detenido la hemorragia interna, pero, por desgracia, está sufriendo un colapso pulmonar —respondió con corrección, pero con tristeza.

—¿Colapso pulmonar? —repitió mi padre.

—¿Qué es eso? —sollozó Mia llevándose las manos a la cara.

—Se habla de neumotórax o colapso pulmonar cuando el aire sale de los pulmones a causa de un trauma grave y se queda atrapado entre los pulmones y la pared torácica. El aumento de la presión provoca el colapso de una parte del pulmón, o de todo, e impide que el paciente respire con normalidad —explicó el médico con tono profesional.

—¿Habéis efectuado la aspiración del aire mediante la inserción de una aguja en el tórax? —intervino Matt, demostrando sus conocimientos en la materia. La mirada del médico reveló una cierta sorpresa.

—Sí, por supuesto, hemos introducido una minúscula cámara de fibra óptica, he buscado el punto del que salía el aire y lo he sellado… Pero ¿usted es médico? —preguntó el otro, ceñudo.

—Sí, soy cirujano. ¿Puedo examinar la situación con usted? —propuso Matt, al tiempo que se quitaba rápidamente la chaqueta.

—Por supuesto. Póngase una bata y venga conmigo al quirófano —respondió el médico de Logan, luego se dirigió a nosotros—. Esperen aquí, les iremos informando —dijo antes de marcharse.

—¡Matt! —Neil agarró del brazo a mi padre y se separó de mí—. En mi vida he suplicado nada, siempre he creído que no sería necesario, pero ahora te ruego que salves a Logan —le pidió mirándolo a los ojos. Matt le puso una mano en la mejilla y le sonrió, como cualquier padre habría hecho con su hijo.

—Voy —murmuró sin añadir nada más.

Se alejó deprisa y Mia volvió a sentarse en la sala de espera con la cabeza entre las manos. Estaba destrozada y yo no podía hacer otra cosa que darle apoyo moral. Afligida, me giré hacia Neil y lo sorprendí mirando el vacío, perdido en su tormento.

—Neil…

Me acerqué con la intención de consolarlo, pero él me miró con frialdad y pasó por mi lado dándome un golpe en el hombro que me hizo tambalear.

Se dirigió hacia la salida y, a pesar de que el instinto me dictaba que lo siguiera, no lo hice.

Tras la última vez que habíamos practicado sexo en su habitación, no se había dignado a mirarme y había vuelto a pasar de mí como si yo no existiera.

Suspiré, miré a la compañera de mi padre, me acerqué a ella y me senté a su lado.

—Todo irá bien —susurré, y tragué saliva fatigosamente. Ella levantó la mirada y pude leer el sufrimiento en sus ojos. De repente, me abrazó.

Reaccioné a aquella inesperada manifestación de afecto poniéndome tensa, pero luego le devolví el abrazo.

—Mi niño, mi hijo... podría morir, Selene —sollozó sobre mi hombro transmitiéndome todo su dolor.

—Es fuerte, Mia. Se recuperará.

En aquel instante caí en la cuenta de que en poco tiempo me había unido mucho a la familia de mi padre, y lloré con ella.

—Te lo ruego, Selene, ve con Neil. —Mia me puso las manos en los hombros y me miró a los ojos—. Adora a Logan y temo que haga alguna tontería, no lo pierdas de vista —me pidió.

La tranquilicé y fui a buscarlo para comprobar si se había calmado.

Salí del hospital y el aire frío me azotó la cara y me hizo arrebujar en el abrigo.

Miré alrededor en busca de Neil y enseguida lo vi mirando el vacío. Estaba sentado en el murete del aparcamiento principal fumando un cigarrillo.

Apuesto y guapo como siempre, rodeado de una tétrica oscuridad, solo lo iluminaba la tenue luz de una farola. Se había puesto la capucha de la sudadera, de color oscuro, para protegerse del frío; solo llevaba puesto el chándal.

Probablemente había salido corriendo de casa sin pensar en abrigarse.

—¿Vienes a vigilarme? —Me lanzó una rápida ojeada antes de volver a mirar el humo del cigarrillo.

—Vengo a hacerte compañía —respondí mientras sopesaba si sentarme a su lado o no. Con Neil debía medir cada gesto porque era lunático y su humor oscilaba como un columpio.

—No la necesito —replicó serio, y dio una calada.

—Neil, no dejaré que te enfrentes a todo esto tú solo. Te guste o no —dije determinada. Tenía que dejar de escapar de mí, no había motivo.

—Siempre me he enfrentado a todo sin la ayuda de nadie.

Sonrió amargamente mirando un punto indefinido frente a él; luego arrugó la frente, asumió una expresión reflexiva y entornó los labios para soltar una bocanada de humo.

—Bueno, pues a partir de ahora cuenta conmigo. —Me senté a su lado. Podía desatar uno de sus arrebatos, pero no me importaba.

Fue entonces cuando Neil se giró hacia mí y me tiró el

humo a la cara. Tosí, pero no me quejé; le gustaba molestarme y sabía que aborrecía el olor a tabaco.

—Saldrá de esta. —No me rendí y lo aguanté, a pesar de que trataba de exasperarme de todas las maneras posibles.

—¿Qué te lo hace pensar? —Sonrió y me miró atentamente, con aquellos magníficos ojos.

—Porque Logan es más fuerte de lo que parece —susurré balanceando los pies.

Neil alternó la mirada de mis ojos a mis labios y el corazón me dio un vuelco.

¿Por qué me miraba así?

Me ruboricé como una tonta.

—¿De verdad lo crees? —susurró con un hilo de voz.

—Estoy segura. —Seguimos mirándonos y constaté que entre todos los ojos del mundo, los suyos no solo eran preciosos, sino que podían penetrar el alma.

Tuve ganas de besarlo, y sentí que él también quería hacerlo, pero no podíamos, porque Matt o Mia habrían podido pillarnos.

—Deberíamos volver —dijo Neil interrumpiendo el contacto visual; se lo agradecí y dejé de contener la respiración.

Bajamos del murete y entramos en el hospital.

Lo seguí confundida y cada vez más convencida de que nunca entendería que éramos el uno para el otro.

No éramos un beso.

No éramos sexo.

No éramos amor.

Éramos una hoja en blanco donde todavía se podía escribir una historia.

Aquella noche fue devastadora para todos.

En cuanto se enteraron de la noticia, Alyssa, Cory y los mejores amigos de Logan acudieron al hospital.

Alyssa estaba destrozada y en aquella ocasión me confesó que estaba enamorada de él. Pensé en lo feliz que habría sido Logan si hubiera oído aquella declaración de amor; estaba segura de que si hubiera oído la voz de Alyssa, se habría despertado y habría vuelto entre nosotros.

Más tarde, también llegaron Anna y Chloe, que apoyó a su madre durante aquellas horas terribles; yo estaba convencida de que la cercanía de sus hijos ayudaría a Mia a no perder la esperanza.

Sin embargo, lo que nadie había previsto fue la llegada del hombre a quien Neil odiaba más que a nadie en el mundo.

—¿Dónde está mi hijo? ¿Qué ha pasado? —La voz, fuerte y profunda, del señor William Miller no dejaba dudas acerca de su estado de ánimo.

Era un hombre apuesto de aspecto impecable y mirada glacial, una de esas personas que infunden respeto, pero que levantan sospechas acerca de la perfección de la que tanto se vanagloriaba.

Había oído hablar de él y había visto alguna foto suya en las revistas, pero no lo conocía personalmente.

—¿En serio? ¡Que se vaya este pedazo de mierda! —soltó Neil dirigiéndose a Mia y señalando a su padre con el dedo; de repente, me encontré entre ambos sin saber qué hacer.

¿Por qué Neil le tenía tanta inquina?

Me di cuenta de lo poco que sabía sobre su pasado porque míster Problemático no me había contado nada de él: nunca se había dado a conocer y tampoco me había permitido conocerlo.

Por otra parte, no quería entrometerme en su vida privada, cambiarlo o juzgarlo, sino solo que me considerara un punto de referencia, alguien en quien podía confiar.

—Neil… —Le puse una mano sobre el hombro, instintivamente, quizá para tratar de gestionar aquella absurda situación; en efecto, Mia miró a su exmarido y a su hijo de manera tan confusa que me dio pena.

—¡No me toques, Selene! —ordenó Neil tajante haciéndome retroceder. Su cuerpo parecía arder en llamas de odio, un odio que lo trastornaba.

—Neil, William es vuestro padre y tiene derecho a saber cómo está tu hermano —dijo finalmente Mia, pero su voz fue casi un susurro inaudible.

—Es culpa suya, ¿no? —William señaló a Neil y obvió del todo mi presencia.

—No estaba con él, no tengo ni idea de lo que pasó —se defendió Neil; su madre se levantó para agarrarlo del brazo, temiendo quizá una pelea entre padre e hijo. ¿Llegarían a ese extremo?

—Tengo la extraña sensación de que tienes algo que ver con lo sucedido. Siempre ha sido así. Desde niño te metes en líos cuyas consecuencias pagan los demás —replicó William amenazador, rechinando los dientes.

Aquel hombre de porte elegante y de buen aspecto parecía ocultar algo profundamente negativo en su interior, algo que me indujo a apartarme.

—Ten cuidado con lo que dices si no quieres que te eche de aquí a patadas —soltó Neil.

—Todo lo resuelves con la violencia —replicó William con una sonrisa descarada y sombría.

—Lo aprendí de ti, cabrón —susurró Neil con crueldad, fulminándolo con la mirada, que ahora parecía una hoja flameante.

Mia apretó los dedos alrededor del bíceps de su hijo.

Intuí que probablemente William no había sido un padre ejemplar para Neil, que quizá le pegaba. La idea me dio escalofríos. No quería ni imaginarme a Neil en el papel de niño maltratado por aquel hombre glacial. Pensé que quizá fuera ese el motivo por el que no contaba nada personal, era introvertido y se había encerrado en su mundo.

Su pasado era un libro que no quería que yo leyera.

—Quiero ver a mi hijo.

William se dirigió a su exmujer tratando de poner fin a la inoportuna discusión con Neil. Justo en ese instante, Matt, en bata de médico, se aproximaba a nosotros con la mirada cansada.

La atención de todos se desplazó hacia él; en aquel momento, el rencor quedó arrinconado porque lo que realmente importaba era Logan.

—¿Cómo está? —preguntó Neil.

—Por ahora lo hemos entubado. Ha sufrido un trauma muy grave. Hay que esperar. Hasta que no logre respirar por su cuenta no podremos estar tranquilos —explicó Matt dejándonos en un mar de dudas. Neil retrocedió y se pasó las manos por el pelo, y Mia se echó a llorar con tanto sentimiento que se me encogió el corazón.

—Gracias por lo que estás haciendo, Matt.

William esbozó una sonrisa triste y se sentó al lado de su exmujer con los codos apoyados en las rodillas.

Neil, en cambio, se apartó; al verlo tan aislado decidí acercarme a él porque no quería que soportara solo todo aquello. Estaba muy quieto, con la mirada perdida y los labios apretados en una mueca amarga.

No le pedí permiso para sentarme a su lado.

El olor a limpio de su ropa me embistió; era fresco como el aroma de su piel.

—¿Sabes lo que suele decir mi madre? —solté sin venir a cuento. Tuve miedo de que me echara, pero contra todo pronóstico no lo hizo; permaneció con los hombros curvados hacia delante y la vista clavada en el suelo, a la expectativa—. Que la vida es como un violín y la esperanza es su arco. —Sonreí con timidez; me hubiera gustado tocarlo, pero me contuve, consciente de que a Neil no le habría gustado—. ¿Sabes por qué? —proseguí inclinándome para acercarme un poco más a él—. Piénsalo. ¿Podrías tocar el violín sin el arco? Quizá sí, pero no sería lo mismo —reflexioné en voz alta—. Del mismo modo, no hay vida sin esperanza.

Neil se giró en mi dirección y me observó con aquellos ojos suyos tan singulares, entre dorados y color miel. Estudió mis rasgos por unos instantes y volvió a mirar al frente.

—¿Y crees que la esperanza será suficiente para salvar a mi hermano?

El timbre de su voz, abaritonado, me provocó un escalofrío a lo largo de la espina dorsal; detestaba que me atrajera tanto, incluso su voz.

—Sí, y deberías hacer todo lo posible para encontrarla dentro de ti.

Le puse instintivamente una mano sobre la rodilla, un gesto inconsciente del que enseguida me arrepentí. Estaba a punto de pedirle perdón y distanciarme cuando Neil hizo algo que me dejó sin palabras.

Me apretó la mano y me atrajo hacia sí. No me miró, se quedó con los codos sobre las rodillas, pero me hizo poner el brazo sobre su muslo y se puso a juguetear con mis dedos.

Contuve la respiración porque el contacto con sus manos era abrasador para mí.

—Eres una chica extraña, Campanilla —murmuró mirándome la mano, que parecía muy pequeña en comparación con la suya. —Sonreí.

—Y tú eres muy complicado —repliqué con una pizca de ironía.

—Pongamos que mucho —me corrigió mordiéndose el labio.

Quizá Neil me permitiría, finalmente, acariciarle el alma.

Pasamos toda la noche en el hospital a la espera de noticias de Logan.

Mia me pidió varias veces que me fuera a casa a descansar, pero no tenía la intención de dejar allí sola a mi familia, sobre todo a Neil.

Me dormí en una postura incómoda sobre una de las sillas de la sala de espera y me desperté al cabo de pocas horas con un fuerte dolor de espalda que me hizo quejarme de dolor.

—Selene. —Una mano me tocó el hombro y parpadeé varias veces para enfocar la figura que se inclinaba sobre mí. Un par de ojos color avellana me escrutaban con atención.

—Matt —susurré con voz pastosa.

—Te he traído algo caliente. No has comido nada.

Me tendió un vaso de chocolate y me levanté para cogerlo. Me sentí incómoda: nunca habíamos vivido momentos tan íntimos. Sin embargo, Matt me pareció diferente del hombre que recordaba y eso me indujo a pensar que quizá las cosas podían mejorar entre nosotros, aunque por ahora era prematuro planteármelo.

—Gracias —respondí algo inquieta sujetando el vaso caliente. Soplé y bebí un sorbo.

—Soy yo quien debe darte las gracias. —Se sentó a mi lado y sonrió.

—¿Por qué? —pregunté. Sentí el chocolate caliente descender hacia el estómago.

—Por estar al lado de Mia y de los chicos.

—No me des las gracias. En momentos como este hay que apoyarse los unos a los otros —dije con convicción: éramos una familia, a nuestra manera.

—Me recuerdas mucho a tu madre —susurró cansado. Una leve melancolía le veló el rostro. Fue suficiente que la mencionara para revivir de golpe el periodo de la adolescencia, como si fuera una especie de reposición que despertó el recuerdo de lo mucho que había sufrido durante aquellos años. Bajé la cabeza y miré el líquido denso contenido en el vaso humeante para evitar la mirada de mi padre.

—Selene... —Hizo una pausa—. Sé muy bien que me equivoqué, que di la prioridad a mi carrera, que fui... —se le quebró la voz, porque no es fácil para nadie sincerarse de esa manera— infiel a tu madre y que me viste con otra mujer, pero todo el mundo comete errores: lo que cuenta es reconocerlos y remediarlos.

Se frotó las palmas en los pantalones, los mismos que llevaba el día anterior. Ninguno de nosotros había vuelto a casa, ninguno lo haría sin conocer las condiciones de Logan.

—Te quise desde el primer momento, cuando tu madre me dijo que estaba embarazada. Trata de perdonarme. No sabes el daño que me hace que no me llames papá.

A mí también me dolía, y quizá debería haber sido menos drástica y más indulgente, pero permanecí inamovible en mi postura. El sufrimiento que el comportamiento de Matt me había causado me había quebrado el alma y había destruido la percepción positiva que tenía de él.

Las mujeres atribuyen a la confianza un significado más profundo que los hombres. Que me costara perdonarlo significaba que todavía sentía un dolor intenso.

—No lo sé. —Mi tono frío apagó su esperanza, y también la mía—. No lo sé, Matt —repetí pensativa con la vista clavada en el vaso, como si en su interior fuera a encontrar la respuesta a todos mis interrogantes.

Perdonar equivalía a olvidar nuestro trágico pasado y no sabía si estaba dispuesta a hacerlo. La rabia y el rencor me convertían en esclava de mí misma. Quizá, en efecto, el dolor se quedaría dentro de mí para siempre, enquistado en un rincón.

—Solo te pido que lo pienses.

Nunca había visto a mi padre en aquella actitud de súplica, precisamente él, el hombre que nunca tenía que pedir nada, el invencible e inalcanzable Matt Anderson.

Se pasó una mano por la cara y solo entonces noté las ojeras; el cansancio lo había debilitado y de repente me preocupé por él.

—Deberías volver a casa a descansar —sugerí.

—No, no hasta que no tengamos más noticias de Logan —respondió afligido dirigiendo la mirada a Mia, que se había dormido al lado de Chloe.

De repente noté que Neil no estaba y miré a mi alrededor.

—¿Dónde está Neil? —pregunté, quizá demasiado alarmada. Caí en la cuenta demasiado tarde y esperé que Matt no sospechara nada.

—Con Logan —respondió—. El médico le ha permitido entrar en la habitación y él no se ha movido de allí en toda la noche.

—No ha comido ni descansado ni...

Matt negó con la cabeza antes de que terminara. El sentimiento de Neil por su hermano era muy profundo, el lazo que los unía era indisoluble, algo que nunca había visto.

—Nada. Neil está a la cabecera de la cama de Logan y no quiere que nadie lo moleste —dijo. Se me encogió el corazón al pensar lo mucho que estaba sufriendo por Logan—. Voy a preguntarle al médico si hay alguna novedad. Vuelvo enseguida.

Matt se alejó y yo también me puse de pie y me desperecé. Lancé una mirada fugaz a Chloe y Mia y esbocé una sonrisa angustiada. Algunos enfermeros cruzaban la planta, en silencio, y el olor a desinfectante invadía el aire.

Me dirigí a una máquina expendedora y hurgué en los bolsillos de los vaqueros en busca de calderilla, compré dos cafés y me acerqué a Mia, que parpadeó varias veces para acostumbrarse a la luz artificial.

—He pensado que quizá te apetecía un café. —Se lo ofrecí y ella me sonrió antes de aceptarlo.

—Muchas gracias. —Le acarició el pelo a su hija, que se había acurrucado en su regazo, y bebió un sorbo. Dejé el otro café en la silla contigua a la de Chloe para que lo bebiera cuando despertara. Me senté y me froté las manos en los vaqueros, un poco incómoda.

—Gracias por todo, Selene —dijo Mia—. Me imagino lo difícil que ha sido para ti aceptar la situación de tus padres y la relación entre Matt y yo.

La miré algo violenta porque nunca habíamos hablado de eso.

Antes de trasladarme a Nueva York, creía que Mia era una persona completamente diferente: mis estúpidos prejuicios y lo que leía de ella en las revistas habían formado una imagen de mujer rica y soberbia, superficial y cínica, en cambio, era una buena madre y una compañera entregada, una persona de sanos principios.

—Te considero un miembro de nuestra familia y estoy contenta de que vivas con nosotros; no quiero que me consideres una amenaza.

Bajé la cabeza porque era exactamente lo que antes pensaba de ella, sobre todo cuando era adolescente. Las inseguridades y los celos me habían conducido a adoptar una actitud hostil hacia la nueva situación sentimental de mi padre, que nos había abandonado a mi madre y a mí por ella; por eso la percibía como un peligro.

—Tu padre no dejó a Judith por mí —me dijo. La miré a la espera de que prosiguiera—. Nos conocimos por casualidad. Yo sufría de asimetría mamaria. Siempre la había vivido como un trauma, pero me daba miedo la operación y no quería someterme a ella. Creía que la situación mejoraría con los embarazos, y no fue así. —Se pasó la lengua por el labio inferior y respiró profundamente—. Así que decidí acudir a uno de los cirujanos de más renombre, es decir, a tu padre. Él siguió mi evolución, no solo física, sino también psicológica. Tras el fracaso de mi matrimonio, creía que no volvería a tener una relación seria, que nunca encontraría un hombre capaz de cambiar mi vida, pero…, me equivocaba —murmuró en voz muy baja—. Tu padre nunca me ocultó que estaba casado, y de hecho nuestra relación nació como una simple amistad; no quería entrometerme en su vida privada, pero cuanto más tiempo pasábamos juntos, más cambiaban las cosas. Cuando nos dimos cuenta de que nos habíamos enamorado, tu padre me dijo que ya había pedido la separación porque las cosas entre él y su mujer iban mal desde hacía tiempo. —Suspiró y me lanzó una mirada para estar segura de que la escuchaba—. Al principio le oculté nuestra relación a mis hijos. Cuando finalmente les presenté a Matt, Chloe se lo tomó bastante bien, a Logan le costó lo suyo, y Neil... —Apretó el vaso de café y la voz le tembló—. No me habló durante meses —confesó.

Una extraña sensación me invadió el pecho al pensar que, a pesar de su fuerza, míster Problemático era muy frágil cuando se perdía a sí mismo.

—¿Durante meses? —susurré.

—Sí, Neil es muy especial: da poca confianza y detesta a quien lo traiciona. —Me lanzó una ojeada resignada y prosiguió—: No perdona. Nuestra relación ya era problemática por culpa de mi exmarido y de sus problemas de infancia, pero tras la llegada de Matt lo he perdido del todo. Las únicas personas que tienen un lugar en su corazón son sus hermanos. —Miró a su hija y le acarició la melena; Chloe seguía durmiendo sobre sus rodillas como una niña—. Por eso, si perdiera a Logan o a Chloe, también perdería a Neil. Él vive en simbiosis con ellos.

La profundidad que encerraban las palabras de Mia me aconsejó callar. Ya había intuido que el lazo que lo unía a sus hermanos era visceral e inexplicable, pero Mia acababa de añadir otra pieza al puzle: estaba claro que algo había empujado a Neil a aferrarse tanto a ellos.

—No pensemos en lo peor, verás que todo irá bien —traté de tranquilizarla—. Por lo que respecta a la relación con mi padre, no lo sabía y me alegro de que me lo hayas contado. Aprecio la confianza que pones en mí —confesé incómoda—. Nunca podrás sustituir a mi madre, Mia, pero... —Me aclaré la garganta y proseguí—: Podríamos ser amigas.

No sabía si aquella era la palabra exacta para definirnos, pero consideré que a pesar de la improvisación era la más adecuada.

Tomé conciencia de que de aquella clase de situaciones podían nacer oportunidades, y este cambio en la relación con la compañera de mi padre podía serlo.

Mia y yo hablamos un rato más, luego me levanté y volví a la máquina expendedora, metí una moneda y saqué otro café.

No era para mí, sino para Neil, al que no veía desde hacía horas y con quien quería «hablar», a pesar de que sabía qué pensaría al respecto.

Me alejé y me encaminé hacia la habitación de Logan. No

podía entrar, pero quería asegurarme de que Neil estuviera bien. Antes de llegar a la puerta ya distinguí su figura imponente.

Su hermoso rostro expresaba sufrimiento: tenía el pelo revuelto, como siempre, y la mirada apagada.

A cada paso que daba hacia él, mi cuerpo palpitaba con más fuerza.

—Eh —dije en cuanto cruzamos nuestras miradas. No era la situación más apropiada para pensar algo así, pero Neil era perfecto incluso destrozado y agotado. Sentí de nuevo el instinto de tocarlo, de abrazarlo y de hacerle sentir mi calor, no solo con el cuerpo, sino también con el alma.

—Te he traído un café —farfullé cuando me miró, y esperé su respuesta.

Detestaba perder la capacidad de formular frases con sentido cuando me miraba de aquella manera sombría y misteriosa; me ponía nerviosa porque no lograba entender si eran miradas de admiración o de desprecio.

Ni siquiera replicó. Se limitó a dar vueltas a un trozo de papel en las manos.

Arrugué la frente con la intención de preguntarle qué era, pero antes de que pudiera hablar, Neil me sujetó de la muñeca y me condujo a un rincón apartado. Miró a su alrededor para asegurarse de que estábamos a salvo de miradas indiscretas y desdobló la hoja arrugada para mostrármela.

—¿Te acuerdas de cuando te hablé del enigma del candado y de las fotos con las palabras en el dorso? —La abaritonada voz de Neil me hizo estremecer como si la escuchara por primera vez al cabo de años, pero me concentré en lo que me decía y asentí—. Vale, pues lo he resuelto. Me he pasado toda la noche pensándolo.

Unas ojeras oscuras rodeaban sus ojos, grandes y ahora iluminados por una rabia peligrosa.

—¿Qué? —balbucí presa del desasosiego.

—Lo de Logan no ha sido un accidente, ha sido premeditado. Él era el primero. Ha perdido el control del coche porque alguien ha manipulado los frenos. Player quería que Logan muriera.

Me tendió el papel y vi que estaba lleno de garabatos, números y esquemas. Traté de descifrarlos, pero no lo entendí, así que Neil me lo explicó.

—El enigma tenía el símbolo de un candado. El candado indica un esquema o una adivinanza. En nuestro caso, el muy cabrón había creado un acróstico. —Se tocó la cara nerviosamente.

—¿De qué se trata? —Miré de nuevo el papel donde había trascrito sus razonamientos mediantes esquemas, pero encontrar la salida de aquel complejo laberinto no era tan sencillo.

—Bajo el candado había una composición casi poética:

*L*as tinieblas son más reales que cualquier alusión al cielo
O a Dios,
*G*edalías no te salvará, lo sabes ¿no?
A cada uno el destino asigna su propio diablo, yo seré el tuyo.
*N*o podrás huir de mí.

Recitó lo que en apariencia era un poema macabro o satánico y me estremecí y arrugué la frente, confundida.

—Joder, Selene —se impacientó—, en el acróstico las letras, las sílabas o las palabras iniciales de cada verso forman un nombre o una frase en vertical. En este caso es «Logan».

Señaló el papel que yo tenía entre las manos y por fin comprendí. Volví a leer lentamente y, como por arte de magia, el nombre de su hermano apareció ante mis ojos.

—Dios mío —susurré tragando aire porque se me había secado la garganta. Miré a Neil, la tensión velaba la claridad de sus ojos.

—Logan ha sido el primer blanco de su puto juego de enfermo. Player hará otras jugadas, ¡volverá a atacar hasta destruir la poca cordura que me queda!

Apretó los puños caídos como si quisiera desahogar la rabia emprendiéndola a patadas contra algo. Le rogué que se controlara porque a aquellas alturas ya sabía lo mucho que le costaba mantener a raya sus impulsos.

—Saldremos de esta, ya lo verás.

Me acerqué y encadené mis ojos a los suyos. Neil no era locuaz, pero su mirada sabía conversar e incluso gritar sus emociones.

—¿Saldremos de esta? ¿Cuándo? ¿Cuando Logan muera? —Su tono se volvió cortante—. ¿O cuando muera otro miembro de la familia? —preguntó apretando la mandíbula.

—No lo sé, pero estoy segura de que lo arreglaremos.

En realidad me estaba muriendo de miedo, pero no quería angustiarlo o ponerlo aún más nervioso.

Observé que se le tensaban los rasgos mientras le acariciaba el brazo sin permiso. Neil miró primero el punto de contacto entre nosotros y luego a mí; esperaba que me reprendiera de mala manera, pero curiosamente no me rechazó.

—Enfadarse no sirve de nada. Debemos mantener la calma, no perder la lucidez. Yo estaré a tu lado pase lo que pase —le prometí de nuevo, y lo haría mil veces más; quienquiera que fuera el psicópata malintencionado, nos enfrentaríamos a él juntos.

Neil me miró impenetrable. En efecto, no lograba adivinar todo lo que le pasaba por la cabeza, sabía ocultar muy bien sus pensamientos al igual que sabía ser imprevisible.

De repente, levantó una mano y me la puso detrás de la nuca; sus dedos se perdieron en mi melena y me atrajo hacia sí.

Su gesto me encendió el corazón, que latió enloquecido cuando, con una posesividad muy suya, me besó.

Aquel contacto fue decidido pero casto, sin excesos. No era uno de sus besos rudos y violentos, todo lo contrario. A pesar de ser dominante, era inocente. Apoyé las manos en la poderosa musculatura de su pecho.

Sentí sus labios, húmedos y carnosos, fundirse con los míos en un encaje perfecto e inexplicable, nuestras respiraciones suspenderse en el aire.

El tiempo se detuvo, como si se negara a marcar aquel instante.

En aquel momento, Neil me pareció un ángel negro, soberbio, concentrado en robarme el alma, un alma de la que probablemente ya se había apoderado.

Usaba tan bien los ojos como las manos, y en su mirada leía una gran confusión, a menudo indescifrable.

No sabía por qué me había besado, solo que, en medio de aquel terremoto emotivo, sus labios me tocaban el corazón y sus ojos me arañaban la piel, porque Neil no era como los otros.

Estaba lleno de defectos, y pesar de todo era inmenso.

Tras un instante que se me antojó infinito, apartó los labios y apoyó la frente en la mía inspirando profundamente. No tuve miedo de que alguien nos viera; a pesar de que desde un punto de vista racional debí rechazarlo y advertirle de que no se comportara con tanta audacia en presencia de nuestra familia, en aquel momento solo pensé en aspirar su aroma y en estar entre sus brazos.

—No es de buena educación besar a una persona sin su permiso —susurré mirando aquellos labios perfectos que acababan de grabarse sobre los míos.

Neil esbozó una sonrisa ladeada, provocadora.

—Entonces soy un maleducado, porque no pido permiso para besar. Lo exijo, Campanilla.

34

Neil

Un hermano puede ser el guardián de tu identidad, la única persona que posee las llaves del ilimitado y secreto conocimiento de ti mismo.

MARIAN SANDMAIER

Unas horas antes...

Creía que la vida ya me había deparado suficientes tormentas, incluso demasiados paseos bajo la lluvia, días de sol, heridas y fracasos, pero me equivocaba. Me equivocaba porque ahora me daba cuenta de que podía haber algo peor: mi hermano en la cama de un hospital.

Había seguido a Matt hasta la puerta de la habitación de Logan, donde normalmente nunca dejan entrar a los familiares, y había tomado conciencia de lo que había pasado.

—Es aquí. Logan está en coma, así que no... —trató de decir, pero yo no tenía ganas de escucharlo; me daba vueltas la cabeza y me latían las sienes a causa de los gritos que había proferido un poco antes.

—Quiero estar con él, Matt, lo necesito.

El niño y yo lo necesitábamos porque ambos sobrevivíamos gracias a él.

Logan era una parte de nosotros.

De mí.

Miré la puerta de la habitación por unos instantes y me demoré antes de entrar.

No me sentía con fuerzas para ver en qué condiciones estaba, pero debía hacerlo, debía estar a su lado.

Suspiré profundamente y entré lentamente. Tuve la impresión de notar un soplo de viento en la cara. Finalmente lo vi tendido en la cama, entubado; el electrocardiograma señalaba los latidos de su corazón, demasiado lentos, casi imperceptibles.

Me acerqué y tragué los alfileres que me pinchaban la garganta.

Luego reuní todo el valor de que fui capaz y me senté al lado de su cama. Observé la palidez de mi hermano, el rostro marcado por el trauma sufrido, los ojos cerrados, pero como me había dicho Selene, debía encontrar en mi interior una llama de esperanza.

El arco.

—Estás luchando contra la muerte, Logan. —Le cogí la mano y la apreté; por primera vez en mi vida tuve miedo de perder a la persona que más quería—. Logan —murmuré con un hilo de voz—, no sé si puedes oírme…

Se me quebró la voz, que casi no reconocí. Se hizo el silencio en la habitación y el zumbido del electrocardiograma retumbó angustiosamente recordándome que su vida pendía de un hilo.

Eché un vistazo al trazado que medía los latidos de su corazón: las ondas eran débiles y no daban señales de aumentar. El corazón se me encogió en un puño y me hundí en un sufrimiento que nunca había sentido hasta entonces. Volví a mirar a mi hermano y le apreté de nuevo la mano.

—Logan, tienes toda la vida por delante, no nos abandones.

Seguí mirándolo, presa de una angustia enorme, como si estuviera en un callejón sin salida o en un túnel a cuyo final no veía la luz, la salida.

—No me abandones —dije en voz baja, y sentí que el corazón se me partía en dos al pensar que quizá no volvería a verlo, a verlo sonreír, a oír su voz—. ¿Te acuerdas de nuestro juramento? —Sonreí débilmente pensando en sus grandes ojos de almendra mirándome asustados cuando me separaba de él—. ¿Te acuerdas de cuando me hacías prometer que volvería? —Le acaricié el dorso de la mano con el pulgar—. Ahora prométemelo tú. —Respiré profundamente porque de repente me faltaba el aire—. Prométeme que volverás conmigo, que me sermonearás de nuevo, que charlaremos en el jardín, que volveré a verte comiendo cereales por las mañanas.

Seguí mirándolo a pesar de que su cuerpo no daba señales de vida: estaba apagado, carente de cualquier impulso.

—Prométeme que volverás, Logan. Lo lograremos, Logan. —Me agarré a sus dedos—. Lo lograremos. Si tú no estás, yo tampoco estoy; si te vas, me voy contigo… —Sentía un dolor indescriptible, era como tener el cuerpo lleno de esquirlas de vidrio, un dolor fuerte y al mismo tiempo mudo, y era la primera vez que sentía algo así—. Habría querido estar contigo, Logan. Es más, quisiera estar en tu lugar. Debería haberte protegido como siempre he hecho.

Me llevé una mano al pecho, me dolía; las lágrimas se aferraban al corazón y en vez de derramarse me pinchaban por dentro como agujas bajo la piel.

—Perdóname, Logan. —Apreté su mano fría y proseguí—: Eres el aire que respiro, la mejor parte de mí, y aunque nunca te lo haya dicho…, te quiero. Me importas más que mi propia vida. El único amor que he conocido es el fraterno. Quédate conmigo al menos tú. Te prometo que encontraré a quien te ha hecho esto. —Mi tono era tranquilo, pero rebosaba odio—. Lo encontraré y lo mataré. Te lo prometo, Logan.

Me humedecí los labios secos, bajé la mirada y cerré los ojos.

¿La vida era esto? Parecía una gota de cristal colgando de un hilo de seda que oscilaba del techo.

No era cierto que éramos dueños de nuestro destino, era él el que elegía por nosotros. Era un puto maestro que infligía castigos a sus alumnos.

El móvil sonó de repente. Me levanté de un brinco, me acerqué a la ventana y lo saqué del bolsillo de los pantalones. Las manos me temblaban de rabia. Eché un vistazo a la pantalla y vi un número desconocido.

Respondí y me acerqué el móvil a la oreja.

—¿Te ha gustado la sorpresa, Neil? Fue fácil sabotear los frenos del coche de tu hermano. —La voz estaba distorsionada con un cambiador para que no la reconociera. Oírlo hablar, quienquiera que fuese, me pareció una pesadilla que adquiría forma en la vida real. Instintivamente, recordé el candado, el poema…

—Has cometido un grave error —dije en tono frío y amenazador.

El cabrón se había equivocado yendo a por Logan y no debía atreverse a volver a tocar a otro miembro de mi familia. No le temía, solo quería descubrir quién era y molerlo a palos hasta matarlo.

—Sí, claro. Tu hermanito agoniza ahora, ¿no? Seguro que morirá.

Se rio con ganas. Su voz malvada despertó la peor parte de mí.

Apreté los puños y miré a Logan, inerte en la cama.

—Escúchame bien, hijo de puta —dije en voz baja sintiendo la rabia fluir por todos los rincones de mi cuerpo; me dolía la mandíbula de tanto rechinar los dientes—. Y recuerda estas palabras: descubriré quién eres y te mataré. A partir de hoy ese será mi único objetivo.

Apreté el móvil con fuerza; deseaba dar una paliza de muerte a mi interlocutor sin identidad, pero no debía perder la lucidez, sino reflexionar y actuar con astucia.

—¿Quién será el próximo?

Estalló en una carcajada fragorosa y colgó sin permitirme replicar.

Me quedé quieto mirando fijamente la pared blanca; luego bajé la vista para mirar la pantalla del móvil, donde apareció el fondo negro de siempre con una llama, la misma que ardía dentro de mí, la llama de la venganza.

Me giré hacia Logan y lo miré con atención. No se había tratado de un puto accidente, había sido premeditado y provocado: Player había tratado de matar a mi hermano, él era la primera pieza que había movido en su juego de enfermo.

Era culpa mía, había tenido delante de las narices la solución a los enigmas y no había sabido verla.

De repente, la ira que sentía se volvió un ácido corrosivo que me devoraba por dentro; la sangre afluyó al cerebro, me ofuscó la razón y despertó mi locura. Las manos me temblaron de nuevo y un calor ardiente se difundió por cada fibra de mi cuerpo.

Volví a mirar a Logan, me senté a su lado y le apreté la mano.

—Esta noche me quedaré contigo. No te dejaré —prometí mirándolo fijamente a la cara—. Pero tú debes despertarte, Logan. Estoy contigo, supera estas malditas horas. —Me levanté y le besé la frente—. Encontraré a quien te ha hecho esto, lo prometo —repetí presa de una rabia que trataba de controlar, pero que era como una bestia enfurecida que exigía que la liberaran de la jaula.

El cabrón de Player quería su venganza, pero yo lucharía por obtener la mía.

Pasé la noche en blanco.

Estaba nervioso porque llevaba la misma ropa del día anterior y mi cuerpo llevaba horas sin entrar en contacto con el agua.

Me sentía como un drogadicto en crisis de abstinencia.

Daba vueltas por la habitación de Logan como un león enjaulado y me masajeaba las sienes porque el dolor de cabeza era extenuante.

A aquellas alturas, mi mente estaba concentrada en descifrar el enigma de Player. Debía aprender a leer sus mensajes y a analizar su lenguaje, solo así podría desvelar sus amenazas ocultas.

Le pedí a un enfermero de turno papel y lápiz y me puse a escribir mis pensamientos.

Luego improvisé como un criptógrafo para tratar de comprender qué puto problema tenía el loco que nos pisaba los talones.

Quienquiera que fuera debía tener una mente genial, porque lograba ocultar su mensaje en el poema haciéndolo comprensible solo para mí. Era un estratega: usaba el enigma como medio y plasmaba su contenido a su antojo.

Sin embargo, quería que yo lo leyera y entendiera lo que trataba de decirme.

Me senté al lado de Logan y, a la escasa luz nocturna, me puse a escribir en el papel todo lo que me pasaba por la cabeza.

Me concentré en el último enigma, el poema satánico, y al cabo de dos horas llegué a comprender la manera de actuar de Player.

En definitiva, había puesto boca arriba la carta que iba a usar para atacarme, pero yo no había sido capaz de comprenderlo. Debería haber hallado la respuesta antes de que él provocara el accidente de Logan.

—Joder —susurré. No sabía qué hora era, pero el dolor de cabeza aumentaba y pensar tanto lo agravaba.

Pasaron horas antes de que entendiera que las iniciales de cada verso puestas en fila en el orden utilizado por Player 2511 componían un nombre: L-o-g-a-n.

Era un acróstico.

Un jodido acróstico que me había pasado desapercibido y con el cual mi enemigo quería desvelarme sus intenciones antes de ir a por mi hermano.

Tuve entonces la certeza de que quería jugar conmigo, porque lo que en realidad esperaba era que yo obstaculizara sus acciones y que fracasara y me sintiera culpable de la muerte de los miembros de mi familia.

Player me enviaba las soluciones y yo debía encontrarlas, descifrarlas e impedirle que entrara en acción, de lo contrario la inercia me convertiría en su cómplice.

«Qué puto desequilibrado.»

Por fin comprendía su juego y ahora debía descubrir quién sería el próximo e impedirle el ataque.

Sin embargo, no tenía más indicios y las fotos de los miembros de mi familia eran demasiado vagas para plantear hipótesis.

Habría podido ir a por cualquiera de ellos.

Me pasé una mano por la cara y decidí salir de la habitación porque necesitaba tomar aire para no enloquecer.

Volví a mirar a Logan y, después de haberle dado otro beso en la frente, salí para evitar que la cabeza me explotara como un volcán rebosante de información.

Fue en ese momento cuando, caminando por el pasillo, me topé con el océano de los ojos de Selene, que a aquellas alturas ya había aprendido a reconocer.

La miré de pies a cabeza mientras se aproximaba atemorizada con pasos inciertos y las mejillas teñidas de rojo, que dejaban ver su incomodidad. Llevaba un vaso de plástico en la mano, probablemente con café, y todavía llevaba la ropa del día anterior, señal de que ella tampoco había vuelto a casa. El pelo, largo y cobrizo, le caía por los hombros y las ondas despeinadas le conferían un aspecto cansado pero irresistible.

Necesitaba contarle a alguien lo que había descubierto, guardármelo dentro aumentaría mi angustia. Al fin y al cabo, Selene sabía que había recibido el último enigma mientras estábamos en la casita, así que me la llevé a un rincón apartado y desembuché.

Se lo conté todo, incluso le mostré el papel que contenía el hilo conductor de mi razonamiento, la salida del laberinto en el que nos hallábamos.

Abrió mucho los ojos, sorprendida, y pude leer en ellos el miedo, que normalmente ella lograba disimular; luego la besé sin saber por qué.

Quizá no existía un motivo y sencillamente yo era proclive a hacer gilipolleces, o quizá era mi manera de demostrarle que apreciaba que me apoyara y me ayudara en aquella situación de mierda, aunque no me creyera las tonterías que me propinaba con la intención de tranquilizarme, como la historia del violín y del arco.

Pero trataba de secundarla para no herirla, para no decirle que, a diferencia de ella, yo era realista y no vivía de ilusiones.

Sin embargo, había sido sincero cuando le había confesado que me gustaban su aroma y su sabor, que su cuerpo me excitaba, cuando la había besado azotándola con la lengua para castigarla por ser tan ingenua e inexperta; también había sido sincero cuando había llevado su mano a mi entrepierna para que se enterara de que, incluso con su horrible pijama, me provocaba una erección enorme, a despecho de lo que le dije la primera vez que se lo vi puesto.

Pero todo eso estaba a una distancia de años luz de un sentimiento real.

Para las mujeres, un gesto podía tener varios significados; en cambio, para nosotros, los hombres, todo era más sencillo: un beso era solo un beso y un polvo era solo un polvo.

Desplacé la mirada de la invitación de sus labios a la luminosidad de sus ojos y di marcha atrás para terminar con aquella estupidez que acababa de hacer y evitar que se repitiera.

—Vuelve a casa y aséate. Yo me quedo aquí.

Selene dio un respingo, como si le hubiera dicho que olía mal y que estaba fea sin maquillar, cuando en realidad yo solo quería aconsejarle que descansara porque tenía ojeras, señal inconfundible de cansancio; por lo demás, estaba guapísima incluso agotada. No me respondió y bajó la vista sobre el vaso de plástico que tenía en la mano.

Joder, me había traído el café y ni siquiera le había dado las gracias.

Lo cogí suspirando y ella se sobresaltó. Bebí el café caliente de un solo trago y tiré el vaso a una papelera cercana. Me lamí los labios para saborear su aroma amargo, como me gustaba, y el estómago rugió porque llevaba demasiado tiempo en ayunas.

—Vuelvo con Logan.

Señalé la puerta de la habitación de mi hermano y ella asintió sin añadir nada. Hizo ademán de alejarse, pero antes de que pudiera volver a la sala de espera la sujeté de la muñeca y me acerqué—. Gracias por el café.

En realidad no le daba las gracias solo por eso, sino por todo lo que estaba haciendo por nosotros. Debió de entenderlo porque me sonrió y el océano de sus ojos se iluminó. Bastaba muy poco para hacerla feliz. Y no quería nada a cambio, se daba a sí misma y lo hacía de corazón, un corazón puro y bueno.

—De nada.

Se puso de puntillas y me plantó un beso en la mandíbula. Era mucho más alto que ella, por eso no llegaba a la mejilla o a los labios si yo no inclinaba la cabeza; sin embargo, en aquella ocasión no me moví porque no me esperaba su gesto.

—No te he dado permiso para besarme —dije severo y cínico entornando los ojos de manera amenazadora para reforzar el concepto. No debía pasarse de la raya.

—Bueno, pues querrá decir que soy una maleducada. —Se encogió de hombros con indiferencia y esbozó una sonrisita insolente.

¿Se consideraba maleducada por haberme robado un beso?

Y entonces yo, que por puro egoísmo masculino le había robado la virginidad, la inocencia y todo lo que le pertenecía, ¿qué era? ¿Qué derecho tenía a pretenderlo todo de ella sin darle nada a cambio?

—Ve. —Sacudí la cabeza. No era el momento de pensar en la manera caliente y estrecha en que me envolvía ni en cómo gemía tímidamente debajo de mí o en cuántas veces (Selene era demasiado inexperta para gestionar sus sensaciones físicas) lograba hacer que se corriese mientras me la tiraba.

La usaría hasta su último día en Nueva York, de eso estaba seguro.

Por suerte, se alejó y observé su figura, esbelta y delicada, encaminándose hacia la sala de espera.

En aquel instante recordé que ella también era un blanco y decidí hacer todo lo posible para que volviera enseguida a Detroit.

No quería que le pasara nada por mi culpa. Pero sabía que Selene era testaruda y no bastaría con decirle que se fuera; debía inventarme algo, mostrarle quién era realmente o comportarme como un cabrón para que me odiara.

No importaba cómo, pero debía herirla.

No sería difícil, el niño me ayudaría. Por otra parte, era suficiente con recordar e imaginar a Kimberly para convertirme en un monstruo, la peor de las bestias, y Selene entendería por qué era incapaz de querer, por qué era un hombre trastornado y diferente.

Dejé de pensar en Selene y volví a la habitación de Logan. Cuando lo vi tumbado en la cama sentí un vacío en el pecho. Me senté otra vez a su lado y le cogí la mano.

—Aquí estoy de nuevo, Logan.

No iría a ninguna parte y me quedaría a su lado por todo el tiempo que hiciera falta. No me importaba comer, beber o dormir, solo deseaba oír su voz.

Seguí hablándole como había hecho durante toda la noche porque me habían dicho que hablar con quien está en coma sirve para mantener viva su alma.

—¿Qué te parece si escuchamos un poco de música? —pregunté mientras su pecho subía y bajaba lentamente.

Saqué el móvil del bolsillo, abrí la galería y busqué su canción preferida entre los archivos de música.

—Aquí está. —Abrí *See You Again*, de Wiz Khalifa y Charlie Puth, y la puse a un volumen moderado; luego le acerqué lentamente el móvil—: ¿Te acuerdas de cuando la escuchabas todos los días? Habías visto tres veces *Fast & Furious: A todo gas* y me contaste que cuando escuchabas la canción te acordabas de la escena que te había conmovido, cuando Dom se encontraba con Brian en el cruce y pensaba en los viejos tiempos que habían pasado juntos —murmuré con voz débil mientras le acariciaba el dorso de la mano con el pulgar—. Estás obsesionado con esa puta película. Tienes todos los DVD en tu habitación. ¿Te acuerdas cuando decías que te habría gustado tener los músculos de Dwayne Johnson?

Sonreí al recordar a Logan hinchando los bíceps para imitar a su actor preferido.

—Fantaseabas con Michelle Rodríguez y decías que te habría gustado casarte con ella —añadí divertido al rememorar su época de adolescente con las hormonas enloquecidas—. Eras muy gracioso. ¿Con quién veré nuestras películas preferidas si no vuelves conmigo?

No fue fácil decirlo.

Entretanto, las notas de la canción siguieron sonando entre las paredes vacías de la habitación y arrastrando con ellas toda mi melancolía como una disonancia, un ritmo alterado, una nota desafinada.

—Esta es tu estrofa preferida. La canturreabas hasta la saciedad.

Habría preferido llorar que ahogarme en el dolor; quizá llorar me habría proporcionado una sensación de ligereza y de alivio.

Cuando la canción terminó, cerré el archivo y bloqueé la pantalla del móvil. Se hizo de nuevo el silencio y el zumbido del electrocardiograma volvió a retumbar, incesante, entre las paredes; eché un vistazo al reloj y constaté que Logan llevaba doce horas en coma y aún no se había despertado.

Suspiré y le apreté la mano. No me daría por vencido. La vida siempre había sido cruel conmigo, nunca había tenido la oportunidad de elegir, y mucho menos de esquivar mi destino, pero él la tendría, él debía tener una segunda posibilidad.

«Vamos, Logan. Despiértate.»

Miré sus párpados cerrados, que ocultaban sus ojos, hundidos en un mundo oscuro del que quería sacarlo, pero no pasó nada.

Suspiré y apoyé la frente sobre nuestras manos unidas.

—Si me dejas, no podré seguir adelante —admití con la respiración entrecortada—. Tu pérdida me destrozaría definitivamente. Me iría contigo —le confesé a su rostro, privado de expresión. En aquel momento me daba igual que mis pensamientos fueran los de un loco, la verdad era que no podría seguir viviendo sin él, porque él y Chloe eran lo único que me ataba al mundo.

Parpadeé varias veces para quitarme la molestia repentina que sentí en las comisuras de los ojos y canturreé en voz baja su canción tratando de controlar las emociones que se agolpaban en mi pecho.

Cerré los ojos y volví a apoyar la frente en su mano envuelta en la mía. Me estallaba la cabeza, es más, creo que estaba perdiendo la cabeza. Solo deseaba despertarme de aquella pesadilla, hablar con Logan, revolverle el pelo y reírnos juntos como si no hubiera pasado nada.

De repente, noté que algo me hacía cosquillas en la frente; levanté la cara, arrugué la frente y le miré los dedos, que estaban relajados.

Joder, estaba empezando a tener alucinaciones. Me pasé una mano por la cara, exasperado; no estaba bien y las circunstancias estaban acabando con el poco juicio que me quedaba.

Clavé la vista en su mano inerte y sacudí la cabeza riéndome de mí mismo porque mi mente estaba jugando conmigo. Pero al poco el índice de mi hermano empezó a repiquetear sobre las sábanas y parpadeé muy fuerte para asegurarme de que no estaba soñando.

—Logan. —Lo miré a la cara y vi que le temblaban los párpados—. No puedo creérmelo. —El corazón se puso a latir tan fuerte que pensé que me iba a dar un infarto.

Sonreí instintivamente y me asomaron las lágrimas a los ojos; creía que estaba soñando y tenía miedo de despertarme de un momento a otro.

—Logan. —Me acerqué a él—. ¿Me oyes? Abre los ojos —lo animé mientras sus párpados seguían temblando—. Ánimo. Vamos, tú puedes.

Le cogí la mano y me puse de pie.

Logan abrió los ojos muy lentamente y me miró.

En aquel momento exacto, mi alma volvió a respirar.

—Hola, hermano —susurré aliviado; él me cogió la mano.

Lo sabía. Siempre había sabido que él no tiraría la toalla.

Bajé la mirada hasta nuestras manos unidas, como siempre, como si fueran un solo cuerpo, como un punto cardinal apuntando al infinito.

Él trató de guiñarme un ojo.

—Bienvenido. —El corazón estaba a punto de estallarme y me daría realmente un infarto si no lograba gestionar las emociones arrasadoras que sentía—. Logan, ¡estás despierto! ¡Tengo que avisar a Matt! —dije con entusiasmo—. T-tú no te duermas, ¿vale? —farfullé. Ni siquiera sabía qué coño decía—. O sea, quédate despierto. No cierres los ojos —añadí todavía emocionado sin soltarle la mano—. Enseguida vuelvo.

No quería alejarme, pero se trataba de unos instantes, unos segundos, luego volvería a la habitación.

Corrí fuera y mientras corría por el pasillo me crucé precisamente con Matt.

—¡Dios mío, Neil! ¿Qué pasa? —preguntó alarmado, pero yo no sabía por dónde empezar, ni siquiera podía respirar. Le apoyé las manos en los hombros y traté de meter aire en los pulmones.

—Matt, Logan…, él… —balbucí agitado.

Entretanto llegaron mi madre y mi hermana, seguidas por Selene y Alyssa; se acercaron a la espera de oír lo que tenía que decirles.

—Habla, Neil —me dijo Matt preocupado. Probablemente pensaba que tenía malas noticias, y en cambio…

—¡Está despierto, Matt! ¡Se ha despertado! ¡Logan está despierto! —casi grité por exceso de alegría. Su expresión pasó de la preocupación a la incredulidad y a la alegría.

—¿Qué? —Mi madre se echó a llorar y corrió hacia mí para abrazarme.

—¡Está despierto, mamá! ¡Se ha despertado! —dije acariciándole el pelo. Era tan feliz que me olvidé de todo lo demás, ni siquiera me fijé en que me abrazaba sin permiso. Entretanto, Chloe se arrojó en los brazos de Matt y Alyssa abrazó a Selene, que lloraba.

Mi Campanilla lloraba como una niña adorable.

—¡No puedo creérmelo! —Matt sonrió y se pasó las manos por la cara, todavía incrédulo. Di un suspiro de alivio y volví con Logan.

Entré en la habitación casi con el temor de descubrir que me lo había imaginado todo, en cambio, sus ojos, de un bonito color avellana, se clavaron en mí.

Mi hermano me estaba esperando, como me esperaba de niño.

—Aquí estoy. —Me acerqué a la cama y noté la palma de su mano girada hacia mí; abrió los dedos y enseguida entendí su gesto. Se la apreté y le sonreí.

Había vuelto conmigo y no se iría a ninguna parte.

—Te quiero —dijo. Una lágrima solitaria le surcó la mejilla.

Si aquel día alguien me hubiera preguntado qué era la felicidad, habría respondido que es una casa con las personas queridas, con sus sonrisas, sus miradas de complicidad y el calor que nos transmiten, que nos da la fuerza de defenderlos a costa de nuestra propia vida, pero sobre todo es la mirada luminosa de quien, tras haber luchado contra una pesadilla, vuelve contigo porque…

Ha ganado.

35

Selene

En el cielo hay una estrella por cada uno de nosotros,
y está lo suficientemente lejos para que
nuestros dolores no puedan nublarla.

Christian Bobin

Logan pasó dos semanas en el hospital.

Los médicos consideraron necesario monitorizarlo y controlarlo a diario para evitar complicaciones.

Además, como tenía una fractura de fémur, debería llevar la escayola durante un mes y recuperar lentamente la funcionalidad de la pierna.

Pero, después de todo, podíamos estar contentos. Era un milagro que hubiera sobrevivido a un accidente tan grave, y a pesar de la inseguridad, el miedo y la amenaza que suponía la presencia invisible de un desconocido, en nuestra casa se respiraba un aire nuevo.

El trágico accidente había unido a la familia Anderson-Miller y algo había cambiado en mi interior.

Había entendido que la familia era un bien muy valioso que había que proteger.

Familia significaba defenderse y velar los unos por los otros, significaba enfrentarse a los obstáculos y superarlos, significaba permanecer unidos a pesar de todo y contra todos.

Por supuesto, cada núcleo tenía sus peculiaridades, sus imperfecciones y sus secretos, y, sobre todo, era diferente de los demás.

Mia no era mi madre y sus hijos no eran mis hermanos, pero a pesar de todo éramos una «familia».

Había tardado en darme cuenta, por eso todo me parecía absurdo y todavía no daba crédito a mi cambio. Al principio creí que Mia era la típica mujer cínica y altiva, pero mi juicio se había revelado equivocado. También entendí la actitud huraña de Chloe: me había considerado una amenaza, una intrusa, y quizá yo debería haberla tranquilizado en lugar de encerrarme en la burbuja de rabia y decepción que no me permitía ver más allá de mis narices.

Pero nunca es tarde para aprender, para comprender y, sobre todo, para corregirse.

Estábamos en el salón después de cenar: Matt y Chloe se jugaban al ajedrez cuál de los dos lavaría los platos; yo estaba acurrucada en el brazo de una de las butacas, y Logan, vestido con un chándal azul marino, estaba sentado en el sofá, con la pierna fracturada extendida y las muletas apoyadas a su izquierda.

—Así que vosotros sois novios. —Mia miró primero a Logan y luego a Alyssa para tratar de comprender qué había entre ellos.

En efecto, durante la permanencia de Logan en el hospital, Alyssa lo había visitado todos los días y su unión se había fortalecido.

—¡Jaque mate! —exclamó Chloe, que estaba sentada en la alfombra frente a la mesa de cristal del salón; Matt, al otro lado, sopló y se rascó la mandíbula punteada por la barba bien cuidada.

—Vaya, qué bien juegas —se quejó mi padre, pero la escena entre los dos no distrajo a Mia, que dedicaba toda su atención a su hijo y a Alyssa.

—Sí, señora Lindhom —respondió mi amiga, que reanudó la conversación algo abochornada.

Observé a Logan: sonreía y se alegraba de la presencia de su novia. En su cara todavía podían verse las secuelas del accidente —tiritas en las heridas de una ceja—, pero nada parecía disminuir su alegría.

Alyssa, sentada a su lado, apoyó la cabeza en su pecho y aspiró su aroma.

Pensé que hacían muy buena pareja y fruncí el ceño.

En aquel instante caí en la cuenta de que desde el accidente de Logan también había cambiado otra cosa: la actitud de Neil.

Míster Problemático volvía a comportarse de manera antipática y a mostrarse frío: no me prestaba atención y solo me saludaba de pasada cuando nos cruzábamos por la casa y se veía obligado a hacerlo.

No me había besado ni tocado de nuevo, no había vuelto a tener ningún trato conmigo.

A menudo me preguntaba cómo habrían sido las cosas entre nosotros si él me hubiera permitido entrar un poco más en su vida, si hubiera confiado en mí y me hubiera dejado conocerlo, y no me refiero a quitarse la ropa.

Me preguntaba a menudo si volvía a acostarse con Jennifer, o si frecuentaba nuevas rubias cuya existencia yo desconocía.

Sea como fuere, siempre llevaría conmigo la tormenta que desataban sus labios encajados en los míos y sus besos carnales, que anulaban las palabras y los pensamientos.

Instintivamente, me pellizqué el labio inferior con el índice y el pulgar, como si sintiera su sabor a tabaco en la lengua y su esencia en el paladar.

—Oía la voz de Neil… —Las palabras de Logan rompieron el flujo de mis recuerdos y captaron mi atención. Alguien debía de haberle preguntado por el coma—. Fue la tabla de salvación a la que me aferré en aquella oscuridad —susurró mirando al vacío.

Incluso Matt y Chloe se giraron a escucharlo.

—Sentía el calor de su mano en la mía, me hablaba, y recuerdo todo lo que me dijo. Sus palabras eran como descargas eléctricas en el pecho. —Sonrió y miró a su madre, que se secó rápidamente una lágrima que le resbalaba por la mejilla—. Creía que no saldría adelante y tenía miedo, pero su convicción me ayudó a no perder la esperanza. —El silencio reflexivo que flotaba a nuestro alrededor era impresionante: nadie dijo una palabra, estábamos concentrados en Logan—. Mantuve la promesa y…

Una voz intensa y abaritonada se superpuso a la suya.

—Volviste conmigo.

Neil apoyó el hombro en el marco de la puerta haciendo gala de todo su enigmático encanto. Parecía que acabara de llegar de quién sabe dónde. Las llaves del Maserati le colgaban de un bolsillo de los vaqueros oscuros y la cazadora de piel clara le ceñía el pecho, amplio y cubierto por un jersey oscuro que no lograba ocultar las líneas definidas de su musculatura. Tenía el pelo revuelto, como siempre; los ojos, dorados y encendidos, y los labios curvados en una sonrisa dedicada a Logan.

—Como tú, que siempre volvías a mi lado —replicó su hermano, pero ninguno de los presentes comprendió el sentido de sus palabras porque ellos tenían su propio lenguaje, que era incomprensible para los demás.

Fue entonces cuando Neil me miró y yo me sobresalté como si me hubiera quemado.

Tenía que dejar de reaccionar de aquella manera, al fin y al cabo no era tan difícil resistir… y…

Qué mentirosa.

Para mí era dificilísimo ocultar el efecto que sus ojos surtían en mí, y él debió notarlo, porque recorrió mi cuerpo con la vista para volver lentamente a la cara. Dejó de sonreír y se mordió el interior de la mejilla, reflexivo; como siempre, no logré entender si estaba pensando en algo negativo, quizá sobre mi ropa o mi pelo, demasiado largo y ondulado, o mi cara sin maquillar.

Me miró a los ojos y señaló la puerta con un gesto imperceptible de la barbilla. Arrugué la frente y volví a mirarlo a la cara. Neil se giró de espaldas y se encaminó hacia la cocina.

Quería que lo siguiera, era obvio.

Miré a mi alrededor para no despertar sospechas; todos habían reanudado sus conversaciones, excepto Logan, que me observaba casi preocupado.

Al fin y al cabo, él y Anna eran los únicos de la familia que conocían nuestro secreto.

Hice caso omiso, crucé el salón y me escabullí mientras sentía sus ojos clavados en mi espalda. Entré en la cocina, pero Neil no estaba allí, así que abrí la puerta acristalada del jardín.

El aire frío me embistió y me provocó escalofríos; me rodeé el cuerpo con los brazos, pero no volví a buscar el abrigo y salí. Caminé a paso lento, bajo un cielo lleno de estrellas, en busca del chico problemático que no dejaba de robarme partes del alma. Lo vi balanceándose en una hamaca cercana cuyos extremos estaban atados a dos palmeras.

Me detuve a admirar su perfil.

Parecía una obra maestra del arte escultórico.

La perfección de la nariz, la carnosidad de los labios, que envolvían el filtro del Winston y lanzaban bocanadas de humo en el aire, el ámbar de la piel y la miel de los ojos, que parecían aún más luminosos bajo el resplandor de la luna…, no pude sustraerme a su poder de seducción.

Respiré profundamente y sentí que me temblaban las rodillas a medida que me acercaba a él.

Como siempre, su encanto me subyugaba.

—Ven aquí —dijo mientras miraba el cielo oscuro, como si solo le importaran las estrellas y la nube de humo que se disolvía a su alrededor. Di unos pasos adelante y me detuve a reflexionar.

¿Dónde iba a sentarme? En la hamaca no cabíamos los dos y estaba demasiado abochornada para pedirle que me hiciera un sitio.

—Cabemos los dos —añadió girándose en mi dirección.

Su capacidad para leerme la mente me dejaba sin defensas. Con gran lentitud, me subí a la hamaca y me coloqué a su lado.

Neil levantó un brazo y lo miré consternada porque no me esperaba un gesto así. ¿Quería que me tumbara a su lado? ¿Abrazarme?

Evité aburrirlo con preguntas y me coloqué a su lado. Extendí las piernas y le puse la mejilla sobre el pecho mientras me rodeaba los hombros con el brazo. Respiré su aroma y absorbí su calor en la fría noche.

—Selene significa «luna», ¿no? —Neil me acarició el brazo con la mano derecha mientras contemplaba el cielo; con la izquierda sujetaba el cigarrillo.

Era la primera vez que me hacía una pregunta tan personal y una sonrisa espontánea me curvó las comisuras de la boca.

—Sí. ¿Quieres saber por qué mi madre eligió este nombre? Levanté la barbilla y estudié sus rasgos.

Me esforzaba en encontrarle defectos, pero no los tenía.

No me respondió, y aunque no sabía si tenía ganas de «hablar», me arriesgué y proseguí.

—Mi madre es profesora de Literatura clásica y apasionada de la mitología griega. Cuando se quedó embarazada estaba leyendo el mito de la diosa Selene y se le ocurrió ponerme este nombre —expliqué con una sonrisa tímida mirando la luna que resplandecía solitaria en el cielo. El aire estaba cargado de una paz profunda, trasmitía una soledad agradable, y un frío intenso rompía la barrera de calor humano que nuestros cuerpos juntos habían creado—. Normalmente la representan como a una mujer muy guapa, de cara pálida y delicada. Además, la mitología griega le atribuye muchos amantes subyugados por su encanto irresistible.

Me ruboricé al mencionar aquel detalle, a pesar de que era cierto. Yo no me consideraba una diosa, ni siquiera una mujer hermosa, pero me sentía honrada de llevar su nombre.

—Muchos amantes —repitió reflexivo; ninguna emoción se translució en su rostro impenetrable.

—Pues sí —confirmé. Se giró hacia mí y se apoyó sobre el abdomen la mano cuyos dedos índice y medio sujetaban el cigarrillo humeante.

—Deberías volver a Detroit —murmuró mirándome a los ojos, como si fueran un lugar misterioso en el que entretenerse. No comprendí por qué me había dicho algo así y, obviamente, no me hizo ninguna gracia.

—¿Por qué debería irme? —pregunté, y cerré el puño de la mano que tenía al lado de la boca. Me estaba poniendo a la defensiva, quizá por miedo a su respuesta.

—Porque aquí no estás a salvo —replicó. Desplazó la mirada al cielo y siguió fumando.

—¿Te refieres al hombre que te envía los enigmas? —pregunté apretándome contra él.

No lograba imaginarme lejos de allí, de su familia y de él. Era un pensamiento irracional, y era absurdo esperar que pudiera nacer un vínculo entre nosotros, pero tampoco quería excluir del todo la posibilidad de que sintiera algo, cualquier cosa, por mí.

Sabía muy bien que era una ligereza dejarse llevar por el instinto, pero a aquellas alturas había abandonado la razón. La vida merecía ser vivida en su plenitud, y a pesar de que no me había portado bien con Jared, no dudaría en volver a cometer los mismos errores.

—Sí, pero no solo a él. No quiero que tú… —se detuvo y se tocó la mandíbula sombreada por una barba incipiente que le confería un atractivo muy masculino.

—¿Que yo…? —lo incité a seguir. Dio otra calada al cigarrillo y retuvo el humo más de lo normal para luego soltarlo por la nariz.

—A veces el corazón se hace ilusiones que destruyen el alma. A menudo solo vemos lo que queremos ver, incluso si no existe —respondió con cinismo, distante, con una convicción difícil de rebatir.

—Yo no me hago ilusiones —repliqué tajante; sus palabras carecían de sentido y no entendía dónde quería ir a parar con tanto rodeo. Neil dio una última calada y tiró la colilla, luego me dedicó toda su atención.

—No lo entiendes, deberías…

No terminó la frase porque me acerqué a sus labios y los capturé con los míos. Neil abrió mucho los ojos, sorprendido, y apretó los dientes para impedir que lo besara, pero me restregué lentamente contra su cuerpo y, al cabo de unos instantes de resistencia, cedió con un gemido de frustración. Entreabrió los labios, cálidos y carnosos, y me permitió volar más allá de todos mis deseos, embriagarme de su sabor. Le puse una mano sobre el pecho y mis dedos resbalaron sobre la cálida lana del jersey.

Sentí los latidos de su corazón, pero era su alma lo que deseaba tocar.

Neil me metió los dedos entre el pelo, en la nuca, e inclinó el cuello para intensificar nuestro beso. Su lengua persiguió la mía de aquella manera apasionada y ruda que me impedía seguirlo. Mi corazón se extravió a cada contacto lánguido. Cuanto más me besaba más se encendía mi cuerpo. Del centro de mi pecho nacieron unas descargas eléctricas que resbalaron muslos abajo. Neil movía los labios con una seguridad y una experiencia que me excitaban y me provocaban ganas de él. Tuve que interrumpir aquel contacto lujurioso para respirar; me detuve y apoyé la frente contra la suya.

—Deberías alejarte de mí —insistió pasándose la lengua por los labios húmedos.

—No veo el motivo —dije angustiada; él me miró a los ojos contrariado. Captaba perfectamente sus cambios de humor.

—Si siguieras a mi lado… —Me acarició el cuello y bajó por el cuerpo, rozando cada parte de mí: el pecho, el estómago, el abdomen, los costados... Se detuvo en el botón de los pantalones y lo desabrochó; luego bajó lentamente la cremallera—. Te haría sentir deseada todos los días.

Metió la mano en los pantalones y me tocó las braguitas. Abrí los ojos porque me imaginé lo que tenía la intención de hacer, pero estábamos a la intemperie, en una hamaca, y corríamos el peligro de que nos descubrieran.

Sin embargo, no lograba pararlo.

Estaba paralizada, superada por la lujuria.

—Te convertirías en una adicta a mis manos.

Se puso a acariciar mis partes íntimas por encima del algodón, que a aquellas alturas ya se había humedecido. Me avergoncé de mí misma. El beso, como siempre, me había provocado reacciones físicas involuntarias que no lograba controlar.

—N-Neil —balbucí turbada.

Estábamos en el jardín... en el jardín... y...

—Te haría sentir un placer intenso... —Apartó la tela que le molestaba y me acarició con las yemas de los dedos, frías, los labios mayores, calientes e hinchados de excitación. Me ruboricé intensamente porque no podía ocultar lo mucho que mi cuerpo lo deseaba—... e inmediato.

Metió el índice dentro de mí y las paredes lo acogieron húmedas y maleables.

A pesar de que su toque me hacía perder el juicio, traté de sujetarle la muñeca y de respirar.

—Y profundo. —Neil siguió aturdiéndome con su tono ronco y experto. Empujó el dedo en profundidad y di un respingo, apretándole la muñeca pero incapaz de oponer una resistencia real.

—Para —le supliqué, aunque mi voz entrecortada le dio a entender todo lo contrario.

—Incontrolable. —Se puso a mover el dedo con un ritmo calculado—. Potente. —Aumentó la velocidad y tuve que morderme el labio inferior para no gemir y gritar.

Apreté los párpados y apoyé la frente en su pecho, aturdida.

—Te haría gozar, Selene, y te daría este placer agotador pero sublime todos los días.

Arqueé la espalda cuando se puso a estimular el clítoris con el pulgar, induciéndome a mover las caderas contra su maldita mano. Emití un gemido que no pude controlar y él sonrió con orgullo, más guapo que nunca.

—Chist…

Me riñó, continuando la lenta y seductora tortura, que me hizo esclava de una forma de placer increíble, delicado y obsceno. De repente temblé, y cuando me mordió el labio inferior y tiró de él con fuerza, mi sexo se cerró alrededor de su dedo como si quisiera absorberlo, presa de los síntomas de un orgasmo inminente que solo él era capaz de provocar. Jadeé despacio y hundí la cabeza en su pecho para contener los gritos.

—Te concedería el uso de mi cuerpo, de mis manos, de mi boca, de mi lengua, pero… —El tono abaritonado de su voz me hizo alcanzar el clímax. Las células de mi cuerpo se encendieron y una sacudida vibrante lo recorrió de las puntas de los pies hasta el abdomen; la razón se nubló, las piernas temblaron y los músculos de la pelvis latieron transportándome a una dimensión surrealista—. Solo obtendrías esto de mí —concluyó, críptico.

Cuando me recompuse, abrí los ojos tratando de recuperar el control de mí misma y, sobre todo, de respirar con normalidad. Sentí el labio inferior hinchado y dolorido, la respiración jadeante y mis partes íntimas húmedas y aún sacudidas por los agradables e incontenibles temblores del orgasmo.

Había captado pocas de sus palabras sueltas, pero la última frase me había quedado clara.

Solo obtendría eso de él.

Sacó el dedo de mi sexo y se lo acercó a los labios. Olfateó mi excitación como un animal y yo me ruboricé a pesar de que a aquellas alturas ya debería haberme acostumbrado a sus gestos descarados y obscenos. Luego se lo metió en la boca y lo chupó mirándome a los ojos. No dijo nada, pero tuve la impresión de que me decía: «Adoro tu sabor», y la fuerza con que su voz, tan masculina, retumbó en mi imaginación me hizo estremecer.

—¿Has entendido algo de lo que te he dicho? —preguntó divertido mirándome como la chiquilla inexperta que era.

Aborrecía ese aspecto inseguro y tímido de mí. A veces deseaba ser como las otras —audaz, desinhibida, descarada—, pero esa manera de ser no me pertenecía.

Bajé la cabeza y me abroché deprisa los pantalones, apreté las piernas y miré un punto indefinido de su pecho.

—No soy la clase de persona adecuada para tener una relación, no he nacido para tener a una mujer a mi lado. Y no es que no quiera, me gustaría, créeme…

Me levantó la barbilla con el índice y me obligó a mirarlo. En sus ojos entreví palabras no expresadas y pensamientos ocultos, miedos secretos y recuerdos terribles que lo habían convertido en un hombre desilusionado y problemático.

—Pero el niño y yo tenemos aún muchos problemas por resolver. —Se incorporó y se apartó de mí, se sentó en la hamaca y me arrastró consigo.

Ahora estábamos los dos sentados, nuestros cuerpos se balanceaban mientras la luna nos observaba.

Quién sabe qué pensaba de nosotros.

De una chica con muchos sueños y el corazón lleno de esperanza y de un chico problemático e inteligente atrapado en la red del pasado.

—¿Quién es el niño? —pregunté con poca convicción; puse las manos sobre las rodillas, dobladas.

A cada oscilación de la hamaca, los zapatos rozaban el césped del jardín.

—Neil —respondió con simplicidad, sin mirarme.

No entendía sus razonamientos introspectivos; a veces era demasiado enrevesado y misterioso y se me hacía difícil descifrar sus pensamientos, pero eso era lo que más me atraía de él.

—«En el cielo hay una estrella por cada uno de nosotros, y está lo suficientemente lejos para que nuestros dolores no puedan nublarla» —murmuré en voz baja—. Es una cita de Christian Bobin que podrías mencionarle al niño cuando esté triste —le susurré al oído, como si fuera una confidencia inconfesable.

Neil se giró a mirarme y arrugó la frente.

Sabía que no profundizaría en el tema porque ya había hablado demasiado para sus estándares, debía tener paciencia.

—Reflexiona acerca de lo que te he dicho. En estas dos semanas he follado con otras, como siempre he hecho desde el principio. ¿Sabes lo que significa? —preguntó, pero no esperó a que le respondiera—. Significa que a pesar de que me gustas,

Selene, no eres indispensable para mí. Eres el instante de locura que me hace perder la cabeza, solo eso. Quiero ser sincero contigo. Si no te has hecho ilusiones, tal y como dices, no te estoy decepcionando.

De repente me di cuenta de que tenía delante a una persona fría, encerrada en sí misma, rodeada por unos muros tan altos que era imposible derribarlos.

Desplacé la mirada cuando confirmó mis dudas: había estado con otras.

La idea de que otras mujeres lo tocaran y que él las tocara como hacía conmigo me volvía vulnerable y me ponía nerviosa. Un dolor sordo en el pecho acalló toda posibilidad de réplica. Abrí la boca y la cerré un par de veces, incapaz de pronunciar una palabra.

Su capacidad para neutralizar al interlocutor era envidiable.

Era realmente un magnífico cabrón.

—Espero que detrás de tu máscara de hielo haya un corazón que un día palpite por alguien —dije finalmente, a mi pesar.

Una extraña sensación me recorría la piel, el pecho me quemaba y las náuseas se abrían paso por la boca del estómago al pensar en lo que le había permitido hacer poco antes.

Tenía miedo de haberme enamorado perdidamente de él, y aquella certeza me asustó. Pero el amor llegaba cuando quería y no se podía programar ni controlar. El amor era un duende molesto que entraba en el pecho, se agarraba al alma y jugaba con el corazón provocando molestas palpitaciones incontrolables.

El amor era un monstruillo imprevisible y malhumorado, a veces bueno, a veces malo.

A menudo loco e inexplicable, discutible e ilógico.

Por primera vez en la vida yo era su víctima y no sabía explicar exactamente lo que sentía; solo sabía que había empezado a sentirlo cuando las imperfecciones de Neil se me habían antojado perfecciones que no encontraría en ningún otro.

—Ah, una última cosa. De ahora en adelante, toca a las demás chicas, bésalas y hazlas gozar —me burlé repitiendo sus palabras—, pero no vuelvas a acercarte a mí.

Bajé de la hamaca y haciendo gala de una serenidad fingida me mostré segura de lo que acababa de decir. Neil se puso de pie, dispuesto a dominarme con su imponencia, pero traté de no dejarme intimidar.

—Sabes perfectamente que te dejarás tocar todas las veces que yo quiera —replicó con arrogancia haciendo ostentación de toda su seguridad. Esbocé una sonrisa impertinente y me acerqué a él entornando los ojos.

—O quizá me deje tocar por uno de tus amigos para acabar de una vez por todas con mi inexperiencia. Por otra parte, tú mismo dijiste que... —Hice una pausa teatral y parpadeé sensualmente hablándole en los labios—. Debo aprender a besar —susurré en tono divertido, muy lentamente para que el mensaje llegara alto y claro.

Puede que mi actitud fuera inmadura y estuviera provocada sobre todo por los celos malsanos que sentía, pero del mismo modo que él vivía libremente y se acostaba con toda clase de mujeres, yo también podía hacer lo que quisiera. Si me volvía una fresca sería porque quería, no era asunto suyo.

Neil me miró fijamente, sombrío, y sus ojos asumieron una luz turbia y amenazadora; la habría considerado incluso excitante si no hubiera sabido que para él era muy difícil controlar sus impulsos.

—Será mejor que te vayas, Campanilla. —Algo tenebroso se ocultó tras el apodo con el que solía llamarme. Cada letra resbaló lentamente de su lengua y el timbre abaritonado se volvió penetrante y decidido.

Luego me miró con intensidad y mi instinto femenino me aconsejó no replicar. De repente, noté que el brazo derecho, extendido a lo largo del costado, le temblaba. Los dedos se movieron como si tocaran las teclas de un piano invisible y comprendí que probablemente trataba de descargar una extraña tensión que sentía dentro.

Retrocedí porque en aquel momento, sumido en la oscuridad e iluminado por el tenue resplandor de la luna, aquel hombre parecía un ángel caído cuya alma estaba atrapada en un cuerpo divino pero... peligroso.

36

Selene

Todo es culpa de la luna,
cuando se acerca demasiado a la tierra todos se vuelven locos.
WILLIAM SHAKESPEARE

«Te echo de menos. La universidad no es la misma sin ti.»

Levanté la vista al cielo porque Alyssa llamaba continuamente a Logan para decirle que lo echaba de menos.

Desde que tenían aquella especie de relación, no cesaba de decirme que Logan era perfecto, dulce, atento, inteligente, culto, romántico, sensible, intuitivo y, santo cielo, bien dotado y bueno en la cama; aquella debía ser, sin duda, una cualidad de los hombres de la familia Miller.

«De acuerdo, cariño, hasta luego», dijo con voz de gata para encantar a su recién estrenado novio.

—Estás exagerando. —Le eché una ojeada divertida mientras caminábamos por los pasillos de la universidad con los libros contra el pecho y la cabeza en las nubes.

—Soy una chica con suerte —replicó soñadora; pensé que de un momento a otro se pondría a dar saltos de alegría en medio de los demás estudiantes.

—Y muy romántica —gruñí.

—Qué amargada. ¿Cuánto hace que no follas? Pareces frustrada.

Arqueó una ceja y me miró con atención; su pregunta me hizo ruborizar.

Pero la cuestión no era esa: todavía no había establecido una buena relación con el sexo, y por lo tanto no tenía abstinencia.

Estaba nerviosa por lo que Neil me había dicho la noche anterior. En aquel momento de perdición, no había sido capaz de dar el justo peso a sus palabras, pero durante la noche le había dado muchas vueltas y había llegado a una conclusión: viajábamos sobre vías diferentes, quizá paralelas, cuyo destino era no encontrarse nunca.

Para él nuestra atracción era solo física, para mí era algo más, y lo había sido desde el momento en que acepté revivir con él mi primera vez para poder recordarla.

—No se trata de eso, el problema es… él. Él y su retorcida personalidad —solté. Necesitaba hablar con alguien, estaba cansada de guardármelo todo y de no intercambiar opiniones, de hablar con mi conciencia sin recibir consejos y escuchar opiniones diferentes de las mías.

—¿Te refieres a Jared?

Obviamente Alyssa no estaba al corriente de mi absurda vida sentimental, ni siquiera de que Jared y yo lo habíamos dejado.

Por un instante desistí de la idea de contárselo todo, pero la necesidad de quitarme de encima ese peso enorme se abrió camino en mi interior y me indujo a confiarme.

—No, no se trata de Jared.

Entramos en clase, pero sabía que no prestaríamos atención; en efecto, Alyssa se puso a hacerme una pregunta tras otra y yo se lo conté todo. Absolutamente todo.

—¿Así que has engañado a tu novio, o debería decir exnovio, con un pibón como Neil? Es decir, ¿tú te acuestas con Neil? ¿Con ese Neil? —dijo casi a voz en cuello.

—Baja la voz, nos van a echar. Sí, con ese —susurré fingiendo tomar apuntes.

—Madre mía, Selene. En esta clase hay más de una que daría un riñón a cambio de una noche con él, pero se rumorea que tiene una extraña preferencia por las rubias despampanantes y que no se acuesta con cualquiera —murmuró con una mano delante de la boca que me impedía leerle los labios.

Suspiré porque aquello no era un rumor, sino la pura verdad.

—¿Vuestros padres lo saben? —preguntó de nuevo, cada vez más curiosa.

—¿Bromeas? Claro que no.

No tenía ni idea de cómo reaccionarían si se enteraran de algo así. Me lo preguntaba a menudo, pero siempre evitaba pensarlo porque no quería darle peso a la reacción de mi padre. Nunca había hablado con él de mi vida privada y ni siquiera había tenido la ocasión de comentarle mis primeros enamoramientos, es más, el tema «hombres» siempre había sido tabú entre nosotros.

—¿En la cama es tan agresivo como parece?

Dios mío.

¿Qué clase de pregunta era esa?

Me ruboricé y el bolígrafo que tenía en la mano se cayó al suelo.

Alyssa se rio por lo bajo, divertida, mientras me agachaba a recogerlo.

—¿Qué clase de preguntas haces? —repliqué, tratando de hablar en voz baja pero en tono igualmente molesto.

Por supuesto, habría querido responderle. Era agresivo, rudo y apasionado, pero no se lo diría porque era reservada y lo que compartía con mi chico problemático era asunto nuestro.

—¿Y por lo demás? ¿Está bien dotado?

Puso las manos a la misma altura y señaló con los índices una hipotética longitud.

Abrí mucho los ojos.

¿Acaso se había vuelto loca?

La miré con perplejidad y ella contuvo una carcajada, luego separó aún más los dedos aludiendo a un tamaño superior…

—Sí, está bien dotado, pero déjalo ya.

Le di un manotazo suave en la muñeca para acabar con aquellas alusiones obscenas. Alyssa acercó el extremo de su bolígrafo a los labios y me observó con malicia, pensando quién sabe qué.

Yo, en cambio, me quedé reflexionando mi respuesta. No podía compararlo con ningún otro hombre, eso era cierto, pero estaba segura de mi afirmación. El cuerpo de Neil había sido concebido para volver locas a las mujeres hasta tal punto que desearan que les hiciera las cosas más increíbles, naturalmente todas perversas.

—Trata de no enamorarte. Es un chico especial y de carácter complicado. — Alyssa se puso seria de repente y me miró preocupada. Era de esperar.

Neil era incapaz de atarse a los demás; en su vida solo había sitio para Logan y Chloe, su corazón era una torre demasiado alta para conquistarla, casi infranqueable.

—Y encima es proclive a meterse en líos. Quiero decir que frecuenta a los Krew, a quienes todo el mundo teme. Son unos animales y él es su líder —murmuró horrorizada. En eso estaba de acuerdo con ella.

De todos los amigos de Neil, Jennifer era la que más detestaba. No había olvidado lo que me había hecho en el comedor a causa de sus celos enfermizos; además, fue ella la que envió las fotos, y quién sabe qué más, a Jared. Por si fuera poco, era la follamiga preferida de Neil porque era descarada, diabólica y, sobre todo, rubia.

Sacudí la cabeza y seguí respondiendo a las preguntas de Alyssa tratando de no pensar en la Barbie de los Krew; recordar sus horribles trenzas laterales o su cuerpo, sexi pero vulgar, me ponía nerviosa e inquieta.

Traté de concentrarme, en cambio, en los consejos, que no había pedido pero que podían serme de utilidad, que Alyssa me soltó al acabar la clase.

En su opinión, yo era una chica excesivamente buena e ingenua y mi carácter no encajaba con el de alguien como Neil.

Él era un chico de personalidad incontrolable y fuerte, era despierto y calculador.

Experto y listo.

Y yo lo sabía mejor que nadie.

Más tarde, en casa, las palabras de Alyssa seguían retumbándome en la cabeza mientras estaba en el salón con Logan, que masticaba sus queridos cereales incluso a aquellas horas de la tarde.

«Neil no es un chico cualquiera, Selene. A las niñas inocentes se las come con patatas. Debes comportarte como una mujer si quieres estar a su lado, una mujer capaz de plantarle cara.»

Y también: «Aprende a manejarlo, de lo contrario acabará aplastándote como si fueras una colilla».

—Puedo ver desde aquí los engranajes de tu cerebro girando a una velocidad impresionante —refunfuñó Logan sentado en el sofá con la pierna extendida, como había ordenado el médico, que también le había prescrito analgésicos y reposo absoluto durante al menos tres semanas antes de reanudar la vida normal.

No respondí; me acerqué a los labios el zumo que estaba tomando. No sabía si podía confiarle a Logan el motivo de mi tormento. Opté por cambiar de tema.

—Alyssa sabe lo de Neil —le dije. Logan dejó de masticar y de mirar la reposición de un partido de baloncesto para mirarme fijamente con una expresión indescifrable en la cara—. Y me ha dado algunos consejos al respecto —añadí abochornada, esperando que no preguntara cuáles puesto que se trataba de sugerencias sexuales que prefería no recordar.

—Ya sabes lo que pienso. —Suspiró—. Neil es una persona singular. —Lo era realmente. Era un enigma difícil de resolver—. Puedes divertirte con él, Selene, pero no puedes plantearte un futuro. Y te lo digo porque tú no eres... —Me miró y esbozó una sonrisa dulce—. Porque tú me pareces completamente diferente de las chicas que suelen rondarlo. Eres todo corazón, y por eso debes tener cuidado y no olvidar que él no es como los demás.

Sabía perfectamente que Neil no era la clase de chico que se dejaba engatusar con cuatro carantoñas o subyugar por una actitud de enfermera; en efecto, no era sencillamente hostil al amor, sino que negaba su existencia.

Para él, amar era una adicción de la que había que protegerse, algo negativo y perjudicial que lo asustaba porque le evocaba sensaciones adversas y dañinas.

Al oír mencionar a Neil, Anna, que estaba limpiando la plata, me lanzó una mirada que interrumpió el flujo de mis pensamientos. Lo conocía desde que era niño y me había aconsejado que no lo juzgara, que lo comprendiera, que interpretara su lenguaje mudo y tratara de entender por qué no quería comprometerse conmigo.

Decirlo era fácil; hacerlo, mucho más complicado.

Me espabilé y cambié de tema. Pasé un buen rato charlando con Logan de nimiedades y tratando de olvidar; él, el accidente, y yo, las preocupaciones.

Más tarde llegó Chloe, que en vez de unirse a la conversación se quedó dormida al lado de su hermano, vencida por el «aburrido» partido —así lo definió— que retrasmitían en televisión.

Cuando finalmente acabó la reposición, Logan hizo una mueca de dolor que enseguida noté.

—Logan —lo llamé al tiempo que le ponía una mano sobre el hombro; él sacudió la cabeza para tranquilizarme.

—De vez en cuando siento pinchazos, pero no es nada.

Me sonrió con la dulzura que lo caracterizaba y que hacía que todos lo consideraran una persona amable, y suspiré aliviada.

No debía de ser fácil convivir con el trauma provocado por un loco que por un motivo inexplicable quería hacernos daño.

—Lo vi, ¿sabes? —Se dejó caer de espaldas sobre el mullido sofá y miró hacia arriba reclinando el cuello. Sus ojos proyectaron en el techo las sombras de los recuerdos de su trágico accidente—. Llevaba una máscara blanca —añadió antes de que pudiera preguntarle nada.

Si lo hubiera visto bien, podríamos habernos dirigido a la policía con la descripción de su aspecto; quizá no era mucho, pero podía ser de ayuda. En cambio, todo eran obstáculos. Quienquiera que fuera Player, sabía cómo moverse porque no dejaba más huellas que los enigmas.

—Estaba detrás de mí, conducía un todoterreno negro del que no recuerdo la matrícula. Tocaba la bocina y me deslumbraba con los faros. —Su voz se redujo a un susurro quejumbroso, inclinó la cabeza y se miró la pierna—. Además de la máscara, todo lo que pude ver por el retrovisor fue que levantó una mano para saludarme antes de que… —Se detuvo, la voz tembló. No quería obligarlo a contármelo, así que esperé y entretanto le acaricié el dorso de la mano—. Antes de que tratara de frenar para evitar una curva demasiado cerrada y peligrosa. Pero los frenos no respondieron y perdí el control del coche…

No pudo acabar. Tragó aire y apretó los puños con rabia. Lo miré conmocionada por su revelación. Se trataba de un último detalle del tercer enigma que Neil había descifrado.

¿Cuántos más habría?

Y sobre todo, ¿quién sería el próximo?

—¿Lo sabe Neil? —susurré cogiéndole la mano; un sufrimiento sordo me encogía el corazón. Logan asintió y, nervioso, se mordió el labio inferior.

—Sí, se lo he contado, por eso está tan agitado. —Me miró como si tratara de advertirme de algo.

No tenía la intención de alterar el estado de ánimo de su hermano, sin embargo Logan pareció preocupado por mí.

—Descubriremos quién es y las pagará.

La contundencia de mis palabras se me antojó fingida, porque en realidad lo que me había contado me había impresionado más de lo que daba a entender.

Player 2511 se mostraba con una máscara blanca, y a juzgar por las fotos que nos había enviado nos espiaba como un verdadero acosador. Nos perseguía, quizá estaba al acecho fuera de la villa, bajo las ventanas de nuestras habitaciones, en la universidad y en los lugares que solíamos frecuentar.

Nos vigilaba, era un demonio invisible cuya presencia advertíamos.

Me sentía como si camináramos con los ojos vendados por un laberinto lleno de peligros.

Podíamos sospechar de cualquiera, todos eran enemigos en potencia, incluso el amable vecino o el insospechable mejor amigo.

Lo pensé durante todo el rato que duró el largo baño caliente que me tomé para aliviar la tensión muscular acumulada. Sin embargo, nada me tranquilizó. Me vestí de nuevo y comprendí que necesitaba hablar con Neil, que era el único con quien podía comentar el tema.

Los únicos que conocíamos la verdad éramos nosotros tres: Logan, Neil y yo.

Me dirigí a su habitación a las nueve en punto de la noche, tras ponerme una sudadera holgada con cremallera —que dejé abierta— lo suficientemente larga para cubrirme el trasero; debajo llevaba una camiseta que me llegaba a la cintura, sobria pero ceñida, y unos leotardos ajustados que me marcaban las formas. El pelo, suelto y ondulado, estaba algo revuelto porque me lo había secado deprisa y corriendo sin preocuparme por darle una forma, y en la cara, pálida como siempre, no llevaba maquillaje.

Llamé dos veces a la puerta mientras el acostumbrado

huracán se desataba en mi estómago. O quizá debería llamarlo un ciclón tropical de emociones.

Las imágenes de lo que había ocurrido en aquella habitación afloraron en mi mente como un largometraje indecente que tuvo el poder de provocarme una cierta languidez entre las piernas, una reacción física que cada vez se hacía más difícil controlar. Aquel chico se había apoderado de mi púdica alma y la había plasmado en otra que se sentía atraída por el poder seductor de la lujuria.

Respiré profundamente para calmarme y jugué con un cordón de la sudadera a la espera de que me abriera, pero no oí pasos ni ruido detrás de la puerta que me indicaran su presencia, así que la abrí lentamente. Eché un vistazo al interior: la habitación estaba vacía.

No había ni rastro de Neil. No sabía cuándo había salido ni, sobre todo, dónde estaba.

Entré con paso lento y encendí la luz. El contraste entre el azul cobalto y el negro dominaba la decoración, de las paredes al mobiliario, típicamente masculina, que creaba una atmósfera sugestiva. Avancé y miré a mi alrededor. Percibí su aroma fresco en el aire. La habitación estaba ordenada y limpia.

La cama extragrande, colocada en el centro, estaba cubierta por una colcha oscura, la misma que había apretado entre las manos mientras su cuerpo dominaba el mío para hacerme esclava del placer. Sentí los fuertes golpes de pelvis, la fuerza explosiva de las manos, la respiración irregular pero controlada que le permitía no superar los límites que él mismo se imponía. Sentí los labios avasalladores y la lengua eléctrica; lo reviví todo, y una repentina sensación de angustia me obligó a sentarme en el borde de la cama.

La respiración se aceleró a causa de los recuerdos impúdicos y los ojos se posaron en la moderna mesilla, donde estaba el cenicero con forma de calavera. Pero a su lado noté otra cosa. Era un cuaderno, una libreta personal.

Lo cogí e inspeccioné la cubierta, marrón opaco, sin título ni impresiones que pudieran revelar su contenido; luego la abrí, a pesar de darme cuenta de que estaba invadiendo la privacidad de Neil, lo cual, por otra parte, ya había hecho introduciéndome en su habitación.

Si me descubría, se pondría como una fiera.

Temblé con solo pensarlo, pero la curiosidad no se desvaneció y me puse a hojear las páginas de la libreta.

Me quedé de piedra.

«Dios mío…», susurré al ver los dibujos arquitectónicos, tan realistas que parecían fotografías. El primero representaba unas columnas de la Antigua Grecia, el segundo, un templo, el tercero reproducía nuestra casa tal como era. También había cálculos, medidas, relieves, números y apuntes de los que no entendía nada; en cualquier caso, el orden y la precisión eran impresionantes.

Seguí hojeando las páginas, acariciando aquellos dibujos increíbles, y pensé en lo bueno que era.

A Neil le gustaba dibujar y por lo que parecía tenía talento.

«Ocultas tus cualidades al mundo, ¿eh?» Sonreí mientras pasaba las hojas y me detuve en el dibujo de la casita. La había reproducido a la perfección, como los demás edificios. ¿Quería ser arquitecto?

Probablemente sí.

No sabía mucho al respecto, pero estaba convencida de que tenía dotes especiales para serlo y que sus manos eran capaces de crear algo magnífico.

Puse la libreta en su sitio, me levanté de la cama y eché un vistazo a su librería personal. No era como las demás, sino que estaba compuesta por segmentos geométricos en forma de L que formaban una composición irregular en la pared. Cada segmento armonizaba con los tonos de la habitación.

Ya me había fijado en ella las otras veces, pero nunca le había prestado atención porque siempre había pensado que a Neil no le gustaban mucho los libros, que no era dado a la lectura; sin embargo, si conocía a Nabokov y a otros autores que había mencionado en alguna conversación, probablemente tenía una cultura vasta de la que no le gustaba presumir.

Cuando me puse a curiosear, mis sospechas se confirmaron.

En su librería había de todo: de Octavio Paz a Salinger pasando por Ian Fleming.

Vi *Lolita*, de Vladimir Nabokov, pero sobre todo Bukowski, muchísimo Bukowski.

Había un montón de libros suyos: *Mujeres*; *Erecciones*,

eyaculaciones, exhibiciones; Ausencia del héroe; Escritos de un viejo indecente... Al ver este último arqueé una ceja y me dejé escapar una sonrisita divertida; luego vi otro, *El amor es un perro del infierno*, leí el título en voz alta y me puse seria. Puede que a Neil le gustara ese autor porque era un hombre transgresor que asociaba el amor a la sexualidad y era muy hábil describiendo fantasías eróticas masculinas con palabras poéticas y profundas.

—Bukowski es su escritor preferido.

Me sobresalté al oír la voz de Chloe y el libro que tenía en las manos se cayó al suelo.

—Perdona, solo estaba..., solo...

Me agaché a recogerlo para devolverlo a su sitio mientras ella se acercaba con una expresión divertida.

Quién sabe cómo era mi cara en aquel momento.

Vaya papelón.

—No te justifiques, Selene, mi hermano habla poco de sí mismo y suscita mucha curiosidad.

Cruzó los brazos y miró la extravagante librería de Neil; luego volvió a colocar exactamente como antes los libros que yo había tocado.

—Mejor no dejar huellas. No le gusta que toquen sus cosas —murmuró mientras comprobaba que todo estuviera en su sitio.

—He venido a hablar con él, pero después...

Ni siquiera sabía qué decir, no había justificación para un comportamiento tan poco respetuoso. No debí entrar sin permiso en la habitación de Neil.

—No le diré nada. —Chloe me guiñó un ojo con complicidad; suspiré aliviada y me ruboricé a causa del apuro.

—Siempre hemos estudiado mucho, desde que éramos pequeños. Nuestros abuelos eran especialmente severos y exigentes. Imponían a nuestros padres que nos matricularan en los colegios más prestigiosos de Nueva York, querían que fuéramos instruidos, cultos y estudiantes modelo —explicó mirando fijamente un punto cualquiera de la librería—. A Neil le gustan la literatura, la filosofía y la astronomía, pero no comparte sus pasiones con nadie. Lee por las noches, sobre todo cuando no puede dormir. O bien dibuja edificios u objetos… Es decir, reproduce todo lo que ve. —Sonrió mirándome intensamente a los ojos.

A pesar de que a veces discutían, Chloe admiraba mucho a su hermano, lo cual ponía en evidencia el vínculo único que los unía.

—Siempre he pensado que hay mucho más detrás de su aspecto —dije tratando de disimular el interés profundo que sentía por Neil; al fin y al cabo, Chloe no estaba al corriente de lo nuestro.

—Si lo estás buscando, creo que ha ido a la casita, pero… —no la dejé acabar.

—Vale, voy hacia allí —dije expeditiva—. Gracias, Chloe. Si no le comentaras esta gilipollez que he hecho, te lo agradecería.

Junté las manos como si rezara y me dirigí rápidamente hacia la puerta.

Luego fui en busca de Neil. Quería hablarle de lo que me había contado Logan a propósito de Player 2511 e informarme de si había recibido más enigmas o si tenía alguna nueva pista.

En cualquier caso, conocer aquellos detalles de su vida no había hecho más que aumentar la atracción fatal que me inducía a seguirlo en las tinieblas que lo envolvían.

En aquel instante, me arrepentí de haber elogiado la cultura de Kyle aquella noche en el jardín y de haber menospreciado los conocimientos de Neil; lo había tratado con superioridad y él, en efecto, me había desmentido citando una frase de Nabokov, gracias a la cual había descubierto que teníamos una pasión en común: la lectura.

Bajé a toda prisa, jadeando, la escalinata de mármol y salí al jardín por la puerta de la cocina. Temblé a causa del frío, que me animó a caminar más deprisa para entrar en calor.

Dejé atrás la piscina y fui directa a la casita, iluminada por la luz interior que se filtraba por los amplios ventanales, esta vez con las dobles cortinas echadas.

¿Estaba solo?

Por si acaso, llamé al timbre mientras los dientes me castañeaban y me frotaba las manos; debí haberme puesto algo de más abrigo, pero la impaciencia por verlo me había hecho olvidar hasta mi nombre. Neil seguía provocándome ese absurdo efecto.

—Hola, muñeca.

Puse cara de sorpresa al encontrarme de cara con Xavier. Tenía los ojos brillantes y las pupilas dilatadas. Le miré el *piercing* del labio inferior, la sudadera negra y los vaqueros oscuros que ceñían las largas piernas. Esbozó una sonrisita malvada y mi seguridad se esfumó.

—Busco a Neil.

Me aclaré la voz y me llamé «imbécil» mentalmente. Debería haber retrocedido y largarme en vez de preguntar por él. En cualquier caso, el error más grande que cometí fue entrar en la casita cuando Xavier se apartó invitándome a entrar y a ponerme cómoda.

—Esa sudadera es demasiado larga, muñeca —dijo cerrando la puerta a mis espaldas mientras me miraba el trasero con descaro. Me subí la cremallera hasta el cuello para cubrir la camiseta ajustada y avancé por el salón que recordaba destrozado, pero que entonces estaba perfectamente ordenado.

La estufa de pellets estaba encendida y en la casita hacía tanto calor que enseguida se me pasó el frío. Vi a Luke sentado en el sofá esquinero, estaba inclinado hacia delante con los codos apoyados en las rodillas. Me miró con recelo y frunció el ceño, pensativo.

—¿Qué hace ella aquí? —le preguntó a Xavier, como si yo no estuviera.

—Y yo qué coño sé —respondió el otro poniéndose a mi lado. Me echó una ojeada al pecho y esbozó una sonrisa de burla.

—Alguien debería darle lecciones de feminidad. ¿Qué llevas puesto? Ni siquiera se te ven las tetas —dijo tomándome el pelo; luego se sentó al lado del rubio, que no hizo ningún comentario despectivo.

Advertí un extraño olor, que no supe reconocer, mezclado con el del sexo, que en cambio había aprendido a identificar gracias a una persona concreta.

—¿Cómo estás, cabrona? —Me sobresalté cuando Jennifer, medio desnuda y con sus odiosas trenzas, apareció por detrás.

Llevaba un sujetador negro y unas braguitas casi invisibles de lo sucintas que eran.

Pasó por mi lado y se dirigió descalza hacia Xavier, se sentó sobre sus rodillas y me observó asqueada.

Dios mío cómo la odiaba, y mi mirada le estaba diciendo cuánto.

—¿Estás enfadada, princesa? —se burló al tiempo que pasaba un brazo por la nuca del moreno, que le besó el pecho comprimido en aquella lencería ceñida y vulgar.

—Por lo que parece, insistes en perder la dignidad saltando de hombre en hombre —solté sin filtro; su cara de falsa muñeca de porcelana me suscitaba una rabia que no lograba controlar.

—La cría tiene huevos —dijo Luke levantándose del sofá. Retrocedí cuando vi que se dirigía hacia mí, pero por suerte no me molestó y se dirigió a la cocina abierta. Puede que fuera la única persona normal en aquel grupo de fanáticos, pero no me fiaba de ninguno de ellos, por lo que me coloqué en un rincón de la habitación desde donde podía vigilarlos a los tres.

—No me sermonees. Tampoco eres tan mojigata si te acuestas con el peor de todos.

Me guiñó un ojo y yo apreté los labios para no responderle y evitar una pelea. Pero esta vez estaba dispuesta a reaccionar.

—A mí me gustaría descubrir qué sabe hacer. —Xavier le dio otro beso a Jennifer, esta vez en el cuello, y levantó una comisura con malicia.

—No sabe hacer una mierda, es obvio. —La rubia se inclinó hacia delante y cogió de la mesa un cigarrillo suelto muy diferente de uno normal.

Se lo acercó a los labios y lo encendió; luego se puso a dar bocanadas de humo denso.

Observé entonces la superficie de cristal llena de paquetes de aperitivos, vasos vacíos, dos botellas abiertas de alguna bebida alcohólica y dos bolsas transparentes con pastillas. El cenicero rebosaba de colillas y chicles.

—¿Queréis algo más? —preguntó Luke a mi espalda, luego se acercó con una lata de cerveza en la mano y observó a la peculiar pareja sentada en el sofá.

—No, tenemos bastante —replicó Xavier, tocándole un muslo a Jennifer. Ella, que saboreaba lo que supuse que era un porro, me miró fijamente y soltó una bocanada de humo.

—¿Has probado el sexo al opio, princesa? —Jennifer volvió a la carga contra mí, pero yo no tenía la intención de caer en su trampa. No quería perder el tiempo con alguien como ella.

—¿Dónde está Neil? —pregunté con decisión; ella me respondió con una carcajada malvada y sardónica. La odié todavía más.

—Está jugando al escondite. Te esperaba, ¿sabes? Encuéntralo.

La rubia me guiñó de nuevo un ojo. Se divertía tomándome el pelo. Eché una ojeada furtiva a la puerta cerrada de la habitación y se me hizo un nudo en la garganta.

Si no estaba con Jennifer, ¿con quién estaba?

—Creo que deberías marcharte.

Luke se me plantó delante interponiéndose entre yo y sus amigos. Levanté la barbilla para mirarlo a los ojos y fruncí el ceño.

¿Por qué motivo un miembro de los Krew trataba de... protegerme o de darme un consejo?

—No van a parar. Dentro de poco estarán completamente colocados y la situación podría empeorar. —Era la primera vez que Luke se dirigía a mí en un tono parecido a la amabilidad, pero no dejaba de ser uno de los Krew, por eso no me fiaba de él.

En aquel momento se abrió la puerta de la habitación y apareció la persona a quien buscaba. Me puso los ojos encima y trazó con lentitud el contorno de mi cuerpo para hundirse después en mi mirada.

Neil estaba guapísimo, como siempre. Solo llevaba puesto el bóxer negro. Los dos tatuajes, que yo adoraba, eran como manchas de tinta que destacaban sobre la piel de color ámbar; su cuerpo era tan memorable que se grababa a fuego. Siempre lo recordaría, aunque luego hubiera otros hombres.

Me miró durante un tiempo que no supe medir y parpadeó varias veces para estar seguro de que no era una alucinación; luego suspiró molesto y se encaminó hacia mí contrayendo los músculos a cada paso.

De repente, a su espalda, salieron de la habitación Alexia y una chica rubia y pequeña, pero de curvas exuberantes; las dos traspuestas y todavía excitadas.

Neil era rudo, carnal, ávido.

Sus manos reclamaban a la mujer que poseía, hasta absorber toda su energía.

A medida que se acercaba, temblaba de rabia y miedo; me sentía en vilo entre el paraíso y el infierno, lo veneraba como a una divinidad y a la vez lo odiaba porque era un cabrón.

Aquel cuerpo de gigante, gallardo y viril, emanaba un fuego de lujuria y cólera que creaba un profundo conflicto en mi interior.

Alexia, por suerte vestida, se sentó al lado de Jennifer con una mueca de satisfacción en la cara, maquillada de manera vistosa; la rubita, en cambio, envuelta en una sábana y con cara de que se la acababan de follar a base de bien, se detuvo detrás de Neil, que cubría por completo su figura, y tuvo que inclinar la cabeza de lado para mirarme.

Era yo la que no pintaba nada allí, no ella.

Era yo la que estaba de más.

Cuando Neil me miró y se plantó delante de mí Luke se aclaró la garganta.

Si hubiera querido pasar de mí, lo habría hecho; quería, en cambio, que lo viera, que oliera el aroma a gel de baño con el que acababa de lavar las huellas del sexo consumado con otras mujeres, aunque las huellas fueran en realidad todavía muy visibles: labios hinchados, mejillas algo enrojecidas, músculos en tensión y mirada excitada fueron como una bofetada en plena cara.

Y dolía.

Dolía mucho.

—¿Qué tiene? ¿Le ha comido la lengua el gato? —preguntó Alexia. Ni siquiera la miré. Por otra parte, el unicornio azul era insignificante para mí. Di un paso atrás y cogí aire. Sentía que algo me aplastaba el pecho y me impedía respirar con normalidad.

Entretanto, Neil permanecía inmutable y me miraba.

Parecía un animal salvaje prisionero en una jaula de cristal, un animal que llenaba su vida con experiencias vacías que compartía con mujeres igual de vacías.

—Algunas personas no merecen nuestra sonrisa, mucho menos nuestras lágrimas —murmuré tras un largo silencio que había captado la mirada de todos—. Lo dijo Bukowski —añadí provocativa, fulminándolo con la mirada.

Arrugó la frente y encajó el golpe.

—Las mujeres están destinadas a sufrir; no hay que maravillarse porque pretendan grandes declaraciones de amor. —Su voz, abaritonada y sensual, me provocó un vuelco al corazón—. Eso es lo que él te habría respondido.

Me miró los ojos y los labios. Yo me quedé encantada, pero decepcionada.

—¿De qué coño hablan? —soltó Xavier rompiendo el silencio.

Neil interrumpió el contacto visual y se sentó en uno de los taburetes de la cocina.

Le hizo un gesto a la rubia con el índice para que se acercara; ella obedeció.

—Todavía no ha tenido bastante, muñeca. Y no estará satisfecho hasta que no te parta en dos —comentó, vulgar, Xavier; Jennifer seguía sentada sobre sus rodillas.

—Creo que ha llegado la hora de que te vayas, Selene —insistió Luke, que entretanto había vuelto de la cocina. Sin embargo, yo no podía apartar la vista de Neil, que le quitó la sábana a la chica desvelando sus curvas delicadas y proporcionadas.

Se puso a trazar el perfil de su cuerpo; noté la marca roja de unos dedos sobre su nalga y arañazos en los costados.

Marcas de pasión.

Luego Neil le acarició los pechos expuestos solo a sus ojos, hermosos pero carentes de emoción, y la espalda de la chica se arqueó cuando los apretó. Entonces acercó los labios a los pezones y giró la lengua alrededor mientras la miraba a los ojos con lascivia.

Quería hipnotizarla, subyugarla, como hacía con todas.

Una puñalada trapera me habría dolido menos.

Di un paso atrás, trastornada, pero él siguió dedicándole atenciones con la boca y las manos hasta que metió los dedos entre su pelo y la incitó a ponerse de rodillas.

La chica obedeció su tácita orden.

Mientras la sujetaba por el pelo, se bajó el bóxer con la otra mano y dejó al descubierto una erección turgente y majestuosa.

—Eso sí que es una polla —comentó Alexia, divertida. Jennifer coreó su ocurrencia con una carcajada sardónica. Su comentario no me sorprendió, era lo que todas pensaban.

Sin embargo, aquel gesto descarado fue demasiado para mí: aparté la mirada y clavé los ojos en las puntas de las zapatillas deportivas evitando mirar. Pero empecé a oír.

Todo.

Oí los sonidos guturales que emitía la chica.

Sus golpes de tos cuando probablemente él se la metía demasiado dentro.

Oí un lamento femenino porque quizá el miembro de Neil era demasiado grande para que le cupiera completamente en la boca.

Luego oí un quejido sensual porque probablemente la chica había encontrado el ritmo adecuado y le estaba gustando hacerlo.

No lo sabía, no sabía lo suficiente.

Eran conjeturas, no quería mirar.

No quería que se me quedara grabada la imagen de algo tan escandaloso.

—¿No miras, muñeca? ¿Te acuestas con él y ahora te haces la tímida? —preguntó Xavier, pero solo aquellas dos cabronas que se sentaban a su lado le rieron las preguntas sarcásticas.

Levanté la vista y miré a Luke, que se limitó a beber un sorbo de cerveza como si lo que estaba pasando en un rincón de la cocina fuera lo más normal del mundo. Luego miré a Neil. Ni un gemido ni un suspiro salían de sus labios; ni siquiera perdió el control cuando, tras unos minutos que se me antojaron eternos, se corrió en la boca de la chica y soltó su voluminosa melena rubia.

—Límpiamela —dijo Neil en un tono tranquilo que no era propio de un hombre que acaba de tener un orgasmo; ella obedeció. Recorrí con la mirada su cuerpo tenso y vi cómo se ponía el bóxer. Luego lo miré a los ojos, le mostré todo mi desprecio y reuní valor para decirle lo que pensaba de él.

—Eres un depravado —murmuré asqueada sacudiendo la cabeza—. Todos lo sois.

Miré a la rubia, ahora de pie y girada hacia mí, que se lamió rápidamente de la comisura una gota perlada.

El pecho desnudo y henchido de placer, así como el pubis

lampiño y el vientre plano, en que destacaba un *piercing* rosa en el centro del ombligo, eran ahora bien visibles.

Neil se quedó sentado en el taburete y cruzó los brazos, como si acabara de tomarse un café en vez haberse dejado hacer una mamada por una desconocida delante de cinco personas.

Vi a Luke dejar la lata de cerveza en la isla de la cocina, justo al lado del cabrón de Neil, y lo seguí con la vista mientras se encaminaba de nuevo hacia mí.

No lo pensé dos veces.

Me dejé llevar por el instinto porque no había palabras para expresar lo que sentía.

Era como si tuviera un millón de cuchillos clavados en las costillas, en el estómago, el vientre, y contarlo era imposible.

Lo agarré por las solapas de la cazadora de piel y me puse de puntillas para llegar a sus labios.

Cerré los ojos y lo besé.

Quizá me arrepentiría, o quizá buscaría justificaciones banales para acallar mi conciencia, pero ya lo pensaría más tarde.

Tras un primer momento de sorpresa, Luke entornó los labios y correspondió mi estúpido y descarado gesto.

Me sujetó por las caderas y me atrajo hacia él; noté la protuberancia de sus vaqueros empujar contra mi vientre.

Me agarré con fuerza a las solapas y saboreé su paladar, que sabía a cerveza. Su mano resbaló hasta mi trasero; cuando lo palpó, apreté los ojos y me obligué a permanecer inmóvil.

Tenía ganas de llorar, porque eran otros los labios que deseaba, los de otra persona de la que me había enamorado.

¿Tan descabellado era experimentar un sentimiento puro y desear estar al lado de la persona que me provocaba unas emociones tan arrolladoras?

¿Tan descabellado era no ser una experta en sexo, creer en el amor y tener la convicción de que juntos podíamos enfrentarnos a todo?

Evidentemente sí.

La imagen de la rubia satisfaciendo a Neil me atormentaba la mente, así que me esforcé en concentrarme en Luke y en la maestría de sus besos. Luke besaba realmente bien, era apasionado y carnal, pero menos que Neil.

Menos que aquel chico problemático, loco e indecente.

Pero mi cuerpo solo reconocía el suyo, mis sentidos, solo los suyos, y mi piel, el calor de la suya.

Por desgracia, entendí que nada ni nadie podrían igualar la intensidad de los momentos vividos con él.

Luke me acarició la mejilla y recogió una lágrima con el pulgar. Me di cuenta de que no había sido un simple beso, sino instinto, sufrimiento y rabia.

—Ahora sí que has hecho una gran gilipollez —susurró condescendiente apoyando la frente en la mía para que ambos pudiéramos respirar.

No entendí si se refería a que me arrepentiría o a una posible reacción de Neil.

—Me ocuparé de eso más tarde —repliqué con una sonrisa triste.

No lograba comprender por qué Neil había hecho aquello en mi presencia, no entendía qué quería demostrarme. Ya había visto que se había divertido con las dos chicas en la habitación, no hacía falta que lo corroborara.

—¿Qué acabo de ver?

Xavier se levantó del sofá sacándose de encima a Jennifer; yo, en cambio, me aparté de Luke y miré a Neil, que, de pie, observaba a su amigo con seriedad turbia y expresión glacial en el rostro en tensión. De repente, como una bestia enfurecida, se encaminó hacia mí, me agarró del codo y me empujó hacia la puerta.

Se adhirió a mí y pude sentir el calor de su piel desnuda a través de la ropa. Cada rincón de su sensual cuerpo encajó a la perfección con los míos.

Mi nariz rozó sus pectorales antes de que inclinara el cuello para alinear nuestras caras.

Nos desafiamos con los ojos como si fuera un duelo a muerte.

—Has hecho una cagada y fingiré no haber visto nada, pero desaparece de mi vista ahora mismo o te follaré contra esta puerta para que mi amigo vea cómo disfrutas cuando te la meto dentro con todo el amor que tanto anhelas —susurró con la voz temblando de rabia—, niñata —me amenazó mirándome fijamente los labios húmedos de la saliva de otro; me pasé la lengua por encima para saborearla y provocarlo.

—Quizá lo prefiera a él y te toque a ti mirar, como tú querías que mirara a la rubia mientras te…

Pero no pude acabar la frase porque Neil me agarró del codo, abrió la puerta y me empujó de mala manera fuera de la casita, al aire frío de la noche.

Estaba enfurecido. Lo noté porque respiraba entrecortadamente y la tensión le agarrotaba las venas en relieve; parecía a punto de explotar.

—¡Vete a tomar por culo! —prorrumpió impetuoso antes de darme con la puerta en las narices.

—¡Vete tú, idiota!

Me giré y le grité a la madera sabiendo que podía oírme. Un calor anómalo me incendió el pecho. Di unos cuantos pasos y volví atrás dejándome dominar por la rabia.

—¡Idiota y depravado! —grité de nuevo con furia ciega antes de dar una patada a la puerta mientras risas y voces divertidas se burlaban de mí en el interior de aquella maldita casita.

Neil era exactamente eso: un monstruo divino, bello pero… engañoso.

37

Neil

Me gusta ser la persona perfecta en el lugar equivocado,
y la persona equivocada en el lugar perfecto.
En esas situaciones es cuando ocurren las cosas más interesantes.

ANDY WARHOL

Había besado a Luke.

No a uno cualquiera, sino a Luke Parker, un miembro de los Krew, y eso quería decir una sola cosa: peligro.

Le había dicho expresamente que podía hacer lo que quisiera con quien le apeteciera, pero no con uno de ellos, mierda.

No con uno de ellos.

Estaba tan nervioso que me había fumado un paquete entero de Winston en pocas horas.

Unos días antes había decidido alejarla y la rubia de la noche anterior no había sido más que un medio para alcanzar este fin.

Selene no había mirado, mientras que yo solo la había mirado a ella.

Para un hombre, en general, no es fácil tener dos erecciones en pocos minutos, sobre todo después de haber follado con dos mujeres a la vez.

Sin embargo, había sido suficiente con ver a Selene en el salón de la casita para sentir bombear la adrenalina en las venas.

Estaba enfadado porque verla allí, mezclada con los Krew, con la cara descompuesta y su inocente expresión de decepción, me había obligado a sacarla de allí de inmediato.

Había oído las ocurrencias obscenas y provocadoras que los Krew le habían dirigido y de las que ella había hecho caso omiso con su acostumbrada elegancia y determinación, porque Selene era más fuerte de lo que parecía.

Luego me acerqué a ella únicamente con el bóxer puesto y, cuando estuve lo bastante cerca para distinguir su puto aroma a coco, como una ola que rompía contra el viento esparciendo sus gotas en el aire, me arrepentí de lo que iba a hacer con la rubia.

Selene era fresca como el aire en invierno, luminosa como el amanecer, delicada y pura en todos sus gestos, incluso cuando retorcía el borde de la sudadera tratando de disimular su apuro. Era agresiva como un felino cuando algo la irritaba, pero también frágil como el cristal, inmensa como el océano, y yo quería rozar aquella línea del horizonte que separaba el mar del cielo, lo quería realmente, pero no podía… No podía hacerlo.

Cuando vi que besaba a Luke, comprendí que lo hacía para provocarme, porque Selene no estaba entregada. Lo besó con pasión, pero sin sentimiento; no hubo rubor en sus mejillas ni los escalofríos recorrieron su cuerpo, menudo pero atractivo a rabiar. Joder, me habría gustado tirármela contra la puerta para mostrarles cómo gozaba solo conmigo.

Me habría gustado morder aquellos morritos que a menudo torcía espontáneamente y mirar de cerca el océano de sus ojos, enmarcado por unas pestañas espesas y largas; sentir sus caderas moverse al ritmo de las mías, el pecho firme encajado a la perfección en mi boca. Y no porque el niño quisiera follársela para imponerse, como hacía con las otras, sino porque a él le gustaba volar con ella sobre el país de Nunca Jamás.

Lo cierto es que, a pesar de que era un depravado, como había dicho la misma Selene, y estaba enfurecido, nunca habría hecho nada semejante en presencia de los Krew. Nunca habría permitido que mis amigos oyeran sus gemidos sensuales ni vieran el lunar que tenía en el pecho derecho, justo al lado del pezón; y tampoco habría permitido que notaran lo estrecha que era y lo mucho que gritaba cuando me movía dentro de ella.

Eran detalles que solo yo conocía y me gustaba mantener la

exclusiva. No obstante, aún tenía un montón de problemas por resolver, problemas que me impedían llevar la vida normal de un chico de mi edad, lo cual corroboraba la certeza de que no podía vincularme a Selene ni a ninguna otra mujer que soñara con una relación sentimental.

Suspiré y volví al presente.

Aquella tarde, Chloe tenía una cita con el doctor Lively y, como siempre, la acompañaría yo, pero antes debía resolver un enigma: descubrir quién era Player 2511.

El cabrón me había llamado con un número oculto para encubrir su identidad, pero sabía que existían procedimientos para desvelar quién se ocultaba tras un número anónimo, y Luke era un experto en estas cuestiones.

Por eso me había dirigido a él, sin contarle los pormenores del asunto, para tratar de descubrir de dónde procedía la llamada de Player.

—Dame el móvil.

Luke tendió la mano y yo le dirigí una mirada vacía. Estábamos en su coche, aparcado fuera de mi casa. Le había pedido que viniera sin Xavier porque teníamos algo que hacer.

Le di el teléfono y me acerqué para echar una ojeada a la pantalla del portátil que llevaba consigo.

—¿Qué haces?

Un silencio incómodo reinaba en el habitáculo y la tensión era palpable entre nosotros. Luke estaba violento porque ahora que sabía lo mío con Selene no entendía qué había entre nosotros, si me importaba de verdad y sentía celos y rabia contra él; siempre había compartido las mujeres con ellos, incluidas Alexia y Jennifer, y el hecho de que ni siquiera les hubiera mencionado a Selene lo desorientaba.

—Habilito tu móvil al programa. Se trata de un *software* pirata que sirve para interceptar tanto a usuarios de fijos como de móviles —explicó conectando el teléfono a un cable; luego tecleó una serie de combinaciones numéricas.

—Mmm… —murmuré pensativo; él evitaba mi mirada y se aclaraba la garganta sin cesar en señal de incomodidad.

—Ahora tenemos que esperar un rato a que lo descargue —añadió sin apartar la vista del monitor en el que apareció una pantalla negra con el símbolo de la carga.

Entretanto, saqué el paquete de Winston y cogí un cigarrillo con los dientes mientras me palpaba los bolsillos de la cazadora en busca del mechero. Me mostré tranquilo mientras Luke seguía en silencio, evidentemente inquieto.

Torcí la boca, pero no dije nada porque sabía que en breve lo haría él. Frecuentaba a los Krew desde hacía años y conocía el carácter de todos, también el de Luke.

El rubio era un tío que no sabía fingir. Nuestra amistad se basaba en la sinceridad, por eso lo prefería a Xavier, que era ladino y calculador.

—Escúchame, Neil —soltó tal y como esperaba—. No sé cómo coño comportarme. Nunca había pasado nada parecido. Esa cría es atractiva, pero si te interesa evitaré que vuelva pasar lo que pasó ayer —dijo de corrido. Y añadió—: No besa muy bien, quiero decir que no besa como las tías a las que estamos acostumbrados, pero, joder, está buenísima y huele que alimenta. Además tiene un culo de ensueño, y quién sabe qué más oculta debajo de esa ropa tan poco femenina. Pero, oye, si para ti es un problema que me la ligue, solo tienes que decírmelo. Ayer me dejó de piedra, no me esperaba…

Se detuvo cuando, con desenvoltura, bajé la ventanilla, solté una bocanada de humo fuera y di otra calada. Evité mirarlo a pesar de que prestaba atención a cada palabra que decía.

—No tiene que volver a pasar. No la tocarás. No la quiero ni en nuestro grupo ni en nuestros líos —ordené categórico mientras me giraba a mirarlo con cara de pocos amigos.

No-debía-contradecirme.

Luke reflexionó unos instantes, quizá porque se esperaba una de mis respuestas habituales, como «Haced lo que os dé la gana, sabe follar, organicemos un trío», o bien que le preguntara «¿Muslo o pechuga?», que en nuestro lenguaje secreto aludía a la parte que preferíamos invadir de la mujer que compartiríamos.

—Bueno, no volveré a tocarla, pero… —Miró de nuevo el monitor, que señalaba que la descarga había terminado—. Si trata de seducirme otra vez, no la rechazaré —dejó claro mientras tecleaba algo en el portátil.

La tocaría si ella le daba a entender que eso era lo que quería; en ese caso, yo contaría menos que un cero a la izquierda porque era su vida y Selene podía acostarse con quien quisiera. Pero...

No quería que se volviera como la rubia de la noche anterior, como Alexia o Jennifer; no quería que malgastara su pureza para contaminarse con gente que era todo apariencia y degradación.

Selene era diferente y debía ser ella misma a toda costa.

Había notado que, aunque nunca lo admitiría, el sexo le gustaba, por supuesto, pero le gustaba hacerlo conmigo, porque hasta entonces yo había sido el único y solo se sentía unida a mí. Pero ¿qué ocurriría si se entregaba a Luke? ¿Y si se acostaba con otros?

Dejaría de ser la Campanilla que había conocido.

La mirada inocente dejaría paso a un par de ojos felinos y seductores; el cuerpo, menudo y esbelto, se embrutecería con la experiencia; la sonrisa, ahora espontánea, se volvería maliciosa, y en vez de hacer el amor, como tanto soñaba, querría satisfacer nuevos deseos perversos. Ya no se acostaría con un chico motivada por el sentimiento y la emoción, sino por perversión y necesidad, igual que yo, como me habían enseñado a mí.

Pero ¿acaso no era lo mismo que de manera equivocada yo también le estaba enseñando a ella?

Si Selene cambiaba y se mezclaba con la gentuza que me rodeaba sería culpa mía y solo mía, lo cual era un motivo más para alejarla inmediatamente de mí.

—Neil.

Luke me sacó de mis pensamientos; estaba tan ensimismado pensando en Selene y en ella con Luke y los demás cabrones que ya no entendía nada.

Lo miré, tiré la colilla por la ventanilla y me sacudí de los vaqueros la ceniza que ni siquiera había visto caer.

—Tengo malas noticias —dijo cuando lo miré a los ojos.

—¿Cuáles? —Suspiré resignándome a la mala suerte que me perseguía.

—Ese tío te llamó de una cafetería, la Brooklyn Bagel. No quiere que lo descubran. Así que la manera más segura es llamar desde el fijo de un establecimiento público.

Me echó una mirada; su razonamiento era impecable.

Por otra parte, hacía tiempo que sabía que me estaba midiendo con un estratega. Podía ir a la policía, pero ¿qué obtendría? América era un continente enorme y aquel psicópata podía estar en cualquier lugar. Sin duda era alguien que me conocía, que me odiaba y, sobre todo tras el intento de matar a mi hermano, prefería tomarme la justicia por mi mano.

Era una locura, pero la normalidad no era lo mío.

—Joder —imprequé.

—Eh, nada de puñetazos a mi coche —me advirtió temeroso de que me desahogara contra el salpicadero del Bugatti Veyron, un regalo de su padre del que estaba muy orgulloso.

—¿Cómo distorsionó la voz? —pregunté. Luke, sorprendido, arrugó la frente; sin duda no se esperaba que le revelara un detalle así.

—La tecnología disponible ofrece toda clase de cambiadores de voz, no hace falta que esté incorporado en el teléfono —dijo en tono neutro.

Otra cosa que apreciaba de Luke era su discreción. No se entrometía. Ejecutaba mis órdenes sin fisgonear, a diferencia de Xavier, que quería saberlo todo antes de cumplirlas.

Mis amigos eran completamente diferentes aunque estuvieran hechos de la misma pasta.

Resignado, me pasé una mano por la cara y abrí la puerta. Pero antes de que pudiera bajar, Luke me sujetó del brazo. Me obligué a no reaccionar a aquel contacto indeseado.

—¿Seguro que tú y yo no tenemos un problema? —murmuró casi intimidado por la posibilidad de que sí lo hubiera.

¿De qué se preocupaba?

—Te la follarás si te lo pone en bandeja. ¿Por qué debería ser un problema? —respondí con aspereza sonriendo descaradamente. Bajé del coche y evité retomar una conversación que en aquel momento me incomodaba.

Por desgracia, Selene había encendido una llama que yo no tenía el poder de apagar, porque Luke y Xavier eran como yo. Harían lo que hiciera falta para tenerla, aunque solo fuera para moverse entre sus muslos una sola vez; además, sospechaba que a Luke le había entrado una gran curiosidad por Selene.

Ella le había ofrecido una porción de su inexperiencia y ahora él quería comerse todo el pastel.

Quería sentarse a mi mesa y darse un banquete en mi lugar. Eso quería.

Sin siquiera mirar a Luke, entré en la villa y me dirigí deprisa a mi habitación.

Tenía que coger las llaves del coche para llevar a Chloe a la clínica.

En cuanto entré en la habitación, me fijé en la librería. Noté que alguien había tocado mis libros, pero la señora Anna siempre había respetado mis reglas, entre la cuales se contaba la de que nadie debía tocar mis cosas. Enseguida llegué a la conclusión de que solo una persona había podido invadir mi privacidad sin mi permiso: Selene.

No tenía tiempo de echarle un sermón, pero lo haría más tarde.

«Estoy lista.» Chloe entró en la habitación con el abrigo puesto para avisarme de que era hora de irnos.

Durante el trayecto en coche no hice más que pensar en lo ocurrido durante los últimos días: el jodido enigma con un acróstico por descifrar, Player 2511 y su llamada anónima, el accidente de Logan y el beso entre Selene y Luke.

Además, mi hermano me contó que había visto a Player en un todoterreno negro cuya matrícula no recordaba; el hombre, que llevaba una máscara blanca, lo había seguido e incluso saludado antes de que el coche de Logan se saliera de la carretera.

Sentí que ardía de rabia solo con pensar que el muy cabrón había disfrutado provocando un accidente mortal a mi hermano.

Con tal de hacerme daño estaba dispuesto a hacérselo a todos los que me rodeaban.

C-u-a-l-q-u-i-e-r-a.

—Tienes que informarme de todos tus movimientos —le dije a Chloe de repente mientras aparcaba el coche delante de la clínica psiquiátrica. Mi hermana me miró como si estuviera loco, pero tenía mis buenas razones para decírselo.

—¿Qué? —preguntó confundida.

—Ya me has oído. Tienes que decirme dónde vas, con quién sales y lo que haces —repetí con autoridad bajando del coche.

—¿Te encuentras bien? —Me siguió y arqueó una ceja. Cerré el coche con el mando a distancia y me encaminé hacia la entrada.

—Debes hacer lo que te digo. Fin de la discusión —dije con mi brusquedad habitual, y por suerte no replicó.

Entramos en la clínica superlujosa del doctor Lively y miré a mi alrededor.

La misma musiquilla clásica, la misma recepcionista de culo flácido tras el ordenador de última generación, los mismos seguratas que merodeaban circunspectos por los pasillos y la misma sala de espera con sus sofás elegantes en los que sentarse a la espera de que le doctor Lively nos recibiera.

—Estoy nerviosa —se quejó Chloe mientras cogía una de las revistas para aliviar la tensión que sentía cuando debía enfrentarse a una de las sesiones con el psiquiatra.

—Irá bien, como las otras veces —la tranquilicé sentándome a su lado. Apoyé un tobillo en la rodilla opuesta y traté de ahuyentar los pensamientos que se me agolpaban en la cabeza; tenía jaqueca y el día aún no había acabado.

—Qué alegría verte, Chloe. Te esperaba. —El doctor Lively se encaminó hacia nosotros y, en cuanto ella se levantó para saludarlo, le puso un brazo sobre los hombros—. ¿Lista para una buena conversación?

Le sonrió y Chloe asintió dudosa encaminándose hacia su despacho.

Traté de evitar la mirada de mi psiquiatra, pero, cuando sentí que sus ojos se clavaban en mí, levanté la barbilla sin moverme de mi asiento, como un puto chulo, un pasota al que se la sudaba haber interrumpido por su cuenta un tratamiento que en cambio habría debido continuar.

—Espero que un día vengas por ti, no solo para acompañar a Chloe.

El doctor me dio a entender con claridad que quería que reanudara las sesiones con él. Tenía que reconocerlo: Lively no se daba por vencido, pero yo era un paciente testarudo que no tenía la intención de dejar que hurgara en su cerebro.

—Como suele decirse, la esperanza es lo último que se pierde, pero yo estoy seguro de que a usted la suya le sobrevivirá.

Sonreí provocativo; el doctor no replicó, pero me miró con hosquedad y se metió las manos en los bolsillos de la bata.

—Y yo estoy seguro de que un día cambiarás de idea.

—Dio media vuelta y desapareció en su despacho cerrando la puerta tras de sí.

Cuando me quedé solo, miré las blancas paredes de la clínica, que me traían recuerdos a la memoria; sentí la necesidad de alejarme de allí, de marcharme, pero no podía porque tenía que esperar a que Chloe acabara.

Me levanté del sofá y empecé a caminar por la sala de espera; la melancólica melodía de fondo tenía la función de distraer a los pacientes, pero a mí me agobiaba y me irritaba a partes iguales.

—Qué mierda de música —dije a sabiendas de que la mujer de la recepción podía oírme, lo cual no me importaba.

Yo decía siempre lo que pensaba.

De repente, me detuve, aburrido, a observar uno de los cuadros que colgaban de la pared y leí al pie: Tiziano, *Amor sacro y amor profano*, pintura al óleo, 118 × 279 cm, fecha: en torno al 1515.

—Siento que esta mierda de música no le guste —dijo una voz que reconocí de inmediato. El hombre alto e imponente que me observaba con una sonrisita complacida era el doctor Keller, que aquel día llevaba un elegante traje gris antracita sin la bata encima ni nada que lo identificara como el loquero que era.

—¿Dónde está su bata, doctor?

Lo escruté con recelo; era, sin duda, un hombre distinguido y sofisticado, pero parecía diferente del doctor Lively, menos impersonal, y también menos profesional, empezando por aquellas extrañas infusiones que saboreaba y acabando por su despacho, que era como un homenaje al mar.

—En los manicomios, la bata fue el uniforme de los psiquiatras inhumanos que tenían poder para encerrar a quienes sufrían. El pijama gris era, en cambio, el de los pacientes, que daban vueltas por su sección con una bolsa que contenía sus escasas pertenencias y la ropa sucia que lavaba su familia. Pero todo eso pertenece al pasado. Esto no es una película de horror, Neil.

Se acercó y se metió las manos en los bolsillos del pantalón. Me sonrió y desplazó la mirada hacia el cuadro que yo estaba observando por puro aburrimiento, aunque para ser sincero conocía el tema bastante bien.

—¿Qué te parece? En tu opinión, ¿qué representa?

¿Me consideraba un idiota? ¿Un inculto? ¿Un ignorante?

—¿Va a hacerme un examen? —me burlé estableciendo una distancia entre nosotros; detestaba a la gente que trataba de invadir mi espacio.

Hizo una mueca de duda, divertido.

—Quiero saber qué piensas sobre esta reproducción que hemos elegido para la clínica —replicó encogiendo un hombro.

Miré el cuadro, luego a él, y suspiré.

Aquel loquero era más raro de lo que pensaba.

—Considerando que la mujer de la izquierda está vestida y la de la derecha desnuda, supongo que se trata de una mujer casta y de una puta —expliqué con indiferencia. El doctor Keller se rascó la barbilla y arrugó la frente.

¿Por qué me miraba así? Era extraño.

—Te has acercado mucho. La mujer vestida es el símbolo del amor sagrado, puro, divino; la mujer medio desnuda, el del amor profano, carnal, pasional. —Se detuvo y me miró a los ojos—. Tiziano sostenía que en nosotros coexisten estas dos clases de amor.

Luego señaló al pequeño Eros colocado entre las dos mujeres, que jugaba con el agua de una fuente.

Pero ¿qué estaba tratando de decirme?

—Siempre hay algo que ver más allá de las apariencias, Neil. El otro día te puse el ejemplo del escritorio, ¿lo recuerdas? —preguntó sin dejar de mirar el cuadro—. Podrías dar a esta pintura una interpretación relevante para tu vida.

Me sonrió, lo miré confuso; entender lo que pretendía era realmente difícil.

—Reflexiona…

Me di la vuelta y miré a la mujer desnuda del cuadro y pensé en Kimberly.

En el mundo había dos clases de mujeres: las que como Kim representaban el amor profano y las demás, las mujeres por excelencia, que representaban la fuerza universal del mundo: inteligentes y capaces de dar y recibir amor. Eran mujeres que a pesar de ser apasionadas poseían un corazón puro y valioso. Representaban el amor sagrado.

Yo había conocido demasiado pronto el amor profano y

había crecido con la convicción de que era el único; en cambio, también existía el amor puro, concedido por quien no solo ofrecía el cuerpo, sino también el alma.

Puede que yo mismo me hubiera privado de mujeres puras porque era un hombre desinhibido, emotivamente ausente, incapaz de experimentar emociones, que solo se entregaba en la cama.

—Yo no creo en el amor —dije tras un largo silencio meditativo mientras nuestras miradas se cruzaban finalmente.

—Y del sexo, ¿qué opinas? —preguntó curioso escudriñándome con atención. Aquella pregunta era aún más complicada, pero no podía explicarle el mecanismo mental que me permitía sobrevivir perpetuando el abuso.

Di un paso atrás y me toqué el cuello, donde notaba que me apretaba la sudadera. Puede que fuera un reflejo condicionado, pero me ahogaba cuando recordaba el pasado.

—El sexo es una forma de placer que cada ser humano comparte con otro por diferentes motivos. En mi caso, me sirve para sobrevivir —susurré sintiendo que la voz se me rompía, como siempre que hablaba de temas personales.

—¿Para ti existe una diferencia entre sexo y amor? —preguntó de nuevo con intención de llegar al meollo del asunto.

—No. Para mí «hacer el amor» es un eufemismo, una expresión romántica que oculta la real: «follar». Las mujeres quieren que los hombres sean amables y no las traten como objetos sexuales, por eso prefieren que les dediquen las típicas frases de amor.

Me encogí de hombros y di voz a mis pensamientos sin ni siquiera darme cuenta.

¿Qué coño estaba ocurriendo?

—Comprendo. Así que tú sostienes que no existe el vínculo de dos almas a través del cuerpo. En tu opinión solo es un acto físico. ¿No es así? —Arqueó una ceja y esperó a que le respondiera.

No entendía si sentía curiosidad por mi manera de razonar o si quería meter las narices en mi vida privada.

—Si de verdad existiera una conexión de las almas a través del cuerpo, una pareja nunca se aburriría en la cama, ¿no es así? En cambio, eso también ocurre entre personas que se juraron amor eterno ante Dios. Según usted, ¿por qué? Si hubiera una conexión real, ¿sucedería? —dije en tono amargo—. ¿Por qué las mujeres casadas desde hace muchos años sueñan con un hombre que se las folle como es debido en vez de desear hacer el amor con sus maridos? —Torcí la boca con suficiencia—. ¿Por qué los hombres sueñan con acostarse con auténticas putas en vez de desear a las mujeres por las que experimentan sentimientos? ¿Por qué existe la infidelidad? ¿Y la violencia sexual? ¿Y los divorcios? ¿Por qué se abandona a los hijos? ¿Por qué existen personas que a pesar de estar casadas o prometidas desde hace años todavía sueñan con un amor ilusorio, de fantasía? ¿Acaso porque están insatisfechas? ¿Por qué las expectativas que habían depositado en el famoso amor se han desinflado? —Sonreí amargamente y su mirada se volvió reflexiva—. No sabe darme una respuesta, ¿no es así, doctor Keller? —le pregunté victorioso—. Entonces no me diga que el amor existe, porque yo no me hago ilusiones. Soy sencillamente realista —concluí directo sosteniendo su mirada.

—Es cierto. El amor es difícil de encontrar, pero no imposible. En realidad no responde a algo preconcebido, es una fuerza abstracta e invisible pero poderosa de la que nadie puede huir. Por si fuera poco, no se manifiesta en su esencia, sino en la forma. Podría rondarte ahora mismo, Neil. A menudo lleva un vestido y se manifiesta mediante unos ojos y unos labios que atraen como imanes, se oculta en gestos del cuerpo, en un tono de voz, en un aroma que no logras quitarte de la cabeza, en una sonrisa, en una mirada, en las cualidades y en los defectos; o bien dentro de un cuerpo que le atrae poderosamente a uno. Cuando un día sientas todo esto significará que no es solo sexo, sino amor —explicó en tono calmado con la mirada absorta.

Aquel hombre, además de ser extravagante, era un puto romántico que creía en los cuentos de hadas, como la pequeña Campanilla.

—¿Usted lo ha vivido? —pregunté tratando de saber si el doctor había llevado a la práctica sus teorías.

—Hace muchos años, con mi perla, por supuesto —respondió de inmediato; un velo de melancolía ensombreció la expresión indulgente de su rostro—. Creo que no te fías de mí —se quejó casi divertido—. Deberías salir de la prisión de cristal en la que estás encerrado. Tu corazón se está anestesiando, pero puedes luchar y volver a la vida, ¿sabes? —Echó un vistazo al reloj de muñeca y se alejó unos pasos—. No permitas que tus miedos se alimenten de tu alma, muchacho. —Sonrió y se encaminó hacia el pasillo, en dirección opuesta—. Es la hora de mi infusión. Ha sido un placer hablar contigo.

Acto seguido, se llevó la mano derecha a la frente y me dedicó un saludo militar mientras me guiñaba un ojo amistosamente.

Arrugué la frente y lo miré mientras se alejaba con paso decidido.

Yo no tenía facilidad para entablar conversación, sobre todo con desconocidos. Sin embargo, aquel médico había logrado sonsacarme pensamientos y palabras que no solía compartir con nadie.

No obstante, no había llegado a confesarle que si el amor hacía daño, el sexo era mucho peor.

Durante el acto sexual me desdoblaba y contentaba las necesidades del niño que vivía en mi interior.

Pero los dos sufríamos.

Me sentía esclavo de un pasado que no lograba borrar.

El insomnio, la sensación de suciedad que trataba de lavar con las duchas, la ansiedad, los cambios de humor, las explosiones de rabia y la fobia a ser fotografiado eran solo algunas de las consecuencias que aún arrastraba como pesadas cadenas que abrían heridas dolorosas y sangrientas.

¿Cómo podía amar si mi verdugo había ocultado su crimen tras la palabra «amor» o la frase «te amo»?

¿Cómo se podía sentir algo que ni siquiera se podía concebir?

Demasiado abstracto para mí.

Yo era realista y concreto.

Dejaba las ilusiones a quien temía la soledad, a quien se aferraba necesariamente a alguien en quien proyectar el propio e ilusorio concepto de amor.

Sí, ilusorio.

Porque el amor no era más que una idea, un invento del ser humano que no aceptaba la existencia en completa soledad y se obstinaba a encontrar a alguien con quien compartir la vida.

A mí no me asustaba la soledad.

Había crecido solo, rodeado por mis monstruos, y me había vuelto fuerte.

Había crecido sin amor y había sobrevivido hasta entonces, así que no lo echaba en falta.

Solo existíamos el niño y yo.

—¿Cómo ha ido? —Me encaminaba con Chloe hacia el coche al final de la entrevista con el doctor Lively. Mi hermana parecía tranquila y eso me aliviaba.

—Bien. Carter se está desvaneciendo lentamente de aquí —se tocó la sien con el índice y yo le pasé un brazo por los hombros y la abracé.

—Desaparecerá para siempre. Lo encerraremos en un cajón y tiraremos la llave.

Le di un beso en la frente y aspiré su aroma. Subimos al coche.

En aquel momento pensé que un día mi psiquiatra me explicó que la memoria era la capacidad del cerebro de guardar información.

La mente asimilaba, en forma de recuerdo, sucesos adquiridos por experiencia o sensorialmente, pero estos acontecimientos, sobre todo si eran traumáticos, podían guardarse en «compartimientos cerebrales» para que no perjudicaran las capacidades cognitivas del sujeto. Si era eso lo que hacía, Chloe recorría el camino que la conducía a la salida.

Superaría el trauma que le había causado Carter y volvería a sonreír como cualquier otra chiquilla de su edad.

—Tengo un hambre que no veo —dijo mi hermana en cuanto volvimos a casa; luego corrió a la cocina llamando a Anna para que le preparara algo de comer. Yo, en cambio, crucé el salón con la intención de subir a mi habitación para ducharme cuando algo me bloqueó.

Logan estaba sentado en el último peldaño de la escalera, una muleta a su lado y la otra tirada en el suelo. Corrí hacia él alarmado mientras trataba de ponerse en pie por sus propias fuerzas.

—¡Logan! —Tenía las mejillas húmedas, la cabeza baja y los ojos clavados en la pierna.

¿Cuánto hacía que estaba así?

¿Qué había pasado?

Me agaché delante del escalón y le busqué la mirada para entender qué le ocurría.

—No puedo seguir soportando esta situación... —Logan se agarró la cabeza con las manos y suspiró afligido. Parecía destrozado.

—¿Es por la escayola? ¿Te duele la pierna? Cuéntame.

Me senté a su lado. En aquel momento noté su expresión infantil, la misma que ponía a los siete años cuando no sabía lavarse los dientes, atarse los cordones de los zapatos o ponerse los calcetines del mismo color.

Logan era un chico decidido al que le gustaba hacerlo todo solo, y siempre había sido un perfeccionista: lo que ya hacía bien debía hacerlo perfecto.

—Es por todo. No puedo ir a clase, no puedo salir, las medicinas que el médico me ha recetado me atontan hasta el punto de que tengo que tumbarme en la cama como si fuera un drogadicto. Además, no puedo subir solo las escaleras porque podría caerme. No puedo hacer una puta mierda. Me siento un inútil —soltó frustrado; lo abracé instintivamente, exactamente como cuando de niño lo sorprendía escondido al lado de la cama a la espera de que volviera de jugar con Kimberly.

Logan apoyó la cabeza en mi pecho, como de pequeño, y yo le di una palmada en el hombro porque no tenía que afrontarlo todo solo, podía contar conmigo. Lo lograríamos juntos.

—Sé que es difícil y puedo entender que la inmovilidad sea una tortura para ti, Logan, pero te has enfrentado a cosas peores y ahora solo debes tener paciencia. —Le sonreí y él se apartó de mí mirando al vacío mientras los sollozos le sacudían los hombros—. No digas que eres un inútil. Para mí tu presencia es fundamental. Pasé mucho miedo cuando creí que iba a perderte, creo que yo mismo morí durante aquellas doce horas en las que estuviste en coma, pero ahora estás aquí y esa es mi razón de vivir —añadí sincero; sus ojos se clavaron en los míos.

Y era allí, en los ojos de mi hermano y de Chloe, donde estaba la forma de amor más sincera que existe en el mundo.

—Vamos a pedir una pizza y a ver una de esas películas de acción con armas letales y mujeres sexis que bailan *lap dance* medio desnudas.

Le pasé un brazo por la cintura para ayudarlo a levantarse. Pesaba y era alto, pero logré sujetarlo y llevarlo al sofá del salón.

—¿Con estrellitas en los pezones? —preguntó con malicia; asentí divertido, contento de que mi cachorro superara una de las muchas crisis a las que se enfrentaría durante la convalecencia.

Yo siempre estaría a su lado.

Siempre.

—Con estrellitas en los pezones —confirmé sonriente.

Al cabo de unas horas, Logan estaba más tranquilo y había superado por completo la crisis nerviosa pasajera.

En definitiva, lo entendía.

No era sencillo afrontar el trauma causado por un accidente como el suyo, pero él era un chico determinado y la experiencia lo fortalecería aún más. Estábamos tumbados en el sofá viendo *Corrupción en Miami* cuando una llamada de Xavier interrumpió aquel momento de absoluta serenidad.

—No contestes —refunfuñó Logan dirigiendo una mirada hostil a la pantalla en la que parpadeaba el nombre de mi amigo. Lo miré, consciente de que en cambio respondería. No podía obviar una llamada de los Krew. Tenían costumbre de meterse en líos y de pedirme ayuda para salir de ellos, y yo nunca se la había negado a ninguno.

Pero mi hermano los aborrecía, sobre todo a Xavier, a quien consideraba el peor; en efecto, no lograba comprender qué nos unía ni lo aceptaba.

—Debo responder, lo sabes. —Me puse en pie, levanté el índice pidiéndole que me concediera un minuto y respondí.

—¿Qué quieres? —dije con la brusquedad que me caracterizaba.

—Eh, cabrón. ¿Te apetece ir a tomar algo? —propuso. Miré a Logan concentrado en la película con el semblante serio y suspiré. Mi hermano se enfadaría si aceptaba, pero necesitaba distraerme, descargar la tensión acumulada tras la conversación con el doctor Keller y la crisis de Logan; no me iría mal tomar un poco de aire.

—De acuerdo —acepté mientras mi hermano me fulminaba con la mirada y sacudía la cabeza, como diciendo «lo sabía».

—Volveré dentro de un rato —mentí después de colgarle a Xavier. Cuando salía con los Krew nunca era para un rato.

Miré la hora. Eran más de las once de la noche y probablemente acabaría la velada en la casita en compañía de una rubia cualquiera a la que le daría lo que les daba a todas.

Hice caso omiso de las protestas de mi hermano, me duché y me cambié.

Luego salí de casa en dirección al local en el que me había citado con Xavier. El Maserati se deslizó por el asfalto con los The Neighbourhood sonando a todo volumen en los altavoces. Entretanto, me atusé el flequillo para darle un poco de forma. Tenía el pelo húmedo y desprendía un aroma demasiado fuerte a gel de baño, pero me daba igual.

En mi mente, ese aroma se imponía sobre el olor a vainilla de Kim.

Al cabo de tantos años seguía recordando su perfume en mi piel, que habría reconocido entre mil con los ojos cerrados.

Al pensar en ella aceleré y subí el volumen.

Quería que la música acallara aquellos pensamientos machacones, pero sabía que nada ni nadie podría borrar jamás lo que había vivido.

Estaba presente, grabado como una cicatriz enorme que me surcaba el corazón.

Al cabo de unos diez minutos, durante los cuales traté de alejar esos pensamientos como pude, llegué a la cita con Xavier en uno de los muchos locales de Nueva York y aparqué.

El rótulo de led rojo fuego fue lo primero que noté al entrar.

Por dentro era otro bar más, lleno de gente y de mujeres guapas, con una barra que servía toda clase de bebidas alcohólicas, mesas bajas y sofás de piel. Me dirigí hacia Xavier, al que ya había visto sentado en uno de los taburetes del piano bar tomándose una cerveza. Mi porte altivo y mi paso seguro atrajeron sin duda más de una mirada femenina que no me preocupé de corresponder. Podrá parecer extraño, pero, contra todo pronóstico, después de lo ocurrido en la casita con Selene no tenía ganas de divertirme. Mi cuerpo no estaba tan hambriento como de costumbre, o, mejor dicho, lo estaba pero solo de una chiquilla que no tenía nada en común con las mujeres que frecuentaban aquel bar.

—Por fin —dijo Xavier riendo por lo bajo; parecía colocado.

Me senté en un taburete a su lado y apoyé el codo en la barra. Ni siquiera sabía por qué había aceptado quedar con él. Habría preferido quedarme con mi hermano en el sofá viendo una película y comentándola juntos, pero me di cuenta demasiado tarde. Era un idiota.

—¿Ya estás borracho? —Lo miré por encima del hombro; no parecía estar pedo del todo, pero por su expresión ausente y las mejillas rojas calculé que otra cerveza lo tumbaría definitivamente.

—¿La muñeca se ha recuperado del espectáculo perverso que le diste? Joder, estoy seguro de que nunca había visto nada parecido —rio mordiéndose el *piercing* del labio inferior.

No se equivocaba. Selene nunca había visto a una mujer haciéndole una mamada a un hombre, sobre todo no al chico que le gustaba. Quizá por eso me sentía tan angustiado. No estaba orgulloso de lo que había hecho, pero había sido necesario. Selene debía saber quién era yo y conocer todos mis aspectos; solo así escaparía y se refugiaría en los brazos de alguien mejor que yo.

—No me apetece hablar de eso.

No solo no quería hablar del tema, sino que tampoco deseaba recordar lo que había pasado con Luke. Todavía no había aceptado aquel beso, lo cual era absurdo por mi parte.

Nunca me había importado lo más mínimo ninguna chica. Nunca.

—Un *scotch* —ordené al camarero girándome completamente hacia la barra. La música, por suerte tenue, creaba la atmósfera justa para distraerme. La habría definido meditativa si no hubiera estado con Xavier, que no hacía más que decir gilipolleces. Se había puesto a hablarme de Alexia y de su relación indefinible, de los celos y de sus constantes discusiones. Él no lograba comprender los motivos de ella para comportarse como una novia opresiva.

—Hay una rubia sexi que no te ha quitado los ojos de encima desde que llegaste —me informó de repente dándome un ligero codazo.

El camarero me sirvió el primer *scotch*, que aferré al vuelo y del que bebí un sorbo; luego lancé una mirada fugaz a la rubia que Xavier había mencionado. Estaba en compañía de una amiga y rondaba los treinta. Era atractiva, seductora y segura de sí misma. Bebía un cóctel y sonreía sin apartar la vista de mí.

Lograba leer sus deseos.

La seducción era un juego bastante complicado, pero tenía unos códigos inequívocos que yo sabía usar y descifrar. El lenguaje corporal no tenía secretos para mí y tenía que agradecerle a Kim toda la experiencia de la que podía alardear.

La rubia puso en marcha su táctica sonriendo, y noté que hasta la postura de su cuerpo era sensual; se acariciaba la curva del cuello con la intención de atraer mi mirada hacia esa zona erógena. Por lo general, me atraían mucho todos esos trucos provocadores y me gustaba que una mujer tratara de seducirme, pero en aquel momento lo encontré terriblemente aburrido.

Volví a concentrarme en el *scotch* y bebí otro sorbo saboreándolo lentamente.

—¿Qué hacemos? —preguntó Xavier, que se estaba fijando en la amiga de aquella tía.

—Nada. No tengo ganas de follar —admití sin rodeos.

—¿En serio? Pero ¿las has mirado bien? —Se acabó la cerveza y se levantó del taburete—. Lo lamento por ti, amigo, pero yo no voy a desperdiciar esta oportunidad.

Me dio una palmada en el hombro y se acercó a las mujeres para ligarse a una, o quizá a las dos.

Sacudí la cabeza y sonreí. El sexo, sobre todo con las rubias, me volvía loco, pero era capaz de controlar mis impulsos; Xavier, en cambio, era incapaz. Me había olvidado de que salir con él sin tener ganas de ligar contemplaba la posibilidad de acabar solo la velada. Decidí quedarme otros diez minutos y marcharme a casa.

—¿Tú también por aquí? Vaya, qué coincidencia, chico.

Me giré hacia el hombre que ocupaba el taburete donde unos minutos antes estaba sentado Xavier. El doctor Keller me miró de soslayo y pidió un gin-tonic. Hacía pocas horas que había aguantado sus disquisiciones introspectivas acerca del amor y todas esas gilipolleces y por ahora había tenido bastante. Pero ese día la fortuna parecía no sonreírme.

—Joder —refunfuñé visiblemente fastidiado—. ¿Usted frecuenta sitios como este?

No me parecía un cliente de bares nocturnos, pero allí estaba, a mi lado, vestido de manera impecable, como siempre. Su encanto no pasaba desapercibido para las mujeres y me pregunté cómo era posible que un hombre así no estuviera casado.

—¿Hay algún letrero que no he visto que prohíbe la entrada a los hombres mayores de cincuenta años? —bromeó alisándose la chaqueta.

Cuanto más lo miraba más pensaba que era un mirlo blanco en un lugar de pecadores lujuriosos. Su elegancia desentonaba con el lugar lleno de hombres que no tenían escrúpulos en acostarse con mujeres mucho más jóvenes que ellos.

—No, pero aquí suele venir gente que quiere beber o follar. Usted elige, doctor.

Bebí otro sorbo de *scotch* y pasé el índice por el borde, aburrido.

—¿Es así como funciona? O sea, ¿aquí se entra con un objetivo? —Miró a su alrededor y arrugó la frente; luego se quedó mirando a un grupo de hombres a poca distancia de nosotros—. Yo solo he entrado a beber un gin-tonic —dijo despreocupado.

Cuando el camarero se lo sirvió, él le dio las gracias y giró la paja dentro de la copa sonriendo. Aquel hombre era realmente extraño y nunca me habría imaginado que iba a encontrármelo dos veces el mismo día.

—¿No tiene una compañera que lo espere en casa, doctor Keller? —No supe morderme la lengua, a pesar de que me la sudaba.

—No. Tengo algunas amigas. —Me sonrió para darme a entender lo que quería decir con eso.

—¿Así que es usted un soltero empedernido al que aún le divierte acostarse con mujeres diferentes cuando le apetece?

Arqueé una ceja porque si era así, el razonamiento que me había soltado sobre el amor no tenía ningún sentido.

—No he dicho eso —replicó.

—Pero es lo que me ha dado a entender. —A pesar de que consideraba inútil indagar sobre la vida de un perfecto desconocido, detestaba que me tomaran el pelo, y él lo había hecho—. Su perla y todas esas gilipolleces… —Sacudí la cabeza antes de terminar la frase. No fue necesario.

—Ella existió realmente, pero no tuvimos la oportunidad de casarnos. —Dio un sorbo al gin-tonic y suspiró—. No tuvimos la oportunidad de vivir nuestra relación.

Terminé el *scotch*, y en aquel momento debería haberme levantado para marcharme, pero mi cuerpo se quedó donde estaba. Miré al doctor a la cara: estaba absorto en sus pensamientos, y cuando levantó la mano para coger el vaso, vi que en la porción de piel de la muñeca que la camisa dejaba al descubierto llevaba un símbolo tatuado.

—¿Nunca has visto un médico con un tatuaje?

Me pilló mirándolo pero permanecí imperturbable.

—Ya no me sorprende nada —repliqué con frialdad—. Pero se le ha desteñido, debería repasarlo. Tengo un amigo tatuador —añadí refiriéndome a Xavier, que había desaparecido con la rubia o la morena que se había ligado.

—No, para mí tiene un valor afectivo, no me importa su aspecto. Me lo hice hace más de veinte años.

Se levantó un poco el puño de la camisa y me lo mostró. Era un símbolo japonés cuyo significado yo desconocía. Habría podido preguntárselo, pero no lo hice para no ser indiscreto. Detestaba a la gente entrometida. Sin embargo, me quedé mirando aquellas líneas que se entrelazaban y me pregunté cómo coño me había metido en aquella situación. Estaba conversando con aquel hombre en vez de hacérmela mamar por la rubia en el baño del local.

Había tocado fondo.

Miré a mi alrededor y dejé de prestar atención al doctor Keller. Tenía que buscar a Xavier para avisarlo de que me marchaba. Pero no iba a ser sencillo. Quién sabe dónde se había metido para calmar sus instintos.

—¿Has venido con alguien? —preguntó Keller tratando de entender a quién buscaba.

—Sí, con un amigo que en este momento estará ocupado follándose a una tía que acaba de agenciarse.

Suspiré impaciente y me levanté del taburete. A pesar de que tenía delante a un hombre al que apenas conocía, no ocultaba mi manera de ser. Hablaba y me comportaba como quería, sin cortarme, del mismo modo que había entablado con él una conversación sobre temas que consideraba personales con una desenvoltura que no me pertenecía.

Saqué la cartera del bolsillo para pagar, pero el doctor Keller se me adelantó.

—Permíteme.

Normalmente no aceptaba que nadie pagara mis consumiciones, pero en aquel momento no tenía ganas de discutir.

—Gracias.

Me metí la cartera en el bolsillo y di media vuelta para marcharme. Me había cansado de estar allí. Logan estaría contento de que volviera pronto a casa; quizá todavía estaba en el sofá viendo *Corrupción en Miami*; me sentaría a su lado amargamente arrepentido de haberlo dejado solo.

—Chico —el doctor Keller me llamó y me di la vuelta para escuchar qué quería—. Quizá un día podría necesitar los servicios de tu amigo. —Sonrió y arrugué la frente sin comprender de qué hablaba—. Para que repase el tatuaje desteñido. —Levantó la muñeca.

Ah, sí, el tatuaje.

—Cuando quiera.

Saqué el paquete de Winston e hice un gesto con la barbilla en señal de despedida. Me metí el cigarrillo entre los labios y me dirigí a la salida pensando en lo extraño que era aquel hombre.

38

Selene

Somos una imposibilidad en un universo imposible.

Ray Bradbury

Marcharme era la mejor decisión.

Había reflexionado mucho sobre la posibilidad de volver a Detroit, sobre todo después de la pelea con Neil.

En la casita me había convencido de que nunca aceptaría aquel aspecto impúdico y perverso de Neil.

Además, por su culpa, respondiendo a su provocación, había cometido el craso error de besar a Luke solo para demostrarle que yo también podía ser como él, como Jennifer o Alexia, que podía besar a cualquiera sin sentimiento, que…

No.

No era como ellos, no era como Neil, que por desgracia me importaba demasiado y él no me correspondía.

Después de la pelea, empecé a verlo con otros ojos.

A pesar de que sentía una atracción malsana por él, tenía que admitir la realidad ante mí misma: Neil era un chico problemático y enemigo de los sentimientos y debía dejar de luchar sola por algo que nunca existiría entre nosotros; por desgracia, él era y siempre sería inalcanzable.

Durante mucho tiempo había tenido la esperanza de que entraría en su mundo, le había tendido la mano, había tratado de ser comprensiva y paciente, no lo había juzgado, tal y como me había aconsejado la señora Anna, pero no había servido de nada. Verlo con aquella chica se me había clavado en el alma y no me veía capaz de superarlo.

No quería dejarme envolver por sus tinieblas ni cambiarme a mí a misma o mis principios para complacerlo. Puede que sencillamente no estuviéramos hechos el uno para el otro, y debía aceptarlo.

No éramos nada.

Fue entonces cuando me di cuenta de que Neil había quebrado mi esperanza, había doblegado mi voluntad de salvarlo de la oscuridad, había absorbido todas mis energías.

Me dolía admitirlo, tanto que sentía un dolor físico en el pecho, como si me hubieran clavado un montón de esquirlas de vidrio en el corazón, pero era lo que había.

Había ganado él.

—¿Así que quieres volver a Detroit?

Alyssa, con un vestido amarillo monísimo y botas de caña alta, estaba sentada en mi cama, triste por la noticia.

Asentí y me apoyé en el escritorio para observarla.

—Pero volverás de vez en cuando, ¿no? —preguntó.

Asentí de nuevo, a pesar de que no estaba segura.

Poco antes había llamado a mi madre para decirle que pasado Halloween, es decir, la próxima semana, volvería a casa. Había decidido que más tarde hablaría con Matt y Mia y arreglaría los papeles de la universidad antes de marcharme.

—Necesito volver a mi antigua vida.

Era verdad: necesitaba recordar quién era, cuáles eran mis valores y mis principios, recobrar la lucidez y la racionalidad, todo lo que había perdido desde el primer encuentro con…

—¿Quién te ha dado permiso para entrar en mi habitación y hurgar en mis cosas?

Neil irrumpió enfurecido en mi cuarto haciéndonos sobresaltar. Alyssa se puso en pie de un brinco y yo adopté una postura cautelosa. Su voz tronó entre las paredes y sus ojos se clavaron en mí como dos hojas afiladas.

¿Qué hacía aquí?

No nos veíamos ni nos hablábamos desde la pelea en la casita, ¿con qué derecho se comportaba de aquella manera?

—¿De qué hablas?

Lo miré de arriba abajo, de la sudadera blanca, que hacía contraste con el color ámbar de su piel, a los pantalones del chándal, que le ceñían las piernas, largas y firmes. Olía a musgo y a limpio; a medida que avanzaba hacia mí, los latidos se aceleraban.

—Mmm…, os dejo solos, voy a ver a Logan.

Alyssa me lanzó una mirada furtiva y, violenta e intimidada, se escurrió de la habitación dejando atrás a Neil, que estaba realmente enfurecido.

—Sabes muy bien de qué te hablo —replicó cuando mi amiga cerró la puerta. Tragué aire y reflexioné. Podía admitir que había estado en su habitación o negarlo hasta la extenuación puesto que no se merecía que fuera sincera, pero al final opté por la verdad.

—¿Sabes lo que te digo? Sí, entré en tu habitación. Pero entérate, ¡ya no me importas un pimiento! —grité abriendo los brazos, exasperada—. Ve a perseguir a todas las rubias que se te antoje, ¡pero no cuentes conmigo como espectadora de los vulgares numeritos que montas con esa pandilla de locos!

Me daba igual que me oyeran, mostrar que estaba fuera de mí, estaba cansada de que me maltratara, de su comportamiento, de los Krew, de Jennifer y de las rubias que hasta aparecían en mis pesadillas.

—Ah, ¿sí? Pero te importa meter la lengua en la boca de Luke. ¿Sabes que él se espera que le des algo más?

Me guiñó un ojo, se apoyó de espaldas contra la puerta y cruzó los brazos hinchando los bíceps entrenados que captaron mi mirada por unos instantes; sin embargo, no iba a permitir que su maldito encanto me deslumbrara ni una vez más.

—Vuelvo a Detroit dentro de una semana —dije. Su sonrisa arrogante se esfumó lentamente. Se quedó quieto, sin perder su postura chulesca, pero su mirada se hizo reflexiva.

Leí dudas y preguntas implícitas en el oro de sus ojos.

—¿Por culpa de lo que viste con la rubia? —preguntó en tono indescifrable. Dudé unos instantes antes de responder. Su mirada recorrió lentamente mi cuerpo y yo temblé porque, como siempre, Neil lograba manipularme sin ni siquiera rozarme.

¿Desde cuándo no me tocaba? Por un momento eché de menos la virilidad de sus manos en mi cuerpo, pero ahuyenté de inmediato aquel pensamiento. No debía ceder, maldita sea.

Tenía que resignarme: nunca podría poner orden en su

desorden, nunca aprendería a gestionarlo, él nunca me permitiría entrar en su corazón y cuidar de su alma. Por eso debía ser inamovible.

—Por culpa de lo que eres —admití con una mueca de horror—. ¿Qué querías demostrarme? ¿Lo depravado que eres? —lo insulté, pero ninguna de mis palabras alteró su mueca glacial—. ¿O acaso te divierte que tus amigos me ofendan? ¿Qué pasa por tu mente retorcida?

Me acerqué enfurecida y le planté cara a pesar de que ni siquiera con tacones habría alcanzado su altura.

Neil era imponente y demasiado fuerte para dejarse mandar por una niña. Porque eso era yo para él.

—Además de no saber besar ni follar, tienes el don de no enterarte de una mierda, niñata.

Se me plantó delante en décimas de segundos y yo levanté la mano con la intención de darle una bofetada, pero Neil me agarró la muñeca al vuelo y la apretó con fuerza. El brazo se me quedó suspendido en el aire mientras una cascada de emociones, entre las que leí rabia y excitación, se agolpaban en sus ojos.

—¿Desde cuándo eres tan violenta? —Se burló con una sonrisita astuta que me puso más nerviosa.

—Vete a tomar por culo —murmuré en voz baja. Se quedó mirándome los labios, encantado; si trataba de besarme, le pegaría en serio—. Todavía dispongo de tres extremidades. Atrévete a besarme y te corto los huevos —lo amenacé.

Su sonrisa se hizo más amplia, como si mi actitud lo divirtiera o como si me hubiera pillado en una mentira. Lo cierto era que deseaba saborear su boca pecadora y sentir su lengua abriéndose paso salvajemente en la mía, deseaba dejar de vivir aferrándome al recuerdo de nuestros besos.

—Con mis huevos deberías hacer otras cosas… —Se me acercó al oído y respiró lentamente haciéndome estremecer—. Vuelven a estar… llenos… —susurró sensual. Arrugué la frente y él se separó de mí mirándome con cautela, sacudió la cabeza y me soltó la muñeca—. Eres una cría, Campanilla.

Me repasó con la mirada y se encaminó hacia la puerta poniendo distancia entre nosotros.

No lo entendía, no lograba entenderlo.

¿Qué coño pretendía de mí?

Retrocedí hasta el borde de la cama y me senté; luego me miré la muñeca. Sobre la piel, blanca y delicada, podían apreciarse las marcas rojas de sus dedos.

—Una semana. Una semana más y me marcho —susurré; no sabía si hablaba con él o conmigo misma. Neil empuñó la manilla y se giró a mirarme—. Nunca hemos hablado en serio, nunca respetaste nuestro pacto… —proseguí sintiendo que el corazón se aplacaba poco a poco, porque a aquellas alturas él también era consciente de que nuestra historia había llegado a su fin—. Deberías darme algo tuyo, algo que pueda llevarme a Detroit —dije.

Entonces levanté la cara y lo miré, pero habría sido mejor que no lo hubiera hecho porque Neil era guapo a rabiar, pero también diabólico.

Sentí el acostumbrado calor propagarse por el pecho y se me puso la carne de gallina en los brazos y en las piernas.

Nunca podría controlar aquellas sensaciones.

Neil se marchó sin decir nada llevándose consigo su silencio indescifrable. No mostró ninguna reacción, como si no le importara que me fuera.

Aquel chico era un mosaico compuesto por piezas únicas, un viaje para descubrir mundos desconocidos, un espíritu libre y perverso, un alma que contenía un abismo de misterio en su interior.

Era belleza y fuerza, pero sobre todo diversidad.

Al cabo de un rato bajé al salón para dejar de calentarme los sesos y me senté en una de las butacas; Alyssa y Logan charlaban entre ellos.

—Te he dicho que vayas.

No sabía de qué hablaban y traté de entenderlo. Los miré y vi que Alyssa gesticulaba como si tratara de convencer a Logan, que negaba con la cabeza y le decía que lo dejara.

—No, porque no estás tú —se quejó ella acariciándole la cara. Pero él le lanzó una mirada de reproche y bufó.

—Halloween es una de las fiestas más importantes. Ve con Selene.

Logan me miró y me sonrió con complicidad, pero yo no entendía nada.

—¿De qué habláis? —Arqueé una ceja, curiosa.

—De una fiesta de Halloween por todo lo alto que organiza Bill O'Brien. Ha alquilado una mansión para una celebración terrorífica —replicó, eufórica, Alyssa. Yo no sabía quién era aquel tío.

—¿Quién es? —pregunté escéptica.

—¿Cómo que quién es? Es uno de los jugadores de baloncesto más apuestos de la universidad —replicó ella como si fuera un deber conocer a todos los guaperas del campus. Me encogí de hombros y puse las piernas sobre el brazo de la butaca.

—¿Y? —pregunté.

—Y todos los años él y su equipo organizan una superfiesta en la que también participan nuestros amigos, y Alyssa no quiere ir por mi culpa. —Logan señaló la pierna y Alyssa suspiró acariciándole un brazo.

Comprendía perfectamente a Alyssa; si mi novio hubiera tenido un accidente, yo tampoco habría ido a una fiesta y habría pasado con él la noche de Halloween.

—No sé, no me parece justo —murmuró ella bajando la cara.

—Lleva a Selene. Es la primera vez que pasa Halloween en Nueva York —propuso Logan como si yo no hubiera visto una calabaza en toda mi vida.

—Logan, te recuerdo que Halloween se celebra en todo Estados Unidos, incluida Detroit —refunfuñé divertida; él levantó la vista al cielo. Caí en la cuenta demasiado tarde de que quizá se servía de mí para convencer a Alyssa.

—Si vienes conmigo, Selene, ya me parecería mejor —asintió ella batiendo palmas como una niña.

¿Qué clase de idea era aquella?

—No me gustan las fiestas, ni hablar. —Negué con la cabeza, determinada.

—No es una fiesta cualquiera, es Halloween. Si no me acompañas, no voy —dijo testaruda como una cría caprichosa.

Logan sonrió y me miró como un cachorro al que no puede

negársele nada. Alterné la mirada entre ambos un par de veces, levanté la vista al cielo y me rendí.

—De acuerdo —gruñí.

—Será la última fiesta antes de que te vayas —comentó Alyssa con semblante triste; la sonrisa de Logan, ajeno a todo, se apagó de inmediato.

—¿Qué? —preguntó él. Bajé la barbilla, culpable de no haber anunciado mi decisión a la familia.

—Sí —confirmé incómoda—. Vuelvo a casa, echo de menos a mi madre —me apresuré a decir, a pesar de que no era el motivo real.

La echaba de menos, por supuesto, pero el que me había empujado a tomar la decisión de marcharme era el dueño de un par de ojos de vértigo, un cuerpo de ensueño y una personalidad tan enigmática que me daba dolor de cabeza.

Debía alejarme de él antes de que me desintegrara del todo.

Puede que mi actitud fuera la de una cobarde, pero yo me estaba protegiendo de un chico que se había adueñado de mis pensamientos y quizá también de mi alma.

—¿Estás segura? Pero ¿volverás? —preguntó Logan preocupado mirándome a los ojos. Asentí a la primera pregunta y no respondí a la segunda. Me mordí el labio superior y sonreí tratando de atenuar la tensión. No quería hablar de eso, así que cambié de tema.

—¿Vemos una película? —propuse. Logan y Alyssa estuvieron de acuerdo.

Pasamos dos horas viendo una película tristísima.

En un momento dado, Logan se durmió. Alyssa lloró a moco tendido durante la escena final y yo me acabé un paquete entero de patatas fritas supercalóricas que sin duda acabarían en mis muslos.

Cuando Logan abrió los ojos y Alyssa se restregó contra él en busca de mimos, les di las buenas noches y me fui. Todavía no eran las nueve y Matt y Mia volverían tarde, pero me retiré a mi habitación para darles un poco de privacidad.

Tomé un baño caliente con las notas de *The Scientist* de

los Coldplay, mi grupo preferido, como música de fondo y me puse el holgado pijama de tigres.

Me enfundé las pantuflas de peluche y me tumbé en la cama con el MacBook. En aquel momento pensé en lo mucho que me gustaba la soledad; a diferencia de muchas personas, no la vivía de manera negativa, todo lo contrario. Me permitía encontrarme a mí misma, sopesar mis elecciones y reflexionar acerca de lo que era justo o equivocado para mí. El silencio se transformaba en meditación y en una paz absoluta que me permitía calmar los nervios y relajarme.

De repente, el móvil vibró señalando la llegada de un mensaje; el zumbido inesperado me hizo sobresaltar y cogí el teléfono bufando.

Pareces aburrida...

Cuando leí el mensaje que me enviaba un número desconocido, me senté, crucé las piernas y miré a mi alrededor asustada. Era como si alguien me estuviera espiando.

Otro mensaje captó de nuevo mi atención.

Otra vez ese pijama horrible...

Ese mensaje solo podía ser de...

Levanté la cara y miré hacia la cristalera que daba al balcón, el único lugar desde el que alguien podía verme, y... vi a Neil.

Condenadamente guapo, estaba apoyado en la barandilla de mi balcón con un cigarrillo encendido entre los labios.

¿Qué hacía ahí?

¿Cuántos grados hacía ahí fuera?

A pesar del frío, Neil solo llevaba puesto un jersey y un par de vaqueros que realzaban su cuerpo.

Miró la pantalla del teléfono y tecleó algo.

Nuestros balcones se comunican

Era gracioso que me enviara mensajes estando a pocos metros de distancia; sin embargo, Neil y yo nunca hacíamos nada normal.

Pero, un momento…

Cómo has conseguido mi número?

La respuesta no tardó en llegar.

Podría habérselo cogido a Logan

Por supuesto, «cogido» no «pedido».

Levanté la cara y miré en su dirección, más allá de la enorme barrera de cristal, pero él había desaparecido.

¿Dónde diablos se había metido?

Fruncí el ceño y me senté en el borde de la cama, dejando el portátil encendido, porque ahora toda mi atención había sido captada por míster Problemático.

El móvil vibró de nuevo entre mis manos y el corazón me dio un vuelco.

Quieres hablar?

Leí tres veces seguidas aquella pregunta que no esperaba recibir en absoluto, no de su parte al menos. Neil no tenía tendencia a conversar y su extraña proposición me halagó, a pesar de que dudaba entre fiarme de él o concluir que me estaba tomando el pelo.

Podía responder que sí y aceptar al instante o bien responder que no y renunciar para siempre a la posibilidad de comunicarme con él. Al final escribí:

Por qué?

Miré de nuevo el balcón con la esperanza de verlo aparecer, pero no estaba y probablemente no volvería.

El móvil vibró otra vez.

Porque le he susurrado al niño que en el cielo hay una estrella por cada uno de nosotros, y está lo suficientemente lejos para que nuestros dolores no puedan nublarla, y él está de acuerdo. Le gustaría verla contigo…

Mi corazón sonrió cuando leí su respuesta, tan profunda y extraña.

Miré hacia la cristalera y de repente vi a Neil. Estaba allí, de pie, parado al otro lado del cristal, como un monstruo divino caído del cielo con una misión que cumplir; su vida giraba alrededor de la oscuridad, era una necesidad de su esencia y a mí me atraía sin remedio.

Me sonrió levemente y en aquel momento sentí que una bandada de mariposas echaba a volar en mi estómago; fue entonces cuando lo comprendí…

Nosotros éramos algo, algo que se veía, se percibía, se sentía y existía, pero que no conocía definiciones o etiquetas.

No había una explicación para nosotros.

Acepto

Después de escribir la respuesta, levanté la barbilla para mirarlo y noté un detalle muy extraño.

Neil sujetaba en las manos un rotulador; titubeó unos instantes y luego apoyó la punta en el cristal y dibujó una estrella de tamaño mediano. Las líneas que trazó eran tan simétricas y perfectas que me quedé encantada.

Neil tenía un don, un talento increíble en las manos, y no solo para hacer gozar a las mujeres.

Me acerqué lentamente mirándolo a los ojos y abrí la puerta corredera; el aire frío se fundió con el calor de la habitación.

—Eres realmente problemático —comenté al tiempo que miraba su cuerpo pecaminoso y atractivo a rabiar. Sonrió y entró sin permiso golpeándome con su aroma. Cerré deprisa el cristal y lo miré mientras daba vueltas por mi habitación observándolo todo con curiosidad.

Su presencia emanaba una rara grandeza que me causaba una inexplicable admiración reverencial, porque en Neil había algo paradójico que confundía el pensamiento.

Acarició el borde del escritorio con los dedos e intuí lo que pensaba. En aquel escritorio me había poseído con violencia, mostrándome todo su deseo incontrolable y carnal.

—Estás aquí porque debemos hablar —dije con un hilo de

voz rompiendo el silencio incómodo que reinaba en la habitación. Se volvió hacia mí y observó mi pijama.

No me importaba que me considerara infantil, yo no iba a cambiar ni por él ni por ningún otro.

—Deberás quitarte la ropa —murmuró con un timbre intrigante pero serio que me hizo sacudir la cabeza.

Era inútil tratar de obtener algo de él, lo único que hacía era tomarme el pelo para salirse con la suya.

Volví a sentirme una tonta y una ilusa.

—Buenas noches, Neil.

Me senté en el borde de la cama, cogí el portátil y me lo puse encima de las piernas. Dejé de admirar su cuerpo porque a aquellas alturas ya había comprendido que me había contado una mentira, una excusa banal para colarse en mi habitación.

—Deberás quitarte la ropa porque te espero en la piscina cubierta. Ponte un bañador —añadió con tono autoritario para subrayar lo tonta que había sido desconfiando de él sin siquiera escucharlo.

Levanté la cara para encontrar su mirada, pero él me dio la espalda y se dirigió hacia la puerta, con el rotulador metido en el bolsillo trasero de los vaqueros oscuros. Permanecí inmóvil unos instantes con la vista clavada en el umbral por donde había desaparecido y parpadeé, casi dudando de haberlo soñado. Me levanté rápidamente de la cama y traté de salir del estado de trance en el que me había sumido.

Me lavé los dientes, me solté el pelo y me aseguré de que mi depilación estuviera en condiciones. Luego me puse un bañador de una pieza de color negro que cubría bastante las nalgas, una prenda sensual sin ser vulgar, y salí de la habitación. Quería que me deseara, pero no ser descarada como las mujeres de las que solía rodearse.

Acto seguido tomé el ascensor al tercer piso.

Las piernas me temblaban a cada paso, y cuando las puertas se abrieron, señalando el fin del trayecto, por poco no me caigo por culpa de las fuertes emociones que me daban vueltas en el estómago.

Lo primero que noté cuando llegué a la piscina fue que Neil estaba en el agua con los brazos abiertos extendidos en el borde de la piscina y los pectorales, ensalzados por el ámbar brillante de su piel, a la vista. Tenía la cabeza inclinada hacia atrás y las gotas de agua le resbalaban por la cara y por las largas pestañas; esbozaba una sonrisa insolente.

—Has tardado mucho, Campanilla —comentó abriendo los ojos. Me quité el albornoz y lo dejé en una de las tumbonas, blancas y suaves, que rodeaban la piscina, al lado de las cosas de Neil: el paquete de Winston, el móvil y el rotulador. Decir que Neil era extraño era quedarse corto.

Me aclaré la garganta y noté que sus ojos recorrían mis curvas. Me encaminé descalza hacia la piscina y me senté en el borde de mármol con las piernas en el agua caliente.

—¿No te fías? —se burló nadando hacia mí con movimientos felinos y elegantes. Sus labios rompían la superficie cristalina del agua y sus ojos permanecían fuera; el pelo, mojado, le caía por la nuca; el *Toki* que le adornaba el bíceps poderoso emergía con las brazadas invitándome a tocarlo.

En aquel momento parecía un depredador estudiando a su víctima.

—No del todo. Te recuerdo que hemos venido a hablar —repliqué con sinceridad; no podía compartir espacios muy estrechos con Neil sin caer en la tentación de besarlo.

—Hay muchas maneras de hablar.

Nadó con desenvoltura a lo largo de la piscina mientras yo balanceaba los tobillos y observaba los surcos de los músculos y la anchura de los hombros.

Necesitaba desviar la atención hacia algo que no fuera su cuerpo; sentía que me ardían las mejillas y no estaba segura de que fuera por el agua.

—Tu autor preferido es Bukowski —dije buscando un tema para empezar a hablar.

Neil se detuvo a poca distancia de mí y se atusó el pelo; luego se pasó la lengua por los labios, que seguramente sabían a cloro, una mezcla que ansiaba saborear.

—Y tú has metido las narices en mis cosas sin permiso —replicó con fastidio manteniéndose a una distancia prudencial, lo cual le agradecí mentalmente.

—Así que te gusta leer… —insistí porque esta vez quería salirme con la mía.

Neil bufó y se acercó poniendo en marcha una alarma invisible que imaginé como una luz roja intermitente.

—«Si empiezo a hablar de amor y de estrellas, os lo ruego: liquidadme» —respondió citando a su autor favorito mientras flotaba justo delante de mí, demasiado cerca, y me miraba las piernas. Me moví nerviosamente sobre el mármol y traté de recordar el motivo por el cual había aceptado seguirlo a la piscina.

—También has leído *Lolita,* de Nabokov. —Sonreí complacida porque estaba contenta de que Neil conociera las obras de mi escritor favorito.

—Habla de pedofilia —comentó inexpresivo, rozándome el tobillo izquierdo con una mano. Me sobresalté y apreté las rodillas, como si quisiera protegerme, lo cual le provocó una carcajada gutural y burlona.

—Exacto. —Me aclaré la garganta y sentí otra caricia, esta vez en el tobillo derecho.

Neil me miró a través de sus largas pestañas y me sonrió malicioso acercándose un poco más.

—Entra en la piscina. No voy a morderte, Campanilla —murmuró sensual haciéndome ruborizar. Me llamaba de aquella manera desde el día en que nos conocimos, pero todavía no sabía lo importante que era para mí aquel jersey con el hada con cuyo nombre me había bautizado.

—Es un regalo de mi abuela materna —le confesé refiriéndome a la prenda que se había convertido en uno de sus objetos de burla preferidos.

Neil, confundido, arrugó la frente, así que decidí ser más clara.

—El jersey de Campanilla me lo regaló mi abuela Marie. Podrá parecer horrible o infantil, pero para mí tiene un gran valor afectivo —expliqué, sintiendo que el corazón me latía más fuerte cuando recordaba a la abuela Marie, que había fallecido hacía dos años.

Neil se puso serio y me acarició las pantorrillas con las dos manos dibujando círculos con los dedos, que encendieron un fuego vivo en mi interior. Luego subió al hueco de las rodillas y me tocó muy lentamente, hasta provocarme un escalofrío que me sacudió los hombros. Una chispa de malicia se encendió en los ojos de Neil.

—Otro motivo para seguir llamándote... —hizo una pausa teatral— Campanilla —dijo divertido poniendo voz angelical adrede y apartándose de mí—. ¿Vienes o no? —insistió antes de sumergirse en el agua y bucear en sentido contrario.

Abrí mucho los ojos para admirar la elegancia de sus brazadas; Neil me pareció un maravilloso delfín y, al mismo tiempo, un peligroso tiburón.

Aproveché su inmersión para quitarme una goma que llevaba en la muñeca y hacerme una cola alta con algunos mechones sueltos alrededor de la cara; luego me metí lentamente en la piscina sin alejarme del borde. Sumergida hasta los hombros, miré a mi alrededor buscando a Neil. Di un respingo cuando sus manos me sujetaron por las caderas y su cuerpo de adonis se pegó a mi espalda.

—Por fin... —susurró rozándome la nuca con la punta de la nariz; la malicia de su voz me puso alerta.

Me tensé y tragué aire cuando noté su erección entre las nalgas. A Neil no le importaba que me diera cuenta, es más, quería provocarme; se puso a restregarse lentamente, lo cual me causó una sensación en la entrepierna que a aquellas alturas ya me era familiar.

Dios mío.

—Tú..., tú... —balbucí en voz baja, incapaz de formular la pregunta que tenía en la punta de la lengua. Me chupé el labio inferior y solté aire tratando desesperadamente de articular las palabras.

—Yo..., yo... ¿qué? —me imitó en tono sensual burlándose de mí; esta vez también se estremeció mi vientre.

Maldición.

—Tú..., es decir, nosotros, ¿no íbamos a observar las estrellas? —murmuré en voz baja tratando de no prestar atención a los latidos que nacían del centro de mi cuerpo. Neil me respiró en el cuello, cerca de la oreja, dispuesto a atontarme con su voz de barítono.

—O ellas podrían observarnos a nosotros —susurró, incitándome a levantar la cara hacia el techo de cristal que ofrecía la vista de un espectacular cielo estrellado; me volví y me topé con sus ojos cuyo color y luminosidad hacían palidecer los de los astros.

Bajé la mirada y aparté la nuca y la curva del cuello de la humedad de su respiración para evitar que me sedujera, aunque en realidad él podía hacerlo sin esforzarse mucho.

—¿Qué más te gusta hacer, además de leer? —Nadé lejos de él y lo miré con la intención de hacerlo hablar como me había prometido.

Neil suspiró, resignado, y al cabo de unos instantes respondió:

—Dibujar y hacer deporte. —Se dirigió hacia la escalera y me echó una ojeada—. ¿Salimos? —propuso serio, como si de repente algo lo hubiera molestado.

Sus manos viriles agarraron la escalera, luego hizo fuerza con los bíceps y subió permitiéndome admirar su escultural cuerpo. Un bañador blanco le ceñía el trasero, marmóreo y musculoso, pero la tela excesivamente fina y transparente me hizo dudar de la naturaleza de la prenda.

Salí del agua y lo seguí a una de las tumbonas esperando que su bañador no fuera en realidad un calzoncillo.

Caminando detrás de él pude constatar que todo en Neil desprendía erotismo puro.

Se tumbó, mojado, y cruzó los tobillos; tragué saliva cuando noté la maciza protuberancia que se transparentaba de manera vulgar a través del que, efectivamente, era un bóxer blanco empapado.

—¿No vienes? —Me miró fingiendo no darse cuenta de que estaba violenta.

Sus ojos de miel, enmarcados por las pestañas, húmedas y largas, se encendieron de malicia, y una mueca astuta le curvó los labios. Comprendí entonces que había usado una táctica de seducción, propia del cabrón egocéntrico que era, pues el bóxer era tan transparente que hasta pude entrever la punta del *Pikorua* del costado izquierdo que acababa por debajo de la goma.

Incómoda, cogí el albornoz y me encaminé hacia aquel diablo enigmático que me miraba el pecho con descaro.

Tenía los pezones endurecidos y el bañador mojado no ayudaba a ocultarlos.

En aquel instante, me sentí especialmente atractiva y esperé que sufriera tanto como yo.

—Siéntate a mi lado o encima de mí, elige tú. —El maldito brillo de sus ojos era aterrador, pero también irresistible.

—La última vez que me senté encima de ti destruiste la casita —le recordé haciendo una mueca de preocupación. Todavía no había comprendido qué había pasado aquel día, después de que nosotros…

—Porque es una postura que odio y me agobia —respondió vago mirándome las piernas con codicia; le permití que trazara su contorno con los ojos, como si yo fuera un lienzo en blanco y él un pincel.

—Entonces, ¿por qué acabas de decirme…? —No pude acabar; Neil se me anticipó.

—Porque sé que te gusta sentirme entre las piernas —susurró con una dulzura que contrastaba con la mirada de fuego que acto seguido me dedicó, como si deseara envolver mi cuerpo con sus manos.

—¿Cómo lo sabes? —pregunté. Neil se incorporó y me sujetó de la muñeca con un movimiento rápido.

—Cállate y ven aquí —ordenó en voz baja pero autoritaria; en cuestión de segundos me encontré echada en la tumbona como un ratoncito en la madriguera de una serpiente venenosa.

Neil se colocó encima de mí apoyándose en los antebrazos situados a ambos lados de mi cabeza; luego se abrió paso entre mis muslos con las caderas y empujó en el punto que me latía desde hacía rato.

Gotas plateadas de agua resbalaban por el ámbar de su piel mientras un deseo insano le oscurecía los ojos y le ensombrecía la mirada.

Me esforcé por contenerme, pero todo mi cuerpo se puso a temblar: los hombros, las manos, las piernas…

—No te pongas tan tensa —susurró con suavidad poniéndome los labios en el cuello. Los arrastró con lentitud hasta debajo de la oreja y rozó el lóbulo con la lengua haciéndome estremecer.

—Estoy aquí… —dijo al notar que yo miraba fijamente el cielo más allá de la claraboya en vez de mirarlo a él. A decir verdad, me estaba concentrando en las sensaciones que me suscitaba: sentía el corazón latir en cada centímetro de mi cuerpo hasta cortarme la respiración.

—¿Te gustó recibir las atenciones de la rubia en mi presencia? —pregunté, y tragué con dificultad. Luego vi cómo su mano se deslizaba por mi pecho. Lo apretó de manera ruda, y yo gemí y le puse las manos en los costados; noté su musculatura definida.

—Sí —respondió lascivo—. ¿Y a ti te gustó besar a Luke en mi presencia?

La ironía veló su pregunta dándome a entender que probablemente no le importaba a quién besara porque no le importaba nada de mí.

—Muchísimo —mentí, apartándole de la frente los mechones mojados. Cuando Neil me miró, leí en sus ojos una mezcla de atracción, posesión y pasión trágica.

Parpadeé y esperé su reacción.

—Sabes, Campanilla... —Volvió a besuquearme el cuello con los labios y bajó hasta la clavícula impregnándome la piel con su respiración caliente—. Te he enseñado lo que me gusta y cómo me gusta... —Se puso a mover las caderas de manera tan lenta y cuidadosa que me indujo a rodearlo con las piernas—. Ahora te mostraré cuándo me gusta y dónde me gusta... —dijo revelándome sus verdaderas intenciones, que debería haber adivinado enseguida. También me di cuenta de que dependía de mí aceptar volar con él o no.

Cerré los ojos y arqueé la espalda cuando me bajó la parte superior del bañador y dejó un pecho al descubierto. Lo sopesó y se lo llevó a los labios para chuparlo. Al principio mi reacción fue de sorpresa, pero cuando mi cuerpo, languidecido, reconoció su tacto, los músculos se relajaron y la aprobación y el placer se dibujaron en mi cara.

—Me dijiste que íbamos a hablar y...

Las palabras murieron en la boca cuando mordió el pezón, que, como un capullo, se endureció en su boca al toque de la lengua girando alrededor de la areola. En aquel momento solo lograba concentrarme en lo que Neil me estaba haciendo.

—Estoy a punto de decirte muchas cosas, Campanilla. —Me ayudó a quitarme el bañador con movimientos rápidos e impacientes y lo arrojó lejos para volver a lo nuestro.

Mis partes íntimas, ahora desnudas, se frotaban contra su erección, y los pezones contra los músculos de su tórax.

Prometía ser un gran espectáculo para las estrellas que desde lo alto iluminaban nuestros cuerpos febriles de deseo.

Presa de la pasión, me concentré en su aroma y en las sensaciones táctiles provocadas por la experiencia de sus manos; Neil me permitía descubrir un mundo lujurioso al que solo él lograba transportarme.

Me miró, y en aquel momento vi en él a un ser bellísimo pero terrible. De repente, entreabrió los labios en una sonrisa libidinosa y mostró el brillo de sus dientes blancos, luego inclinó un poco el cuello y me lamió el borde de la boca, dejándola mojada adrede de su saliva, como si fuera una marca de propiedad. Me echó otra mirada, esta vez ambigua, como si esperara a que yo entendiera algo, y se acercó de nuevo a besarme a su manera.

Me empujó la lengua dentro de la boca y le devolví el gesto voluptuoso y pasional enlazándome a él. Mis manos subieron por sus brazos trazando los relieves musculares y las venas visibles; su mano bajó por mi vientre hasta alcanzar mi intimidad. Me acarició el clítoris con dos dedos y lo frotó lentamente.

Habíamos quedado para hablar…, en cambio me puse a mover las caderas contra él con oscilaciones tímidas y lentas.

Mis manos siguieron subiendo hasta alcanzar sus anchos hombros mientras él rozaba los labios mayores, suaves y húmedos, con los dedos e invadía el punto que más anhelaba recibirlo.

Emití un sonido indescifrable y Neil sonrió dictando a su lengua el mismo ritmo agotador de sus dedos.

Las piernas me temblaban y Neil me acarició un muslo para tranquilizarme.

A pesar de que no hablábamos, de repente sus gestos se volvieron claros y de fácil comprensión para mí.

Pero todavía esperaba el instante en que él se despojaría de todos sus miedos y me concedería su alma además de su cuerpo, el instante en que me mostraría sus debilidades para que yo cuidara de ellas.

Sin embargo, verlo así, encima de mí, con los ojos brillantes, los labios ávidos, la lengua enérgica y los dedos delicados pero expertos también era sorprendente, una experiencia inigualable que me provocaba emociones tan devastadoras que las lágrimas me asomaban a los ojos. Me daban ganas de llorar a causa del placer que no lograba controlar y de la debilidad de la cual era víctima.

Me arqueé de nuevo cuando sus dedos se hundieron en mí hasta rozarme los labios mayores con los nudillos; luego los movió tan rápidamente que se me nubló la vista y vi salpicaduras de pintura y manchas de colores, percibí sonidos confusos y me convertí en una materia sin forma embestida por la onda del orgasmo, que me sacudió provocándome convulsiones y espasmos naturales e incontrolados.

—Mmm... —Fue el único comentario que logré hacer cuando abrí los ojos y nuestras miradas se cruzaron. Nos miramos a una distancia inexistente; los dos jadeábamos con fuerza, y una sonrisa inocente me curvó los labios. Le acaricié los relieves del cuerpo y Neil se dejó tocar, mirándome con ojos voraces de depredador.

Era guapo y dominante.

Fuerte y fascinante.

Tenebroso y perverso, aunque había notado atisbos de fragilidad cuando Logan tuvo el accidente, porque sus hermanos eran para él como una brújula interior que pocos afortunados podían ver.

Le daba vueltas a la complejidad de su misteriosa alma cuando mis labios alcanzaron su barbilla y la mordisquearon.

Neil se apoyó en los codos y se puso a suspirar despacio a cada beso que trazaba el contorno de su mandíbula.

Luego pasé al cuello y respiré el aroma de su piel. Le acaricié las nalgas y con el índice recorrí el surco que las separaba hasta delante. Sus labios se entreabrieron para emitir un gemido bajo y gutural, y yo sonreí incrédula porque no era fácil hacerlo gozar. Lo veneré con el tacto y pensé que quizá tenía razón: existía un lenguaje mudo a través del cual es posible comunicarse sin usar las palabras.

—Tu cuerpo es perfecto —lo halagué; él fingió no oírme y apoyó la frente en la mía jadeando. Agarré la goma del bóxer mojado con dos dedos y lo bajé lentamente, ayudada por él, que se lo arrancó ansioso de quedarse desnudo.

No lo vi, pero lo sentí. Lo sentí totalmente sobre mí, y pronto lo sentiría dentro.

Neil cerró los ojos y se movió despacio, a un ritmo cadencioso pero sensual; su miembro, grueso y firme, me resbalaba sobre el sexo preparando mi cuerpo, que hervía de deseo por abandonarse a la lujuria.

Me ruboricé avergonzada y hundí los dedos al final de su espalda. Míster Problemático abrió los ojos y me lanzó una mirada dorada y penetrante que me agitó en lo más íntimo.

Luego levantó las caderas y con una mano dirigió su erección donde deseaba, donde ambos deseábamos.

—Me dijiste que querías algo mío... —susurró débilmente antes de empujar despacio e invadirme. Apreté los dientes a causa de su tamaño, del cual él era consciente; se detuvo y me miró a los ojos.

Leí en ellos cierta preocupación por mí; nunca había estado tan serio ni había tenido una actitud tan comedida. Me di cuenta de que cabía un universo entero en aquellos ojos, un universo por admirar en el que todavía no había encontrado respuestas a mis preguntas.

Nos miramos como si el tiempo se hubiera detenido, nuestras respiraciones suspendidas en el aire, nuestros labios cercanos y vibrantes, a la expectativa. Con un movimiento rápido y sensual, hizo una ligera presión con las caderas y yo emití un gemido profundo cuando entró del todo dentro de mí. Consideraba magnífico el modo en que mi cuerpo se unía al suyo; lo sentía todo de él: su mente, su presencia emotiva, su corazón que latía cada vez más deprisa. Esperé que no notara mi rubor, pero Neil volvió a mirarme con aquellos ojos tan grandes, intensos y serios, y comprendí que sí lo había notado.

Apoyó la mejilla en mi sien y se puso a dar golpes firmes y profundos. Retrocedía sin salir del todo y volvía a entrar con fuerza pegando su pecho al mío.

Al cabo de un rato, los golpes aumentaron de intensidad y todos sus músculos se tensaron.

Mis manos acabaron en sus glúteos, que se contraían a cada golpe desprendiendo una virilidad que habría hecho palidecer a cualquier otro hombre.

Su respiración se hizo irregular mientras me besaba, se tragaba mis gemidos y nuestras lenguas se unían. De repente, volvió a mirarme y pude leer en sus ojos la insólita confusión que flotaba en su cabeza.

Luego levantó el torso instintivamente y se aguantó en las rodillas mientras me agarraba por las caderas.

Se puso a moverse con fuerza y me levantó la pelvis para llegar más al fondo. Su lado salvaje y rudo se impuso y arqueé la espalda en un arrebato de carnalidad.

Entorné los labios para emitir un grito visceral, pero Neil se dobló sobre mí y me besó de nuevo impidiéndome respirar.

Fue un beso liberador, poderoso..., apasionado.

El agarre de sus manos en mis caderas se volvió posesivo y yo lo miré confundida.

—Neil... —murmuré; apenas podía hablar, y él siguió empujando mientras emitía pequeños suspiros viriles y profundos que me ponían la carne de gallina.

—Silencio —gruñó como un felino hambriento; mi cuerpo alcanzó el éxtasis al oír su voz ronca. Los músculos se me pusieron en tensión al instante y perdí el control de la razón. Apreté los ojos y lo sujeté por el pelo permitiendo a mi placer explotar como un volcán alrededor de Neil.

Mi intimidad lo absorbió de manera enérgica y convulsa, y los músculos pélvicos se contrajeron y se dilataron, presas de las sensaciones que fluían libres en mi cuerpo.

Fue un momento intenso, emocionante e inolvidable.

Temblé debajo de él y sus caderas me concedieron una breve tregua.

Al cabo de un instante me miró, quizá para acallar de inmediato una posible queja, porque había sido brutal, rápido y en absoluto delicado.

En aquel instante de pausa, bajó la mirada hasta el punto en que nuestros cuerpos se unían y, aguantándose en los codos, desplazó la vista hacia mí pensando en quién sabe qué.

—Eres una cría... —susurró divertido porque todavía no había aprendido a controlar mis emociones y mis sensaciones físicas; el placer escapaba a mi control y era tan involuntario que recorría mi piel sin que pudiera hacer nada para detenerlo.

Sin embargo, a pesar de que me había corrido prácticamente enseguida, Neil tenía otros planes: reanudar su movimiento por un tiempo infinito.

Me ruboricé y los hombros me temblaron de nuevo, sacudidos por un débil soplo en el pecho, cuando empujó las caderas decretando el final de la pausa. Le hundí las uñas en la carne de la espalda y encajé una tanda de golpes fuertes y contundentes que volvieron a marcarme como algo de su propiedad. Arrugué la frente y me mordí el labio inferior porque empezaba a sentir un ligero fastidio en la entrepierna que no desaparecía.

Neil era poderoso, dotado y dominante, mientras que yo era menuda, delgada y delicada. El sexo con él era placentero y doloroso a la vez a causa de su potencia.

Me dominaba, me poseía y penetraba hasta someterme por completo a su poder físico.

Muchas mujeres me habrían envidiado y habrían deseado que el cuerpo de Neil encajara con el suyo; habrían deseado besar sus labios, rojos y carnosos, y lamer el ámbar de su piel, mojada y luminosa; habrían deseado que las tocara de aquella manera indecente y que las chupara con su sucia lengua. Yo, en cambio, me sentía como un frágil cristal en las manos de un ser divino dotado de una energía y una fuerza inhumanas.

Neil era un portento de la naturaleza, era seducción y deseo, y hablaba a través del cuerpo.

Mientras seguía moviéndose, apoyando su imponente figura en los codos, sus ojos permanecían encadenados a los míos como si tuviera miedo de perderse. Me acarició el pelo. Ninguno de los dos hablaba, pero nuestros gemidos se difundían a nuestro alrededor mientras mi mirada se perdía en la suya y vagaba por el infinito.

—N-Neil… —balbucí; la respiración entrecortada me impedía pronunciar correctamente las palabras. Me sonrió en el hueco del cuello y lamió las gotas de sudor. Yo sudaba, es más, ardía, literalmente.

—Me gusta cuando no te salen las palabras —comentó con malicia mientras yo apretaba las piernas a su alrededor.

Nuestras caras y nuestros pechos estaban tan cerca que sentía los latidos de su corazón perseguir los míos; las sensaciones se amplificaban y lograba sentir el olor de su piel y su respiración de una manera tan intensa que me entristecía, porque después del sexo nada cambiaría, porque yo no valía nada para Neil y porque, en cualquier caso, me marcharía dentro de una semana.

En aquel momento Neil hizo un esfuerzo para levantarse sobre los codos y penetrarme con más fuerza; miré el triángulo invertido que formaba su abdomen golpear contra mí, el tatuaje del costado izquierdo, los abdominales contraídos y el pecho enrojecido por el esfuerzo.

Ver el punto en que nos uníamos me exaltó y me puse a secundar sus movimientos y a participar en su carrera hacia el orgasmo.

Cuando sus ojos recorrieron mi cuerpo desnudo, sacudido por oleadas de placer, se tensó y soltó un gruñido gutural. Los golpes se volvieron más secos y profundos: saltaba hacia arriba y resbalaba hacia atrás, en sincronía con sus caderas. Pero ¿hasta dónde quería llegar?

Lo sentía incluso en el estómago y en los pechos.

La sensación de notarlo tan invasor era total: Neil me llenaba del todo, y no era solo una plenitud física, sino también emotiva.

Englobaba mi alma en su caos.

Sus suspiros, tan sensuales, estaban impregnados de carga erótica y se confundían con los míos en una sola melodía; juntos dejamos que la magia del momento nos envolviera como una tempestad de arena, como una onda impetuosa.

Empujó la frente contra la mía mientras sus labios entornados emitieron por primera vez jadeos viriles y guturales, y comprendí que por fin estaba perdiendo el control. Me apretó un pecho con una mano y con la otra se agarró a mi cadera como si temiera hundirse en el vacío.

Su respiración se hizo más apremiante, las mejillas se enrojecieron y el sudor perló su piel. Cuando se detuvo dentro de mí, subyugado por las poderosas contracciones de mis músculos, lo sentí palpitar en la pelvis. Un calor anómalo me invadió en lo más profundo y me di cuenta de que él había alcanzado el clímax entregándose totalmente a mí.

Siguió embistiendo y, cuando sentí que su miembro resbalaba con más facilidad, noté el semen en los muslos… Era fantástico.

Simplemente magnífico.

Se detuvo cuando el orgasmo se desvaneció y volvió a la realidad.

Neil se había corrido dentro de mí y algo se había roto, su barrera se había derrumbado. Se dejó caer sobre mí sin aliento y me respiró al oído haciéndome estremecer.

—Me has hecho cometer una enorme gilipollez —murmuró contrariado. Admiré su cuerpo, que resplandecía como si estuviera bañado en plata.

Le acaricié la línea de la espalda y su respiración se hizo más regular y acompasada.

—¿De qué hablas? —Le pregunté seria.

Neil se echó a mi lado y me apoyé en su pecho, tanto porque había poco espacio como porque me gustaba sentir el calor de su piel y el aroma que desprendía; siempre, incluso en momentos como aquel.

—Me entregaste tu primera vez y yo te he entregado la mía. Estamos en paz, Campanilla.

Miró el cielo estrellado como si quisiera evitar mi mirada. Yo estaba cansada, satisfecha y atontada, pero me puse roja cuando caí en la cuenta de lo que acababa de decir.

Él no..., él no...

—¿Es la primera vez que haces esto con una mujer? —susurré, apartándome de la frente los mechones mojados para observar mejor los agraciados rasgos de su cara.

—Te he mostrado cuándo le gusta de verdad a un hombre. —Su expresión manifestó una cierta turbación que no logré interpretar porque su presencia era tan imponente que cada vez que trataba de coger aire mi pecho rozaba el suyo y volvía a excitarme patéticamente, todavía turbada por el placer.

—Y también cuánto... —comenté complacida, y él se giró a mirarme para analizarme haciéndome sentir muy incómoda.

Después del sexo todavía era más guapo, con aquellos ojos perezosos y luminosos, los labios hinchados y enrojecidos y la piel brillante y relajada... Quién sabe, en cambio, en qué condiciones estaba yo.

—Tendrás algo mío para llevarte a Detroit.

Me pasó el brazo por detrás de la nuca y me permitió estar a su lado.

Mejor dicho, encima.

Puse la palma de la mano sobre su pecho y, desnudos y agotados, miramos el cielo emborrachándonos de un silencio ensordecedor y reflexivo.

—Háblame de ti. —De repente me miró de aquella manera seria y penetrante que lo hacía tan guapo, y yo no oculté mi sorpresa. Estaba, como poco, pasmada.

—¿Qué quieres saber? —susurré parpadeando.

—Cuéntame lo que quieras —replicó mirando de nuevo hacia arriba.

—Cuando vine a Nueva York había cursado el primer año de universidad en Detroit. Era una chica bastante popular: tenía un grupo de amigas y… —Me detuve y me humedecí los labios—. A Jared. —Me aclaré la garganta, incómoda, porque no sabía si a Neil le molestaría que lo nombrara, pero sus ojos permanecieron clavados en el cielo estrellado y proseguí—. Tenía una vida normal, siempre me han gustado las cosas sencillas: un buen libro y una taza de chocolate caliente… —afirmé, acariciándole el pecho mientras nuestros dedos seguían enlazados—. Detestaba las fiestas de las hermandades y a los odiosos jugadores de baloncesto que se las ligaban a todas, más o menos como haces tú.

Me burlé a pesar de que sabía que no era verdad.

Con Neil sucedía lo contrario: eran las mujeres las que trataban de ligárselo a él porque era fascinante y guapísimo pero huraño, y no era fácil acercarse a él.

—Soy más exigente de lo que crees —se defendió girando la cara hacia mí.

Analicé sus rasgos y me pregunté una vez más cómo podía ser tan perfecto; era como si la frente, los ojos, la nariz, los labios y la barbilla hubieran sido colocados en aquella cara con la máxima precisión por un dios perfeccionista.

—Cuéntame más cosas.

Me sacó de mis pensamientos mostrándose especialmente curioso por saber más de mi vida. Le sonreí y retomé el relato donde lo había dejado.

—No hay mucho más que contar. Me crio mi madre. El año en que mi padre se marchó, dejé de llamarlo papá. Me miré el índice, que le acariciaba la piel en dirección a los pectorales, y proseguí—: Sabía que vivía en Nueva York, pero traté de evitarlo durante cuatro años, también de conocer a su nueva familia, o sea a vosotros... —Levanté la mirada y noté que me miraba con su acostumbrada expresión indiferente y sombría—. Por suerte, mi madre siempre ha estado a mi lado, tengo una relación genial con ella.

—¿Cómo se llama? —Me miraba; su respiración me rozó la cara.

—Judith Martin. Es profesora de Literatura —dije orgullosa. Admiraba a mi madre, no solo en el ámbito social, sino también familiar—. Siempre ha sido una madre presente y llena de atenciones, la echo mucho de menos... —Se me quebró la voz porque su ausencia me pesaba desde que había llegado a Nueva York—. Nos llamamos poco porque el trabajo la absorbe, por eso a menudo siento nostalgia y soledad —le confesé a Neil, y por primera vez a mí misma. Mi soledad a veces era meditativa, pero otras veces era abrumadora—. Me siento perdida —murmuré—, como si emprendiera el viaje de la vida completamente sola —proseguí; él no apartaba la vista de mí—. A veces pienso que estoy mejor sola, que es mejor vivir en un espacio limpio que solo me pertenece a mí, pero otras desearía tener a alguien con quien compartirlo. —Tragué aire, sorprendida por mis propias palabras—. Es contradictorio, lo sé, pero yo también tengo mis facetas... extrañas.

Traté de desdramatizar, sonriendo tímidamente, pero Neil siguió mirándome con semblante serio. Arrugó la frente, reflexivo, sacó el brazo de detrás de mi cabeza y se sentó; estaba magníficamente desnudo.

Se pasó una mano por el pelo húmedo y miró a su alrededor en busca de algo; luego, cuando encontró lo que buscaba, se puso de pie regalándome el espectáculo de su cuerpo escultórico y de sus nalgas de mármol.

No entendía qué estaba haciendo, así que lo observé mientras se dirigía con decisión hacia la tumbona contigua para coger algo.

Volvió con el rotulador en la mano. Luego se sentó a mi lado.

Acto seguido, le quitó el tapón con los dientes.

Yo estaba..., estaba... desnuda, con mis partes íntimas expuestas y enrojecidas, aún marcada por su semen. Apreté las piernas por acto reflejo, porque me daba apuro, pero Neil no me miraba la entrepierna, estaba concentrado en otra cosa.

Me puso la punta del rotulador sobre un costado y trazó líneas que poco a poco adquirieron la forma de un dibujo. Me incorporé para ver de qué se trataba y vi... una concha totalmente coloreada de negro con una perla blanca en su interior.

—Cuando te sientas sola, dibuja una perla dentro de una concha —susurró soplando sobre mi piel; luego me besó el vientre y arrastró los labios hacia arriba hasta el pecho; me chupó el pezón y, excitada, me puse tensa. Por último, puso la cara a la altura de la mía y me miró con malicia, divertido.

—¿Es una historia? —murmuré con una sonrisa sincera que no pude contener.

Neil era increíble bajo cualquier aspecto, incluso en sus ideas locas y creativas.

—No es una historia —me corrigió—. Es una leyenda.

Se inclinó hacia delante y puso las manos a los lados de mis caderas para cernirse sobre mí, luego me rozó la boca con los labios sin besarme.

Lo miré a los ojos, escudriñé las líneas doradas que irradiaban sus pupilas y se perdían en los iris, del color de la miel.

¿Era posible que aquel chico tenebroso tuviera el sol en los ojos?

Me mordí el labio superior a causa de la vergüenza, pero no fui capaz de morderme la lengua y le hice una pregunta.

Quizá me equivocaba, pero debía saberlo.

—Y nosotros ¿qué somos? —Era una pregunta legítima, a pesar de que en el mundo había muchas cosas sin definición.

Al fin y al cabo, habíamos compartido algo importante y él me había entregado su primera vez y me había confesado que no había hecho nada parecido con ninguna otra chica.

¿Me estaba haciendo ilusiones o yo contaba, al menos un poco, para Neil?

Me miró de arriba abajo y esbozó una sonrisa enigmática.

—Todo el mundo sabe cómo acaba la historia del príncipe azul y de la princesa —me susurró al oído, con su timbre abaritonado y maduro. Su pecho me rozó los pezones y contuve la respiración, subyugada por las sensaciones que me suscitaba su cuerpo—. Pero ¿te has preguntado alguna vez cómo acaba el de la princesa y el príncipe oscuro?

39

Neil

El sexo es una trampa de la naturaleza
para evitar la extinción de la especie.

FRIEDRICH NIETZSCHE

Me había corrido dentro de ella.

Mierda.

Yo..., precisamente yo..., cometer una gilipollez así tras años de experiencia, tras haber hecho de todo con las mujeres sin incurrir jamás en un error semejante.

Pero no había sido una casualidad o un fallo dictado por la intensidad erótica que había experimentado.

Lo había decidido, lo había premeditado para que Selene entendiera cuándo el sexo le gustaba a un hombre y, sobre todo, cuándo me gustaba a mí.

Y lo cierto era que yo solo lo apreciaba cuando entraba en ella sin barreras que me separaran de su piel, suave y aterciopelada, solo cuando explotaba en su cuerpo sin preocuparme por reprimir mi impulso.

Precisamente por eso quise mostrarle todo el deseo que sentía por poseer su cuerpo, su alma y todo lo que le pertenecía.

Mientras me hundía dentro de ella y ejercía una presión casi dolorosa en el punto de unión entre nuestros cuerpos me sentía a salvo, en el lugar adecuado, y eso no me había pasado con las demás.

Tras haber follado y hablado, Selene me pidió que me quedara un rato con ella, pero yo había planeado que una vez que hubiera obtenido lo que deseaba, me vestiría y me iría a mi habitación.

Me di cuenta de que había cometido suficientes idioteces por aquella noche, y la imagen de su cara presa de los orgasmos seguía obsesionándome y persiguiéndome.

«Selene no es más que una mujer, una mujer como muchas otras», me repetía mientras seguía dándole vueltas a lo mucho que me había gustado la sensación de mi olor sobre su piel y a las ganas que tenía de moverme otra vez dentro de ella, en mi lugar preferido, el lugar que me jodía la mente, a mí, que creía ser inmune a su poder, el lugar al que solo yo tenía acceso y que me hacía perder la cabeza, incluso cuando trataba de mantener el control de mí mismo.

Sin embargo, sabía que no podía tenerla.

Selene no debía atarse a mí porque no había un final feliz para nosotros, ninguna historia de amor, y ella debía entenderlo.

Todo lo que me gustaba era inmoral o sucio porque necesitaba calmar el espíritu y alimentar los deseos.

Mi vida era, al fin y al cabo, un péndulo que oscilaba entre crueldad y dolor, aburrimiento y decepción, pesadilla y realidad.

Oscilaba entre el niño y yo.

Por eso había elegido el camino más fácil: un paquete de Winston y una rubia que supiera satisfacerme eran suficientes para mantener a raya el sufrimiento que pesaba sobre mis hombros.

Selene, en cambio, era un hada, una criatura caída del cielo cuya intención era conducirme a la cima de la locura, y yo debía impedir que ocurriera.

Sin embargo, con ella había compartido cosas que no había compartido con ninguna. Normalmente, no me gustaba entretenerme en los detalles —el olor, el contacto…—, pero con ella me pasaba todo lo contrario.

Me gustaba sumergirme en sus curvas, besar cada centímetro de su cuerpo, refugiarme en ella para mostrarle el mundo de la perdición, un mundo cuya existencia Selene desconocía y en el que chocábamos como dos fuerzas opuestas de la naturaleza, luchando la una contra la otra sin cesar, y, al mismo tiempo, fundiéndose como si no pudieran existir por separado.

Me repetía a mí mismo que no le permitiría que me atara a ella.

Porque Selene era un fruto prohibido.

Una visión surrealista.

Una criatura misteriosa.

Un cuerpo de cristal que guardaba en su interior un alma pura, un alma que alguien como yo no debería haber tocado ni remotamente. Sin embargo, seguía besándola, follándomela y haciendo lo que me daba la gana porque era egoísta y perverso, y porque su cuerpo, pequeño y esbelto, me provocaba un deseo ardiente que no lograba controlar.

No me hacía gracia que volviera a Detroit, aunque aprobaba su decisión.

Al fin y al cabo, un psicópata sin identidad nos pisaba los talones y era capaz de hacer daño a mi familia; probablemente ya estaba tejiendo un plan diabólico cuyo blanco era otro de los nuestros. Así que Selene podía ser su objetivo tanto como mi madre, Chloe o Matt; por eso quería que desapareciera de mi vida, que se fuera, no solo porque yo, que era incapaz de querer y de resolver mis problemas, no era el hombre adecuado para ella, sino también porque no quería ser el responsable de que algo malo le sucediera.

No me lo habría perdonado nunca.

A la mañana siguiente de nuestro lujurioso encuentro en la piscina, no presté atención a Selene, que me dirigía miradas inocentes para que le hiciera caso mientras desayunaba en la cocina.

Logré resistir el impulso de acercarme a ella y de besarla. A decir verdad, tuve que sacar fuerzas de flaqueza para no cogerla, sentarla en la isla y abrirle las piernas para perderme en su calor, en su pureza, en su dulce sabor y en la profundidad de sus ojos.

A aquellas alturas, estaba convencido de que ella era diferente.

Era un desafío del que no me había saciado.

Sus curvas eran como carreteras por las que conducir a velocidad elevada para alcanzar una meta divina.

Sus formas, su manera de moverse, de observarme, la grandeza de su corazón, la nobleza de su alma..., todo en ella tendía a nublarme la mente incluso cuando estaba vestida, o cuando me hacía reproches y me miraba mal porque la había decepcionado.

Ella era el ángel más hermoso, yo un monstruo eterno.

Por eso no teníamos futuro.

La miré mejor: se la veía cansada pero satisfecha; su semblante era el de una mujer que había gozado mucho y que deseaba recibir otra ración de mi cuerpo. Por otra parte, ese era el efecto que surtía en todas.

A la satisfacción, seguía inmediatamente el deseo de volver a poseerme.

Yo sabía mejor que nadie lo que sentía.

Unas horas más tarde estaba sentado en el sofá de la sala de espera de la clínica psiquiátrica acompañando a Chloe. Me agitaba nervioso, y una mujer, que podía tener la edad de mi madre, no me quitaba los ojos de encima.

Llevaba una falda ceñida que le llegaba a las rodillas y marcaba sus formas y un abrigo con el cuello de pieles echado sobre los hombros que permitía adivinar el tamaño de su pecho. Hojeaba una revista con las piernas elegantemente cruzadas y de vez en cuando miraba de reojo en mi dirección.

Tenía el pelo corto y claro, una tonalidad que tendía al rubio luminoso y que atraía al niño que vivía en mi interior.

Se puso en marcha el mecanismo enfermizo de siempre.

Sentí la necesidad de follar con una mujer que se parecía a Kim para calmarme, para saborear la victoria que no percibía con Selene, porque con ella salía de mí mismo.

Sin ella era yo mismo.

La mujer de enfrente se puso a mirarme con insistencia y a pestañear, y noté una chispa de malicia en sus ojos, color chocolate.

Entonces me puse cómodo y asumí la postura del depredador: las piernas abiertas y el codo izquierdo apoyado en el brazo del sofá, con la mano en dirección de la ingle. Luego me la toqué, es más, me la apreté con la palma de la mano y la acaricié por encima de los vaqueros para que se hiciera una idea del tamaño. En aquel instante, disfruté al ver la expresión confundida de la mujer, que miró a su alrededor alarmada para comprobar si alguien más había sido testigo de mi gesto.

Mi mensaje, claro e inequívoco, la puso incómoda; por otra parte, se me daba muy bien provocar.

Kimberly me había enseñado a ser perverso, sucio y libidinoso.

Ella solía comparar nuestra relación con el amor de las divinidades del Olimpo. Decía, en efecto, que existían muchos mitos en los que las divinidades se encaprichaban de los mortales a causa de su belleza y los raptaban para hacer con ellos lo que querían.

De ella aprendí que la belleza es un instrumento muy poderoso para controlar el comportamiento humano, sobre todo porque es la causa de determinadas elecciones o acciones de los sujetos.

Kim, en efecto, siempre me repetía: «Te uso porque eres guapo».

Como la bruja que era, utilizaba la belleza como justificación de su comportamiento, a menudo inmoral y despreciable.

No le importaba mi edad, no le importaba cometer un delito, dañar mi mente, mi cuerpo y mi alma. Me reducía a un objeto.

Un objeto que decía querer.

Así pasaba de la belleza a la violencia que justificaba con un «te quiero», que en realidad significaba: «te quiero porque eres guapo y te follo por el mismo motivo, y ese es nuestro pequeño secreto».

En efecto, después de abusar de mí, me declaraba su amor para tranquilizar mi alma. Kim se arrogaba el derecho de poseerme porque el deseo que sentía por mí era incontrolable. La bruja trataba de hacerme sentir culpable de mi belleza mediante la violencia, porque en su mente enferma era yo quien cometía un ultraje, no ella. Era yo el que ejercitaba un poder irresistible sobre ella y Kim no aceptaba depender de mi aspecto.

Esa era la justificación demencial que normalmente los verdugos aducen ante sus víctimas, ya sean hombres o mujeres.

Era la que yo había vivido en mi propia piel unos años antes…

Estaba desnudo, sentado al borde de la cama.

Me tocaba la frente sin cesar para secarme el sudor.

Kim estaba frente a mí y se estaba vistiendo. La miraba con desprecio.

La odiaba.

Odiaba lo que me obligaba a hacer, su prepotencia, su manera de arrancarme el alma sin permiso.

Antes de su llegada yo era un niño feliz: reía, jugaba al baloncesto con mi hermano en el jardín, hacíamos carreras para llegar antes al columpio…

Amaba la vida.

Pero desde la llegada de Kim todo había cambiado.

—Dúchate de inmediato y vístete —dijo mirándome el cuerpo con detenimiento.

Bajé la cara, repentinamente avergonzado, una sensación que experimentaba cada vez con más frecuencia. Todavía sentía sus manos encima, la agonía, la rabia, la impotencia, la incapacidad de reaccionar y detener aquella porquería.

Era demasiado pequeño, y ella demasiado mayor.

—Lo que hacemos no es normal. Mi madre se enfadará —susurré frotándome nerviosamente las manos en las rodillas. No sabía nada de sexo, quizá porque nunca lo había hecho voluntariamente.

No obstante, sabía que aquella relación no estaba bien. Pero tenía que aceptarla y mantener la boca cerrada.

—Es culpa tuya. Eres tú el que no está bien. ¿No te das cuenta? Deseas a una mujer mayor que tú —me acusó. Kim me decía que si se lo contaba a alguien, pensarían que estaba enfermo. Yo era ingenuo y me lo creía; en los últimos tiempos no miraba a nadie a los ojos para ocultar mi enfermedad, por miedo a que me internaran en un centro psiquiátrico.

—No es verdad. ¡Me da asco que me toques! —grité. Kim, enfurecida, me dio una bofetada. Luego su mirada se hizo más dulce y se arrodilló delante de mí para acariciarme la mejilla. Alternaba la amabilidad con un comportamiento propio del peor de los monstruos.

—No quiero hacerte daño. No me hagas enfadar —murmuró mortificada. Me apartó un mechón de pelo del ojo izquierdo y me sonrió.

—Siempre me haces daño —respondí afligido.

Le había dicho la pura verdad. Cuando mis padres trabajaban hasta tarde y Kim se quedaba con Logan y conmigo, se imponía para hacerme todo lo que quería.

—A ti también te gusta. Tu cuerpo reacciona a mis caricias. —Me tocó el pecho y yo me puse de pie para alejarme de ella. La miré desde mi escasa altura infantil y sacudí la cabeza. Me sentía débil y confundido.

Observé lo que me rodeaba y memoricé cada detalle. Flotaba un olor extraño en el aire, las sábanas estaban arrugadas, mi ropa esparcida por el suelo.

La lámpara del escritorio estaba encendida, a su lado había un cochecito rojo, mi cuaderno de dibujo, un portalápices y una hucha con forma de pelota de baloncesto. Luego miré a la canguro, su uniforme, sus largos cabellos rubios, sus ojos, de color gris, la peca en la mejilla derecha…

Me di cuenta de que todo tiene un límite.

Mi dolor quería explotar.

Quería gritar al mundo lo que soportaba desde hacía meses, pero tenía miedo de que no me entendieran, y, sobre todo, de que no me aceptaran.

El dolor y el trauma me superaban hasta el punto de que había empezado a disociarme durante los abusos. Abandonaba el cuerpo y la mente se refugiaba en alguna parte, porque no podía sobrevivir a aquella experiencia de ninguna otra manera.

—Un día las mujeres te querrán como te quiero yo —añadió mientras yo me acurrucaba en un rincón con las rodillas dobladas contra el pecho. Ni siquiera sabía qué era el amor, pero por culpa de Kim lo identifiqué con un sentimiento terrible.

Con la coacción y la sumisión.

A aquellas alturas, mi vida estaba cambiando: había empezado a morir lentamente en el mismo momento en que Kim había empezado a «quererme».

Cuando volví al presente, la mujer de enfrente se marchaba en compañía de un chiquillo que probablemente acababa de terminar la visita con el doctor Keller; Chloe, en cambio, seguía en el despacho de mi psiquiatra.

Me di cuenta de que me había perdido en mis pensamientos y había perdido de vista la presa a la que había echado el ojo, que probablemente había aprovechado la oportunidad para huir.

Suspiré y miré la mesita de cristal que tenía delante sobre la cual había revistas para entretener a los pacientes y un cuaderno y un lápiz.

Era raro.

Cogí el cuaderno y lo hojeé. Estaba en blanco.

Arrugué la frente y miré a mi alrededor para ver si alguien se lo había olvidado, pero no había nadie, a excepción del bulldog sentada detrás del mostrador. Los cogí y me puse a hacer algo que solía relajarme: dibujar.

—Me alegran tus progresos.

La voz del doctor Lively rompió el silencio de la sala de espera imponiéndose sobre la consabida melodía clásica de fondo que yo trataba de obviar.

Se encaminó hacia mí con una mano sobre el hombro de Chloe, y enseguida cerré el cuaderno y lo tiré a la mesita.

Él clavó los ojos en mí, receloso, y luego desplazó la vista hacia el cuaderno; sonrió y se inclinó para cogerlo.

¿Por qué coño sonreía?

Lo pensé por unos instantes y caí en la cuenta.

El doctor Lively me conocía desde que era un niño, sabía lo que me gustaba y lo que no, sabía que mis dibujos revelaban secretos, eran el medio que yo usaba para comunicar. Había dejado un cuaderno en la sala de espera a sabiendas de que no podría resistirme y me pondría a dibujar y él podría analizarme.

—Chloe, ¿podrías esperar un momento? —Me levanté y le acaricié la mejilla a mi hermana, que asintió confusa; luego miré a mi psiquiatra y me dirigí a grandes pasos a su despacho sin esperarlo.

—¿Qué coño significa? —exploté al oír la puerta cerrarse a mis espaldas. El doctor Lively estaba ahora de pie ante mí, el cuaderno abierto entre las manos y los ojos clavados en el dibujo.

—Tenía que traerte a mi despacho de una manera u otra. Por otra parte, conozco la mente humana, y la tuya aún más —se burló caminando hacia el escritorio.

—Ha jugado sucio —lo acusé porque aborrecía que me engañaran.

—¿Qué es esto? —Dejó sobre el escritorio el cuaderno abierto en la página donde había trazado el bosquejo y me miró. Sus ojos me escrutaron a la espera de una respuesta, pero yo no tenía ninguna.

—Mire, doctor, no quiero perder el tiempo. Hace tres años dejé atrás toda esta mierda de la terapia y no tengo la intención de volver a empezar —aclaré mientras Lively me miraba apoyado en el escritorio con los brazos cruzados—. Tengo otros problemas que resolver —añadí refiriéndome a Player 2511, a pesar de que el médico ignoraba el asunto.

—¿Por ejemplo? —Arrugó la frente y me miró con actitud inquisitiva.

No sabía si contárselo todo o no. Por otra parte, aunque era un asunto que no tenía nada que ver con mis problemas psíquicos o con el trauma anterior, el peso que llevaba dentro cada día me agobiaba más.

—Me persigue un psicópata —confesé de golpe—. Envía enigmas a nuestra casa y ha implicado a mi familia, cualquiera de mi entorno puede ser su blanco. —El psiquiatra me escuchó con atención, pero no se inmutó—. Ni siquiera sé por qué se lo cuento.

Me pasé una mano por la cara y me puse a caminar por la habitación preso de una agitación repentina.

El olor que desprendía el ramo de azucenas que había sobre el escritorio me daba náuseas, me recordaba la época en que iba a aquel despacho tres veces por semana.

—¿Quién ha descifrado esos enigmas? —Su pregunta me cogió por sorpresa y me volví a mirarlo. ¿Y a él qué más le daba? Fruncí el ceño y respiré profundamente antes de responderle.

—Mi hermano, Selene y yo. —El doctor me miró intrigado al oír el último nombre, así que satisfice su curiosidad—. Es la hija de Matt Anderson, pero esa es otra historia…

Sacudí una mano para zanjar la cuestión; él se levantó del borde del escritorio, lo rodeó y se sentó en la silla.

—¿Quién los ha descifrado? —preguntó de nuevo abriendo la agenda en la que lo apuntaba todo; luego sacó un bolígrafo del portalápices de cristal, a su derecha.

—Mi hermano y yo —respondí de golpe, evitando mencionar a Selene para no desviar la atención hacia ella—. El último, que me pareció el más complicado, yo solo.

Lo miré con circunspección tratando de entender en qué estaba pensando, pero el doctor Lively empezó a escribir en la agenda todo lo que le decía; por un momento me pareció que volvía a ver la misma película de tres años atrás.

El doctor suspiró, se ajustó las gafas y me miró.

—Cuando ibas al instituto me contabas que había unos hombres apostados en una furgoneta —dijo sacando a colación una de mis confesiones de adolescente. Di un paso atrás en el preciso instante en que él, con toda tranquilidad y sin dejar de mirarme, entrelazó los dedos y apoyó las muñecas sobre la superficie de madera del escritorio—. Me contabas que esos hombres raptaban a los niños y los violaban en la furgoneta. —Suspiró y bajó la mirada hacia el cuaderno abierto delante de mí. Extendió un brazo y se lo puso delante de las narices para observar mejor el dibujo que yo había hecho en la sala de espera—. Pero no había ninguna furgoneta ni hombres peligrosos —concluyó, y me lanzó una mirada cargada de escepticismo. Me quedé de piedra.

—¿Qué dice? —susurré incrédulo. No se atrevería a pensar que le estaba mintiendo.

No se atrevería a pensar que yo…

—Mi hermano ha estado a punto de morir, doctor Lively. ¡Ha estado a punto de morir! —Levanté la voz al tiempo que unos temblores incontrolables se apoderaban de mí; avancé hacia él con rabia ciega.

Pero mi psiquiatra no desistió.

—¿Dónde estabas cuando dejaron los enigmas en vuestra casa?

Dio vueltas al bolígrafo en las manos y se apoyó en el respaldo de la butaca.

No podía creer que me hiciera realmente aquella pregunta. Lo miré estupefacto y un arranque de decepción y de ira me golpeó el pecho.

—¡Basta! ¡Deje de insinuar gilipolleces!

Agarré el portalápices de cristal y lo arrojé contra la pared con violencia.

Necesitaba desahogarme a mi manera, no lograba controlar los impulsos y se me nublaba la razón, que a menudo me abandonaba a mis monstruos.

La taquicardia aumentó, empecé a sudar, las sienes me latían, la ropa empezó a agobiarme y me temblaron las manos. La rabia se convirtió en una energía natural que fluía dentro de mí y me llegaba al cerebro, donde necesitaba explotar. No podía encerrarla en mi interior porque me dominaba.

—Neil, mi trabajo consiste en identificar las consecuencias del trauma que sufriste en una edad muy delicada. —Siguió diciendo como si yo no acabara de romper un objeto que adornaba su lujoso escritorio; luego, con los codos apoyados en la superficie de madera, inclinó el cuerpo hacia delante—. En tu caso, diagnostiqué un trastorno obsesivo compulsivo a los once años y un trastorno explosivo intermitente a los catorce —dijo como un autómata programado para hablar, hablar y seguir hablando…

Recordaba el día en que me diagnosticaron el trastorno explosivo intermitente, el TEI. Fue como consecuencia de un episodio violento en la escuela. Le había dado un puñetazo a un compañero durante una pelea sin importancia y había perdido completamente el control obligando a los profesores a intervenir para evitar daños mayores. Durante la adolescencia los episodios de esa clase fueron frecuentes y cada vez más exagerados.

El doctor Lively me aconsejó una terapia cognitivo conductual y el consumo de fármacos que me impedían tomar drogas o alcohol, sustancias que podían alterar negativamente mi humor y volverme peligroso no solo para los demás, sino también para mí mismo.

Con el paso del tiempo aprendí a reconocer todos los síntomas del trastorno: temblor en las manos, palpitaciones repentinas, sensación de presión en la cabeza.

A pesar de ser consciente de mis problemas, seguía engañándome a mí mismo y me negaba a reanudar el tratamiento.

—¿Dónde estabas cuando recibisteis los enigmas? —Buscó mi mirada y yo traté de ahuyentar mis pensamientos para concentrarme en la conversación.

—Me conoce desde hace doce años.

Estaba cansado, las piernas se me doblaron involuntariamente y tuve que sentarme en una de las butacas colocadas frente al escritorio. Mi cerebro parecía estar abrumado por tanta información, mi psique era un circuito dañado y obstruido que no hacía más que confundirme.

—Sí, Neil, te conozco desde hace doce años —dijo suspirando profundamente; luego miró el dibujo y, reflexivo, arrugó la frente.

Había dibujado un pentáculo.

Un pentáculo perfecto. El símbolo del ocultismo y de la magia.

Espíritu: punta superior.

Aire: punta superior izquierda.

Agua: punta superior derecha.

Tierra: punta inferior izquierda.

Fuego: punta inferior derecha.

El círculo que lo circunscribía representaba a los dioses, es decir, el abrazo divino que envolvía lo que estaba dentro del pentáculo, que fluía siempre, sin detenerse, implicando todas las energías. Benignas según algunos, malignas según otros.

Por suerte, el doctor Lively no me hizo preguntas al respecto.

—A los dieciséis años te diagnostiqué un trastorno disociativo de la personalidad. —Cerró el cuaderno, se quitó las gafas y las dejó encima—. Me hablabas de ti, del niño, del diálogo entre vosotros... —Volvió a mirarme fijamente y fue entonces cuando sentí un fuerte dolor de cabeza y me llevé las manos a la frente mientras sus palabras fluctuaban desordenadas en mi cerebro—. Como sabes, la característica principal de esta patología es la presencia de dos o más personalidades que no siempre se manifiestan de manera explícita, sino mediante una discontinuidad de la conciencia del yo.

Era el razonamiento que había escuchado una y otra vez tres años antes y que había borrado de la memoria para vivir la normalidad que me había construido.

El doctor Lively hizo una pausa y me escrutó para asegurarse de que lo escuchaba.

—Los sujetos que como tú sufren este trastorno pueden sentirse despersonalizados. Se observan desde fuera, ejecutan acciones anómalas y se relacionan con sus seres queridos como si fueran desconocidos o seres irreales. A veces pueden sentir su cuerpo como diferente, como si fuera el cuerpo de un niño, u oír voces interiores, conversaciones entre sus personalidades. Cuando el paciente no sabe que padece este trastorno o no acepta que lo padece, las voces de las varias identidades pueden dirigirse a él o comentar su comportamiento —prosiguió. Un escalofrío me recorrió la espalda porque era precisamente lo que me ocurría a menudo, y cuando se manifestaba era tan intenso que me daba miedo—. Este trastorno conlleva insomnio, ataques de pánico, impulsos incontrolables y disfunciones sexuales de carácter psicológico. —Me miró, yo apreté los puños y traté de respirar con normalidad—. En tu caso, la eyaculación retardada, que es solo situacional. En una de nuestras últimas citas, me contaste que se manifestaba en algunas relaciones sexuales, sobre todo con mujeres que te recuerdan a Kim, y por lo tanto te hacen revivir el trauma. ¿Sigue siendo así?

Entrelazó los dedos y me miró con compresión, a la espera de la respuesta.

Sí, coño, seguía siendo así.

Por eso mis relaciones duraban tanto y las embestidas del coito eran tan enérgicas, porque emprendía una carrera dirigida hacia el orgasmo. Para los demás hombres, el clímax era sinónimo de pérdida de control, en cambio para mí era una guerra contra mí mismo porque mi psique me condicionaba y me impedía gozar del todo.

—¿Qué tiene que ver todo esto con los enigmas? —dije tratando de ir al grano; las palabras del doctor se habían convertido en un cubo de Rubik que no lograba resolver.

—El trastorno de identidad disociativo también conlleva amnesia disociativa. Los sujetos que lo sufren pueden encontrarse en lugares sin saber cómo han llegado hasta allí o descubrir objetos… —Se detuvo aumentando mi agitación; me puse a mover la pierna y a apretar los puños para impedir que la vida se me escapara de las manos como una pelota de tenis sin devolución—. O apuntes o escritos que no reconocen como propios y cuyo origen desconocen. Tampoco recuerdan que han hecho cosas…

Se hizo un silencio sobrecogedor entre aquellas paredes blancas, y no porque admitiera la tesis de mi psiquiatra, sino porque yo pensaba que el que daba serias señales de desequilibrio era él y no yo.

—Nunca he tenido problemas de amnesia. ¿Qué coño se inventa? —dije con ímpetu poniéndome en pie de un salto, como si la butaca en la que estaba sentado se hubiera convertido de repente en un asiento de hojas afiladas.

El doctor Lively me miró con lástima y se incorporó con elegancia metiendo las manos en los bolsillos de la bata.

—Ese hijo de puta me llamó con un número anónimo. Escuché su voz distorsionada, me amenazó y provocó un accidente mortal a mi hermano. ¿Tiene idea de la gravedad de lo que está insinuando? —dije levantando la voz. Me parecía inconcebible que el hombre que yo creía que me conocía mejor que nadie, el que había seguido el desarrollo de mi mente desde que tenía diez años, insinuara que yo era un psicópata consumado.

—Cuando eras un chaval utilizaste un doble teléfono para simular una llamada de Kim. Dijiste que te había llamado ella, que habíais hablado, pero Kim estaba internada en un centro psiquiátrico en Orangeburg, alejada del mundo, sedada como un vegetal porque era peligrosa para sí misma y para los demás. Sin embargo, tú seguías sosteniendo que te llamaba, y cuando te dije que había descubierto que era mentira, te justificaste diciendo que había sido el niño, que quería jugar y se lo había inventado todo. ¿Te acuerdas, Neil?

Rodeó el escritorio y yo di un paso atrás, turbado por sus palabras.

No, no me acordaba en absoluto.

El doctor Lively me miró afligido, los hombros curvados, las manos en los bolsillos de la bata y los labios apretados en una mueca amarga.

Quizá me mentía, quizá solo quería convencerme de que reanudara la terapia y trataba de alertarme de la seriedad de mis problemas.

Era un psiquiatra y sabía cómo gestionar mi mente.

Retrocedí un poco más para aumentar la distancia que nos separaba y choqué de espaldas contra la manilla de la puerta.

—Lo siento, Neil. La mente humana es un cosmos tan grande que los más frágiles se pierden con mucha facilidad —dijo mirándome angustiado antes de que yo abriera la puerta y saliera de su despacho con la prisa de un ladrón que acababa de forzar una caja fuerte.

Me reuní con Chloe en la sala de espera y le hice una señal para que nos marcháramos. Mi hermana se puso a mi lado y trató de mantener mi paso.

—¿Qué pasa? —susurró preocupada, jadeando; le pasé un brazo por los hombros para no asustarla y le dediqué una de mis sonrisas complacidas y chulescas mientras nos dirigíamos al coche.

—Nada. El doctor Lively dice que estoy en perfecta forma —comenté en tono neutro mientras abría el coche—. ¿Te apetece comer un helado antes de volver? —propuse con fingida jovialidad.

Mi mente era un cosmos complejo y confuso, pero me impuse encontrar la manera de demostrarle al doctor Lively que se equivocaba.

A pesar de ello, sabía que las manifestaciones más inexplicables de mi comportamiento seguirían dando vueltas a mi alrededor, silbando despreocupadas con la seguridad de pasar inadvertidas…

40

Selene

Yo me aferraba a mi razón, él a su locura.
KIRA SHELL

Halloween.

Había llegado Halloween, la celebración que todos esperaban.

Los niños iban de casa en casa disfrazados repitiendo la consabida fórmula «¿truco o trato?», y en las casas brillaban calabazas talladas con forma de cara, casi siempre aterradora, cuyo interior estaba iluminado por velas o luces artificiales.

No tenía ganas de ir a la fiesta de Bill O'Brien, pero Alyssa había insistido en que la acompañara y amenazaba con no ir sin mí, así que había cedido.

El simbolismo de Halloween representaba la muerte, la magia negra, el ocultismo y las fuerzas del mal, pero el disfraz que Alyssa había elegido para mí no evocaba ninguna de esas cosas. Ella, en cambio, había optado por un estilo mucho más adecuado para la ocasión.

—Te queda muy bien —dije mirándola de pies a cabeza.

Alyssa y yo estábamos en mi habitación y yo admiraba su disfraz de bruja, sencillo pero sexi.

El corpiño de poliéster negro le ceñía el pecho y la falda de tul, más corta delante, estaba cubierta por una capa de raso cubierto a su vez por otro de encaje; las medias de rejilla y el sombrero acabado en punta completaban el extravagante conjunto, y el vistoso maquillaje, en tonos negros y morados, le confería un aspecto agresivo y sensual.

—Tú tampoco estás nada mal.

Recorrió mi cuerpo con la mirada y una sensación de incomodidad me hizo tambalear sobre los altos tacones. No era espantosa, todo lo contrario.

Un seductor y misterioso antifaz veneciano, de encaje dorado, que dejaba media cara al descubierto, me resaltaba los ojos; Alyssa me había maquillado los labios con una barra rojo cereza que destacaba el contorno de la boca.

El pelo, que me había crecido mucho y tarde o temprano debería cortar, me caía en ondas bien definidas hasta la base de la espalda; Alyssa había empleado casi dos horas para modelarlo con la plancha.

Lucía un corpiño de tirantes de color negro bordado con pedrería del mismo color, que me daba un aspecto elegante y atractivo. Su corte ceñido estaba pensado para resaltar las formas femeninas. La falda, también negra, era de raso, más bien corta, y estaba ricamente bordada con aplicaciones de encaje dorado que hacían juego con el corpiño.

Los tacones me estilizaban la figura y resaltaban las piernas cubiertas por medias negras muy transparentes.

—Pero no soy ni una bruja ni un monstruo, ni nada que represente Halloween —dije observándome en el espejo con escepticismo. Alyssa se acercó, me puso las manos en los hombros y me dedicó una sonrisita pilla con la que me dio a entender que era justo la intención que tenía cuando eligió mi atuendo.

—Estás guapísima y Neil también asistirá a la fiesta. Quiero que el muy cabrón se dé cuenta de lo que se pierde —replicó al tiempo que se echaba un abrigo negro sobre los hombros para protegerse del frío.

Yo no sabía si Neil iría a la fiesta o no, pero suponía que sí; Alyssa había oído comentar en la universidad que iba prácticamente todo el mundo, incluidos los Krew.

Como ya estaba al corriente de lo nuestro, le había contado el episodio de la piscina y también la indiferencia que Neil me había mostrado después. Había omitido algunos detalles, como el dibujo de la concha con la perla en el costado.

Para mí fue una emoción única sentirlo tan implicado, sin barreras físicas ni emotivas, porque gracias a su actitud pude entender que con la rubia de la casita no había sentido lo mismo que conmigo.

Cuando acabamos de prepararnos, tras horas encerradas en mi habitación, bajamos a la planta baja donde Logan nos esperaba tumbado en el sofá con la pierna extendida.

Dejó de prestar atención al televisor y recorrió con deseo el cuerpo de su novia con una punta de celos.

—Manteneos alejadas de los imbéciles, por favor. —Puso cara de preocupación y Alyssa se inclinó para plantarle un beso casto y tranquilizador en los labios; luego me miró y arqueó las cejas.

—Guau, Selene, estás... —se interrumpió—. Quiero decir que no pareces tú —comentó sorprendido.

Me ruboricé y murmuré un tímido «gracias». Alyssa, la artífice de todo, me miró satisfecha.

—Nos vamos, no nos esperes despierto.

Alyssa se encaminó hacia la puerta y yo la seguí con el abrigo sobre el brazo, lista para subir a su coche y acudir a la casa del terror donde se celebraba la fiesta.

Nos encontramos con nuestros amigos delante de la enorme verja de aquella mansión que tenía el aspecto de una de esas casas abandonadas de las películas de terror; el sendero que conducía a la casa estaba iluminado por calabazas que alcanzaban la puerta principal.

No estaba tranquila, percibía dentro de mí una extraña sensación, algo inexplicable que me hacía estar tensa y que no me permitía relajarme como habría sido normal. No era más que una fiesta de Halloween, nada de lo que preocuparse, pero la mansión era tan macabra que me sugestionaba.

Miré a la multitud que me rodeaba. La fiesta era un evento esperado y durante la semana no se había hablado de otra cosa.

Siempre lo hacían así.

El rico jugador de baloncesto alquilaba una mansión tétrica y lo suficientemente grande como para invitar a una multitud de amigos, que a su vez invitaban a otros, y así sucesivamente.

Las invitaciones consistían en una red de mensajes, Instagram y chats de grupo que convertían el evento en uno de los más esperados de la universidad; si alguien no lograba participar, lo marginaban y se convertía en el pringado de turno.

—¿De qué vas vestida, Selene? Brillas como una estrella, muñeca. —Antes de entrar, Cory me echó un piropo y me observó las piernas, que la falda corta dejaba al descubierto. Me sentía incómoda y sentía las miradas de los chicos que, eufóricos, acudían a la fiesta.

—A decir verdad, yo tampoco lo sé.

Me encogí de hombros y esbocé una sonrisa tímida mientras observaba los disfraces.

Julie se había disfrazado de vampiro, con una capa larga hasta los pies que jugaba con el negro y el rojo; Jake, de pirata, lo cual le permitía dejar al descubierto algunos tatuajes de los brazos; Adam llevaba una sofisticada capa de terciopelo con una careta blanca de *V de Vendetta*, y Cory, en cambio…

—¿Te has disfrazado de espantapájaros?

Ladeé la cabeza y observé su atuendo: un sombrero, una túnica y pantalones *patchwork* con detalles de paja, pañuelos anudados alrededor de los tobillos y las muñecas…

En definitiva, todo lo que se espera de un disfraz de espantapájaros.

—Sí, aunque esta noche quisiera ser más bien un atrapapajaritas.

Obviamente solo los chicos le sonrieron la gracia, mientras que Alyssa, Julie y yo nos miramos con resignación. Parecía que nuestros amigos solo pensaban en una cosa: sexo, sexo y sexo.

Era su idea fija.

—No empecéis, por favor. ¡Vamos! —refunfuñó Julie encaminándose hacia la entrada. Recorrí el sendero adoquinado que cruzaba el jardín tratando de no tropezar, con Alyssa, cuyos tacones eran mucho más altos que los míos, colgada del brazo.

La lujosa mansión, que había sido decorada con el tema de Halloween, me sorprendió por su majestuosidad. Las paredes, que parecían ser muy antiguas, habían sido iluminadas con sugestivos juegos de luces rojo fuego que daban vida a los frescos del techo, tan altos que había que inclinar el cuello hacia atrás para poder admirarlos. Se oía la música de fondo del mezclador del pinchadiscos.

Nos recibió una chica disfrazada de conejita sexi o algo

parecido que nos pidió los abrigos para llevarlos al guardarropa situado a su espalda.

—Cuánta gente. —Cory, eufórico, se encaminó hacia la multitud; Julie le dio la mano a Adam y Jake miró a su alrededor en busca de la presa de la velada.

Alyssa me cogió de la mano y fuimos a inspeccionar el enorme salón principal, donde una larga escalinata conducía al piso superior.

—Guau, es una mansión enorme —me dijo al oído tratando de imponer su voz sobre la música que retumbaba entre aquellas paredes imponentes. Nos detuvimos delante de un buffet rebosante de comida y observamos el minucioso cuidado que había sido reservado a los detalles. Todo era realmente monstruoso: huevos de Halloween rellenos, sándwiches de jamón y queso con forma de lápida, colines que imitaban escobas de bruja, canapés con forma de calavera, momias de hojaldre, calabazas fritas... Entre las chuches y dentro de los cubitos de hielo para las bebidas había arañas e insectos de mentira.

En el rincón de las bebidas alcohólicas, los vasos altos rebosaban líquidos cuyos colores, del rojo fuego al azul o al negro, hacían asquerosa la idea de beberlos.

—Puaj —repliqué cuando Alyssa me propuso probarlos; ella, en cambio, cogió uno y se lo tragó de un sorbo, a excepción del cubito de hielo que se quedó en el fondo y que contenía... una cucaracha.

—Qué rico. —Se pasó la lengua por los labios y yo sacudí la cabeza, divertida. Era mucho más valiente que yo.

Al poco llegaron Adam, Julie y los demás. Todos bebieron aquel brebaje excepto yo, que sentía caminar las arañas sobre la piel de los brazos.

—Bienvenidos a la superfiesta de Halloween, chicos.

La voz del pinchadiscos, colocado en una tarima decorada con telas de araña y huellas sangrientas adhesivas, captó nuestra atención.

El DJ, que iba disfrazado de esqueleto, sujetaba el micrófono con una mano y movía rápidamente la otra sobre el mezclador. Los invitados se le acercaron exultantes y aclamando la música que proponía, que creaba un ambiente realmente terrorífico. Tras las notas macabras que llenaron el amplio espacio, todos se pusieron a bailar: monstruos, fantasmas, criaturas terroríficas, animales de bosques tenebrosos, caretas de vinil oasombrosamente realistas y disfraces de protagonista de las mejores películas de terror del siglo.

—¡A bailar! —Cory se echó al ruedo; Jake y Adam, que no dejaba sola a Julie ni un segundo, fueron tras él. De repente, Alyssa se puso a darme codazos mientras yo miraba a un grupo de gente disfrazada de pacientes psiquiátricos, con batas manchadas de sangre, que parecían recién salidos de algún manicomio abandonado. Al verlos me di cuenta de que mi aspecto no pegaba nada con aquella fiesta y me sentí incómoda.

—Deja de preocuparte. Estás guapísima, y dentro de poco él también se dará cuenta. —El comentario de Alyssa me hizo dirigir la mirada hacia él.

Los Krew se abrían paso con su belleza y su poder.

Ninguno de ellos llevaba un disfraz manido o parecido al de nadie.

Xavier y Luke, que flanqueaban a Neil, llevaban chándales deportivos con caretas de plástico iluminadas por led fijos, rojo el primero y amarillo el segundo.

A pesar de no representar a ninguna criatura monstruosa concreta, daban miedo porque eran capaces de convertirse en monstruos sin esperar la noche de Halloween. .

Jennifer, al lado de Xavier, iba vestida de Harley Quinn. Su odiosa cabellera rubia estaba recogida en dos colas, una azul y la otra rosa, y una cazadora de piel azul y roja cubría una ceñida camiseta con la frase «Daddy's lil monster»; medias de rejilla, zapatillas deportivas y pulseras con tachuelas completaban el atuendo.

En una mano llevaba un bate de béisbol, y me horroricé al pensar que con él podía golpear a quienquiera que se acercara al objeto de su deseo.

Alexia, o debería llamarla el unicornio azul, llevaba un disfraz de payaso malo, con una falda azul de topos negros y un corpiño del mismo color, medias a medio muslo y zapatos de tacón de colores; se había maquillado con una base densa y cubriente y de los ojos difuminados en negro resbalaban unas líneas azules que le llegaban hasta los labios, sobre los que había aplicado cristales de *strass*, como si fueran lágrimas.

Era hermosa y temible a la vez, como los otros Krew, pero entre ellos el que más destacaba en aquel baile del horror era Neil.

Su disfraz no era excéntrico ni llamativo. Se trataba de un traje elegante de color negro y el pelo peinado hacia atrás. Una careta negra, adornada con un dibujo de intricadas líneas plateadas, le cubría la mitad izquierda de la cara y una parte de la ceja derecha dejando visible la otra parte, incluida la inferior.

Parecía *El fantasma de la ópera* y emanaba misterio y seducción a partes iguales.

A su paso, los demás asistentes a la fiesta se apartaban porque todos los habían reconocido y sabían que era mejor no interponerse en su camino; mientras Neil cruzaba el salón con paso decidido y porte viril, las que más se fijaban en él eran las chicas, que lo admiraban como si fuera un ángel negro o un demonio atractivo al que se llevarían de buen grado a cualquier habitación secreta de la inmensa mansión.

—En efecto, es sexi. Te entiendo, querida amiga, no es fácil resistirse a un chico así.

El comentario de Alyssa no me fue de mucha ayuda. Sentí un extraño calor propagarse desde el centro del pecho hasta las mejillas, y tuve miedo de que mi rubor fuera evidente a pesar del antifaz. De repente, me puse nerviosa y las piernas me temblaron.

Neil aún no me había visto, pero sabía que cuando me mirara me derretiría.

Le rogué al dios que estaba allá arriba que míster Problemático no se acercara a la barra de las bebidas alcohólicas donde, a pocos metros de distancia, estábamos nosotros, o mejor dicho estaba yo, admirando embobada sus músculos esculpidos, tan poderosos que la camisa parecía irle estrecha.

Su cuerpo escultórico y su metro noventa de virilidad no pasaban desapercibidos y me irrité al pensar que, dentro de poco, Jennifer o cualquier otro ser monstruoso le ofrecería su calabaza en bandeja de plata.

—Debes hacerte notar. ¡Ven conmigo!

Alyssa me cogió de la muñeca y yo, como un perro que se resistía a seguir a su amo, clavé los tacones en el suelo y me empeciné en quedarme donde estaba.

¡Dios mío! No quería que Neil me viera, estaba bien donde estaba, en mi rincón anónimo donde nadie me molestaría.

—No seas niña. ¡Vamos! —Me agarró con la otra mano y logró arrastrarme un poco, pero yo seguía oponiendo resistencia.

—¡He dicho que no! —solté enfadada.

—Selene, si hubiera querido que pasaras desapercibida te habría hecho poner un disfraz de novia cadáver, en cambio quiero que te vea y que se muera de deseo al ver tus piernas de ensueño —prosiguió tirando de mí con más fuerza.

Me rendí y fui tras ella a bailar entre la muchedumbre desmadrada. No me sentía cómoda; las personas que me rozaban involuntariamente me agobiaban y hasta noté que alguien me acariciaba el pelo, pero no estaba segura porque tanta gente alrededor me confundía.

Me pegué todo lo que pude a Alyssa para evitar que uno de los tíos que nos rodeaban me tocara el trasero.

Miré a mi alrededor en busca de Neil, pero no había rastro de él. De repente, sentí las manos de Alyssa en la cintura y la miré; se restregaba contra mí.

—¿Qué haces? —Traté de soltarme, pero ella se acercó al oído y me comunicó su plan.

—Procura mostrarte participativa. Los hombres adoran esta clase de cosas.

Me acarició la nuca y yo seguí mirándola a través del antifaz y me puse a imitar sus movimientos sin mucha convicción.

—Muévete de manera seductora —me sugirió.

Traté de bailar con naturalidad y de mostrarme fluida y segura de mí misma. Sentía las puntas del pelo golpearme la base de la espalda y la falda levantarse; el corsé me ceñía y me apretaba tanto la cintura que Alyssa logró rodearla con un solo brazo. Nos exhibimos en una coreografía sexi durante la cual nuestros cuerpos se buscaban como si fueran los de dos amantes.

—Muy bien, sigue así —susurró a un soplo de mis labios. Le sonreí divertida; tenía mucho que aprender de mi amiga.

Alyssa contaba con más experiencia que yo; había salido con varios chicos antes de Logan y conocía las tácticas para hacerlos caer a sus pies. Pero Neil no era como los otros.

—Es un hombre, Selene, solo un hombre. Sus puntos débiles son los mismos que los de todo el género masculino —dijo leyéndome la mente y restregándose contra mí de manera cada vez más audaz. Levanté los brazos, doblé un poco los codos y agité las caderas con más convicción. No era tan difícil: bastaba con dejarse llevar por la música y por las risas divertidas de tu amiga, y todo adquiría un aspecto diferente.

Bailar era como completar un puzle: una serie de pequeños movimientos que juntos creaban algo maravilloso. Adquirí seguridad y me concentré en agitar la parte de mi cuerpo que más podía llamar la atención de Neil, es decir, el trasero, que solía tocarme cuando estaba a mi lado, lo cual me inducía a pensar que le gustaba mucho.

Alyssa esbozó una sonrisa maliciosa y retrocedió lentamente, extendiendo los brazos para aumentar la distancia entre nosotras. Fruncí el ceño porque no entendí por qué se alejaba, pero en ese preciso momento sonrió victoriosa y unas manos me sujetaron las caderas con firmeza y bloquearon mis movimientos.

Oh, mierda.

—Muéstrame cómo mueves ese culo…

Reconocí la voz abaritonada de míster Problemático, que me llegó al oído como un susurro melodioso por encima de la música y del griterío que nos rodeaba. Me quedé quieta, rígida y más abochornada que nunca; justo en el momento en que el tiburón había mordido el anzuelo, yo era incapaz de contonearme sensualmente como había hecho hasta entonces. Me estremecí cuando pegó el pecho a mi espalda y una protuberancia se insinuó entre los muslos.

Contuve la respiración. Sí, era una erección poderosa y mostrada sin ningún pudor.

Sus dedos subieron hacia arriba siguiendo el bordado del corpiño y luego descendieron lentamente hacia las caderas y tiraron de mí con más decisión.

—¿Ya no bailas, Campanilla? —susurró sensual, y el calor de su respiración me golpeó el cuello, donde acto seguido se posaron sus labios.

Solo habían transcurrido veinticuatro horas desde que nos habíamos tocado la última vez y ya me parecía una eternidad.

Cerré los ojos e incliné la cabeza hacia delante cuando su lengua trazó una estela húmeda hasta la concha de la oreja donde resplandecía un *strass* dorado a juego con el vestido. Me mordisqueó el lóbulo y un chorro caliente e inesperado brotó de la entrepierna y mojó las braguitas de algodón; incluso con un disfraz sexi, yo seguía siendo la misma.

—¿De qué vas disfrazada? ¿De princesa o de hada? —preguntó aturdiéndome con su voz, profunda y baja. Me recuperé de las sensaciones devastadoras que habían hecho languidecer mi cuerpo y me giré hacia Neil perdiéndome en la miel de sus ojos, parcialmente cubierta por la careta.

—Qué alegría volver a verte, Erik.

Yo misma me sorprendí de poder hablar y sobre todo de recordar el nombre del fantasma de la ópera, a pesar de que sus manos se deslizaron por mis caderas y me atrajeron un poco más, lo cual fue suficiente para distraerme de nuevo completamente.

En aquel momento me sentí como Christine, la joven a la que Erik había seducido en la novela; allí, ante mí, estaba mi encantador fantasma en toda su espléndida hermosura.

—Yo también me alegro, hada —respondió con voz aflautada descartando que mi disfraz fuera de princesa—. Luego se me acercó al oído—: Me he dado cuenta de vuestro juego, ¿sabes? —añadió con una punta de diversión. Probablemente se refería al plan de Alyssa de hacerme irresistible a sus ojos. Mi amiga no lo conocía y no sabía lo astuto, despierto, calculador y descarado que era.

Tragué aire y me acerqué a él pegando mi pecho al suyo.

—¿Y te ha gustado nuestro juego?

Le puse las manos en las caderas y las desplacé hacia la base de la espalda. La camisa era tan estrecha que me permitió sentir con las yemas de los dedos todas las líneas de sus músculos; los botones abiertos a la altura de las clavículas ejercían una fuerte atracción sobre mis ojos, que habrían deseado poder ver mejor lo que había bajo la tela de la camisa.

No es que no lo supiera, al contrario, conocía su cuerpo, pero gozar de su vista siempre era una experiencia nueva y diferente de las anteriores.

De repente, le miré la garganta, sobre la que le estampé un

beso dulce sin avisar. Neil me apretó las caderas instintivamente y entornó la boca, que tanto deseaba saborear.

—Ups —susurré fingiendo haber osado demasiado. Algo se encendió en sus ojos y lo indujo a inclinarse sobre mí hasta rozarme la nariz con la suya. Percibí su aroma, más intenso que de costumbre, lo cual aumentó las ganas de desnudarlo y poseerlo.

Poseer todo lo que tenía: el cuerpo, la mente y el alma.

—Juegas con fuego, Selene —advirtió en tono seductor antes de plantarme un beso en los labios mientras me apretaba las nalgas. Las palpó con posesión, y en aquel preciso instante me metió la lengua en la boca incitándome a devolverle aquel beso urgente, apasionado y dominante. La lengua enérgica, el sabor fresco, los labios aterciopelados..., todo lo suyo me hacía flotar en el aire y desear con todas mis fuerzas que aquel beso no acabara nunca.

Puse las manos en su vientre y veneré los abdominales en tensión; un pequeño gemido se escapó de mis labios mientras me devoraba con una pasión que contenía para no llevárseme de allí y follarme.

Luego me cogió la cara e, impertérrito, siguió moviendo la famélica lengua confundiendo mis deseos, mis pensamientos y mis miedos, todo. Su cuerpo rígido de excitación se frotaba contra el mío de manera viril y determinada, y yo me olvidé del mundo entero porque él se convirtió en el único centro de mi mundo.

—Ven conmigo —susurró impaciente cuando puso fin a nuestro beso indecente y se alejó permitiéndome respirar. Me cogió de la mano y antes de que pudiera darme cuenta me guio entre la multitud. Mis dedos entrelazados con los suyos se me antojaron una alucinación, pero la sacudida eléctrica que su piel transmitía a la mía y el calor de su palma me confirmaron que aquello era real.

Lo seguí sin rechistar.

Habría podido llevarme al infierno y yo se lo habría permitido.

Le apreté la mano cuando alguien me empujó; Neil se giró y lanzó una mirada de advertencia al esqueleto que enseguida se disculpó levantando los brazos.

—¿Estás bien? —preguntó molesto escudriñando al tío que se alejaba. Asentí. Lo último que yo quería era provocar una pelea o que Neil tuviera uno de sus arrebatos de ira.

Por suerte, continuó caminando y suspiré aliviada mientras lo seguía escaleras arriba al piso superior. No sabía adónde íbamos. Veía sus anchos hombros, que desprendían una virilidad fuerte y me hacían sentir protegida, a salvo.

Por supuesto, no era tan ingenua como para no saber que me deseaba y que nuestro destino era cualquier habitación libre.

Fue entonces cuando la conciencia me invitó a razonar.

¿Qué iba a hacer?

Después de la noche en la piscina, Neil no me había prestado ninguna atención y se había comportado como si yo no existiera; me había hecho sentir usada y despreciada.

Debía resignarme y aceptar que a Neil le gustaba mi cuerpo, pero no yo, lo cual era muy diferente de lo que yo sentía.

A mí, en cambio, me gustaba él, con todos sus problemas, por eso volvería a Detroit a menos que me pidiera que me quedara para construir algo los dos juntos, para tratar de conocernos en serio. Solo en ese caso me quedaría.

—Quieres usarme de nuevo —le dije, utilizando el mismo verbo con el que él definía lo que compartíamos.

A aquellas alturas, hablaba como él.

Neil, los dedos aún enlazados con los míos, se detuvo.

Una vez más, pensé en lo guapo que era; el misterio y la oscuridad le conferían un encanto singular e inexplicable.

Sin embargo, mi fantasma de la ópera estaba a punto de convertirse en un fantasma en mis recuerdos cuando volviera a Detroit.

—Solo quiero que te des cuenta —replicó ambiguo; un velo de tristeza, casi imperceptible, le ensombreció la cara cubierta en parte por la careta. Abrió una puerta cuya presencia ni siquiera había notado, la empujó e hizo un gesto con la mano para invitarme a entrar. Desplacé la vista de esta a sus ojos varias veces, dudando si cruzar el umbral o no.

Al cabo de unos segundos titubeando mis piernas se movieron solas y entré. La decoración era espectacular.

El techo, altísimo, estaba adornado con un fresco del siglo XVIII que captó mi mirada.

Parecía el dormitorio de una reina.

Los tonos marfiles aterciopelados de la cama con dosel y de las dos butacas dispuestas al lado de un gran ventanal conferían a la estancia una atmósfera íntima y acogedora.

Había pequeñas calabazas sobre las mesitas de noche, el escritorio de estilo antiguo y alrededor de toda la habitación.

No sería necesario encender la luz porque la tenue iluminación de las velas era suficiente. Nuestras sombras y las llamas de los cirios se proyectaban en las paredes.

—Por fin. Te esperaba.

Di un respingo al oír una voz femenina.

Me giré y me topé con Harley Quinn apoyada en el umbral de otra puerta que probablemente conducía al baño.

—¿Creías que ibas a estar sola con él, princesa? —se burló Jennifer; luego apoyó el bate de béisbol en la pared y avanzó hacia mí. Miré a Neil, que entretanto no había rechistado; estaba a poca distancia de nosotras con su acostumbrada actitud orgullosa, el cuerpo rígido e imponente y la mirada seria y austera.

—¿Qué pasa aquí? —susurré con un hilo de voz. Estaba tan sorprendida que no sabía qué decir ni qué pensar. Neil no respondió, pero se abrió la hebilla metálica del cinturón y se lo sacó de las trabillas del pantalón.

Jennifer lo miraba mordiéndose el labio inferior; yo, en cambio, me di cuenta de que sus movimientos eran fríos, despegados, dominantes, típicos de un hombre que no admitiría ninguna objeción a su voluntad.

¿Acaso se había vuelto loco?

—Creías que iba a follar contigo, ¿no?

Jennifer me pasó por delante esparciendo su fastidioso perfume dulzón y se acercó a Neil para quitarle el cinturón de las manos. Lo dejó sobre el mueble que tenía más cerca y volvió a concentrarse en su cuerpo.

Se lo comía con los ojos y pronto lo haría con sus labios de serpiente y sus manos de taimada seductora.

—Es un juego —dijo Neil en tono ausente, y la rubia sonrió entusiasmada antes de girarse hacia mí y dirigirse hacia la cama contoneándose.

—Es un juego sencillo: será para la que logre seducirlo. Solemos jugar con Alexia. No entiendo por qué esta vez te ha elegido a ti —explicó Jennifer. Luego se sentó sobre la colcha roja y dio unos golpecitos a su lado con la palma de la mano. Yo la miraba como si ante mis ojos se representara la escena de una película de terror.

¿Por qué Neil me había tendido una trampa semejante?

¿Qué pretendía?

¿Por qué conmigo?

—Ven aquí, princesa, si tienes valor para jugar —me provocó Jennifer esbozando la sonrisita malévola que yo odiaba desde hacía tiempo.

—Él no es un objeto ni un premio para la ganadora de una absurda partida sin sentido —exploté girándome hacia Neil, porque era con él con quien quería hablar. Temblaba, pero me acerqué con decisión y lo miré a los ojos, unos ojos que en aquel momento eran opacos—. ¿Por qué te comportas así? —le pregunté.

Tenía la impresión de estar viviendo una pesadilla; no podía tratarme como a una cualquiera, como a una más de las que obligaba a jugar con su muñeca rubia.

—Si te niegas a participar, significará que has perdido y él pasará la noche conmigo. —La voz de Jennifer me golpeó como un latigazo en la espalda. La idea de que otra lo tocara, disfrutara de él, lo besara y lo usara como si fuera un maniquí me provocó náuseas.

Nunca había participado en ningún juego parecido y Neil lo sabía; al fin y al cabo, me conocía. Creí leer en sus ojos la certeza de que lo rechazaría, creo que lo deseaba. Pero entonces, ¿qué sentido tenía montar aquel numerito?

—Acepto —dije sin apartar la vista de Neil. Noté una chispa de sorpresa en sus ojos, ahora perdidos.

¿Cuál era el objetivo real de Neil? ¿Que lo mirara mientras estaba con otra? ¿Que comprendiera que no significaba nada para él? ¿Darme otro motivo para que me marchara a Detroit?

Lo miré con desdén y rabia, luego me dirigí a la cama donde me esperaba, con una sonrisita taimada, la reina de las cabronas, la persona que más odiaba en el mundo, la persona contra la cual iba a luchar por él.

—Que gane la mejor —me retó burlona apoyándose en los

codos y poniéndose cómoda. A la espera de saber en qué consistía aquel estúpido juego, me senté en el borde de la cama, cerré las piernas y me quité la falda.

La diferencia de postura entre Jennifer y yo ponía de manifiesto que éramos dos personas opuestas: yo estaba quieta y temblaba como un pollito indefenso, mientras que ella, medio tumbada, esperaba con ansia abrir las piernas como una gata en celo.

Neil interrumpió mis pensamientos acercándose a la cama con paso lento y cauteloso, como un felino que le ha echado el ojo a una presa. Sus ojos resplandecientes se cruzaron con los míos cuando levanté la barbilla para suplicarle que echara a Jennifer o que se marchara de allí conmigo, porque pasara lo que pasase estaba segura de que me heriría.

Sin embargo, fingió no darse cuenta de mi implícita súplica y se limitó a sujetarme por la nuca y a inclinarse sobre mí.

Algo me turbó en lo más profundo cuando me besó y comprendí lo difícil que sería para mí resistirme a su encanto.

En efecto, entreabrí los labios y seguí los movimientos de su lengua a mi pesar; luego, con la fuerza de su cuerpo, Neil me hizo tumbar. Se deslizó sobre mí con lentitud y elegancia, sin interrumpir el beso que era cada vez más pasional y que aumentó la tensión entre nosotros hasta que gemí.

Le apreté las caderas con las rodillas y él arqueó la espalda haciéndome sentir su fuerte erección. Su cuerpo era un conjunto de relieves que aturdían mi mente, y su fuerte aroma, a musgo y a limpio, me hechizaba.

Deslicé los dedos sobre la tela de la camisa, le toqué la espalda y bajé hasta los glúteos y oí que su respiración se aceleraba. Pero, cuando estaba logrando olvidar la presencia de Jennifer, los labios de Neil se alejaron. La rubia lo sujetaba del brazo y se abalanzaba sobre él reclamando su atención.

Neil la besó de la misma manera que me había besado a mí un momento antes y se desplazó lentamente al centro de la cama, entre Jennifer y yo. Se apoyó con las rodillas y los brazos sin echarse al lado de ninguna de las dos para mantener una actitud distante, impersonal y dominante. Él decidiría con quién acabaría la velada.

A pesar de que me había excitado, verlo besarse apasionadamente con Jennifer me provocó un nudo en el estómago y arcadas; como la mordedura de una serpiente, los celos me envenenaban.

De repente no supe qué hacer. El instinto me dictaba que me levantara y huyera de allí, pero la razón y las ganas de ganar me decían que me quedara para demostrarle a Neil que era a mí a quien quería, que era conmigo con quien había hecho el amor sin preservativo y se había dejado llevar alcanzando un orgasmo tan absoluto que se había olvidado de dar marcha atrás.

Aquellos eran los motivos que me inducían a quedarme y a resistir.

Jennifer empezó a gemir fuerte, quizá para excitar a Neil. Lo tocó en la entrepierna con una mano y con la otra se descubrió un pecho. Él notó su gesto descarado y le besó el cuello, la clavícula y el pezón, que apretó entre los labios y chupó haciéndola gemir mientras yo los miraba como si hubiera perdido la capacidad de moverme.

Debía jugar, atraerlo, usarlo como un objeto, un premio, y ganárselo a la rubia, pero para mí lo que había entre nosotros, fuera lo que fuese, no era un juego ni Neil un objeto, y me importaba un pimiento ganárselo a otra.

Mi conciencia se manifestó y aprobó la primera opción, la que me dictaba el instinto: huir.

Me incorporé, pero Neil ni siquiera se dio cuenta porque desde el principio había planeado quedarse con ella independientemente de lo que yo hiciera para seducirlo.

Si de algo estaba segura era de que Neil no permitía elegir a las mujeres: era él quien elegía.

Y en aquel momento había elegido a Jennifer para que yo asistiera de nuevo a uno de sus numeritos obscenos.

Cuando la rubia le desabrochó el botón del pantalón, le bajó la cremallera y lo tocó por encima del bóxer, me levanté de la cama a toda prisa, antes de que él la penetrara y ella se pusiera a gritar, antes de que me diera un ataque. El ruido de los tacones de mis zapatos llegó sin duda a oídos de los dos, pero él no trató de detenerme. Abrí y salí dando un portazo.

No me importaba haberlos distraído.

Lo odiaba con todas mis fuerzas.

Corrí por el pasillo sin contener las lágrimas de rabia que resbalaban copiosamente por mis mejillas. No lloraba por él, sino por haberle permitido que me hiciera algo así.

Nunca podría formar parte de su mundo ni compartirlo con otras o aceptar la perversión que lo dominaba y que no lograba explicarme.

No podía soportar el poder que ejercía sobre mí, la vulnerabilidad que me suscitaba.

No lograba seguir tolerando los celos que sentía por las demás mujeres, causados por el miedo de que cualquiera pudiera quitármelo porque él no era mío, no me pertenecía, no quería pertenecerme.

—Selene.

Me detuve al chocar con un cuerpo firme que me cortó el paso.

Levanté la vista y me topé con los ojos de Luke, en cuyo rostro sin antifaz brillaba el azul de sus ojos. Frunció sus bonitos rasgos en una expresión de perplejidad. Un chándal negro le cubría el cuerpo, atlético y esbelto, pero menos imponente que el de Neil.

Me maldije por haberlo comparado con él. Siempre se repetía la misma historia: nadie me parecía estar a su altura, nadie me parecía capaz de igualarlo.

—¿Qué pasa? —preguntó serio, apretándome los brazos desnudos. Me habría gustado responderle que no pasaba nada, que todo iba bien, pero mi cara hablaba por sí sola, las lágrimas me surcaban las mejillas y me goteaban por la barbilla, y los hombros me temblaban por los sollozos, así que habría sido evidente que mentía.

—¿Neil tiene algo que ver? —preguntó como si conociera sus maneras y sus costumbres—. Ven, salgamos a tomar el aire —propuso.

Fui a buscar mi abrigo para protegerme del frío nocturno y lo seguí a la salida. No sabía si podía fiarme de él, pues era un miembro de los Krew y si los frecuentaba probablemente era como ellos, pero su actitud no parecía peligrosa en absoluto.

Nos sentamos en un banco de madera del jardín, que también habían decorado con telarañas de mentira. Había un grupo de chicos fumando y charlando entre ellos y, el hecho de que no estuviéramos solos en un lugar aislado o apartado, me tranquilizaba.

—¿Quieres contarme lo que ha pasado?

Luke se puso un cigarrillo en los labios y se palpó los bolsillos de la sudadera en busca de un mechero. Aproveché para mirarlo mejor y me di cuenta de que no estaba mal, es más, era un chico guapo, como el pervertido de Xavier, con la diferencia de que este último era, en efecto, un pervertido.

Luke tenía un rostro viril pero angelical: los ojos azules y luminosos, incluso en aquella noche oscura y monstruosa, el pelo rubio y revuelto, más largo en la frente, la nariz recta y proporcionada... y un físico enjuto como un modelo.

—Tu amigo es un depravado. No tiene sentimientos ni respeto —solté de golpe, y él se echó a reír. Menos mal que al menos uno de los dos se divertía.

—¿Qué ha hecho? —Soltó una bocanada de humo sin ni siquiera preguntarme a quién me refería, porque Luke conocía muy bien a Neil, probablemente mejor que yo.

No sabía si podía confiar en él, pero estaba segura de que las guarradas de su amigo no serían una novedad para él.

—Nos ha llevado a Jennifer y a mí a la misma habitación.

Me arrebujé en el abrigo y apreté las piernas a causa del frío. Noté los ojos de Luke posarse por un instante fugaz en mis muslos antes de volver rápidamente a la cara.

—¿Te ha propuesto algún juego erótico? —preguntó sonriente; quizá a él aquella situación le parecía divertida, a mí, además de asquearme, me había decepcionado.

—Quería que Jennifer y yo jugáramos. La mejor seductora habría...

—Follado con él —concluyó en mi lugar, dando otra calada. Lo volví a mirar y a medida que analizaba su aspecto lo veía cada vez menos como un amigo de Neil o un miembro de los Krew y más como un chico mono y normal—. Creo que pretendía que vieras lo diferentes que sois —dijo mirando a los chicos que caminaban por el sendero principal camino de la fiesta. Para mí, en cambio, la fiesta había acabado antes de empezar.

—Luke, me ha besado y hace unos días nosotros...

Me detuve porque no me sentía a gusto hablándole de mí como hacía con Alyssa. Me mordí el labio y la lengua y esperé que lo intuyera.

—Seguramente le gustas, pero creo que te considera más una chica a la que proteger que alguien que puede formar parte de su vida.

Dio una última calada y tiró la colilla lejos, luego me miró. Fruncí el ceño mientras trataba de comprender su razonamiento y pensé que quizá tenía razón.

Yo le gustaba a Neil, pero me consideraba una niña demasiado ingenua e inexperta para estar con él. Suspiré mientras miraba fijamente la nube de vaho que me salía de la boca y pensé en Neil y en lo que estaba ocurriendo en aquella habitación, si ya había acabado o si empezaba, si le había gustado hacerlo con ella tanto como conmigo y si aquella cabrona de Jennifer estaba contenta de haberse salido con la suya, tal y como había planeado.

—Deberías dejar de creer que alguien como él pueda cambiar. Los tíos como él no cambian —declaró con convicción mirándome primero a los ojos y luego a los labios. Sus palabras, fuertes pero sinceras, me hicieron estremecer.

Probablemente Luke esperó que yo replicara, pero bajé la barbilla y acepté en mi fuero interno aquella incómoda verdad.

—Pero tú, Selene... —Me levantó el mentón con el índice y su tono se volvió dulce y comprensivo—. Eres guapa e inteligente, ¿sabes a cuántos chicos mejores que él podrías encontrar?

Aprecié su intento de consolarme, pero poner punto final al capítulo de Neil, el chico problemático que solo con la voz lograba tocar rincones desconocidos de mi ser, no era fácil; sería un proceso emotivo difícil y largo, que requeriría tiempo, el suficiente para que yo me hiciera a la idea. En cualquier caso, le sonreí a Luke y él se puso de pie tocándose la nuca y mirando a su alrededor con preocupación. No comprendí el motivo de su cambio repentino, pero no se lo pregunté.

—Tú no pareces como ellos —constaté mirándolo desde abajo. Luke me miró a los ojos y arrugó la frente.

—¿Quieres decir como los Krew? —preguntó.

—Exacto. —Asentí y me arropé con el abrigo. Luke lo notó y sonrió. Yo temblaba de frío.

—¿Por qué lo dices? —insistió con curiosidad.

—No lo sé, es una sensación.

En efecto, era una sensación intermitente, porque a veces Luke asumía actitudes que me hacían pensar que era como los demás y otras parecía un chico inocuo con el que se podía hablar.

—Una sensación equivocada —replicó burlón. Seguía de pie para mantener una cierta distancia entre nosotros. Parecía nervioso. No hacía más que mirar a su alrededor, probablemente para asegurarse de que nadie lo viera conmigo.

¿Se avergonzaba?

—¿Tienes miedo de que Xavier se burle de ti si te ve conmigo? —Me negaba a aceptar que en el mundo todavía existía una rígida jerarquía que ordenaba las relaciones, pero era lo suficientemente realista para saber que la universidad era un contexto difícil y lleno de restricciones sociales.

—¿Tan idiota te parezco? No me importa una mierda de Xavier. —Se pasó una mano por el pelo y puso una pierna sobre el banco colocando el pie a poca distancia de mí—. Pero no quiero tener problemas con Neil…

Por poco no me reí en su cara.

¿Hablaba en serio?

—En este preciso instante está muy ocupado, créeme, no le importa nada de mí. —Solté una risita histérica del fondo de la garganta. No debía preocuparse por Neil, no reaccionaría si alguien se me acercaba, aunque…

—Te recuerdo que después de que me besaras te echó de la casita —dijo cruzándose de brazos. Asumió una postura chulesca que contrastaba con su rostro angelical; esperé no haberme ruborizado instintivamente como una cría al oír mencionar el beso.

—¿Y eso qué significa? ¿Crees que se enfadaría si te viera hablando conmigo? —Era absurdo solo pensarlo. Si míster Problemático se permitía semejante intromisión, le daría una bofetada. Después de lo de Jennifer no tenía ningún derecho.

Luke sacudió la cabeza y sonrió dando por descontada la respuesta.

—Siempre ha compartido sus mujeres con los Krew, excepto a ti —puntualizó escrutándome quizá para comprender el motivo.

—Pues con Jennifer quería compartirme. —Sentí náuseas solo con pensar en aquella locura. Cuanto más le daba vueltas, más quería desintoxicarme de Neil y de las sensaciones que me provocaba.

—Quería que lo compartieras a él con Jennifer, que es muy diferente.

Me miró de pies a cabeza deteniéndose en las piernas. Me aclaré la garganta y me quedé mirando a un grupo de estudiantes que pasaba por detrás de él. Las chicas lo saludaron con coquetería, los chicos, en cambio, lo miraron intimidados y evitaron prolongar el contacto visual. En aquel momento me di cuenta de que sentía la misma sensación de apuro que experimentaba cuando estaba con Neil en público.

Por lo que parecía, todos conocían a Luke y lo temían.

—Tienes la misma fama que tus amigos. —Subrayé el concepto señalando a los chicos que pasaban y apretando los muslos, que cubrí con el abrigo. Luke esbozó una sonrisa intrigante y me miró a la cara.

—En efecto, nunca he dicho que no fuera como ellos —replicó, encogiéndose de hombros.

Me levanté del banco y miré alrededor tratando de no prestar atención al aire frío que me arañaba la piel.

Me sentía vulnerable, con el corazón en un puño, y la cercanía de otro chico habría podido hacerme cometer un error. Yo quería, en cambio, demostrar que no era como Neil, que no usaba a las personas para mis intereses personales.

—No quiero discutir con Neil, pero… —Luke retomó la conversación y yo le dediqué toda mi atención. Dio unos pasos adelante y se volvió hacia mí con toda su altura para mirarme a la cara y observar mis rasgos con detenimiento.

—Le dije con claridad que si pretendías algo de mí, no me echaría atrás —concluyó con una sonrisita provocadora.

¿Hablaba en serio?

Me ruboricé intensamente y esta vez tuve la certeza de que me ardían las mejillas. No desdeñaba a un chico como Luke y en otras circunstancias quizá habría aprovechado la oportunidad que se me presentaba. Su beso me había gustado; no había sido devastador como los de Neil, pero no había estado mal, todo lo contrario.

—Yo no…, no soy esa clase de chica, no podría…

—Sé cómo eres, no debes justificarte. El que no lo ha entendido creo que es Neil. —Me miró a los ojos por un instante—. Creo que es mejor que vuelva a la fiesta. ¿Has venido con alguien? —preguntó pensativo, y yo asentí.

Buscaría a Alyssa y enseguida me marcharía.

Tras despedirme de Luke, encontré a Alyssa y le dije que quería volver a casa.

Le conté todo a mi amiga, detalles incluidos, y ella tildó a Neil de «cabrón», «pervertido» e «hijo de puta», insultos que, presa de la rabia, yo también había pensado pero que nunca había expresado de manera tan agresiva y poco delicada.

Por desgracia, algo me impedía odiarlo como habría deseado.

Volví a casa a las dos de la mañana y le di las gracias a Alyssa por haberme acompañado. Traté de no hacer ruido y me descalcé para no despertar a nadie, pero cuando entré en el salón me encontré a Logan sentado en el sofá delante de la chimenea encendida con la mirada perdida, clavada en un paquete.

—Logan… —murmuré preocupada, dejando caer los zapatos en la entrada y corriendo hacia él descalza. No necesitaba oír su voz para comprender que estaba muy afligido.

—Lo he encontrado en el porche, detrás de la puerta…

Un paquete de Player 2511.

El cuarto enigma.

Volvía a la carga.

Desde el principio.

Todo desde el principio…

41

Selene

Qué terrible es el peligro que acecha oculto.

Publilio Siro

Observé a Logan, que miraba petrificado la nota que tenía entre las manos.

Otro enigma, otra advertencia, otra pesadilla.

La velada había sido un fracaso total, y aquel maldito desconocido le ponía la guinda.

Me temblaban las manos, que sujetaban el antifaz tratando de aferrarse a una realidad desestabilizadora.

Repasé mentalmente el contenido del enigma que había leído con Logan poco antes:

Caballo blanco
Dos
Tres
«Locura» es hacer lo mismo una y otra vez
esperando obtener resultados diferentes.
Encuentra la solución
Player 2511

De repente, la puerta se abrió.

Neil, sin careta, avanzó a paso lento y lanzó las llaves sobre el mueble de la entrada. La acostumbrada sensación en la boca del estómago volvió a burlarse de mí con prepotencia.

Lo miré con más detenimiento: llevaba el mismo traje negro y elegante de antes, pero el pelo estaba revuelto, la camisa arrugada y le faltaba el cinturón, que probablemente había olvidado en la habitación de la mansión; en efecto, tenía el aspecto de haber pasado toda la noche con Jennifer haciendo lo que mejor se les daba.

Neil nos dedicó una mirada fugaz y vacua, como si no se esperara vernos allí, sentados en el sofá en plena noche, pero cuando se acercó y vio la nota que su hermano sujetaba en las manos lo entendió todo.

Se detuvo a poca distancia de mí, y mis latidos, traidores, se aceleraron; la tensión subió y, en cuanto percibí su aroma, me estremecí como si me hubiera embestido una corriente de aire frío.

Aún olía a musgo, pero también a la femenina fragancia de Jennifer, que reconocí al instante y me hizo arrugar la nariz.

—¿De nuevo él? —Cogió la nota de las manos de Logan para leerla.

No sería fácil descifrarlo, pues los enigmas solo podían comprenderse tras horas de investigación y razonamientos complejos.

Sin embargo, esta vez la actitud de Neil fue diferente.

Tras leerla, dobló la nota y se la metió en el bolsillo de atrás del pantalón haciendo que se le marcaran los músculos de los brazos. Logan arrugó la frente y yo permanecí en silencio.

—Ahora me duele mucho la cabeza. Mañana nos encontraremos en la biblioteca de Matt y lo descifraremos —dijo autoritario e impenetrable.

Su hermano me miró en busca de una explicación al comportamiento de Neil, pero yo no lograba entenderlo y quizá nunca lo entendería.

—¿Estás bien? —preguntó Logan, titubeante, tratando de comprender.

—Necesito una buena ducha… —afirmó, como si el hecho de haber recibido el enigma de un peligroso desequilibrado no tuviera importancia.

Dio media vuelta y se atusó el pelo, luego subió lentamente las escaleras, cansado y vencido, rendido a un destino del que era prisionero desde quién sabe cuándo.

ϒ

Aquella noche no pegué ojo. Los pensamientos me habían invadido la mente y no me concedieron tregua. El aire fresco de la mañana me acarició la cara y el nuevo día me sorprendió en el balcón, con los codos apoyados en la barandilla y una expresión de fracaso dibujada en la cara; de hecho, Neil y el mal que lo rodeaba me habían derrotado.

En breve iría a la biblioteca de Matt para desentrañar el maldito enigma, pero la idea de ver a míster Problemático y de pasar tiempo con él me angustiaba y me ponía nerviosa. Lo notaba en el estómago, que me latía, en la lengua, que sentía pastosa, y en el vacío que se insinuaba en mi interior. Sin embargo, una parte de mí no quería irse.

Solo faltaban veinticuatro horas para que saliera mi vuelo, pero habían ocurrido muchas cosas que habrían podido hacerme cambiar de idea.

¿Podía marcharme y dejar que Neil se enfrentara solo a un psicópata en busca de venganza?

Suspiré y me dirigí a la biblioteca de Matt. Logan ya estaba allí, sentado en una de las elegantes butacas. Neil llegó al poco con un chándal que realzaba las formas de su musculoso cuerpo. Traté de no mirarlo mucho. No se merecía mi atención.

—Buenos días —dijo Logan mirándome; le devolví el saludo, esbocé una débil sonrisa y me senté en la butaca contigua a la suya, evitando la mirada de Neil.

Podía sentir sus ojos clavados en mí, pero quizá se trataba simplemente de una ilusión de mi cerebro se esmeraba en convencerme de que todavía le importaba un poco.

Aquel chico era capaz de leer en lo más profundo de mi alma, así que me obligué a ocultar mis emociones y mi estado de ánimo.

La noche anterior había estado con otra después de haberme besado y de haber compartido algo en la tumbona de la piscina; para mí era inconcebible perdonar semejante ofensa.

Luke tenía razón.

Las personas como él no cambian.

—¿Qué hacemos?

Neil, apoyado en el alféizar con los brazos cruzados, alejado de nosotros, alternó la mirada de su hermano a mí. Los reflejos del sol se filtraban por las amplias cristaleras iluminándolo como si fuera un ángel caído. Traté de no distraerme y de concentrarme en Logan, que resumía los indicios dejados por Player 2511.

—Recapitulemos. Hemos recibido cuatro paquetes: el primero contenía un cuervo muerto e indicaba una venganza; el segundo contenía la caja de música con el ángel, que se refería a la leyenda de la niña e indicaba un castigo; el tercero contenía nuestras fotos, en cuyo dorso rezaba: ¿Quién será el primero?, y el enigma ocultaba un acróstico con mi nombre. —Se miró la pierna y suspiró—. Ahora tenemos que descifrar la última nota —dijo de nuevo con determinación, ahuyentando de su mente los pensamientos negativos, porque era importante que permaneciéramos lúcidos y concentrados y no nos dejáramos llevar por la emoción.

—¿Qué propones? —Neil se alejó de la ventana y conquistó el espacio con sus pasos decididos y viriles.

No quería hacerlo, pero, maldita sea, cedí a la tentación de mirarlo y enseguida me arrepentí.

Lo observé de pies a cabeza, de la sudadera blanca que contrastaba con el color ámbar de la piel al pantalón deportivo que envolvía los movimientos de las piernas, largas y fuertes.

El pelo revuelto enmarcaba la perfección de sus rasgos, la barba incipiente y cuidada perfilaba la definición de la mandíbula y los labios eran carnosos, rosados y húmedos.

Era inútil negar que fuera guapo y atractivo como pocos; su encanto misterioso y salvaje a la vez me impedía odiarlo.

Además, Neil usaba su belleza como una poción mágica para hechizar a las mujeres, para doblegarlas a su voluntad y recordar a sus adoradoras que no había otro como él.

Aquel chico era un sátiro peligroso, un hábil manipulador, un fatal encantador de mujeres que usaba su maldita voz abaritonada para atontar a sus musas. Una oleada de calor me hizo ruborizar y me agité nerviosamente en la butaca para ahuyentar la excitación.

—Tenéis que buscar todo lo que pueda estar relacionado con un caballo blanco —dijo Logan recordándome por qué estábamos allí—. Aquí deberíais encontrar mucho material. Todo puede sernos de ayuda. —Señaló una pila de libros colocados sobre la mesita que tenía enfrente y alargó el brazo para coger uno.

—¿No podemos usar Google? —propuso Neil, mirando con escepticismo los libros que esperaban que los hojeáramos.

Su voz me hizo estremecer y me avergoncé de mi patetismo.

—Quienquiera que esté detrás de esto, Neil, es alguien que no planea su estrategia con Google. Sería demasiado fácil. Manos a la obra —lo corrigió Logan. Neil bufó aburrido, pero cogió un libro y se puso a leerlo.

—Empecemos a buscar —ordenó Logan.

No iba a ser sencillo descifrar el último enigma, pero al menos debíamos intentarlo.

Me puse a buscar. En cuanto abrí mi libro, estornudé por culpa del polvo, luego sentí que algo atraía mi mirada y, cuando levanté la cabeza, me crucé con la de Neil.

¿Por qué me miraba de aquella manera?

Sus ojos tenían el poder de unir mi alma a la suya, de ir más allá de las palabras, de arrastrarme en su locura; me armé de valor, interrumpí el contacto visual y volví a las páginas del libro.

—¿Habéis encontrado algo? —preguntó Logan. Justo cuando pensaba que mi respuesta sería negativa, encontré algo que quizá podía interesarnos.

—Aquí hay algo, pero no sé si puede servirnos —dije dudosa.

—Lee —intervino Neil, que me dirigió la palabra por primera vez desde la noche anterior.

Me aclaré la garganta y hundí la barbilla en el libro.

—«El caballo blanco indica la belleza y la pureza. En el curso de los siglos, su acepción se fue ampliando hasta ser considerado un animal divino cuya energía le atribuye la facultad de desvincularse de la tierra y de la realidad material…» —Levanté la mirada. Neil y Logan se miraban fijamente con cara seria.

Me habrían parecido graciosos si no hubiéramos estado en aquella situación.

—No creo que quiera decirnos eso. —Logan sacudió la cabeza y se pasó una mano por la cara—. Sigamos buscando, Selene…—me sonrió—. Buen trabajo, hermana.

Me guiñó un ojo y se puso a buscar en otro libro.

Su fuerza de voluntad y su determinación eran admirables; lo daba todo por Neil, quería ayudarlo y sostenerlo en la lucha mental contra un adversario al que podíamos considerar un verdadero estratega.

Era increíble que nadie supiera quién era Player 2511 y que al mismo tiempo percibiéramos su presencia, como si fuera un demonio del que no iba a ser fácil librarse.

—Ejem…, chicos, creo que he encontrado algo muy interesante —dijo Logan, que miraba fijamente una ilustración.

—¿Qué? —peguntó Neil, dejando el libro sobre la mesa de madera; luego se sentó en el brazo de la butaca de Logan. Extendió el brazo por encima del respaldo e inclinó la cabeza sobre el texto de su hermano con cara de curiosidad, lo cual le hizo asumir una involuntaria expresión infantil.

—Mirad. —Señaló la página en la que se había detenido y tuve que acercarme hasta rozar con las piernas una rodilla de Neil. Aquel débil contacto me hizo estremecer, mientras que él permaneció impasible con los ojos clavados en la ilustración.

—Es de Gustave Doré. Escuchad… —Logan señaló el pie de la imagen; permanecimos en silencio, expectantes—: «La obra de Gustave Doré titulada *La Muerte sobre un caballo blanco* personifica a la muerte, representada por un esqueleto con una guadaña, cubierta por una túnica o una capa negra con capucha».

Levantó la mirada, observó primero a Neil y después a mí y respiró hondo.

—Vamos por buen camino. Sigue —lo animó Neil, y él retomó la lectura.

—«La personificación de la muerte tiene la misión de acompañar a las almas del mundo de los vivos, representado por el caballo blanco, al de los muertos, representado por el esqueleto. Es una contraposición entre la vida y la muerte que alude al paso de las almas de un mundo a otro» —concluyó en tono escalofriante. Se hizo un silencio meditativo a nuestro alrededor.

—Así que el significado de este mensaje es… —murmuré con un hilo de voz.

—La muerte —dijo Neil acabando la frase en mi lugar; luego se levantó de un brinco del brazo de la butaca.

—Player ya trató de matarme a mí. ¿Quizá quiere que adivinemos quién es su próximo blanco? —preguntó Logan mordiéndose el labio nerviosamente.

—No olvidéis que hay unos números por descifrar —añadí llamando la atención sobre la nota, cuyo enigma era aún más complejo.

—Tienes razón, no adelantemos conclusiones. —Logan le hizo un gesto a Neil para que cogiera un bolígrafo y un cuaderno del escritorio de Matt y tratara de establecer conexiones entre los números y las palabras de la nota.

Neil hizo lo que Logan le pedía y se apoyó de espaldas al escritorio para tratar de hallar algún nexo.

Al fin y al cabo, fue él quien resolvió el enigma de Logan en el hospital, así que, además de tener una mente fuera de lo común, debía ser muy hábil con las adivinanzas.

Mientras su hermano se entregaba a las pesquisas, Logan curvó los hombros hacia delante con resignación; la determinación que le había iluminado los ojos hasta hacía poco se había apagado y había dejado paso a la aceptación de que aquel cabrón de Player nos estaba tomando el pelo y estaba jugando con nuestras mentes, a sabiendas de que ganaría.

Ahuyenté aquellos pensamientos tristes y miré a Neil, que mientras tanto escribía algo con el tapón del bolígrafo entre los dientes.

—Tres, dos... —murmuró Logan en voz baja reflexionando—. «Locura es hacer lo mismo una y otra vez esperando obtener resultados diferentes» es una frase de Einstein —dijo mirando a su hermano, que asintió.

—¿Qué relación podría tener una frase de Einstein con los números del enigma? —pregunté escéptica. Pero justo en ese momento Neil se separó del escritorio y se acercó a nosotros con un brinco felino, sin apartar la vista del cuaderno que tenía en las manos.

—Quizá haya dado con la solución.

Dejó la libreta sobre la mesita y tanto Logan como yo extendimos el cuello para ver mejor.

—Esta es una multiplicación. —Miró a Logan, que, confuso, inclinó la cabeza sobre los apuntes de su hermano.

—¿Una multiplicación? —preguntó vacío.

—Sí. El resultado de dos por tres es seis. —Nos miró a ambos y respiró profundamente—. «Locura es hacer lo mismo una y otra vez esperando obtener resultados diferentes.» —Miró la hoja y señaló el seis con el índice—. ¿Qué pasa si repito el seis varias veces? —Cogió el bolígrafo y escribió—: seis, seis, seis... La palabra «locura» es una metáfora; la palabra «resultados» indica un cálculo, y «hacer lo mismo una y otra vez» implica repetir —concluyó con convicción pasándose una mano por la cara. Logan y yo nos miramos turbados.

—Seiscientos sesenta y seis es el número del diablo —soltó Logan.

—Sí —confirmó Neil—. Pero hay más.

Cogió otros dos libros del escritorio y volvió con nosotros.

Le dio uno a Logan y hojeó el otro deprisa.

Yo no entendía nada, ni siquiera cómo había sabido cuáles eran los libros adecuados para encontrar las respuestas que buscábamos.

Al cabo de media de hora de investigaciones exhaustivas, Logan hizo otro descubrimiento escalofriante.

—Escuchad este versículo del Apocalipsis de san Juan que se refiere a la llegada del Anticristo: «El que tiene entendimiento, cuente el número de la bestia, porque es número de hombre; y su número es seiscientos sesenta y seis» —dijo Logan. Luego me miró y me estremecí al pensar que aquel maldito Player 2511 podía ser una especie de satanista.

—Sigue —ordenó Neil, que, en pie, nos observaba desde arriba; su agitación era palpable, se notaba en el timbre de su voz y en la rigidez de los músculos.

—Contrariamente a lo que suele creerse, el número seiscientos sesenta y seis no identifica al jefe de los demonios, es decir, a Lucifer, sino a alguien muy cercano a él —prosiguió Logan—. El significado de ese número comprende nociones numéricas y cabalísticas muy complejas. En definitiva, chicos, en la Biblia, el siete representa la perfección, y el seis, que se le acerca sin alcanzarlo, simboliza la imperfección. Repetido tres veces, el seis asume el significado de arrogancia, maldad y muerte.

Tragó y cerró el libro mirando un punto indefinido de la cubierta, vieja y maltrecha.

—Santo cielo… —susurré, mientras una oleada de escalofríos me recorría la espalda; no hay palabras para contar lo angustiosa que era aquella situación.

Una sensación de miedo corrosivo se irradió desde el vientre y se difundió mediante fuertes sacudidas a cada rincón de mi cuerpo. Miré el vacío, como hipnotizada, paralizada por las palabras que acababa de oír.

—¿Qué quiere darnos a entender? ¿Que es un satanista? Eso ya lo sabíamos —soltó Neil con una carcajada llena de desprecio; luego se puso a caminar frenéticamente.

—No —dijo Logan—. Fijaos bien. En mi opinión, él se considera perfecto, un siete, así que con el seis señala a una persona muy cercana. —Tragó y apretó la mandíbula como si tuviera un tic nervioso—. Eso significa que las personas que nos atacan son más de una.

—¿Me estás diciendo que ese cabrón tiene uno o más cómplices? —replicó Neil, deteniéndose a mirarlo como si su afirmación fuera descabellada.

—Exacto. Creo que no actúa solo —respondió su hermano con la voz velada por la preocupación.

—Creo que tienes razón. ¡Pero ahora quiero saber quiénes son para partirles la cara y hacérselas pagar! —Neil se metió los dedos entre el pelo y soltó un gemido grave de frustración que me hizo dar un respingo.

—¿Qué hacemos? —preguntó Logan titubeante mientras el corazón me latía tan fuerte que temía que uno de los dos lo oyera.

—Esperar a que nos ataque —respondió Neil.

Tenía razón: Player 2511 no tardaría en actuar.

Nos atacaría de nuevo.

¿Quién sería el próximo?

El resto del día no transcurrió mucho mejor. Seguramente no podría conservar buenos recuerdos de mis últimas horas en la lujosa villa de mi padre. Cuando lo informé de que me iba a Detroit al día siguiente por la mañana, Matt primero puso cara de sorpresa, luego de incredulidad y finalmente de tristeza porque no habíamos resuelto ni uno solo de nuestros asuntos pendientes.

El trabajo seguía ocupando la mayor parte de su tiempo, y

yo no había abandonado la actitud huidiza y recelosa que desde hacía años aumentaba la distancia entre nosotros.

Tras hablar con mi padre, arreglé los últimos asuntos en la universidad y pasé el resto de la tarde preparando la maleta.

Tenía la impresión de haber llegado el día anterior, y sin embargo había llegado la hora de marcharme.

Mi drástica decisión era en cualquier caso comprensible: no podía seguir viviendo bajo el mismo techo que Neil, equivocándome día tras día y cometiendo los mismos errores que pisoteaban mi dignidad.

Podía entender que Neil no quisiera atarse a nadie, que el amor y los sentimientos de una relación estable lo asustaran al punto de inducirlo a cometer actos como el de la fiesta de Halloween, pero no podía aceptar que me tratara de aquella manera, que me obligara a competir con otras mujeres para obtener sus atenciones.

Le había dado muchas vueltas a lo que había ocurrido con Jennifer y había llegado a la conclusión de que Neil quería alejarme de él y convencerme de que nunca sería mío.

En eso consistía su lenguaje mudo, que ocultaba las palabras tras gestos aparentemente perversos y mezquinos.

Cuando acabé de hacer las maletas me metí en la cama, pero no pude pegar ojo. Miré el despertador: era plena noche y faltaban seis horas y cuarenta y siete minutos para que mi vuelo despegara. Sí, contaba incluso los segundos que faltaban para la partida.

Bajé a la cocina con el pijama de los tigres y el pelo revuelto y me senté a tomar un vaso de leche caliente con los cereales de Logan. La habitación estaba iluminada por la tenue luz de la luna que se filtraba por la cristalera cercana; la casa estaba sumergida en el silencio, roto únicamente por los débiles sonidos que yo emitía mientras balanceaba los pies enfundados en unos gruesos calcetines de colores.

Reflexioné sobre mi decisión de marcharme y llegué a la conclusión de que era lo correcto.

Debía dejar de leer novelas en las que bastaba tratar de salvar a un hombre guapo y atormentado para vivir un cuento de hadas. Los cuentos no existían, y tampoco los hombres que permitían a las mujeres que los salvaran con tanta facilidad.

Había grietas profundas y heridas abiertas que no se curaban con el amor, que solo era uno de los ingredientes necesarios para redimir un alma profundamente dañada.

—Estaba seguro de haber oído ruido procedente de la cocina.

Di un respingo cuando la voz de Neil rompió el silencio y la oscuridad opalescente en la que conversaba en paz con mi soledad.

Tragué como pude el bocado de cereales, me di la vuelta y lo vi apoyado en el marco de la puerta; llevaba unos vaqueros y un jersey negro de cuello alto que le marcaba los músculos del torso.

Traté de aparentar desenvoltura y de disimular el efecto que su belleza letal me causaba; para distraerme pensé que quizá acababa de volver de la casita o de alguna de sus citas románticas con una de sus amantes.

—¿Qué haces aquí? —Seguí dando sorbos a la leche caliente mientras sujetaba el vaso con dedos temblorosos, atemorizada y excitada a la vez.

Neil esbozó una sonrisa enigmática, luego se acercó a paso lento, apoyó los codos en la isla e inclinó peligrosamente el torso sobre mí.

Traté de nuevo de no dejarme encantar, ni siquiera cuando me llegó a la cara una oleada de su aroma fresco, que me incitó a tocarlo, a besarlo, a recorrer con codicia su cuerpo de adonis y su piel ardiente.

—¿Sabes por qué me gusta la noche, Campanilla? —susurró con voz aterciopelada, como si no me hubiera faltado al respeto en la fiesta de Halloween. No respondí y evité su mirada fingiendo indiferencia—. Porque a la noche le sigue el amanecer, y yo siempre procuro despertarme antes que el destino para deshacer sus malvados planes —continuó sin que le diera pie a conversar. Pero no pude disimular que sus palabras me impresionaron, porque Neil era realmente un chico extraño e intrigante, diferente de todos los demás.

—¿Estabas en el jardín? —Dejé el vaso sobre la encimera y miré fijamente el borde para evitar sus ojos.

—Sí —admitió, inmóvil en su postura. Levanté la mirada para observarlo por debajo de las pestañas y lo sorprendí mirándome con atención. Yo no debía tener muy buen aspecto, con el pelo revuelto y la cara cansada, pero él me miraba como si fuera… guapa.

—¿Con este frío?

Me armé de valor y lo miré a los ojos; él parecía ocupado en analizar mis labios y en memorizar su forma.

Me pasé la lengua instintivamente para quitarme las migas de cereales y pensé que por eso los miraba. Neil tragó aire y se mordisqueó la comisura del labio inferior con lentitud, un gesto que lo hizo más atractivo que de costumbre.

—Prefiero el hielo que la tibieza de los recuerdos —respondió átono mirándome a los ojos.

—Qué raro eres —susurré. Nuestra conversación carecía de sentido.

—¿Definirías rara la oscuridad que camina de la mano de la luna? —preguntó, y rodeó la isla para acercarse a mí.

Me puse tensa cuando, paso a paso, invadió mi espacio con prepotencia y giró el taburete en el que yo estaba sentada hacia él.

Me encontré con su abdomen a la altura de mi cara, mi campo visual ocupado por su amplio torso, las piernas dobladas rozando las suyas.

—No te entiendo… —admití levantando la barbilla para mirarlo a la cara, cuya expresión era seria e impenetrable. Me acarició una mejilla y me estremecí porque los nudillos fríos trajeron el invierno a mi piel.

Estaba helado.

—No necesitas entenderme. —Percibí su sufrimiento.

—Y Jennifer, ¿ella te entiende? —murmuré en tono inquisitivo y hastiado para que dejara de tocarme. Cogió aire y lo soltó con lentitud, dispuesto a replicar.

—No, y ni siquiera trata de hacerlo, por eso la prefiero a ella —confesó sin rodeos, indiferente al daño que me hacían sus palabras. Mi corazón se hizo añicos que se estrellaron en el suelo. Traté de levantarme del taburete, pero Neil me sujetó las caderas y me empujó de espaldas contra la isla.

No quería que diera por acabada nuestra conversación, quería que me quedara para hacerme sufrir.

De repente, caí en la cuenta del porqué de su extraño comportamiento.

—¡Ahora lo entiendo! ¡Tratas de echarme de Nueva York! Por eso querías que te viera mientras te la tirabas, por eso has elegido a la chica que me pegó para proponerme un trío perverso, por eso te acuestas con ella y otras incluso después de haber hecho el amor conmigo, por eso…

Pero su voz, irritada, se impuso sobre la mía interrumpiéndome.

—Por eso y por muchas cosas más. No soy el chico adecuado para ti, ¡joder! —aclaró con ímpetu apretándome las caderas. Su contacto era fuego, dolor, pasión y peligro.

Contuve la respiración y me llevé una mano al pecho, como si acabaran de apuñalarme.

Me sentí como una mariposa sobre un tallo de hierba a la que Neil pisoteaba sin cesar, impidiéndome volar y matándome lentamente.

—Muchas gracias. Ha quedado muy claro. Dentro de pocas horas te librarás de mí. —Lo empujé con una fuerza que ignoraba que poseía, luego lo dejé atrás con la intención de marcharme, pero me sujetó de la muñeca—. Suéltame —le dije en voz baja, y me volví a mirarlo con una rabia que solo había sentido contra mi padre.

Neil suavizó la mirada, que bajó hacia el pijama, luego me miró a la cara esbozando una débil sonrisa que arqueó las comisuras de sus labios.

—Me ha gustado lo que hemos compartido —murmuró apiadándose de mí.

¿Por qué maldito motivo me miraba de aquella manera? No quería suscitar la piedad de nadie, y mucho menos la suya, aunque a decir verdad tenía el corazón roto y los ojos anegados en lágrimas.

Emociones traidoras, ¿por qué me delataban cuando trataba de mantenerlas a raya?

—Por supuesto, porque me has usado como haces con todas —le espeté.

En aquel instante, las piernas me temblaron y la piel de la muñeca empezó a escocer a causa de su agarre férreo y decidido, que era como una marca de fuego que llevaría conmigo para siempre.

—No me refería a eso… —replicó con fastidio, quizá sintiéndose rebajado por mi acusación. Pero ¿y yo? ¿Cómo debería haberme sentido yo?

—Entonces, ¿a qué te referías, Neil? —lo hostigué—. Por otra parte, siempre has sido claro al respecto: «Me gusta usarte, Selene, úsame tú también» —me burlé imitándolo.

Ah, no, no había olvidado sus palabras y nunca las olvidaría.

—Déjalo ya —susurró apretándome la muñeca. Sin embargo, no me importaba que se estuviera calentando y me puse a vomitar todo lo que tenía dentro sin ni siquiera darme cuenta.

—«No es más que sexo, Selene; no es una historia de amor, Selene; no sabes besar, por no mencionar follar, Selene...» —Tiró de mí con tanta fuerza que tuve que callarme.

Nuestras caras casi chocaron y, por la contrariedad que pude leer en la suya, comprendí que había perdido la paciencia.

—¿Estos son los recuerdos que te llevarás contigo a Detroit? —me susurró a un soplo de los labios con la clara intención de atemorizarme.

En sus ojos no había ni lujuria ni deseo, sino algo oscuro y peligroso que trataba de mantener a raya.

—Sí —mentí. Nunca le confesaría que recordaría otras cosas de él y de lo que habíamos vivido juntos.

—Entonces no te has enterado de nada.

Me soltó de mala manera y retrocedió unos pasos con una sonrisita diabólica en los labios que me hizo vacilar. Se alejó, apoyó las palmas de las manos sobre la encimera de la isla y curvó los hombros hacia delante, como si soportara un peso.

—Quizá porque no me has entregado nada tuyo, aparte de tus grandes habilidades en la cama —solté provocativa.

Él se dio la vuelta para mirarme, como si mis palabras hubieran sido pronunciadas por otra persona. Escrutó mi cuerpo, de los calcetines de colores al pijama, que me quedaba dos tallas más grandes de lo necesario; luego esbozó una sonrisa intrigante que habría hecho cometer locuras a cualquier mujer.

—¿Desde cuándo una cría como tú habla de esa manera tan descarada?

Algo en su tono, bajo y abaritonado, me hizo intuir que la patética imitación de sus amantes le había gustado, a pesar de que los dos sabíamos muy bien que yo pertenecía a un mundo completamente diferente.

—Desde que conocí a un pervertido como tú —respondí a tono.

—Contigo he sido lo más romántico que he podido, créeme, Campanilla. —Me lanzó una mirada burlona.

—¿Y qué habrías hecho si en cambio te hubieras comportado como con las otras?

Neil reflexionó unos instantes, se concentró y arrugó la frente, lo cual le confirió un encanto irresistible.

Luego soltó una carcajada sardónica y avanzó hacia mí haciéndome temblar. Sabía que debía marcharme, alejarme enseguida de él, pero algo me petrificó allí y me dejó a su merced.

—Te habría sujetado... —Me cogió por la melena y me echó la cabeza hacia atrás para que lo mirara a los ojos; su agarre firme subrayado por el tono rudo en que me habló me dio solo miedo—. Te habría ordenado que te arrodillaras —susurró lentamente sin dejar de sopesarme con los ojos, en los que yo leía una explosión de emociones que revelaba lo peligrosa e inestable que era su alma—, habría forzado estos labios —dijo desplazando la vista hacia mi boca y dándome tiempo a leer los deseos que afloraban en su rostro— y te habría obligado a tragártelo todo. Me habría vaciado en tu boca hasta que me imploraras que parara.

Apretó la mandíbula y me dejó ir de golpe.

Tuve que sujetarme a la encimera de la cocina para no caerme al suelo. El corazón me latía con tanta fuerza que temí que me pudiera hacer un socavón en el centro del pecho.

—Tiemblas como una hoja. —Neil me miró desde su altura y observó las reacciones de mi cuerpo—. Por eso siempre he tratado de reprimir mi verdadera naturaleza —concluyó dando un paso atrás, y luego otro, hasta que dio media vuelta con la intención de marcharse y dejarme sola para que, presa del desasosiego, digiriera sus palabras.

En aquel instante tuve la certeza de que Neil era como un demonio envuelto en las disonancias del negro y del dorado, que camuflaban su verdadera esencia y confundían mis pensamientos.

Se dice que en la vida hay que tomar las decisiones correctas, pero que no siempre se saben reconocer. ¿Quién establece lo que es justo o equivocado? ¿Lo justo nos hace realmente felices?

¿Volver a Detroit era la decisión correcta?

¿La que realmente me haría feliz?

Los primeros rayos de sol entraron por la ventana de mi habitación, donde me había refugiado tras enfrentarme a Neil, transformando en oro todo lo que tocaban, pero el silencio y la paz del momento no fueron suficientes para aliviar la melancolía.

Observé mi imagen reflejada en el espejo y todo lo que vi fue a una chica triste, sola y decepcionada, sobre todo de sí misma.

Sabía desde el principio a qué me arriesgaba yendo detrás de un chico como Neil; sabía que tarde o temprano pagaría las consecuencias de mis acciones, y a pesar de ello había dado rienda suelta a mi corazón.

«Hazle caso a tu corazón», decía mi madre, pero ahora su máxima se me antojaba una enorme gilipollez: el corazón a menudo provocaba daños que la razón no podía enmendar.

Pensé que la sensación que experimentaba era muy extraña: había perseverado en el error, pero no me arrepentía de nada, es más, si hubiera dispuesto de una máquina del tiempo habría vuelto a hacer lo mismo.

Con él.

Abrí las puertas del armario y cogí las últimas prendas para ponerlas en la maleta. Todavía estaba turbada e impresionada por lo que había pasado en Halloween y por el enigma que habíamos recibido. Sin embargo, ¿qué hacía? Huir como una cobarde.

Todavía no podía creérmelo.

—Selene —Alyssa me llamó, pero no le respondí. Estaba sentada en el borde de la cama y me observaba con preocupación desde hacía una hora. No quería contarle por qué estaba tan afligida, pues sin duda me habría reñido, me habría echado en cara que me había advertido y que debería haber permanecido alejada de Neil, que era un chico problemático, peligroso y quién sabe cuántas cosas más.

—Debo darme prisa —dije mirando a mi alrededor para evitar que nuestras miradas se cruzaran y que se diera cuenta de lo mucho que me pesaba partir.

Barrí la habitación con la mirada y vi grabadas en sus paredes mis esperanzas, mis expectativas y mis buenos propósitos, que a aquellas alturas ya no tenían sentido.

Había fracasado en el intento de salvar a Neil, pero él también había fracasado porque no había tenido valor para dejar que lo ayudara.

—Tu silencio me preocupa mucho, Selene —dijo Alyssa poniéndose en pie. Cerré la maleta, la levanté de la cama y la puse en el suelo.

—Estoy un poco pensativa. —Esbocé una débil sonrisa y me puse la gabardina; llevaba el pelo suelto.

—No puedo creerme que te vayas. —La voz de mi amiga se rompió y me entristecí al verla tan abatida.

—Ven a verme siempre que quieras, Alyssa. —Me acerqué y le puse las manos sobre los hombros—. Nos llamaremos continuamente. Al fin y al cabo, ¿qué son dos horas de distancia?

Sonreí para quitarle hierro a la situación, pero empeoré las cosas porque a Alyssa se le humedecieron los ojos. La abracé y la estreché contra mí largo rato, luego me separé de ella y cogí la maleta porque había llegado la hora de marcharme.

—¿Lista? —Cuando bajé al salón, Logan estaba de pie apoyándose en las muletas. Me sonrió con tristeza y Alyssa corrió a su lado para ayudarlo a sostenerse.

—Digamos que sí.

Arrastré la maleta y saludé a Anna, que me esperaba con mi bolso en las manos. Me lo dio y yo se lo agradecí.

—Siempre estaremos a su disposición, señorita Selene. Ha sido un placer conocerla.

Me estampó un beso en la mejilla, con una calidez maternal que me hizo ruborizar; luego la dejé atrás y miré las caras melancólicas de Matt y Mia.

—Eres una chica estupenda. Vuelve pronto. Te esperaré.

Mia me atrajo hacia sí y me abrazó con un sentimiento que no me esperaba. Me sentí casi ahogar por su apretón, pero al mismo tiempo me di cuenta de que su amabilidad siempre había sido sincera. Le pasé un brazo alrededor de la cintura y le di todo el tiempo que necesitaba para aceptar la decisión repentina que yo había tomado.

—No tienes ni idea de lo que me apena tu marcha, Selene. —Chloe también me mostró un afecto inesperado; me abrazó y le sonreí, luego le recomendé que tuviera cuidado con los chicos y que sacara buenas notas.

—¿Estás segura de que quieres irte en taxi? Podría llevarte al aeropuerto y… —Mi padre trató de convencerme por enésima vez, pero enseguida negué con la cabeza y le confirmé lo que había decidido.

—No, tranquilo —repliqué con seguridad; luego, él dio un paso adelante para abrazarme y yo di uno atrás para evitar el contacto con él.

Su mirada reveló la devastadora tristeza que sintió en aquel momento, mientras que yo permanecí fría e indiferente a su sentimiento desgarrador.

Me encaminé hacia la puerta de entrada y la abrí para salir al porche seguida por Logan y Alyssa.

No me esperaba que Neil viniera a despedirse, por eso el corazón me latió muy deprisa cuando de repente el Maserati negro cruzó la enorme verja principal y avanzó por el sendero que conducía a la villa.

Todo en mí se encendió, como si mi alma se despertara de repente: me temblaron las rodillas y una intensa sensación perturbadora me hizo vacilar.

Alyssa y Logan se intercambiaron una mirada de complicidad y luego me miraron.

—Será mejor que… —dijo Logan.

—Os dejemos solos —concluyó Alyssa—. Llámanos cuando llegues —añadió abrazándome. Logan hizo lo mismo.

—Iremos a verte —dijo él con convicción.

—Cuento con ello. —Me separé de él y le sonreí con sinceridad tratando de no mostrar el malestar que sentía.

Hay personas especiales que tienen el poder de llegar al interior con una sonrisa, un abrazo o un gesto amable. Logan y Alyssa eran de esos, los llevaría siempre en mi corazón.

—Selene.

La voz de Neil hizo estremecer y vibrar hasta la última

célula de mi cuerpo. Lo miré de pies a cabeza: el abrigo gris y el jersey oscuro que cubrían su amplio pecho y los vaqueros negros que ceñían las piernas, bien torneadas.

Los rayos del sol hacían brillar con más intensidad, si cabe, los mechones rebeldes; sus ojos me miraban fijamente.

No obstante, sujeté rápidamente el asa de la maleta y seguí caminando sin prestarle atención.

—Esta noche ya me has dicho lo que querías decirme. Ahora debo irme, Neil. —Me apresuré a dejarlo atrás, consciente de que aquel sería el momento más difícil.

No volvería a verlo. No volvería a admirarlo recién levantado, con los ojos somnolientos y los labios voluminosos, que invitaban a besarlos.

No volvería a verlo desayunar sus barritas proteicas ni percibiría su aroma a gel de baño o su presencia constante a mi lado.

No volvería a pelearme con él por culpa de sus amantes para luego olvidarlo todo a besos.

No volvería a vivir bajo el mismo techo que él, ni a compartir los amigos y la familia…, la vida.

—Espera. —Neil me alcanzó y me sujetó de la muñeca.

Me volví a mirarlo y él abrió un poco la boca, como si estuviera a punto de decir algo, pero luego los cerró y, nervioso, se mordió la mejilla. Nos miramos a los ojos por algunos instantes que se me antojaron eternos. Si hubiera podido detener el tiempo, me habría quedado así, plantada ante él admirando la miel de sus ojos.

Habría querido borrar los enigmas, su pasado y sus problemas para vivir con plenitud lo que el destino nos hubiera deparado. A pesar de que sabía que el mundo me esperaba ahí fuera, me sentía como un hada que se había posado sobre la palma de Neil, incapaz de emprender el vuelo.

Caí en la cuenta de que él era mi país de Nunca Jamás.

—Solo quiero despedirme…

Se acercó hasta golpearme con su aroma y yo cerré los ojos para grabarlo en la memoria. En mi fuero interno todavía confiaba en que dijera algo para convencerme de que me quedara, pero no fue así. Neil se limitó a posarme los cálidos labios sobre la frente y a darme un beso casto y dulce, luego se alejó mientras me sonreía débilmente. Echó un vistazo al jersey con la figura de Campanilla que llevaba puesto la primera vez que nos vimos y los ojos le brillaron con una luz intensa e indescifrable.

—Buen viaje, Campanilla. —Su voz tocó los rincones de mi alma por última vez; luego, cuando llegó el taxi, dio un paso atrás.

Abrí el maletero, metí la maleta y cerré.

Me acerqué a la puerta y miré a míster Problemático, que seguía sin apartar la vista de mí en completo silencio.

—Cuídate —le dije antes de entrar en el coche.

Nuestras miradas se cruzaron a través del cristal de la ventanilla. No me pidió que me quedara.

—¿Podemos marcharnos? —preguntó el conductor mirándome por el retrovisor.

Eché un último vistazo a Neil. El corazón me latía con fuerza y una sensación de calor invadió cada centímetro de mi piel; los ojos me escocían, pero no quería llorar.

Otra vez no.

—Sí —dije con un hilo de voz.

El conductor arrancó el motor y partió lentamente; me di la vuelta para mirar a míster Problemático por última vez y no aparté la mirada hasta que desapareció de mi campo visual.

Los labios me temblaron con fuerza; apoyé la cabeza en la ventanilla y no logré contener las lágrimas.

¿Qué sería de nosotros?

Quizá ya no existía un nosotros, quizá nunca había existido.

Cerré los ojos y vi un paraíso tétrico ante mí: el rostro de Neil apareció en mi mente con nitidez, percibí que su alma me obsesionaba.

No había un remedio para los recuerdos.

No había liberación.

Me parecía sentir sus manos acariciando y recorriendo mi cuerpo, sus labios besándome.

Todavía lo sentía vivamente, como si fuera un sueño encantador pero al mismo tiempo una tortura.

Debía dejar de pensar en él.

Suspiré y me metí la mano en el bolsillo del abrigo para

sacar el móvil; quería advertir a mi madre de que dentro de pocas horas volvería a casa. Me sorprendió cuando toqué algo que por forma y tamaño no era mi teléfono.

Cogí aquel objeto que no sabía cómo había llegado a mi bolsillo y lo miré con atención: era un cubo de cristal trasparente con una perla dentro.

«¿Qué es esto?», murmuré admirando su brillo bajo el reflejo del sol.

Aquel objeto no era mío y no entendía cómo había llegado a mi abrigo, a menos que...

«Solo quiero despedirme...» Neil se había acercado a mí, me había dado un beso en la frente y entonces...

Sonreí como una niña y me acerqué el cubo iridiscente al pecho.

Me llevaría a Detroit aquel recuerdo suyo junto con otros muchos.

Pero lo que ninguno de nosotros sospechaba es que nunca llegaría a mi ciudad, al aeropuerto, que no cogería aquel vuelo y que nunca haría aquel viaje.

—¡Señorita! —Me llamó, preocupado, el conductor. Me acerqué a él.

—¿Qué pasa? —pregunté. Todavía estaba impresionada por la sorpresa de Neil. El hombre, en cambio, no dejaba de mirar por el retrovisor.

—Un todoterreno negro nos sigue desde hace veinte minutos, pero ahora se está acercando demasiado. ¡Estamos en peligro! —exclamó sujetando el volante con firmeza.

Me volví a mirar y cuál sería mi sorpresa cuando vi que el conductor ocultaba el rostro tras una careta blanca. Levantó una mano, enguantada de negro, y me saludó con sarcasmo.

—¡Acelere! —grité. El conductor pisó el acelerador y el cuentakilómetros subió vertiginosamente, pero el todoterreno nos pisaba los talones.

Era él.

Player 2511.

¿Cómo se había enterado de que me iba?

Me sujeté al asiento y volví a mirar por el parabrisas posterior. El todoterreno nos alcanzó en poco tiempo y se puso a atacarnos con los faros.

—¡Acelere! ¡Se lo ruego! —Miré al conductor y luego al todoterreno, que se abalanzó contra el taxi con una maniobra brusca y nos hizo perder el control.

Fue un instante.

Todo sucedió en un segundo.

El mundo entero se detuvo.

Oí los gritos del conductor.

Vi la curva, demasiado cerrada.

No tuve tiempo de darme cuenta de nada, el coche salió de la carretera y chocó contra el quitamiedos.

Me golpeé violentamente la cabeza contra el cristal y un dolor sordo se difundió por mi cuerpo.

Apreté el cubo de cristal y cerré los ojos.

De repente, me pareció sentir los dedos de Neil entre el pelo, sus ojos calentarme como los rayos del sol y sus labios curvarse en una sonrisa amorosa.

«¿Definirías rara la oscuridad que camina de la mano de la luna?», me había preguntado, y me di cuenta de que si hubiera tenido una segunda oportunidad le habría respondido : «Sí, la definiría tan rara como llamar Campanilla a una chica, compararla con el país de Nunca Jamás y meterle en el bolsillo una perla dentro de un cubo de cristal. Contigo todo es raro, míster Problemático, pero procura que la oscuridad siga caminando de la mano de la luna, porque..., por lo que parece, las estrellas están de acuerdo contigo.»

42

Player 2511

El mundo es un escenario, y todos los hombres y mujeres
son meros actores, tienen sus salidas y sus entradas;
y un hombre puede representar muchos papeles.

William Shakespeare

Me saqué el móvil del bolsillo y marqué de nuevo el número, esperando que esta vez respondiera.

Lo hizo tras un par de tonos.

—¡Por fin! ¡Te he llamado seis putas veces! —exploté enfurecido.

—Sí, perdona —suspiró—. Todo ha salido como habíamos previsto —me informó.

—¿Está viva? —pregunté, llevándome el cigarrillo a los labios.

—Creo que no —respondió titubeando, lo cual me puso más furioso.

—¿Qué significa «creo que no»? ¡Reza para que así sea! Ya fracasaste con su hermano, recuérdalo.

Rechiné los dientes y apreté el móvil en la mano, como si quisiera hacerlo trizas.

No estaba en buenas relaciones con mis impulsos.

—Lo sé. Me lo echas en cara continuamente —replicó, y no estaba en absoluto en la posición de hacerlo.

—¡Cumple con tu deber o te juro que también me desharé de ti! —Colgué sin esperar a que me respondiera y aplasté la colilla en el cenicero mientras miraba el cuadro del único dios en el que creía.

El mismo que había conducido al hombre a su estado original.

El mismo que se proponía que la evolución condujera al hombre a un estado de divinidad.

Sí, porque nosotros, los hombres, éramos las verdaderas divinidades.

No se vivía contra Satán, sino para Satán.

Sin condicionamientos.

Con una fe ciega en la realidad material.

Él era el único juez que podía acusar al imputado de sus culpas.

No era un adversario.

No era un acusador.

Era el espíritu guía.

El hombre tenía libertad de actuación.

De elección.

Mientras que Dios, el famoso Yahvé, trataba de imponerse en la mente del hombre.

Trataba de impedir el progreso espiritual.

Obstaculizaba el crecimiento interior y el alcance de la sabiduría cósmica,

la superación de los propios límites.

Favorecía la ignorancia entendida como falta de conocimiento.

Ese era el verdadero pecado.

No la perversión.

No el reino de lo prohibido.

No lo que era ilegal.

No el mundo de las tinieblas.

No… nosotros.

Miré la estrella invertida de cinco puntas, con las dos principales hacia arriba, y observé sus detalles.

La energía oscura fluía desde arriba y alimentaba el alma de los hombres.

Esa era la energía en la que creía.

Esa era la energía que favorecería mi venganza.

Miré el pentáculo y sonreí.

Agradecimientos

Hemos llegado al final del primer volumen de la serie y quiero dar las gracias a todos los lectores que han emprendido este viaje con la dulce Selene y el problemático Neil.

Como habréis notado, hay muchas preguntas que esperan una respuesta. El misterio flota en las vidas de los protagonistas y un peligroso antagonista hará todo lo posible para consumar su venganza. No ha sido fácil afrontar temas tan delicados y espero haber estado a la altura. Confío en que Selene haya llegado al corazón de todos los lectores y que Neil los haya transportado, aunque solo haya sido por un instante, a su loco y problemático país de Nunca Jamás.

Quiero dar las gracias a los lectores que desde el principio de esta aventura, hace tres años, creyeron en mí; también a mi familia por haber apoyado todas mis decisiones.

Espero que no dejéis de seguirme y que tengáis curiosidad por descubrir lo que el futuro le depara a nuestra conflictiva pareja.

Todos y cada uno de vosotros sois importantes para mí. Sois mi fuerza.

Gracias de corazón.

Siempre vuestra,
Kira Shell

Este libro utiliza el tipo Aldus, que toma su nombre
del vanguardista impresor del Renacimiento
italiano, Aldus Manutius. Hermann Zapf
diseñó el tipo Aldus para la imprenta
Stempel en 1954, como una réplica
más ligera y elegante del
popular tipo
Palatino

Que comience el juego
se acabó de imprimir
un día de invierno de 2023,
en los talleres gráficos de Liberdúplex, s. l. u.
Crta. BV-2249, km 7,4. Pol. Ind. Torrentfondo
Sant Llorenç d'Hortons (Barcelona)